教育部哲学社会科学研究后期资助项目
项目批准号：16JHQ044

港台及海外红学学案

高淮生/著

知识产权出版社
全国百佳图书出版单位
——北京——

图书在版编目（CIP）数据

港台及海外红学学案/高淮生著. —北京：知识产权出版社，2019.12
ISBN 978-7-5130-5142-2

Ⅰ.①港… Ⅱ.①高… Ⅲ.①红学—研究 Ⅳ.①I207.411

中国版本图书馆CIP数据核字（2019）第297516号

内容提要

本书遴选港台及海外红学学人，对其学术业绩、学术方法、学术范式、学术个性、学术精神及学术影响等方面进行撰述，从红学史、地域红学及为学过程和为学业绩几方面考量，介绍了各位学人在版本考辨、本旨索隐、文本批评、红学史述、学风建设、译本传播等方面取得的各具拓新意义的成果，形成了关于海内外红学的整体认识、整体评价。本书为现代学术寻找真实而鲜活的为学传统，服务于红学学科重建。

责任编辑：阴海燕　　　　　　　　　责任印制：孙婷婷

港台及海外红学学案
GANGTAI JI HAIWAI HONGXUE XUEAN

高淮生　著

出版发行：知识产权出版社有限责任公司	网　　址：http://www.ipph.cn
电　　话：010-82004826	http://www.laichushu.com
社　　址：北京市海淀区气象路50号院	邮　　编：100081
责编电话：010-82000860转8693	责编邮箱：laichushu@cnipr.com
发行电话：010-82000860转8101	发行传真：010-82000893
印　　刷：北京中献拓方科技发展有限公司	经　　销：各大网上书店、新华书店及相关专业书店
开　　本：720mm×1000mm　1/16	印　　张：20.5
版　　次：2019年12月第1版	印　　次：2019年12月第1次印刷
字　　数：336千字	定　　价：89.00元

ISBN 978-7-5130-5142-2

出版权专有　侵权必究
如有印装质量问题，本社负责调换。

新醅精釀醉陪儂
纜素排場有二齣
可嘆年人無酒量
東籬獨臥日高眠

題詠港臺海外紅學等業
己亥初冬於古越 高淮生

前言

《港台及海外红学学案》是一部现代学案体的红学学术史著述，是笔者所著《红学学案》（新华出版社2013年出版）的续编。《红学学案》这部红学史著作的写作立意正在于：不拘格套，另辟蹊径，换一种眼光看红学。

何谓现代学案？笔者在《现代学案述要》一文中说："现代学案，顾名思义即为现代学人之学术志业立案考述。或考述其一生之学术志业，或考述其专攻之学术志业，披沙拣金，知其人而论其学。是故，现代学案不同于'学术通史'或'学术专题史'，乃换一种眼光看学术，即为现代学术寻找真实而鲜活的为学传统，这是它的立意所在。现代学案体制，虽旧弥新。一则现代撰述之形制略不同于《明儒学案》之形制；二则现代学案之旨趣较之《明儒学案》略有所增益。无论形制之新变，抑或旨趣之增益，皆显见现代学案撰述者之学术史立意。"[1] 所谓"形制之新变"，即以现代述学方式辨章学术、考镜源流、提要钩玄、指陈得失、明确褒贬、引发思考；所谓"旨趣之增益"，即立案考察学人两方面之"兼美"：一、考据、义理、辞章之兼美；二、人与书（著述）之兼美。"形制"服务于"旨趣"，即"昭传"百

---

[1] 高淮生：《现代学案述要》，载《中国矿业大学学报》（社会科学版）2016年第3期。

年红学史上能够立得起、站得住的学人之学术个性和学术精神，既为红学学科发展寻绎可资借鉴的学术典范或学术范型，同时寻绎真实而鲜活的为学传统。应该说，现代学案已然超越了传统之路数并获得了现代之品格。乔福锦教授在《学科重建与学术转型时代的"建档归宗"之作——高淮生教授〈红学学案〉读后感》一文中称《红学学案》乃红学"学科重建与学术转型时代的'建档归宗'之作"。❶ 在乔福锦教授看来，《红学学案》通过做好每一个"案宗"、每一组"案卷"，不仅是对过去学术发展的历史总结，同时也是对当下学术的评估，以及对未来学术发展的预示。《港台及海外红学学案》正是港台及海外学人红学志业的"案卷"，它是由每一个"案宗"即学人学案组成。

笔者在撰著现代学案时葆有如下认识：学术史研究与拓新性专题研究相比毕竟属于"二等学术"，不过，的确需要非同一般的德才学识才能做得好。学术视野应"博观"，治学方法求"圆照"，史家见识善"通识"，史家心性备"仁德之心"，这是成就"立得住"且"相对精善"之现代学案史著的几大要素。或者说，现代学案之写作，非做到"考据、义理、辞章"三者兼美以及"人书合一"之境界，则不能成就其"精善"之美。现代学案可谓以《明儒学案》及《史记》纪传为楷模的"另一种学术史"，同样是"辨章学术，考镜源流"，则以兼顾"正襟危坐"而"意蕴宏深"与"口舌生香"而"通邑大都"之美，洵非易事也。由此观之，学案史著洵非"二等"之德才学识所能为。❷ 笔者以为，相比较于此前出版的《红学学案》，《港台及海外红学学案》在学术史立意、文献材料取舍、学人成果考评、写作策略笔法等方面已经日趋完善和不断进步了，即学术史立意更加明晰，文献材料取舍更加审慎，学人成果考评更加缜密中肯，写作策略笔法更加灵活多样。笔者的自我期许为：《港台及海外红学学案》应比《红学学案》"相对精善"了，即在"建档归宗"方面"相对精善"了，在史料、经验与见识的结合方面"相对精善"了。当然，笔者"相对精善"的期许需要学界的评估及读者的认同。

《港台及海外红学学案》的撰述兼顾了以下三个方面的考量：一则红学

---

❶ 乔福锦：《学科重建与学术转型时代的"建档归宗"之作——高淮生教授〈红学学案〉读后感》，载《河南教育学院学报》2013年第3期。
❷ 高淮生：《现代学案述要》，载《中国矿业大学学报》（社会科学版）2016年第3期。

史的考量，二则地域红学的考量，三则学人为学过程和为学业绩的考量，三者兼顾，则庶几近乎真貌。该学案学人的遴选同样兼顾以下三个方面：一则红学史的地位，二则地域红学的影响，三则红学方面的业绩。众所周知，港台及海外红学学人虽不能说学者如林，亦可谓名家众多，因此，取舍之难，显而易见。该学案所遴选港台及海外红学学人实乃众多名家之代表而已，或有学术个性者，或有自家面目者，或有拓新成果者，或有典范意义者，或兼而有之者，总之，应以传承有本、自成一家、具有可观的学术影响为原则。即通过对他们的红学志业立案考述，既便于为现代红学寻绎真实而鲜活的为学传统，并为转型期红学的学科重建提供有价值的经验借鉴，同时有助于呈现红学的整体面貌和基本生态。简单地说：学术贡献、学术影响、学术个性不仅要突出，而且这一贡献、影响和个性必须是百年红学发展过程中不可或缺的。是故，该学案的遴选标准已然难以照顾诸如地域、国别分布方面的均衡。蔡义江曾说："选学案也如选诗，好诗漏了不要紧，个人所见不同；坏诗恶诗一首也不能选，选了就表明你不懂诗。"[1] 蔡先生的这番话铮铮有力，不仅顿开笔者之茅塞，且顿释笔者如履薄冰之心怀。

试将《港台及海外红学学案》所遴选港台及海外红学学人之学术业绩、学术方法、学术范式、学术个性、学术精神以及学术影响等方面的基本风貌和主要特征分述如下。

宋淇的红学代表著作即《红楼梦识要：宋淇红学论集》，其中最有影响的两篇文章为《新红学的发展方向》和《论大观园》。从宋淇红学论集中可见其学术路径是对俞平伯"文学考证"的直接承续，并同时可见王国维红学批评之切实影响。宋淇的红学研究致力于辨明红学方向、探究红楼艺境，由"识小"而"识要"，小中而见大，精思而妙悟，善于微观研究与宏观研究相结合。同时，他善于将《红楼梦》置于世界文学之林作比较研究，对《红楼梦》的文学价值给予充分的肯定。至于由文本而文化的义理发掘，则又为《红楼梦》的意义阐释拓展了研究视野。因此，大陆学者对宋淇的红学研究评价很高，即起点高、视野宽、路子正，并具有中国作风、中国气派，其学风和文风都堪称治学的典范。从如此好评可见：宋淇的红学研究能够将"考据""义理""辞章"结合得比较好，堪称学之楷模。

---

[1] 高淮生：《红楼梦丛论新稿》，中国矿业大学出版社2016年版，第175页。

梅节的红学代表著作即《海角红楼——梅节红学文存》，这部著作是梅节红学研究成果的总集成。梅节的红学研究主要着力于"考辨"即"考证"和"辨伪"，这两个方面密切联系、相互贯通，而以"求真"为其出发点和归宿点。他在诸如《红楼梦》作者问题、版本问题、成书过程问题等方面均有聊备一说的新解，譬如《曹雪芹卒年新考》《论己卯本〈石头记〉》《史湘云结局探索》《〈红楼梦〉成书过程考》《论〈红楼梦〉版本系统》《曹雪芹"佚诗"的真伪问题》等考辨文章体现出以下鲜明特点：文本内外的掘隐与世事人情的推求相结合；分疏论辩的清明意识与机智明快的文字表达相表里。尽管有些"推求"和"论辩"不免滑入"悬想""索隐"之径，然总体上能够于史料中求识见。梅节后期的红学研究兴趣主要集中于对红学的学风建设方面，他对于所谓"龙门红学"毫不留情的批评和批判，彰显了鲜明的学术个性。当然，由于"正谊的火气"与学术批评理性之间的失衡，其改良红学生态的愿望与实际效果之间不免失调。当然，梅节对于红学学风建设做出的一些富有启示性的切实贡献不言自喻。

潘重规的红学著作有《红楼梦新解》《红楼梦新辨》《红学五十年》《红学六十年》《红楼梦论集》《红楼梦血泪史》等，其中以《红学五十年》《红学六十年》《红楼梦血泪史》影响较大。潘重规的红学研究主要集中于三个方面：索隐、校勘和述史。索隐即索解《红楼梦》"反清复明"的本旨；校勘即主持校订《乾隆抄本百廿回红楼梦稿》及对列宁格勒藏抄本《红楼梦》的勘正；述史即梳理并总结六十年间之红学史。潘重规的红学志业可谓"毁誉参半"：索隐"毁大于誉"，校勘和述史则"誉大于毁"。潘重规的索隐既是对蔡元培旧索隐的"照着说"，又是"接着说"，但其"接着说"的成果并未造成可观的学术影响，因此其红学索隐的影响力难与蔡元培相提并论。然而，潘重规的述史影响尤其值得称道，尽管他的述史动机并非学术史的自觉建构，其《红学五十年》《红学六十年》却对此后的红学史写作具有先导作用和启迪意义，譬如刘梦溪《红楼梦与百年中国》的撰著正是受到了潘重规史著的直接影响，而《红楼梦与百年中国》则是一部颇具特色的红学史著。

周策纵的红学代表著作即《红楼梦案——周策纵论红楼梦》，其红学研究成果主要体现在考证、评论方面。周策纵的考证是对胡适、顾颉刚红学考证的承续，譬如《论关于凤姐的"一从二令三人木"》《〈红楼梦〉"汪恰洋烟"考》等文章颇受关注,能够以小见大,独具见识。周策纵的红学评论影响更大,譬如《论〈红楼梦〉研究的基本态度》《多方研讨〈红楼梦〉》《胡适的新红学及其得失》《周汝昌著〈红楼梦〉序》等文章,谈言微中,析理透辟。周策纵的方法论意识非常强,这方面深受胡适的切实影响。他极力倡导红学的综合研究方法,这一倡导不仅具有对红学研究的切实意义,同时具有对红学学风建设的切实意义。周策纵积极推动海内外红学研究的交流,成功地筹划和主持了1980年6月于美国威斯康辛召开的首届国际《红楼梦》研讨会,对国际范围的红学研究和学术交流起到了积极作用。周策纵身体力行地倡导并参与各种推广红学事业的学术活动,体现了他深切的"中国情怀"即"文化中国"情怀,他与周汝昌结交而成的"两周"红缘学谊生动地呈现了这一"文化中国"情怀。

赵冈的红学代表著作即《红楼梦新探》(增订本《红楼梦研究新编》)、《红楼梦论集》。从这些研红著作中可见,赵冈的红学研究主要集中于曹雪芹家世生平及版本考证两个方面。赵冈勤于搜集版本,详于比较文字,且时有新发现,其整理文献的系统性远胜于同期港台及海外红学学人,因而产生了较大的影响。赵冈作为经济学的"局内人"而兼治红学考据,试图将"致用之学"和"求是之学"并驾而驱,足以显示其学术勇力了。譬如《康熙与江南双季稻之种植》一文,则显示了赵冈兼善两种不同治学路径的能力。他在《红学讨论的几点我见》一文中,倡导以"破解悬案"的极大热情"发掘新材料",同时保持"有一份证据说一份话"的冷静,应是一种富有"建设性的贡献"的主张。赵冈在红学研究中表现出为学术而学术的治学追求,最能体现一种脚踏实地的勤勉精神,胡适极力赞赏这种精神。

林语堂的红学代表著作即《平心论高鹗》,这部著作集中研讨了"高鹗是否续书"的问题和"高鹗续书如何评价"的问题。林语堂认为,《红楼梦》全书乃曹雪芹所作;高鹗修订的后四十回不但不坏,而且异常精密,异常合理,不悖该书大旨;高鹗的贡献主要在于保存流传之功。《平心论高鹗》中的观点,既有可取之处,更有可商榷之处,尤其是他对后四十回的审美品鉴和价值判断。《平心论高鹗》一书中的诸多"一家言"并不能服众,不过,再度引起《红楼梦》研究者对于后四十回的兴趣及重新评价的热情,其学术影响不容置疑。当然,由于林语堂在《平心论高鹗》中并没有提供出相关的新材料,只是对旧有的材料进行新的解释,难怪引起争议。尤其是林语堂竟顽固地坚持《红楼梦》全书作者就是曹雪芹这一观点，引起了胡适、周汝昌等的强烈不满甚至严厉批评。不过，林语堂倡导"平心论高鹗"的确涉及红学的学风问题，尽管林语堂自己也并不见得在"平心"方面做得尽善尽美。林语堂在考证上的功夫显然不如他在文学创作上的功夫，作为作家而考证或评论《红楼梦》，理应对曹雪芹的创作具有更深切的"理解之同情"，对此问题的思考引发了有关"作家之文"与"学者之学"如何兼善这一话题的争议，作家研红这一现象也受到了相应的关注。王蒙倡导作家学者化，可以理解为"作家之文"与"学者之学"兼善，这种倡导乃基于现代社会日益形成的作家与学者截然分离之弊，显而易见，这种截然分离之弊大不利于文学之研究。

张爱玲的红学代表著作即《红楼梦魇》，这部著作集中考辨了《红楼梦》的成书问题，旨在阐明《红楼梦》"是创作不是自传"的红学主张，这是对新红学"自传说"的辨正。这一研究的终极目标是值得肯定的，即"洗出《红楼梦》的本来面目"，彰显《红楼梦》真实的艺术魅力，因此，张爱玲考辨《红楼梦》的突出亮点正在于其中"闪烁"的"文学洞见与品味"。《红楼梦魇》是《红楼梦》成书研究的第一部红学专著，它的拓新意义显而易见。张爱玲的《红楼梦》版本考辨是对俞平伯文学考证路向的承继，却比俞平伯更加贴近《红楼梦》文本。当然，这种"贴近"究竟多大程度上印证了曹雪芹创作时的真实想法，毕竟难以证实。《红楼梦魇》对于《红楼梦》文本由"初详"至"五详"的写法的确别具一格，以至于给人以"看不懂"的阅读感受，这也影响了《红楼梦魇》的传播及对于它的研究。不过，周汝昌的《张爱玲与红楼梦》一书无疑扩大了《红楼梦魇》的影响。《红楼梦魇》在百年红学史上的学术价值并不明显地逊色于《金锁记》在现代小说史上之文学价值，尽管两者的可比性有待确证，却能充分地说明张爱玲作为作家型学人的实力。或者说，张爱玲在"作家学者化"方面做得要比林语堂更令人佩服，更具有范式意义。

皮述民的红学代表著作即《红楼梦考论集》《苏州李家与红楼梦》《李鼎与石头记》，尤其收录于《苏州李家与红楼梦》的《苏州李府半红楼》《脂砚斋应是李鼎考》两篇论文，可谓独辟蹊径。皮述民一改过去将曹雪芹、脂砚斋、贾宝玉密切联系的思路，形成了"李鼎、脂砚斋、宝玉三位一体"的新认识，这是"翻案"所结出的果实。当然，皮述民最具新意的"翻案"还在于他提出了这样的命题："李学"即打破红学谜关之学！之所以提出这样的命题，是因为在他看来"唯曹说"已经不能把一些真相讲清楚，红学研究最需要有突破性的发展。皮述民的红学代表著作能够提供独具启示性的视角，他由"曹学"推演出"李学"的学术勇气足以显示其"自由流动的优势而较少顾忌"的学术个性。当然，由于"李学"的述学策略和方法与"红学"和"曹学"并无根本区别，"曹贾互证"与"甄李互证"均脱离不开"自传说"的影响。况且，"曹学"至今尚存非议，"李学"之说难免节外生枝之嫌。不过，皮述民则信心饱满，且期许很高，在他看来，"李学"兴则"红学"有望。"李学"的倡导无疑激励着"曹学"的不断精进，对于"红学"的拓展同样具有一定的激励作用。

浦安迪的红学代表著作即《〈红楼梦〉中的原型与寓意》《红楼梦批语偏全》。此外，《浦安迪自选集》选录的六篇评论《红楼梦》的文章是浦安迪自己精选的佳作。浦安迪声称自己是"以外国学术界的眼光来治中国文学遗产"，这一说法是诚恳的，他的《红楼梦》研究成果的确实现了"略补国内学者和读者的看法"的学术期许。浦安迪的《红楼梦》研究业绩主要体现在以下两方面：一是观照《红楼梦》原型寓意；二是另辟《红楼梦》评点蹊径。周汝昌最看重浦安迪在《红楼梦》研究方面的"文化"立意，即对中国文化下功夫研求理解，深造有得，又能从叙事美学、接受美学、结构主义分析等角度提出值得重视的创见。浦安迪试图以《红楼梦》为例来研究中国文学理论即中国文学叙事传统和理论，相比较运用西方文学理论来研究《红楼梦》的立意和方法，浦安迪的立意和方法显然更接地气，尤其值得致力于建构中国叙事学的学者借鉴。浦安迪并不仅仅满足于"很方便"地使用文献材料，他对这些《红楼梦》批语进行了一番另辟蹊径的研究尝试，这一尝试的成果即《红楼梦批语偏全》，成为《红楼梦》批语研究方面的拓新成果。浦安迪的《红楼梦》研究视野相对开阔，融通中西而双向借径的方法尤其值得表彰。浦安迪曾受到钱锺书、周汝昌的热情表彰，这也足以说明他的学术影响力。

伊藤漱平的红学观点集中体现在他所撰写的《试论曹霑与高鹗》《红楼梦在日本的流传》等五十余篇系列研红论文及《红楼梦》日文译本方面。他最为关注曹雪芹的家世生平、脂砚斋评语、《红楼梦》版本源流及成书过程、后四十回续书等方面的话题。不仅论文数量超过了其他日本的红学家，论文质量也具有较高的学术水平。《红楼梦》日文译本极大地推进了《红楼梦》在日本的传播，促进了日本红学的发展。伊藤漱平在日本红学史上的学术地位主要取决于他在《红楼梦》研究及《红楼梦》翻译两个方面的业绩，当然也体现在直接或间接地培养日本红学研究者方面。伊藤漱平的《红楼梦》研究注重考据，以实证为主，且文风朴实，不仅彰显了日本汉学界的朴学传统，同时为日本学界的红学研究树立了典范。伊藤漱平特别注重文献资料的整理，尤其对日本本土《红楼梦》研究资料的搜集和重视，使他做出了为人称道的成果。伊藤漱平的《红楼梦》研究选题和方法能够直接参与各种红学论争，他以"新红学考证派"的学术作风获得了红学界的认同。

余国藩的红学代表著作即《重读石头记：红楼梦里的情欲与虚构》。《重读石头记》一方面从学理上系统地阐述了《红楼梦》的虚构性特质，一方面充分地运用了欧美文学研究的多种理论方法，在欧美人文社科学界引起了很大反响，并由此奠定了余国藩在美国红学研究领域的领先地位。《重读石头记》于1997年出版之后，在学界引起了很大反响，且由此奠定了余国藩在美国红学研究领域的学术地位。并且，《重读石头记》的影响不仅限于欧美学界，也不仅限于红学研究领域，这正凸显了余国藩红学研究成果的范式意义。余国藩在运用西方理论对《红楼梦》作文学阐释乃至文化阐释过程中，并非刻板地采用"以西释中"的阐释策略或方法，尽管这种策略或方法最为常见。余国藩为求《红楼梦》研究的理论化而搬运理论，大胆而谨慎地将西方文艺理论尽善尽美地运用于《红楼梦》阐释，并随时注意合理解决这一运用过程中所必须考虑到的适用性和契合度的问题。从余国藩的红学批评实绩来看，可以认为，他是行进在王国维铺设的红学批评的桥梁之上并做出了突出贡献的后继者。余国藩的《重读石头记》具有鲜明的启示意义：《红楼梦》的经典意义正在于不断地被"重读"之过程中。

上述学人分别在版本考辨、本旨索隐、文本批评、红学史述、学风建设、译本传播等方面取得了各具拓新意义的成果，这些成果显然是百年红学学术史的重要组成部分，其中一些成果独具学术范式意义，有些学人的学术影响甚至超出了红学学科。《港台及海外红学学案》立案考述的学人中的"海外学人"主要为美国学者，尤其是华裔美国学者。美国汉学的研究成果被大量译介，而当代中国学人的著作只是很少几种被美国人主动翻译：就评介机制来看，美国的 SSCI 期刊比国内的 CSSCI 期刊更权威，更能表明学术水准和国际影响力；至于群趋美国受国史则早在三十年前就开始了，至今方兴未艾。❶ 美国汉学的研究水准相对比较高，国际影响力相对比较大，这是不容置疑的事实，这也是笔者《港台及海外红学学案》之所以为诸多美国籍学人立案的重要依据之一。张惠《红楼梦在美国》（中国社会科学出版社 2013 年）一书系统考察了美国红学的业绩和影响，同时对美国红学的贡献和启示意义做了相应的总结，可以参看。可以肯定地说，以周策纵、赵冈、余国藩、浦安迪等为代表的美国籍华裔学人在红学方面的贡献不仅影响了美国的汉学研究格局和水平，同时影响了红学的整体发展格局和水平。中国留美学人在《红楼梦》研究方面取得的成果和业绩，尤其他们的研究方法和撰述方式对中国本土《红楼梦》研究方面的影响有待于做更加全面深入的专题研究。当然，整个欧美红学颇具影响力的红学学人尚有更多值得立案考述者，假以时日，容笔者撰著《海外红学学案》时补录"海外红学学案"案卷之中亦为时未晚。当然，无论是美国红学学人或者美国红学之外譬如港台红学学人，一旦立案考述，均堪称红学领域之翘楚，其红学成果对于红学学术史建构、红楼文献学建构、红学学科建设等具有不可替代的学术价值。

叶桂桐在《中国古代小说概论》一书中说："西方的红学研究，一般说来，50 年代以前是处于综合介绍的阶段，60 年代以后则有了长足的进展，其间美、英两国学者的研究成绩尤为突出。美英学者的论著，明显特点是更多地运用西方文艺理论来探究《红楼梦》的主题、寓意、艺术结构、艺术风格。如：弗里西斯·韦斯特布鲁克《论梦、圣贤和落凡的仙人：〈红楼梦〉中的现实、幻觉和痴》，戴维·霍克斯的《象征主义小说〈红楼梦〉》，黄金铭《观点、标准、结构：〈红楼梦〉的两个世界》，卢西恩·米勒的《红楼梦小说的面纱：神话摹拟及人物》，埃德温的《红楼梦反映的中国三种思想方式》，浦安迪的《〈红楼梦〉中的原型与寓意》，鲁道夫的《隐士与落拓者：中国与西方文学的两种不同类型》等文，皆是其例。"❷ 笔者之所以在众多美英学者中选取浦安迪以立案考述其红学志业，主要基于浦安迪在以下三个方面所做出的突出成绩：学术成果的创见、红学史的地位、国际汉学的学术影响力。当然，以浦安迪为代表的美国学者的红学研究也陆续受到一些批评，

---

❶ 顾钧：《美国汉学纵横谈》，华东师范大学出版社 2016 年版，第 132 页。
❷ 叶桂桐：《中国古代小说概论》，台北文津出版有限公司 1998 年版，第 379 – 380 页。

夏志清曾说:"近年来,在台湾地区,在美国,用新观点批评中国古典文学之风大开,一派新气象,看样子好像研究水准已超过了钱锺书写《谈艺录》的时代。但这种外表的蓬勃,在我看来,藏着两大隐忧。第一,文学批评愈来愈科学化了,系统化了,差不多脱离文学而独立了。在我看来,'文学'是主,'批评'是宾,现在的趋向是喧宾夺主,造成本末倒置的现象。"❶ 夏志清的观点是具有代表性的,他的隐忧源自"文学"在文学批评活动过程中的主体地位的渐行渐远。若以此来观照红学研究过程,这种隐忧同样很有针对性。不过,红学批评的"科学化""系统化"是否就意味着"本末倒置"呢?这里涉及如何理解红学中的文学批评何以为"学"的问题,即"批评"与"学术"之间的边界问题。夏志清的第二个隐忧即"机械式'比较文学'的倡行","大半有'比较文学'味道的中国文学论文,不免多少带些卖野人头的性质"❷。夏志清的第二个隐忧恰恰直击"比较文学"的弊端,这一弊端在红学研究领域一度泛滥成灾。不过,无论是宋淇还是余国藩,他们在运用"比较文学"评论《红楼梦》时,"卖野人头的性质"的弊端并不是那么显而易见。夏志清尚有另一看法:"研究西洋文学,非得人在国外,用西文书写研究成果,才能博得国际性的重视。在近日大陆,西洋文学研究者只有一条路可走:翻译名著。"❸ 夏志清这篇题为《重会钱锺书纪实》的文章完稿于1979年5月27日,时至今日,世事变迁,学术不断取得进益,夏志清的断言果真有效否?至少《红楼梦》研究或曰红学研究并没有形成"非得人在中国,用中文书写研究成果"的成见,只要业绩可观,亦能"博得国际性的重视",譬如浦安迪、余国藩、伊藤漱平,等等。当然,萧公权所指出的现象显然并不少见,他说:"美国一般学者研究中国历史或文化,往往首先设立'假定',如何搜寻资料来'证明'所设的假定。我不敢,也不能采用这种研究方法。"❹ 这种情形是如何造成的呢?萧公权认为:"各大学里有些研究中国历史的美国学者,不愿(或不能)广参细考中文书籍,但又必须时时发表著作,以便维持或增进他们的声誉,或博取升级加薪的待遇。天资高一点的会从涉猎过的一些资料中'断章取义',挑出'论题',大做文章。只要论题

---

❶ 夏志清:《人的文学》,福建教育出版社2010年版,第175页。
❷ 夏志清:《人的文学》,福建教育出版社2010年版,第178-179页。
❸ 夏志清:《新文学的传统》,新星出版社2010年版,第269页。
❹ 萧公权:《问学谏往录》,岳麓书社2007年版,第40页。

新鲜，行文流畅，纵然是随心假设，放手抓证的产品，也会有人赞赏。作者也沾沾自喜。这种作风竟有点像王阳明在《书石川卷》中所说：'今学者于道如管中窥天，少有所见即自足自是，傲然居之不疑。'哈佛大学远东语言系教授杨联陞兄于一九六〇年七月中出席中美学术合作会议时，比较中美学者的短长，指出中国学者长于搜集史料，美国学者长于论断史实。两者应当相辅相成，使前者不至于见树而不知林，后者不至于'把天际浮云误认为地平线上的丛树'。这是'一针见血'而出以含蓄的妙语。我平素所做带着'野狐禅'意味的工作不能代表中国学者的正宗法门，但也想对少数美国学者所走的方便法门有所匡救。"[1] 萧公权所指出的现象至少在笔者所选取的美国学者中并不突出，尽管并非都能将"搜集史料"与"论断史实"两方面做到"兼美"。

笔者在撰述《港台及海外红学学案》过程中逐渐形成关于海内外红学的整体认识或者整体评价：尽管红学的"主流"在中国大陆，中国港台地区及海外是"支流"，"支流"只有汇聚到"主流"中来才能够显示其特有的活力。其实"主流"和"支流"是一个整体，若就"红学"学科而言，绝无"厚此薄彼"或"厚彼薄此"之必要；若就"红学史"而言，缺少"支流"是不完整的，是偏狭的。值得一提的是，"支流"因自由流动的优势而较少顾忌，往往能够提供独具启示性的视角和范式；而"主流"则具有"海纳百川"的气度，尽管鱼龙混杂，但气象宏大。显而易见，"支流"不能独立于"主流"而独立发展，"主流"则因吸纳"支流"而气势更加宏大。上述学人所代表的港台及海外红学无论在理念、方法、视角方面，抑或在学术个性、学术承传、学术精神方面，既有与大陆红学相同或相通处，又有一定的甚至较大程度上的相异处。他们或直接承受中国古代传统学术的影响，或主要承受民国学人诸如王国维、蔡元培、胡适、顾颉刚、俞平伯等的影响，或在承受民国学人影响的同时主动接受欧美学术的影响，或主要承受着欧美学术的影响而心仪中国传统文化。总之，通观他们的红学业绩及取得这些业绩的模式、理念、方法、路径，他们均能进入"红学"之堂奥而共建这一门最具中国传统文化特性之学科。当然，无论是港台学人抑或是海外学人，他们都可能存在着难以摆脱的原有思维模式之局限或弊端，他们的红学研究可能也难

---

[1] 萧公权：《问学谏往录》，岳麓书社2007年版，第224页。

免会有偏狭之弊或隔靴搔痒的毛病。不过,若就红学学科发展而论,但凡值得立案的学人,无论是港台学人抑或是海外学人,他们在红学史上都堪称"有影响的少数几家"。(笔者按:杜维明曾说:"诠释总是相对的、无限的,不可能只此一家,但多种多样的诠释中,有影响的又是少数几家。"❶)

  最后需要强调的是,《港台及海外红学学案》与《红学学案》不仅是为现代学术寻找真实而鲜活的为学传统,其服务于红学学科重建的学术目的同样十分鲜明。笔者曾在《周汝昌红学论稿》序言中说:"周汝昌提出'红学是中华文化之学'的'初心'是在救活红学,这一用心乃隐含于命题之中,一些红学中人并没有看出来罢了;当然,周汝昌提出'红学四学'之说亦救活红学之用心,这一用心同样没有被看出来罢了。"❷ 笔者撰著《港台及海外红学学案》(包括《红学学案》及即将撰著的《民国红学学案》)同样葆有"救活红学"之"初心",这一用心乃隐含于每一个"案宗"、每一组"案卷"之中了。

---

❶ 刘梦溪:《中国现代文明秩序的苍凉与自信——刘梦溪学术访谈录》,中华书局2007年版,第40页。

❷ 高淮生:《周汝昌红学论稿》,知识产权出版社2017年版,第6页。

目录

宋淇的红学研究：辨明红学方向，探究红楼艺境　1

　　引言　1

　　一、启迪时人之鸿文：《论大观园》和《新红学的发展方向》　5

　　二、治学之典范：融通中西、融通文本和文献　12

　　三、由文本而文化：接续王国维而别开生面　22

　　结语　27

　　附录：宋淇学术简历　31

梅节的红学研究：考论立新说，辨伪以求真　32

　　引言　32

　　一、考论视野开阔，话题意识特强　35

　　二、作者卒年"新考"与版本问题"创见"　40

　　三、红学学风的思考与批判　47

　　结语　53

　　附录：梅节学术简历　54

潘重规的红学研究：索隐旧途迷不悟，校红述史开新篇 56

引言 56

一、红楼血泪史："反清复明"是《红楼梦》的本旨 58

二、抬学问杠：态度和方法之论辩 66

三、誉大于毁：《红楼梦》"校勘"和红学"述史" 74

结语 80

附录：潘重规学术简历 82

周策纵的红学研究：陌地生痴心但求解味，白头存一念推广红学 84

引言 84

一、《红楼梦》的研究态度和研究方法 86

二、关于"新校本"的意见和建议 98

三、"两周"（周策纵和周汝昌）交谊关乎红学 106

结语 113

附录：周策纵学术简历 115

赵冈的红学研究：勤于家世版本梳理，试图建设性之贡献 117

引言 117

一、《红楼梦新探》的"红学史"的特征及其学术影响 120

二、围绕《红楼梦新探》的学术论争 129

三、研究方法与论辩方式之争 137

结语 141

附录：赵冈学术简历 142

林语堂的红学研究：平心论高鹗，到底意难平 144

引言 144

一、高鹗是否续书 149

二、高鹗续书如何评价 157

三、论证策略与持论态度 162

结语 168

附录：林语堂学术简历 170

张爱玲的红学研究：十年一觉迷考据，赢得红楼梦魇名 172
  引言 172
  一、是创作不是自传 174
  二、成书研究：一稿多改 182
  三、"不近人情"的批评：周汝昌评张爱玲 188
  结语 196
  附录：张爱玲学术简历 202

皮述民的红学研究：走出"自传说"拘囿，开拓"李学"新境 203
  引言 203
  一、"苏州李府半红楼"："李学"之奠基 205
  二、"李学"：打破红学迷关之学 211
  三、"曹李互证"之研究方法 216
  结语 222
  附录：皮述民学术简历 224

浦安迪的红学研究：观照《红楼梦》原型寓意，
另辟《红楼梦》评点蹊径 225
  引言 225
  一、《红楼梦》原型寓意研究 227
  二、《红楼梦》批语研究 234
  三、《红楼梦》研究的比较视野和融通中西的双向借径方法 240
  结语 249
  附录：浦安迪学术简历 254

伊藤漱平的红学研究：从来考辨见功力，研红何惧费精神 256
  引言 256
  一、《红楼梦》研究的范围和志趣 258
  二、《红楼梦》翻译的周到细心与精益求精 265
  三、注重考据，文风朴实 271

结语 276

附录：伊藤漱平学术简历 279

余国藩的红学研究：重读《石头记》知史传虚话，细按《红楼梦》乃大旨谈情 281

引言 281

一、《红楼梦》的虚构诠释 284

二、《红楼梦》的双向阐释 291

三、《重读石头记》的影响 297

结语 301

附录：余国藩学术简历 303

后　记 304

宋淇的红学研究：

辨明红学方向，探究红楼艺境

引　　言

　　夏志清说："林以亮（笔者按：即宋淇）是公认有成就的学人、散文家，在诗、翻译和《红楼梦》这三方面的研究贡献颇多。"❶ 宋淇不仅是红学研究名家，也是中国香港红学事业的有力推动者之一，同时一贯热心推动中国港台地区和海外的红学研究事业。据宋淇致张爱玲信（1974年8月17日）称："有一位朋友到台湾去，回来之后，大为奇怪，说我在那边比在香港名气大得多，我想主要原因是那边读书的风气较盛。"❷ 尽管大陆学人引述、评介宋淇的红学观点比较晚，但并没有忽视宋淇在海外红学发展的特殊贡献和深远影响。冯其庸、李希凡主编的《红楼梦大辞典》（笔者按：《红楼梦大辞典》由文化艺术出版社1990年出版，宋淇称"是一本划时代的巨著"❸）便将宋淇列为"著名红学家"。《红楼梦大辞典》所列"著名红学家"包括蔡元培、王昆仑、吴世昌、吴恩裕、潘重规、周汝昌、宋淇、冯其庸等。宋淇在《新红学研究的定位——评〈红楼梦大辞典〉》一文中说：综观以上八位"各人业有专长，但对《红楼梦》研究均有数十年如一日献身的精神，因此都有其具体贡献。"❹ 冯其庸认为：宋先生确实是香港红学界的最杰出的一位人物，

---

❶ 夏志清：《人的文学》，福建教育出版社2010年版，第158页。
❷ 张爱玲、宋淇、宋邝文美：《张爱玲私语录》，北京十月文艺出版社2011年版，第194-195页。
❸ 宋淇：《红楼梦识要》，中国书店2000年版，第306页。
❹ 宋淇：《红楼梦识要》，中国书店2000年版，第310页。

· 1 ·

也是全国红学界中间的杰出人物。他的著作放在国际范围内来考察也是第一流的学术著作。❶ 陈维昭则在《红学通史》中说：海外红学在意义阐释方面出现了一批思想敏锐、学养深厚、学贯中西的研究者，如夏志清、宋淇等，他们共同为《红楼梦》的意义阐释开辟出一个新的天地。❷

宋淇说："最可惜的是王国维在文学批评方面建立了桥头堡，后起无人，没有人做更深入的研究。"❸ "桥头堡"的形象说法出自《〈红楼梦〉识要：宋淇红学论集》，该书集中体现了宋淇的红学批评观点和思想。蔡义江说："以宋淇在红坛先贤中的地位而论，我敬之为香港的俞平伯。但他的研究并非俞平伯的路子，而更倾心于20世纪初的王国维。"❹ 这位"香港的俞平伯"善于运用"文学考证"由"识小"而"识要"，若从这一层面上说，他的研究可谓俞平伯的路子无疑，只不过他在《红楼梦》意义阐释方面更加侧重于文学和哲学兼顾的旨趣。宋淇曾说："王国维的论文发表到目前已六十七年，现在正是我们继续在他所建立的桥头堡登陆的时候：向前突破的时机到临了！"❺ 宋淇号令般的呐喊实在是基于这般考量：新红学的发展应当在王国维的路子上"接着讲"，才能取得别开生面的学术成果。其实，俞平伯后期所指出的红学方向正与宋淇的召唤同出一辙，即"今后似应多从文、哲两方加以探讨"❻。

梁归智说：宋淇身后出版了遗著《红楼梦识要：宋淇红学论集》，共三十万字，要讲数量，不是很大，但讲质量，则颇有可观，蔡义江尊之为香港的俞平伯。宋淇走的路子，确实比较接近俞平伯，就是特别在小说的"文学考证"方面下了很大的功夫，能深入文本的细部，有很好的艺术感觉，也就是他自己标榜的"未识其小，焉能说大"。这就又触及了红学的"节骨眼"，就是只要真正深入了曹雪芹的文心和《红楼梦》的文本，那就必然要步入探佚的领域，也就会有真正的艺术创获。综览《红楼梦识要》，其严格区分曹雪芹原著和后四十回"两种《红楼梦》"的学术立场，也是不言而喻的。对比俞平伯晚年"反思"所谓"程伟元、高鹗有功，胡适、俞平伯有罪"云

---

❶ 《宋淇〈红楼梦识要〉出版座谈会纪要》，载《红楼梦学刊》2001年第2辑。
❷ 陈维昭：《红学通史》，上海人民出版社2005年版，第247页。
❸ 宋淇：《红楼梦识要》，中国书店2000年版，第6页。
❹ 宋淇：《红楼梦识要》，中国书店2000年版，第1页。
❺ 宋淇：《红楼梦识要》，中国书店2000年版，第11页。
❻ 俞平伯：《红楼梦心解—读〈红楼梦〉随笔》，陕西师范大学出版社2005年版，第276页。

云,宋淇的识度见解其实还远高于俞平伯。❶梁归智说宋淇的研红文章"颇有可观",实为确论;至于"识度见解远高于俞平伯"这一评价的确很高了,是否中肯则有待商榷。

宋淇红学研究的鲜明特点即小中能见大、宏观与微观结合。宋淇对于《红楼梦》的"识要"有两个紧要方面:一方面辨明红学方向,即对红学格局与方向的辨识;另一方面探究红楼艺境,尤其《红楼梦》的文学艺术价值。蔡义江说:"宋淇是一位难得的清醒的红学家,研究的路子很正,他从不作那些耸人听闻的新奇的高论;但又言必有物,有自己的新发现,总能给人以许多启迪和裨益。这是非常不容易的。好从文学批评的视角看问题,是宋淇红学文章的一个特点。我想,不忘《红楼梦》本身的文学价值,也许正是他时时能大处着眼,把握方向,步在正道上的一个原因。"❷蔡义江所说"研究的路子很正"这方面评价可参看宋以朗撰著《宋家客厅:从钱锺书到张爱玲》所引钱锺书的观点:"我父亲和张爱玲都研究《红楼梦》,杨绛也曾经写过有关《红楼梦》的论文,所以他们之间的通信也很自然地聊起'红学'。钱锺书在1980年2月2日给父亲写了一封信:'兄治红学之造诣,我亦稍有管窥,兄之精思妙悟,touch nothing that you don't adorn(触手生辉)……弟尝曰:近日考据者治《红楼梦》乃'红楼'梦呓,理论家言Red Chamber Dream(红楼梦)乃Red Square Nightmare(红楼梦魇)。此可为知者道,难与俗人言。'所谓'红楼梦魇'呢?这应该是嘲笑某些人将西方文艺理论硬套在《红楼梦》之上。钱锺书在后来一封信上曾说:'国内讲文艺理论者,既乏直接欣赏,又无理论知识,死啃第四五手之苏联教条,搬弄似懂非懂之概念名词,不足与辩,亦不可理喻也。'"❸宋淇能够直接欣赏《红楼梦》而"精思妙悟",虽懂西方文艺理论却并非将这些理论硬套在《红楼梦》之上。

张爱玲一直很关心宋淇的写作,她致宋淇信(1974年6月29日)说:"你关于《红楼梦》的书希望早日写完。"❹宋淇则在致张爱玲的信(1974年8月日)中说:"此外,有正大字手抄本《红楼梦》也有人想印,也在找我

---

❶ 梁归智:《误解与知音——从余英时的"两个世界"到"红学探佚学"》,载《山西大学学报(哲学社会科学版)》2006年第5期。
❷ 宋淇:《红楼梦识要》,中国书店2000年版,第2页。
❸ 宋以朗:《宋家客厅:从钱锺书到张爱玲》,花城出版社2015年版,第274页。
❹ 宋以朗:《张爱玲私语录》,北京十月文艺出版社2011年出版,第194页。

写序，看上去也逃不掉，好在这些都是我喜欢做的事，做起来并不成为一种负担……然后期以二年再出一本《红楼梦》的论文集，那么也总算有点东西可以交卷了。"❶ 可见，宋淇很喜欢做有关《红楼梦》方面的事情，他对《红楼梦》研究的计划也很明确。他说："我的《红楼梦论文集》第一册定名为《红楼一梦》，尚差十分之一，希望年底前交出。除论文外有《红楼梦识小》八篇、《红楼浅斟》四篇、《红楼一角》八篇，相当热闹。第二册是《红楼梦的情榜》，草稿已完成十九，还得抄订，《前言》一开始就讨论脂评的误认和误抄，太专门化了，文美看了都说不太明白，只好重写。最好一章四副册，已写了一半，最后一半尚待根据笔记写完，亦可望于今年年底前完成。第二册一册论文集只怕我不够精力来毕全功，一共十篇，已发表者四篇，一篇有演讲稿，三篇有笔记，两篇有构思而须从头细读做笔记，除非能保持健康到一九九四年或有完成之望。其余文章我已声明'金盆洗手'，不再写了。你如有兴趣，我下函同你谈《情榜》如何？"❷ 遗憾的是因为健康的原因，宋淇拟定的《红楼梦论文集》难以最终完成。由此可见，已经出版的《红楼梦识要》并非宋淇全部成果的结集，不过足以全面显示其红学业绩及学术个性。宋淇邀请张爱玲谈《情榜》，张爱玲说："这些时一直忙得定不下心来看《情榜》，老是惦记着，这才拿出来看。拟得对极了，书中云雾迷雾的一个大缺口终于补上了，像补天一样。"❸ 既然如张爱玲所称"拟得对极了"，也可见宋淇对于《红楼梦》文本的精熟和悟性。

宋淇的另一部著作《〈红楼梦〉西游记——细评〈红楼梦〉新英译》则充分地显示了他集翻译家、文学评论家及红学家于一身的能耐，表征了宋淇翻译家而兼红学家的身份。并且，该著述不仅开了霍克思英译本研究之先河，且已然成为《红楼梦》霍克思译本研究的新范式。

---

❶ 张爱玲、宋淇、宋邝文美：《张爱玲私语录》，北京十月文艺出版社 2011 年版，第 194 页。
❷ 张爱玲、宋淇、宋邝文美：《张爱玲私语录》，北京十月文艺出版社 2011 年版，第 271 – 272 页。
❸ 张爱玲、宋淇、宋邝文美：《张爱玲私语录》，北京十月文艺出版社 2011 年版，第 274 页。

一、启迪时人之鸿文：
《论大观园》和《新红学的发展方向》

  宋淇红学观点的影响尤以《新红学的发展方向》和《论大观园》两篇论文最为著名，其中《论大观园》一文受到张爱玲的激赏。张爱玲说："《论大观园》是真好到极点，又浑成自然，看了不由得想到'文章本天成，妙手偶得之'，如果没经你写出来，仿佛总觉得应该有在那里，其实连近似的也没有过。"❶ 张爱玲不仅精熟《红楼梦》，同时又能精研《红楼梦》（有《红楼梦魇》一书出版），她对《论大观园》一文的激赏表明了宋淇在精熟《红楼梦》和精研《红楼梦》方面非同一般的能力。蔡义江则由《论大观园》一文联想到了《〈红楼梦〉的两个世界》，他说："美国华裔学者余英时有《〈红楼梦〉的两个世界》一书，为海内外治《红》者所瞩目。据说余氏的基本观点，实源于宋淇的《论大观园》一文，我完全相信。"❷ 蔡义江的这一看法是有代表性的，杜春耕也持这一看法："余英时先生的'典范论'是他对'红学'发展的理性剖析，是一个以几个'典范'为支点的简易红学思想史。他开了一张解决红学危机的药方：'红楼梦中的两个世界'。而余先生明言他的理想世界与现实世界的构思来源于宋淇先生的《论大观园》一文。"❸ 梁归智则认为："余英时'两个世界'的理论构架奠基于宋淇《论大观园》一文之上，《论大观园》其实也是一篇探佚论文，只是切入角度偏重文学分析而已。"❹ 陈维昭则认为：宋淇《论大观园》和《新红学的发展方向》两篇重要论文，是和余英时的两篇文章即《红楼梦的两个世界》和《近代红学的发展与红学革命——一个学术史的分析》一样，前者分析大观园，后者在此基础上探讨红学的学术史问题包括红学范式问题。❺ 由此可见，《论大观园》和

---

❶ 张爱玲、宋淇、宋邝文美：《张爱玲私语录》，北京十月文艺出版社 2011 年版，第 191 页。
❷ 宋淇：《红楼梦识要》，中国书店 2000 年版，第 3 页。
❸ 《宋淇〈红楼梦识要〉出版座谈会纪要》，载《红楼梦学刊》2001 年第 2 辑。
❹ 梁归智：《误解与知音——从余英时的"两个世界"到"红学探佚学"》，载《山西大学学报（哲学社会科学版）》2006 年第 5 期。
❺ 陈维昭：《红学通史》，上海人民出版社 2005 年版，第 247 页。

《新红学的发展方向》的影响广布，其启迪意义不容置疑。至于说宋淇的文章直接启发了余英时的《〈红楼梦〉的两个世界》一书基本观点的形成，这是不是事实呢？且看余英时在《〈红楼梦〉的两个世界》"自序"中如何说：《近代红学的发展与红学革命》与《〈红楼梦〉的两个世界》"这两篇论文的大意是远在十七八年前就早已蓄之于胸了，并且还不止一次地向少数朋友们谈论过。但是腾之于口和笔之于书大不相同，后者要求更紧密的组织和更严谨的逻辑"。❶他又在《眼前无路想回头——再论红楼梦的两个世界兼答赵冈兄》一文中说："我的'两个世界论'是藏之心中已久的一种说法，记得1960年的秋天，我已在美国剑桥的一个中国同学的学术讨论会上讲过这套理论，后来在密歇根大学与赵冈兄共事时我也向他提过这个观点。不过赵冈兄的兴趣在考证，对我所说的一套似乎不曾留意而已。至于宋淇兄《论大观园》一文，我看到时已很迟，1973年10月我在香港中文大学准备'两个世界论'的讲演其间始得入目。所以我本没有发现过什么毛病，而且我也看不出宋淇兄的原文有什么特别不妥的见解。我当时只觉得很高兴，因为我们两人真有许多不谋而合的见解。所以后来撰文时，凡是我早已看到的地方而宋淇已先我而发者，我都不再重复。我的'两个世界论'并没有任何要为宋淇兄修补理论的漏洞的意思。"❷若果如他的这一说法，那么，蔡义江的"据说"就只能存疑了。不过，正如他自己所说"腾之于口和笔之于书大不相同"，毕竟宋淇两篇论文已在余英时演讲之前"笔之于书"，并分别刊于1972年2月的《香港所见红楼梦研究资料展览》和1972年第9期《明报月刊》，可见，尽管是"不谋而合"的见解不期然而相同，也显见宋淇学术眼光的超前不俗。

当然，由于20世纪七八十年代的大陆学人和读者对宋淇的红学观点比较陌生（笔者按：《红楼梦识要：宋淇红学论集》出版已很晚），所以，"得风气之先"的机会自然是错过了。陈维昭说："自1921年至1949年，实证红学成为红学的主流，当人们意识到《红楼梦》的小说性质、文学性质的时候，人们就会对这种研究格局深感不安与不满。余氏对'考证红学'的冲击正是表达了人们的这种情绪……1978年以后，主体性思潮席卷中国大陆，余氏对李、蓝反映论范式的冲击，对作家的美学建构的强调，正好与大陆的主体性

---

❶ 余英时：《红楼梦的两个世界》，上海社会科学院出版社2002版，第1页。
❷ 余英时：《红楼梦的两个世界》，上海社会科学院出版社2002版，第77页。

思潮相合拍。大陆学人通过评介、引述余氏观点，表达了新时期的文艺新观念。同时，'新红学'在下一时期再度复兴、愈演愈烈，可见余氏的警示为得风气之先，红学的畸形发展使大陆学人乐意于借用余氏对'考证红学'的无情否定。"❶ 这是"两个世界论"发表以后，余氏红学观念因"得风气之先"引起了广泛而深远的影响，当然，既有正面影响，也有负面影响。这两个方面的影响在陈维昭《红学通史》中"余英时的意义及其负面影响"一节里有详细叙述，这里不再引述。"两个世界论"的影响不限于中国大陆，在海外竟引起了一场论争，这场论争主要是在余英时与赵冈之间展开的，是所谓旧理论的"盛衰论"（赵冈）与新理论的"理想世界论"（余英时）两种学术旨趣和取向之间的论证，被刘梦溪的《红楼梦与百年中国》列为"第十六次论争：赵冈与余英时讨论《红楼梦》的'两个世界'"。刘梦溪对这次论争这样评价："这是一次有较高学术水平的讨论，不像有的红学论争那样，学者的意气高于所探讨的问题。赵冈在文章中一开始就声明，他是站在为朋友效忠的反对者的立场，来检讨对方的观点和理论；余英时亦表示感谢赵冈一再诚恳指教的好意，观点虽各不相让，却不失学者风度，使论争起到了互补的作用。"❷

为什么"得风气之先"的不是宋淇而是余英时呢？一般的看法有两层意见：一则余英时早于宋淇广为中国大陆学人和读者所知，余英时的学术影响是宋淇所不具备的；二则余英时对"新典范"的界定所显示的红学史认识超越了宋淇。这第一层意见是客观事实，无须争辩，尽管余英时在《红楼梦大辞典》中还不是"著名红学家"。为什么余英时不是"著名红学家"呢？按照宋淇的理解："余英时的《〈红楼梦〉的两个世界》为近年来难得一见的杰作，尤其提出'典范'的说法来解释红学派别的兴衰，但《大辞典》并没有称他为著名红学家，因为他的专长和贡献是中国思想史，《红楼梦》只是他到香港来访问香港中文大学时，才着手成书的，回美国后，不再见他有新著发表，在'红学书目'中却对他《〈红楼梦〉的两个世界》有极详细的介绍，并称之为'一本有影响的红学专著'，而'书目'一向仅列书名，从不表示编者意见。"❸ 至于这第二层意见则并非完全一致。陈维昭坚信余英时所

---

❶ 余英时：《红楼梦的两个世界》，上海社会科学院出版社2002版，第77页。
❷ 刘梦溪：《红楼梦与百年中国》，河北教育出版社1999年版，第391页。
❸ 宋淇：《红楼梦识要》，中国书店2000年版，第311页。

提出的学术转向影响之所以更大，是因为"余英时这两篇文章的基本描述方法、论证方法和基本论断为学术界（不仅仅是红学界）所认同，并成为很多有关论著的基本立场和观点"❶。"正是对于新典范的这两个特点的界定，使得余英时对于《红楼梦》研究史的认识大大地超越了宋淇。"❷ 这两个特点即一方面强调《红楼梦》是一部小说，并特别重视其中所包含的理想性与虚构性；另一方面则认为作者的本意隐藏在小说的内在结构之中，并尤其强调二者之间的有机关系。刘梦溪则认为："余英时先生的《近代红学的发展与红学革命》一文，可以视作红学史论的代表作。如果说蔡元培的《石头记索隐》、胡适的《红楼梦考证》、王国维的《红楼梦评论》，对历史上的索隐派红学、考证派红学和小说批评派红学的确立具有典范意义，那末英时先生此文在红学史论方面也具有学术典范的意义。他是从学术史的角度对红学的学科特征给以界说的第一人。"❸《近代红学的发展与红学革命》一文与有同样性质的《新红学的发展方向》的史论意义该如何评价呢？如果认为余英时正是在宋淇的基础上提出了他的著名的"新典范"的话，那么，《新红学的发展方向》的学术史论意义自然是不可小觑的。因为，宋淇为红学指出的方向是用文学批评和比较文学的观点来研究和分析《红楼梦》的文学艺术价值，余英时正是基于这一方面而提出了他的"新典范"说。

且看梁归智如何看待余英时和宋淇之间的联系与区别。他认为，余英时和宋淇的红学研究，本质是追求曹雪芹的"原意"和《红楼梦》原著的完整艺术构思，其实与红学探佚研究一脉相通。他们追求的"红学革命"没有实现，根本原因是当时探佚学还没有大规模突破，以及他们缺乏更宏观的文化视野。周汝昌把红学上升到"中华文化之学"和"新国学"的高度，有一种高屋建瓴的文化视野，宋淇和余英时则没有这种识度，而局限于文学艺术的范围。余英时的"两个世界"理论没有带来真正的"红学革命"，在于它尚缺乏小说文本研究和探佚研究的雄厚基础，但他以宋淇的论文作为理论的立足点，说明他已经对此有所意识，只是这种意识还不够十分明确和自觉。宋淇的《〈红楼梦〉识要》比余英时的《〈红楼梦〉的两个世界》更贴近曹雪芹的"原意"，因为他更具体地贴近了探佚学。那么，余英时的书何以会引

---

❶ 陈维昭：《红学通史》，上海人民出版社2005年版，第301页。
❷ 陈维昭：《红学通史》，上海人民出版社2005年版，第297页。
❸ 刘梦溪：《红楼梦与百年中国》，河北教育出版社1999年版，第451页。

起波澜？当然有一点文以人名，但更重要的，是他提出的问题，乃《红楼梦》研究中始终存在争议和受大家关注的一个关键点。这个关键点是什么？就是曹雪芹的小说自传性质的程度问题，或者说，小说的自传性和文学的虚构性二者之间的"张力"到底有多大。余英时的观点遭到赵冈和周汝昌的反驳，其实，争论的实质是，赵冈和周汝昌认为《红楼梦》有生活原型而且比重大、程度强，二者之间的关系十分密切，在某种程度上可以"还原"；而余英时认为生活原型比重小、程度弱，曹雪芹艺术虚构的程度更强。我们只能在《红楼梦》中隐隐约约地看到一些曹家人物和事迹的影子，但无法具体地加以指实。其实，这种争论很难通过抽象的"理论"和"原则"剖析得一清二白。而争论的双方一旦陷入"论敌"的关系，则于对方论点的合理性方面注意不够。余英时与赵冈特别是周汝昌，是有许多共同点的，用"洋词"说，是有共同"视域（视界）"的。而且他们倡导的红学发展方向，也有很大的趋同性。同在何处？最根本的一点，就是他们都严格区分曹雪芹原著和后四十回续书"两种《红楼梦》"，并认为追究曹雪芹的精神世界和原著《红楼梦》的完整艺术构思才是最重要的"红学"。余英时声称：凡是从小说的观点，根据《红楼梦》本文及脂批来发掘作者的创作企图的论述都可归之于红学革命的旗帜之下。《〈红楼梦〉的两个世界》也是在这个基本理论的指引下所做的一种尝试。因此，余英时对俞平伯的《读〈红楼梦〉随笔》和宋淇的《论大观园》都感到亲和。❶ 梁归智把余英时和宋淇之间的关系与周汝昌联系起来观照，谈得比较全面而简明，尽管他的这一番评述的见解值得商榷，但他从这一视角分析宋淇的红学研究特质和利弊得失的做法是值得肯定的。梁归智由此得出宋淇的《〈红楼梦〉识要》比余英时的《〈红楼梦〉的两个世界》更贴近曹雪芹"原意"的结论，这一看法无疑是对宋淇红学研究意义的重要评价，引人思考。

杜春耕评价余英时和宋淇的红学研究时认为：余先生从学科的角度来谈红学，产生了不小的影响，是有贡献的。但他试图建立的"两个世界"新典范，从叙述的逻辑与内涵的本质来说是断裂的，似乎有点改变主要矛盾、置换概念的嫌疑；从"索隐"到"自传"到"两个世界"，研究的是两类不同的事情。宋淇先生自己并没有把他的研究自封为"典范"，但实际上，从某

---

❶ 梁归智：《误解与知音——从余英时的"两个世界"到"红学探佚学"》，载《山西大学学报（哲学社会科学版）》2006年第5期。

些意义上来说,他继承并发展了王国维、李辰冬等先生所开创的文艺批评的传统。在这一工作中,宋先生的突出优点是他没有把主义及哲学强加到曹雪芹与《红楼梦》头上,使人觉得平实可亲,可以接受。宋先生的研究是很出色的,但亦没有必要把他的研究扩大到认为这就是研究《红楼梦》的唯一主要方面。❶尽管杜春耕的学术立场和学术态度与梁归智有所不同,然而,他们对宋淇红学研究学术特征和学术意义上的评价却具有明显的共同之处。

当然,周汝昌在《新红学——新国学》一文中的看法显然就有会错了意之嫌。他认为,在中国内地以外,影响最大的两家"红论"可举余英时与宋淇,余氏之名言叫作"两个世界"与"红学革命"。他批评国内的红学诸派一无是处,但最反对"考证派",说它已"山穷水尽","眼前无路"。他强调红学要"回到"文学创作的研究上去才是光明大道。宋氏,原名宋奇,又名宋悌芬,笔名林以亮,其见解自有不少超卓之处,但其公然倡议说"考证有危险性",主张红学发展前途是"文学"研究,尤其是"比较文学"。这两位学者都是长期生活在欧美文化环境的"红学家",都很崇拜西方的学问和论调。红学的考证,其实仍然是一条通向真理的要道正途。轻视了它,不大知晓自己民族文化的事情,眼睛只朝着"洋"看,是否就能成为"红学革命"的"出路",有待历史验证。至于"比较文学"云云,那更是"知己知彼"的上等功夫与超级见解才行;连基本常识、基本课还待"补"的诸般现象下,侈言"比较"——不知会"比"出些什么?《石头记》是一部中华文化"全书",不是一般的"小说故事",要"比较",先得将中西文化"比"得有些眉目条理,然后方能据以从事。如今空谈侈言"比较"的诸家学者,对此是否想过了?倘若引导年轻一代做些拉拉扯扯(找来一部外国小说)的"比较",而对中华本土及被"比"的外国文化都还一知不够、半解难云——那这种"比较"就是红学"发展"的光明前景吗?到此为止,多讲了几句考证的事,是针对余、宋等"反考证派"而发的,说明轻蔑考证的实质是不尽了解中华文化,尤其是红楼文化的极大特点。❷周汝昌的告诫尤其关于"比较文学"云云的批评自不必一概视而不见,不过,他对余英时和宋淇的误解与批评应存在如梁归智所说的情况,即他们"对周汝昌整体学术构架的片面理解"。在周汝昌看来,宋淇与余英时都是轻视了考证的基本功课,眼睛只

---

❶ 《宋淇〈红楼梦识要〉出版座谈会纪要》,载《红楼梦学刊》2001年第2辑。
❷ 周汝昌:《新红学——新国学》,载《山西大学学报》2002年第2期。

朝着"洋理论"看，根本不了解红楼文化，这显然是固执偏狭之见。且听余英时如何说："《红楼梦》是一部人人爱读的书，我自然也不是例外；考证是我的本行，因此近代有关红学的考证文字，我大体上也都看过。"❶ 再看张爱玲如何评价宋淇的研红文章："在《联副》上看到《红楼札记》，书中年龄是真太要紧了。其实主题就是在那社会制度下，提早而仍极短暂的青春。本身是个悲剧，比宝黛故事还更重要。《汪恰洋烟》考证得精确完整得骇人，这绝对是定论了。霍克思说书中有些地方'浑不可解'，大部分已经都给Stephen解答了。"❷ 一个是把考证看作"我的本行"，一个把考证做得"精确完整得骇人"，却要被扣上"反考证派"的帽子，情何以堪？

梁归智对周汝昌的误解与批评如此认为："周汝昌只看到余英时对自己的批评，对余氏追求曹雪芹原著'本意'之初衷其实与己甚合这根本的方面，也理解得不够透彻。"❸ 可见，周汝昌果真是对宋淇和余英时的观点错会了意。梁归智同时指出：余英时和周汝昌其实同大于异，只是彼此在争论中有意无意忽视了共同点。宋淇的情况也差不多，他与周汝昌的分歧，大略也就是余英时与周汝昌的分歧。不过，宋淇和周汝昌的相同之处，却比余英时要多。因为宋淇不是从某种理论框架来追寻曹雪芹的"原意"，而是具体地研究小说的人物和情节，进而探索曹雪芹原著的结构、意蕴等，所谓"怡红院总一园之首""贾宝玉为诸艳之冠"，等等。也就是说，宋淇所做的，更接近于具体的探佚研究，不过他的切入角度，偏重对前八十回文心、文脉做分析，但也涉及具体的佚稿研究，如《怡红院的四大丫鬟》中"麝月的小传和遭遇"与"小红"两节，以及《〈红楼梦〉情榜的副十二钗》等，就全是探佚。❹ 梁归智的看法究竟能否被宋淇、余英时和周汝昌三位所同时认同呢？不得而知了。是否会被大多数读者接受，恐怕未必。不过，从以上论述看，似乎宋淇与余英时"君子所见略同"之意更加显而易见。而且，宋淇并不是从某种理论框架来追寻曹雪芹的"原意"，而是更加平实且易于接受。笔者担心，宋淇与余英时对梁归智"全是探佚"的看法并不见得能够苟同。不过，即便观点虽各不相让，也会不

---

❶ 余英时：《红楼梦的两个世界》，上海社会科学院出版社2002版，第1页。
❷ 张爱玲、宋淇、宋邝文美：《张爱玲私语录》，北京十月文艺出版社2011年出版，第274页。
❸ 梁归智：《误解与知音——从余英时的"两个世界"到"红学探佚学"》，载《山西大学学报（哲学社会科学版）》2006年第5期。
❹ 梁归智：《误解与知音——从余英时的"两个世界"到"红学探佚学"》，载《山西大学学报（哲学社会科学版）》2006年第5期。

失学者风度，一旦论争起来，应不至于"几挥老拳"。

二、治学之典范：融通中西、融通文本和文献

如上所述，宋淇所走的路子既接近俞平伯，又接续王国维的文艺批评传统，并与夏志清、余英时等一道共同为《红楼梦》的意义阐释开辟出了一个新的天地。这一新天地与20世纪90年代末召开的1997年北京国际红楼梦学术研讨会的"二十一世纪红学展望"遥相呼应：文献、文本、文化研究相融合，开掘和阐释《红楼梦》深蕴的文化意义，并揭示中华文化精神。梅新林的《拓展红学研究的文化视界》和陈维昭的《红学的本体与红学的消融——论二十一世纪红学走向》两篇文章，可以看作是理解这次会议议题的重要论文。梅新林在文章中说："在文献、文本、文化研究三者之间，当以文献研究为基础，以文本研究为本位，以文化研究为指归。鉴此，即将跨入21世纪的红学界应站到新的历史高度，消除曹学与红学的分野，打破外学与内学的樊篱，更好地将文献、文本、文化研究三者融为有机的整体，相互沟通，相互促进，共同把红学研究事业推向前进。"[1] 这一认识已然成为一种共识，即"文献、文本、文化"结合成为红学研究可以接受的方式。陈维昭则认为："21世纪的红学极境是有效诠释'《红楼梦》与中华文化'的命题。21世纪的红学将走向更高层的融合。"[2] 陈维昭进一步认为："'文献、文本和文化的融通与创新'呼唤着新的综合，它意味着对《红楼梦》研究者的知识结构的新的要求，这就是，作为21世纪的《红楼梦》研究者，他（她）在考证学、文艺学、美学和价值学等方面都必须具有丰富的修养与实践。"[3] 笔者以为，当这种"三结合"的研究方向或研究模式成为普遍接受的方式时，人们在"世纪回眸"的时候才能够真正发现宋淇的意义和价值。宋淇不仅与俞平伯所指出的红学方向同出一辙，而且始终坚持走在王国维所开拓的批评道路上。

---

[1] 梅新林：《拓展红学研究的文化视界》，载《红楼梦学刊》1997年增刊。
[2] 陈维昭：《红学的本体与红学的消融——论二十一世纪红学走向》，载《红楼梦学刊》1997年增刊。
[3] 陈维昭：《超越模仿 旨在建构——21世纪红学方向构想》，载《红楼梦学刊》2000年第2辑。

他的红学研究不仅路子正，而且起点高、境界高、视野开阔。

"世纪回眸"中发现了宋淇的意义和价值，这发现之旅中最值得一提的是"宋淇《红楼梦识要》出版座谈会纪要"（笔者按："座谈会"由中国艺术研究院红楼梦研究所、《红楼梦学刊》杂志社和中国书店联合主办，时间是2001年2月26日上午，地点在中国艺术研究院会议厅，《红楼梦学刊》2001年第2辑刊发了"座谈会纪要"）。这是一次对宋淇红学研究的集体阐释活动，这次阐释活动中所提出的一些问题和观点至今仍具有现实启示意义。首先，充分肯定了宋淇的红学论文结集出版的意义，这是对红学事业的一个贡献。因为，宋淇的许多文章都曾在《红楼梦》研究领域中产生很大影响。其次，阐述宋淇的治学精神、学术个性、学术见解和启示意义，明确指出宋淇的路子是很正的，为后学树立了治学的典范。最后，倡导学术文章的中国气派。试分述主要观点如下。

冯其庸认为，研究《红楼梦》就要搞清楚文本、文献、考证三者的关系，真正的红学必须是《红楼梦》的思想和艺术。宋淇融会贯通了，可谓典范。宋先生的文章可读性很强，文笔非常流畅，完全是中国气派。中国人写中国的文章就要拿出中国人的风度来。宋先生治学的精神与我们是一致的。红学将来的发展，也应该这样，三者融合是总目标，分头去做也无妨。❶ 冯其庸的观点有两层意思：一则强调文本、文献、考证三者对研究《红楼梦》的必要性，并对宋淇善于融会贯通的典范意义给予高度评价。宋淇为后学树立了治学的典范之一，应当就是这种融会贯通的治学态度和方法。二则对宋淇文章"中国气派"的赞赏，其中所表达的学术追求是显而易见的。这第二层的"中国气派"说引起了广泛的"共鸣"，如胡文彬同样认为，从宋先生的另一部著作《〈红楼梦〉西游记——细评〈红楼梦〉新英译》看看他对英文本《红楼梦》（霍克思译）的精妙评论，更可见这位学者所具有的中国学人气魄、中国学人的学养、中国学人的传统学风。他把西学"贯"通在中学之中，只把西学作为《红楼梦》的一个"参照系"，而不是简单的"比附"。这种学养、学风是非常可贵的，尤其值得我们后学者认真学习和思考。❷ 张书才也有同感，他说：宋先生的文风和学风是中国的作风、中国的气派。宋淇学贯中西，但他的语言、词汇、语法用的都是我们中国的。现在这些用西

---

❶ 《宋淇〈红楼梦识要〉出版座谈会纪要》，载《红楼梦学刊》2001年第2辑。
❷ 《宋淇〈红楼梦识要〉出版座谈会纪要》，载《红楼梦学刊》2001年第2辑。

方理论和方法研究红学的文章,常常不知所云。除了一些新名词外,我们得不到什么。宋淇的文章是范本。❶ 以上这些看法的基本精神是一致的,即倡导中国的作风、中国的气派以端正红学研究的文风和学风。文风和学风问题一直以来是红学研究必须面对的问题,至今仍没有解决好,这是目前人文社科研究普遍存在的问题,也是不好解决的难题。之所以是"难题",关键在于研究者的"文气和精神"不能切合研究对象譬如《红楼梦》文本之文气和精神。吴兴华致信宋淇道:"我最近进行着许多桩工作。一桩 major 的就是我要训练自己成为一个好散文作家,越来中国写散文小说的我越没有看入眼的(并不是他们不好,而是与我的理念不合),我要写地道在中国伟大传统中的散文。(笔者按:原文如此表达。)这问题最大的纠葛还不在句法,欧化与否的问题,而是在文气和精神。"❷ 宋淇的《红楼梦》研究文章能够将两者的"文气和精神"融合得很好,所以被称为"范本"。

  蔡义江认为,宋淇《红楼梦》研究有四个方面结合得好:(1)宏观与微观结合;(2)文学批评与版本、考证结合;(3)中国文学与世界文学的结合;(4)学术性与通俗性结合。❸ 这"四个结合"简明扼要地归纳了宋淇《红楼梦》研究的基本特点,也是这次集体阐释普遍认同的观点。譬如"中国文学与世界文学的结合"方面,看法比较集中而一致。张庆善认为,宋淇先生十分强调用比较文学的观点研究和分析《红楼梦》的重要性,他的见解对红学真正走向世界、让世界人民对《红楼梦》的伟大价值都能充分认识和理解,是极有意义的。❹ 宋淇认为:"环顾世界文坛,倚仗一部未完成的小说而赢取到大作家的地位,曹雪芹真可以说首屈一指。"❺ "对荷马的史诗、《源氏物语》、莎士比亚的戏剧、《唐·吉诃德》等名作的直接知识也会有助于更进一步认识《红楼梦》的真面目。唯有这样的比较研究才可以把《红楼梦》的地位正式确立。在世界文坛上,《红楼梦》可以堂堂正正以未完成的小说姿态与任何大作家的一生一世的心血结晶分庭抗礼。这并不是偏狭的爱国心理的表现,而是极详细的分析和比较之后的结论。"❻ 为什么会得出这样的结

---

❶ 《宋淇〈红楼梦识要〉出版座谈会纪要》,载《红楼梦学刊》2001年第2辑。
❷ 吴兴华:《风吹在水上:致宋淇书信集》,广西师范大学出版社2017年版,第45页。
❸ 《宋淇〈红楼梦识要〉出版座谈会纪要》,载《红楼梦学刊》2001年第2辑。
❹ 《宋淇〈红楼梦识要〉出版座谈会纪要》,载《红楼梦学刊》2001年第2辑。
❺ 宋淇:《红楼梦识要》,中国书店2000年版,第1页。
❻ 宋淇:《红楼梦识要》,中国书店2000年版,第10页。

论呢？这是与宋淇的《红楼梦》研究立场和旨趣密切相关的。他认为："事实上，这些问题（指关于曹雪芹的生卒年月，脂砚斋，续书者的考证——引者）的解决与否并不足以影响《红楼梦》的文学价值；对文学史和作者生平有好奇心之士固然极饶趣味，但并不能帮助广大读者进一步欣赏《红楼梦》。我们必须承认胡适、俞平伯、周汝昌、吴世昌、赵冈等对《红楼梦》的考证的确澄清了不少有关的问题。我们对他们的贡献表示敬意。可是站在文学批评的立场，我们提示应该保持一个理智而清醒的态度：考据虽具有其本身的价值，仍不过是手段，最终极的目标仍应该是探讨《红楼梦》的艺术价值和世界文学史上所占据的地位。"❶ 可见，宋淇的《红楼梦》研究主要是围绕着《红楼梦》的"艺术价值"和"世界文学史上的地位"两个方面进行的，说他的"路子正"，应该是与这两个方面有密切关系。

再从"文学批评与版本、考证结合"方面来看，宋淇表现得同样突出。吕启祥认为，以宋淇之学养背景，取用西方文论乃轻而易举之事，然而，"我们当然不能拿西洋小说现成的范畴：'写实主义'或'自然主义'来形容《红楼梦》，因为《红楼梦》的出现比西洋的正规小说为早，而且脱胎于一个迥然不同的传统。"可见宋淇真正着意于《红楼梦》的独特性和原创性，他的红学文章路正味醇，十分耐读。宋先生对《红楼梦》的"文学批评"不仅大力倡导而且身体力行，他的研红文章可以说是文本和文献融通的范例。记得1999年浙江省金华召开的红学会议的主题是文献、文本、文化研究的融通与创新，学者们认为这是一个面向21世纪的前瞻性论题。其实在红学前辈的研究中，就有这种融通创新的重要成果和宝贵经验。宋先生《论贾宝玉为诸艳之冠》《怡红院总一园之首》这两篇最具代表性的文章即为这方面的佳例。❷ 宋淇的《红楼梦》研究之所以显示出"中国的作风""中国的气派"，那是因为他具备了"中国学人的学养"，继承了"中国学人的传统学风"，写文章拿出了"中国人的风度"。宋淇曾这样说："最重要的一点，就是：《红楼梦》非但集中国文学的大成，更是一面明镜，反映出中国社会和文化的诸般特征。如果对中国文化背景不熟悉，而想掌握到原作的精义，其结果一定会事倍功半。"❸ 他是这样说的，也是这样做的，不仅说得实在，而且做得堪

---

❶ 宋淇：《红楼梦识要》，中国书店2000年版，第5页。
❷ 《宋淇〈红楼梦识要〉出版座谈会纪要》，载《红楼梦学刊》2001年第2辑。
❸ 宋淇：《红楼梦识要》，中国书店2000年版，第10页。

称典范。张俊说：他一方面注意运用文学批评和比较文学的观点来研究和分析《红楼梦》，另一方面又重视版本的校勘和资料的整理。所以他的红学论文，长者如《怡红院的四大丫鬟》，洋洋六万余言，论述透辟；小题目如《说斗篷》，短短三千多字，以小见大，读来都能给人以厚实之感，深受启迪，这是值得学习的。❶

总之，此番集体阐释得出了一致的结论：宋淇的红学研究起点高、视野宽、路子正，并具有中国作风、中国气派，他的红学研究学风和文风都堪称治学的典范。正如段启明所说：宋淇给我们树立了治学的典范。我们认为，学风的传播、继承比具体的论述更重要、更有意义。宋淇也是中西融通了。提倡这一点，畅导这条路子，很重要。这两点的结合不光是红学也是其他古典文学研究的很重要的课题。❷ 如果从宋淇的红学研究在学风和文风方面都堪称治学典范的意义上来看，《红楼梦大辞典》将宋淇列入"著名红学家"行列自有其足以服人的道理。

说起融通中西的范例，不仅诸如《新红学的发展方向》《论大观园》这类文章足可称道，《〈红楼梦〉西游记——细评〈红楼梦〉新英译》这部著作同样足可称道。宋淇在给张爱玲的信（1976年7月7日）中说："最近台湾友人来信云，我的论《石头记》英译文章已获得今年杂志联谊会的金笔奖，奖不奖对我而言无意义可言，可是他们将此奖颁给一个不居留于台湾的作家，非同小可。现在这书由David Hawkes（大卫·霍克思）亲自写序，叶公超题字，将来或成为开风气的书，也未可知。"❸ 宋淇之所以能够获得"金笔奖"，似可从《〈红楼梦〉西游记——细评〈红楼梦〉新英译》"自序"中的道白窥知其中消息："我这小书尝试细评一本中译英的古典小说，分门别类的详加分析，似属创举，希望能促使各界人士更重视翻译，把翻译当一种专业对待。经联出版事业公司有鉴于此，欣然答应全力支持这本书的出版。他们认为译者评者能够如此融洽合作，确是一段文坛佳话，其意义绝不仅止于表面上的中西文化交流而已。"❹ 他在信中表达了很自信的自我期许，即希望他的这部著作"将来或成为开风气的书"，这一期许在该书的"自序"中

---

❶ 《宋淇〈红楼梦识要〉出版座谈会纪要》，载《红楼梦学刊》2001年第2辑。
❷ 《宋淇〈红楼梦识要〉出版座谈会纪要》，载《红楼梦学刊》2001年第2辑。
❸ 张爱玲、宋淇、宋邝文美：《张爱玲私语录》，北京十月文艺出版社2011年版，第208页。
❹ 宋淇：《〈红楼梦〉西游记——细评〈红楼梦〉新英译》，台湾经联出版事业公司1976年版，第5页。

认为"似属创举",今天看来,显然并非言过其实,这小书已然成为《红楼梦》研究尤其《红楼梦》翻译研究的一个范本,同时是中西文化交流的一段文坛佳话。且看《〈红楼梦〉西游记——细评〈红楼梦〉新英译》"目录"所列之八章:"第一章 红于绿""第二章 版本·双关语·猴""第三章 冷笑·称呼和译名""第四章 口吻""第五章 疏忽遗漏""第六章 误译""第七章 宝玉四时即事诗二译之商榷""第八章 千锤百炼的译作"。由"目录"所列可见,该书所涉及的话题看似简单,却需要对《红楼梦》及《红楼梦》英文翻译达到"精通"的理解才能做得好。宋淇曾说:"大抵我对翻译一向深感兴趣,常常发这方面的文章,而《红楼梦》又是我近年来专心研读的对象。好不容易《红楼梦》有了新的英译本,大家认为详细校阅新译由我来担当似乎是顺理成章的事。而我二十年来一直浸淫于《红楼梦》之中,见到全译本的出版,喜悦之余,作一较详细之校读,再介绍给大家,也是义不容辞之举。"❶

宋淇在《〈红楼梦〉西游记——细评〈红楼梦〉新英译》"自序"中说:"霍克思先生是一位通人。他在第一封信中就视我为'知己'。按照常理,一位作家或译者对他的评论者总存有戒心,甚至于敌意,因为评论者往往站在反对者的立场,下笔无论如何谨慎,难免与原作者有见仁见智之处。他对我的直言谈相毫不介意,认为我们二人对红楼梦的共同爱好早已超越世俗所谓'人情'之上,还嘱我手下不必留情,尽管将译文的偏倚误失全部指出,以便作参考之用……他最欣慰的是我能彻底了解他译文后面的用意,甚至在指出疏漏误译时,都能道出其理由何在。由于译者给予我精神上的支持,我继续写下面几篇评论的时候,才能够撇开顾虑,务求做到知无不言,言无不尽的地步。"❷ 宋淇之所以称霍克思是一位"通人",不仅因为他"胸怀之豁达和气度之恢弘"❸,更因为"他精通中国古代文学,译过离骚、杜甫,熟晓元曲,在专治中国文学的英美学者中是数一数二的权威人物,所以壮年即出任

---

❶ 宋淇:《〈红楼梦〉西游记——细评〈红楼梦〉新英译》,台湾经联出版事业公司1976年版,第9页。

❷ 宋淇:《〈红楼梦〉西游记——细评〈红楼梦〉新英译》,台湾经联出版事业公司1976年版,第1—2页。

❸ 宋淇:《〈红楼梦〉西游记——细评〈红楼梦〉新英译》,台湾经联出版事业公司1976年版,第1页。

牛津大学中国文学讲座教授"❶。宋淇能够获得霍克思信赖的重要前提之一，即"最欣慰"他对霍克思译文用意的彻底了解以及对疏漏误译的理由的可信指陈，这正表明宋淇在《红楼梦》及《红楼梦》英文翻译方面的"精通"。说起宋淇的"精通"本领，尚可从他给张爱玲的信（1975年3月15日）得出较为深刻的印象："Mae 在帮我看 Hawkes（霍克思）的英译，其中自不免有疏忽和看错的地方，可是也真亏他，《红楼梦》岂是可以随便译的？他的长处是英文写得漂亮，而且从不偷懒和取巧，这种虔诚是在可嘉，当写一长文。"❷《红楼梦》并不是可以随便翻译的经典，霍克思却毅然辞去牛津大学中国文学讲座教授之职而倾力为之，宋淇不仅佩服其"虔诚"之可嘉，且能够看出其英译的疏忽和失误，这就不难理解霍克思之所以对宋淇"细评"深感"欣慰"了。

为了更清澈地理解霍克思的"欣慰"，且节录几则宋淇的"细评"为参考。

> 霍克思与众不同的地方，当然是拿原作者全部译出来，一字一句都不遗漏，包括几乎不可能译的双关语。这非但牵涉到忠实于原作的'信'的问题，同时也牵涉到译者向原作者负责的问题。译者如果对原作者没有一股虔诚的心情，根本译不好或不必译。其次，霍克思对近代红学的发现大体上颇能跟得上时代，他在序中承认对红楼梦的认识得益于俞平伯、周汝昌、吴世昌和赵冈的研究不少，尤其赵冈的见解令他心折。由此可见，他虽称不上红学专家，至少对近代红学的发展已能窥其堂奥，并非一个门外汉。这一点我们可以从他长三十一页的序中看出来，至于序中的细节，此地暂无讨论的必要。❸

《红楼梦》的翻译可以有很多种，诸如"节译""摘译""编译""全译"等，其中"全译"最难。霍克思对《红楼梦》的"全译"之所以赢得宋淇的尊敬，不仅因为霍克思的气魄宏大，同时因为他对原作者的虔诚心情即敬畏之心，以及他对《红楼梦》研究的了解程度。在宋淇看来，"最重要的一

---

❶ 宋淇：《〈红楼梦〉西游记——细评〈红楼梦〉新英译》，台湾经联出版事业公司1976年版，第2页。

❷ 张爱玲、宋淇、宋邝文美：《张爱玲私语录》，北京十月文艺出版社2011年版，第195页。

❸ 宋淇：《〈红楼梦〉西游记——细评〈红楼梦〉新英译》，台湾经联出版事业公司1976年版，第2页。

点是译文将每一个字、每一句都译了出来。这才是翻译文学名著的不二法门，而霍克思在这一方面的确煞费苦心。至于其中有的地方仍可斟酌推敲，则为任何第一流译文所难免。"❶ 宋淇对霍克思"与众不同"的评价不仅建立在彼此惺惺相惜的情感上，而且建立在宋淇本人对于"第一流译文"的切实体验上。

霍克思译本最大的缺点是原文大体上根据程乙本。他的理由是程乙本为最为完整的本子。当然要译一百二十回，这是最省事的办法，何况其他抄本不易买到，逐字逐句核校又太费时间。可是程乙本有很多令人不能接受的随意删改，往往与原作者之意相反，令真正爱好红楼梦的读者深恶痛绝。俞平伯和周汝昌等已有长文论及此点。霍克思在采纳程乙本为底本时，至少应同时参阅俞平伯的根据各种版本的校订本，可以避免许多妄改和节删。❷

宋淇为什么对霍克思译本这一最大缺点深感遗憾呢？在他看来，如果霍克思"能根据俞平伯的校订本作一点补救的功夫，如此才不负他介绍红楼梦的原意"❸。宋淇希望霍克思能够选择对的《红楼梦》版本，这样才能更贴近曹雪芹的"原意"，即"不负他介绍红楼梦的原意"。宋淇的建议确为中肯之言，不过未免有些要求偏高了，因为至少在霍克思翻译《红楼梦》的年月，《红楼梦》的流行版本是外译者乐于选择的译本依据，霍克思当时对于《红楼梦》版本的甄别能力毕竟有限。

最近七八月来，我一有空就读霍克思的英译本，并作笔记，虽不敢说做到从头到尾字对字、句对句的那样英汉对照读法的地步，因为时间上有限制和阅读时中英并读的不便；但大体上是照这原则做的，有时还要查好几个版本，时常请教高明，以免下轻率的断语。现在将这些笔记整理了一下，并拿这次初步校读的结果公诸同好。值得告慰的是这次对照阅读的结论，大致上与我去年所写的《喜见红楼梦新英译》一文的结

---

❶ 宋淇：《〈红楼梦〉西游记——细评〈红楼梦〉新英译》，台湾经联出版事业公司1976年版，第5页。

❷ 宋淇：《〈红楼梦〉西游记——细评〈红楼梦〉新英译》，台湾经联出版事业公司1976年版，第3页。

❸ 宋淇：《〈红楼梦〉西游记——细评〈红楼梦〉新英译》，台湾经联出版事业公司1976年版，第5页。

论相符合。我对霍克思的英译的估价并没有因此而动摇。关于翻译，我一向不主张偏重理论，因为不相信只凭理论就可以使人成为好的翻译家。可是在《翻译的理论与实践》一文中，曾经提出一个胜任的翻译工作者所应具备的条件：（一）对原作的把握；（二）对本国文字的操纵能力；（三）经验加上丰富的想象力。以上三个条件来衡量霍克思的翻译，他可以说游刃有余。他曾译过屈原的离骚等名著，译文流利通畅不在话下，而且常有神来之笔，对红楼梦这样一部包罗万象的巨著，也能胜任愉快。尤其难得的是他对红楼梦有深入的了解，对原作那时代的风俗习惯以及人物的神态口吻都能译得恰如其分，令读者不得不佩服他的功力和用心。由此可以看出他对原作的那份虔诚之情，而这才是一个优良的翻译工作者作应具有的品质……说老实话，在细读霍克思英译之前，我是抱着又喜又惧的心里，喜的是《红楼梦》第一次有了全译本，而译者又是备有充分条件的学者，惧的是他可能对书中的繁文缛节不太清楚，以致处处碰壁。读完之后，这种疑虑已一扫而空。他对原作的理解，并不比一般中国知识分子低，而且由于他的谨慎细心，处理得有条不紊。以上所说将在后面各节一一举例加以具体说明。最重要的还是他毕竟是一位受过严格训练的文学教授，所以对红楼梦的性质有正确的掌握而能从大处着手。有些钻牛角尖中去的中国'红学家'反而缺乏这种基本认识。[1]

宋淇对霍克思译本的评价因"了解之同情"，而能发"知音之论"，他的评论不仅有益于《红楼梦》翻译的精益求精，而且为好钻牛角尖的"求全责备"者树立可取的榜样。宋淇为《红楼梦》外译本尤其霍译本的评价建立了可取的范式，这对愈来愈热的《红楼梦》外译本研究具有参考价值，同时对愈来愈多的《红楼梦》外译本的创作具有参考价值。

值得一提的是，宋淇与钱锺书在对霍克思译本的评价上堪称"知音"，据宋以朗《我的父亲宋淇与钱锺书》一文记述，1981年1月19日，钱锺书来信谈 David Hawkes 和杨宪益夫妇的《红楼梦》译本：

前日忽得 Hawkes 函，寄至 The Story of the Stone 第三册，稍事翻阅，文笔远在杨氏夫妇译本之上，吾兄品题不虚；而中国学人既无 sense of

---

[1] 宋淇：《〈红楼梦〉西游记——细评〈红楼梦〉新英译》，台湾经联出版事业公司1976年版，第10-11页。

style，又偏袒半洋人以排全洋鬼子，不肯说 Hawkes 之好。公道之难如此！弟复谢信中有云："All the other translators of the 'Story'——I name no names——found it 'stone' and left it brick"，告博一笑。

钱先生那句英文，字面大意就是："其他《石头记》的译者——我没指名道姓——总是以'石头'始，以'砖头'终。"单看这句已很有意思，但如果你明白钱先生还同时暗用了古罗马皇帝奥古斯都（Augustus）的一句话，也许就更能与他"莫逆于心，相视而笑"了。原来奥古斯都曾自夸功业：罗马在他接手时只用砖头砌成，但他留给后世时，已全部化作大理石。此语记录在古罗马史家苏维托尼乌斯（Suetonius）的《罗马十二帝皇传》(*The Lives of the Caesars*)，原文是拉丁文，英译一般作："He could justly boast that he had found it（Rome）built of brick and left it in marble."这里钱锺书反用其语，不但贴切《石头记》书名，也一针见血地批评了它的众多译者。❶ 宋以朗以上记述可圈点之处有三：一则钱锺书称赞宋淇译评"吾兄品题不虚"；二则称赞霍克思译本"文笔远在杨氏夫妇译本之上"；三则"其他《石头记》的译者""总是以'石头'始，以'砖头'终"。钱锺书之品鉴自非"虚评"，宋淇的"细评"总非"俗评"。

王丽耘著《文学交流中的大卫·霍克思》一书中说："国内霍克思研究自霍克思《红楼梦》英译本评介始，最早由香港学者发起，具体而言是在霍克思《红楼梦》英译第一卷出版之后。香港红学专家宋淇载于《明报月刊》1975 年 6、7、10 号的系列论文《试评〈红楼梦〉新英译》，是 20 世纪七八十年代国内学者研究霍克思《红楼梦》英译时多会提及的主要论文。……同年宋淇出版专著《〈红楼梦〉西游记——细评〈红楼梦〉新英译》，收录了《试评〈红楼梦〉新英译》的全部内容……1977 年宋淇在《译丛》发表又一篇译评《误析的两种类型：来自〈红楼梦〉里的若干诗篇》，对比分析了霍克思和张新沧各自译就的《红楼梦》诗歌译文。1984 年宋淇发表《不定向东风——闻英美两大汉学家退隐有感》长文又谈到了一些霍克思《红楼梦》英译本的细节。宋淇的以上译评使其当之无愧成为最早关注与评介霍克思《红楼梦》英译本的国内学者，他的研究对于国内霍译本《红楼梦》译评的研究路数与范式与很大的影

---

❶ 宋以朗：《我的父亲宋淇与钱锺书》，《东方早报》2011 年 10 月 9 日第 B04 版。

响。"❶ 由以上评介可见，宋淇的红学影响波及海内外。

三、由文本而文化：接续王国维而别开生面

新红学的发展应当在王国维的路子上"接着讲"，力求取得别开生面的学术成果，宋淇对此充满信心："那么在这种新的情势之下，中国学者在新红学的发展上可以做出什么贡献？答案是肯定而乐观的。"❷ 在王国维的路子上"接着讲"，宋淇的学术倡导和实践则不仅代表红学研究的一种方向，其学术成果也是红学研究的深化。这一认识应当能够取得共识，关键在于如何规避王国维研究及他的研究模式所存在的问题。余英时说："从文学的观点研究《红楼梦》的，王国维是最早而又最深刻的一个人。但《红楼梦评论》是 20 世纪初年的作品，并没有经过'自传派'红学的洗礼，故理论颇多杂采八十回以后者。此后'考证派'红学既兴，王国维的'评论'遂成绝响，此尤为红学史上极值得惋惜的事。近几年来，从文学批评或比较文学的观点治红学的人在海外逐渐多了起来。这自是研究《红楼梦》的正途。但是，这种文学性的研究，无论其所采取的观点为何，必然要以近代红学的历史考证为始点，否则将不免于捕风捉影之讥。而新'典范'适足以在红学从历史转变到文学的过程中起着最重要的桥梁作用，这是断然不容怀疑的！"❸ 陈维昭则认为："流行的研究模式它与王国维模式相同的弊端就在于它们的'用西方理论解剖中国文本'的操作过于直接，导致了中国古典文本向西方现代理论的趋近、倾斜。可以说，王国维模式（包括其变形模式）是《红楼梦》价值文化研究的模仿阶段的产物，在'文本—文化'研究模式中，它实质上是由文化而文本，所以，建设性的、独创性的《红楼梦》'文本—文化'研究的操作程序应该是反王国维模式之道而行之，由文本而文化。"❹

王国维的问题包括两个方面：一则"颇多杂采八十回以后者"；二则

---

❶ 王丽耘：《文学交流中的大卫·霍克思》，燕山大学出版社 2013 年年版，第 3-4 页。
❷ 宋淇：《红楼梦识要》，中国书店 2000 年版，第 10 页。
❸ 余英时：《红楼梦的两个世界》，上海社会科学院出版社 2002 版，第 33 页。
❹ 陈维昭：《超越模仿 旨在建构——21 世纪红学方向构想》，载《红楼梦学刊》2000 年第 2 辑。

"由文化而文本"。对这两个问题的看法至今并未取得完全一致的意见，但并不影响从这两个方面来观照宋淇的《红楼梦》研究。宋淇是坚持严格区分曹雪芹原著和后四十回"两种《红楼梦》"的学术立场。宋淇批评唐德刚说："唐先生和严肃的《红楼梦》学者的基本差异，显然是在对版本处理的态度上。自从胡适考证后四十回是高鹗所续写之后，一般读者对后四十回都存有戒心……唐先生则认为研究《红楼梦》只要用通行的一百二十回程高本就可以了。其实时至今日，珍本秘籍的手抄本已大量影印流传，严肃的《红楼梦》研究者大多数读到八十回为止，而且只读手抄本和脂评辑校。"❶ "我的文章至少澄清了一个基本问题：不应该采取一百二十回程高本作研究《红楼梦》的依据，因为它歪曲了曹雪芹原来的构想和意旨。"❷ 可见，宋淇的立场十分鲜明：程高本歪曲了曹雪芹原来的构想和意旨，如果用作研究则必然遭受误导。这一学术立场正是宋淇"路子正"的又一表征，他自觉地规避了王国维"颇多杂采八十回以后者"所带来的问题。当然，像唐德刚那样坚持"研究《红楼梦》只要用通行的一百二十回程高本就可以了"的做法大有人在，是否就是"路子不正"呢？意见仍至今都没有完全统一。这涉及每一位研究者对续作的态度和评价问题，这一态度和评价也必然与对曹雪芹《红楼梦》的评价息息相关。曲沐就曾说："这些充斥着脂砚斋批语的脂本，却给红学界带来空前的灾难，它的最大危害就是否定和'糟蹋'已经流传两百余年为广大读者所喜爱的一百二十回全璧本《红楼梦》……脂砚斋的批语造成了极大的混乱，极其严重地破坏了《红楼梦》的本来面目……红学家们在'新红学'观念的牢笼下，将面目不清的脂砚斋奉为圣明，将来路不明的脂本奉为圭臬，将庸俗低劣的脂批奉为金科玉律，于是，红学界出现了两个'凡是'：'凡是与脂砚斋观点不合的都错，凡是与脂砚斋提供的史实不符者都斥。呜呼，哀哉！'（朱伟杰《俗读红楼梦》沈仁康序）。'脂学''曹学''探佚学'相继出现，这些'学'的动机和目的便是否定程刊百二十回全璧本《红楼梦》。"❸ 曲沐这一基本观点，欧阳健则表述为："脂本乃后出之伪本，而程本方为《红楼梦》真本"这一论断。欧阳健的这一结论不仅"震

---

❶ 宋淇：《红楼梦识要》，中国书店2000年版，第366页。
❷ 宋淇：《红楼梦识要》，中国书店2000年版，第369页。
❸ 欧阳健：《还原脂砚斋——二十世纪红学最大公案的全面清点》，黑龙江教育出版社2007年版，第3-4页。

撼"了红学界,而且引起了更大的论争。曲沐说:"由欧阳健的红学辨伪所引发的这场学术大论争,它的意义就在于这是一场'大是大非'、有关《红楼梦》生死存亡的保卫战。"❶ 如果宋淇生前看到这类观点将会是怎样的态度呢?显然会像他批评唐德刚那样斥为"不严肃"的态度,并坚持自己的鲜明立场。

至于是"由文化而文本"或"由文本而文化"的问题,宋淇在《红楼梦识小》一文中已有较为清楚的表达。他曾在《未识其小,焉能说大?——为〈红楼梦识小〉答唐德刚先生》中说:"我研究《红楼梦》前后三十年,虽不敢说有什么成就,总是'圈子里的人'……我文章的性质可以从题目名称看出来,'识'并不是'认识'或'识别'的识,而是作记录解的通用字:'志'。他如果说我连小的都不识,遑论其大,恐怕误解题意了。我承认自己没有专研过清朝满人的文集,也不自命为社会心理学家,对'文化冲突'这样的大题目岂敢轻率下判断,所以只在小文中指出三项事实:'满人不缠足';'外来的人有小脚'(尤二姐和尤三姐);'丫鬟中有小脚'(晴雯和小丫头);并提出各种证据,说明《红楼梦》对小脚和大脚的满汉分界处理分明。"❷ 从以上引述可见,宋淇的研究思路是"由文本而文化"。"由文化而文本"和"由文本而文化"是两个不同的学术路径和方法,它们各自在《红楼梦》研究中的作用和影响显然不同,孰优孰劣?至今仍然是人言各殊,不过,宋淇"由文本而文化"学术实践则获得了更多的认同。

再从宋淇称之为"系统的红学论文"即《贾宝玉为诸艳之冠》《论大观园》《怡红院总一园之首》等来看,其主旨是很鲜明的。如宋淇所说:"我的主要目的在说明《红楼梦》以贾宝玉为主角,大观园是主角活动的场所,而大观园却又以怡红院为中心。"❸ 宋淇的视角是值得称道的,考察贾宝玉正是由文本而至于文化极重要的着力点,由大观园而至于怡红院,可谓把握了《红楼梦》文化象征意义的基点。宋淇又在《怡红院总一园之首》一文中说:"近年我写过两篇文章:《贾宝玉为诸艳之冠》和《论大观园》,前者讨论贾宝玉的凸出地位和重要性,后者讨论大观园为《红楼梦》全书发展的中心地

---

❶ 欧阳修:《还原脂砚斋——二十世纪红学最大公案的全面清点》,黑龙江教育出版社 2007 年版,第 5 页。

❷ 宋淇:《红楼梦识要》,中国书店 2000 年版,第 365-366 页。

❸ 宋淇:《红楼梦识要》,中国书店 2000 年版,第 105 页。

点和作家所赋予的特殊意义。现在讨论怡红院,似乎很合我研究《红楼梦》的必然逻辑,因为怡红院是《红楼梦》男主角的居所,更是大观园的枢纽。"❶ 他在对大观园这个枢纽全面考察之后,得出了颇具深远影响的结论:"大观园抄家后被一把火烧得干干净净,怡红院之不再'怡红快绿',而成为'红稀绿瘦',也是不争的事实。这是理想世界终于受不了现实世界的冲击而破灭,也是无情的时间在感情世界必然产生的结果——这才是《红楼梦》悲剧的主旨。在悲剧过程中,我们会发现怡红院发挥了主要的作用。它是承当了内部崩溃和外界压力的双重打击。"❷ 宋淇的"悲剧说"是与"理想说"联系着观照的,并显然是从文本中来的,而不是外置的了,只要一比较王国维的"悲剧说"的提出过程就可以明了。

王国维的《红楼梦评论》的典范意义的确已被公认,其红学史上独具的现代方法论意义已然受到关注。当然,对王国维的批评一直没有完结,周汝昌对其的评价就极低。他说:"王国维《红楼梦评论》是引进西方思想而套用在《红楼梦》上的早年的先例,其实质是较长的'读后感',有别于真正的学术性著述,其感发还不是'红学'的真谛。在'红学'的严格意义上讲,不占什么重要位置,无有自己的研究创获可言。"❸ 经过周汝昌的贬抑,王国维在研究方法上的独创意义也就不存在了,他在红学史上第一个引进西方哲学、美学理论来分析中国古代小说的思想、艺术价值的做法谈不上有"自己的研究创获"。而陈维昭的评价则更平实些。他认为:"王国维的《红楼梦评论》的典范意义已备受关注,它的典范意义在于它超越了传统的评点、丛话模式,而以哲学体系框架支撑起其小说评论。然而,王国维并不是通过对《红楼梦》的解构去形成其理论体系,而是相反,用西方的理论体系去解构《红楼梦》,所以,它的后继无人或后继乏力,也是情理之中的事情。20世纪70年代海外的关于《红楼梦》理想性的阐释,20世纪80年代以后大陆的《红楼梦》价值学阐释(精神态文化阐释),基本上走王国维的模式,而其弊病当然也就步其后尘。"❹ 诸如"引进西方思想而套用在《红楼梦》

---

❶ 宋淇:《红楼梦识要》,中国书店2000年版,第79页。
❷ 宋淇:《红楼梦识要》,中国书店2000年版,第105页。
❸ 周汝昌:《还"红学"以学——近百年红学史之回顾(重点摘要)》,载《北京大学学报》1995年第4期。
❹ 陈维昭:《超越模仿 旨在建构——21世纪红学方向构想》,载《红楼梦学刊》2000年第2辑。

上"及"用西方的理论体系去解构《红楼梦》"的说法,也就成为人们时常谈及的王国维《红楼梦评论》最主要的问题,其实就是说这种批评模式存在先天不足,功莫大焉,弊莫大焉。当然,即便这是客观存在事实,但"步其后尘"者如宋淇则并没有将这种批评模式存在的"先天不足"发扬光大。相反,如梁归智所说,他的《〈红楼梦〉识要》要比余英时的《〈红楼梦〉的两个世界》更贴近曹雪芹的"原意",也就是说更贴近《红楼梦》文本。他是把西学"贯"通在中学之中,只把西学作为《红楼梦》的一个"参照系",而不是简单的"比附"。由此可见,宋淇所感慨的王国维在文学批评方面建立了桥头堡而后起无人的说法,可以由他自己的学术实践来作答:贯通西学于中学之中何其难哉!其"难"不止于中西兼通之"难",更有博观圆照之"难"。

谈及用西方的理论体系阐释《红楼梦》这一话题,这就涉及比较研究的问题,对于这一问题的看法并不一致。尽管意见并不一致,《红楼梦》的比较研究也一直有人在做,至今已经成为一种时尚。且以周汝昌对于《红楼梦》比较研究的看法为例,他认为至于"比较文学"云云,那更是"知己知彼"的上等功夫与超级见解才行;连基本常识、基本课还待"补"的诸般现象下,侈言"比较"——不知会"比"出些什么。❶周汝昌指出了运用"比较方法"研究《红楼梦》的基本条件至少有两方面:一则"知己知彼";二则"超级见解"。他所谈的这两个方面的能力可以看作从事《红楼梦》比较研究所不可或缺的两个方面,否则,无疑等于盲人摸象、囫囵吞枣,或见一斑而不见全体,或食之而不知其味。"知己知彼"就是中西兼通,而"超级见解"就是博观圆照。宋淇作为学贯中西的学者,他的《红楼梦》比较研究之所以能够规避王国维《红楼梦批评》的"先天不足",也就是具备了周汝昌所谈的这两个方面。

由上述可见,如果说对王国维《红楼梦》研究客观、准确的评价有助于"发现"王国维,而"发现"王国维是为了更好地"接续"王国维,那么对宋淇《红楼梦》研究的客观准确的评价则有助于"发现"宋淇,而"发现"宋淇则有助于"把握"新红学的发展方向,尽管宋淇的研究方向并非是《红楼梦》研究的唯一方向。

---

❶ 周汝昌:《新红学——新国学》,载《山西大学学报》2002年第2期。

吴兴华致宋淇信道："悌芬，我诚实地告诉你，我觉得你是我所认识的人中间胸襟最大，眼光最好，最适宜作一个欣赏态度的批评家的人。面谀，你知道我是素来不会的，你在这点上比我强得多，因为我不管怎样鞭策自己，仍禁不住有时抱着点'己见'去念别人的诗——自己写诗一个应得的责罚。但是你却像永远能跟着创作者的脚步，世界最大的批评家还能说得比这更多吗？有时我的诗格略变，甚或大变时，当我自己都不确定，你总是站在我拐弯的地方，告诉我这回改变是 all for the best，你自己并不是没有个人的好恶，但你永不让它们 obtrude upon 你的判断，你总是那么虚心，我就不行。"❶ 宋淇是一位胸襟大、眼光好、懂欣赏的批评家，所以，他能够在接续王国维和俞平伯红学批评之"文气和精神"方面独具个性和面影。

结　　语

黄维樑在胡菊人著《小说红楼》"代序"中道："1976 年我回港在母校教书，结识前辈宋淇（林以亮），在宋氏口中，《红楼梦》、张爱玲、《明月》成了他的'神圣三位一体'（Holy Trinity）。"❷ 宋淇作为香港红学前辈，他在红学研究方面的业绩影响了海内外。他与同样推重《红楼梦》的张爱玲的深厚友谊尤为人们所乐道。《红楼梦魇》"自序"中记述了一段谈红趣事："这是八九年前的事了。我寄了些考据《红楼梦》的大纲给宋淇看，有些内容看上去很奇特。宋淇戏称为 Nightmare in the Red Chamber（红楼梦魇），有时候隔些时就在信上问起'你的红楼梦魇做得怎样了？'我觉得这题目非常好，而且也确是这情形——一种疯狂。"❸ "一种疯狂"，其实就是"痴"啊！"痴人"说梦，不"痴"何以谈"红楼"？不过，周汝昌却并不看好《红楼梦魇》这个书名，觉得很扎眼，但他毕竟还是由此记住了这位研红的作家，甚至欣然为她"口述"了一本书即《定是红楼梦里人》（团结出版社 2005 年出版），这是第一部专门讲谈张爱玲红学研究的书。可以肯定地说，一位海内

---

❶ 吴兴华：《风吹在水上：致宋淇书信集》，广西师范大学出版社 2017 年版，第 114 页。
❷ 胡菊人：《小说红楼》，江西教育出版社 2017 年版，第 22 页。
❸ 张爱玲：《红楼梦魇》，上海古籍出版社 1995 年版，第 2 页。

外著名的红学家为一位作家的红学著述做专题研讨，并出版了专著，这是并不多见的学术事件。

据梅节说，张爱玲女士撰述《红楼梦魇》期间，宋先生替她搜集资料。他们生前相约，二人之间一切来往书信，不向外公布。张女士立下遗嘱，她死后"一切私人物品，留给居港的宋淇、邝文美夫妇"❶。有趣的是，梅节则把"红楼梦魇"解读成是宋淇在对张爱玲进行暗喻的"讥刺"。他说："众所周知，现今所存的《红楼梦》古抄本，没有一部是雪芹原稿，连脂砚斋过录的本子都未发现。现在所有的乾隆抄本，都是几经过录、窜改的本子，如果以为它们就是雪芹原本，肯定要闹大笑话。著名女作家张爱玲出了一本研究《红楼梦》的专集，她根据甲戌、庚辰、有正、《红楼梦》稿等本子的文字歧异和情节出入，编排出雪芹各次改本的先后次序，大谈雪芹各次修改的细节，就好像她是雪芹当时的创作助手一样，结果被宋淇先生讥为'红楼梦魇'。"❷梅节是否善意地会错了宋淇的真意呢？不过，"红楼梦魇"倒是成了一个典故，梅节用它来讥刺"戴先生也有类似'红楼梦魇'的症候"❸，这里的"戴先生"即戴不凡，"他从庚辰本中收集一些苏州语的谐音字，如以'是'代'自'、以'能'代'宁'等，来推测作者的语言特征。殊不知庚辰本这些语言材料是很靠不住的。周绍良先生曾经讲过，清代北京有一种卖馒头的铺子，专为早市人而设，凌晨开肆，近午而歇，其余时间，则由铺中伙计抄租小说唱本，其人略能抄写，但又不通文理，抄时多依样葫芦，或一人念，一人写，吴人则吴言，粤人则粤音，结果是谐音字满纸。庚辰本特别是后半部，就是这样一个'蒸锅铺本'，戴先生辛辛苦苦收集的那些苏州话谐音字，满以为是原作者是个'口音难改的吴侬'的证据，想不到统统是某个蒸锅铺的文墨不通的小伙计的错别字。其实，戴先生应该冷静想到，一个能写出百回'长篇巨制'的作家，怎么可能老是'是、自''堪、看''宁、能'不分地写小说？雪芹'批阅十载，增删五次'，怎么能容许这些错别字大量存在？"❹梅节的这一番批评又是否中肯了呢？无论如何理解"红楼梦魇"的意趣，其中的"痴"意倒是不可或缺的了。既然《红楼梦》乃"传神文笔"

---

❶ 宋淇：《红楼梦识要》，中国书店2000年版，第404页。
❷ 梅节、马力：《红学耦耕录》，文化艺术出版社2000年版，第18页。
❸ 梅节、马力：《红学耦耕录》，文化艺术出版社2000年版，第18页。
❹ 梅节、马力：《红学耦耕录》，文化艺术出版社2000年版，第18-19页。

所成，那么，若无"痴情"又何以"解味"呢?!

至于宋淇与钱锺书的交往同样成为学界乐道之佳话。值得一提的是，1982年，宋淇与钱锺书通信讨论学界接班人的问题，竟如此月旦学界人物："中国年轻学者中尚一时无人可以接夏志清和英时（笔者按：余英时）两兄之成就。所谓接班人不是不用功，不是没有才能，但时代不同，背景不同，所受训练不同，欲发扬光大前贤之业绩则为另一回事。余国藩有神学与比较文学之根柢，通希腊、拉丁古典文艺，且具旧学渊源，所译《西游记》有时仍需刘殿爵教授审阅。李欧梵最近为芝加哥大学挖去，原随费正清读中国现代史，近改修现代文学；人天分极高，文字亦潇洒，尚有待进一步苦修方可成大器。其余诸子或有一技之长，或徒有虚名，自郐以下，更无论矣。柳存仁兄曾云：寅恪先生之后有谁？默存先生之学现又有谁可获心传？我们都已愧对前辈，谁知我们以勤补拙得来的一点粗知浅学都难以觅到接棒人。目前流行电脑、传播，文学则唯结构派马首是瞻，趋之若鹜，令人浩叹！"❶ 钱锺书展读罢此番评论即回信道："今晨奉长书，循诵数遍，为之慨叹。生才难，而有育才成器更难……窃怪兄历数当世才士，而未道己身，虽君子谦谦，然非当仁不让之旨，固敬代兄屈一指焉。"❷

宋淇之所以取得堪称典范的红学业绩，显然是与他对《红楼梦》的挚爱分不开的，由此挚爱而激赏不已。宋淇说："《红楼梦》是世界小说史、文学史，甚至艺术史上的奇葩。从来没有一部未完成的作品能阐述如此深远的影响，引起如此广泛的讨论，并占有如此重要、甚至不求的地位。"❸ 谈及宋淇的"挚爱"和"激赏"这两点很有必要，尽管胡适以来的民国学人大都推崇这部古代白话小说并称之为经典，"但在文学革命期间，一般人都觉得传统小说虽用的是白话，在艺术和思想方面却并无多大的贡献。……但假如胡适因此应受到谴责的话，那么，活跃于'五四'运动之后的那整个一代比较严肃的学者和作家就都应受到谴责了。人们可以说，他们像胡适一样，早年就非常喜爱中国传统小说，但是一旦接触到西方小说，他们就不得不承认（如果不是公开承认的话，至少也是暗地里承认）西方小说创作态度的严肃和技

---

❶ 宋以朗：《宋家客厅：从钱锺书到张爱玲》，花城出版社2015年版，第125页。
❷ 宋以朗：《宋家客厅：从钱锺书到张爱玲》，花城出版社2015年版，第125页。
❸ 宋淇：《红楼梦识要》，中国书店2000年版，第1页。

巧的纯熟。"❶ 夏志清虽然是"那整个一代比较严肃的学者和作家"的后辈，仍同样热衷于讴歌西方小说创作态度的严肃和技巧的纯熟。正是在这一方面，宋淇与夏志清之间分际鲜明。于是，夏志清尤其关注宋淇在评价《红楼梦》上的观点和简介。他在1953年11月16日写给夏济安的信中道："宋奇的《红楼梦新论》是我很想一看的书，要想知道他的见解同我的有多少出入。我很想写一本批评中国旧小说的书。宋奇在上海时多少带一点 dilettante 的风度，现在态度方面比以前成熟严肃得多了。他对他志同道合朋友的忠心，一向是很使我感动的。他的 credo 中我不能全盘同意的，是他对批判中国文学、文化'特殊标准'的坚持。我受了 New Criticism 的影响，认为审定文学的好和伟大，最后的标准是同一的。这不是说我们要用'Romantic''Realistic'等 categories 来说明中国文学，因为目前最好的西洋批判家，不论其对象是荷马、雪莱、Flaubert，似乎都从作品本身着手，而放弃了对于'典''浪漫'等 terms 的懒惰型依赖。我们讨论中国文学时，对于为什么某时代有一种特殊的 sensibility，一种特殊的 idiom，可以历史背景说明，可是说到这时代作品的本身，最后的标准似乎只有'成熟''丰富'（richness）等简单的 concepts。假如我们对于中国旧诗真觉得有特殊的'好'处，这好处只有根据诗本身而加以说明的。假如我们想用特殊标准来批判中国文学，好像一开头就存了'胆怯'的心理；其实中国诗同英国抒情诗比，《红楼梦》同欧洲最好的小说比，我相信都是无愧色的。"❷ 以上评述不仅有助于了解夏志清文学观尤其小说观，即"依据欧美小说美学的评价体系，夏志清认为中国传统小说都不够完美"❸，同时有助于了解宋淇的文学观尤其小说观，尤其对于理解宋淇《红楼梦》研究的中国作风、中国气派很有帮助。

纵观宋淇的红学志业，可谓：治学典范堪称道，识要红楼续旧贤；最是博观圆照手，细评英译乃新篇。

---

❶ 夏志清：《中国古典小说史论》，江西人民出版社2001年版，第3-4页。
❷ 王洞主编：《夏志清夏济安书信集：卷二（1950-1955）》，台湾经联出版事业股份有限公司2016年版，第227-228页。
❸ 孙太、王祖基：《异域之境：哈佛中国文学研究四大家——宇文所安、韩南、李欧梵、王德威》，科学出版社2016年版，第25页。

附录：宋淇学术简历

宋淇（1919—1996），香港学者，1940年毕业于燕京大学西语系，任香港中文大学比较文学与翻译研究中心主任，著译颇丰。红学著述即《红楼梦识要》《〈红楼梦〉西游记——细评〈红楼梦〉新英译》等，《〈红楼梦〉西游记——细评〈红楼梦〉新英译》是评述霍克思英译本《红楼梦》的名著，堪称《红楼梦》译本研究之范本。

2001年2月26日，红楼梦研究所、《红楼梦学刊》杂志社、中国书店在北京共同主办《红楼梦识要》出版座谈会，对其红学研究的典范意义给予了中肯评价。

冯其庸、李希凡主编《红楼梦大辞典》（文化艺术出版社1990年出版）称述宋淇为香港著名红学家。胡文彬、周雷编《香港红学论文选》（百花文艺出版社1982年出版）以《新红学的发展方向》为首篇，收录了宋淇6篇文章，这6篇文章均收入此后出版的《红楼梦大辞典》。

梅节的红学研究：
考论立新说，辨伪以求真

引　言

　　梅节曾以"布衣红学家"称号享誉香港，"布衣"者，不仕之谓，不谈政治，游于体制内外。钱穆在《现代中国论衡》中论及中国政治之学时道："梨洲晚年，则为《明儒学案》，此书亦深具作意。明儒亦承元儒遗风，以不仕为高。盖梨洲为《明儒学案》亦显有提倡不仕之意。其门人万季野，应诏赴京师，参加编明史工作，犹自称布衣。"❶"布衣红学家"梅节称自己的研红属于"业余性质"，前期代表著作即《红学耦耕集》（梅节与马力合著），后期成果则收录《海角红楼——梅节红学文存》（国家图书馆出版社 2012 年出版），该著作集成了梅节前后期研红成果。梅节在《海角红楼》"序言"中说："我今年八十四岁，算起来居住在香港的时间最长。我的文章是来港后写的，绝大多数发表在香港的报刊，文集取名《海角红楼》，就是这个意思。"❷ 梅节曾说："国内红坛实际上没有几年好景。……大众娱乐性的'龙门阵红学'迅速蹿红，急功近利的泡沫红学随之而兴。《红楼梦》学术趋向式微。1985 年因一个偶然机会，我转去校点《金瓶梅词话》，1986 年参加哈尔滨国际红楼梦讨论会后，即淡出江湖。作为这个阶段参加《红楼梦》讨论的成果，香港三联书店 1988 年选录梅节十篇文章、马力七篇文章，出版《红

---

❶　钱穆：《现代中国论衡》，生活·读书·新知三联书店 2005 年第 2 版，第 178 页。
❷　梅节：《海角红楼——梅节红学文存》，国家图书馆出版社 2013 年版，第 2 页。

学耦耕集》。2000 年北京文化艺术出版社出版《红学耦耕集》的'增订本',增收梅文五篇。后来张庆善先生将之收入他主编的'名家解读红楼梦丛书',更名为《耦耕集——梅节、马力论红楼梦》。《海角红楼》所收录的文章,实际大半都发表过。"❶ 可见,"龙门阵红学"蹿红之时（笔者按:简称"龙门红学",梅节和陈庆浩、马力先生在 20 世纪 80 年代初所用名词,用来戏称某些红学派别,如长于创作的新索隐派文章。梅节说:"'龙门红学'的开山之作是周先生 1949 年发表在第三十七期《燕京学报》上的《真本石头记之脂砚斋评》,这是继胡适《红楼梦考证》后影响最大的红文。它为'龙门红学'开不二法门,现丈六金身,将之提升到学术层次。"❷）也是梅节"告别红学"之日,尽管他的"告别"只是一次学术兴趣的转向,即校勘"梦梅馆校本"《金瓶梅词话》,"旨在为读者提供一个可读的、较少错误的、接近原著的本子"❸。

梅节在《答吴世昌先生》一文中说:"我不是什么红学家,甚至连带引号的'红学家'也不是（吴先生在文中称我为带引号的'红学专家',本意是想挖苦一下。但对我却是不虞之誉。因为证诸吴先生过去的文章,红学大师俞平伯先生也不过是带引号的'红学家',而胡适连带引号的'红学家'也不是）。我只是对《红楼梦》有点兴趣,自然不免也有些粗浅的看法。1977 年及 1978 年春,刚好有点空闲时间,便写了几篇关于《红楼梦》及其作者的习作,其中一篇就是《史湘云结局探索》。"❹ 实际上,"红学家"的名号也并不是梅节自许的,1990 年出版的《红楼梦大辞典》（冯其庸、李希凡主编）"红学人物"一节即将梅节说成"香港知名红学家"了。2010 年增订本新版《红楼梦大辞典》"红学人物"简介"梅节"略详,特撮要如下:本名梅挺秀,回国考入燕京大学新闻系,1954 年北京大学毕业,分配到光明日报,1977 年移居香港,业余从事《红楼梦》《金瓶梅》研究,论文《曹雪芹卒年新考》《论红楼梦版本系统》《说"龙门红学"》《评刘广定〈红楼梦抄本抄成年代考〉》,有专集《红学的边鼓》。❺ 新版《红楼梦大辞典》将梅节的研红著作由旧版中的《红学耦耕集》换成了《红学的边鼓》。"边鼓"

---

❶ 梅节:《海角红楼——梅节红学文存》,国家图书馆出版社 2013 年版,第 1-2 页。
❷ 梅节、马力:《红学耦耕录》,文化艺术出版社 2000 年版,第 23 页。
❸ 梅节:《梦梅馆校本〈金瓶梅词话〉》,香港里仁书局 2012 修订版,第 5 页。
❹ 梅节、马力:《红学耦耕录》,文化艺术出版社 2000 年版,第 320 页。
❺ 冯其庸、李希凡:《红楼梦大辞典》（增订本）,文化艺术出版社 2010 年版,第 582 页。

说出自《红学耦耕集》"前言":"门外谈红,只不过为当时国内红学热潮所吸引,聊敲边鼓,无甚高论;而且80年代中我们就退出江湖,兴趣、精力已转移到其他方面。"❶ 新版《红楼梦大辞典》的"梅节"简介当可与梅节"自述"参看:

> 1950年7月,我在越南堤岸一间华侨中学毕业,回国考入燕京大学,念的是新闻,毕业后从事报纸工作,对古典文学只保持业余爱好。"文革"中……于是研读《红楼梦》。1977年因家庭变故赴港,侍奉病母,日长无事,开始写点有关《红楼梦》的文章。这些文章后来收入香港三联书店出版的《红学耦耕集》,实际上仍是以"外学"为主。❷

梅节这段"自述"既交代了他的研红动因,也交代了研红的旨趣——"门外谈红"喜好"外学"。梅节能于"业余"研红中将这"边鼓"敲得有声有色,实属难得。这一"敲"就是三十余年,真可谓:志可道,诚可嘉。

马幼垣曾说:"《红楼梦》研究是一门既盛且乱的学问。……在这种众说杂陈的情形之下,要创新立异而言之成理,谈何容易。马、梅二位往往能直陈前说之陋,代以新解,实属难得。如集内(笔者按:《红学耦耕集》)提出曹雪芹卒于甲申之春,以取替旧有之壬午、癸未两说;史湘云结局之异常平淡;棠村小序说之不能成立,等等,破立之间颇有迎刃有余之感,二人考证功力之深可见一斑。……梅节曾数度考论王冈《幽篁图》的像主是否曹雪芹(集中收三篇),结论是此人当为两江总督尹继善(1696—1771)的长年幕客俞楚江。像主之不可能为曹雪芹十分明显,他的身份却不易弄清楚。梅先生做的主要是推论,并未提出实物证据。"❸ 其实,不仅梅节主要靠的是"推论",由于"实物证据"链的不足,这类"推论"普遍地存在于中国古典小说研究领域。不过,如果能够"考""论"兼顾得好便已经难得了。

---

❶ 梅节、马力:《红学耦耕录》,文化艺术出版社2000年版,第1页。
❷ 周钧涛、鲁歌:《我与金瓶梅——海峡两岸学人自述》,成都出版社1991年版,第143页。
❸ 马幼垣:《实事与构想——中国小说史论释》,台北联经出版公司2007年版,第351-352页。

一、考论视野开阔，话题意识特强

梅节的《红楼梦》考论视野开阔，话题意识很强，红学中的"论争"和"公案"，总能引起梅节的兴趣。曹雪芹卒年考、成书过程考、版本系统考论等方面，梅节均提出了聊备一说的观点，但他并没有"孤芳自赏"似的"敝帚自珍"，更没有"独占真理"般的"舍我其谁"，却始终宣称："其实，我们对《红楼梦》的研究，始终属业余性质。"❶ 这不仅仅是一种自谦，更是一种自警。因为，《红楼梦》作者问题、版本问题、成书过程问题等至今都是众说纷纭的话题，聊备一说者夥，不刊之论者希，难得一致公认的定论。如果说能在争议纷纭的话题上提供"聊备一说"的一家之言，已实属不易。不过，梅节毕竟能在诸多方面形成自己的"一家之言"，且不乏创见之论，如蔡义江说："《红学耦耕集》（梅节、马力著，文化艺术出版社2000年版）是一部颇多创见、很有学术价值的书，不少观点我都赞同。当然，对个别问题也有不同看法，本文所讨论的即是。"❷ 蔡义江所说的"本文"即收录于《红楼梦诗词曲赋鉴赏》的"备考"文章，题名为《"更香谜"属谁和"镜谜"、"竹夫人谜"是否原作——与梅节先生讨论》。可以认为，《红学耦耕集》中"颇多创见"的文章至少应包括《曹雪芹卒年新考》《论己卯本〈石头记〉》《史湘云结局探索》《〈红楼梦〉成书过程考》《论〈红楼梦〉版本系统》《曹雪芹"佚诗"的真伪问题》等，其学术价值究竟如何，有待读者的识别。他在诸如"曹雪芹卒年考证""己卯本《石头记》考辨""《红楼梦》版本系统分疏"等考论文字中所体现出的特点十分鲜明：文本内外的掘隐与世事人情的推求相结合，分疏论辩的清明意识与机智明快的文字表达相表里。尽管有些文字不免滑入"悬想""索隐"之径（其实，红学的考证文字及批评文字"求深返惑"者夥矣，梅节自不能免俗，但能自我克制），不过，总体上看则能由考而论，由辨而析，能于史料中求识见。

沈治钧撰著《红楼七宗案》有"关于吴组缃致梅节函"一节，其中谈及

---

❶ 梅节、马力：《红学耦耕录》，文化艺术出版社2000年版，第1页。
❷ 蔡义江：《红楼梦诗词曲赋鉴赏》，中华书局2001年版，第176页。

梅节与他的老师撰写的论文九篇，篇目如下（以发表时间为序）：（1）《曹雪芹画像考信》（香港《文汇报》1979年4月2日至5日）；（2）《围绕〈红楼梦〉著作权的新争论》（香港《广角镜》1979年6月号）；（3）《曹雪芹"佚诗"的真伪问题》（香港《七十年代》1979年6月号）；（4）《史湘云结局探索》（香港《文汇报》1979年6月至8月）；（5）《不要随便给曹雪芹拉关系》（同上9月7日）；（6）《关于曹雪芹"佚诗"的真相——兼答吴世昌先生的〈论曹雪芹佚诗，辟辨"伪"谬论〉》（香港《广角镜》1979年11月号）；（7）《答吴世昌先生》（同上1980年6月号）；（8）《曹雪芹卒年新考》（《红楼梦学刊》1980年第3辑）；（9）《论己卯本〈石头记〉》（香港《中报月刊》1981年6、7月号）。"由这些篇目看，移居香港后的梅节是非常勤奋的，因而稍后便迎来了他学术上的第一个丰收季节。眼下它们大部分都成了当代红学史上的名篇，其中《曹雪芹卒年新考》与《论己卯本〈石头记〉》尤为学界所称道。吴函所谓'我在红刊上已经读过'的，即指前者。看得出来，老师对这个学生是相当赏识的，故欣然表示'喜欢读'这些'考据文章'，因为'有说服力，读后有收获、有印象'，并且'科学水平高'，其作者'看问题敏锐，博闻强记，细致深刻，而不迂腐'。非比空话、套话、客气话，这些都属于实事求是的学术评价。看过上述论文的读者，相信绝大多数都会有同感的。此外，吴函中还有两点需要格外注意，一个有关'曹雪芹佚诗'案，另一个有关《红楼梦》佚稿研究。"❶沈治钧对吴组缃信函的辨析是客观可信的，这可由吴组缃信函中"不是当面奉承，是说心里话"的表白以印证，吴组缃的评价对于了解梅节的红学成果和学术个性具有难得的参考价值。由沈治钧《红楼七宗案》全文照录的"关于吴组缃致梅节函"可见，这封写于1981年8月10日的信函，不仅谈到了喜欢读梅节的考据文章，而且又说："还是冷静地摆事实、说道理为好，尽可能少说刺激的话。你的文章也偶然有'钻'的时候，例如悬揣史湘云为何跟卫若兰睽离以至于成为双星，我觉得就不必那么具体地设想那个过程。"❷吴组缃毫不客气地指出梅节作文中好说"刺激的话"，以及"钻"而"悬揣"（即索隐）的两大问题，这一"褒"一"贬"中寄寓了老师对于学生的厚望，可谓溢于言表，梅节自然是心领神会的。2008年，梅节曾在《在北京大学中文系吴组缃先生诞生一

---

❶ 沈治钧：《红楼七宗案》，江苏人民出版社2011年版，第357页。
❷ 沈治钧：《红楼七宗案》，江苏人民出版社2011年版，第356页。

百周年学生讨论会上的发言》中感言:"1953年我修读吴先生的'现代文学名著选读'。在燕园,我听过许多名师的授课,吴先生给我的印象是独一无二的。先生在课堂上展现的一个人文学者的风范和内涵,改变了我从学的志向。以后我移居香港,业余从事《红楼梦》和《金瓶梅》的研究,独学无侣,先生又及时给予指导和鼓励。可以说,我今天在学术方面任何微末成就,和吴先生的教育、关怀是分不开的。"❶ 可以说,吴组缃的教育和关怀使梅节在《红楼梦》考证方面始终葆有着充分的自信,他对《红楼梦》的研究兴趣和研究方向应与吴组缃的教育和关怀有着一定的关系。例如,梅节的《红楼梦》研究能够尽可能地抑制那"索隐"的热情,这就与吴组缃的"告诫"有很大关系。(笔者按:《史湘云结局探索》一文就表现了一定的"悬揣""索隐"倾向,梅节说:"笔者认为,最可能是后来湘云嫁卫若兰……从白海棠诗之'自是霜娥偏爱冷''幽情欲向嫦娥诉'看,可能是湘云主动离去……也许卫若兰后来又想同她修好,她没有答允。总之,她不愿再和他在一起,而宁愿个人'寂寞度朝昏'。《白海棠和韵》之'花因喜洁难寻偶',庚辰本第二十二回之双行批注'湘云是自爱所误',大概就是指这一点而说的。"❷ 这段话里"最可能""可能""也许""大概"等,非"悬揣"而何?非"索隐"而何?不过,梅节对探考湘云结局的思考还是很有道理的:"探考湘云的结局,有一点似应记住,湘云是入'薄命司'的。像有些红学家、半红学家所设想的后来湘云嫁宝玉的情节,只是苦命,并非薄命。《红楼梦》的十二金钗,她们的结局各不相同,但都是一出悲剧。"❸)

不过,吴组缃对梅节"尽可能少说刺激的话"的告诫却并没有真正打动梅节的心,这从他后期研红的"辨伪"文章中可以得到充分的印证。譬如,梅节在《草根,不应是草包!——评邓遂夫〈脂砚斋重评石头记甲戌校本〉》一文中尖锐地指出了邓遂夫"不懂装懂,强作解人"的面目。他说:"邓先生校书,自己不懂的连辞典都不查,宁信口开河,实属少见。"❹ 于是,梅节大声断喝:"是草包,不是草根!"再如,梅节在《谢了,土默热红学!》一文中说:"如果你把鹿角锯掉,装上一条大尾巴,拍成照片,举行记者招待

---

❶ 梅节:《海角红楼——梅节红学文存》,国家图书馆出版社2013年版,第414页。
❷ 梅节、马力:《红学耦耕录》,文化艺术出版社2000年版,第113页。
❸ 梅节、马力:《红学耦耕录》,文化艺术出版社2000年版,第113页。
❹ 梅节:《海角红楼——梅节红学文存》,国家图书馆出版社2013年版,第351页。

会宣布你发现马的新品种,这就是'造马',构成欺诈罪。红学如允许'造马',红学就变成'哄学'。土默热也真够大胆,可能还是个法盲。他篡改人家祖父的原诗,又据改诗进行'合理推论',要定人家孙子'盗用'《红楼梦》著作权之罪,青天白日,这不成了和尚打伞!幸亏曹寅已死,否则反控他盗改文书、栽赃诬陷,土默热先生不仅做不成甚么红学家,恐怕要洗干净屁股准备坐牢。"❶ 听吧!"欺诈""法盲""和尚打伞""洗干净屁股准备坐牢",学术文章中竟出现此等词句,这"刺激的话"愈加地变本加厉了。试问:读了这篇文章的读者将作何感想呢?(笔者按:据邓遂夫《周汝昌先生晚年和我的诗谊》一文记述,周汝昌竟也因此"开骂"了:"2008年北京奥运会前夕,一位向来以'攻周'为主业,并以此向学界权势者示好的海外学者,忽然又发文章。竟以奚落我的甲戌、庚辰两种校订本反复出修订版,'打破了中国出版史上纪录',而他却可以从我的'初版'中挑出几条错误为由,出言不逊,猛攻所谓'周派'之失。于是我写了一篇题为《红坛登龙术》的文章来厘清事实,略揭当今红坛诸般乱象之根源。此文一出,正气得伸,理屈者顿然词穷。周老'听读'之后,感慨系之,吟成《听邓遂夫〈红坛登龙术〉口占七言俚歌一首》相赠。诗云:'舞台好戏耍纸刀,关公门前逞英豪。川南勇士横空出,揭他本相日昭昭。拍捧歌颂别有主,登龙有术品不高。一知半解捡稻草,当作令箭助吹毛。君子发言皆正派,小人开口骂草包。学者校红功最伟,遂夫廿载不辞劳。甲戌精本已七版,辨讹证误争厘毫。时有名言兼至理,令我佩服指拇翘。及今学苑一言霸,作践双百幕后操。他人建树反不乐,嫉贤妒美火中烧。邓子有鲠久在喉,一吐为快喜招邀。我诵大文倾右耳,不禁心感情振摇。作为俚歌附骥尾,江河万古对尔曹。'"❷ "海外学者"即梅节,其中"君子发言皆正派,小人开口骂草包"两句的"开骂"毫无掩饰,于是,"此文一出,正气得伸"的自诩竟成一颗吹得很圆很大的肥皂泡而已。)再如,梅节在《周汝昌、胡适"师友交谊"抉隐——以甲戌本的借阅、录副和归还为中心》一文中说:"促使周汝昌对师门重作考虑的,是宋广波先生编成《胡适红学研究资料全编》要出版……'曾见大师容末学,不期小著动高流',差点就跪下了,宽恕弟子昏聩吧!他感觉自己正从"新红学顶峰"急速坠落,慌忙抱住祖师爷的大腿,以图在红学史上保

---

❶ 梅节:《海角红楼——梅节红学文存》,国家图书馆出版社2013年版,第328-329页。
❷ 周伦玲、竺柏松编:《琳琅满纸忆前时——怀念周汝昌先生》,中华书局2013年版,第54-55页。

持一个后人可以看得见的位置。"❶ 这一段"刺激的话"同样是锋芒逼人，丝毫不留情面，甚或有刻毒之嫌了。如何看待和评价这类"刺激的话"呢？读者的态度一定各有不同，但是，常识告诉人们："刺激"与"反刺激"是一对双胞胎，相伴而生。当然，问题不仅在于能不能说几句"刺激的话"，而在于这些"刺激的话"是否建立在"摆事实，讲道理"的基础上，"实事求是"应是衡量这类"刺激的话"终极标准。其实，学术文章里说不说"刺激的话"，这是与个人的"性分"有关联的。梅节的"性分"直接影响了他说出"刺激的话"的个性，尽管老师确有所告诫，但学生的"性分"却比较难移。常言道：文如其人其实，学术亦如其人。学人的"性分"不同，学术选择、学术个性和学术实绩相应地也会不同，包括他们的文风和学风。如总是带着典型的"我的朋友式的笑容"的胡适就一定说不出口这类"刺激的话"，他不仅自己不说，而且告诫周围的朋友也不要说。胡适在1961年7月24日《复苏雪林》信中说："你也不可生气，作文写信都不可写生气的话。我们都不是年轻人了，应该约束自己，不可轻易发'正谊的火气'。我曾观察王静安、孟心史两先生，他们治学方法何等谨严！但他们为了《水经注》的案子，都不免对戴东原动了'正谊的火气'，所以都不免陷入错误而不自觉。"❷ 胡适在1961年8月4日《致吴相湘》信中又说："在几年前，我给你题心史先生的遗墨，就指出一点：我劝告一切学人不可动火气，更不可动'正谊的火气'，一动了火气，——尤其是自己认为'正谊的火气'，——虽有方法最谨严的学人如心史先生，如王静庵先生，都会失掉平时的冷静客观，而陷入心理不正常的状态，即是一种很近于发狂的不正常心理状态。"❸ 胡适劝告"一切学人不可动火气"，即便是"正谊的火气"，但是，他是理解这些动了"正谊的火气"的学人的——即"性情上的根本不同"。胡适在1953年6月16日《答朱长文》信中说："你必须平心静气的明了世上自有一种人确不能信任一切没有充分证据的东西。他们的不能不怀疑，正如某些人的不能不信仰一样，——一样是性情上的根本不同。"❹ 梅节之所以动了"正谊的火气"，不仅因为他的"怀疑"，同时因为他的"信仰"——疾恶如仇、刺伪颂真！

---

❶ 梅节：《海角红楼——梅节红学文存》，国家图书馆出版社2013年版，第383页。
❷ 耿云志、宋广波：《胡适书信选》，外语教学与研究出版社，2012年版，第482–483页。
❸ 耿云志、宋广波：《胡适书信选》，外语教学与研究出版社，2012年版，第483页。
❹ 耿云志、宋广波：《胡适书信选》，外语教学与研究出版社，2012年版，第405页。

笔者由梅节的"性分之情"又联想起唐德刚与夏志清之间的论争来,刘梦溪著《红楼梦与百年中国》将这次论争列为"红学论争"的"第十七次论争"。这次论争起因于唐德刚在《海外读红楼》一文中对夏志清的尖锐批评,于是,夏志清批驳唐德刚的《海外读红楼》"立论不通",原本可"置之不理",但由于该文所发表的《传记文学》的读者大半"并非内行",且"对红学所知亦极浅",易于被"蒙蔽",因此不得不撰文"答辩"。而唐德刚不依不饶,接着发表《红楼遗祸——对夏志清"大字报"的答复》进行反批评。刘梦溪是这样评价的:"唐德刚的文章,每每以'游戏笔墨'出之,批评得虽尖锐,却不失忠厚。可惜这一层未为夏志清所理解,为文反驳时充满了个人意气。"❶ 显然,刘梦溪欣赏唐德刚的为文之风——"批评得虽尖锐,却不失忠厚"。读者从这场风波及刘梦溪的评价上可以看出:批评者大抵最担心的还是"误导读者",尽管批评者有时不免"意气用事"。无论是批评者也好,反批评者也罢,倘若能于批评过程"不失忠厚",尚属学术之争的常态,并不有伤"和气"。由此反观梅节对邓遂夫、土默热和周汝昌的批评,若从"误导读者"的担心上考量,并非没有道理,至于"不失忠厚"这一条,则是梅节受到一些人"非议"的关键之处。如何做到"忠厚"呢?不妨以"了解之同情"作为基础。

二、作者卒年"新考"与版本问题"创见"

既然《曹雪芹卒年新考》与《论己卯本〈石头记〉》尤为学界所称道,那么,它们"颇多创见"的"学术价值"何在呢?首先来看对《曹雪芹卒年新考》的评价,蔡义江在《〈红楼梦〉是怎样成书的?》一文中说:红学界之外的人对20世纪60年代初曾有过的一场关于曹雪芹生卒年份的争论可能会感到厌烦:有什么可争的,不就是早几年晚几年吗?这跟《红楼梦》有什么关系呢?——有的。试想:如果曹雪芹在他家获罪、被抄没时只有三四岁;这跟他已经是十三四岁的少年能一样吗?这至少关系到他是否能赶上曹家的

---

❶ 刘梦溪:《红楼梦与百年中国》,河北教育出版社1999年版,第394页。

好日子，进而关系到形成何种思想观念。可见，弄清他出生的确切年代，对深入了解曾经过这场剧变的曹雪芹是非常重要的。曹雪芹的生年并无任何明文记载，是从他的卒年和岁数倒推出来的。所以，当年为了准备纪念他逝世二百周年，开展了一场关于他卒年的大讨论，学术界分成"壬午说""癸未说"两派，结果势均力敌，谁也说服不了谁，因为他们都各有所恃而又各有所失。直到1980年《红楼梦学刊》第三辑发表了香港梅节《曹雪芹卒年新考》一文，提出了"甲申说"，才解决了那条脂评与史料间的矛盾。❶ 准确地说，梅节乃继20世纪60年代初的争论之后重提"甲申说"，因为在梅节重提之前，胡适的《跋〈红楼梦考证〉》就一度提出"甲申说"，但没有进一步地考论。梅节重提"甲申说"时进行了有理有据的分疏，其影响当不可低估，如刘梦溪在谈及红学论争中"第七次论争：曹雪芹卒年会战"时说："后来甲申说复出，对'壬午除夕'的脂批重新加以句读，确认'壬午除夕'是批语署年，不是雪芹逝去时间，壬午和癸未两说都处于守势。尽管如此，围绕曹雪芹卒年问题展开的论争，特别是1962年的集中会战，在红学史上不能不说是一次盛举，增加了人们对红学的无穷兴味。"❷ 可见，"壬午"和"癸未"两说的"守势"，正是因为梅节重提"甲申说"，这一新说，按照蔡义江的说法，就是"解决了那条脂评与史料间的矛盾"。"那条脂评"即"壬午除夕，书未成，芹为泪尽而逝"的评语，此为"壬午说"所恃，而"史料"也即指敦敏《懋斋诗钞》之《小诗代简寄曹雪芹》和敦诚的《挽曹雪芹》诗题下所注明"甲申"的记录。梅节说："1962年（延至1964）的'壬午''癸未'大论争，如果说有什么积极的成果的话，就是它比较充分地暴露了旧说的矛盾，表明曹雪芹卒年问题，在'壬午除夕'或'癸未除夕'的非此即彼的框子中是无法解决的，因为无论'壬午说'或'癸未说'，都不很合理。"❸ 那么，梅节提出曹雪芹卒于甲申年春天即"甲申说"就"很合理"了吗？这一新说一定会引来质疑，至少"壬午说"或"癸未说"持者都是难以轻易接受这一新说的。冯其庸在《重论曹雪芹卒于"壬午除夕"——初读〈四松堂集付刻底本〉》一文中就坚定地认为："曹雪芹卒于壬午除夕，既有脂砚斋的记载，更有墓石实物上的纪年，这是任何强辩都无济于事的。

---

❶ 蔡义江：《追踪石头：蔡义江论红楼梦》，文化艺术出版社2006年版，第33—34页。
❷ 刘梦溪：《红楼梦与百年中国》，河北教育出版社1999年版，第353页。
❸ 梅节、马力：《红学耦耕录》，文化艺术出版社2000年版，第33页。

所以雪芹卒于壬午除夕，完全可以定论。主张雪芹卒于癸未除夕一说的只注意《小诗代简》一诗作于癸未春，因而认定雪芹不能死于壬午除夕。但从考证的角度来说，这只是推理、推测而并非实证。我认为《鹪鹩庵杂记》抄本里的两首挽诗是作于癸未上巳节以后，因为这之前敦诚、敦敏还不知道雪芹已死，不是雪芹刚死时写的。第三首收在《四松堂集付刻底本》里的《挽曹雪芹》诗题下署年'甲申'，而又被用白纸贴上。前两首应该是初稿，未署纪年，第三首当是后来的改稿，因诗中句子都有相同。改稿的时间相隔已较久，但诗意变化不大。以上是我初读《四松堂集付刻底本》的一点心得体会，是否符合客观事实，还有待以后长时间的考验。我希望看到正负不同的验证，使学术有所前进。"❶ 从上述文字可见，冯其庸是坚定地相信"壬午说"是正确的，是"完全可以定论"的，那些支持"壬午说"的文献材料当然就是"正验证"了。至于梅节的"甲申说"也同"癸未说"一样，不过是"强辩"而已，当然也就不可取。不过，梅节则比较开通，他说："为了避免一些无谓的争执，尽量求得一致，可以笼统一点，把雪芹卒年定于1764年春天，也就可以了。"❷ 然而，梅节的建议能否被合情合理地采纳呢？笔者看不出什么希望。这一点，梅节是抱有清醒认识的："曹雪芹的生卒年月，是有关曹雪芹生平研究的一个重要的问题，也是争论的最多的问题。曹雪芹呕心沥血，为后人写下了稀世的文学之珍《红楼梦》，而今天我们对这位伟大作家却知道得很少，甚至连他生于哪一年、卒于哪一年都无法确定。本来研究一部文学作品，并不需对作者生卒作琐碎的考证，但《红楼梦》似乎是一个例外。因为从一开始，人们便把它看作是作者的'自叙传'，从而探讨曹雪芹的生平便成为理解《红楼梦》的第一把钥匙。当然，我们今天不一定再持这种看法，但了解曹雪芹的生平，对《红楼梦》的研究无疑是重要的，甚至是必要的。第一个提出曹雪芹生卒问题并试图用科学的方法加以解决的是胡适。然而正因为胡适的错误，使这方面的研究走进了一条死胡同。半个世纪来，红学家们虽然花了不少气力，却并没有取得真正的进展。本文的目的，是试图对曹雪芹卒年提出一些不同的看法，供专家们考虑。"❸ 梅节在曹雪芹生卒问题上"并没有取得真正的进展"，他自己也并不认为"完全可以

---

❶ 冯其庸：《解梦集》，文化艺术出版社2007年版，第270-284页。
❷ 梅节、马力：《红学耦耕录》，文化艺术出版社2000年版，第48页。
❸ 梅节、马力：《红学耦耕录》，文化艺术出版社2000年版，第32页。

定论",只是"试图"提出"不同"的看法"供专家们考虑"而已。譬如,伊藤漱平在《〈红楼梦〉成书史臆说》一文中就谈及受梅节新说的启发。梅节的新说影响难与"壬午说"和"癸未说"比肩,这是因为人们对这个话题倦怠了呢?还是约定俗成的说法已经印在人们的脑海里了呢?抑或是新说法因文献材料不足而不为人们所取呢?读者如果有兴趣的话,可以就此话题做一番探究。

再看《论己卯本〈石头记〉》的"创见"何在?梅节在《论己卯本〈石头记〉》一文中说:"《红楼梦》的版本问题,是红学的'内学'之一。要弄清《红楼梦》的成书过程,要整理出一个接近曹雪芹原著的定本,都首先有赖于版本——特别是早期抄本的研究。本文对《红楼梦》一个早期的抄本——己卯本,作了一些探索:对己卯本与怡亲王府的关系、己卯本与庚辰本的关系、脂砚斋的己卯冬定和庚辰秋定、己卯本的原始面貌和流传,提出一些初步的看法。这些看法是不成熟的,甚至极大可能是错的,笔者诚恳地希望海内外的专家和读者批评、指正。"❶ 梅节深知《红楼梦》版本研究的重要性,这一重要性至少包括:一则有助于弄清《红楼梦》的成书过程,二则有助于整理出一个接近曹雪芹原著的定本。以上认知是梅节关注版本研究的前提和基础,由此可见,梅节对于版本研究是有着很高期许的。梅节在对己卯本所涉及问题的详细分疏时说:"红学界皆知,现存庚辰本曾经后人点校过,虽然有些改字偶有可取之处,但并非据善本校雠,而是任意臆改,且大多数都是无知妄改。"冯其庸先生虽主张对庚辰本这些墨笔的旁改文字加以区分,"既不能全部肯定,也不能全部否定",但他也承认,其中有一定数量"纯粹属于妄改"。己卯本这位校者,根据庚辰本的误笔和妄改,来校改己卯本本来正确的文字,这总不能设想是弘晓等人,借到脂砚斋的"庚辰秋定"原本,进行校改吧?在现存各种乾隆时抄本中,不管有多少脱讹,并没有出现据他本校改的现象(庚辰本是后人的妄改),因为当时人们只是把《红楼梦》当作"消愁破闷"的小说读。嘉道以还,"开谈不说红楼梦,此公缺典真糊涂",人们才搜罗异本轶闻,但着重点还在微言大义与故事情节。到"新红学"诞生以还,才兴起《红楼梦》的版本学、校雠学。设想在《红楼梦》脱稿不久,便有这样复杂细致的校改,是不符合红学发展的客观规律

---

❶ 梅节、马力:《红学耦耕录》,文化艺术出版社 2000 年版,第 234-235 页。

的。那么，庚辰本同己卯本是一种什么关系呢？目前，红学界有两种不同的意见。一种意见认为，庚辰本是按己卯本过录的，两者的关系是"父子"关系。持这种意见的有陈仲箎、冯其庸等先生。另一种意见认为，庚辰本并非录自现存的己卯本，己卯本过录自"己卯冬月定本"，庚辰本过录自"庚辰秋月定本"，他们之间是"兄弟"关系而不是"父子"关系。持这种意见的有吴恩裕、魏谭先生，李少清、赵冈先生的意见也可以归入这类。对庚辰本同己卯本的渊源，冯其庸先生在《论庚辰本》中举出六证，不过，冯先生的结论"庚辰本是据己卯本过录的"却并不完全正确。笔者认为，研究版本异同，不仅要着眼于两者之"同"，还要注意两者之"异"。同，可以说明它们或来自同一祖本。异，则显示它们不可能有直接的承传关系。❶ 梅节的观点对错与否不论，至少他的新说不能回避，这是因为，无论坚持"己卯本"与"庚辰本"的"父子关系说"也好，抑或是"兄弟关系说"也罢，至今为止都还没能成为大家一致直公认的"完全正确"的定论。冯其庸曾在《石头记脂本研究》"自序"中说："我与吴恩裕同志合作，写成了《己卯本〈石头记〉散失部分的发现及其意义》一文，发表在1975年3月24日的《光明日报》上。我接着又对庚辰本进行了研究，当时我认为庚辰本是据己卯本过录的，己卯本的原貌，基本上保持在庚辰本里。我的文章发表后，得到了红学界朋友极大的认同，同时也有几位同志撰文进行论难，论难的主旨是说庚辰本不是直接过录己卯本而是间接过录，己卯本上朱笔旁改文字，并不是作者改文的过录，而是后人据庚辰本回改上去的。我经过反复研究，觉得以上两点都是可取的，特别是第一点，至于第二点，那纯粹是我弄错了，我在《重论庚辰本》一文里已有说明。"❷ 由冯其庸的回应可见，其一定看到了梅节的"论难"文章并给予了重视，也可见《论己卯本〈石头记〉》一文的影响力。当然，这一影响力也不必高估，因为在版本研究上各言其说、各是其所是的情况是十分明显的，固执己见是常态。《重论庚辰本》一文之后，冯其庸又在《对庚辰本、己卯本关系的再认识》一文中重申自己旧说（"壬午说"）的可信性："我认为说庚辰本是据己卯本抄的这个判断目前还没有足够的可靠史料来予以否定，我虽然据庚辰本有百分之九十五以上的文字相同于己卯

---

❶ 梅节、马力：《红学耦耕录》，文化艺术出版社2000年版，第218－228页。
❷ 冯其庸：《石头记脂本研究》，人民文学出版社1998年版，第4页。

本的事实仍认为庚辰本是据己卯本抄的，这也仍然是尊重事实。"❶ 可见，尽管《论己卯本〈石头记〉》拓宽了关于"己卯本"与"庚辰本"研究的话题空间，并对这一问题的最终解决提供了继续思考的启示性意见，但如果以为因此可以了结此案，则无异于竹篮打水，即便能够产生对"壬午说"和"癸未说"侍者的某种影响，也是收效甚微。当然，梅节并没有坚信自己的新说是可以定案的，他自谦"对《红楼梦》的版本研究并无专门研究，但结合此本，研读了有关己卯本的论著后，个人也有一些粗浅的看法，与专家们不尽相同。但未敢自是，特提出来向海内外《红楼梦》研究者求教"❷。梅节的这一态度是审慎的，他的"未敢自是"并非是自谦，而是《红楼梦》版本研究不容乐观的客观现实不允许任何一位学人"自是"。尽管梅节说自己对《红楼梦》版本"没有专门研究"，但他的《论己卯本〈石头记〉》一文毕竟是提出了属于自己的"一家之言"。并且，《论红楼梦的版本系统》一文同样得到读者的好评："在红学界，对于版本源流的探讨，百年来，只有梅节先生的研究具有亮点。他在《论红楼梦的版本系统》一文中说：'把《红楼梦》版本流传分为脂本和程本两个系统，并不能反映版本流传的真实情况，正确的应区分《石头记》和《红楼梦》两个系统。《红楼梦》和《石头记》两个本子，它们同源异名各自流传。甲辰本、程本前八十回并非出自脂本，而是来自原先的一个名《红楼梦》的本子。在脂砚斋整理的《石头记》以外，同时有一个名《红楼梦》的本子存在。'梅先生的这些观点都是正确的，但因与现代主流红学家们的观点完全相反，所以虽然正确，却得不到认可。另一方面，笔者也注意到，梅先生虽然在版本研究方面有所突破，但他并没有跳出胡适考证派新红学的大圈子。思想没有获得彻底的解放，没有认识到，八十年来的所谓传统红学的主要观点，几乎全是错误的，他只是将信将疑，仍然脚踏两只船。"❸ 从以上这段话看，梅节说自己对《红楼梦》版本"没有专门研究"的话，谦虚的成分居多。

如果说到《红楼梦》的成书研究，梅节在《红楼梦》成书方面所提出的不同于人的观点同样值得关注。蔡义江在《〈红楼梦〉是怎样成书的？》一文中说："研究《红楼梦》，我几乎想不出还有什么问题比弄清成书过程更重要

---

❶ 冯其庸：《敝帚集》，文化艺术出版社 2005 年版，第 284 页。
❷ 梅节、马力：《红学耦耕录》，文化艺术出版社 2000 年版，第 210 页。
❸ 张福昌：《与蔡义江先生商榷》，载《红楼》2013 第 3 期。

的了。它关系到作者的生平经历、创作的思想动机、小说的题材来源和表现内容、作者与小说主人公贾宝玉及脂砚斋等批书人的关系、全书是否写完、怎么又成了残稿？现存后四十回文字是谁续的？及它与原作差别有多大，等等。总之，成书问题与研究这一系列问题都有关系，前者是后者的基础。"❶从蔡义江的论述来看，他十分重视成书研究这一课题，因为，弄清成书过程的重要性非同一般。这也可见，梅节的《红楼梦成书过程考》和《论红楼梦的版本系统》等文章的选题意义是极具创新性的。沈治钧在其所著《红楼梦成书研究》一书中说："就80年代的个人成绩而言，梅节在成书问题上的贡献是比较突出的。其《红楼梦成书过程考》论证了作者创作与批评者整理的情况，指出'曹雪芹写《红楼梦》是断断续续的，成书过程有三个阶段：上三十回、中三十回、后三十回'，这是比较独到的见解。其《论红楼梦的版本系统》一文，认为作品有《红楼梦》与《石头记》两个各有传承的版本系统，这'是和《红楼梦》的成书过程紧密联系着的'，与上述文章互为补充。其《析'凤姐点戏，脂砚执笔'》一文以小见大，周密地考证出二十二回关于凤姐点《刘二当衣》那三十九字的'赘笔'是脂砚斋所妄加的，从而揭示了这条脂批的真正含义。这对于破除所谓脂砚斋曾大量参与《红楼梦》的创作的神话，显然有着实实在在的作用。"❷ 值得一提的是，沈治钧所著《红楼梦成书研究》一书，如胡文彬所评价"是一部极富学术价值的著作，可圈可点之处很多……作者首次对《红楼梦》成书研究进行了全面的梳理、整合和研究，使本书的研究分析建立在坚实而又全面的材料基础上，不尚空谈、不事浮华，言之成理，持之有故，体现了著者笃实勤谨的治学态度"❸。由胡文彬的评价反观沈治钧对梅节成书研究的评论，诸如：梅节在成书研究方面的"贡献是比较突出的"、其成书过程三个阶段说是"比较独到的见解"等，可以认为，这些评价是基于通观以往的成书研究成果基础上的"言之成理，持之有故"作出的，是实事求是的。段启明说："事实上，'红学'史上的每一次重大突破，往往都与成书研究取得的新的进展密切相关，或者那'突破'的本身就是成书研究的重大成果。以胡适为代表的新'红学'家关于'高鹗续书'之说，不管近年来研究者们对此有何异议，但此说在中国学术史、

---

❶ 蔡义江：《追踪石头：蔡义江论红楼梦》，文化艺术出版社2006年版，第32页。
❷ 沈治钧：《红楼梦成书研究》，中国书店2004年版，第22页。
❸ 沈治钧：《红楼梦成书研究》，中国书店2004年版，第2—3页。

'红学'史上所产生的影响,无疑是极为深远的。而'高鹗续书'说的本身,对百二十回《红楼梦》而言,岂不正是成书研究的'重大成果'。❶ 那么,梅节提出的"成书过程三个阶段说"是不是属于成书研究的"重大成果"呢?姑且不论其"突破"意义,但就这"一家之言"拓展了成书研究的话题空间来看,也是不容忽视的。可以肯定地说,梅节的新说是基于版本考据和情理辨析基础上提出的,也就是说并非是一味地"猜"。提出这"一家之言"无疑既具需要学力、识力,而且需要勇气。

由《红学耦耕集》所收录的梅节研红论文可见,梅节的前期研究尤为关注当时的论争话题或热点话题。他不仅参加了关于"曹雪芹卒年问题"的大论争,而且撰写了《曹雪芹画像考信》和《不要随便给曹雪芹拉关系——答宋谋瑒》两篇论文,积极参加关于"曹雪芹画像问题"的"梅、宋论争"❷;他又撰写《围绕〈红楼梦〉著作权的新论争——兼评戴不凡〈揭开红楼梦作者之谜〉》一文,主动参加了关于"曹雪芹著作权"的大论争,并与论战双方共同把关于"曹雪芹著作权"论争推向高潮;他更不会缺席所谓"曹雪芹佚诗"的大论争,撰写了《曹雪芹"佚诗"的真伪问题》和《关于曹雪芹"佚诗"的真相——兼答吴世昌先生的〈论曹雪芹佚诗,辟辨"伪"谬论〉》等文章,促使这场大论争呈现了"白热化"的状态。这显示了梅节很敏感的话题意识,并表现出可贵的学术勇气,以及并非凡庸的学力和识力。

三、红学学风的思考与批判

梅节前期研红已将考证的旨趣和功力尽显于《红学耦耕集》若干代表性文章中了,其后期研究则将主要精力用在了关于现代红学的学风思考上。梅节所著《海角红楼》"序言"说:"告别红楼一纪,我校勘《金瓶梅词话》出了两个本子,'全校本'和'重校本'。三校本陈少卿先生尚在抄阅。回望红坛,'龙门红学'正形成一股龙卷风。1995 年有人发表《还'红学'以学》的鸿文,罢黜百家,独尊自己,为'新中国红学第一人'上位而进行大

---

❶ 沈治钧:《红楼梦成书研究》,中国书店 2004 年版,第 2 页。
❷ 刘梦溪:《红楼梦与百年中国》,河北教育出版社 1999 年版,第 362 页。

扫除。1997年应邀参加北京国际红楼梦学术研讨会，我提交《说'龙门红学'——关于现代红学的断想》的论文。自此，我对红学家园多了一份关注。为防止'龙门红学'变为'龙门教'，后来还发表几篇破除红坛造神运动的文章。"❶ 关注"红学家园"，当然不能忽视"家风"建设问题，也即"学风"建设问题，这是梅节长期思考的话题。可以说，经过不懈的努力，梅节在这一话题上掌握了充分的话语权，并由此引起红学内外的广泛关注。毋庸置疑，这方面的思考和成果与他考证方面的成果一道成就了一位"香港知名红学家"，同时显示了这位"布衣红学家"与众不同的个性。

其实，梅节在研红初期就已经开始关注"学风"建设问题了，如梅节曾在《建立国际红学研究资料中心刍议》（与马力合作，原载香港《广角镜》第100期，1981年1月号）一文中对公藏或私藏有关曹雪芹文物资料情况十分不满。他说："造成现在这种情况，同《红楼梦》研究中长期存在的学风有关。胡适是新红学的开山祖师，对红学的开拓有重大的功绩，但他收购到甲戌本《石头记》和《四松堂集》钞本后，即秘不示人，企图通过对原始材料的垄断达到学术研究上的垄断，这就严重妨碍了以后红学研究的进展。"❷ 梅节将现代红学的"学风"问题归责于"新红学"的创始者，这就不仅需要学术眼光，同时需要学术魄力。在梅节看来，胡适是百年红学"学风"日渐恶化的始作俑者，尽管他的红学功绩值得高度肯定，但是他的问题却同样不能"唯尊者讳"；尽管他的"人格光辉"总闪闪发光，但是这"太阳"里的"黑子"看上去则是深暗色的斑点，这"斑点"所产生的不同程度的负面影响是不容回避的。

梅节对作伪造假、胡编乱猜等妨碍红学研究发展的不健康"学风"现象始终保持着警惕，且不计一己得失地给予批评，以还原"真相"。他在精心结撰的《周汝昌、胡适"师友交谊抉隐"——以甲戌本的借阅、录副和归还为中心》一文中说："事实的真相是怎样呢？笔者在这里试做些梳理、推考。"❸ "事实的真相"是梅节"抉隐""辨伪"的目的，而不是以"揭秘"为手段以泄私愤。有趣的是，梅节始终把批评的矛头指向周汝昌，这又是为什么呢？或者说，梅节"门外谈红"的旨趣竟集中体现在周汝昌身上，难道

---

❶ 梅节：《海角红楼——梅节红学文存》，国家图书馆2013年版，第2页。
❷ 胡文彬、周雷编：《香港红学论文选辑》，百花文艺出版社1982年版，第444页。
❸ 梅节：《海角红楼——梅节红学文存》，国家图书馆出版社2013年版，第397页。

梅节与周汝昌有过节吗？答案就在梅节"抉隐""辨伪"的文字里，这些文字流露出这样的识见：周汝昌的观点是不对的！此人机心太重！众所周知，"机心"最能"惑人"。蔡义江曾说过："'二吴一周'，或容易受惑，或惯于惑人"。❶ 所以，为了使读者少受误导，梅节选择了做红学的"勇敢斗士"。"勇敢斗士"之说出自笔者著《红学学案》一书"蔡义江先生红学学术简介"一节中，蔡义江说："红学的现状确实令人忧虑，越荒谬的东西越走红的怪现象越演越烈，近期也看不出有好转的迹象。我曾经对红学的前途表示过乐观，相信真理终将战胜谬误。从长远看，必定如此，尤其在今天恶劣的气候下，仍有一批不为名利所惑、坚持走科学发展正道的红学研究者，其中像北京语言大学沈治钧教授、新疆师范大学胥惠民教授，在我看来，可称得上是与红学歪风邪气做斗争的勇敢斗士（笔者按：蔡义江推许沈治钧、胥惠民为'勇敢斗士'似可与周汝昌推许邓遂夫为'勇士'合观，恰似两军阵前之先锋），还有清史研究功力极深、只凭证据说话的杨启樵教授等，都对维护红学的健康发展作了杰出的贡献。但要在短时间内'拨乱反正'、改变红学现况，恐怕还难以实现。"❷ 此番表述中所提到的沈治钧教授、胥惠民教授和杨启樵教授等学人，都是对周汝昌的"学"与"人"展开"辨伪"和"批判"的"行家里手"，他们的"辨伪"和"批判"对于"周汝昌专人研究"（"周学"）的形成和发展，无疑做出了不可替代的贡献。（笔者按："周汝昌专人研究"姑可称之"周学"，笔者在《非求独异时还异 难与群同何必同：周汝昌的红学研究——当代学人的红学研究综论之十》一文中专门谈及这一"专学"，该文发表于《河南教育学院学报》2012年4期"百年红学"栏目。）其实，若就"周学"研究而言，梅节当属"前辈"，他早年提出的"龙门红学"说已经被学界广为引用。这位"周学"前辈，宝刀不老，又于2011年发表了精心撰著的胡适与周汝昌"师友交谊抉隐"，即《周汝昌、胡适"师友交谊抉隐"——以甲戌本的借阅、录副和归还为中心》一文，尽显胡、周关系之本相。该文引述文献资料翔实，梳理清晰明白，语言幽默风趣且机智善辩，堪称"周学"的典范成果。

实在地说，无论是沈治钧教授、胥惠民教授和杨启樵教授的"辨伪"和"批判"，或是梅节的"辨伪"和"批判"，就其学术动机而言，若做"正

---

❶ 蔡义江：《靖本靖批能伪造吗？》，载《红楼梦研究辑刊》2012年第4辑。
❷ 高淮生：《红学学案》，新华出版社2013年版，第315页。

风"之解，要比"攻击"之说来得平实。尽管他们"辨伪"和"批判"过程中的火药味或浓或淡，譬如杨启樵教授的火药味要比沈治钧教授略淡些，而沈治钧教授的火药味又比梅节略淡些，最刺鼻眼的要数胥惠民教授了。或者说，杨启樵教授"刺激的话"易受用，沈治钧教授的话就不易受用，而梅节或胥惠民的"刺激的话"的接受难度系数最大。甚或说，杨启樵教授在"不失忠厚"方面做得更好些，而梅节与沈治钧教授、胥惠民教授因"正谊的火气"比较旺盛而在"不失忠厚"方面略不济于杨启樵教授。那么，是否可以这样说：火药味或浓或淡正与"了解之同情"的深浅成正比？这却是一个值得进一步深入探究的话题，对这一话题的探究一定要考虑到话题对象的特殊性才能获得全解。记得文龙《金瓶梅》第十八回回评有这样一段话："批此书者，每深许玉楼而痛恶月娘，不解是何缘故？夫批书当置身事外而设想局中，又当心入书中而神游象外，即评史亦有然者，推之听讼解纷，行兵治病亦何莫不然。不可过刻，亦不可过宽；不可违情，亦不可悖理；总才学识不可偏废，而心要平，气要和，神要静，虑要远，人情要透，天理要真，庶几始可以落笔也。"❶ 这是文龙针对张竹坡批评《金瓶梅》因主观色彩太浓而有失公道时所发，他更强调小说批评应当葆有客观公正的态度和立场，这样的态度和立场便如黄霖所说"故能深得评家三昧"❷。若由此"心要平，气要和"六字来衡量，梅节的批评则不可谓不"酷"，然而，若以"虑要远，人情要透，天理要真"三方面来衡量，梅节的批评又不可谓不"公"。当然，若能够深刻领会"不可过刻，亦不可过宽；不可违情，亦不可悖理"这十八个字的真义，则确实不易。

　　试问，梅节为什么选择做红学"斗士"呢？这可从他三次读《红楼梦》的经历来理解。中年的梅节第二次读《红楼梦》，已经不再像年轻时第一次读《红楼梦》那样"着意于锦绣繁华的热闹场面，缠绵悱恻的恋爱故事，更多地看到人性美好方面，人间有情。中年读《红楼梦》，体会到世事的变幻翻覆，更多地看到人性的丑恶方面，社会冷酷。'自色悟空'，可以概括为一个'空'字"❸。由于中年的梅节从周汝昌的为人著文过程中看到了"此人机心太重"的一面，尤其是周汝昌"罢黜百家，独尊自己"的做派使他不能容

---

❶ 朱一玄：《金瓶梅资料汇编》，南开大学出版社2002年版，第592页。
❷ 黄霖：《金瓶梅讲演录》，广西师范大学出版社2008年版，第347页。
❸ 梅节：《海角红楼——梅节红学文存》，国家图书馆出版社2013年版，第411页。

忍，他要站出来"破除红坛造神运动"。于是，梅节作为"斗士"的姿态便从对周汝昌其人其文的"掘隐""辨伪"过程中日渐鲜明了。不过，只要读者耐心地阅读梅节的这些"掘隐""辨伪"的文章，应当可以得出这样的印象："求真"是其根本，即便难免有些"意气用事"，总之是为了"求真"，而"求真"又是为了"红学家园"的"正风"。沈治钧在《红楼七宗案》一书中梳理了梅节所参与和介入的"曹雪芹画像"案和"曹雪芹佚诗"案，以及他所撰写的诸如《析"凤姐点戏，脂砚指笔"》《说"龙门红学"》《也谈靖本》《谢了，土默热红学！》《草根，不应是草包！》《顾随的赞词与周汝昌功底》等论文，他认为梅节的诸般学术作为"咸有'辨别真假，澄清混乱'的意图在焉。他的红学识见、抱负与责任心，皆非常人所能及"❶。应当是，沈治钧的这一评价不是出于私情，而是出于对梅节的学术实践和学术贡献考察之后的感悟。当然，反对这一评价的读者不能说没有。蔡义江曾这样说："有怀疑是正常的，甚至坚信其伪造，要打假也无不可。但要实事求是，冷静客观，摆事实、讲道理，光明正大，遵守学术争论的道德规范，不作人身攻击。梅节兄《也谈靖本》一文中有几句话给我印象非常深刻：'错提证据乱告状，不利原告利被告，打假组最需要的是找个法律顾问。他们有些人把伤害别人名誉视同儿戏，近乎法盲。'"❷ 由此可见，如果被批评者对梅节进行反批评的话，最可取的途径应是考察梅节这类文字是不是在"摆事实、讲道理"？有没有"作人身攻击"？符合不符合"学术争论的道德规范"？当然也包括是不是"冷静客观"和"不失忠厚"？这样的考察才是全面的，所得出的结论才最有说服力。

梅节学术"打假"从周汝昌假造"曹雪芹佚诗"开始，由于吴世昌著文反驳，一度演成"吴、梅会战"，"从而形成了红学史上火药味最为浓烈的笔墨官司"❸。按照沈治钧的说法："在'曹雪芹佚诗'案中，吴世昌是个受骗者，故应寄予一定的同情。但是，撰写这些论文，他先入为主，论证粗疏，态度生硬，情绪化甚浓，学风与文风都是比较可议的。"❹ 并且，由于"有人还动用过非学术的手段，试图私下封堵论争对手的嘴，给梅节带来了精神困

---

❶ 沈治钧：《红楼七宗案》，江苏人民出版社2011年版，第358页。
❷ 蔡义江：《靖本靖批能伪造吗？》，载《红楼梦研究辑刊》2012年第4辑。
❸ 沈治钧：《红楼七宗案》，江苏人民出版社2011年版，第358页。
❹ 沈治钧：《红楼七宗案》，江苏人民出版社2011年版，第358页。

扰，这就很不应该了"❶。如果这一说法有案可查，那么，"吴、梅会战"的是非曲直一望而可知。然而，梅节并未因"精神困扰"而萎靡，他坚持揭批周汝昌的同时，揭批邓遂夫、土默热等，且支持年轻学者对此做"掘隐"和"辨伪"。如沈治钧说："这几年我写了一些与当代红学史有关的小东西。由《木兰花慢》疑案，牵扯出'聂绀弩赠诗'案，辐射到'俞平伯匿书'案，焦点逐渐集中于'曹雪芹佚诗'案。在此期间，许多师友提供了慷慨的支持，香港的老前辈梅节是最热心的一位。"❷ 梅节的"慷慨支持"之举便是2010年6月23日给沈治钧的回信（涉及《曹雪芹佚诗疑案》的旧事），以及2010年8月2日亲自带给沈治钧一封吴组缃1981年8月10日写给梅节的信，沈治钧对此非常感念："如此尽心，如此热情，令我深为感动。"❸ 所以，梅节并不是孤立的，他爱憎分明的立场和态度为他赢得了一些"同声相应""同气相求"者的支持。当然，值得一提的是，梅节的善良动机与客观效果是有距离的，这不仅受影响于他过于犀利和不留情面的文字表述，同时也与当下的学术大背景及社会环境有着直接的关系。陈维昭曾在《黄霖老师的〈金瓶梅〉研究》一文中说："今天的学界，在某些学术领域，学术讨论已很难展开，或者说已经以一种非常态的方式：说理+谩骂（或挖苦、贬损）。这种风气由胡适先生开其端。胡先生当年在推出他的实证方法的时候，先把索隐红学挖苦一通，骂蔡元培先生是'大笨伯'。这种风气演变到今天，成了一种赤裸裸的谩骂。尤其是当他人对自己的观点提出不同看法的时候，一些即使训练有素的学者也会失态起来，义无反顾地投身到人身攻击的快意之中。本来，学术讨论旨在辩难析疑、还原真相，对立观点的出现，是使讨论走向深入、走向真理的契机。魏子云、梅节、刘辉诸先生都是黄霖老师的至交好友，学术观点的相左并没有使他们反目为仇；相反，数十年来，他们携手共同构筑'金学'这座学术宫殿，足为后辈楷模。"❹如果陈维昭的评述是中肯的，也就是说，尽管梅节葆有"正谊的火气"，却"旨在辩难析疑、还原真相"，而不是为了刻意地"谩骂（或挖苦、贬损）"以获取"人身攻击的快意"。况且，梅节与他质疑辩难的对象又并非"至交好友"，何谈"反目

---

❶ 沈治钧：《红楼七宗案》，江苏人民出版社2011年版，第358页。
❷ 沈治钧：《红楼七宗案》，江苏人民出版社2011年版，第354页。
❸ 沈治钧：《红楼七宗案》，江苏人民出版社2011年版，第356页。
❹ 陈维昭、罗书华、周兴陆：《黄霖先生七秩华诞师门同庆集》，凤凰出版传媒集团凤凰出版社2011年版，第149页。

为仇"呢？这一判断是可以从梅节与魏子云、刘辉、黄霖等学人携手共同构筑"金学"这座学术宫殿的学术实践得出印证的。其实，建构"金学"学术宫殿的梅节与在"红学家园"里"守望学术"的梅节是同一个梅节。"守望学术"一语出自沈治钧的《红楼七宗案》"关于吴组缃致梅节函"一节，本意是说梅节对周汝昌的"龙门红学"的危害性早就察觉，即"虚构代替了研究，编造代替了考据，心证代替了实证，谎言代替了事实"❶。因此，梅节当年寄呈给吴组缃的九篇论文中有五篇是针对周汝昌的，三篇是针对吴世昌的，集中揭露他们"以假乱真""混淆视听""蒙骗公众"的作为，还原了事实真相。沈治钧曾感慨道："对此，吴梅师徒都没有袖手坐视，他们守望学术的辛苦努力是不会白费的。"❷ 吴梅师徒"守望学术的辛苦努力"果真不会"白费"吗？这却要看"守望"之后的"效果"如何了。请听周汝昌如何回应："我们看来一清二楚的，简单不过的，庸人蠢人却说'不然'——所以我们很'苦'，和此二种人对话，多冤枉！！但现实却恰恰要求我们针对这'两种人'作不倦的斗争工作。苦在这儿，意义也在这儿：古往今来，凡真理都得先战胜此'两种人'才获得自己的'存在权力'的！！！呜呼。"❸ 此刻，"恩恩怨怨"竟促成那维护各自"存在权力"的"不倦的斗争"。大家都在"守望"着，不过事与愿违了，这学术商量之域竟成为恩怨搏击之所。其实，"守望学术"的本旨当是"坚守真理""传布真理""维护真理"，要紧处正在于一个"守"字，而非"攻"字（即"斗争"），墨子的"非攻"此刻就派上了用场。

结　　语

梅节在《海角红楼》"序言"中一往情深地说："我不知道这本书的出版能有几个读者，但我写这些文章是花了心血的。有些文章触犯一些人，包括朋友。但我不敢现在就作对与错的结论。我把《海角红楼》当作一只纸船，让它载着无可言说的恩恩怨怨，漂向红学的书海，浮也罢，沉也罢，找到自

---

❶　沈治钧：《红楼七宗案》，江苏人民出版社2011年版，第360页。
❷　沈治钧：《红楼七宗案》，江苏人民出版社2011年版，第360页。
❸　梁归智：《周汝昌红学五十年感言》，载《黄河》1997第6期。

己最后的归宿。"❶是啊！如果这只纸船果真有了性灵，不妨任尔自沉自浮也罢。至于"归宿"，或竟沉陷于渠沟深处，或随那一叶浮萍归之于大海，幸与不幸，心有所系而已。

笔者以为，梅节之所以成就"布衣红学家"的美誉，既是性分所致，也是勤苦所致。梅节致力于红学研究的难得之处正在于基本做到了"思虑远""人情透""天理真"三个方面。

纵观梅节的红学志业，可谓：布衣弘道偏能守，红海沉浮系纸船；世人情参且透，依然狷介意拳拳。

附录：梅节学术简历

梅节（1928— ），香港学者，1954年初毕业于北京大学中文系，毕业后进入光明日报社，长期从事新闻出版工作。20世纪70年代末移居香港，任香港梦梅馆总编辑，兼从事《红楼梦》与《金瓶梅》研究。《红楼梦》研究代表性著作诸如《红学耦耕集》（梅节与马力合作）、《海角红楼——梅节红学文存》等，《红学耦耕集》收录马力文章7篇，涉及版本、脂评、艺术、红学史等话题。梅节《金瓶梅》研究成果中《金瓶梅词话校读记》《瓶梅闲笔砚：梅节金学文存》《梦梅馆校定本金瓶梅词话》颇具影响。2000年11月1日，红楼梦研究所、《红楼梦学刊》编辑部在北京主办香港学者梅节、马力《红学耦耕集》学术座谈会，对其红学研究的严谨学风给予了中肯评价。冯其庸、李希凡主编《红楼梦大辞典》（文化艺术出版社1990年出版）称述梅节为"香港知名红学家"。

20世纪70年代末，梅节参与了"《红楼梦》画像"问题的论争，并与宋谋瑒直接论战，同时参与了"曹雪芹佚诗"问题的论争，直陈"曹雪芹佚诗"乃"红学界的'水门事件'"。他还参与了因戴不凡《揭开红楼梦作者之谜》引发的"曹雪芹著作权"问题的论争。这些论争均引起学界的广泛关注，堪称红学史重要事件。梅节尤其关注周汝昌的红学研究动态及红学史话

---

❶ 梅节：《海角红楼——梅节红学文存》，国家图书馆出版社2013年版，第3页。

题，如《说"龙门红学"——关于现代红学的断想》《周汝昌、胡适"师友交谊"抉隐——以甲戌本的借阅、录副和归还为中心》等文章颇具广泛影响。

马力毕业于香港中文大学，❶《红学耦耕集》一书收录马力文章 7 篇：《〈漫说红楼〉中关于艺术结构（布局）总纲的提法的商榷及其他》《从叙述手法看"石头"在〈红楼梦〉中的作用》《论刘姥姥二进荣国府》《关于庚辰本〈石头记〉第四十二回回前的一条脂评》《关于〈红楼梦〉一百一十七回的一个别本》《郑藏本〈红楼梦〉简论》《胡适对〈红楼梦〉评价的评价》。《红楼梦大辞典》称述马力为"香港知名的红学研究者"。

---

❶ 据黄裳《故人书简》中说："默存信中提到的马君是香港中文大学的马力，曾经帮助他校订过《谈艺录》的，也是最早研究钱学的人，曾向我打听默存散见报刊未经收集的诗文。"见黄裳：《故人书简》，海豚出版社 2012 年版，第 170 页。

潘重规的红学研究：
索隐旧途迷不悟，校红述史开新篇

引 言

潘重规红学观点和思想集中体现在《红楼梦新解》《红楼梦新辨》《红学六十年》《红楼梦论集》和《红楼梦血泪史》等研红著作之中。他的红学研究主要集中于三个方面："索隐""校勘"和"述史"等。"索隐"即索解《红楼梦》"反清复明"的本旨，"校勘"即主持校订《乾隆抄本百廿回红楼梦稿》及对列宁格勒藏抄本《红楼梦》的勘正，"述史"则试图梳理总结六十年之红学史。潘重规的红学术业可谓"毁誉参半"："索隐"则"毁大于誉"，"校勘"和"述史"则"誉大于毁"。

潘重规的红学术业以"索隐"名家著称，尽管他自己宣称并不属于任何一派。胡文彬在《红楼梦与台湾——跨越海峡的记忆》一书中说："1951 年 5 月至 1953 年 1 月，台湾著名学者潘重规先生以潘夏为笔名，先后发表了《民族血泪铸成的〈红楼梦〉》《再话〈红楼梦〉》《三话〈红楼梦〉》《闲话〈红楼梦〉》四篇红学文章，由此引发了一场关于《红楼梦》著作权和小说本旨的大辩论。《民族血泪铸成的〈红楼梦〉》及其相关的三篇文章，从学理层面上来看，作者明显地沿袭了蔡元培《石头记索隐》的基本思想和研究方法。只是由于时代与环境的变迁，作者注入了自己的人生际遇的感受和慨叹。"❶ 可见，尽管潘重规在索隐旧途上执迷不悟，但他的"索隐"包藏着几

---

❶ 胡文彬：《红楼梦与台湾——跨越海峡的记忆》，白山出版社 2009 年版，第 94 页。

多人生际遇的感受和慨叹。也就是说，潘重规是假借"反清复明"本旨说以表达他自己鲜明的政治倾向和历史观。

周策纵在《多方研讨〈红楼梦〉——〈首届国际《红楼梦》研讨会论文集〉编者序》中说："要特别一提的是，在六七十年代海外提倡红学的学术机构和学者中，不能不数到当时香港中文大学新亚书院的潘重规教授（后来转往台北文化大学）。他除了自己钻研之外，又于1966年开设'《红楼梦》研究'选修课程，指导并组织学生成立研究小组，举办展览，约人讲演，创办《红楼梦研究专刊》，出版研究成果与资料。他们举办文物资料展览三次，有时也会把威斯康辛大学研究生的英文论文和资料拿去展览……中文大学红学家还有宋淇，也出现过余英时、陈庆浩等，成绩卓著，风气很盛……我把上面这些情形在这里说了，为了表明美国威大和香港中大在红学研究上长久的历史关系，也可由此看出为什么'首届国际红楼梦研讨会'在威大举行，而会议的中文论文却由中文大学出版社来出版。"❶ 潘重规的红学实绩为当时的学人所乐道，徐复观在署名王世禄的文章即《由潘重规先生〈红楼梦的发端〉略论学问的研究态度》一文中说："《红楼梦》的研究，是近几十年来的热门学问。但正式列入大学课程，并在大学里成立'研究小组'，以集体的力量从事研究工作的，则只有香港中文大学里的新亚书院。这应当算是课程的担任者及小组的领导者潘重规先生的一大贡献。"❷ 毋庸讳言，潘重规因其红学实绩上的贡献而具有了国际影响，这一影响应归功于他对台湾和香港地区红学事业做出的突出贡献，这一学术影响至今犹存。

冯其庸、李希凡主编的《红楼梦大辞典》收录"潘重规"词条：字石禅，江西婺源人，1907年生。台湾著名红学家。南京中央大学（1949年更名南京大学）文学院毕业。历任东北大学、暨南大学中文系教授，四川大学、台湾师范大学、新加坡南洋大学中文系教授。香港中文大学新亚书院中文系主任、文学院院长。1973年应聘法国巴黎第三大学访问教授。1974年返台湾任私立中国文化大学中文研究所主任。长期以来，他潜心研究《红楼梦》，著有《红楼梦新解》《红楼梦新辨》《红楼梦六十年》等书，主编过《红楼梦研究专刊》，主持校订梦稿本。❸ "潘重规"词条基本上将潘重规的红学研

---

❶ 周策纵：《红楼梦案：周策纵论红楼梦》，文化艺术出版社2005年版，第21-22页。
❷ 潘重规：《红学六十年》，台湾三民书局1991年版，第187页。
❸ 冯其庸、李希凡：《红楼梦大辞典》（增订本），文化艺术出版社2010年版，第1244页。

究成果简明地作了介绍，需要补充的还有诸如《红楼梦论集》《红楼梦血泪史》等红学著述也已为人所知。

一、红楼血泪史："反清复明"是《红楼梦》的本旨

无论"新解"也罢，或者"新辨"也罢，若以潘重规《红楼梦血泪史》一书中的"民族血泪铸成的《红楼梦》"这一标题概括其旨趣或指归，应无可议之处。读者由此已然可见其《红楼梦》"新解"或"新辨"的沉痛感竟那样的浓郁。试问：潘重规这一《红楼梦》读法能不能引起读者的肃然起敬呢？却难下定论。不过，潘重规自己不仅是认真的，而且是执着的，正因为这份认真和执着，才使他能够在《红楼梦》的字里行间读出"痛心疾首"来。潘重规说："笔者玩味全书，觉得此书确是一位民族主义者的血泪结晶。"❶ 那么，他是怎样悟出这一"血泪结晶"本旨的呢？这要从潘重规阅读《红楼梦》的经历说起，他说："在我记忆中，进入中学时，我已经成了一个红迷。脑海中终日盘旋着林黛玉和贾宝玉的倩影，恰如棋迷脑海中充满了黑子白子一般。那时不但不曾问曹雪芹是什么人，根本也不理会作者是什么人。我只觉得这部小说具备一种吸力，它把我整个心灵都摄收到作品的一字一句当中。因此，一卷《红楼梦》常常会逗得我废寝忘餐，不忍释手。看到伤心处，便觉满纸闪烁着晶莹的泪珠；看到欢愉时，便觉眼前展开温馨的笑靥。遇到动人心魄的字句，咀嚼玩味，又是十天半月都不能放下……而且我每次读《红楼梦》，总觉得作者有一段奇苦郁结的至情，乍吞乍吐，欲说还休……作者写作的时代，为什么要藏头露尾，闪闪烁烁；既不在书中说明，又不在书外标出呢？这是我沉醉于《红楼梦》之后，带来了这类不少的困扰，真有'群疑满腹，众难塞胸'之慨。到了民国十三年，游学南京，这时值蔡元培、胡适两先生红学论战之后，得读蔡先生的《石头记索隐》、胡先生的《红楼梦考证》。"❷ 由此可知，潘重规是把整个心灵都摄收到《红楼梦》的一字一句当中了，并且，每每咀嚼玩味作者"滴泪成字，研血为墨"

---

❶ 潘重规：《红楼梦血泪史》，广西师范大学出版社2006年版，第3页。
❷ 潘重规：《红学六十年》，台湾三民书局1991年版，第1–2页。

的用心,这是十分难得的阅读经历和阅读体验。潘重规终于在蔡先生的《石头记索隐》的阅读过程中获得了破解"群疑"甚或疏解"众难"的钥匙,他"悟知"到《红楼梦》作者竟是明末清初一位不知名的遗民,借《红楼梦》这部小说隐曲地表达着他的"志节",即"亡国遗民"的"务屏夷清的伪历,不得干华夏的正统"❶的"气节"。疑虑尽消之后好不畅快,潘重规情不自禁地称赞道:蔡氏所谓"作者持民族主义甚挚,书中本事,在吊明之亡,揭清之失。而尤于汉族名士仕清者寓痛惜之意"。这个观察,是十分正确的。❷潘重规的上述立场至少表明了这样一个事实:蔡元培的"索隐"后继有人。由此可见,潘重规的旨趣在于"述旧",并非在于"开新",所以,"猜笨谜"之讥则必定会如影随形。

"《红楼梦》血泪史"是潘重规对《红楼梦》"反清复明"本旨的形象表述,潘重规把他在《怎样读红楼梦》一文中教给青年学生的"切""慢""细"的"三字诀"阅读经验,全部用到了抉隐"民族血泪"主旨上了,他的全部心灵整个地摄收进了"反清复明"的"痴心真爱"之中不能自拔,他同时获得了"心神和畅,骨肉都融的快感"❸。潘重规坚信《红楼梦》是一部用"隐喻"传达"隐事"的"隐书","反清复明"的本旨隐在字里行间。潘重规自信地说:"我读红楼梦,认为红楼梦确是一部含有亡国隐痛,用隐喻传达隐事的隐书,是由于看出在异族钳制之下,作者蘸着血泪著书的苦心,所以书中表现出隐约吞吐,迷离惝恍,似矛盾而实非矛盾,似不合情理而实至合情理之处。我们知道《红楼梦》的原作者不是曹雪芹,然后知道书中的贾府不是曹家而是伪朝,所有一切《红楼梦》时地人物命名的疑团,都可迎刃而解。最后,我们知道真正的科学精神历史考证的方法:除了根据可靠的版本,可靠的材料,除了着眼曹雪芹一家的家事之外,还须涵咏全书描写的内容和结构,还须高瞻远瞩,洞观整个时代和文学传统的历史背景;庶几才能了解《红楼梦》这部书的真价值,才不致抹杀这一段民族精神的真面目!"❹潘重规强调《红楼梦》原作者不是曹雪芹,这是他的一贯立场。他曾在《〈红楼梦〉的作者和有关曹雪芹的新材料》一文中说:"《红楼梦》是什

---

❶ 潘重规:《红学六十年》,台湾三民书局1991年版,第4页。
❷ 潘重规:《红楼梦血泪史》,广西师范大学出版社2006年版,第3页。
❸ 潘重规:《红楼梦新解》,新加坡青年书局1959年版,第220页。
❹ 潘重规:《红楼梦新解》,新加坡青年书局1959年版,第163页。

么人作的？自从《红楼梦》问世以来，这个问题，一直成为一个猜不透的谜。虽然有人考证《红楼梦》作者是曹雪芹，是八旗的世家，是清朝的世仆，但是我却不敢相信这种考证。"❶ 潘重规"不敢相信"《红楼梦》作者就是曹雪芹的考证，这是一种"存疑"的态度，有"疑"便可"存"，有"疑"就要"解"，就这种态度本身而言，并非一无可取之处。因为，潘重规是出于了解《红楼梦》这部书的"真价值""真面目"的目的看待《红楼梦》作者问题的。不过，如果这类"存疑"无视大量的文本内外证据而不能"证伪"，即证明"《红楼梦》作者乃曹雪芹"是个伪命题，那么，这种"存疑"的态度就同样值得"存疑"了。可以认为，潘重规的这种"存疑"的态度便是一种同样值得"存疑"的态度，这种不够严谨的学术态度，是无益而有损于红学发展的，必然引起"质疑"。

且看王世禄（即徐复观，此篇文章发表时署名为王世禄）如何"质疑"。王世禄在《由潘重规先生〈红楼梦的发端〉略论学问的研究态度》一文中，尤其对潘重规在其《红楼梦新解》中关于"《红楼梦》乃遗民所作""目的在宣传反清复明的民族大义"的立论很不以为然。他说："潘先生立意甚佳，但论证缺乏；所以此书出后，潘先生受了胡适的一顿骂，且亦未被红学界所注意。"❷ 那么，为什么会"受了胡适的一顿骂"呢？在王世禄看来，那是因为潘重规的研究态度和研究方法出了问题。他说："关于《红楼梦》，尚有许多待解决的问题，研究者可以从各个角度发挥特异的见解。结论尽管不同，但研究的态度及导向结论的方法，不能不要求客观而严谨。尤其是研究态度的诚实不诚实，对资料的搜集、整理、解释，有决定性的作用。要求研究者抱着一个诚实的态度，这是保证研究工作在学术的轨道上，正常进行的起码的要求。我读完潘先生的大文以后，最先引起我这样的感想。对材料的断章取义，如果是偶一为之，这可能是一时的疏忽，或关系于对材料的了解程度，不能遽然认定这是由于态度的不诚实。但若大量的断章取义，大量的曲解文意，这便是态度的不诚实。假使更进一步，抹杀重要的与自己的预定意见相反的材料，而只在并不足以支持自己的预定意见，却用附会歪曲的方法强为自己的预定结论作证明，这便是欺瞒，便是不诚实。"❸ 在王世禄看来，潘重

---

❶ 潘重规：《红楼梦新解》，新加坡青年书局1959年版，第165页。
❷ 潘重规：《红学六十年》，台湾三民书局1991年版，第187页。
❸ 潘重规：《红学六十年》，台湾三民书局1991年版，第188 – 189页。

规用附会的方法得出的结论是不真实的，是不诚实的，这是学术上的欺骗。试想：这样的看法一旦说出来，潘重规能接受吗？潘重规的"红楼梦研究小组"的弟子们能接受吗？岂止潘重规和他的"红楼梦研究小组"不能接受，就连海外的两位红学名家赵冈和周策纵也分别发表《红学讨论的几点我见》和《论〈红楼梦〉研究的基本态度》的署名文章，主动表明他们对红学论争的立场和态度。赵冈认为，这是可喜的现象，真理是愈辩愈明的，不过也要注意"千万避免使用侮骂的词句"，王世禄的表达方式，即提出学术欺诈这顶大帽子，实在太过分了。为了求实效，不妨集中讨论那些能有确定答案的问题。不应只限于讨论现有的资料，最好能够设法发掘新材料。无论正面或反面的材料，都属于建设性的贡献。❶ 赵冈声明自己对这场论争的态度，动机是为了避免无谓争辩所造成的精力和时间上的浪费，不仅浪费，而且有伤和气。为了减少无谓的争辩，赵冈提出应集中精力发掘新材料，这一建议是可取的，这也是他一贯的主张。赵冈的态度与周策纵的基本态度不谋而合。周策纵认为，《红楼梦》研究如果不在基本态度和方法上改进，可能把问题说不清楚，使人浪费无比的精力。目前，《红楼梦》研究最重要、最基本的工作，应该是发掘有关的基本资料而使它普遍公开流行。新亚方面现在已经注意到这一点，这是一个好现象。❷ 周策纵肯定了潘重规在发掘基本资料方面的做法，但同时提出一个严肃的问题："红学专家有时不喜欢为自己的主张提出反面证据。"❸ 周策纵在谈及这一严肃问题时例举了周汝昌，即周汝昌"脂砚斋就是史湘云"的主张尽管遭到很多人反对，却仍然坚持自己的主张不动摇。周策纵说："周汝昌先生绝不是没有能力看到别人所举的反对理由，我想还是多半由于自己不肯反对自己，所以弄成了片面之见。"❹ 在周策纵看来，"片面之见"源自"自护己短"，只图列举正面的理由来支持自己的主张。针对这种现状，周策纵认为，应提倡"自讼"式辩难，倡导"以当下之我难当下之我，以当下之我攻当下之我"❺，这样的"笔墨官司"才是有意义的。他说："我以为这虽仍是泛泛之论，但仍然有助于《红楼梦》研究，也许还可由《红楼梦》研究而影响其他学术思想界的风气，甚至于中国社会政

---

❶ 潘重规：《红学六十年》，台湾三民书局1991年版，第259－261页。
❷ 潘重规：《红学六十年》，台湾三民书局1991年版，第263－264页。
❸ 潘重规：《红学六十年》，台湾三民书局1991年版，第270页。
❹ 周策纵：《红楼梦案：周策纵论红楼梦》，文化艺术出版社2005年版，第8页。
❺ 潘重规：《红学六十年》，台湾三民书局1991年版，第274页。

治的习俗。"❶ 周策纵的用心是善良的,不过,实行起来也是很艰难的,因为,批评容易,自我批评难。譬如王世禄指出:"潘先生在抹杀与自己相反的材料,以建立自己立说的基础,不仅表现在版本问题上面。在他的全文中随处可以指出,尤其是他在证明《红楼梦》不是曹雪芹所作的这一论点上,表现得特别突出。"❷ 应当说,潘重规的确在《红楼梦》作者问题上"固执己见""故步自封",无视《红楼梦》是曹雪芹所创作的很多条过硬的资料,坚持自己"片面之见"不动摇。余英时《关于红楼梦的作者和思想问题》一文质疑了《红楼梦新解》一书考证方法论之弊端,并直言不讳地说:"'顺我者昌,逆我者亡'是考证方法上的大忌。"❸ 值得一提的是,徐复观对于潘重规抱有一种很深的成见即"学术欺诈",他曾在1967年6月13日给唐君毅的信中说:"研究学问,顷在感情函融之下做研究生,如何能有成就?重规先生们,对学问以欺诈之术行之,真不能了解(此一小集团皆如此)。"❹ 在徐复观看来,研究学问"首次选择有关键性之题目,须顷作文献文字上之细密考察,应参考近人之考证之文,但须做追根究柢之清查工作。又其次,始做综贯条理之工作。今日言考证者,皆无头脑之人,愈考证,愈混乱,新亚亦在所不免也"❺。徐复观的评论一向严苛,不过,他所说的研究步骤和方法则尤其可取,可见他的严苛并非毫无道理的。

潘重规在看到王世禄(徐复观)对他的"质疑"时当然不悦,不过他却没有正面回应王世禄(徐复观),正面作回应王世禄(徐复观)的是他"红楼梦研究小组"的弟子汪立颖和蒋凤,她们分别撰写了《谁"停留在猜谜的阶段?"》和《吾师与真理》两篇文章作为回应。王世禄(徐复观)则接着发表了《敬答中文大学"红楼梦研究小组"汪立颖女士》一文再次做了辩驳,这次辩驳不仅重申了此前的立场,即"对文学艺术的欣赏,中间必定挟带着读者的想象力在里面;也可说总会带有一些猜谜的气氛在里面。但总要以若干可信赖,经得起考证的材料作根据;而不能胡猜乱猜"❻。尤其值得注意的是,王世禄(徐复观)提供了一则很重要的资料,即潘先生当时出版

---

❶ 潘重规:《红学六十年》,台湾三民书局1991年版,第274页。
❷ 潘重规:《红学六十年》,台湾三民书局1991年版,第191-192页。
❸ 余英时:《〈红楼梦〉的两个世界》,上海社会科学院出版社2002年版,第153页。
❹ 徐复观:《无惭尺布裹头归·交往集》,九州出版社2014年版,第404页。
❺ 徐复观:《无惭尺布裹头归·交往集》,九州出版社2014年版,第406页。
❻ 潘重规:《红学六十年》,台湾三民书局1991年版,第240页。

《民族文选》，以蒋介石的文章为第一篇。再加以潘先生的大文，又是扛着"民族"的大旗。❶ 这段文字之所以重要，在于对理解潘重规的"反清复明"的"红楼梦血泪史"说有可观的参考价值。由此大抵可见，潘重规的"索隐"带有十分明显的政治倾向性。潘重规当时的心境促使他在红学研究上形成鲜明的政治倾向性。潘重规那浓得化不开的"遗民情结"，以及所谓"隐痛""隐事""隐语""隐书"之说，也都与他的政治倾向有着密切的联系。如此说来，张爱玲1969年11月4日《致庄信正》的信中曾说过"潘重规不好，只会沽名钓誉"❷ 的话并非空穴来风，这似可以看作潘重规学术"不诚实"的一个佐证，这里所说的"不诚实"或者可指潘重规故意从狭义的意识形态角度即"民族血泪铸成《红楼梦》"以解说《红楼梦》题旨的做法。陈炳良在《近年的红学述评》一文中曾做过明确分析，他说："每个读者都有批评作品的权利。实际上，外国学者对于中世纪的小说也有不同的解释。大致说来，这些解释可分五个层次：（一）文字的（literal）（二）譬喻的（allegorical）（三）道德的（moral）（四）政治的（political）（五）神秘的（anagogical）。只要那些批评能够自圆其说，我们何妨拿来参考参考。《红楼梦》的几个不同题目也可以说是给读者一个暗示：这本书可以有几种解释的。我认为《金陵十二钗》是文字上的解释，《红楼梦》是譬喻上的解释，《风月宝鉴》是道德上的解释，《石头记》和《情僧录》是神秘的解释。我又认为索隐派的解释是政治的解释。他们的说法的出现或多或少和当时的政治和社会有点关系。最初的说法在崇尚礼教的清代社会。蔡元培的书在辛亥革命时代写成，我们知道蔡先生是光复会会员，所以他在书中提出民族主义。景九梅的书在日本加紧侵华的时期出版，所以他说：'盖荒者亡也，唐者中国也，荒唐者，即亡国之谓……今后之同胞，何拒何容，何去何从；或死或生，或辱或荣，其所以自择自处之分位均在《红楼》一梦中。'潘重规先生的说法出现在反共抗俄的时代，所以李辰冬先生说：'此时此地，潘先生能以"无比的民族仇恨，无比的民族沉痛"来发扬《红楼梦》的深意，用意至为正大。'杜世杰先生的说法出现在中共入联合国和提倡文化复兴运动之后，所以他讲真伪，讲礼教。我觉得他们的说法有点因时附会，当时代过去了，

---

❶ 潘重规：《红学六十年》，台湾三民书局1991年版，第241页。
❷ 庄信正：《张爱玲庄信正通信集》，新星出版社2012年版，第44页。

他们的说法能不能继续被大部分读者所接受,实在是未知之数。"❶ 陈炳良的结论已经很清楚,即索隐派的解释是政治的解释,潘重规的说法是因时附会,自然难以继续被大部分读者所接受。杜景华认为:早期索隐派多注重政治,其用意在于反腐;近代索隐派倾向在反满,进行种族的革命;后来的索隐派已失去革命意义,更不会有什么影响。❷ 这一说法虽有道理,但并不绝对,譬如潘重规的"索隐"在当时影响不可谓不大,引起了胡适的关注与批评,而其政治倾向同样都鲜明,也并未失去"革命意义"。

可以说,蔡元培的索隐式研究在潘重规的《民族血泪铸成的〈红楼梦〉》述作中得到了发扬光大,潘重规对《红楼梦》"本旨"的索解的本旨即坚持《红楼梦》乃"遗民"的"隐痛"。然而,人们从《红楼梦》甚至野史笔记里照旧寻不出曹雪芹扛着"民族"大旗的实录。倒是周汝昌所说的情形比潘重规的说法更加深入人心:"曹雪芹的幼年、少年生活,都是怎么样的?这种史料记载,无处可寻;只有几句话,非常可靠:'……则自欲将以往所赖天恩祖德,锦衣纨绔之时,饫甘餍肥之日,背父兄教育之恩,负师友规训之德……'这是《红楼梦》卷首别人(可能就是批书人脂砚斋)替曹雪芹记下来的'作者自云',我毫不怀疑它的真实性。"❸ 试想:"赖天恩祖德"的"锦衣纨绔"何以"扛起民族大旗"呢?可见,尽管"索隐家"各自驰骋他们"心游万仞""精骛八极""寂然凝虑""思接千载"之想象本领,却往往与《红楼梦》没有什么关联。因为他们大都志不在"探赜索隐",却往往是"别有怀抱"。于是,只能留给读者这般口实:大家都是猜,你猜得,我也猜得!于是,这"谜"猜得愈是煞有介事,则距离真理愈远。长此以往,红学这方学问领地(或谓精神领地)也便演变成了无视真理"尊严"的"乱哄哄,你方唱罢我登场"的"红尘"世界。"显学"成了"俗学",惹得世人义愤,竟至于不遗余力地丑化"红学那些人",毫不吝惜地用上了"误国殃民"的字眼。此情此景,情何以堪?时过境迁,当"新索隐"成为"破人愁闷"的"大众娱乐"的时尚话题,潘重规的"索隐"势必成为"明日黄花"。何以成为"明日黄花"呢?即"潘重规从狭义的意识形态角度出发说

---

❶ 潘重规:《红学六十年》,台湾三民书局1991年版,第147—148页。
❷ 杜锦华:《红学风雨》,长江文艺出版社2002年版,第58—73页。
❸ 周汝昌:《曹雪芹小传》,华艺出版社1998年版,第27页。

《红楼梦》"❶,势必难以保持学术的生命力。不过,换一种视角来看,潘重规的"索隐"似乎别具学术魅力。萧凤娴认为:"潘重规挑战胡适曹家自叙传说,诠释其明清遗民血泪意义的《红楼梦》时,除了辨识隐语,书写民族革命精神史外,另一项诠释重点,就是挑战胡适的版本学研究典范,企图在以版本考证为楷模的红学研究中,建立遗民典范的版本学基础。"❷ 这种"遗民典范的版本学"之基础即"明遗民学","在《红楼梦》诠释活动中,他就是以'明遗民学',这种真正的国学,中国接受西方思想,开展新局面的基础,新中国与旧中国间连续的基础,为阅读的标准。用遗民历史解读文学,以遗民文化解读诗歌,以诗歌保存遗民历史,以韵目索遗民《红楼梦》隐语。用'科学'的版本学,建构起学术研究的'世界性''现代性'。最后建构出《红楼梦》的'中国性'内涵——'遗民血泪史'。由此可知,潘重规把近代中国命运的焦虑,中国文人流离的焦虑,一起读进了《红楼梦》中。"❸ "明遗民学"之所以被潘重规习得,源自他的"遗民"身份和"遗民"情结,于是,"遗民,是文学批评家潘重规,考据《红楼梦》作者,认为是甘居社会边缘位置,远离故土,维护民族大义的作者之文化位置。也是读者潘重规,阅读《红楼梦》的文化位置,更是学者潘重规,生命历程的文化位置"❹。萧凤娴的诠释是否过度诠释呢?答案是:视角别具,诠释过度。潘重规的"遗民"情结极重是显而易见的,至于所谓"遗民典范的版本学""明遗民学"云云,与所谓"真正的国学"扯上关系不免牵强,因为,萧氏所称之"学"尚待进一步地求证。至于"遗民"之"忧愤"倒是常见于历代"迁鼎"之期,以斯人之"忧愤"而阅读《红楼梦》,自然不过是"边缘位置"之解读,而非正解。

值得关注的是,潘重规关于程伟元的理解和评价方面,赢得了长期关注程伟元和高鹗的胡文彬的认同。胡文彬说:"我非常同意潘重规教授的看法:'传播《红楼梦》一书的功臣,最具劳绩而又最受冤屈的要数程伟元。百二十回《红楼梦》是他搜集成书的,编校刻印是他主持的,然而长期以来,人们误认为他不过是一个书商,所以校补《红楼梦》的工作,都归功于高鹗,

---

❶ 庄信正:《张爱玲庄信正通信集》,新星出版社2012年版,第45页。
❷ 萧凤娴:《渡海新传统——来台红学四家论》,台北秀威资讯科技2008年版,第38页。
❸ 萧凤娴:《渡海新传统——来台红学四家论》,台北秀威资讯科技2008年版,第53页。
❹ 萧凤娴:《渡海新传统——来台红学四家论》,台北秀威资讯科技2008年版,第23页。

而程伟元只落得一个串通作伪,投机牟利的恶名。天地间不平之事宁复过此。'时至今日,难到他们的'恶名'不应该予以洗刷吗?"❶潘重规关于程伟元功过问题的看法出自《红学史上一公案——程伟元伪书牟利的检讨》一文,该文收录在《红学论集》(该书1992年由台湾三民书局印行)。潘重规之所以撰写这篇文章,缘自"近见文雷《程伟元与红楼梦》一文,更可断定程伟元绝非牟利的书商"❷。潘重规这一判断依据的是"文雷"(笔者按:文雷,即胡文彬和周雷两位学者的笔名)发现的有关程伟元的新资料,这些新材料使有关程伟元的"生卒年""籍贯""家世""科名""才名""文艺"等诸多方面问题足以获得新解。潘重规竟"不能不呼吁爱好《红楼梦》的人士,替大力传播《红楼梦》的程伟元,把作伪牟利的飞来恶名彻底清洗掉"❸。(笔者按:胡文彬著《历史的光影——程伟元与〈红楼梦〉》已由时代作家出版社2011年12月出版,这部著作旨在还原程伟元的真面目,胡文彬说:"在我的记忆中程伟元首先是《红楼梦》的功臣,是曹雪芹的知音!"❹)

二、抬学问杠:态度和方法之论辩

笔者以为,围绕着王世禄(即徐复观)与潘重规(包括潘重规的弟子)的这次"笔战",最大成果应是对"态度和方法"的阐述。"笔战"的双方及观战者如赵冈和周策纵等对于《红楼梦》研究的"态度和方法"是葆有共同认知的。刘梦溪曾将潘重规与王世禄(即徐复观)的论争称为"第十五次论争:潘重规与徐复观的笔战",尽管潘重规对这次笔战并没有正面回应,而是在出版《红学六十年》一书时将笔战双方即徐复观的文章及直接参加笔战的"红楼梦研究小组"成员汪立颖、蒋凤的文章,连同参与规劝的赵冈、周策纵的文章一并附录在《红楼梦六十年》书后,按照刘梦溪的说法这"自

---

❶ 胡文彬:《清代刻书业与〈红楼梦〉大普及——为纪念程甲本〈红楼梦〉问世220周年而作》,载《中国矿业大学学报》(社会科学版)2011第4期。
❷ 潘重规:《红学论集》,台湾三民书局1992年版,第135-136页。
❸ 潘重规:《红学论集》,台湾三民书局1992年版,第140页。
❹ 胡文彬:《历史的光影——程伟元与〈红楼梦〉》,时代作家出版社2011年版,第4页。

然也是一种论争的办法"❶。潘重规终于还是作了回应,他是在针对陈炳良的《近年的红学述评》一文中对他以及新亚书院"红楼梦研究小组"的批评时,特撰成《〈近年的红学述评〉商榷》一文作出了对王世禄(徐复观)"质疑"的回应。潘重规说:"'王文'教训我研究态度要诚实,引用材料要正确,他却沾沾自喜地告诉我说:'据吴恩裕《考稗小记》,"敦诚死于乾隆五十六年辛亥一月十六日丑时","程伟元刊行《红楼梦》时,敦诚已经死掉约十个月了"。'我查吴著,敦诚是卒于乾隆五十六年辛亥十一月十六日丑时,不知王文根据何种秘本。像这类'信口开河'的写作,辩论实在是一种浪费。况且'王文'对我肆意人身攻击,我如反唇相稽,虽可快意一时,但会造成学术界恶劣的风气,因此我搁笔不答一言。现在,陈先生站在学术立场,反对我的见解,批评小组的工作,就事论事,各抒所见,这正是论学应有的态度。我和胡适之先生辩论红学问题,齐如山先生给我的信说,这叫作'抬学问杠',是极有乐趣的。"❷ 潘重规在作出回应时并未使用"笔战"或"论战"等字眼,而是使用了"论辩"一词,他曾说:"我不喜欢论战二字,所以改称论辩。"❸ 由此可见,潘重规并不希望学术争鸣充满某种意气之争,所以,他对"王文"的"肆意人身攻击"不感兴趣,也不屑于"反唇相稽",动机自然是善良的,即避免学术上的"战争"造成学术界恶劣的风气。潘重规的这一仁厚态度,即看重学问之间的商量("抬学问杠"),反对肆意人身攻击。这种态度,无疑值得当今学人借鉴。可惜的是,百年红学的很多次论争浪费了学人太多的宝贵时间、精力和智慧,"信口开河"的"唾沫战"弥漫起的硝烟几乎埋没了整个红学。

潘重规坚持认为自己与胡适的"论辩",尽管因不同意胡适的观点而另立新说,且各不相让,仍然是学问商量之事,谈不上所谓"一顿骂"之说。"论辩"结果是胡适取胜,对此,潘重规并不讳言,他已然自得地把这次"论辩"看作值得荣耀的学术经历。他曾说:"一九五八年的新年刚到人间,寂历空山,忽然得到齐如山先生从台湾寄来的手书,还附了一篇《红楼梦非曹雪芹家事》的新稿,问我有什么意见。齐先生说:'从前有学问的人,往往为一事而争辩,这个名词叫作'抬学问杠',听这种抬杠,不但于学问有

---

❶ 刘梦溪:《红楼梦与百年中国》,河北教育出版社1999年版,第387页。
❷ 潘重规:《红学六十年》,台湾三民书局1991年版,第95—96页。
❸ 潘重规:《红学五十年》,香港中文大学新亚书院中文系1966年版,第4页。

益，且极有趣味。'真没想到，八十高龄的老先生，学问欲如此浓厚，怎不令人十分敬佩呢！我在五六年前，为了红楼梦的问题，曾与胡适之先生函信论辩，其热烈情况，成为当时学术界人士的谈资。"❶ 潘重规认为他是与胡适"抬学问杠"，这种"抬学问杠"可谓人生的"趣事"。那么，为什么要跟远在美国的胡适"抬学问杠"呢？试看潘重规如何说："近三十年来，谈到红楼梦，差不多可以称为'胡适时代'了。胡先生目之所见，耳之所闻，尽是一派赞成歌颂之声，自然有一种'道一风同'的愉悦。现在忽然看见我的一番议论竟和胡先生的主张大大相反，自然不免叫胡先生认为是'成见蔽人'，'应该打倒'的了。不过，我愿意恳挚地声明，关于红楼梦这部书，我只是一个平凡的读者，脑海中留下许多的深刻印象，对胡先生的主张发生了一大串的疑问。忍不住将所得到的印象和所怀抱的疑团，写出来就正于并时异世的读者。本来研究学术，反复讨论，乃是人生一种最高的享受。古人'奇文共欣赏，疑义相与析'的乐趣，原是寄托在'乐与数晨夕'的'素心人'。在'赏奇析疑'的过程中，自然免不了有不同的看法，相异的见解，有如齐如山先生所说的：'抬学问杠，不但于学问有益，且极有趣味。'大凡世间一切学说真理，全靠不同的见解眼光，相摩相荡，相激相溶，而后能获得真知，产生至乐。我个人治学的态度，一向以尊重事实，服从真理为依归。对于红楼梦一书的见解，也只是作为一个读者的看法。我不敢执着自己主观的成见，也不愿受任何成见的束缚，胡先生认定红楼梦的作者是曹雪芹，宝玉便是曹雪芹的化身，贾府便是曹家的影子；他每得到一份新材料，便斩钉截铁地写下断案，几乎没有讨论的余地，这种态度，私心不敢认为至当。例如胡先生看见脂砚斋重评石头记钞本，便说：'赖有此本独存，使我们知此书作者确是曹寅的孙子。'不过我仔细读完脂评本后，却发现红楼梦的原作者，并不是曹寅的孙子；这一问题的话太长，容我另写一篇专文请教读者和胡先生。总之，这一切的不同看法，只因为我是一个爱好红楼梦的读者，既不愿埋没原作者的用心，也不愿抹杀红楼梦的真价值。我热诚期待一切珍贵的指教，为了解决我个人的疑团，为了揭开红楼梦的真相。"❷（笔者按："另写一篇专文"即《脂评红楼梦新探》，潘重规在"我对脂评的看法"一节中说："我看过现存脂砚斋重评石头记的评语以后，我的见解和胡俞诸人完全不同。我

---

❶ 潘重规：《红楼梦新解》，新加坡青年书局1959年版，第33页。
❷ 潘重规：《红楼梦新解》，新加坡青年书局1959年版，第76-77页。

发现这群批书人是与曹雪芹有交谊的旗人,他们把曹雪芹看成作者,而所谓作者实在另有解释,实在不是著书的作者。我细加考索之后,觉得他们的说法,都没有可靠的证据,不能叫我接受。"❶)尽管潘重规并不同意胡适的说法,但他也拿不出过硬的新材料支持他的"作者论",而他所标榜的治学态度则是可取的。潘重规为什么要在《红楼梦》作者问题上"标新立异",重要原因之一就在于他不满意"胡适时代"的"独尊"风气,并试图打破这一风气。所以,他终于没能彻底地实现他"一向以尊重事实,服从真理为依归"的治学态度。他对自己成见的执着必然引起胡适的不快,胡适在致信时任台湾"国立编译馆"编译委员兼《反攻》杂志编务臧启芳时说:"我已读过这文章,但不能赞同潘君的论点。潘君的论点还是'索隐'式的看法,他的'方法',还是我在三十年前(批评过的)'猜笨谜'的方法……这种方法全是穿凿附会,专寻一些琐碎枝节来凑合一个人心里的成见。凡不合于这个成见的,都撇开不问……潘君全不相信我们辛苦证明的《红楼梦》版本之学,所以他可以随便引用高鹗续作的八十八回、九十八回、百廿回,同原本八十回毫不加区别。这又是成见蔽人了。我自愧费了多年考证功夫,原来这是白费了心血,原来还没有打倒这种牵强附会的猜谜的'红学'……成见蔽人如此,讨论有何结果……方法不同,训练不同,讨论是无益的。我在当年,就感觉蔡孑民先生的雅量,终不肯完全抛弃他的索隐式的红学。现在我也快满六十岁了,更知道人们的成见是不容易消除的。"❷胡适直截了当地指出潘重规的索隐是"猜笨谜",这种方法是"成见蔽人",尽管胡适对于潘重规固执地坚持"猜笨谜"的做法很不高兴,但他仍然没有妄动"正谊的火气"。在胡适看来,妄动"正谊的火气""都会失掉平时的冷静客观,而陷入心理不正常的状态,即是一种很近于发狂的不正常心理状态"❸。于是,胡适只能以"方法不同,训练不同,讨论是无益的"表示他对潘重规坚持"猜笨谜"做法的不以为然。可惜的是,潘重规到底还是没有领会胡适的用心。潘重规坚持认为:"我始终觉得我所运用的方法和胡先生所运用的方法并无不同——不同的只是最后的结论,而非下手的方法……照先生的意见,充其量只好说旁人是猜笨谜,胡先生是猜巧谜;或者旁人是笨猜谜,而胡先生是巧

---

❶ 潘重规:《红楼梦新解》,新加坡青年书局1959年版,第94页。
❷ 耿云志、宋广波:《胡适书信选》,外语教学与研究出版社2012年版,第398-399页。
❸ 耿云志、宋广波:《胡适书信选》,外语教学与研究出版社2012年版,第483页。

猜谜罢了。"❶ "笨猜谜""巧猜谜"之说竟出自这位"台湾红学大家"之口，这类巧辩已经非关学术了。那么，潘重规为什么勇于与胡适巧辩，决不承认自己的方法是"穿凿附会"呢？原因还在于他的怀疑和自信。先来看他的怀疑："至于说到历史考证的方面，胡先生着眼于曹家一家的家事；而我呢，不仅注意曹家一家的家事，并且注意明末清初汉族受制于异族整个时代的历史背景。我很怀疑，为什么考证曹家一家的历史可称为历史传记的考证，而考证著书的整个时代的历史便叫作'猜笨谜'的考证！"❷ 再来看他的自信："胡先生考证红楼梦所提出来的结论，经我平心静气，一桩一桩的反复推求以后，我委实不敢相信胡先生的说法可以成为'定论'。我倒认为程小泉高鹗所说的'石头记是此书原名，作者相传不一，究未知出自何人'一番话还比较近于事实。"❸ 面对如此固执的"怀疑"和"自信"，胡适忖度自己的说法说服不了潘重规，也只好用"方法不同，训练不同，讨论是无益的"来自遣了。是的，潘重规在答复胡适发表在《反攻杂志》的《对潘夏先生论红楼梦的一封信》时说："我为了答复胡先生，曾读遍了胡先生研究《红楼梦》的全部著作，也曾深切反省研究《红楼梦》的方法。我在答复胡先生的文章中（也在《反攻杂志》发表），再度提出证据，证明胡先生的错误。"❹ 笔者倒是以为，胡适的"自遣"，无疑对客观冷静地对待一些红学论争有着不可忽视的方法论意义。

时隔半个世纪之后，胡文彬著《红楼梦与台湾——跨越海峡的记忆》一书中谈及"近五十年来台湾'红学'印象"时，对潘重规关于《红楼梦》作者、写作动机以及"真事隐""假语村言"等问题做出如下评述："很明显，潘先生的以上认识和看法，已经超出了蔡元培先生借《红楼梦》阐述自己的'民族主义'思想的范围，降而为'政权的得失'论，成为一种社会政治学的'演义'。因此，潘文发表之后，台湾学者李辰冬、徐芸书、汪剑隐、邵祖恭、吴伟士等在几家报刊上展开讨论，赞同与反对之声此起彼伏。例如，1951年11月，李辰冬先生发表了《与潘重规先生谈红楼梦》一文，从十二个方面反驳了潘先生的主要论点。当时身在美国的胡适读到潘文之后也立即

---

❶ 潘重规：《红楼梦新解》，新加坡青年书局1959年版，第34页。
❷ 潘重规：《红楼梦新解》，新加坡青年书局1959年版，第35页。
❸ 潘重规：《红楼梦新解》，新加坡青年书局1959年版，第73页。
❹ 潘重规：《红学六十年》，台湾三民书局1991年版，第8页。

写了《对潘夏先生论红楼梦的一封信》，表达了他不同意潘文的观点。"❶ 胡文彬指出，潘重规的"索隐"是一种社会政治学的"演义"，比蔡元培走得还要远，这就不能不引起严肃学人的批评。而当胡适的批评并不见效果的时候，胡适无奈地感慨：自己为建立和发展新红学奋斗了几十年，竟然"还没有打倒这种牵强附会的猜谜的'红学'"。针对胡适的感慨，胡文彬则说："其实，胡适大可不必如此'伤感'，不必在乎是否'打倒'二字。事实上，潘文一出虽然'一声震得人方恐'，时间没有过多久，却已消沉下去，并没有阻碍台湾红学的发展和前进！旧话重提，目的是在说明不论人们对潘先生的学术观点持何种反应——是赞成还是反对，我们都应该承认在那个特殊的年代和环境里是潘文点燃了台湾红学的新火种。这场辩论打破了一种沉寂，照亮了一片土地，这是一种'贡献'，为后来的台湾红学的'复兴'毕竟在客观上起了推动的作用，应予肯定。"❷ 在胡文彬看来，尽管潘重规红学索隐的"态度和方法"大有可议之处，但并不妨碍他对台湾红学的"贡献"。胡适如果能够听到这一番持平之论，是否会因此而释然了呢？

刘梦溪曾肯定潘重规"至少要冒被指为'猜笨谜'的危险"❸ 而葆有敢于挑战权威的学术勇气。不过，这样的学术勇气是否有必要褒扬呢？笔者是持保守态度的，因为，潘重规的这一"挑战学术权威"的"勇气"毕竟距离"学术"太远。且看陈炳良在《近年的红学述评》一文中如何说："我不大同意潘先生的说法。他的理论方法不大科学。"❹ 陈炳良告诫道："总之，索隐派的作者如要建立一个新的说法，还要继续花一些工夫，否则，便难怪人家说他们是在'笨猜谜'了。（潘重规先生在《红学五十年》提及他和胡适的辩论，他说：（1）胡的自传说法不能成立；（2）后四十回并不是高鹗所作。我认为胡的说法即使不能成立。但并不表示潘先生的说法即可成立。）"❺ 陈炳良的批评当然不能打动潘重规的芳心，潘重规辩称："我觉得研究《红楼梦》也应该抱定这种精神，有疑问必须追究到底，容易固然要追究，困难也不可以罢手，这才合于陈先生所说的科学方法和科学精神。"❻ 潘重规因为

---

❶ 胡文彬：《红楼梦与台湾——跨越海峡的记忆》，白山出版社 2009 年版，第 95 页。
❷ 胡文彬：《红楼梦与台湾——跨越海峡的记忆》，白山出版社 2009 年版，第 96 页。
❸ 刘梦溪：《红楼梦与百年中国》，河北教育出版社 1999 年版，第 205 页。
❹ 潘重规：《红学六十年》，台湾三民书局 1991 年版，第 146 页。
❺ 潘重规：《红学六十年》，台湾三民书局 1991 年版，第 150 页。
❻ 潘重规：《红学六十年》，台湾三民书局 1991 年版，第 118 页。

"有疑问",所以才不能"罢手",再次把"索隐"一派红学的旧观点提出来讨论。他在1951年与胡适辩论,争的不仅是结论的对错,主要还是理论方法的合乎科学与否。他与胡适展开辩论之前就已经对红学发展历史做过自己的评估:"总之,自从蔡胡论战以来,一切新材料的访求、发现和探索,都是希望求得《红楼梦》写作的主旨,究竟是否寓有反清复明的意志,还是如胡氏所说的是曹雪芹的自叙传,抑或两者都不是,而是另有涵义的著作,或者什么都不是,而只是一部单纯的言情小说。六十年来,红学的主要活动,大概都是环绕此一目的而进行的。因为一切文学的写作技巧,都是为作品的中心思想服务;其技巧的优劣,端视表达中心思想所达成的高低,作为衡量的标准。作品的中心思想不能确定,则文学批评失去了基本的根据。"❶潘重规对红学发展六十年来历史的评估是中肯的,尽管并不全面,并且存在可议之处,即"作品的中心思想不能确定,则文学批评失去了基本的根据"。文学批评的基本根据是文学文本,文本的世界是广阔的,并非只存在"中心思想"这一项。文学批评的视界也并非仅以"中心思想"为基本根据,忽视了艺术审美的文学批评最能失去所谓"基本的根据"。"一个批评家或许也信奉某种哲学观点,但是,当他从事文学批评时,他决不能仅仅代表这种观点出场,而应力求把它悬置起来,尽可能限制它的作用。他真正应该调动的是两样东西,一是他的艺术鉴赏力和判断力,一是他的精神世界的经验整体。"❷那么,潘重规为什么最强调文学批评的"中心思想"根据呢?当然还是为他的"索隐"服务,"索隐"是他红学研究的立身之本。尽管潘重规从他与胡适的"论辩"过程中能够意识到他的"索隐"动摇不了胡适所开创的红学主流根基,但他仍要在强烈政治动机的驱使下抛出他的"述旧"的"索隐"观,演绎了一出"鸡蛋猛击巨石"的悲情剧。据说,当潘重规在第一届国际《红楼梦》研讨会(1980年秋在美国威斯康辛大学召开)上发言之后,当日大会执行主席李书田就"质疑"道:"还是你那一套老观点(指索隐派之说)?有改变吗?"❸尽管潘重规表现得欣然自若,但是可见这一"质疑"的"尖锐"。

胡文彬在《横看成岭侧成峰——近五十年来台湾"红学"印象》一文中

---

❶ 潘重规:《红学六十年》,台湾三民书局1991年版,第14页。
❷ 周国平:《人生哲思录》,上海辞书出版社2001年版,第484页。
❸ 周汝昌:《我与胡适先生》,漓江出版社2005年版,第484页。

说:"从1916年蔡元培发表《石头记索隐》到1951年潘重规的《民族血泪铸成的〈红楼梦〉》问世,时间相距三十五年。再从潘文发表到今日'新索隐'旗帜的再次高举,前后又有了五十余年的时间。稍微盘点一下,在八十余年时间里,'索隐'红学在台湾、香港、大陆三地一直在奋力'突围'。他们不时宣称自己'解得了其味',甚至已经让'主流'红学遭到了'灭顶之灾',然而主流红学并没有因此而消失,相反还得到了更大的发展。作为一个红边看客,我不想在本文作什么是非判断。我认为'索隐红学'的存在与发展是一个值得认真探讨的学术现象。'打'而不'倒'的事实,说明它有出现和存在的理由。这个'理由'需要思考、需要研究、需要回答,一味地认为'不屑一顾'或是一味地'打''杀',并非是真正的理性思维!"❶ 胡文彬的思考是十分理性的,从蔡元培到潘重规直到今天的"新索隐",值得思考的空间并没有被完全堵塞,它们"出现和存在的理由"也还值得深入地探究,因为"新索隐"的生存空间及它们的影响还在。陈炳良曾说:"潘先生并不是索隐派的殿军。前年在台湾杜世杰出版了《红楼梦悲金悼玉实考》。他主张《红楼梦》是写明末清初的史实的小说。他说:悲金悼玉就是痛恨清朝追悼明亡的意思。书里的人物有真(代表明)有假(代表清)或阴阳两面。"❷ 潘重规之后,"索隐"的路能够走多远,人们对于它的理性思考也一定能够走得更远,譬如蔡义江的思考就有助于认清包括潘重规的《红楼梦》"作者论"在内的各种"作者索隐"说的真面目。(笔者按:戴不凡在《北方论丛》1979年第1期发表了《揭开〈红楼梦〉作者之谜》的长文,曾掀起关于作者问题的大论争,这一大论争可以看作索隐家如潘重规怀疑曹雪芹为《红楼梦》作者的续波,尽管这一波来得更为汹涌。)蔡义江认为:"总之,我以为许多关于《红楼梦》著作权的新说,都与不了解曹雪芹虚拟石头撰书的真正用意有关。"❸ 各种"作者索隐"说大抵是"把曹雪芹在小说楔子中虚拟石头撰书而自己扮演'披阅增删'者角色的虚构情节,当成了实录真事,所以实际上都是在考证这个撰书的'石头'究竟是谁"❹。刘梦溪则认为:"索隐派一般都否认曹雪芹是《红楼梦》的作者,潘重规先生亦如是。

---

❶ 胡文彬:《红楼梦与台湾——跨越海峡的记忆》,白山出版社2009年版,第96页。
❷ 潘重规:《红学六十年》,台湾三民书局1991年版,第146页。
❸ 蔡义江:《红楼梦答客问》,龙门书局2013年版,第28页。
❹ 蔡义江:《红楼梦答客问》,龙门书局2013年版,第24–25页。

但他没有指实具体人物,只揣想是出自明末清初某一隐名的遗民志士的手笔,后来又说原作者就是书中屡屡出现的'石头'。从书中的具体描写看'石头'拥有作者的身份,似不成问题,只不过何以知道'石头'就一定不是曹雪芹的化身?所以对著作权问题提出疑问可以,论定则缺乏证据。"❶ 也就是说,尽管可以保持对著作权问题提出疑问的兴趣,但因为论定时缺乏证据,所以各种"作者索隐"说并无多少学术价值,即使有些说法足以显示其大众娱乐价值。据孙玉蓉编纂的《俞平伯年谱》记载:1982 年 7 月 9 日,复毛国瑶信,回信中说:"《红楼梦》久已不谈,恐无意见可供献。近觉得索隐派还不如考证派。漫说猜不着,猜着了也没甚意思。以作者之用隐语,正是不想说破也。"❷

三、誉大于毁:《红楼梦》"校勘"和红学"述史"

  胡文彬在《纵有关山不隔梦——潘重规校订〈红楼梦稿〉》一文中说:"潘重规先生主持校定的《乾隆抄本百廿回红楼梦稿》,1983 年 6 月由台湾中国文化大学中国文学研究所印行,书名题为'校定本红楼梦'……近几十年来,有关此本的研究文章层出不穷,评价不一。新'校定本红楼梦'的出版,在《红楼梦》版本史上无疑是一件大事,它必将进一步推动《红楼梦》版本研究工作的深入开展。"❸ 潘重规主持校订《乾隆抄本百廿回红楼梦稿》本既是《红楼梦》版本史上的一件大事,也是潘重规红学研究的一大贡献,这已然成为常识。李田意在谈及《红楼梦》研究的未来方向时说:考据(或考证)、义理、辞章,可以概括红学的范围。过去的红学,考据的成就最大,义理、辞章做得不如考据工作多。像潘先生研究校勘这方面贡献很大,而且这方面应该一直做。❹ 潘重规于义理、辞章之外的贡献即包括他对《红楼梦稿》的校订,以及对列宁格勒藏抄本《红楼梦》的勘正。他 1973 年亲往列

---

❶ 刘梦溪:《红楼梦与百年中国》,河北教育出版社 1999 年版,第 205 页。
❷ 孙玉蓉:《俞平伯年谱》,天津人民出版社 2001 年版,第 480 页。
❸ 胡文彬:《红楼梦与台湾——跨越海峡的记忆》,白山出版社 2009 年版,第 164 - 165 页。
❹ 胡文彬、周雷:《红学世界》,北京出版社 1984 年版,第 28 页。

宁格勒考察列藏本,成为第一个见到列藏本的中国红学家,也是第一个见到列藏本的中国人。潘重规曾感慨道:"作为一个中国人,我觉得是不虚此行的。这个抄本,沦落在异域一百六十年,初次见到探访它的本国读者,真忍不住要相对呜咽了。"❶ 这次的"不虚此行",为他赢得了红学学人所给予的普遍尊重,譬如周汝昌在《我与胡适先生》一书中道:"我久仰他是第一个亲赴苏联去看列宁格勒藏《石头记》抄本的专家。"❷

潘重规的红学术业"毁誉参半",尽管"索隐"带给他的是"毁大于誉",而"校勘"和"述史"则带给他"誉大于毁"的美誉,尤其"校勘"的学术影响更为深远。潘重规的"校勘"实绩可以从两个方面来认识:一则组织指导"红楼梦研究小组"集体参与他所主持校订的《乾隆抄本百廿回红楼梦稿》;一则考察并勘正列藏本。而潘重规主持校订《乾隆抄本百廿回红楼梦稿》这一学术工作的学术意义可以从两个方面来理解:一则满足普通读者欣赏需要的意义,二则提供学者专家研究参考的意义。笔者以为,潘重规带领他的学生,以王三庆为主要助手,花了十年时间"校定"出版了《校定本红楼梦》的这种"十年辛苦校书忙"的精神,即"坐得住冷板凳"的精神,一定意义上要比热衷"剪不断,理还乱"的论争或"笔战"更具有深远的学术价值。潘重规之所以能够有毅力带领助手用十年之功"校定"出版《校定本红楼梦》,那是因为他懂得为读者提供一个《红楼梦》的好读本的重要性。潘重规曾将主持校订梦稿本的学术经历以《十年辛苦校书记》的形式发表,他在《十年辛苦校书记——乾隆抄一百二十回红楼梦稿本校定本的诞生》一文中说:"为了阅读研究,受尽了辛苦,很想将它(红楼梦稿本)整理成为清本,一快读者耳目。1966年,我在香港中文大学新亚书院中文系开设《红楼梦》研究课程中,发动学生历经两年多抄成一份清本。后来觉得改文的重要,又重新再抄一部,正文用墨笔,改文用朱笔。接着我受聘文化学院任教,又成立了《红楼梦》研究小组,经过五六年时间,参加的同学以百计。现在我们根据程刻付印前的底本——一百二十回抄本,和程刻本及其他抄本斟酌校订,整理成一部乾隆一百二十回全抄本校定《红楼梦》,排版后用朱墨两色套印。我相信这是比程刻本更符合原稿的一个本子,也可能是程刻本以后更完善更正确的一个本子。至于用朱墨套印,恐怕在《红楼梦》版

---

❶ 潘重规:《红学六十年》,台湾三民书局1991年版,第8-9页。
❷ 周汝昌:《我与胡适先生》,漓江出版社2005年版,第178页。

本史上也创下了空前未有的纪录。"❶ 可见，潘重规"十年辛苦校书忙"为的是"一快读者耳目"，为的是在《红楼梦》版本史上留下印记，总之是为了阅读和研究。真可谓：取经唯诚，人能弘道。可以认为，如果没有明确而强烈的文化担当意识，如果不是充满了自信的学术信念，何以能"受尽了辛苦"地为一部小说的清本而焚膏继晷？

当然，潘重规"十年辛苦校书忙"同样葆有为自己的研究旨趣服务的用心，因为，"直到发现了《乾隆抄本百廿回稿》，胡适的说法才真正开始动摇"❷。可以说，能够看到"胡适的说法"的真正动摇，那是潘重规最大的学术心愿。因为，他的红学"索隐"遇到的最大阻力正来自"胡适的说法"。当然，潘重规校订《红楼梦稿本》的用意并不仅限于此，他还提出了自己关于《红楼梦》版本上的观点，即《红楼梦稿本》是比程刻本更符合原稿的一个本子，也可能是程刻本以后更完善更正确的一个本子。他的这一观点并不见得赢得学人的一致赞同，但作为一家之言而具有学术参考价值则是无疑的。此外，潘重规十年辛苦校书的动机还在于希望研究《红楼梦》的人能够好好地利用这一文本资料，他曾在《红学五十年》讲词中说："我认为研究红楼梦的人，无论他对红楼梦见解如何，必须设法丰富红楼梦本书及有关的资料，要尽量流通所有的资料，要尽力整理所有的资料，要好好利用所有的资料。"❸ 潘重规的这一用心至今仍具有现实意义：好好利用所有的资料，避免信口开河，避免无谓的"笔战"。

勘正列藏本同样是潘重规极为用心的一件学术大事，潘重规为此撰写了数篇论文。（笔者按：胡文彬和周雷所编《台湾红学论文选》一书收录了《读列宁格勒〈红楼梦〉抄本记》《论列宁格勒藏抄本〈红楼梦〉的批语》及《列宁格勒藏本〈红楼梦〉中的双行批》等篇，胡文彬和周雷所编《红学世界》一书则收录了《列宁格勒藏抄本〈红楼梦〉考索》一篇。）周汝昌曾经对潘重规的这一学术工作做过如下评述：现时举世皆已知有此本的存在了，并且也有海峡两岸的学者亲往苏联访阅，做了概况介绍，引起海内外学术界人士的极大兴趣。1980 年威斯康辛大学召开的首届国际《红楼梦》研讨会上，潘重规先生的论文主题就是这部"列藏本"，那是对他以前介绍和研究

---

❶ 潘重规：《红学论集》，台湾三民书局 1992 年版，第 132 - 134 页。
❷ 胡文彬：《红楼梦与台湾——跨越海峡的记忆》，白山出版社 2009 年版，第 165 页。
❸ 潘重规：《红学五十年》，香港中文大学新亚书院中文系 1966 年版，第 9 - 10 页。

此本的报道与见解加订补修正的文章。但在大陆方面，一直没有多少关于此一课题的论著，这实在是对某些评论者所谓的红学研究得不但"差不多了"而且"太多了"这类错觉的一个讽刺。我们愈加坚信：要谈思想分析和艺术评论，必须先把原著的面貌弄个基本清楚才行，否则便是筑室沙上。我们也愈加相信：这种工作才是真正的"作品本身"的"研究"的一个重要方式。在这种过程中，深深感到每逢多了一部新出现的抄本的时候，它会对那些大量异文中的疑难问题是多么宝贵的"表决助手"——也只有体会到了这些甘苦，才能找到为什么"列藏本"的研究是具有重要意义的。所有关心《石头记》原著本来面目何似的人，都应该感谢本书（笔者按：即胡文彬著《列藏本石头记管窥》）的作者，在我的印象中，对"列藏本"的介绍研究，从1962年起，先是苏联方面的汉学家，然后是中国台北的汉学家潘重规先生，然后有列宁格勒大学的庞英先生，而大陆上只有胡文彬同志一个。现在他这本书已经不是单篇论文而是专著规格了，而且也是海内外第一部专著，尽管内容仍受资料的局限，但它的里程碑性质是不可淹没的。❶ 这段话是周汝昌为胡文彬著《列藏本石头记管窥》一书所做的序言，已经较为充分地将考察和研究《列藏本石头记》的学术意义讲清楚了，同时把潘重规的这一学术工作的意义较为充分地讲清楚了。胡文彬说："毫无疑问，已发表的列藏本研究文章，对于广大红学研究者进一步了解和研究这部早期抄本《石头记》，提供了许多有益的资料和很好的启发性的意见。"❷ 潘重规关于"列藏本"的系列研究论文无疑同样提供了有益的资料和启发性的意见，他在"列藏本"勘正方面的研究工作应当予以充分的肯定。

当然，潘重规在列藏本勘正方面的局限性也因为他对列藏本了解的全面深入上的不足而显现出来，他所提出的观点也遭遇了"质疑"。譬如元之凡在《列藏本脂批考证——兼与潘重规教授商榷》一文中说："但令人遗憾的是，潘重规教授对列藏本《石头记》眉批、眉批所下的考语，却实有商榷之必要。"❸ 之所以有商榷之必要，是因为与实际情形不符。不过，"潘重规教授的否证虽是欠妥，但平心而论，却很可理解。当年潘重规教授说是往列宁格勒考察了一番，其实，巨如三十五册的线装列藏本《石头记》，仅得十小

---

❶ 胡文彬：《列藏本石头记管窥》，上海古籍出版社1987年版，第2-6页。
❷ 胡文彬：《列藏本石头记管窥》，上海古籍出版社1987年版，第2页。
❸ 元之凡：《列藏本脂批考证——兼与潘重规教授商榷》，载《红楼梦学刊》1988第2辑。

时浏览，匆迫之情，可以想见，不及细审 A、T 二君笔迹不同，可以想见。而这又是极紧要之一关键。哪里能像我现在这样，一部很好的影印本搁在手头，细读细审、细玩细品呢！……假使潘重规教授能得从容审视笔迹之异，一定不会有此之误。潘教授的版本考证、校勘功夫，为国际学术界所共知，今卖考证卖到潘重规教授门前，用我们'九头鸟'的话说，则曰'废散放'。纵有一柄金斧头，到鲁班门口，也该揣在包袱里莫亮出来才是，况'娇杏'拾得之破铁斧欤！'商榷'二字，诚鲁迅先生之言，不过是取巧的游戏。但望能似千万至恒河沙数虑之一得，幸补潘教授千万至恒河沙数虑之一失罢了。我自以为碰着运气，得一蠡之测，尚不知潘教授可许一'是'字否。若其然，则欣欣然深以为庆；若其不然，则遥望海峡，恭请潘教授赐教一二，以开茅塞，以觉思蒙。"❶ 这是学术商量过程的"了解之同情"，是深得潘重规所乐道的"抬学问杠"之精神的。应当说，潘重规勘正列藏本是否精审是一回事，他对列藏本考察研究的学术影响则是另一回事，而后者才是为人所津津乐道之处。（笔者按：谈及潘重规的"校勘功夫"尚有一段佳话值得备存——宋广波编《胡适批红集》"前言"道：1975 年夏，潘重规曾致函毛子水，怀疑甲戌本影印本的第一页第一行的"多"和"红楼"三字，为胡适补写，并请毛子水代为查询。毛子水即函商胡适长子胡祖望，胡祖望又转请蒋硕杰教授代为校对原文，结果证实潘重规的推测完全正确。其实，胡适生前在《校勘小纪》里对此事交代得清清楚楚，因为这份《校勘小纪》在胡适生前和身后都没有发表过，所以，被细心的潘重规发现。这一不谋而合的情景实在极为有趣，这也算是红学史上的一段佳话了。❷）

　　再看潘重规的"述史"成绩，"述史"的成果以《红学五十年》和据此续作的《红学六十年》最为紧要，均已出版成册。从《红学六十年》的学术视野来看，潘重规试图对六十年红学史进行粗线条的总结，尽管视野狭隘，格局不大，尚不失为红学史述的参考文献。陈维昭认为："潘重规所说的'红学'是指《红楼梦》文献研究，并非指《红楼梦》研究的全部，这观点倒接近周汝昌。无论是潘重规的《红学五十年》还是他的《红学六十年》，都可以看出，他撰文的动机并不是要写学术史，他只是想表达他对近五六十

---

❶ 元之凡：《列藏本脂批考证——兼与潘重规教授商榷》，载《红楼梦学刊》1988 第 2 辑。
❷ 宋广波：《胡适批红集》，北京大学出版社 2009 年版，第 18 – 19 页。

年的《红楼梦》文献研究的一些看法。"❶ 陈维昭的看法是较为客观的,由此可见《红学五十年》或《红学六十年》的学术影响之所以较为有限的基本原因。周策纵则认为,作综合的概论很有价值,如潘重规先生的《红学五十年》便是红学发展的概述。这种概论能使初入门的读者有一初步认识,所以应该做更详细的研究。❷《红学五十年》或《红学六十年》具有对于普通读者的"导读"作用,是否能够尽可能地免除"误导读者"的倾向,使读者对《红楼梦》的真精神和艺术魅力有切实而深刻的理解,则是因人而异的。至于从培养研究者的能力和开拓红学研究的新境上来看待潘重规这项"述史"工作的意义,尚有明显不足。

不过,潘重规的学术史意识是很自觉的。他说:"回溯这五十年的红学发展,作一个客观的检讨,似乎不失为一桩有意义的工作。"❸ 他的这一"回溯"和"检讨"对以后红学史写作是具有先导意义的,尽管《红学五十年》或《红学六十年》只是一个"大概轮廓"的简要梳理。潘重规在《红学五十年》中说:"我说红学五十年,是因为近五十年来踏入了红学极辉煌的一段时期。"❹ 潘重规的"近五十年来踏入了红学极辉煌的一段时期"的这一判断,自然要比那些全面否定百年红学者的论调更加令人振奋。当然,究竟这一"极辉煌"的用词有没有夸饰之嫌呢?回答一定是仁者见仁、智者见智,但可见潘重规的乐观态度毕竟是出于学术的思考无疑。

值得一提的是,如刘梦溪所说:"潘重规先生写过《红学五十年》《红学六十年》,我本人写过《红学三十年》。现在该有人来写《百年红学》了。"❺ 刘梦溪所写的《红学三十年》是受潘重规《红学五十年》《红学六十年》的直接影响和启发,而《红学三十年》是《红楼梦与百年中国》的初级阶段。至于《红楼梦与百年中国》一书,则是一部别具一格的红学史著作,是一部由事件与流派相结合而编制成的红学史,主要是以中国文化传统发展脉络尤其是 20 世纪中国思想史、学术史、文学史、社会史、文化史为考量的主线,试图在史实中求史识,别开生面。《红楼梦与百年中国》一书已然成为红学史的重要参考书,影响广泛而深远。

---

❶ 陈维昭:《红学通史》,上海人民出版社 2005 年版,第 291 页。
❷ 周策纵:《红楼梦案:周策纵论红楼梦》,文化艺术出版社 2005 年版,第 371 页。
❸ 潘重规:《红学五十年》,香港中文大学新亚书院中文系 1966 年版,第 2 页。
❹ 潘重规:《红学五十年》,香港中文大学新亚书院中文系 1966 年版,第 2 页。
❺ 刘梦溪:《红楼梦与百年中国》,中央编译出版社 2005 年版,第 2 页。

结　　语

　　龚鹏程在谈及潘重规的"索隐"之功时认为："潘氏浸淫红学，功力深厚，发明考辨甚多，吸收了自传考证派的成果，而开拓了索隐派的解释，我替金枫出版社编《石头记索隐》一书时，也选了他《我探索红楼梦的历程》一文，是对他研究红学的总括说明。……希望能让读者对于索隐派红学的来龙去脉有所理解。读者不妨看看，并想想《红楼梦》到底该怎么读、红学的未来究竟应如何发展。"[1] 龚鹏程对潘重规的评价既涉及他在《红楼梦》考辨方面的贡献，又涉及他在索隐派方面的贡献。在他看来，如何理解和评价索隐派关系《红楼梦》的读法及红学的发展，这一种态度显然要比一味地"棒杀"更可取。洪涛在谈及潘重规的"索隐"时认为："潘重规（1907—2003）在1959年出版《红楼梦新解》一书重新提出索隐派的反满说，对胡适一手创立的'新红学'自传说逐点驳议。潘说是否妥当，容后再议，但他对自传说的攻击是主要红学流派之间的论争，在红学发展史上有一定的意义。"[2] 由以上认识可见，客观地分析潘重规"索隐"的动机和效果之间的是非曲直，要比那种一味地"棒杀"做法更符合学术精神。至于潘重规的《红楼梦》"作者观"，若按洪涛的说法，其实就是一种"诠释暴力"。当然，不仅只是潘重规在利用《红楼梦》的作者问题施行"诠释暴力"，"总而言之，在'作者决定论'的影响下，许多红学家都做过'作者心理重建'的工作。表面上，似乎'作者的意义'是一种制约诠释的因素，使红学家不作他想。而实际上，所谓'作者的心理'本身不过是诠释者的建构（interpreter's constructions）。'作者'在诠释领域中是个'游移不定'的人物（就'著作权'和'著作心理'层面而言），不但不足以制约诠释行为，反而沦为可资利用的人物"[3]。由以上评述可见，潘重规"索隐"的启示性要比他的观点的正确与否更具有思考价值，即无论"索隐派"红学，或者"考证派"红学，

---

[1] 龚鹏程：《红楼丛谈》，山东画报出版社2012年版，第57-58页。
[2] 洪涛：《红楼梦与诠释方法论》，北京图书馆出版社2008年版，第7页。
[3] 洪涛：《红楼梦与诠释方法论》，北京图书馆出版社2008年版，第287页。

抑或"批评派"红学，都已经在《红楼梦》作者问题上施行过"诠释暴力"，只不过是施行的程度有别或者自觉性不同而已。其实，这种"诠释暴力"又何止仅仅施行于《红楼梦》作者问题上呢？

苗怀明长期关注对于潘重规红学索隐的评价问题，他这样说："潘重规作为红学索隐派代表人物，曾与胡适有过激烈争论，新红学之后，大家至今对索隐派研究得不够。潘先生不止是红学家，还是著名经学家、敦煌学家，他和蔡元培都是很有分量的大学者，他们为什么从索隐的角度看《红楼梦》？过去的研究把索隐派脸谱化了。我们不禁要问：为什么有的作品可以索隐？《红楼梦》不可以索隐？"❶ 苗怀明的提问说明：潘重规的"索隐"至今仍能引起重新认知的兴趣，这一兴趣集中于"索隐"是否应当"正当化"的反思。苗怀明认为："现在已经形成了一种思维定势：索隐即错，这是'原罪'。当然，刘心武的'索隐'与潘重规的'索隐'并不在一个档次上。'索隐'并没有罪，过去经学有索隐、史学有索隐、诗文也有索隐传统。"❷ 苗怀明的看法具有一定的代表性，"索隐正当"抑或"诠释暴力"？总要凭学理判断，而非任性武断。况且，"潘重规先生的红学研究虽然可以从总体上归入索隐派，但它与以往的索隐式研究存在着许多不同，有其个人的特点，比如讲索隐式研究学术化，提升了这种研究方式的学术品位，比如充分借鉴吸收新红学的研究成果，在方法上呈现出一种杂糅的状态。"❸ 总之，对于潘重规索隐的评价至今难以盖棺定论。并且，这一评价涉及对于《红楼梦》索隐式研究的认识，不好评价。

值得一提的是潘重规与周汝昌的一段学术交谊：1980年6月美国威斯康辛大学召开首届国际《红楼梦》学术研讨会期间，潘重规与周汝昌初次见面，潘重规对周汝昌说："我昨晚刚到，匆匆洗了洗风尘，吃了些东西，就见到那一堆诸家交来的论文复印件了，我第一个就选了你的《全璧的背后》，也不及休息，一口气读完三万字长文，这才就寝——文内所引诸般文献我倒还知道，可是就没有悟到你揭示的这层篡改真本的内幕关系。"他表示论证

---

❶ 高淮生：《纵论红坛兴废，追怀曹翁雪芹——纪念曹雪芹诞辰300周年学术研讨会述要》，载《中国矿业大学学报》（社会科学版）2015年第2期。

❷ 高淮生：《纵论红坛兴废，追怀曹翁雪芹——纪念曹雪芹诞辰300周年学术研讨会述要》，载《中国矿业大学学报》（社会科学版）2015年第2期。

❸ 苗怀明：《红楼梦研究史论集》，辽宁人民出版社2019年版，第378页。

令人信服，完全赞同此论。❶ "却说这日潘先生发言之后，李先生（笔者按：李书田）以主席的身份，就向潘先生'质疑'，说：'还是你那一套老观点（指索隐派之说）？有改变吗？'这有点儿'不客气'，在会场上，是相当'尖锐'的评议。但潘先生的表现十分欣然自若，侃侃而谈，毫无怫然介意之色，大方和乐，给我好印象。及至我发言，我便将此种感受向大家略为申述，而简明扼要地说了一句：潘先生具有中国学者的风度。他听了，大为高兴，就在讲台上即席强调而声言：周先生给我这一评语，比我接受一个学位称号还觉光荣！"❷ 潘重规与周汝昌的惺惺相惜正在于彼此间的"知赏"，即便各自有不同的学术观点，却并不影响其学术交谊的质量。这既是一种学术风范，同时也是一种人格风范。

纵观潘重规的红学志业，可谓：红楼一梦费心猜，怎比十年苦校书；述史先鞭堪道处，石头血泪付阙如。

附录：潘重规学术简历

潘重规（1907—2003），台湾学者，南京中央大学中文系毕业。曾任东北大学、暨南大学、四川大学、安徽大学、台湾师范大学、新加坡南洋大学教授，香港中文大学新亚书院中文系主任、文学院院长，台湾文化大学中文系教授兼研究所主任，1973年应聘法国巴黎第三大学访问教授，1974年曾获法国法兰西学术院颁发的汉学最高成就奖茹莲奖（Julian Price）。

冯其庸、李希凡主编《红楼梦大辞典》（文化艺术出版社1990年版）称述潘重规：长期以来，他潜心研究《红楼梦》，著有《红楼梦新解》《红楼梦新辨》《红学六十年》等书，主编过《红楼梦研究专刊》，主持校订梦稿本。

胡文彬、周雷编《台湾红学论文选》（百花文艺出版社1981年版）以《红学六十年》为首篇，收录了潘重规9篇文章，其中《读列宁格勒〈红楼梦〉抄本记》《论列宁格勒藏抄本〈红楼梦〉的批语》《列宁格勒藏抄本〈红楼梦〉中的双行批》等文引起学界关注。《列宁格勒十日记》一书记录了

---

❶ 周汝昌：《我与胡适先生》，漓江出版社2005年版，第178-179页。
❷ 周汝昌：《我与胡适先生》，漓江出版社2005年版，第178-179页。

潘重规目验《石头记》抄本的经过。

20世纪70年代初，潘重规与徐复观围绕"《红楼梦》的原作者"问题展开学术论争，这场高水平的学术讨论，引起香港学界的广泛关注，赵冈、周策纵均著文参与论争。

周策纵的红学研究：
陌地生痴心但求解味，白头存一念推广红学

引　言

　　周策纵的红学代表作即《红楼梦案：周策纵论红楼梦》，《红楼梦案》最先由香港中文大学出版社于 2000 年出版，其后由文化艺术出版社于 2005 年出版。《弃园文粹》中选编了部分谈讲《红楼梦》的文字，大多是要点摘录。应当说，周策纵的研红成果若以数量计并不可观，其弟子王润华曾感慨："老师一生都忙于提倡而疏于著述，所以他还是感叹成果太少。"❶ 尽管如此，却并不妨碍"就一部《红楼梦案》，被人推为'海外红学一大家'"❷。周策纵说："我这个集子所收的论文，牵涉《红楼梦》研究的方面颇广，但主要的还在于考证、文论和版本校勘几个领域。在考证方面，我最受鼓励和影响的，前有顾颉刚先生，后有胡适先生。当代中外的红学家我认识的不下数百人，他们和她们也给了我许多榜样和启发。我感谢他/她们。当然我的判断是独立的。我对《红楼梦》和曹雪芹的研究本来定有颇具系统的完整计划，可是一直未能实现。我过去编有中英对照的《红楼梦研究书目》，稿件三四百页，只因求全责备之心太切，一直未克出版。现在检阅这册菲薄的成绩，真不免'愧则有余，悔又无益，大无可如何之日也'！"❸ 周策纵的红学著作结集较晚，刘梦溪所著《红楼梦与百年中国》（河北教育出版社 1999 年出版）

---

❶　王润华：《华裔汉学家周策纵的汉学研究》，学苑出版社 2011 年版，第 62 页。
❷　黄霖：《微澜集——黄霖序跋书评选》，凤凰出版社 2011 年版，第 138 页。
❸　周策纵：《红楼梦案——周策纵论红楼梦》，文化艺术出版社 2005 年版，第 8-9 页。

所附录的红学参考书目中就没能收录周策纵的著作，只收录了周策纵编《首届国际红楼梦研讨会论文集》（香港中文大学出版社 1983 年出版）。而胡文彬、周雷所编《海外红学论集》（上海古籍出版社 1982 年出版）则收录了周策纵三篇论文，即《论〈红楼梦〉研究的基本态度》《论关于凤姐的"一从二令三人木"》《〈红楼梦〉"汪恰洋烟"考》，后两篇都是写作于 20 世纪 60 年代初期的考证文字。值得一提的是，周策纵考证了晴雯病中所用"汪恰洋烟"，"很有耐力地研究一个微小问题，这篇短文从 1965 年写到 1975 年才完成"❶。刘梦溪曾说：周策纵早已被视为红学中人，但他毕生治学另有伟绩，重点不在红楼。❷ 这一"另有伟绩"即周策纵在"五四"运动史研究方面的成就，代表作《五四运动史》于 1960 年由哈佛大学出版社以英文出版，影响很大，不断再版。当然，"另有伟绩"而又在红学方面蜚声学坛内外的旅居海外的学人尚有不少，譬如赵冈以经济学家而撰著《红楼梦新探》，余英时则以史学家和思想史家而撰著《红楼梦的两个世界》，潘重规专注红学事业，又在敦煌学方面造诣精深。可以说，他们与周策纵一道共同构筑了海外红学的亮丽风景线。

周策纵的红学影响是与他成功地筹划 1980 年 6 月于美国威斯康辛召开的首届国际《红楼梦》学术研讨会有直接关系，这是一次红学国际交流的盛会。1981 年以后，周策纵多次回国讲学和进行学术交流，为促进中国学术界与国际学术界的交流做出了应有的贡献。黄霖说："他不辞辛劳，奔走海外，主办了两次举世瞩目的《红楼梦》国际学术会议，使'《红楼梦》一书之光焰如日中天'。仅凭此一点，周先生在红学史上也就不能不令人瞩目了。"❸ 新加坡诗人兼书法家潘受曾赠予周策纵一首诗："是非聚讼苦悠悠，识曲端推顾曲周；能使一书天下重，白头海外说《红楼》。"❹ 周策纵则自谦道："'能使一书天下重'我自然不敢当。至于'白头海外说《红楼》'，倒相当合于事实，也会终身不忘了。"❺"白头海外说《红楼》"，无非一个"痴"字可以道尽，得意忘言而已。正可谓："贤良自有他人论，侠骨丹心意太痴。"（笔者按：笔者曾自拟《平儿题咏》："漫道妆成俏丽姿，韶华辜负竟无知。

---

❶ 王润华：《华裔汉学家周策纵的汉学研究》，学苑出版社 2011 年版，第 62 页。
❷ 刘梦溪：《红楼梦与百年中国》，河北教育出版社 1999 年版，第 6 页。
❸ 黄霖：《微澜集——黄霖序跋书评选》，凤凰出版社 2011 年版，第 140 页。
❹ 周策纵：《红楼梦案——周策纵论红楼梦》，文化艺术出版社 2005 年版，第 9 页。
❺ 周策纵：《红楼梦案——周策纵论红楼梦》，文化艺术出版社 2005 年版，第 9 页。

贤良自有他人论，侠骨丹心意太痴。")

冯其庸、李希凡主编《红楼梦大辞典》收录有"周策纵"词条：周策纵，美籍华人学者。周策纵是1980年首届国际《红楼梦》研讨会和1986年哈尔滨国际《红楼梦》研讨会的发起人和主持者之一，对推动国际范围的红学研究和学术交流起了积极倡导的作用。❶

一、《红楼梦》的研究态度和研究方法

周策纵在《弃园文粹》"序"中"述学"详尽，他说："我从年轻起，就很关切自然和人文方面的重大问题。"❷ 大约在1934—1935年高中求学时，周策纵对人文方面的兴趣是在中国哲学思想史方面，有一篇《荀子礼乐论发微》，还自1937年1月起连载在当时颇有学术地位的上海世界书局出版的《学术世界》月刊上。❸ 大学的兴趣则转向人文关怀，周策纵说："我发表的文章多牵涉到中西哲学、政治思想、世界史、中国古典诗歌和历史上的一些社会问题。"❹ 1948年夏天，周策纵留学美国，"这样一留就快要五十年了。这真是我一生学术思想和生活的大转机。当时顾颉刚先生引《世说新语》一则，写一横批为我送行"❺。顾颉刚引《世说新语》中"支公好鹤"一则，以喻周策纵之性情怀抱："策纵先生将渡重洋，譬如鹤之翔乎寥廓，广大之天地皆其轩翥之所及也。因书《世说》此节，以壮其行。"❻ 此番情景，周策纵念念不忘。他在美国多半研读西洋哲学史、政治理论与制度和东西方历史，尤其对"五四"运动史花了不少时间和精力。而1956年起在哈佛任研究员五六年间的又一次大转变，对周策纵以后的治学研究影响很大。这次大转变基于"我们中国人的思维方式不免有两个最基本的缺失：一个是逻辑推理不够精密，尤其在实际议论时不能运用'三段论法'（syllogism）。另一个缺失

---

❶ 冯其庸、李希凡：《红楼梦大辞典》，文化艺术出版社1990年版，第1237页。
❷ 周策纵：《弃园文粹》，上海文艺出版社1997年版，第1页。
❸ 周策纵：《弃园文粹》，上海文艺出版社1997年版，第1页。
❹ 周策纵：《弃园文粹》，上海文艺出版社1997年版，第2页。
❺ 周策纵：《弃园文粹》，上海文艺出版社1997年版，第3页。
❻ 周策纵：《弃园文粹》，上海文艺出版社1997年版，第3页。

看来很简单，却可能更基本，我们对'认知'的意识不够发达。就是对'是'什么，'不是'什么不够重视"❶。基于以上考量，周策纵把自己的相当部分精力放在了"认知"中国文学和哲学方面，在对《红楼梦》的"认知"方面，自然投放了相当的精力。周策纵认为，只有"切实认知一番，才能够加以评判"❷。所以，他将这一研究旨趣始终地贯彻于《红楼梦》考证、文论、版本校勘几个领域的研究之中。并且，周策纵的"人文关怀"随时日推移而愈加浓郁，无论他撰述《五四运动史》或者撰写《红楼梦》的考论文字，都毫不例外地释放着他的"中国情怀"。这种情怀之所以能在海外学人中传播，似可从周资平《学者的三境界》一文中的表述获得更深切的印证："想的是中文，写的是洋文，其中之苦楚又何止一字一泪而已。"❸

王润华在《华裔汉学家周策纵的汉学研究》（学苑出版社 2011 年出版）一书中对周策纵进行了为学与为人方面的全面评述，其中一段对周策纵所居"弃园"的诠释，正在于显现其"中国情怀"。王润华说："波士顿西郊的西牛顿佛德汉路 73 号，居住的时间没有很长久，一般人认定周策纵的弃园就是陌地生的弃园。周老师到了威斯康辛大学以后，首先创造了符合他心理情况的地名，把居住的 Madison 翻译成陌地生，而他家的路名 Minton Road 成为民遁路。所以陌地生的民遁路上的弃园，我是这样诠释的：一是周老师去国无家可归后，生活在海外陌生地方的家园，身（深）感被流放，被拒绝之苦；二同时也是刻意要自己远离是非纷乱的尘世。"❹ 周策纵所作《移家四首》组诗的第四首曾流露了"被弃"之苦："久客真如弃，江山忽有情。灯前伴娇女，未觉夜寒生。"❺ 王润华又说："弃园是周策纵在美国威斯康辛（Wisconsin）陌生地（Madison）的故居，后来也成为他的外号。他生前最后三著作自定的书名《弃园文粹》《红楼梦案：弃园红学论文集》《弃园古今语言文字考论集》，都以弃园名之。他前后在此定居四十多年，是他被放逐的家园，也是他的'文化中国'。"❻ "中国情怀"即"文化中国"情怀，体现为身在异乡而心存故国，葆有这样一份文化情怀，又总使周策纵感到一种温暖。在这种

---

❶ 周策纵：《弃园文粹》，上海文艺出版社 1997 年版，第 4 页。
❷ 周策纵：《弃园文粹》，上海文艺出版社 1997 年版，第 4 页。
❸ 周资平：《现代人物与文化反思》，九州出版社 2013 年版，第 361 页。
❹ 王润华：《华裔汉学家周策纵的汉学研究》，学苑出版社 2011 年版，第 108 页。
❺ 王润华：《华裔汉学家周策纵的汉学研究》，学苑出版社 2011 年版，第 109 页。
❻ 王润华：《华裔汉学家周策纵的汉学研究》，学苑出版社 2011 年版，第 104 页。

情怀的促使下，周策纵积极组织筹办第一届国际《红楼梦》研讨会，身体力行地倡导并参与各种推广红学事业的学术活动。当第二、第三、第四、第五届国际《红楼梦》研讨会陆续在中国的哈尔滨、扬州、台湾和北京举行时，周策纵坚持每会必到，并提交论文。

周策纵在《红楼梦案》代序言《白头海外说〈红楼〉》中说："这个集子包含我目前所能找到的，自己历年所写的关于《红楼梦》和曹雪芹方面的作品，其中也有两篇较短的讲演和谈话。只有论'新红学'一篇尚未发表。但也已经在会议上宣读分发过。这次收集成书，对我自己来说，一方面便于检阅，另一方面也可查验自己对'红学'或对我所说的'曹红学'写作当时有没有什么新贡献。我把这个集子标题做'红楼梦案'，是什么意思呢？'案'字从安从木，初义似为木制的东西上面可安置物件，即承盘、小几或桌案之类。后来因可安放文件，引申便有文牍、案牍、案件或公案之意。我这里用的便是后面两个意义。宋朝的话本小说有'说公案'一类，多是难于解决的纠纷或法庭官司案件。《红楼梦》自开始抄阅流传以来，就解说纷纭，成为小说研究史上一个争论不休的案件，更引起过不少的笔墨官司。研读者自然要索隐、考证、侦探案情，卷入不断的争辩。我素来不想加入这种争论；但无论如何，只要你有些看法，就一定有不同的意见。所以我一直在提倡'同固欣然，异亦可喜'。我这个集子，也只能自认是对这个复杂的"公案"提出了一些特殊的说辞罢了。"❶ 从 1929 年试作《红楼梦》题咏绝句开始，周策纵很早就进入"红学"了，也即他所倡议的"曹红学"。他对自己倡议"曹红学"的名称十分得意，他说：胡适和顾颉刚开了"曹学"的先河，"曹学"一词是他的朋友顾献樑先生在 19 世纪 40 年代最初提出来的，50 年代中"我和他在纽约他家又谈起这个问题，他想要用'曹学'这个名词来包括'红学'。我提出不如用'曹红学'来包括二者；分开来说仍可称作'曹学'和'红学'。他还是坚持他的看法。后来他去了台湾，就在 1963 年发表他那篇《'曹学'初建初议》的文章。"❷ 从《红楼梦案》中讨论"曹红学"的文字来看，周策纵是很好地实践了他的"同固欣然，异亦可喜"的学术主张。

以下撮要概述周策纵"白头海外说《红楼》"过程中关于《红楼梦》的研究态度和研究方法这两个方面的若干要点，这两个方面是周策纵最为关注

---

❶ 周策纵：《红楼梦案——周策纵论红楼梦》，文化艺术出版社 2005 年版，第 1-2 页。
❷ 周策纵：《红楼梦案——周策纵论红楼梦》，文化艺术出版社 2005 年版，第 56 页。

的，譬如他在《论〈红楼梦〉研究的基本态度》一文中说："三十年以前（指1942年以前）我就常想到，《红楼梦》研究，最显著地反映了我们思想界学术界的一般习惯和情况，如果大家不在基本态度和方法上改进一番，可能把问题愈缠愈复杂不清，以讹传讹，以误证误，使人浪费误笔的精力。而'红学'已是一门极时髦的'显学'，易于普遍流传，家喻户晓，假如我们能在研究的态度和方法上力求精密一点，也许对社会上一般思想和行动习惯，都可能发生远大的影响。"❶ 从以上陈述可见，周策纵学术用心已然超越了对《红楼梦》某一具体问题的考论。

（一）《红楼梦》研究的态度：关于学风的思考

周策纵在谈及周汝昌"脂砚斋就是史湘云"主张遭到很多人反对时曾说："周汝昌先生绝不是没有能力看到别人所举的反对理由，我想还是多半由于自己不肯反对自己，所以弄成了片面之见。"❷ 再如赵冈在《明报月刊》发表自己关于各脂抄本的笔迹好像和曹頫奏折的笔迹很相似的主张时，却没有把不相似的字列举，也没有提到各抄手可能同习一种字帖的问题。周策纵对此评述道："结果引起徐复观先生在同刊举出一些不相似的字形来反驳，并且说那些相似的字形，也许是当时'流行的写法'。假如赵先生在原作里就把反面的证据尽可能都事先提出来讨论过，也许徐先生的反驳就不必要了。"❸ 周策纵说："上面这些例子，只不过想指出，红学专家有时不喜欢为自己的主张提出反面证据。这种现象最好提醒我们，中国的考证论辩文字，从古以来，至少自《战国策》到《过秦论》，以及后来的檄文和策论，一种最大的趋向，就是只图列举正面的理由来支持自己的主张。我之所以举出上面这几件例子，因为他们都算较好的《红楼梦》研究者，我自己就更未能做到了。古往今来的学者提出自觉反省的也不少，梁启超在《清代学术概论》里说他自己：'所执往往前后相矛盾。尝自言曰："不惜以今日之我，难昔日之我。"世多以此为诟病，而其言论之效力亦往往相消。盖生性之弱点然矣。'这正可表示梁启超的'弱点'和长处。他能做到不肯'自护己短'，能

---

❶ 周策纵：《红楼梦案——周策纵论红楼梦》，文化艺术出版社2005年版，第3页。
❷ 周策纵：《红楼梦案——周策纵论红楼梦》，文化艺术出版社2005年版，第8页。
❸ 周策纵：《红楼梦案——周策纵论红楼梦》，文化艺术出版社2005年版，第9页。

做到'知迷途之未远，觉今是而昨非'，已非常难得。在另一方面，不肯'护前'，还只算'事后有先见之明'，或西洋人所谓 hindsight，仍不免只靠时间来补救。作为思考、研究和写作的态度和习惯，我尝以为我们更要设法做到：'不惜以当下之我，难当下之我。'这里特别提出'当下'二字来，就是希望在我作一主张的当时，不但即刻说出正面支持的理由，还该说出可能有的反面理由，要立刻以我攻我。不但在脑子里马上如此想过，还要把反对面的理由同时写下来。"❶ 周策纵是把梁启超的"难昔日之我"扩大到"难当下之我"，"两难"都很难得，后者又尤为重要，如果做到了，前者之"难"就可以很大程度上地避免了。周策纵认为这种"自讼"式辩难可以确保"笔墨官司"不会退化成"官司"，这样的辩难才能算是"抬学问杠"。说起"抬学问杠"，自然联想起潘重规，他曾津津乐道自己经历的一段学术经历："1958年的新年刚到人间，寂历空山，忽然得到齐如山先生从台湾寄来的手书，还附了一篇《红楼梦非曹雪芹家事》的新稿，问我有什么意见。齐先生说：'从前有学问的人，往往为一事而争辩，这个名词叫作'抬学问杠'，听这种抬杠，不但于学问有益，且极有趣味。'真没想到，八十高龄的老先生，学问欲如此浓厚，怎不令人十分敬佩呢！我在五六年前，为了红楼梦的问题，曾与胡适之先生函信论辩，其热烈情况，成为当时学术界人士的谈资。"❷ 潘重规认为他是与胡适"抬学问杠"，这种"抬学问杠"可谓人生的"趣事"。在潘重规看来，"抬学问杠"，看重学问之间的商量，反对肆意人身攻击，这是一种仁厚的态度。学问之间的商量至少体现在：要能多采对方所长，而不是悉索对方瑕疵，一味批评其缺点。因为，你所找出的短处也可能并不是短处，所以，要善于了解对方的真精神。既要有自律意识，又要有自律能力，才可能在扬人之长而补己之短方面有所作为。

周策纵反复强调"自讼"辩难之必要，他说："我以为这虽仍是泛泛之论，但仍然有助于《红楼梦》研究，也许还可由《红楼梦》研究而影响其他学术思想界的风气，甚至于中国社会政治的习俗。"❸ 周策纵的评估是准确的，其用心也是善良的，当然，全面地实行起来却是艰难的，因为，批评容易，自我批评最难。"对此，周先生谦虚地说自己'未能做到'。的确，在他

---

❶ 周策纵：《红楼梦案——周策纵论红楼梦》，文化艺术出版社2005年版，第10-11页。
❷ 潘重规：《红楼梦新解》，新加坡青年书局1959年版，第33页。
❸ 周策纵：《红楼梦案——周策纵论红楼梦》，文化艺术出版社2005年版，第13-14页。

的这本集子里,是比较难以找到明显的自我否定的例子,但还是能看到尊重异己的精神,比如说关于甲戌本《凡例》的一些问题,红学界聚讼纷纭,他的几篇文章的口径也并非完全一致,值得令人注意的是《〈红楼梦〉〈凡例〉补轶与释疑》一文后面所附的'作者按'说:'属稿既就,得读冯其庸先生长文,其所见与此有同有异。冯先生大作至为博洽,拙文存之亦聊以备一说而已,亦无暇修正也。'这虽还不能说是'难当下之我',却真能做到'同固欣然,异亦可喜'。"❶ 周策纵"同固欣然,异亦可喜"的风范尤为难得,如笔者曾指出:"可惜的是,百年红学的很多次论争浪费了学人太多的宝贵时间、精力和智慧,'信口开河'的'唾沫战'弥漫起的硝烟几乎埋没了整个红学。不信吗?那就请坐下来耐心听一听那些'讨伐'和'丑化'红学人物的喧嚣吧。"❷ 这"信口开河"的"唾沫战"的难以偃旗息鼓,正是"自律"意识缺失和"自律"能力缺失的结果。

周策纵在《尊重异己和独立思考——哈尔滨"第二届国际《红楼梦》研讨会"闭幕词》中说:"二十五年前,也就是一个世纪的四分之一以前,胡适之先生在台湾发表提倡'自由与容忍'的言论,引起各方注意。我当时提出一个补充的意见,就是大家一方面相辅相成。我们要能抗议,也要能容忍别人的抗议。作为一个知识分子和学者,必须认定这是我们的责任,也是我们的权利。从前法国启蒙运动时代的思想家伏尔泰说过一句意义深长的话,他说:'我完全不同意你所说的,但我要拼命支持你说的权利。'我以为我们中国人,尤其是学术界和作家们,特别是研究《红楼梦》的专家和学者们,应该认识和坚持这种精神与作风。我也记得五年以前,我和巴金先生有过一次三小时的长篇对话,这篇对话后来在香港的《明报》分十天发表过(该报1981年12月份)。在这篇对话里,巴金先生提出了好些宝贵的意见,其中有两件事,他认为我们中国人目前需要做到的,一是独立思考,另一件是大家要说真话。这正是我们一批朋友和海外华人知识分子多年来所共同提倡的。"❸ 周策纵阐述了学风的两个方面,即"尊重异己"和"独立思考",这两个方面可以看作《红楼梦》研究的两种态度,它们之间是密切联系着的,

---

❶ 黄霖:《微澜集——黄霖序跋书评选》,凤凰出版社2011年版,第140页。
❷ 高淮生:《索隐旧途迷不悟,校红述史开新篇:潘重规的红学研究——港台及海外学人的红学研究综论之三》,载《河南教育学院学报》2013第4期。
❸ 周策纵:《红楼梦案——周策纵论红楼梦》,文化艺术出版社2005年版,第376页。

对于学术研究而言,均不可或缺。漆永祥在《清学札记》中说:"清代学者中,若顾炎武、阎若璩、杭世骏、刘逢禄诸人,皆睥睨一时,指斥名流,了不为意,然于友朋中学问精深者,则执谦自抑,衷心叹服。……案今世学者,有略涉泛览,稍有著述,遂心傲气盛,平扫古今,号称大师,而横行于世者,较之顾、阎诸公,可谓秋虫之不知有夏也。"❶漆永祥所指斥的"今世学者"在"尊重异己"方面实在骄戾不堪,学风映照着世风,不可不察。尤当鉴之者:唯我独尊,号称大师;自号者妄,号人者奸。

孙康宜在《典范诗人王士祯》一文中谈及晚明文人的学风,其中就曾提到周策纵,她说:"可以说,晚明文人所面对的文学环境乃是一个充满了'影响的焦虑'的时代。他们的焦虑一方面来自于悠久文学传统的沉重压力,一方面也与当时文人喜欢各立门户、互相诋毁有关。其中各种诗派之争犹如党争一般,其激烈的程度形同水火。著名现代学者周策纵就用'一察之好'一词,来说明晚明的这种凡事只依自己之所好而导致以偏概全的尖锐的文学争论。晚明文坛的争论要点不外是:作诗应当以盛唐诗为标准,还是以宋诗为标准?诗之为道,应当本乎性情,还是本乎学问?在门户之争的偏见之下,人人几乎都在肆力抨击其他派别的诗论,各个人都似乎在以偏取胜,俨然成了一股风潮。即使像钱谦益那样,本来企图纠正'诗必盛唐'的一面倒的诗风(他四十岁以后开始学习宋元之诗,不再囿于盛唐大家),后来也变得十分偏激,反而助长了门户之见。怪不得黄宗羲不喜欢卷入唐宋之争,他批评当事人'争唐争宋,特以一时为轻重高下,未尝毫发出于性情';他曾感慨地说:'但劝世人各作自己诗,切勿替他人争短争长。'"❷孙康宜的这段话如果移之于现代红坛(红学)是否有效了呢?是否同样存在某种"影响的焦虑"?红学各派之争的激烈程度是否也如党争一般地"形同水火"呢?周策纵所说的"一察之好"是否存在呢?如果以上的情形并不存在,那么,又该怎样理解周汝昌所宣称为了学术的"存在权力"而自卫的说法呢?(笔者按:这一说法见周汝昌给梁归智信,信中道:"我们看来一清二楚的,简单不过的,庸人蠢人却说'不然'——所以我们很'苦',和此二种人对话,多冤枉!!但现实却恰恰要求我们针对这'两种人'作不倦的斗争工作。苦在这儿,意义也在这儿:古往今来,凡真理都得先战胜此'两种人'才获得自己

---

❶ 漆永祥:《清学札记》,北京联合出版公司2017年版,第74–75页。
❷ 孙康宜:《文学经典的挑战》,百花洲文艺出版社2002年版,第38页。

的'存在权力'的!!!呜呼。"❶)笔者以为,黄宗羲的态度倒是可以为当今红学中人所借用——争唐争宋,特以一时为轻重高下,未尝毫发出于性情;但劝世人各作自己诗,切勿替他人争短争长。漆永祥在《清学札记》中谈及王鸣盛之贪名自负时说:"鸣盛自负自傲,亦所谓有恃无恐者也。惟其好诋诃先辈时贤,其妻弟钱大昕曾撰文以劝,以为'学问乃千秋事。订讹规过,非以訾毁前人,实以嘉惠后学。但议论需平允,词气需谦和。一事之失,无妨全体之善。不可效宋儒所云,一有差失,则余无足观尔。郑康成以祭公为叶公,不害其为大儒;司马子长以子产为郑公子,不害其为良史,言之不足传者,其得失固无足辩。即自命为立言矣,千虑容有一失;后人或因其言而信之,其贻累于古人者不少。去其一非,称其百是;古人可作,当乐有诤友不乐有佞臣也。且其言而诚误也,吾虽不言,后必有言之者,虽欲掩之,恶得所掩之。所虑者,古人本不误,而吾从而误驳之。此则无损于古人,而适以成吾妄'。钱氏此论,则不仅为王氏说法,乃学界当共守之法戒也。"❷ 无损于古人,无毁于今人,何乐而不为哉!

周策纵所说的"一察之好",毕竟还有这么"一察"。最可怕的是连这"一察"都干脆省去的"不察之好",只是凭着一己的好恶爱憎,便"信口开河"起来。这种情形尽管最为可怕,却也在学术环境中如鱼得水地生长着,俨然成了另一股风潮。且看钱穆次子钱行所著《思亲补读录——走近父亲钱穆》一书中《评书评人当先读书》一文如何说:"要对一本书做辨析批评,至少得看完这本书,最好还能读读这本书作者的其他有关著作。例如批评钱先生这书(笔者按:指《钱穆印象》一书的作者对钱穆所著《从中国历史来看中国民族性及中国文化》的辨析批评),最好也读读《国史大纲》《中国历代政治得失》,等等,如果在本书和这些书中的有关论述都不能成立,那批评或许就能成立了。而现在的批评者却不这样做,反而特地声明'听说他写过《国史大纲》之类,我没有读过,不知道有没有与人不同之见'。只读了'八千字',就敷衍成洋洋大文,如果不预先说明是钱先生的学生所写,或许会误以为是余杰、王朔或是谁的作品呢。而编者先生说他'毕竟不辱师教'的判断,也变得值得怀疑起来了。'听说他写过《国史大纲》之类'一语,

---

❶ 梁归智:《周汝昌红学五十年感言》,载《黄河》1997 第 6 期。
❷ 漆永祥:《清学札记》,北京联合出版公司 2017 年版,第 141 页。

更显得有失学者风度,不大符合'吾爱吾师更爱真理'的精神。"❶ 可见,这位被编者称之为"钱穆弟子"者所为,显然违背"师教",当然也就不可能按照周策纵倡导的"自讼"精神以自励了。如果这位批评者"钱穆弟子"的身份属实,他的确要承担败坏师门之教和学术风气的罪责了。(笔者按:根据钱行所说"《钱穆印象》一书,这文被列最后"❷ 的提示,经查由学林出版社 1997 年 12 月出版的李振声编《钱穆印象》一书目录可知,这位"钱穆弟子"即张中行,其回忆文章题名《关于吾师》。无独有偶,这位"钱穆弟子"又在《胡博士》一文中又大谈胡适的"公报私仇",引起"胡适研究"专门家程巢父的一番感慨:"张先生在几近耄耋之年进入高产期既有利又有弊。利是出清底货,抢救资料;弊是出多进少,货源日蹙。文人的最佳写作状态最好是一半写一半读,或者读多写少。腹笥又是别于货栈的。前者是不怕积压过剩的。在来者不拒之际,张先生的笔下也就随便了……张先生晚年高产的短处就在于:写得太多而汲取较少。一是对胡适的著作读得不多;二是写此文之前,大概没通读过一部《胡适年谱》,否则,张先生不会写出关于林损解聘那一段话。"❸"那一段话"中谈到胡适"公报私仇"。)问题的可怕还在于,尽管这是个例,却又是一个范例,即"钱穆弟子"可为者,孰不可为?"我没有读过,但我照样批评!"——是可忍,孰不可忍?

笔者以为,周策纵的治学态度显然受了戴震"不以人蔽己,不以己自蔽"倡言的影响。梁启超曾评价道:"'不以人蔽己,不以己自蔽'二语,实戴一生最得力处。盖学问之难,粗涉其途,未有不为人蔽者;及其稍深入,力求自脱于人蔽,而己旋自蔽矣。非廓然卓然,鉴空衡平,不失于彼,必失于此。"❹

(二)《红楼梦》研究方法:重视综合研究

1980 年首届国际《红楼梦》研讨会上,周策纵提出"多方研究《红楼梦》"的看法,这一看法又在哈尔滨"第二届国际《红楼梦》研讨会"上重提。(笔者按:《多方研讨〈红楼梦〉》一文作为"编者序"最先收入周策纵

---

❶ 钱行:《思亲补读录——走近父亲钱穆》,九州出版社 2011 年版,第 182 页。
❷ 钱行:《思亲补读录——走近父亲钱穆》,九州出版社 2011 年版,第 182 页。
❸ 程巢父:《思想时代——陈寅恪、胡适及其他》,北京大学出版社 2013 年版,第 200-201 页。
❹ 梁启超:《清代学术概论》,中华书局 2010 年版,第 52 页。

编《首届国际红楼梦研讨会论文集》,该论文集由香港中文大学出版社 1983 年出版。) 应当说,周策纵重视《红楼梦》综合研究的想法并非一时兴起,而是由来已久。如他所说:"像大家都知道的,后来在中国大陆就发动了对这种红学,以至于对胡适思想的猛烈批判。当时我曾和胡先生谈起这个问题,他不但不生气,反而非常开心,向我细说那些人怎样骂他,却并不解释那些人怎样歪曲他;并且托我代找几种我未能见到的批判他的资料;也要我继续探索研究下去。我觉得他这种宽容大度,非常难得。同时便向他提到我认为红学应从各种角度各种方向去研究的看法:一方面要像他已做过的那样,用乾嘉考证、西洋近代科学和汉学的方法去探究事实真相;另一方面要用中外文学理论批评和比较文学的方法去分析、接受和评论小说的本身,这当然应包括近代心理学、社会学、人类学、语言学、史学、哲学、宗教、文化、政治、经济、统计等各种社会科学与人文科学,甚至自然科学的方法与角度去研究。简单一点说,就是要从多方研究《红楼梦》。这样,就不妨容许各种不同观点和看法或解释。胡先生虽然对曹雪芹、高鹗和《红楼梦》多半已有他固定的看法了,但仍然称许我这些意见,因为我这样提倡欢迎各种不同的研究,基本上还符合他生平治学的态度和精神。"❶ 由此可见,周策纵的意见是受到胡适首肯的,他的意见除了含有对《红楼梦》限于考证方法的不满,也源自他海外问学和研究的经验。周策纵如是说:"关于这个红学的方向问题,这里不妨把我个人三十多年来的一些看法和经验说一说。40 年代中期我曾向顾颉刚先生提出一个问题:为什么近代新《红楼梦》研究都偏重在考证方面?他说那是对过去小说评点派和索隐派过于捕风捉影的一种反感,而且从胡适之先生以来,他们一批朋友又多半有点历史癖和考证癖;当然,无论对这小说怎样分析、解释与评估,总得以实事做根据,所以对事实考证就看得特别重要了。我也很同意这种看法,但同时觉得可惜过去红学家很少有人深刻研究过中外的文学理论与批评。有一次见到罗根泽先生,便劝他向这方面试着去发展,他却自谢不敏,反而要我去努力尝试。我因另有工作,也就搁置下来,没有再去想它了。"❷ 可见,周策纵并不一味地反对或排斥考证,只是感慨《红楼梦》的文学理论研究方面的严重匮乏,这是周策纵竭力倡导"多方"研究《红楼梦》的学术背景。

---

❶ 周策纵:《红楼梦案——周策纵论红楼梦》,文化艺术出版社 2005 年版,第 18 - 19 页。
❷ 周策纵:《红楼梦案——周策纵论红楼梦》,文化艺术出版社 2005 年版,第 16 - 17 页。

  周策纵不仅积极倡导"多方"综合研究，而且坚持积极推广他的倡导。周策纵1963年初到美国威斯康辛大学任教以后，一是开设专门研究《红楼梦》的课程，指导学生"多方"研究《红楼梦》。周策纵指导的学生试用语言学、文学批评和比较文学的方法写出了《红楼梦》分析文章。有位学生名黄传嘉的还首先用统计方式和计算机研究了小说里二十多个叹词和助词，以试测前八十回和后四十回的作者问题。陈炳藻则用更复杂的统计公式和计算机计算了二十多万个词汇的出现频率，写成博士论文。二是积极促成第一届国际《红楼梦》学术研讨会的举办，实现红学在海外的推广。这一届研讨会正是贯彻他的倡导的大好机会，从收到的四十二篇论文中，周策纵分别出十种不同的研究方法，正符合"多方"研究的方向：前人评论检讨；版本与作者问题；后四十回问题；曹雪芹的家世、生活和著作；主题与结构；心理分析；情节与象征；比较研究和翻译；叙述技巧；个性刻画。因此，周策纵很是满意，他说："这正是我们筹备人员所尽力提倡和希望的。同时也可说是我们海外红学界多年来共同努力的方向。"❶ 周策纵在首届国际《红楼梦》研讨会上倡导"多方研究《红楼梦》"，无疑具有相当的感召力。当时，俞平伯这位静观红坛风云变幻的红学老人正在关注着该次大会，并表达了自己的看法。据孙玉蓉编《俞平伯年谱》记述——1980年7月2日复周颖南信："威斯康辛盛会情况，略见报载。如有人以电子计算机来研究《红》，得到前八十回、后四十回是一人所作之结论，诚海外奇谈也。周汝昌拟补曹诗，先不明言，近始说出，态度不甚明朗。吴世昌却硬说是曹雪芹作，周绝做不出，在港《广角镜》以长文攻击，且涉政治，更为不妥。"❷ 尽管缺席大会，俞平伯心系大会之意溢于言表，他所发表的意见不能不引起警惕："海外奇谈"往往与"多方"研究有关联，"奇谈"自然不是红学题中之义。《俞平伯年谱》再记道——1980年7月10：致叶圣陶信，谈到阅读有关国际《红楼梦》研讨会的报道甚多且详：颇多花絮，收获似不多，若此问题原非开会所能解决者。❸ 可见，俞平伯对于研讨会的期望值并不高，因为，"奇谈"也好，"花絮"也罢，终归不能真正解决学术问题。笔者以为，这不妨看作俞平伯不愿参加大会的又一个原因吧。

---

❶ 周策纵：《红楼梦案——周策纵论红楼梦》，文化艺术出版社2005年版，第16页。
❷ 孙玉蓉：《俞平伯年谱》，天津人民出版社2001年版，第442页。
❸ 孙玉蓉：《俞平伯年谱》，天津人民出版社2001年版，第442页。

周策纵在《文史杂谈》一书中说:"我觉得在做学问上,有两个基本的问题。一个是材料的充分掌握,还有一个是材料的充分理解。……做学问就是先把每一个重要的具体问题都解决了,在所能掌握的已有材料的基础上再建一个完美图景。"❶ 周策纵在重视综合研究的同时,同样重视"材料的充分掌握"及"材料的充分理解"这两个基本的问题,不妨看作是周策纵从事红学研究的又一种方法。他曾在《〈红楼梦〉研究在西方的发展——在香港中文大学新亚书院的讲演》中说:"最后,我再扼要的一说,就算中国人自己研究《红楼梦》,最重要的还是资料的掌握和集合,从这次展览的资料和搜集看来,可见各位也知它的重要性,但却还需要努力,把世界各地关于《红楼梦》的资料集中到'红楼梦研究小组'来。我希望各位都能作出更有系统的收集,建立一所和莎士比亚纪念图书馆媲美的'红楼梦研究图书馆'和'博物馆'。"❷ 周策纵的设想是可取的,遗憾的是至今难以实现而已,非不能也,是不为也。"材料的充分掌握"及"材料的充分理解"并非周策纵的独得之秘,作为一种研究方法,周策纵不仅重视它,同时也在其考论《红楼梦》的过程中熟练地运用它,譬如他撰写的《论关于凤姐的"一从二令三人木"》《〈红楼梦〉"汪恰洋烟"考》等文章,正是"材料的充分掌握"以及"材料的充分理解"的范文。

周庆华在《红楼摇梦》一书中说:"考证派的流风余沫,却也逼出了一点像周策纵《红楼梦案——弃园红学论文集》这种比拟话本小说'说公案'的《红楼梦》论述(周策纵,2000),还算有点趣味。……周策纵说《红楼梦》的公案,范围从《红楼梦》的'本旨'、主题、思想问题及其背景、《凡例》补佚和释疑、跟《西游补》的关系等'大公案'到王熙凤的'一从二令三人木'、'汪恰洋烟'、《痴人说梦》的所记抄本、《犬我谭红》所记残抄本、避讳问题、曹雪芹的家世政治关系、曹雪芹的胖瘦、曹雪芹的笔山实证等'小公案'都紧为涉及;而考索说解也多谨守他自己所悬'广收虑周'的信条(周策纵,2000:1-10),亟欲做到'信而有征'的地步。后者,尤其体现在他另一篇《胡适的新红学及其得失》的长文里;在文中周氏汇整完胡适的新红学要点后,就直捣黄龙而訾议胡适'只会考证而不懂文学'……这真是'滑天下之大稽':一个开启现代红学'风气之先'的人物,居然比

---

❶ 周策纵:《文史杂谈》,世界图书出版公司北京公司2014年版,第67-68页。
❷ 周策纵:《红楼梦案——周策纵论红楼梦》,文化艺术出版社2005年版,第371页。

谁都要小看《红楼梦》！周氏这一考证，又可以制造一个特习的公案，永远留给后人'百思不得其解'。所谓'还算有点趣味'，就是类似这种案语所触及的红学家自我矛盾（吊诡）现象。"❶ 这"广收虑周"的信条不妨看作对"材料的充分掌握"及"材料的充分理解"的概念化。周庆华接着说："《红楼梦案》所处理的旧疑案，姑且不论'解'得几分，周氏'力求与人异'的执着态度及其'广牵旁击'的功夫，却无意中彰显了长年旅居海外的实证派学者的风采；而这跟有类似际遇但不过是半吊子的考证学家（如胡适辈）有着相当程度的不同。前者还知道把它局限在'文学考证'的范畴；后者则越位去从事'泛政治'的批判，彼此有'贴近'和'背离'的认知或修养上的差异。所以说周氏的做法给人有'贴近'的感觉，是因为他的'语感'特强，而在解文析义上大多能见'力'道；尤其他自己家也作诗……虽然考证派红学家都会自诩是科学断案，但像周氏这样有文学底子的人，谈起《红楼梦》还是'饶有兴味'。底封面作者简介，说他'发表中英文著作和论文多种，涉及文学理论、诗词考评、经典新释、红学、古文字学、史学、中西文化、现代化，以及政论、时论；又有书法、绘画、篆刻、对联、集句、回文、新诗及旧体诗词等论文及创作，并翻译过多部外国诗集和诗篇'。原来《红楼梦》一书所透露的原作者多方面的才能，周氏也多具备（才有办法外发为'敏锐发掘'的长才）；而这或许就是此后《红楼梦》的研究者仍旧不免要牵涉考证所可以追随的一个典范吧！"❷"力求与人异"与"广牵旁击"同样可以看作对"材料的充分掌握"及"材料的充分理解"的概念化。总之，周氏所谨守的学术信条，他的执着态度，他掌握材料和理解材料的功夫，这些足以确保他的《红楼梦案》能够形成相应的学术影响。

二、关于"新校本"的意见和建议

王润华所著《华裔汉学家周策纵的汉学研究》一书设有"周策纵的曹红学"一章，尽管所述周策纵"曹红学"文字不乏重复平铺和不够严密之处，

---

❶ 周庆华：《红楼摇梦》，台北里仁书局2007年版，第250-251页。
❷ 周庆华：《红楼摇梦》，台北里仁书局2007年版，第252-253页。

然而，仍具有参考价值。他说："周教授政治学博士出身，社会科学、历史学治学方法与精神主导其资料分析，讲究事实证据，客观史学，始终严格监控着红学界望文生义的凭臆测、空疏的解读。加上他的校勘、训诂、考证的功夫高强，很客观的史学训练，使他很清醒地看待胡适及后来的学者，对清代一首旧诗中的注释：'《红楼梦》八十回以后，俱兰墅所补'的'补'字的含义，他认为这不是'补作'（续书），只是修补……由于红学家多数没有受过纯文学的训练，他们多是一批有考古癖的人，总是从收藏价值来看文学，以为是时间愈早的脂批本愈有价值，所以近年出版新校本，于是把八十回的脂批本代替了程高本的排印本，理由是初稿接近作者的原貌。懂得文学创作的人，都知道作家通常都以最后改定稿为本。所以他对时下红学界很失望……他以人民文学出版社1958年俞平伯先生校订的《红楼梦八十回校本》和该社1982年中国艺术研究院红楼梦研究所校注的《红楼梦》（两部都以脂本做底本，前者用有正本，后者用庚辰本）与传统流通本（程高本）比较，文字相差无几，前者的文字不通之处甚多。"❶王润华称周策纵"始终严格监控着红学界望文生义的凭臆测、空疏的解读"，这一判断是否确论先不说，至少可以说，周策纵是倡导红学研究学风建设的热心者无疑。至于说红学家"多是一批有考古癖的人，总是从收藏价值来看文学"，这就不免"雾里看花"，而非"入乎其内"之论。说到"他对时下红学界很失望"，尤其对流传的两种《红楼梦》校注本感到失望，即对人民文学出版社出版的俞平伯先生校订的《红楼梦八十回校本》和中国艺术研究院红楼梦研究所校注的《红楼梦》新校本感到失望，这确是实情，也确实值得认真关注。

周策纵在为哈尔滨"第二届国际《红楼梦》研讨会"论文选集所作的序言"《红楼》三问"一文中，曾提出三个问题加以陈述：一是《红楼梦》为什么这样有吸引力？二是著者问题能这样决定吗？三是新校本是否较好？其中第三个问题曾被收入周策纵著《弃园文粹》中，标题是《〈红楼梦〉新校本是否较好》。周策纵对于"新校本"的意见之所以值得关注，是因为不仅提得早，而且意义重大。周策纵说："我想提出流行的定本这个问题来谈谈。自从六十多年前新红学发展以来，我们已发现了许多抄本和早期排印本与刻本，因此也编校出版了好几种新版本，影印了好几种珍本。在编校方面，像

---

❶ 王润华：《华裔汉学家周策纵的汉学研究》，学苑出版社2011年版，第65-66页。

早期的汪元放，后来的俞平伯、冯其庸和香港的赵聪、台湾的潘重规先生等，都曾做过很好的努力，效果各有不同。我觉得这个版本流通问题，应依读者的性质不同，分两类来处理：研究者和普通读者。对研究者来说，问题本来比较简单，只要把各种有价值的版本，照原样原色影印流通就可以了；其次就是供给一种最完备的汇校集注本。这后一工作，我们多年前就在香港中文大学鼓吹进行，后来在首届国际研讨会上又提倡过，并展览商讨了式样。这次哈尔滨会上海外学人并联名呼吁尽快影印和编印这两种版本。最近列藏本和舒序本的影印，自然值得欢迎。我们还希望梦觉主人序本、蒙古王府本、南图本，以至程甲、乙、丙本等都能尽快影印出版。汇校本也盼望早日完成。"❶ "效果各有不同"，这是周策纵对自汪元放以来直到冯其庸主持校订《红楼梦》的评价，这一价值判断预留的可理解空间很大。为什么要做这样一种判断？应该说，周策纵试图在这个问题上避免更大的争议，迄今为止的《红楼梦》新校本并没有统一的标准，分歧很大，当然，也是良莠不齐。周策纵认为，应将版本流通按照读者的性质不同分两类处理，即研究者和普通读者，这一意见自有道理。此前，俞平伯在《红楼梦八十回校本序言》中就说过："我们整理本书的目的，不能简简单单只重研究者的参考，而必须兼顾一般阅读者的需要，其理由实在此。"❷ 至于周策纵说"对研究者来说，问题本来比较简单，只要把各种有价值的版本，照原样原色影印流通就可以了"❸，这一看法似并不见得切实，周策纵显然是对研究者很放心，以为研究者都达到了能够读懂"各种有价值的版本"的水平。

周策纵尤其在列举了冯其庸主持的"新校本"诸多问题和不足的同时，提出了自己的意见："我的意思只是，在重订给一般读者用的定本时，也许得实事求是，不可过于轻视程、高本才好。"❹ 可见，周策纵并不赞同"过于轻视程、高本"而唯脂本为尚的做法。尽管"这个求接近作者原貌的用意当然是无可厚非的，可是这却要解决两个前提：一个是，我们能肯定排印本上的异文不是根据早期的抄本吗？这又牵涉到上文说过的老问题，程、高早就交代过，他们是'聚集各原本详加校阅，改订无讹'的，是'广集核勘'过

---

❶ 周策纵：《红楼梦案——周策纵论红楼梦》，文化艺术出版社2005年版，第36－37页。
❷ 俞平伯校、启功注：《红楼梦》，人民文学出版社2002年版，第1354页。
❸ 周策纵：《红楼梦案——周策纵论红楼梦》，文化艺术出版社2005年版，第36页。
❹ 周策纵：《红楼梦案——周策纵论红楼梦》，文化艺术出版社2005年版，第40页。

的。我们实无充分证据来否认他们这些话,硬说他们没有根据,件件是臆改;即使我们找到他们有臆改处,也仍然不能以偏概全,否定一切。另一个前提是,在这许多版本或抄本中,到底哪一个是作者校后的定稿?当然能找到初稿、再稿等,自有许多用处,因为正像写诗一样,作者后改定的稿子有时也不一定胜于前稿。不过后来的改定稿至少表示那是作者经过考虑后他自以为是较好的了。在这种情况下,就不能说稿子越早的越好。可是这些年来,我们一方面还很少能判断哪一个版本在先,哪一个在后,尤其是其间的明确继承关系往往还弄不清,却大致凭臆测,尽量采用我们认为较早的版本,而且总以为过录的抄本较可靠。自然,有些地方由于参照过的本子比过去的编辑出版者多了些,(这是指从前程、高以后的编辑出版者说的。程、高所见的抄本不比我们所见少。)也就有许多改良之处;可也有不少地方反而选用了更不通顺或较坏的字句。这样,对一般读者来说,反而弄得更糊涂了。至少有些地方比程、高本还坏"❶。譬如以《红楼梦》第一回开场白为例:比较过去通行的程甲本与俞平伯校订的《红楼梦八十回校本》(以有正本为底本)和冯其庸主持的中国艺术研究院红楼梦研究所"新校本"(以庚辰本为底本),后者"都和上引传统流通本有好些不同文字"❷。如将"而借'通灵'说此《石头记》一书也"改作"而借'通灵'之说,撰此《石头记》一书也","之说"颇为不通。又程本:"皆出我之上",将四字连读的"出我之上"改成"皆出于我之上",反而读来显得迂缓,至少并无益处。程本:"我堂堂须眉,诚不若彼裙钗",把这句肯定句改成了疑问句"何我堂堂须眉,诚不若彼裙钗?"所谓"堂堂须眉",本有点大男人主义的气味,这是习俗变成了成语,大约曹雪芹拿着也没有办法,但他原意是十分肯定自己比不上那些女孩子,所以还用了"诚"字,现在加了一个"何"字在句首,显得很不舒服,减少了自悔自慊的意味,增加了大男人主义的气氛;且这"何"字对"诚"字也发生了质疑,好像在问:"真的不如她们吗?"这就更大煞风景了。❸此类例举分析不再一一照录,总之,在周策纵看来,俞平伯校本和冯其庸主持的"新校本"因过于相信脂本,也就"过于轻视程、高本","臆测"之处难免,"对一般读者来说,反而弄得更糊涂了"。当然,周策纵并没

---

❶ 周策纵:《红楼梦案——周策纵论红楼梦》,文化艺术出版社2005年版,第37-38页。
❷ 周策纵:《红楼梦案——周策纵论红楼梦》,文化艺术出版社2005年版,第39页。
❸ 周策纵:《红楼梦案——周策纵论红楼梦》,文化艺术出版社2005年版,第39页。

有犯那"以偏概全"的毛病，而是客观审慎地说："固然，以上所举，并不能代表这三种版本的全貌，后出的这两个校注本，自然有许多别的优点和贡献。"❶ 既然"有许多别的优点和贡献"，又同时存在"臆测"之弊，这可以看作周策纵所说的"效果各有不同"的意思，这不同的"效果"当然要依据各自"臆测"和"优点和贡献"的程度来判断其优劣。可见，周策纵并不满意这两种"新校本"，因为，它们都以脂本为底本，过于相信脂本而排斥程高本了，这与周策纵的校订原则和理想出入很大。周策纵坚持认为，在时间和出版方面高鹗不可能补作后四十回。新校本把曹雪芹、高鹗列成合著，一定是受过去习惯流行看法影响的结果，像冯其庸教授那样博学慎思的专家，一定不会坚持这样做的（笔者按：冯其庸主持的"新校本"第三版题名已经改成"曹雪芹著，无名氏续，程伟元、高鹗整理"）。程伟元努力搜集的版本，可能比古今任何红学家的都多，他处理的态度，也相当谨慎，非常忠实。裕瑞的猜测（即八十回后是另外有人补作或拼凑，程伟元努力搜集得的本子是伪作），确实相当疏忽而轻率。不过我们仍然承认他怀疑程伟元搜得的是伪作这一点，还是值得考虑的。我们本来也不否认后四十回也可能经过较多的修补，仍然不能证明全文是伪作。所以直到现在为止，我们所见的各种百二十回本《红楼梦》，还只能题作"曹雪芹著"，至多只能加上"程伟元、高鹗修订"或"编辑"字样。❷ 不过，即便"伪作"这一点上还是值得考虑的，周策纵仍对后四十回情节和文字问题有自己的看法：前后偶有不符，原不足怪。至于说脂批提到的像狱神庙、"情榜"等情节，后来迷失无稿，可以解释成——曹雪芹或因偶然失去数页，索性不顾，就改写过了；或因自觉前稿不好，或听了亲友意见，像删削"淫丧天香楼"情节一般删改过了，这有什么不可能？❸ 周策纵的以上意见不可能被普遍认可，但这些意见终归是基于他对已有的研究成果及文学创作的基本规律掌握基础上的认知，可以被质疑，不可轻易否定，后四十回的著作权问题至今没有定论。尤其值得注意的是，周策纵提出的《红楼梦》题名的建议，已经获得当下流行最广的冯其庸主持校订的"新校本"的回应，即"新校本"第三版题名为"曹雪芹著、无名氏续"。其他如被周汝昌称道为"我最喜欢的本子"即《蔡义江新评红

---

❶　周策纵：《红楼梦案——周策纵论红楼梦》，文化艺术出版社2005年版，第40页。
❷　周策纵：《红楼梦案——周策纵论红楼梦》，文化艺术出版社2005年版，第32－34页。
❸　周策纵：《红楼梦案——周策纵论红楼梦》，文化艺术出版社2005年版，第33页。

楼梦》（龙门书局 2010 年出版）则题为：曹雪芹原著，畸笏叟等始评，脂砚斋重评，佚名氏续作，程伟元、高鹗补订。但是，蔡义江并不赞同周策纵"过于轻视程、高本"的意见，而是认为"以脂评本为前八十回底本的俞平伯校本和红研所新校本的方向是绝对正确的"❶。

不过，蔡义江在对待红研所"新校本"的态度上显得要比周策纵表现得更为爱憎分明，立场鲜明。他认为："我经过反复比较研究，认为要搞出一个真正理想的本子，选择某一种抄本为底本而参校其他诸本的办法，对于《红楼梦》来说，并不是最好的办法。"❷ 蔡义江首先否定了"新校本"的做法，并将甲戌本与庚辰本比较，认为甲戌本的价值明显高出庚辰本。他说："那么，以也属比较早而且比较全的庚辰本（存七十八回）作底本，拿甲戌本来参考校订，缺的两回再用别本补足的办法，行不行呢？我以为不行。参照校订与作为底本是不同的。明显的漏文如甲戌本独有的石头求二仙携其下凡，二仙将石头变成美玉的四百二十多字，固可以补上，但其他与甲戌本大量的异文怎么办呢？若都照甲戌本校改过来，那就不是以庚辰本为底本了。所以只能校改些明显有误的字句，其他看去可通的都只好用底本文字不改了。而且有许多底本上坏的、错的地方还不容易发现或判断。这实际上是将前八十回文字的五分之一，以不合格的次品替代了正品。数月前，法国的陈庆浩兄来北大讲课，他邀我前往。于是我们有聚谈、讨论的机会。他谈起庚辰本来，比我的评价还低，以为是一个相当糟糕的本子，不明白为什么有些人要以它为底本。他一语道破地说，以庚辰本为底本的校本，就是'先天不足'。"❸ 其实，在陈庆浩谈论庚辰本之前，俞平伯已经在《脂砚斋红楼梦辑评》"引言"中说过："最大的毛病，这些抄本都出于后来过录，无论正文评注每每错得一塌糊涂，特别是脂砚斋庚辰本，到了七十回以后，几乎大半讹谬，不堪卒读。"❹ 是一个相当糟糕的本子吗？冯其庸可并不这么看，他在《〈红楼梦〉校注本三版序言》中说："现在看来，当时的这个选择是正确的。广大读者和研究者接受和认可这个本子就是最好的证明。"❺ 当然，这"广大读者"之中至少并不包括蔡义江或者周策纵，应该还有一些例外，至今还没

---

❶ 蔡义江：《增评校注红楼梦》，作家出版社 2007 年版，第 5 页。
❷ 蔡义江：《增评校注红楼梦》，作家出版社 2007 年版，第 7 页。
❸ 蔡义江：《红楼梦答客问》，龙门书局 2013 年版，第 237 页。
❹ 俞平伯：《脂砚斋红楼梦辑评》，中华书局 1960 年版，第 2 页。
❺ 中国艺术研究院红楼梦研究所校注：《红楼梦》，人民文学出版社 2008 年第 3 版，第 1 页。

有人做过认真翔实的统计。当然，周策纵的"不满意"和蔡义江的"不满意"显然不同，不仅只是程度上的不同。

既然选择一种底本的办法是不可取的，那么，可取的做法是怎样的呢？蔡义江提倡"择善而从"的整理校勘原则，首先要尊重甲戌本，他自己三次整理《红楼梦》本子都是遵照这个原则和思路做的。他说："唯一妥善合理的办法是用现存的十余种本子互参互校，择善而从，所谓'善'，就是在不悖情理和文理的前提下，尽量地保持曹雪芹原作面貌。"❶ 所以，蔡义江对同样尊重甲戌本的校注本总是很欣赏的，"我比较欣赏的是刘世德校注本（江苏古籍出版社）和郑庆山《脂本汇校石头记》（作家出版社）。他们都很尊重甲戌本，是按'择善而从'原则选择底本的"❷。这一"择善"的原则，俞平伯在1953年校勘《红楼梦》八十回本时就已经提出了。那么，俞平伯提倡的原则与蔡义江的原则有什么本质不同吗？应该没有。俞平伯在《红楼梦八十回校本序言》中说："大体上我也拟了三个标准如下：（一）择善，（二）从同，（三）存真。主要是择善，从同存真只是附带的。"❸ 王湜华在《红学才子俞平伯》一书中这样评述："他定的校勘原则又有'择善而从'一条。以他熟读与研究的功力为基础，定此原则是很好的，因为各抄本皆为抄胥的手笔，错别字甚多，均不足以为定本的依据，必须有真正的红学家来'择善而从'地校订。当然，校订者也仅是一家之言，要得到大家的认可，又非易事。当时俞平伯勇于承当此任，很值得敬佩。"❹ 王湜华又说："这一校法出于真正红学大家之手，至今看来，它的长处还是有的。它与现在通行的，以庚辰本为底本的《红楼梦》校本相比，从文字的通畅与优美而言，是远远胜出一筹的。"❺ 在王湜华看来，"真正的红学家"才具备校订出好本子的手眼，俞平伯就是这样一位"真正红学大家"。王湜华对以庚辰本为底本的《红楼梦》校本同样"不满意"，这样看来，也是不能计算在"广大读者"之列了。这种对以庚辰本为底本的《红楼梦》新注本的"不满意"又岂止蔡义江和王湜华两位老先生呢？有的中年研究者同样"不满意"，譬如首次提出明清小说研究"借音字说"的王夕河在他的《〈红楼梦〉原本文字揭

---

❶ 蔡义江：《增评校注红楼梦》，作家出版社2007年版，第13页。
❷ 蔡义江：《红楼梦答客问》，龙门书局2013年版，第237页。
❸ 蔡义江：《红楼梦答客问》，龙门书局2013年版，第1358页。
❹ 王湜华：《红学才子俞平伯》，北京大学出版社2006年版，第92页。
❺ 王湜华：《红学才子俞平伯》，北京大学出版社2006年版，第112页。

秘》一书中，以大量的例证表明：甲戌本是最符合曹雪芹文字原貌的抄本，也是最珍贵的脂本，而庚辰本并不是最符合曹雪芹文字原貌的抄本，也不是最珍贵的脂本。王夕河提出了自己深思熟虑的《红楼梦》校注原则："依照甲戌本原文，参考己卯本、庚辰本等早期抄本作合理的文字校注，当是不二的选择。可惜此本只存十六回，哀哉伤哉！甲戌本若存全貌，《红楼梦》校注本中的很多文字绝不会是今天这个样子，曹氏原文也一定会更具艺术感染力！"❶ 王夕河的观点值得关注，他对甲戌本的珍视是建立在方言俗语考论并辅以文意甄别基础上的，他所列举的典型例证均为甲戌本、己卯本、庚辰本三本中共有的，并由此证明其论断的可信性。

尽管以庚辰本为底本的校注本（红楼梦研究所校本）并没有在《校注凡例》或者序言中明确强调"择善"的原则，但从其再版序言中坚信"我们的校勘工作做到了审慎和准确"❷这一点来看，如果不是本着"择善"的原则，何以确保"审慎和准确"呢？况且由于"审慎和准确"的践行，新校本出版以来已经在读者中产生了很大的影响，这又该如何看待呢？对此，蔡义江发表了自己的看法："目前，影响最大、销量最多的倒是以庚辰本为底本的校注本。这并不奇怪。我说过，国人崇拜权威。这个本子领头人是大牌专家，署名校注的是大牌研究单位，出版的又是大牌出版社。它在众多出版的《红楼梦》本子中，占据了最重要的地位是必然的。参加该书校注的同志都是我的朋友，我很尊重他们出色的工作和劳绩。书有所不足，不是他们的责任。我只是认为以庚辰本为底本的决策欠妥、不科学，故提出了上述的一些看法。"❸ 看来，凭借"权威"造成的影响并不能如实反映真正的学术影响。那就是说，如果"权威"掌握"真理"，"崇拜"并不可议；如果"权威"并不掌握"真理"，"崇拜"就一定可议。譬如说"以庚辰本为底本的决策欠妥、不科学"，就是说"权威"并不掌握"真理"。由以上推论可见，周策纵对"新校本"的意见之所以说"意义重大"，其中关涉"求真"与"盲从"的大是大非问题。当然，周策纵也一定不会完全赞同蔡义江的态度，尤其蔡义江在整理校勘过程中始终坚持"崇尚甲戌本、肯定脂本、贬斥程高本"的做法。也一定不会赞同诸如《蔡义江新评红楼梦》及那些很尊重甲戌本的

---

❶ 王夕河：《〈红楼梦〉原本文字揭秘》，合肥工业大学出版社2013年版，第221页。
❷ 中国艺术研究院红楼梦研究所校注：《红楼梦》，人民文学出版社2008年第3版，第1页。
❸ 蔡义江：《红楼梦答客问》，龙门书局2013年版，第237页。

"新校本"就是"最好"的校本的认定,只能是"效果各有不同"而已。

那么,如何看待周策纵、蔡义江关于新校本的意见和建议呢?笔者以为至少有三点:一是看其学术用心;二是看其举证(或校订)过程;三是看其可资参考的价值。三者兼顾则效果可观,三者有缺则效果打折。具体说,其学术用心是出于为了求真以更好地为读者服务,还是为了自我标榜;其举证(或校订)过程是严谨的,还是粗疏取巧的;其可资参考的价值究竟有还是无,多还是少。那么,作为读者,又该如何对待各种新校本呢?答案不言自明:"择善而从"。唐德刚曾说:"《红楼梦》是个无底洞,希望将来有大批专家通力合作,把各种版本集合在一起,来逐字逐句做过总校再做出最精辟的诠释来,那就是我们读者之福了。"❶ "大批专家通力合作""各种版本集合在一起""逐字逐句做过总校""再做出最精辟的诠释",这些关键词是唐德刚所理解的"校出一个好本子"的必要方面,可谓方家之言。"校出一个好本子"的愿望始于胡适,他第一个把小说当成一项"学术主题"来研究时,希望"搜寻它们不同的版本,以便于校订出最好的本子来"❷。所谓"最好"的本子其实只能是一种美好的愿望,因为关于《红楼梦》的成书过程及脂本、程高本的意见分歧一直尖锐地存在着,即便哪一天这些分歧意见果真达成了相对一致,那也只能期望校订一个"更好"(周策纵使用的词是"较好")的本子,并无"最好"的本子可以期待。可以肯定地说,倘若果然校订出一部"更好"的本子来,这不仅是周策纵的期待("供给一种最完备的汇校集注本"❸),那也一定是《红楼梦》读者的最大幸福了。

三、"两周"(周策纵和周汝昌)交谊关乎红学

"两周"(周策纵和周汝昌)交谊关乎红学。周汝昌曾不无自豪地说:"'两周'者,海外称他为'西周'。不才为'东周'。"❹ 周汝昌在接受《北

---

❶ 唐德刚:《史学与红学》,广西师范大学出版社2008年版,第243页。
❷ 唐德刚:《胡适口述自传》,广西师范大学出版社2005年版,第226页。
❸ 周策纵:《红楼梦案——周策纵论红楼梦》,文化艺术出版社2005年版,第36页。
❹ 周汝昌:《天地人我》,江苏文艺出版社2011年版,第350页。

京大学学报》主编龙协涛的访谈时,解释了"东西两周"的蕴意。他说:"'两周'之说是在国内召开国际红学会时提出的,流传颇广。策纵先生并非'专业'研红者,而他有胆有识,首创了在美召开的大型国际红学会,此一创举,影响巨大,可以说不仅是与国内研红事业互为响应,拓展了红学园地与影响,也对国内红学水平的提高不无裨益。策纵先生是位综合性学者,古今中外皆通,从甲骨文到'五四运动'都有专著,而且传统格律诗与白话'新诗'都写得出色。他有文采,有灵性,又致力于向西方介绍中华文化。所以他的'红学'也不是'小说文艺'之谈,而这一方面与我的共识就不简单肤浅了。'两周'之说虽一时戏言,倒也可以发掘其间的隐蕴。"❶"两周交谊"既然存在"隐蕴","发掘"应有必要,因为,作为红坛大事,既关乎周策纵与周汝昌之间的友谊,又关乎红学内外之际遇,甚至关乎世运人情遭遇。

周策纵与周汝昌的"交谊"可分成三阶段:一为相认相识期:首届国际《红楼梦》研讨会前后(1980);二为知音会赏期:周汝昌赴美国讲学期间(1986);三为相敬如宾期:1997年北京国际红楼梦学术研讨会之后。这里打个比方:正如情人之间的感情,由初恋而热恋,热恋而相敬如宾;密情悦意之后归于平淡,感兴勃发之后回归理性。先来看"相认相识期"的"两周交谊"——《弃园文粹》收录了一篇撰述于1980年的短文,题为《与周汝昌教授谈红》,此短文也是周策纵为周汝昌著《曹雪芹小传》"序"的末段,周策纵为周汝昌所著《曹雪芹小传》作序一事,周汝昌是十分感念的。该文开篇道:"我想提一下我和周汝昌订交的经过。因为这与我们研讨曹雪芹和《红楼梦》也不是无关。1978年七八月间,我回到'一去三十年'的祖国来访问。在北京的短短几天里,除了探访古迹名胜之外,为了我当时正在提议筹开一个国际《红楼梦》研讨会议,很想会晤几位红学专家。除了更老一辈的学者如俞平伯先生之外,当然首先就想到了周汝昌先生。"❷ 周策纵于8月22日与周汝昌畅谈整个下午,谈话开始不久,周策纵把自己几年前作的一首小诗《客感》给周汝昌看,颈联道:久驻人间谙鬼态,重回花梦惜天工。周

---

❶ 周伦玲:《似曾相识周汝昌》,百花文艺出版社2011年版,第317页。龙协涛访谈《红学应定位于"新红学"——访著名红学家周汝昌先生》一文,原载《北京大学学报》1999年第2期。

❷ 周策纵:《弃园文粹》,上海文艺出版社1997年版,第83-84页。

汝昌读了便静静地说："你诗作到这样，我们是可以谈的了。"❶ 周策纵与周汝昌的"订交"过程留下了若干首唱和诗，时间在 1978 年七八月间。先是周策纵寄给周汝昌四首：（一）故国"红楼"竟日谈，忘言真赏乐同参。前贤血泪千秋业，万喙终疑失苦甘。（二）百丈京尘乱日曛，两周杯茗细论文。何时共展初抄卷，更举千难问雪芹。（三）逆旅相看白发侵，沧桑历尽始知音。尔曹若问平生意，读古时如一读今。（四）光沉影暗惭夸父，一论"红楼"便不完。生与俱来非假语，低徊百世益难安。诗前有一段小引："燕京与周汝昌学长兄畅论《红楼梦》，归来得书，即以所摄影片奉寄，各系小诗。"❷ 周汝昌则回信附上七律一首：襟期早异少年场，京国相逢讶鬓霜。但使"红楼"谈历历，不辞白日去堂堂。知音曾俟沧桑尽，解味还知笔墨香。诗思苍茫豪气见，为君击节自琅琅。"这首诗不但适切地写出了我们当时谈红的情景，也表现了当代研究红学者的一些感兴。"❸ 周策纵与周汝昌的"订交"关乎曹雪芹和《红楼梦》，关乎红学，因周策纵正欲筹开一个国际《红楼梦》研讨会，当然需要结识周汝昌，周汝昌此后的作为当然也未负周策纵所望。值得注意的是，周策纵在为周汝昌所著《曹雪芹小传》一书"序"文中不仅照录了这四首寄赠诗，更谈了他对红学研究的看法，尤其对曹雪芹名字别号的考辨推论谈了自己的看法，并提出"这个'痴'字在《红楼梦》里是个很重要的意境，是描述'情'的中心观念"❹ 的精辟之见。这一推论使周汝昌兴奋不已："《小传》卷首，即他赐序，为红学史上一重要文章……他在序中首次提出了雪芹书中的'痴'义，是受晋代阮氏诸贤的影响。在他的启示下，我于一九八六年重到'陌地生'而撰作《红楼梦与中华文化》时，便特设了专章细论这个重要的文化精神问题。"❺ 这部《红楼梦与中华文化》一书的"中编"第二章即"痴"，包括三节：第一节，崭新的命题；第二节，雪芹"痴"意；第三节，中华文化上的异彩。周策纵的谈红"感兴"竟能撩起周汝昌的"悟兴"来，着实是红学研究史上的一段佳话。

周汝昌念念不忘"两周"红缘学谊，他在《我与胡适先生》和《天地人我》两部著述中均详细地记述了"交谊"过程。《我与胡适先生》专设"国

---

❶ 周策纵：《弃园文粹》，上海文艺出版社 1997 年版，第 84 页。
❷ 周策纵：《弃园文粹》，上海文艺出版社 1997 年版，第 84-85 页。
❸ 周策纵：《弃园文粹》，上海文艺出版社 1997 年版，第 84 页。
❹ 周汝昌：《曹雪芹小传》，华艺出版社 1998 年版，第 9 页。
❺ 周汝昌：《天地人我》，江苏文艺出版社 2011 年版，第 350 页。

际红缘"一节,他说:"隔时不为太久,美国威斯康辛大学的周策纵、赵冈两位教授已在筹划举办一个国际红学会议。他们先后来京,都曾婉言预示了这一创思,并试探我的健康和意愿,有无可能赴此盛会。我起初是举棋不定的,赴与不赴,各有愿与不愿的心理、健康等因素在等待我做出决断。后来还是策纵先生再函敦促,告我已有多少名流专家应允到会,说我必宜来美才好。我真觉得不应辜负了他与赵冈先生的盛情好意,这才拿定主意:还是走一遭吧,以文会友,也是快事。当然这就有一个问题摆在面前:到了那里,不同国度、地区的与会者,说不定人家要问:你和胡先生的关系如何?'批胡'时你是怎么想、怎么做的,等等。二三至好不免替我预虑,认为影响很大,不可轻忽。其实我倒并无多少顾虑,我只要措词得体,尽可实话实说,一切光明磊落,无有'见不了人'的丑事可言;自家的可议之处,自家坦率检省,也没有'失面子'的心情在干扰我。结果,并无一人向我提及这方面的旧事前车。"❶更令人感动的是,周策纵对与周汝昌的关怀可谓无微不至:"开会了,我吃不惯美国的客餐,周策纵先生特烦高足弟子陈女士为我送'中国饭',真是感在心腹。我每日中午回寓所自己享用这份'乡味'。一日,午会方散回寓,'美国之音'的梁君手携录音机来了,说:请您把声音留在美国吧。我便说道:《红楼梦》是中华文化的精华,是海外华人同胞与我们相互联系在一起的纽带(大意)。"❷当然,更令周汝昌激动不已则是躬逢首届国际红学大会之盛,他说:"一九八〇年夏的国际红学大会,是创举,也是壮举盛会,为红学的声价之远播四海五洲,建有丰功,则策纵兄首倡之力也。我躬与盛会,也是承他力邀而敦促——我因年迈耳坏,本不拟远行,他几次函札'促驾',说:'兄不可不来!'我方决意赴会,不能辜负他如此厚意……此后,他曾多次于信札中提到,他将设法让我重游北美,在那儿多住些时,可得卜邻夜话之乐。"❸周汝昌的赴会弥补了俞平伯"因病缺席"及吴恩裕"仙逝缺席"的遗憾,因为他毕竟曾被胡适称作"我的'红学'方面的一个最后起、最有成就的徒弟",且又因《红楼梦新证》的出版闻名遐迩,也就成为首届国际《红楼梦》研讨会不可或缺的参会代表。

俞平伯"因病缺席"当另有隐情,值得掘隐。据孙玉蓉编《俞平伯年

---

❶ 周汝昌:《我与胡适先生》,漓江出版社2005年版,第174页。
❷ 周汝昌:《我与胡适先生》,漓江出版社2005年版,第176页。
❸ 周汝昌:《天地人我》,江苏文艺出版社2011年版,第351页。

谱》1979年11月26日至1980年6月20日间记述可见,其间多次谈到俞平伯被邀请参加《红楼梦》研讨会之事。特摘录如下——1979年11月26日复周颖南信,信中谈到周策纵来信,邀请俞平伯出席明年夏天在美国威斯康辛大学召开的国际《红楼梦》研讨会之事,说:"我年老有病,且旧业抛荒,自不能去。"❶ "年老有病"是真,"旧业抛荒"是假,正可谓:假作真时真亦假。1980年1月1日复周颖南信,说:"《红楼梦》讨论会将于六月中旬在美国威斯康辛开会,策纵来书意甚恳切,我自因衰病未能去,负此佳约。但总需写些诗歌文章以酬远人之望,亦不能草率,故颇费心。"❷ "策纵来书意甚恳切"一句,不仅表明了周策纵本人的殷切期待,也反映了海外学人的共同期待。1980年5月26日写致"国际《红楼梦》研讨会"信,信中谈了三点意见:(一)《红楼梦》毕竟是小说,今后似应多从文哲两方面加以探讨。(二)建议编一"入门""概论"之类的书,将红学中的"取同、存异、阙疑"三者皆编入,以便于读者阅读《红楼梦》。(三)《红楼梦》虽是杰作,终未完篇;若推崇过高则离大众愈远,曲为比附则冥赏愈迷,良为无益。❸ "三点意见",既迫切又恳切,具有深远的指导意义。这是俞平伯贡献给这次大会的宝贵意见,即"1980年5月26日上国际《红楼梦》研讨会书"。由此可见,"旧业抛荒"之说必假无疑。王湜华对此曾有评说:"如果当时大家能听俞平伯的劝告,红学也不至于走向无谓争论、追求轰动新闻效应的路上去。俞平伯的这三点意见看似简单,除了像他这样真正的红学家,对红学又真情实感,却几十年来一直遭到不公批判的人士写不出来的。"❹ "真正的红学家"一词再次出现,王湜华的用心何在?1980年6月16日至20日:在美国威斯康辛大学召开首届"国际《红楼梦》研讨会",俞平伯是第一位被邀请的中国红学家,因年老体弱,未能到会。因此,他书赠旧作诗《题〈红楼梦〉人物》一首,托冯其庸带到会上,很多人为俞平伯不能出席在美国威斯康辛大学召开的首届"国际《红楼梦》研讨会"而感到遗憾。文船山在《吴恩裕、周汝昌、冯其庸与大陆红楼梦研究》一文中说:"在大陆被邀的学者中,以俞平伯的名气最大,最老资格,50年代以前,他是公认的首屈一指的《红楼

---

❶ 孙玉蓉:《俞平伯年谱》,天津人民出版社2001年版,第431页。
❷ 孙玉蓉:《俞平伯年谱》,天津人民出版社2001年版,第433页。
❸ 孙玉蓉:《俞平伯年谱》,天津人民出版社2001年版,第439页。
❹ 王湜华:《红学才子俞平伯》,北京大学出版社2006年版,第254-255页。

梦》研究家，他亲自审校的《脂评》，是日后许多红学家研究的基础。……海外许多红学家均望有机会与这位集红学研究大家、'五四'以来散文大家和中国最早新诗人一身的才气纵横、学养深厚的长者一谈，以慰三十年来对他的苦难命运的挂怀。但此次他却没法赴会，使许多企望者都感惋惜。"❶ 俞平伯的缺席，使得那些急于一睹其风采的人们甚为失望，再加上吴恩裕因仙逝而缺席，于是，遗憾更添遗憾。

"重游北美"使"两周交谊"进入到"知音会赏期"，这时期要比第一时期丰富多彩。周汝昌说："转眼又到 1986 年之秋。这回仍然是美国威斯康辛大学的周、赵两教授的美意，让我去做一年的鲁斯学人（Luce Schlar）……过了些时日（大约 1987 年），周策纵先生对我说：不久要赴台湾去参加胡适先生逝世二十五周年的典礼会议，来往数日，烦我给他班学生代代课。并说，你如果有纪念诗文，交我带去，最好。我便作了一首七律，他欣然携往了……后来，他的纪念发言文章在台湾《传记文学》发表了，临收尾时，引了拙句，还刊出了我手迹的照片。"❷ 1986—1987 年，周汝昌以访问学者身份，赴美国威斯康辛大学讲学一年。这一年，他不仅撰成了红学名著《红楼梦与中华文化》一书，又受邀请在美国普林斯顿大学、哥伦比亚大学、纽约市立大学、威斯康辛大学讲学。此番访学期间，会见了"海外红学三友"即浦安迪、夏志清和唐德刚，"三友"分别邀请周汝昌赴普林斯顿大学讲论《红楼梦》结构学，于哥伦比亚大学谈讲《红楼梦》，到纽约市立大学谈讲《红楼梦》中华文化意义。谈讲之快意，颇使周汝昌难以自抑，赋诗道："夏唐名士亦鸿儒，浦氏华文能著书。天下奇才何可记，为《红》不碍笔殊途。"❸ 更可见出"两周交谊"的事例就是受周策纵请求，周汝昌为其代课讲座，此番交谊已非一般朋友之谊可比。周汝昌说："他为参加胡适之先生百年诞辰大会而赴台，我为之代课，讲《红楼》，讲宋词，讲古文……受到中国港台地区和韩国男女学子的热情欢迎，临别还依依不舍，盼望我能再讲下去。尤其台湾的张美芳女士，每周必主动开车来一次，帮助买菜购物（在那地旷人稀，商店分散，相距甚远，无车是难以过活的）。真是令人不知何以谢之。——而策

---

❶ 孙玉蓉：《俞平伯年谱》，天津人民出版社 2001 年版，第 440-441 页。
❷ 周汝昌：《我与胡适先生》，漓江出版社 2005 年版，第 187-188 页。
❸ 周汝昌：《天地人我》，江苏文艺出版社 2011 年版，第 359 页。

纵兄虽未明言,我却认为这都是不出他的关心嘱托。"❶ 周汝昌的感动是发自内心的,他的出色表现正是周策纵此番"美意"的预期,学谊与友谊日新月异。

"相敬如宾"期的故事虽然并不如前一时期精彩,却仍有可圈可点之处。据邓遂夫在《红学的世纪回眸与前瞻》一文中回顾:几场骤雨,给酷暑中的北京城送来了几分凉意,1997年北京国际《红楼梦》学术研讨会在这里拉开了帷幕。8月7日至10日,来自海内外的学者120余人会聚在北京饭店,交流学术成果,回顾百年红学的成败得失,展望未来前景,给这个世界东方的大都会增添了一道亮丽的风景线。代表们不仅领略了老一辈红学家如冯其庸、李希凡、陈毓罴、刘世德、伊藤漱平(日本)、周策纵(美国)、张寿平(台湾)等老当益壮的风采(按:周汝昌因故缺席)。❷ 周汝昌为什么竟会"因故缺席"如此盛会呢?似可从邓遂夫的《回眸与前瞻》一文中窥出一些消息:"目前红学研究的学风还不如人意,有的研究者门户观念太深,更缺乏谦虚与求实的态度,不能容忍新的见解,尤其不能容忍与自己的观点相对立的见解,即使意识到自己的观点有误,亦固执己见,抱残守缺,视异己为寇仇。"❸ 如果邓遂夫的观察是可信的,那么,周汝昌此番"因故缺席"与俞平伯的"因病缺席"的处境显然不同。此刻,周策纵是否知情呢?他的一次探访告诉了答案。周汝昌说:"他到京参加'红研所''红学会'主办的国际红学会时,我因与该所该会无关,且连年有人'围剿',无有与会的资格与'脸面'。而开幕式上却说我之不到会是'身体不佳'云云。策纵闻之,当晚即同浦安迪教授(Prof. Andrew H. Plaks,普林斯顿大学东亚系汉学家、小说研究专家)驱车来访——见我怡然自得,健康无恙,不禁哑然失笑。诗云:自疑何事爱《红楼》?惭愧人人话两周。海外谁知有红学,八零一会定千秋。"❹ "围剿"云云,一直以来成为周汝昌斩不断的心结,甚至成了"心魔",是耶?非耶?此可由"福尔摩斯"们探案!笔者关心的则是,周策纵对周汝昌的关心依旧,爱惜依旧。投桃报李,"海外谁知有红学,八零一会定千秋"的褒扬,则又显见周汝昌对周策纵这位海外传播中华文化的学者的

---

❶ 周汝昌:《天地人我》,江苏文艺出版社2011年版,第351页。
❷ 邓遂夫:《草根红学杂俎》,东方出版社2004年版,第504-505页。
❸ 邓遂夫:《草根红学杂俎》,东方出版社2004年版,第504-506页。
❹ 周汝昌:《天地人我》,江苏文艺出版社2011年版,第353页。

无限敬佩之意，此意是恳切的。

"两周交谊"收尾时没有高潮，只从他们各自互致问候的方式已经看不出像前两个时期的那般热情了。先看周汝昌如何说："他在七十五岁总结学术教学生涯时，门生弟子为他征文编一册纪念文集，曾来索稿，其时我忙冗异常，赶论文是无有可能的了，便立赋小诗一首为贺，兼志'两周'的红缘。其句云：鸿蒙一辟镇悠悠，岂必红家总姓周。欲结奇盟动天地，直齐宇宙筑红楼！豪言壮语，我环顾中外，除他之外，无复可语此者，慨然亦复怅然。"❶ 这一次是周汝昌没能回应周策纵的盛情相求，只发表了一番惯见了的豪言壮语，"两周"红缘似乎将尽。再看周策纵的回应：1998年11月，北京市南的北普陀召开庆祝周汝昌八十寿辰、从事红学五十年暨《周汝昌红学精品集》首发式的学术讨论会，"主办者曾发函邀请周策纵先生，惜未能至，却寄来了贺诗，蒙王畅先生邮示。其句云：八十松龄正少年，红楼解味辟新天。两周昔日陪佳话，实证相期续后贤。这首诗，引起了《北京大学学报》主编龙协涛先生的重视，在对我的专访记录中特加论述。及至一九九九年五月，策纵兄到北大开会，龙先生设宴，特召我到郊西去与他相会，重新遂了'两周'的佳话之盟契。此皆可纪之一页也"❷。这一次则是周策纵没有回应，周汝昌却也没有豪言壮语，从其"两周昔日陪佳话"的诗句上臆测，"两周"红缘不能不尽了。其中的原委究竟怎样呢？那就仍旧由热衷于"探案"者掘隐吧！可以肯定地说，"两周交谊"是红学史上一段精彩乐章。

结　　语

童元方在《树荫与楼影——典范说之于〈红楼梦〉研究》中说："孔恩典范之说，是早年之作，至于晚期，他曾说，如重写《科学革命的结构》，他必强调学会与学刊之重要，以期典范共识之形成。今年红楼国际会议之两度召开，与专刊之出版发行，均不异于孔恩晚期主张之方向。而此时又有一现象，即红学家周策纵既出版专书，又负责召开国际会议，正与孔恩晚期之

---

❶ 周汝昌：《天地人我》，江苏文艺出版社2011年版，第351－352页。
❷ 周汝昌：《天地人我》，江苏文艺出版社2011年版，第353页。

论不谋而合。"❶ 童元方对周策纵组织筹划国际《红楼梦》研讨会的意义给予了高度肯定,这可以看作周策纵热衷于"提倡"所结出的硕果。吴组缃曾题咏道:"红楼一梦动寰球,世态风华各异流;堪喜今朝共研讨,东西文化无鸿沟。"❷(吴组缃所作《喜赋二绝句赠国际红楼梦研讨会在美国召开》其一,刊于 1980 年 5 月 5 日《人民日报》,吴组缃是中国红楼梦学会第一任会长。)张惠在《周策纵典范共识的尝试与意义》一文中说:"余英时和周策纵分别在 20 世纪 70 年代和 80 年代依次受孔恩'典范'说和促成会议、刊物的召开、出版以期达成典范共识的践履,正是美国红学保持稳健作风的同时不断求新求变的体现。"❸ 不过,由于周策纵在确立一种"典范"方面难见作为,即便童元方以孔恩晚期主张相许,这"典范共识"毕竟是无法建立起来的。至于是否如张惠所判断那样,即"这虽是周策纵的遗憾,却也是时代发展的必然"❹,尚需要红学发展的时间进程来判定,不可遽然论定。不过,类似的遽然论定在张惠的文章中并不是偶然一见,如所谓"在红学研究日趋多元的情况下,典范共识几乎不可达成"❺ 的大判断,则同样显得并不很可靠。周策纵敬重胡适,热衷于弘扬胡适开出的红学事业,他的"《红楼梦案》一书的根柢与最有创意的地方往往在于实证"。令周策纵遗憾的是胡适并没有坚持把红学事业做下去,正如周策纵的弟子所说:"胡适虽然支持红学研究,但他已逐渐放弃,所以老师自己感到有领导与发展红学研究的使命,这就成为他终生努力的一项学术工作。"❻ 王润华的判断没有错,这正是为什么周策纵热衷于"提倡"的重要答案。周策纵在红学方面的"提倡"呈现出"格局宏大"的特点,除了首届国际《红楼梦》研讨会之外,值得一提的还有他对建立"红楼梦研究博物馆"的提倡。

尽管周策纵因忙于提倡而疏于著述,然而,他所思考的具体问题往往能够切中时弊,为红学发展提出的意见和方案切实而有参考价值。间或也留下了难得的趣闻,譬如他的《有关曹雪芹的一件切身事——胖瘦辨》一文就曾

---

❶ 刘梦溪:《红楼梦十五讲》,北京大学出版社 2007 年版,第 328 页。
❷ 方锡德、刘勇强:《嫩黄之忆——吴组缃先生诞辰一百周年纪念文集》,北京大学出版社 2012 年版,第 27 页。
❸ 张惠:《周策纵典范共识的尝试与意义》,载《红楼梦学刊》2013 第 4 辑。
❹ 张惠:《周策纵典范共识的尝试与意义》,载《红楼梦学刊》2013 第 4 辑。
❺ 张惠:《周策纵典范共识的尝试与意义》,载《红楼梦学刊》2013 第 4 辑。
❻ 王润华:《华裔汉学家周策纵的汉学研究》,学苑出版社 2011 年版,第 57 页。

引起反响。陈诏曾在《曹雪芹胖乎？瘦乎？——刘旦宅为曹雪芹绘新像记趣》一文中叙述：在不久前召开的哈尔滨"国际《红楼梦》研讨会"上，裕瑞的"铁案"（笔者按：裕瑞在《枣窗闲笔》一书中称曹雪芹其人身胖头广而色黑）受到了怀疑，曹雪芹是胖是瘦的问题引起争论。美国威斯康辛大学周策纵教授首先提出这个问题。他根据裕瑞出生较晚，并没有亲见曹雪芹本相这一事实，断然否定"身胖头广"的记载，认为这是道听途说之词，捕风捉影之谈，不足为据。他的根据是曹雪芹的至交敦诚、敦敏的诗都明确记载"四十萧然太瘦生""傲骨如君世已奇，嶙峋更见此支离"，说明曹雪芹实际上是一个嶙峋骨立的瘦子。周策纵的论文和发言引起与会者很大兴趣。虽有个别研究者提出异议，但多数表示赞同。刘旦宅也参加了这次讨论会，他听了专家们的而发言，心折口服，决心要为曹雪芹重新绘像。❶ 人们今天所见到的曹雪芹画像，"清瘦"模样居多。可见，读者总还是情愿接受曹雪芹那一副"傲骨嶙峋"的"清瘦"形象的。

纵观周策纵的红学志业，可谓：陌地痴心心最热，平生所系在红楼；白头海外说公案，辛苦殷勤总未休。

附录：周策纵学术简历

周策纵（1916—2007），美籍华人学者，20世纪40年代初毕业于中央政治大学。20世纪40年代末赴美国留学，获得美国密歇根大学博士，威斯康辛大学东方语言系和历史系终身教授。20世纪60年代初以《五四运动史》一书而闻名于世，并博取"著名历史学家"之美誉。红学著述即《红楼梦案：弃园红学论文集》，其中《论〈红楼梦〉研究的基本态度》《论关于凤姐的"一从二令三人木"》及《〈红楼梦〉"汪恰洋烟"考》等文颇受学界关注。

冯其庸、李希凡主编《红楼梦大辞典》（文化艺术出版社1999年版）称：周策纵是1980年首届国际《红楼梦》研讨会和1986年哈尔滨国际《红

---

❶ 《红楼梦案——周策纵论红楼梦》，文化艺术出版社2005年版，第344-345页。

楼梦》研讨会的发起人和主持者之一，对推动国际范围的红学研究和学术交流起了积极倡导的作用。

胡文辉著《现代学林点将录》（广东人民出版社 2010 年版）称：周氏（笔者按：指周策纵）考古之学，求新求深，极富联想力，然多借迂曲的文字训诂以作"探源"，以求"古义"，每陷于生硬穿凿，宜乎举世皆颂扬其五四研究，而罕有称引其古典考证者矣。

赵冈的红学研究：
勤于家世版本梳理，试图建设性之贡献

引　　言

　　胡适在1961年10月4日《复苏雪林》信中说："我劝你不要轻易写谈《红楼梦》的文字了。你没有耐心比较各种本子，就不适宜于做这种文字……赵冈先生是一位学经济学的，他在几年前偶然对《红楼梦》发生了兴趣，写了无数文字，越写越走上了一个牛角尖里去了。我也从南方托人劝过他，他虽然不肯听，但他却真发愤收集材料，搜集版本。他是很有耐心的，故能细心比较文字，有时有很可注意的发现。"❶ 胡适一边说赵冈钻了"牛角尖"，一边又肯定他肯下功夫搜集版本，并且也有一些"很可注意的发现"。胡适对赵冈的评价又可从徐复观的评论中得到旁证，徐复观说："我不赞成胡适先生的自传说，但承认他在全般研究中有许多贡献。我更不赞成周汝昌的结论，但他在搜罗资料等方面，有许多贡献。我批评了赵冈先生的《红楼梦新探》，但我承认他在全般研究中的贡献。尤其是关于版本的考查，他做了许多细密而突破的工作。"❷ 至于晚年的苏雪林，则因"目力与体力与耐心"不济的缘故，不再"适宜于做这种需要平心静气的工夫而不可轻易发脾气的工作"❸。胡适很感慨地告诫苏雪林："你听听老师的好心话吧！"❹ 其实，"老

---

❶ 耿云志、宋广波：《胡适书信选》，外语教学与研究出版社2012年版，第489—490页。
❷ 潘重规：《红学六十年》，台湾三民书局1991年版，第242页。
❸ 耿云志、宋广波：《胡适书信选》，外语教学与研究出版社2012年版，第490页。
❹ 耿云志、宋广波：《胡适书信选》，外语教学与研究出版社2012年版，第490页。

师的好心话"并不能打动这位苏女士的芳心,正如打不动赵先生的心一样。赵冈坦然地说:"考证的成果,不必以有无实用价值来衡量。'钻牛角尖','繁琐'也不足诟病。这种情形在自然科学研究上是常见的现象。研究的目的不是要找出它有'什么用',而是要知道它'是什么'。"[1]红学考证的目的在于"求真",求取真知识,却并不在于功用,即"不求致用,但求为是",由此可见赵冈为学术而学术的治学追求,这种追求最能体现一种脚踏实地的勤勉精神,胡适最赞赏这种精神。

胡适在《复吴晗》信中说:"蒋先生(笔者按:即蒋廷黻)期望你治明史,这是一个最好的劝告。秦、汉时代材料太少,不是初学者所能整理,可让成熟的学者去工作。材料少则又许多地方须用大胆假设,而证实甚难。非有丰富的经验,最精密的方法,不能有功。晚代历史,材料较多,初看去似甚难,其实较易整理。因为处处脚踏实地,但肯勤劳,自然有功。凡立一说,进一解,皆容易证实,最可以训练方法。"[2]胡适肯定了"处处脚踏实地,但肯勤劳"和"最可以训练方法"两方面,这两方面在赵冈写谈《红楼梦》的文字诸如《红楼梦新探》和《红楼梦论集》等著作中已经充分地呈现了。(笔者按:赵冈抱着"局外人"的心理准备,无意做一位专职"红学家",红学考证很不易,因为材料太少。作为经济学的"局内人"而兼治红学考据,赵冈试图将"致用之学"和"求是之学"并驾而驱,足以显示其学术勇力了。值得一提的是,《红楼梦论集》中收录一篇《康熙与江南双季稻之种植》,显示了赵冈兼善两种不同治学路径的能力。)当然,赵冈身在海外,若从"非有丰富的经验"发明考量尚有不足之处,如夏志清曾说:"从现代小说我们二人(笔者按:夏志清和钱锺书)谈到了古典小说。《红楼梦》是大陆学者从事研究的热门题材,近年来发现有关曹雪芹的材料真多。钱谓这些资料大半是伪造的。他抄两句平仄不调、文义拙劣的诗句为证:曹雪芹如会出现这样的诗,就不可能写《红楼梦》了。记得去年看到赵冈兄一篇报道,谓曹雪芹晚年思想大有转变,不把《红楼梦》写完,倒写了一本讲缝纫、烹调、制造风筝的民艺教科书,我实在不敢相信,不久就看到高阳先生提出质疑的文章。现在想想,高阳识见过人,赵冈不断注意大陆出版曹氏的新材料,

---

[1] 赵冈:《红楼梦论集》,台北志文出版社1975年版,第135页。
[2] 耿云志、宋广波:《胡适书信选》,外语教学与研究出版社2012年版,第193-194页。

反给搞糊涂了。"❶ 至于"最精密的方法",赵冈自有其长处,正由于此二者的难以"兼美",也因此可推想其所建之"功"不能无憾。

赵冈说:"我们也认为,到现在为止较大量的研究人力是被投放于考证曹雪芹的家世生平以及各种抄本及刊本的研究与校勘,不期而然地形成了一个'主流'。当然,这种形势之出现有其特殊之原因。中国的学术传统未能建立著作权的观念,有些人写出作品以后不肯以真姓名示人,甚至伪冒他人姓名。因此,中国历史上'伪书'很多,作者不详的作品更多。历来在作者考辨方面投下的研究人力就很多,并不自《红楼梦》始。这是中国学术史上特有的现象。碰巧,《红楼梦》作者当时所处的环境尤其特殊,此书的流传历程也特别复杂,因此,在你早年研究《红楼梦》工作上最大的空白点就是关于作者的真正姓名、家世、创作背景及版本研究。为了能填补这个空白点,学者才投放了大量精力与时间在这方面的研究工作上。并不是大家故意要造成这样一个主流。在这方面投放的人力多,正表示这方面的研究工作有巨大困难——材料少而零星分散。如果有人能利用大量现成可信的材料明确推断作者的身世生平与创作过程,一目了然,自然不会有人愿意去重复此项工作。有需要才有生产,学术工作也不会例外。"❷ 赵冈陈述的道理并不难理解,不过,红学考证的确容易走上"牛角尖里",胡适批评赵冈"走上了一个牛角尖里去了",而他自己正是"始作俑者"。并且,一旦走上"牛角尖里去了",视野就再也开阔不了了,如胡适就说过:"我写了几万字考证《红楼梦》,差不多没有说一句赞颂《红楼梦》的文学价值的话。"❸ 你瞧! 胡适也"走上了一个牛角尖里去了"。说到底,考证如果不能为义理辞章服务,惟考证而考证,虽可得到些"求知"之趣,却很容易"走上了一个牛角尖里去了"。郭玉雯则在《红楼梦学:从脂砚斋到张爱玲》一书中说:"他并不赞同考证得过于刁钻牵强,但赵冈的贡献实不容完全抹煞。"❹ 并且直言道:"周(笔者按:指周汝昌)虽反胡,可能是因为前者毕竟是后者的关门弟子,再加上后者了解前者的政治处境,又前者将后者的自传说加以发扬光大,所以后者始终不责怪前者,但对于其他新红学家,胡适的批评比较严苛。"❺ 可见,胡适

---

❶ 夏志清:《新文学的传统》,新星出版社2010年版,第266页。
❷ 潘重规:《红学六十年》,台湾三民书局1991年版,第242页。
❸ 周策纵:《首届国际红楼梦研讨会论文集》,香港中文大学出版社1983年版,第7页。
❹ 郭玉雯:《红楼梦学:从脂砚斋到张爱玲》,台北里仁书局2004年版,第296页。
❺ 郭玉雯:《红楼梦学:从脂砚斋到张爱玲》,台北里仁书局2004年版,第332页。

批评的标准并不统一。

尽管赵冈抱着"探案"的极大热情，同时也保持着"有一份证据说一份话"的冷静。他在《红学讨论的几点我见》一文中倡导："我建议大家不应只限于讨论现有的资料。最好能够设法发掘新材料。无论正面或反面的材料，都属于建设性的贡献。"❶ 他还说："大家留意搜检，也许不久的将来，我们可以对中国文学史上的一大悬案，提出可信的解答。"❷ 赵冈坚信"发掘新材料"与"建设性的贡献"尤其"破解悬案"之间的直接联系，既有现实的考虑，又有理想的愿望。

胡文彬在《红学世界》一书"代序言"中说："美国的红学研究者，主要是美籍华裔，集中在威斯康辛大学、史坦福大学和耶鲁大学。其中代表人物有周策纵、唐德刚、赵冈、余英时、王靖宇、翁开明、浦安迪、马泰来等人……赵冈先生是哈尔滨人，专攻经济学，现任教于威大经济系。赵先生从六十年代初步入红坛，发表的红学论著较多，代表作有《红楼梦新探》《红楼梦论集》《漫说红楼梦》等。他的研究范围主要是曹雪芹家世生平，版本考证两个方面，研究方法采用正宗的归纳法。"❸ 赵冈自己声称："我是学经济的，研究《红楼梦》对我来讲是课外活动。过去我倒也写了一些有关《红楼梦》的抛砖引玉的东西，所以对《红楼梦》研究我也不能算是百分之百的门外汉。不过我始终还是维持我不是研究文史的局外人身份。"❹ 赵冈强调自己的"局外人身份"，既有超然的考量，也有某种自知自明，因为，红学毕竟是一门专学，需要扎实的文史基本功。

一、《红楼梦新探》的"红学史"的特征及其学术影响

《红楼梦新探》是赵冈发表的最具影响的一部红学著作，这部著作给了赵冈红学研究的稳固学术地位。潘重规在《读〈红楼梦新探〉》一文中说："赵冈先生、陈钟毅女士合著的《红楼梦新探》，1970年7月在香港文艺书屋

---

❶ 潘重规：《红学六十年》，台湾三民书局1991年版，第261页。
❷ 赵冈：《花香铜臭读红楼》，台北志文出版社1975年版，第174页。
❸ 胡文彬、周雷：《红学世界》，北京出版社1984年版，第13－14页。
❹ 胡文彬、周雷：《红学世界》，北京出版社1984年版，第41页。

出版。因为这是一部研究红学,'把现有的全部材料,作一综合性、总结性的整理'(原书序文)的新著作,所以中文大学新亚书院红楼梦研究小组的师生,一次就买了二十多部,我们相约都阅读一遍,在去年暑假中,每周集会一次,以《红楼梦新探》为研讨主题。由组员轮流担任主读和记录。主讲的负责提出问题,全体组员发表或同或异的意见。直至彼此认为得到合理的结论,然后由记录负责整理。漫长的炎夏,十余次的讨论,提出了很多和赵、陈两位不同的意见。大家都有意将全部记录文字发表,向两位请教。但由于记录文字颇多,秋季开学后,组员的功课太忙,一时尚未能整理就绪,因此我先提出个人局部的意见,和两位作学术上的切磋讨论。两位作者都是经济学家,自序谦称:'我们都不是学文史的,书中自然难免有许多外行话。'赵陈二位我虽未获识荆,却也曾和赵先生有几次简短的通信。我对于他治学谨慎的态度,和坦诚磊落的襟怀,是非常的钦佩的。即使书中真有文字的疵瑕,这都无伤于著作的价值。故敢附于'直谅之友'之末,略举书中文字的错误,供二位斟酌改订。"❶ 由上述可见,潘重规十分重视《红楼梦新探》这部著作,他对赵冈"治学谨慎的态度"和"坦诚磊落的襟怀"钦佩有加,尽管《红楼梦新探》尚有"疵瑕",总体上是值得肯定的。这一肯定还可从《赵冈致潘重规先生书》中获知:"在写《新探》以前,有许多年未曾读到潘先生有关红楼梦著者的正面意见。产生一个印象,认为您已经不再坚持以前的看法。因此,《新探》书中才说'曹雪芹所著,已是不争之论'。并且您过分提高了《新探》一书的作用,认为我们是要写'红学史'。其实我们毫无这野心。我们只是要把彼此抵触较少的资料,综合整理出一个体系。将来一定会另有人出来写'红学史'。这不是我们的态度'不开明',而是我们的时间精力不允许。"❷ 赵冈认为,潘重规对《新探》一书作用评价过高,即这部著作具有"红学史"的特征。赵冈所期许的是"综合整理出一个体系",这也体现了他的学术自信,因为这样的"一个体系"在当时中国港台地区及海外的红学研究中难得一见。当然,由于以"综合整理"为主,《新探》一书形成了"综述式研讨"的撰述方式。或者说,《红楼梦新探》兼具教科书特征,即以整理或梳理他人留下来的文献资料为主,创见之处,则由作者自己的研究心得而成。谈及"创见",赵冈尤为谨慎,他说:"《新探》一书中,我个

---

❶ 朱传誉:《红学论战:以赵冈为中心》,台北天一出版社1981年版,第747页。
❷ 朱传誉:《红学论战:以赵冈为中心》,台北天一出版社1981年版,第397页。

人的新看法可以说是极少的，绝大部分都是别人的研究成果。严格要求的话，《新探》书中几乎每一句都应加上一个小注，说明出处，我所据的有利之处是可以毫无顾虑地搜集红学参考资料，搜买的比别人多，才能把它们综合起来，组织起来。与此行隔离了的人，拿《新探》与五十年前的红学一比，认为其中颇多'创见'，其实哪有此事。这些都是五十年来别人一点一点加上去的。现在不可能有此事，以后也不可能有此事。青年朋友们如果有志于此道，最保险的办法，就是先把已有的这些文献读遍，然后再下点苦功夫，动手找新材料，一点一滴向上加。"[1] 可见，"一点一滴向上加"，这是赵冈治学经验的总结，也是《新探》一书的贡献所在，足资借鉴。

赵冈对自己搜集红学参考资料的能力很自信，这可以说是他不肯听胡适劝告的心理原因之一。因为，赵冈的做法符合胡适"大胆的假设，小心的求证""有几分证据，说几分话"的倡导。（笔者按：《胡适致苏雪林》："考证的工作，方法是第一要件，说话的分寸也是一件重要的事。我常劝朋友：'有几分证据，说几分话。有五分证据，不可说六分话'。"[2] 胡适总是不厌其烦地鼓吹自己的倡导。）赵冈在《自传与合传——敬答张欣伯先生》一文中说："我对红学研究毫无创见，唯一的长处就是搜集资料比别人勤。我现在手中藏有的材料之多，不次于任何人，或任何图书馆。我很久就有一个宏愿，希望有朝一日台湾能有一个出版商，肯把我所藏的红学资料，在台翻印发行。这其中，最基本的参考书，可以整本整本的翻印出来。例如《新证》《曹雪芹》《八十回本校字记》《辑评》《红楼梦书录》《红楼梦卷》。这许多大部头的书，总和起来能有近万页。此外，在期刊上发表的专论，凑到一起，至少也有五千多页。我希望能把这些专论精选一下，按内容分为几类，然后再在每一类的卷首作一简短的介绍，说明来龙去脉、问题之产生及其发展趋势。这一选编，也许可以把论文资料的分量减至二千五百页左右。只要这批基本参考资料，能公开供大家使用，红学研究在台湾开花结果，是指日可待的。"[3] 由以上陈述可知，《红楼梦新探》一书的实证性、系统性特点是与赵冈搜集资料之勤密切联系着的，同时也与赵冈的"耐心"和"细心"密切相关。当然，由于地域所限，赵冈写作《红楼梦新探》一书时的资料也有不够

---

[1] 朱传誉：《红学论战：以赵冈为中心》，台北天一出版社1981年版，第46页。
[2] 耿云志、宋广波：《胡适书信选》，外语教学与研究出版社2012年版，第451页。
[3] 朱传誉：《红学论战：以赵冈为中心》，台北天一出版社1981年版，第46页。

充分之处，如第四章"刻本《红楼梦》后四十回"注释三说："到写此书为止，我们只见到两篇研究高鹗的主要作品。一是王利器的《关于高鹗的一些新材料》；二是吴世昌的《从高鹗生平论其作品思想》。本书所使用的许多材料，大多采自此两文。另外尚有一篇《关于高鹗的月小山房遗稿》。"❶ 赵冈竟没有参考原载于1957年2月3日《光明日报》署名王佩璋的《〈红楼梦〉后四十回的作者问题》一文，以及原刊于《北京师范大学学报》1963年6月30日第3期署名童庆炳的《论高鹗续〈红楼梦〉的功过》的论文，不免遗憾。赵冈读过并大多采用的《关于高鹗的一些新材料》一文，作者此后发表了自我否定的意见。王利器在《高鹗、程伟元与〈红楼梦〉后四十回》（原载《扬州师范学院学报》1978年第一、二期合刊）一文中说："二十年前，由于自己读书不多，见理不明，我写了一篇《关于高鹗的一些新材料》，竟然认为高鹗是《红楼梦》后四十回的作者。现在重看这篇旧作，觉得这种说法是不能成立的，因而重写此文，以之补过，并以就正于读者。"❷ 不过，赵冈出版《红楼梦新探》修订本《红楼梦研究新编》（台北联经出版事业公司1975年出版）一书时却并无"重写"的打算，也不会有"以之补过"之想，"改写"倒是常例，因为"读书不多，见理不明"的情况在《新探》中也有发现。赵冈《红楼梦研究新编》"序"道："五年前，我们发表了'红楼梦新探'一书。五年以来，又有许多新的研究资料出现，书中某些地方因此而需要修正与补充……改写部分所占全书比重很大。既然如此，我们决定连书名一并改换。书中没有文学欣赏性质文字，而完全是利用各种现有史料，对此一文学巨著的作者及创作背景加以阐明与分析，期能供文学研究者参考之用。"❸ "改写"本仍然保持《红楼梦新探》的写法，不过，影响并不如《新探》。

《红楼梦新探》在台湾和香港红学学人中影响广泛，其中以潘重规、徐复观和高阳的评价最受关注。潘重规的评价已如前述，那么，徐复观和高阳如何评价呢？徐复观发表了题名《赵冈红楼梦新探的突破点》近两万字的评论文章，比较全面地检讨了《红楼梦新探》的得与失。他说："赵冈先生《红楼梦新探》后出，能看到的资料，他都看到了；各种不同的说法，几乎

---

❶ 赵冈、陈钟毅：《红楼梦新探》，文化艺术出版社1991年版，第237页。
❷ 刘梦溪：《红学三十年论文选编（下）》，百花文艺出版社1984年版，第531页。
❸ 赵冈：《红楼梦研究新编》，台北联经出版事业公司1975年版，第1页。

都批评到了。他本人也具有很锐敏的考证能力，修正了此派中的许多说法。所以我便以他的这部带有总结性的大著为对象，检讨此派在红楼梦的研究上，到底有何成就。"❶ 徐复观的评价有三个关键词值得关注，即"资料""考证能力""总结性"，这三个关键词基本反映了赵冈在《红楼梦新探》中所呈现的学术面貌和学术特征。徐复观在该文中结束时说："赵先生的大著，是和他的夫人陈钟毅女士合作而成。但在上面的文字中未曾提到陈女士，因为我写的是批判性文章，觉得我可以批评赵先生，却不敢批评赵太太，这是我一生怕太太所得的人生修养，并希望赵先生原谅、赐正。"❷ 徐复观的幽默显示了他的涵养，不过，他对赵冈《红楼梦新探》中的一些基本看法的批评则毫不留情，既有杂文作者的犀利，又有学人求真的精神。陈平原曾对徐复观这样评述："徐复观也是个长期既写论著又撰杂文的学者，余英时说'很少人能够像徐先生一样深入到政治与学术之中'(《血泪凝成真精神》)。徐氏的《杂文自序》说自己每周五天面对古人，两天面对当代。这话当然不能完全当真，不过他的《中国思想史论集》《两汉思想史》《中国艺术精神》等著作，与其杂文很有区别，这点大概不会有什么争议。杂文主要是针砭时弊并表达政见，而'学术行为，是专以求真为职志的'(《扩大求真的精神吧》)。徐氏的这一思路，与鲁迅、胡适相当接近，尽管这三人的政治理想大相径庭。"❸ 引述这段评述的用意只在表明，徐复观乃出于学术求真精神批评赵冈，尽管他的批评用词并不客气。

高阳在《〈红楼梦新探〉质疑》一文中说："赵冈先生的《红楼梦新探》，在红学上是一部权威之作。"❹ 陈炳良在《近年的红学述评》一文中谈及考证派红学成绩时列举有《红楼梦新探》，陈炳良说："其后，很多学者都向这方面作更深入的研究，最有成绩的是：俞平伯先生，有《红楼梦辨》（后改为《红楼梦研究》）；周汝昌，有《红楼梦新证》；吴世昌先生，有《红楼梦探源》（*On the Red Chamber Dream: A Critical Study of Two Annotated of Manuscripts of the 18th Century*），并与赵冈、陈钟毅夫妇有《红楼梦新探》（它是《红楼梦考证拾遗》的增订本）。"❺《新探》这一"权威之作"修订本

---

❶ 赵冈：《红楼梦论集》，台北志文出版社1975年版，第156页。
❷ 赵冈：《红楼梦研究新编》，台北联经出版事业公司1975年版，第188页。
❸ 陈平原：《学者的人间情怀》，生活·读书·新知三联书店2007年版，第20页。
❹ 朱传誉：《红学论战：以赵冈为中心》，台北天一出版社1981年版，第34页。
❺ 潘重规：《红学六十年》，台湾三民书局1991年版，第151页。

同样获得高阳好评："重读《红楼梦研究新编》，对贤伉俪在红学方面搜讨之勤，研审之精，实在佩服。"❶ 在高阳看来，"搜讨之勤"和"研审之精"应是这一"权威之作"的基本特征，这一看法与潘重规、徐复观有共同之处，至于"研审之精"的特点，应取决于赵冈在红学考证过程中的审慎态度。余国藩曾在《〈红楼梦〉〈西游记〉与其他》一书《阅读〈红楼梦〉》一文注释二十五中写道："曹府内情，赵冈和陈钟毅有细说，审慎得很，见所著页一－七十二。周汝昌的两卷本《红楼梦新证》对作者和曹氏家人也有详尽的研究，不过他的结论颇多臆测之辞。"❷ 余国藩将赵冈的"审慎"与周汝昌的"臆测"对比着说，可见他的鲜明立场。应当说，赵冈治学的审慎态度应与他研究经济学的学术经历不无关系，当然，更与他红学考据以"求是"为治学路径的追求直接相关。

1991年文化艺术出版社出版的《红楼梦新探》一书，由周汝昌作序，他一方面高度评价了赵冈的学术个性和学术贡献，一方面则重申了他自己的学术立场和对红学发展的评述。周汝昌说："把红学重新缔造，并提高到学术的殿堂中央地位的，自谁为始？人人都得承认：始自胡适之。胡先生开始研红时，是二十世纪二十年代之最初。此一创始，重要之至，但真正的继武者不多，开拓丛蚕者更少。此后，此学不绝如缕，若存若亡。三十年后，即五十年代之初期，忽然出现了红学向所未有的兴荣茂秀的热潮局面。这个事相，足可说明，一门真正有学术价值有文化意蕴的学问，显晦不在一时，而在它本身的生命力，自有无限的前景，惊人的'潜境'。但胡先生的本意，毋庸讳言，并无多大深刻度和预见性可言，他只不过是一心一意为了提倡他的'白话小说'而从事几部小说名著的研考而已。他未必意识到，这个题目却关系着中华文化的一项巨大的课题；我们今日的认识的大幅度升高，是历史的进展。当然，胡先生自己意识不意识，并不关重要，重要的是这条线路引发出来的山重水复、柳暗花明的巨丽无伦的奇观胜景。赵、陈合著的这部《新探》，正是这条线路上的一座纪程之碑，引胜之碣。"❸ 周汝昌所作"纪程之碑，引胜之碣"的评语是在与胡适创学的比较中作出的，其中的抑扬褒贬是存在可议之处的。

---

❶ 高阳：《红楼一家言》，生活·读书·新知三联书店2007年第2版，第93页。
❷ 余国藩：《〈红楼梦〉〈西游记〉与其他》，生活·读书·新知三联书店2006年版，第19页。
❸ 赵冈、陈钟毅：《红楼梦新探》，文化艺术出版社1991年版，第2-3页。

周汝昌何以如此看好《新探》呢？他说："我仍然认为，比如像《新探》这样的著述，才是真实的或者正规的红学。为什么这样认为？《新探》不属于赶趁时髦、以研红为'终南捷径'的那一类。它的著者纯为追求学术真理——红学上存在着的大量的使人困惑的（但也是非常重要的）问题引动了著者的关切与忧虑，觉得这些问题必须努力解决，否则于心难释：对不起原书作者，对不起今后读者，对不起自家的良知与责任感，更对不起产生《红楼梦》伟著的那个民族文化。这就是所以出现像《新探》这种著作的根本起因与撰述目的。他们走的'路子'，不是文艺评论、小说原理、比较文学、形名学（即叙事文学小说结构主义之学）等等之路（目前在海外久居治红学的，十有九个是走那种路的），他选定的却是'胡适考证派'。"❶ 在周汝昌看来，赵冈选定的是"胡适考证派"的"路子"，这一学术理路才是"真实的或者正规的红学"，这样的红学才有"学术真理"可言。赵冈与周汝昌同道，《新探》因此享受如此高的评价。周汝昌结合《新探》的格局说："此书主体共分上、下两篇——其香港版就分上、下两册印行。上篇大题标为'抄本八十回之研究'，下篇则是'后四十回续书'。凡在具眼，请来拭目。不必凡词絮语，只此两篇之标题，一部著作的体段，则红学之根本问题、之绝大关目，已可一览而无余，可谓骊珠已探。说真的，就此一端，我已心折……他们早已觑破：他们设下的那两大标题，是一切红学课题所以发生、一切红学论争所以纠葛的最关键的'策源'与'发祥'之点。他们的目的性，就是要把这两项最大问题首先弄个清楚——至少是朝弄清楚的目标行进，以期历史事实的真相得以重为人知，而不至于永远被那些浮词谬说所迷惑。因此我说：只要看清了《新探》的这个目的性质之所在，则著作之有价值与著者的应受尊敬，就十分昭明了。"❷ "抄本八十回之研究"和"后四十回续书"，正是赢得周汝昌兴趣的两大关目，用周汝昌的话说即"红学之根本问题""之绝大关目"。周汝昌一生献给红学之用心正在于恢复曹雪芹的真文笔意，割掉高鹗伪续的"续貂狗尾"，倡导所谓"诗礼簪缨，文采风流"的中华文化。周汝昌说："讨论《红楼梦》，有一个很麻烦的问题，就是通行本一百二十回一部书，却是出于二人之手。前八十回是曹雪芹写的，后四十回却是高鹗所作。因此理解、评价《红楼梦》，里面便总'套裹'着一个对四十回高鹗续书怎

---

❶ 赵冈、陈钟毅：《红楼梦新探》，文化艺术出版社1991年版，第3页。
❷ 赵冈、陈钟毅：《红楼梦新探》，文化艺术出版社1991年版，第4—5页。

么看待的问题。高鹗所写的情节内容——有这里表达出的思想感情,到底合不合乎曹雪芹的本末?这是一个首先要弄清楚的大前提。摆在我们面前的一件大事是:我们能不能摆脱一下高鹗带给我们的传统印象、习惯势力,而重新想一想曹雪芹当日要写的《红楼梦》本来应该是怎么一回事。那么,怎样去'想'呢?难道要撇开作品去'冥想',去'撮摩虚空'?不是那样的。我们还有一点办法、一点依靠——还有点现存材料。所谓'现存材料'又是什么呢?就是未经高鹗窜改的真本前八十回《红楼梦》和其间所附有的脂批。"❶ 由此可见,《新探》因为"路子"正,即围绕着周汝昌所说的"大前提"建构"一部著作的体段",其著者赵冈又乐于使用"现存材料",当然会赢得周汝昌的大加赞赏。

周汝昌说:"如今竟然见到《新探》一书出了大陆版,而且他们贤伉俪要我为之写一篇序言,这真是早年万万不能想象的喜事。我上面略叙经过,是为了让人明白,《新探》能出大陆版,意义何在,而我的衷心高兴,又是缘何而发。我检讨了一下大陆版与港台版内容的差别,见其中下篇原有的第七章'续书人究竟是谁?'已经删省不存,卷末则多出了'外篇',是新加入的单篇文章一束,共计八篇。从这八篇来看,著者精神所注,仍然集中在两大方面,即《红楼梦》的作者(包括家世背景)与版本。这也足以证明,我在一开头就指出的他们的研究的路数或流派,是属于被称为'新红学''胡适考证派'的范围,换言之,即我认为这才是真正的红学的那一性质。我最佩服的是他俩的服从客观真理的治学精神态度……我看出著者治学之谨严正直,不肯奉承什么,也不逢迎什么。1980 年首届红学大会,他提交的版本论文,正是那同一正直不阿的科学精神态度之表现。《新探》的一个重要意义,是它在海外为红学的'外学'树立了'威风',增添了'意气'。何以言此?……《新探》之所以不慕荣利,不趋时好,正在于它并不想进入'红学革命'后的'另一世界',还在集中力量解决作者与版本两大问题。(难道作品本身不产生于作者的头脑和文字,而竟是'另一回事'吗?)所以,《新探》的重要意义,就在于特立独行地赞助支持了'外学'(即真的'内学')的威风与意气。别的甚嚣尘上,《新探》却埋头于'冷谈生涯',有所见矣。我与他俩,在红学观点上,也不时发生一些'仁智'之见。但认真说来,总

---

❶ 周汝昌:《周汝昌汇校红楼梦》,人民出版社 2006 年版,第 849 页。

的方法论、认识论、总体精神,我们实在倒是很一致的。"❶ 周汝昌最佩服赵冈"服从客观真理的治学精神态度"和"正直不阿的科学精神态度",之所以引为同道,因为"总的方法论、认识论、总体精神,我们实在倒是很一致的"。这段话中同时流露出对余英时"红学革命""两个世界"说的不满,并流露出对"外学""内学"之争的不屑——我们的"外学"就是"内学"!

周汝昌这篇序文借《红楼梦新探》以吐自家心中块垒,其心境则正如他所感慨:"北国的寒宵,总是我为红学写作的一种清境。"❷ 周汝昌最习惯于这种评文申说的方式,即表达自己是内核,批评他人是外壳。再譬如周汝昌为张爱玲《红楼梦》研究专门写了一部评论著作《定是红楼梦里人》(团结出版社2005年版),已将这种评文申说方式表现得最为突出。张爱玲对八十回后续书给予"天日无光,百般无味"的评价令周汝昌"震惊""叫绝",并引为同道,他明确指出"要讲张爱玲的红学观,必须由这儿开始"❸。周汝昌认为,张爱玲从"直觉"始,却以"治学"终,她重"直觉",也重"学术研究",不像那种浅薄的无识者不知考证为何事而开口讥贬、反对之。❹ 周汝昌强调"悟性"治红学,自然关注张爱玲的"直觉"。说到底,他并不喜欢这位"红学后进""张作家"。周汝昌说:"她的'红学'也是从'版本学'开始的——因为她似不曾深入考究作者雪芹的事情,知识限于一般性范围。"❺ 并且,"红楼梦魇"这个书名在周汝昌看来最不严肃,"可惜,她终于采用了这个不严肃、不虔诚的语意。这是一大遗憾。假使曹雪芹当日十年辛苦、血书著书是为了让世人都陪他作一场'梦魇',那么《红楼梦》岂不就是这'古今不肖无双'者的满纸梦呓了?"❻ 周汝昌甚至认为这是"从根本上失去了做学问撰著作的严肃和虔诚——这一点灵魂没有了,还讲什么意义价值"❼? 瞧吧!"这一点灵魂没有了"的"酷评"读来令人胆寒,不免疑问:这是为什么呢?其实这里有深层心理原因,周汝昌在该著"绪引"中说:"又加上我翻到一页上,忽见她对拙著《红楼梦新证》加以'大杂烩'的评

---

❶ 赵冈、陈钟毅:《红楼梦新探》,文化艺术出版社1991年版,第6-7页。
❷ 赵冈、陈钟毅:《红楼梦新探》,文化艺术出版社1991年版,第8页。
❸ 周汝昌:《定是红楼梦里人》,团结出版社2005年版,第10页。
❹ 周汝昌:《定是红楼梦里人》,团结出版社2005年版,第15页。
❺ 周汝昌:《定是红楼梦里人》,团结出版社2005年版,第24页。
❻ 周汝昌:《定是红楼梦里人》,团结出版社2005年版,第27-28页。
❼ 周汝昌:《定是红楼梦里人》,团结出版社2005年版,第27页。

语，觉得这个人可有点儿狂气太甚，拙著是第一个提出脂砚斋三真本这一命题并做出初步研论的拓荒者，'大杂烩'应如何成为'小纯碟'？"❶ 原来，张爱玲凭着敏锐"直觉"竟然将《红楼梦新证》视为"大杂烩"，是可忍孰不可忍！于是，引来了周汝昌对她的一番冷嘲热讽，这情形竟被常与张爱玲通信的庄正信发觉，他在《致张爱玲》（1989年12月21日）信中说："此人我见过一次，对他我不喜欢。"❷ 庄正信在这封信的"说明"中说："他在'红学'方面的贡献不容置疑，但后来往往率尔操觚，写的太多，予人以浮滥之感……张爱玲死后十年，周又写了一本《定是红楼梦中人——张爱玲与红楼梦》，笔调仍是阴阳怪气，不够严肃。一方面反驳张对他的批贬，一方面当她批贬别人时则又欣然同意。"❸ 由庄正信的这段"说明"文字可见，周汝昌的评论不免意气用事，有失学者风范。

二、围绕《红楼梦新探》的学术论争

赵冈20世纪70—80年代的红学影响主要集中在中国台湾、香港地区，以赵冈为中心的红学论争也主要集中在中国台湾、香港学人之间。论争主要围绕《红楼梦新探》而发生，议题包括《红楼梦》作者、脂评本《石头记》和脂砚斋、曹雪芹与敦敏敦诚的交谊、《抄本百廿回红楼梦稿》等问题，其中尤以前两个问题争论得尤为激烈。

《红楼梦》作者问题。赵冈认为《红楼梦》是"集体创作"，而非曹雪芹一人创作。他说："《红楼梦》一书是'实写往事'，有集体创作的意味，大家合力完成了一部回忆录。具体说，参与创作的共有四人：曹雪芹（即情僧、空空道人和石头）、曹天佑（即脂砚斋）、曹棠村（即杏斋，化名孔梅溪）、畸笏叟等。这四个人在落魄潦倒以后，均在缅怀当年的繁华旧梦。四人之中以曹雪芹的文才最高，写这部回忆录式的小说也是他的主意与灵感，其他三人加以赞助，并以不同的方式贡献己力。雪芹以外的三人中，脂砚斋

---

❶ 周汝昌：《定是红楼梦里人》，团结出版社2005年版，第3页。
❷ 庄正信：《张爱玲与庄正信通信集》，新星出版社2012年版，第259页。
❸ 庄正信：《张爱玲与庄正信通信集》，新星出版社2012年版，第261页。

的贡献最大。"❶ 基于以上认识,赵冈认为"周汝昌说脂砚斋是雪芹的助理编辑,也是合作者;一点也不为过"❷。"集体创作"说最后落实到了曹雪芹与脂砚斋"合传"说,在赵冈看来,"合传"说并非空穴来风。赵冈在《自传与合传——敬答张欣伯先生》一文中说:"1970 年《新探》出版以后,香港许多学者也曾就此点发表过反对意见。这些意见,大致可归为三项:(a)红楼梦就是自传,此点不容翻案。现在张先生也应归于此类。(b)红楼梦是纯小说,其中最多只有百分之一的曹家事迹,百分之九十九是曹雪芹在一般社会上观察而得。赵冈不说'自传',这是很大的进步,也就是所谓的赵冈的'新突破'。(笔者按:"新突破"说出自徐复观的《赵冈〈红楼梦新探〉的突破点》一文。)但是赵冈中了胡适的毒已经太深,所以赵在'传'字上做文章。(c)红楼梦作者不是曹雪芹,其内容更不是'传',而是政治小说。张先生可以看出,这些炮火来自四面八方。这些学者的基本看法彼此绝对冲突。但因为都居住香港,很多还是同事,不便直接开火,而趁《新探》出版的机会,隔山打靶。我虽然不怕这些炮火,但是很愿意找一个机会把我个人的看法说得更明白一点……后来胡先生看到甲戌本及庚辰本上的脂批,产生了一个难题。胡先生最后的解释是评者与著者只能一个人,脂砚斋就是雪芹自己的化名。在这个基础上,才可以把自传说维护下来。如果胡先生当年肯定脂砚斋与曹雪芹是两个人,很可能就产生了最早的'合传说'。"❸ 赵冈的"新突破"即"合传说",竟然是受了胡适的启发,这是胡适所料想不到的。试录《胡适致雷震(1959 年 2 月 5 日)[抄件]》以为参证:"赵冈先生的长文,我匆匆读了。此君读书很细心,他的第三章《曹雪芹在八十回以后写了些什么》,列举八十回以后的一些情节,得着结论说:'所以今本的后四十回,一定是后人所续无疑',这个结论是正确的。但他此文有不少的大错误。例如说甲戌本第十三回总评的'芹溪'不是曹雪芹,二是'雪芹'与'梅溪'两个人的合称或简称,又因此推论'有权删改《红楼梦》的人是雪芹和梅溪'。他的证据是很薄弱的。他说:'胡适之先生认为'芹溪'是雪芹的别号。可是在敦诚至[致]雪芹诗中,我们知道雪芹别号'芹圃'。一个人既号'芹圃',又号'芹溪',这种命名的方式实在奇怪。所以我觉得'芹溪'

---

❶ 赵冈、陈钟毅:《红楼梦新探》,文化艺术出版社 1991 年版,第 180 页。
❷ 赵冈、陈钟毅:《红楼梦新探》,文化艺术出版社 1991 年版,第 181 页。
❸ 朱传誉:《红学论战:以赵冈为中心》,台北天一出版社 1981 年版,第 45 页。

是指'雪芹'与'梅溪'两人,简呼之'芹溪'……赵冈先生称你做'伯父',他一定很年轻,所以他不知道中国旧日文人的别号之多。'一个人既号芹圃,又号芹溪'是极平常的事,并不奇怪。我试举几个证据,证明'芹溪'是曹雪芹……"❶

张欣伯《自传与合传——赵著〈红楼梦新探〉质疑》一文检讨了赵冈的"合传说",他指出:"现居美国的一位学人,也是近代研究红学很有创见的赵冈先生,在其近著《红楼梦新探》中,修正胡氏的观点,而创'合传'之说。赵氏引用若干脂批和另外的一些见解,一共做成四个证据,以支持他的这一看法。我看赵先生的这些证据,甚为薄弱,总是误解的多。"❷张欣伯认为"合传"之说是对胡适"自传说"的修正,但"这两种说法,不能并存,乃成为急待讨论的一个问题"❸。张欣伯坚信"自传说"优于"合传说","谈完赵氏合传说的四点证据,再谈我在红楼梦中发现的那件资料。书中写贾宝玉的住处,叫做'怡红院'。又首回和末回中,曾三次提到曹雪芹的住处,叫做'悼红轩'。请读者将'怡红'和'悼红'这两个词,对照来看,即可看出其一前一后、一盛一衰的关系来。换言之,怡红时代的贾宝玉,即后来悼红时代的曹雪芹。当曹雪芹拟写'怡红''悼红'之时,全不把脂砚斋放在心上,很吝啬地,丝毫没有让脂砚斋分享一杯羹的雅量。曹雪芹十年辛苦,不必为了别人,但可完完全全的为了自己。红楼梦是他的,贾宝玉也是他的。胡氏当年,并未注意这几个字,他所采用的,只是一些间接的证据,故我对自传说的信念,较胡氏更为坚定。"❹可见,张欣伯更坚信"自传说"。其实,在相信"自传说"这个问题上,赵冈也并没有含糊。他说:"几十年来,胡适在《红楼梦考证》一文中认定此书是一部自传性质的小说,也就是所谓自然主义作品。近几年来颇有人攻击胡适的理论,认为把《红楼梦》当作曹雪芹的自传,以致把此书的研究引入歧途。这许多对胡适的批评,十分不公平。胡适与俞平伯都强调这是一部小说,所以才使用'自然主义'这个名词,而且也常常讨论书中的'文学背景'。如果是传记,就用不着文学背景,更谈不上是否自然主义。断定此书是自然主义的小说,我们认为是正确

---

❶ 万丽鹃:《胡适雷震来往书信选集》,南京大学出版社2014年版,第130页。
❷ 朱传誉:《红学论战:以赵冈为中心》,台北天一出版社1981年版,第42页。
❸ 朱传誉:《红学论战:以赵冈为中心》,台北天一出版社1981年版,第42页。
❹ 朱传誉:《红学论战:以赵冈为中心》,台北天一出版社1981年版,第43页。

的，甚至于是必然的。"❶ 话虽这么说，即把"自传"与"自传性质"区别开来看《红楼梦》，因为胡适与俞平伯都注重"文学背景"。不过，由于"证明书中素材的真实性"❷ 的热情有增无减，这一热情到了胡适考证派传人周汝昌那里更是将"贾家""曹家"合一，这个时候，"自传"与"自传性质"的区别也就无足轻重了。俞平伯不断修正自己这方面的意见，也是看到了其中的危机。

不过，赵冈没有采取周汝昌的极端做法，他采取了所谓"折中"态度。赵冈说："到目前为止，分歧的意见，可简述如下：在第一极端上，认为此书是'纯自传'的人已经不多了。在另一极端上，认为它是'纯小说'的人也不太多。多数红学家的意见是折中的，可是彼此折中的程度又不太一样，有的偏于一端，有的偏向另一端。我在另一篇文章中说过，这种'程度'问题，无法靠考证来确定。没有人能证明书中百分之几是曹家史料，百分之几是曹雪芹虚构的。在这种情况下，我建议大家不要指名叫阵打笔仗。你能破别人，别人也能破你，结果一定是混战一场。最好是大家把自己的看法说出，论证述明。每人都聊备一格。时间久了，读者们可能慢慢的接受一个说法，而扬弃其他各家。在这两极端之间，我是折中到什么程度呢？牟润孙教授批评的好。他认为'合传'两字有语病，这点我完全同意。把两个人并到一起写个传记，如何能写。我真正的看法是如下：此书的小说性很大，书中素材的来源很广。雪芹随时注意观察他周遭的人物与事件，有意义的部分，或富戏剧性的材料，常被雪芹灵活运用，变成书中的有机组成。雪芹很注意文学技巧，例如故事的布局，高潮的安排，伏线的安排，情节的变化穿插等。不过，小说中最大的一整批材料是来自曹家本身，雪芹把这批材料拆开来，灵活运用。有时我们可以发现书中整片的曹家史料，有时又有零星的出现。但是，有一点我不能接受，此书绝不是曹雪芹的自传。现在，如果让我选择一个形容词，我要称此书是'纪念曹家的一部小说'。"❸ 可见，赵冈所谓"折中"是偏于"自传说"一端，所谓"不要指名叫阵打笔仗"和"聊备一格"虽可取却不实际，徐复观并不理会。徐复观说："伟大的文学作品，它的人物和情节，有高度的典型性、概括性，可以引起许多读者的共鸣共感。这种

---

❶ 赵冈、陈钟毅：《红楼梦新探》，文化艺术出版社1991年版，第134页。
❷ 赵冈、陈钟毅：《红楼梦新探》，文化艺术出版社1991年版，第35页。
❸ 朱传誉：《红学论战：以赵冈为中心》，台北天一出版社1981年版，第46页。

共鸣共感的根源,不关作者写的是某一二人的具体事实。所以我们可以大胆地说一句,凡是以脂批来证明红楼梦是雪芹的自传或合传,根本上是不能成立的。即是,这一派在这一方面所下的功夫,大体上都是白费的。"❶ 徐复观提出"脂批无用论","笔者站在文学创作的观点上,对此类说法,始终有所怀疑"❷。这一"怀疑"是从文学创作角度得出的,自然与全盘否定脂批、彻底打倒新红学的路数不是一回事。徐复观认为:"即使退一万步,接受了赵先生的曹家抄没时雪芹年十三岁的说法,并接受赵先生红楼梦是雪芹脂砚合传的说法,我认为由胡适断定此书是写曹家真实事迹的原则性的断定,依然是'坚立'不起来的。"❸

潘重规与赵冈在作者问题上同样是相左的,他在《读〈红楼梦新探〉》一文中说:"翻开红楼梦新探,第一句话便是'前八十回抄本石头记是曹雪芹所著,已是不争之论'。这一句话,影响了作者'把现有的全部材料,作一综合性、总结性的处理'的工作:因为作者抱着这一成见,便把一切不承认曹雪芹是红楼梦作者的论证,一笔勾销。同时,因为作者执着这一观念,于是判断取舍有关此一问题的材料,不知不觉的会作出不符事实的结论。我是不承认曹雪芹是红楼梦的原作者的,二十年前,我和胡适之先生论辩此一问题,胡先生只是说:'旅居国外,没有新的材料,暂时不想发表新的意见。'并没有说,此一问题已是不争之论……由此可知'红楼梦的作者'这一问题,不独索隐派不承认曹雪芹是作者,即新红学派的大师也感到彷徨迷茫,不能有十足的信心。红楼梦新探的作者,开卷第一句话便说'石头记是曹雪芹所著,已是不争之论',这是作者个人研究红楼梦意见的结晶呢?还是'把现有的全部材料,作一综合性、总结性的处理'的结论呢?当初胡、俞诸先生发现了新问题,往往轻易下专辄的断案,说这也是铁证,那也是铁证。赵先生有意写红学史的综合性研究的著作,似乎应该采取比胡、俞诸先生更开明、更客观的态度,才能获得更公平更全面的'总结性的整理。'"❹ 潘重规的态度属于哪一"极端",赵冈并没有做划分。很显然,赵冈绝不会同意潘重规的意见,所以,争论常常是各说自家的理。所谓"不争之论"是

---

❶ 赵冈:《红楼梦论集》,台北志文出版社1975年版,第158页。
❷ 赵冈:《红楼梦论集》,台北志文出版社1975年版,第158页。
❸ 赵冈:《红楼梦论集》,台北志文出版社1975年版,第163页。
❹ 朱传誉:《红学论战:以赵冈为中心》,台北天一出版社1981年版,第70页。

虚妄的，因为红学堪称一门"争议之学"，最能考量那些谈红者（无论"局外""局内"或"门外""门内"）"道问学"的才力及"尊德性"的心力。

　　四近楼在《诘赵、潘的红学论》一文中另有一段耐人寻味的话："至于潘先生极力非难红楼梦新探：'前八十回抄本石头记是曹雪芹所著，已是不争之论。'因而重申他'我是不承认曹雪芹是红楼梦的原作者'，其所引据的各点，我也在此概括一谈。从明报月刊附刊在七十四期《谁停留在猜测阶段》一文中胡适《对潘夏先生论红楼梦的一封信》，结合胡适返台讲学，与潘先生见面时所说：'旅居国外，没有新的材料，暂时不想发表新的意见'来看，简直有些懒得多谈之意。只有加重赵刚先生'不争之论'的分量。说到李辰冬教授的主张，我们是熟知的。他请潘先生演讲红楼梦，问题决不等于承认曹雪芹非红楼梦作者。尤其是关于大陆方面，如果不是百分之百铁定红楼梦是曹雪芹所著，而认为还不是定论，决不会全国上下隆重举行雪芹二百年周岁纪念之理！平心而论，现在红楼梦专研的学者，恐怕仍然先要数到大陆的几位专家，因为他们几乎都是毕生专研的人。然后轮到海外。我们知道当年壬午癸未的大论战，目的就是为了决定曹雪芹二百年祭这个大日子！……个人对赵冈先生夫妇和潘先生绝无丝毫嫌隙，本篇所云，只为学术而论学术，间有用语过当之处，敬请原谅。"❶ 四近楼的"诘"问还是涉及了人际"嫌隙"，如"懒得多谈之意"的猜测，以及"先要数到大陆的几位专家"的判断，可见，"为学术而论学术"至少在红学的一亩三分地是很不易的。当然，赵冈在这方面表现出的学者风范还是可圈可点的，试举一例说明。刘梦溪在《红楼梦与百年中国》一书中将"赵冈与余英时讨论《红楼梦》的'两个世界'"列为第十六次争论。赵冈的问难文章《"假作真时真亦假"——红楼梦的两个世界》一文在肯定余英时"为《红楼梦》研究开辟了一条崭新的途径"的同时，对这个理论体系展开了深刻"检讨"。这一"检讨"意见集中在"真假主从关系"和"创作动机与创作主题问题"两方面，并将主张"家族盛衰说"的"旧的理论"同主张"理想世界说"的"新的理论"对照，从而对"理想世界论"的防御工事展开了"火力侦察"，以暴露其破绽。肯定了"家族盛衰说"的合理性，希望余英时能够弥补"理想世界论"的"新理论"的破绽。而余英时的反驳文章《眼前无路想回头——再论红楼梦的两

---

❶ 朱传誉：《红学论战：以赵冈为中心》，台北天一出版社1981年版，第33页。

个世界兼答赵冈兄》则反驳赵冈的问难,进一步阐发他的"两个世界"说。刘梦溪评价这次论争:"这是一次有较高学术水平的讨论,不像有的红学论争那样,学者的意气高于所探讨的问题。赵冈在文章中一开始就声明,他是站在为朋友效忠的反对者的立场,来检讨对方的观点和理论;余英时亦表示感谢赵冈一再诚恳指教的好意,观点虽各不相让,却不失学者风度,使论争起到了互补的作用。"❶ 如果红学论争都能起到"互补的作用",红学还是值得做下去的一门学问。

　　曹雪芹著作权的争议最近又出现新说即"洪昇说",此说由土默热竭力提出。龚鹏程在《〈土默热红学〉小引》一文中说"近些年,有关《红楼梦》作者问题,已不再能用'自传/他传'或'索隐/考证'来区分,因为业已混糅难辨,形成非常复杂的状况。"❷ "混糅难辨"究竟是问题本身的原因抑或人为的原因呢?理想的答案是两者兼有。这使人联想起《金瓶梅》作者争议来。刘世德题为《金瓶梅作者之谜》的演讲(2007年2月9日于北京现代文学馆)将这种比附猜测式作者研究指称为"笑学""伪科学",引来各种质疑。针对各种《红楼梦》作者新说,严谨求真的学者所能采取的态度不妨以宋淇的意见为参考,宋淇说:"我觉得曹雪芹的著作权暂时不应该否定,除非我们再找到新的证据。我觉得曹雪芹很不幸,比如说19世纪吧,英国的狄更斯可以靠稿费维生,他的小说在杂志上连载,那个《孝女耐儿传》稿费赚得不得了。巴尔扎克写了三四十本《人间喜剧》,他也是写了小说来还债,结果还债虽然不成功,可是至少是有收入。曹雪芹有稿费没有?没有。他写了以后,有人拿他的原稿去抄,去市场卖,卖一百两银子,曹雪芹一个钱也没有。他就说,谁能够给我南酒烧鸭,我就替他写小说。穷到这种地步,他要愁自己的生活,他要愁家里的生活,在这种极端困难情况下写成《红楼梦》,又不能算是《红楼梦》作者,我觉得我们在获得更多具体的证据以后,才能剥夺他的著作权。"❸ 宋淇的意见能够得到尊重吗?答案并不乐观。

　　脂评本《石头记》和脂砚斋的问题。吴智勋在《浅评赵冈先生论〈脂评本石头记〉》一文中说:"有关脂评本《石头记》的问题很多,都是议论纷纷,莫衷一是。《红楼梦新探》论及这些问题时,想把以往的'错误'一一

---

❶ 刘梦溪:《红楼梦与百年中国》,河北教育出版社1999年版,第391页。
❷ 龚鹏程:《红楼丛谈》,山东画报出版社2012年版,第264页。
❸ 胡文彬、周雷:《红学世界》,北京出版社1984年版,第30-32页。

纠正过来，可是，他的论据犯驳的地方很多。"❶

由上可知，赵冈专章研讨"脂评本《石头记》与批书之人"这一"莫衷一是"的问题，必然引来争议。赵冈集中讨论了两个方面：脂评本《石头记》、脂砚斋与畸笏叟，其中对脂评本的"有正本""庚辰本""己卯本""甲戌本""甲辰本""东方研究院本""蒙古王府本"均一一谈了自己的看法，至于"红楼梦稿本"则另设专章讨论。不过，尽管赵冈用心可取，若用吴智勋的话说"他的论据犯驳的地方很多"。赵冈则认为："考证《红楼梦》最大的疑难尚不在于作者曹雪芹的身世，而在于脂评本《石头记》之复杂耐人寻味之后四十回续书的扑朔迷离。"❷ 赵冈试图将"最大的疑难"从"扑朔迷离"中澄清，即"我们必须把以往的错误一一纠正过来"❸，这些被"纠正"的"错误"中尤以对脂砚斋的判定引人瞩目，即脂砚斋就是曹天佑。此前，赵冈曾相信脂砚斋与畸笏叟是同一个人的说法，曾假设"脂砚即曹颙的遗腹子，因为它的破绽最少"❹。由于各种假设的"破绽"均难弥合，"不争之论"自难达成。

张惠说："赵冈则不拘一体，对《红楼梦》多个问题展开了探讨。他对脂砚斋的判断引起了较为广泛的注意，一些学者予以热情的称赞，认为这是对脂砚斋身份最为合理的解说，比如夏志清……夏志清所说的'推翻'，是指赵冈对周汝昌的突破。周汝昌在《这本石头记之脂砚斋评》中，提出脂砚斋是史湘云的看法。在美国学者中，唐德刚赞同这个看法，而周策纵则表示反对，但是他们两人都是在《胡适口述自传》译注后按里旁及于此，并没有作出任何解释和证明。真正提出异议并予以证明的是赵冈发表在《大陆杂志》上的《脂砚斋与红楼梦》……后来在《红楼梦新探》和《红楼梦研究新编》中更肯定脂砚斋是曹天佑，曹雪芹的堂兄。赵冈说法的价值在于：脂砚斋自幼父母双亡，没有兄弟只有一姊，可破胡适的曹雪芹本人说；脂砚斋是曹家本家人，可破俞平伯的曹雪芹舅父说；脂砚斋是男性非女性，可破周汝昌的史湘云说。而且又一步步索解这个男性的'脂砚斋'直到从批语和宗谱得出是曹天佑的结论，有理有据，因此夏志清赞许有加。另有一些学者则

---

❶ 朱传誉：《红学论战：以赵冈为中心》，台北天一出版社1981年版，第48页。
❷ 赵冈、陈钟毅：《红楼梦新探》，文化艺术出版社1991年版，第69页。
❸ 赵冈、陈钟毅：《红楼梦新探》，文化艺术出版社1991年版，第69页。
❹ 赵冈、陈钟毅：《红楼梦新探》，文化艺术出版社1991年版，第111页。

在称赞赵冈观点的同时予以补充论证。比如翁同文的《补论脂砚斋为曹颙遗腹子说》……翁同文的论文绝大部分篇幅为赵冈的说法提供了证据并印证其结论，进一步加强了赵冈说法的说服力。还有一些学者则对赵冈的说法表示反对，比如刘广定《脂砚斋非曹颙遗腹子考》……从这些反馈意见来看，赵冈'脂砚斋'的判断，虽还不能成为定论，却也较为合理而可备一说。"❶ 的确，"聊备一说"是理想的选择了，这应是赵冈的期待。至于曹雪芹与敦敏、敦诚的交谊，以及《抄本百廿回红楼梦稿》等问题的论争，主要集中于赵冈与四近楼、高阳、潘重规、徐复观等学人之间，总是各举其证，各言其理。尽管影响不广，足可说明"以赵冈为中心的论争"的确活跃了中国台湾、香港地区的红学，并引起一些海外学人的关注。

三、研究方法与论辩方式之争

红学研究方法尤其推理与论辩的方式最为人们关注，围绕这一问题的争论总是见仁见智。四近楼在《诘赵、潘的红学论》一文中对赵冈引"当时虎门数晨夕，西窗剪烛风雨昏"诗句考证敦诚与曹雪芹交谊的失误做过如下判断：敦诚诗中"数晨夕"的"虎门"是指北京西城绒线胡同的右翼宗学。吴恩裕举证确切，无可移易。可是赵先生的灵感忽然一阵神来，认为"虎门"第一种用法是指宗学，推而广之，是指一切中央政府的官立学校，包括国子监等。由是生生不息，再向前推，就说是指考试的试院或贡院。完全不凭证据，我们只能说这是赵先生考证求真求新的"读侦探小说，解联立方程式"的方法而已。❷ 如何理解"读侦探小说，解联立方程式"方法呢？（推理联想法）赵冈的失误在于"说外行话"，他在《红楼梦新探》自序中曾谦称自己并非学文史的，难免有许多外行话。其实，在红学考证过程中"说外行话"的何止赵冈一人呢？问题不在于是否说了外行话，而在于是否敢于自我批评、自我完善，即周策纵所谓"自讼"精神及赵冈所说完善自己"防御工事"（"理论的体系"）。周策纵把梁启超倡导的"难昔日之我"扩大到"难当下

---

❶ 张惠：《红楼梦研究在美国》，中国社会科学出版社2013年版，第39—41页。
❷ 朱传誉：《红学论战：以赵冈为中心》，台北天一出版社1981年版，第31页。

之我",这种"自讼"式辩难可以确保"笔墨官司"不会退化成"官司",这样的辩难才能算是"抬学问杠"。周策纵说:"我以为这虽仍是泛泛之论,但仍然有助于《红楼梦》研究,也许还可由《红楼梦》研究而影响其他学术思想界的风气,甚至于中国社会政治的习俗。"❶ 赵冈的失误在于将"当时虎门数晨夕"的"数"字,解作少数的"数",竟然判定敦诚与曹雪芹于数天内结成知己的忘年交,于是遭到四近楼的揶揄:"大抵略具中国旧诗修养的人总不至于如此吧。"❷ 不仅潘重规《读〈红楼梦新探〉》一文提到了赵冈这一错误,高阳《〈红楼梦新探〉质疑》一文更指出"确实大错特错",并认为:"赵冈对清朝的考试制度,不曾稍稍深入研究,说了很外行的话。"❸ 赵冈在《对〈红楼梦新探质疑〉的几点说明》中做了答复:"总之,整个问题尚有待廓清。考试之说固然不妥当,宗室任教之说也很难圆满解释。我们把全部线索集中起来,就会发现,任何一项解释都是顾此失彼。"❹ 赵冈的"顾此失彼"说难以自圆其说,又不能说毫无道理。"顾此失彼"自然总有"破绽",赵冈举例说:近人则多从敦诚敦敏与雪芹的诗词唱和中觅寻蛛丝马迹,最引人注意的是敦诚《寄怀曹雪芹》一诗中的几句……困难之处是如何找出这两句诗的含义。俞平伯、周汝昌、吴恩裕先后提出三种不同的解释。不过,这三种解释都有破绽,难以成立。俞平伯认为这两句诗表示曹雪芹曾和敦诚在"宗学"内"同学读书",周汝昌认为曹雪芹与敦诚同过事,同时担任侍卫的工作,吴恩裕认为西城区曾任教宗学,都难以成立。❺ 可见,赵冈对敦诚《寄怀曹雪芹》一诗解读的失误并不稀罕,用赵冈的话说,即"每人都聊备一格",再接受读者取舍。应当说,"顾此失彼"是"以赵冈为中心"的红学论战的基本生态,甚至整个红学论战的基本生态。四近楼曾说:"何以我们对文学作品要加以考证呢?陶渊明说:'奇文共欣赏,疑义相与析。'我们的目的是要加深欣赏而分析其疑义。考证的取径当是:疑而后考,考在求证,证而后信,无证不信。韩非子说得好:'无参验而必之者,愚也!不能必而据之者,诬也!'"❻ 愚也、诬也,是"顾此失彼"的关键所在,也就是说违

---

❶ 周策纵:《红楼梦案——周策纵论红楼梦》,文化艺术出版社 2005 年版,第 13 – 14 页。
❷ 朱传誉:《红学论战:以赵冈为中心》,台北天一出版社 1981 年版,第 31 页。
❸ 朱传誉:《红学论战:以赵冈为中心》,台北天一出版社 1981 年版,第 34 页。
❹ 朱传誉:《红学论战:以赵冈为中心》,台北天一出版社 1981 年版,第 41 页。
❺ 赵冈、陈钟毅:《红楼梦新探》,文化艺术出版社 1991 年版,第 38 – 41 页。
❻ 朱传誉:《红学论战:以赵冈为中心》,台北天一出版社 1981 年版,第 39 页。

反了考证学的 ABC，其实，不仅违反了考证学的 ABC，包括违反了文学、美学、历史学等的 ABC，红学论战过程中违反 ABC 的情形时常有之。

胡适提出"大胆的假设，小心的求证"的治学方法，尽管大家都在运用，但并不见得用得好。潘重规与赵冈在《红楼梦稿本》上展开了各不相让的论争，为什么会"各不相让"呢？是因为他们各自的"构想"（"大胆的假设"）不能令彼此满意。潘重规说："综合赵先生的意见，这部红楼梦稿，前八十回是高兰墅一位朋友所收藏的一部抄本；后四十回是这位朋友向高兰墅借抄程小泉所获得的后四十回抄本，又借得程小泉第三次排印本加以校改，这样组合而成一部红楼梦稿，应该正名为高兰墅友人所藏的红楼梦稿。至于这位朋友辛苦借抄，又辛苦借刻本校改，主要的理由便是为了刻本太贵，为了'打经济算盘'。我认为赵先生这番构想，全部很难成立……根据以上各项事实，我认为赵先生对《抄本百廿回红楼梦稿》一书鉴定和论断是不能成立的。我希望赵先生经过考虑后，或将作出更完善的取舍。"❶ 赵冈则在《与潘重规先生再论红学》一文中辩论道："不过，我要提醒一下，《红楼梦稿》是高鹗手稿只是一个待证的假设，而不是一个已证明的命题，潘先生别拿它当证据来使用。"❷ 可见，"构想"只是一个待证的假设，不是一个已证明的命题，赵冈的这一清明认识使他并没有像潘重规那样"咄咄逼人"。当然，潘重规的"咄咄逼人"仅限于"我的原意并不如赵先生所转述"而引起的误会，"我要辨明新探引证我对抄本百二十回红楼梦稿的主张的误会之处"，"赵先生种种的推论，都是误会我原文的意思发生出来的无根的推论"。❸ 可见，红学论争中意见分歧的各方常常因为"转述"失真而引起"误会"的"推论"，这也是很难避免的事情。其根源在于缺乏"了解之同情"的态度，总有"我占有真理"的自矜，从而忘记曹雪芹的提醒——"谁解其中味"啊！

赵冈曾在《自传与合传——敬答张欣伯先生》一文中就张欣伯质疑他轻信裕瑞关于曹雪芹"身胖头广而色黑"说法进行反驳道："张先生说'身胖头广而色黑'这句话是'听人家说的，极不可靠'，但对'其叔脂砚斋'这句话却深信不疑。这足证张先生与我犯了同样的毛病。我们都在作个人判断，

---

❶ 朱传誉：《红学论战：以赵冈为中心》，台北天一出版社1981年版，第72-73页。
❷ 朱传誉：《红学论战：以赵冈为中心》，台北天一出版社1981年版，第98页。
❸ 朱传誉：《红学论战：以赵冈为中心》，台北天一出版社1981年版，第70-71页。

然后各取所需。这也足证挑别人的毛病是比较容易的一件事。不过，毛病总归是毛病，我希望与张先生共勉，并建议与张先生分头去找新证据来支持个人的判断与取舍。"❶ "各取所需" "挑别人的毛病"，这样的论辩方式肯定不可取。在赵冈看来，谁的"假设"最能"自圆其说"，就应当首先认可这种说法。"其实，红学研究的推论，到目前为止，都是张先生所谓的'假设'。红楼梦前八十回是曹雪芹所著，也不过是诸般假设之一。真正的答案，只有该书真正著者心中有数。我们在事隔二百多年（这也是假设）的今天来讨论，只能彼此提出各种假设，看谁最能自圆其说。不过在行文之间，要每一句话前面都冠以'我假设'三个字，确嫌太啰嗦。因此，红学家大家心照不宣，就把这三个字省略了。不过大家都了解其中的'假设性'。"❷ 红学研究的推论到目前为止果真都是"假设"吗？应当说，这不是赵冈的常识性误读的判断？而是基于他对考证派红学评估的结论。

前文谈及潘重规对赵冈"治学谨慎的态度"的钦佩，这种"钦佩"却在林语堂这里大打折扣了。为什么呢？因为林语堂看不惯赵冈在高鹗续书问题上的意见，即虽不相信"高鹗作伪说"，却又提出后四十回不是曹雪芹原稿而是另一位雪芹堂兄所续。林语堂认为："赵冈的文章表面上是客观的，有逻辑的，实际上仍是他七年前《〈红楼梦〉考证拾遗》（一九五九年所作）那一套，主观的矛盾的力量很多很多，不足使人相信。他专做这一类与平伯相同推敲字句望文生义的考证，所以将来必更多纠纷。他看不起吴世昌的英文书，说：'我认为这本书应该全部改写。'难免有'老王卖瓜'及王麻子剪刀之嫌。他批评及教训曹允中应该看什么书。自然我知道赵冈既有王瓜可卖，也委实看了不少书，有话要说，但是始终不能因新材料的发现，指出曹允中一个破绽。所指关于脂评的话，托为近人所考脂砚系雪芹的堂兄曹天佑，其实就是赵冈自己所考。文字上那样确定，使人疑心真是新近的定案，这个太不应该了。"❸ 林语堂的这段批评不免"意气之争"的成分，这又是为了什么呢？原来，赵冈不同意曹允中的看法，即高鹗未尝作伪，后四十回完全与雪芹计划的"写作大纲"相符合。林语堂则说："我看最近二者的文章，认为

---

❶ 朱传誉：《红学论战：以赵冈为中心》，台北天一出版社1981年版，第44页。
❷ 朱传誉：《红学论战：以赵冈为中心》，台北天一出版社1981年版，第44页。
❸ 林语堂：《平心论高鹗》，陕西师范大学出版社2004年版，第28页。

曹允中的态度是公允的,其方法就红楼本书研究理论,是正确的。"❶ 赵冈与林语堂的思路不一致,林语堂认为"赵冈文中根本否认曹君及我文中的方法","赵先生根本不懂我及曹君的意思",于是,林语堂全盘批评赵冈考证方面的"望文生义",并且说:"看过赵先生'拾遗'一书的人,处处看见他的强词夺理。"❷ 林语堂终究在对待赵冈的态度上不能"平心"而论了,这与胡适对赵冈"牛角尖"的批评一样,"我占有真理"般地"挑别人的毛病",各取所需而已。

结　语

赵冈说:"从事《红楼梦》考证工作的人始终了解,他们是在为其他方面的研究工作整理材料,做一些铺路工作。路不会永无止境地铺下去,路铺好了自然会通车。考证工作有了可靠的结论,其他方面的研究工作就可以利用这些成果。这多方面的研究工作并不互相排斥,它们始终会相辅相成的。李田意教授在大会中说,《红楼梦》的考据、义理、辞章三方面的研究早晚会熔于一炉,这正代表我们共同的愿望。以往《红楼梦》研究者是分工,以后应该是大家合作了。"❸ 赵冈在《首届国际红楼梦研讨会论文集》"导言"所说的这番话表明,他是很清楚自己所做工作的性质和意义的,他对红学发展充满期待。

赵冈针对《红楼梦》研究未来方向问题提出了"分久必合"的观点。他说:"过去的《红楼梦》研究,因学说的不同而产生了许多'门派','掌门人'立下的'门规'也都很森严,所以往往有许多打门的场面出现。这并不是很好的局面。我认为一开始大家可能由各种不同的角度来研究这么一门博大、深奥的小说,可是到了一个阶段以后,这局面应该是'分久必合',就会去从事一种'整合'的新研究方式。过去用各种不同角度来研究《红楼梦》的各'门派'都有他们的贡献,可以综合各种角度的说法来研究这个小

---

❶ 林语堂:《平心论高鹗》,陕西师范大学出版社2004年版,第28页。
❷ 林语堂:《平心论高鹗》,陕西师范大学出版社2004年版,第28页。
❸ 周策纵:《首届国际红楼梦研讨会论文集》,香港中文大学出版社1983年版,第7页。

说了。"❶ 赵冈的这一倡导是具有先见之明的，这表明他在《红楼梦》研究方法上的开放态度。

余英时在谈及《红楼梦》研究未来方向时说："我认为大家都代表各种不同的方向，如赵冈的基本方向还是考证，版本方面，我觉得他在这方面的贡献最大，在海外的考证派，他是代表性的人物，他在这方面发展胡适之的传统，我觉得这个传统在今天还有其意义，我们不应该把一个方向带进另一个方向，要鼓励多种方面去发展。有些做得少的，我们就多做一点；我们已经做得很多而暂时可能不会有什么新进展的，不妨暂时搁一搁少做一点。"❷ 余英时对赵冈红学研究的评价客观平实，他对"红学未来方向"的看法值得进一步思考。

纵观赵冈的红学志业，可谓：兢兢业业解红楼，新探赢得海外讴。大胆假说虽待证，求真不止意悠悠。

附录：赵冈学术简历

赵冈（1929—　），美籍华人学者，1951 年毕业于台湾大学经济系，1962 年获美国密歇根大学博士学位。先后任教于美国密歇根大学、伯克利加州大学、威斯康辛大学，是著名经济学家；主要研究领域为中国经济史，其中又以明清经济史为重，著述颇丰，如《中国棉业史》《中国土地制度史》《中国经济制度史论》等。

红学著作有《红楼梦新探》《红楼梦论集》《漫说红楼梦》等，其中《红楼梦新探》（赵冈、陈钟毅合著）一书颇受关注。冯其庸、李希凡主编《红楼梦大辞典》引录赵冈论文：《曹氏宗谱与曹雪芹的上世》《康熙南巡与〈红楼梦〉》《红楼梦的写作与曹家的文学传统》《脂砚斋与红楼梦》《再论甲戌本石头记的成书年代》《论〈乾隆抄本百廿回红楼梦稿〉》《从靖应鹍藏抄本红楼梦谈红学考证的新问题》《程高刻本红楼梦之刊行及流程情形》《假作

---

❶ 胡文彬、周雷：《红学世界》，北京出版社 1984 年版，第 41 页。
❷ 胡文彬、周雷：《红学世界》，北京出版社 1984 年版，第 52－53 页。

真时真亦假》《红楼梦里的人名》等。

20世纪70年代初,赵冈与余英时围绕"《红楼梦》的两个世界"问题展开学术论争,这场高水平的学术讨论影响颇为深广。

林语堂的红学研究：

平心论高鹗，到底意难平

引　言

　　林语堂曾撰过联语：两脚踏东西文化，一心评宇宙文章。这两句大体概括了林语堂的人生志业，即沟通中西文化，撰著天地文章。用林语堂自己的话说："我最喜欢在思想界的大陆上驰骋奔腾。"❶ 尤其这番"两脚踏""一心评"之气概影响颇为广泛，曾一度引起了张爱玲的追模，即"张爱玲把中篇《金锁记》扩展成英文长篇 *Pink Tears*（《粉泪》），却遭 *The Rice–Sprout Song* 原出版者纽约 Charles Scribner's Sons 拒绝。她早年便立意以英文著述扬名（《私语》：'我要比林语堂还出风头'），因此打击很大。"❷ 张爱玲"从小妒忌林语堂，因为觉得他不配，他中文比英文好"❸。当然，尽管张爱玲自我期许很高，但她终究难以像林语堂那样"出风头"，即"'林氏可能是近百年来受西方文化熏染极深而对国际宣扬中国传统文化贡献最大的一位作家与学人'。……'他一生最大的贡献，应该是，而且也公认是对中西文化的沟通'"❹。笔者以为，所谓"两脚踏""一心评"之气概，诚乃林语堂关于文人"丈夫气"的最好诠释。林太乙著《林语堂传》回忆道："父亲写过：'做文人，而不准备成为文妓，就只有一途：那就是带点丈夫气，说自己胸

---

❶ 林语堂：《我这一生：林语堂口述自传》，万卷出版公司2013年版，第28页。
❷ 庄信正：《张爱玲与庄信正通信集》，新星出版社2012年版，第19页。
❸ 张爱玲、宋淇、宋邝文美：《张爱玲私语》，北京十月文艺出版社2011年版，第60页。
❹ 林太乙：《林语堂传》，中国戏剧出版社1994年版，第290–291页。

中的话，不要取媚于世，这样身份自会高。要有点胆量，独抒己见，不随波逐流，就是文人的身份。所言是真知灼见的话，所见是高人一等之理，所写是优美动人之文，独往独来，存真保诚，有骨气，有识见，有操守，这样的文人是做得的。'我想父亲这样的文人是做得的。"❶ "这样的文人"的确难得，即"尊德性"与"道问学"兼备，"作家之文"与"学者之学"兼善。

总之，林语堂既不失为一位名满天下的独特的中国作家，又不失为一位学贯中西的典型的中国学者。其《吾国与吾民》及《生活的艺术》以各种文字的版本风行于世，其《平心论高鹗》则不失为典型"中国气派"的学术"一家言"。（笔者按：林语堂著《平心论高鹗》由台湾文星书店于1966年印行，传记文学出版社于1969年再次印行，内地出版社尚有多种印本，受到广泛关注。如林语堂所说："平心论高鹗——是对认为《红楼梦》后四十回伪作的回答。"❷）

周资平在《林语堂的大关怀与小情趣》一文中说："五四这一代知识分子所不缺的是对中国传统文化激烈的批评。陈独秀（1879—1942），鲁迅（1881—1936），钱玄同（1887—1939），吴虞（1872—1949），吴敬恒（1865—1953）这一批开启中国思想现代化的先驱学者，对中国的传统从语言文字到文学，艺术，戏剧，孝道，家庭制度，无一不持批判的态度……林语堂（1895—1976）在这样一个批判旧传统的大环境里，有他极特殊的地位。他对中国文化的态度，既不是极端的激进，也不是守旧卫道，而是表现出一定的依恋和欣赏。这种依恋和欣赏，在上面所提到的一批新派知识分子当中是极少见的。当然，林语堂的依恋或欣赏并不是毫无选择的，他和陈独秀、鲁迅、胡适有许多类似的地方，认为中国固有的文化中，有许多不近情理的礼教习俗，需要西方文化的冲激和洗刷。但是他的态度和关怀是不同的……在充满新旧的冲突和东西方文化矛盾的大环境里，我们经常看到的是，'打倒旧礼教''废灭汉字''文学革命''全盘西化'这类带着相当'杀伐之气'的字眼。林语堂很少横眉竖目地要'革命'，要'打倒'。他能从新旧之间看出调和共存的可能，而不是互相倾轧，你死我活。"❸ 林语堂的这种态度和关怀在《红楼梦》研究上同样有所表现，他并不赞同"打倒高鹗""废灭

---

❶ 林太乙：《林语堂传》，中国戏剧出版社1994年版，第289页。
❷ 林语堂：《我这一生：林语堂口述自传》，万卷出版公司2013年版，第94页。
❸ 周资平：《现代人物与文化反思》，九州出版社2013年版，第3-4页。

续书",所以,他要"平心"地讨论一番,尽管这一番讨论的结论并不见容于当时或此后的红学大环境,即新红学影响下的"高鹗续书说"及"狗尾续貂说"的大环境。

胡适在《〈红楼梦〉考证》改定稿中曾说:"但我们平心而论,高鹗补的四十回,虽然比不上前八十回,也确然有不可埋没的好处。"❶ 林语堂的"平心"应当是对胡适的接续,不过,其"平心而论"的结论则令胡适大为不满。周资平说:"胡适对林语堂的结论是很不以为然的。1957 年 9 月 12 日,胡适有信给杨联陞,说到为赵元任祝寿的文章:'语堂先生的长文,我曾看过,很不赞成他的思路,也曾作许多夹签指出我不赞成的一些地方。但他已走上了牛角尖,很不容易拔出来。'胡适在红学研究上最大的贡献是将红楼梦研究从猜谜似的索隐,转向到作者生平和版本的历史研究。林语堂的《平心论高鹗》,并没有提出这方面的新材料,只是在旧有的材料上进行新的解释,难怪胡适不能服气。1961 年 6 月 5 日,胡适有复李孤帆的信,李此时正计划编一本'红楼梦集评',胡适给的建议是:'有许多文章是不值得收集的,如李辰东,林语堂,赵冈,苏雪林……诸人的文字。'显然,胡适认为林语堂的《红楼梦》研究是无价值之可言的。"❷ 可以认为,《平心论高鹗》"并没有提出这方面的新材料,只是在旧有的材料上进行新的解释"的说法是有道理的,当然,仍不能说清胡适之所以不满的心理动机。其实,胡适不满的主要原因则在于林语堂竟顽固地坚持《红楼梦》全书作者就是曹雪芹这一观点。林语堂的这一观点尽管实践了自己"要有点胆量,独抒己见,不随波逐流"的为人为学原则,却无疑是对胡适所首倡《红楼梦》作者即曹雪芹和高鹗说的挑战。此刻,胡适也不免动了"正谊的火气",建议李孤帆在编辑《红楼梦集评》时不要收录李辰东、林语堂、赵冈、苏雪林诸人的文字。实际上,李辰东和赵冈的红学贡献和影响甚至大于林语堂,竟然也被"殃及池鱼"了,即胡适所苛责的"走上了牛角尖"之徒。(笔者按:胡适曾说:"赵冈先生是一位学经济学的,他在几年前偶然对《红楼梦》发生了兴趣,写了无数文字,越写越走上了一个牛角尖里去了。"❸)

胡适在动"正谊的火气"时,并不顾及朋友间的友谊。林语堂与胡适订

---

❶ 胡适:《胡适红楼梦研究论述全编》,上海古籍出版社 2013 年版,第 106 页。
❷ 周资平:《光焰不熄:胡适思想与现代中国》,九州出版社 2012 年版,第 79 页。
❸ 耿云志、宋广波:《胡适书信选》,外语教学与研究出版社 2012 年版,第 490 页。

交很早，据林语堂追忆，"胡适到京的时候，他是以'清华教职员的身份'去接胡适的。那时，林语堂刚从圣约翰大学毕业，对胡适有'仰之弥高'的感觉。语堂此时在报上发表了支持白话文的文章，引起了胡适的注意。从此两人订交，用林语堂自己的话说'交情始终不衰'，维持了近四十五年，直到1962年胡适逝世。林语堂的女儿林太乙则说，'胡适的确是玉堂（按：语堂原名）的真正密友。'1919年，林语堂到哈佛大学留学，胡适是关键人物。林语堂当时拿的是清华大学的奖学金，经过胡适作保，林语堂答应在回国后到北大任教。林语堂在国外期间，奖学金迟迟不来，而妻子廖翠凤又开刀住院，经济陷入困境，再由胡适作保向北大支借两千元，度过他生活上的困境。"❶ 这支借的两千元其实是胡适自己的钱，并不是公款，这个秘密在林语堂回国之后揭晓。林语堂在《八十自述》中谈及这笔钱，声称已于回国的年底前还给胡适，而这"慷慨和气度"则留给林语堂深刻影响。那么，"胡适为什么要资助林语堂呢？一是朋友；二是人才。援助这个人，可以为国家造就一个高级人才，可以为文化培养一名优秀的建设者。也可以为北大预备一位具有新思想的教授……胡适的思想影响了林语堂的人生趋向，胡适的道德及经济支持助成了林语堂知识学问乃至日后的学术文化事业"❷。胡适约在1923年《致蔡元培》信中道："林玉堂君今日有信来，说已得先生的信，甚感谢。但款尚未收到，故未作复。林君之款已欠半年多，可否请会计课早为寄去？他的旅费最好亦于此时寄去，使他可早日定船。此人苦学，居然能将汉文弄得很通，他将来的贡献必可比得马眉叔。甚盼先生为他设法，使他可以回来。"❸ 胡适信中表达了对林语堂两方面的欣赏：一则"能将汉文弄得很通"。林语堂坦言："在莱比锡时，我已读了许多中国书，并努力研究中国语言学，颇有所得，因在莱比锡和柏林两地都有很好的图书馆，而由后一处又可以邮借所需的书籍来使用。自任清华教席之后，我即努力于中国文学，今日能用中文写文章者皆得力于此时的用功。"❹ 这也无怪乎张爱玲说林语堂"中文比英文好"。当然，在胡适看来，"很通"的方面应包括做文章的方法；一则"将来的贡献必可比得马眉叔"。这是对林语堂之才的珍惜，竟将林语

---

❶ 周资平：《光焰不熄：胡适思想与现代中国》，九州出版社2012年版，第68页。
❷ 程巢父：《思想时代：陈寅恪、胡适及其他》，北京大学出版社2013年版，第166–167页。
❸ 耿云志、欧阳哲生：《胡适书信集》，北京大学出版社1996年版，第326页。
❹ 林语堂：《我这一生：林语堂口述自传》，万卷出版公司2013年版，第25页。

堂与著述中国第一部语法著作《马氏文通》的作者马建忠相提并论。梁启超评《马氏文通》"为'文典学'之椎轮焉"❶。值得一提的是,"在胡适用来'通'旧籍的《马氏文通》,在陈寅恪的眼中就不通之至!"❷(陈寅恪《与刘叔雅论国文试题书》:"呜呼!文通,文通,何其不通如是耶?"❸)

  胡适对林语堂的"平心论高鹗"大为不满尚属于学术见解不同,而鲁迅则对林语堂的学问颇有"微词"。何满子说:"鲁迅更是为林语堂着想,深知搞中国学问不是他的强项,搞这些徒为高明所笑。诚所谓'君子爱人以德',尽老朋友规诫之道,劝林语堂译点于中国有益的好书。林语堂不听劝说,反更加厉,这才引起鲁迅的批评。……鲁迅不便明言,林语堂那点中国学问,鲁迅自然掂得出分量,不论谈老庄,谈明人作品,'此公亦诚太浅陋也'(《书信·350323致许寿裳》)。后来在美国轰动一时的《吾国与吾民》(*My Country and My people*),就被通晓中国文化的陈之迈教授讥为书名应改作 *Your Country and Your people*(见鲲西《清华园感旧录》页九十一),义颇近于上海话的'自说自话'。鲁迅当然不及见这个'百货发百客'的世界里'太浅陋'的东西在洋人那里也能名利双收;即使如此,在终极的意义上鲁迅的规诫仍是嘉言良谟,何'偏激'之有!连最刺激的言词也怕伤朋友的心而没有点出,只向许寿裳这样的老朋友私下月旦一句而已,也够厚道的了。顺便说说,《吾国与吾民》的中文译者黄嘉德我也熟悉,1951年在一地同处时,曾问他对此书的观感。他说,林先生的英文的确漂亮,堪作范文。问他内容,则说外国人爱读,很风行,而不置评。由此可知,林语堂的英文确很高明,鲁迅的规劝正是希望他用己之长,纯是一片好心。同时鲁迅也是为中国着想,鲁迅是把引入域外的好文化当作'窃火'的。"❹鲁迅的规劝并没有打动林语堂的"芳心",他弄起学问来不仅认真而且自信,譬如他对《平心论高鹗》就很是自信。当然,这种自信在为他赢得批评的同时也为他赢得了谈讲学问的一席之地。由此可见,林语堂是一个颇有争议的作家型学人。

---

 ❶ 梁启超:《清代学术概论》,中华书局2010年版,第76页。
 ❷ 桑兵:《学术江湖:晚清民国的学术与学风》,广西师范大学出版社2017年版,第251页。
 ❸ 陈美延:《陈寅恪集·金明馆丛稿二编》,生活·读书·新知三联书店2017年版,第251-252页。
 ❹ 何满子:《文心世相:何满子怀旧琐忆》,北方文艺出版社2014年版,第78-79页。

一、高鹗是否续书

林语堂在《平心论高鹗》中于旧有的材料上进行新的解释，自有一番道理。这道理包括两个方面：一方面细致地考辨评鉴了"高鹗是否续书的问题"和"高鹗续书如何评价的问题"；一方面以"平心"的态度为一百二十回本《红楼梦》、为高鹗做翻案文章。

1966 年 7 月 1 日，林语堂撰写了《平心论高鹗》一书序言，清楚地交代了他的写作背景、动机、经过和目的，其红学用心和业绩毕现于其中，兹录全文如下：

> 本年正月起，陆续在"中央社"特约专栏发表了七篇文章，表示个人向来的意见，认为高鹗续书证据不能成立。从晴雯的头发说起，一直说到俞平伯及近人对此说的怀疑。只因高鹗续书的话已经为一般人所接受，翻案文章，必有读者疑信参半，所以不惮辞费，说明原委。况且《红楼梦》是中国文学史上第一部有结构、有想象力的奇书，其后四十回真伪之辨，非常重要。这七篇文章，比较为一般读者而写的，把这论辩的要点指出来。文虽陆续发表，大体上有互相印证之处。《平心论高鹗》一文长六万言，曾登载"中央研究院"历史语言研究所集刊第二十九本，一九五八年发表，是比较给专家看的考证文字。这是一篇比较有系统的、全面的研究。对于最近新书的材料的研究，大略可见于《跋曹允中文》《论大闹红楼》及《俞平伯否认高鹗作伪原文》三篇。
>
> 关于这个问题，最重要的新材料，就是一九六三年上海影印的《乾隆抄本百廿回〈红楼梦〉稿》，即所谓《高鹗手定本》。我怀疑这稿本，高鹗是"阅过"，但不像是普通编辑略加修补字句的加工而已。其所添补，是真用功夫，绘形绘色，添出许多故事情节和细末的描写，似是原作者用心血写的，而不是高鹗在七十多天所写得出来的。倘是这抄本里面所改的不是出于高鹗，而是出于曹雪芹的手笔，其价值更不待言了。我们还得慢慢地研究一下，若真出于曹氏手笔，这手稿可使我们研究这伟大作者易稿、改稿的功夫，其宝贵自不必说。现在我们所知可能是曹

雪芹的笔迹，只有"空空道人"四字（吴恩裕所藏，是题篆书"云山翰墨，冰雪聪明"八字的署名，见吴恩裕《有关曹雪芹十种》，上海中华书局一九六四年）。吴注此四字是否雪芹所写"不能十分肯定"。此笔迹与《高鹗手定本》添改的字笔迹相似。我们希望再有雪芹的笔迹可以发现。这稿本卷前题又是高鹗题"阅过"，又不是高鹗在程甲本与程乙本相差七十多天中间所能为力添补的，那么，这添补出于何人，就成为不能不求解答的问题。

一九六六年七月一日林语堂序❶

《平心论高鹗》一书的这篇序言，姑可视为一篇《林语堂红学志业述要》之类文字。在林语堂看来，《红楼梦》是中国文学史上第一部有结构有想象力的奇书，因此，后四十回真伪之辨就显得非常重要。这一见识显然不同于胡适，胡适主要不是出于肯定《红楼梦》在中国文学史乃至世界文学史上的崇高地位出发考证《红楼梦》，这一点引来了林语堂的不满。自胡适《红楼梦》考证之后，高鹗续书说法已经为一般人所接受，翻案文章很不易做。然而，由于读者对高鹗续书的说法疑信参半，真伪之辨也就不能不做了。由此可见林语堂知难而进的学术勇气，包括他考证上的功夫。关于这考证上的功夫，可参看周资平在《胡适与林语堂》一文中的评价："从提倡白话文到整理国故，林语堂在大方向上，和胡适都是一致的。至于文字风格的不同，只能看作是大同之中，有些小异。胡适自称有'历史癖'和'考证癖'，林语堂对这两点的癖好，远没有胡适深。但林语堂在晚年也好研究《红楼梦》，并稍稍展露了一些他在考证上的功夫。"❷林语堂早年曾积极响应胡适"整理国故"的号召，他1923年12月1日发表了《科学与经学》一文，"对胡适在《国学季刊发刊宣言》中倡议的'用历史的眼光来扩大国学研究的范围，用系统的整理来部勒国学研究的资料，用比较的研究来帮助国学的材料的整理与解释'表示热烈的支持……他说：'若以科学的思想而论，我们不能不承认戴钱王段是最有科学的精神。科学的精神无他，就是以极强猛求知的欲心同时兼着最怀疑细慎的态度，是能鉴察于考定事实与假设理论之间的精神。'林语堂的这段话无非就是胡适'大胆的假设，小心的求证'这句口号

---

❶ 林语堂：《平心论高鹗》，陕西师范大学出版社2004年版，第1-2页。
❷ 周资平：《光焰不熄：胡适思想与现代中国》，九州出版社2012年版，第78-79页。

的推衍。"❶ 林语堂之所以对胡适质疑,是受了"求知的欲心"和"怀疑细慎的态度"的驱动,他要运用其"能将汉文弄得很通"的本领,稍稍展露了一些他在考证上的功夫。

高鹗是否续书的问题是林语堂考辨的第一个问题,这个问题涉及如何评价后四十回甚至一百二十回《红楼梦》的问题。

关于《红楼梦》后四十回,大体可从"两派三种态度"上考察。黄裳在《门外谈红》一书中说:"概自'红学'生成以来,对后四十回及其作者的认定与评论,大体可分两派。其肯定后四十回为高续并加否定评论者,自鲁迅、胡适、俞平伯、周汝昌以降,实繁有徒,其否定高续者,到张爱玲而臻极致。其肯定高续并力挺其文学价值者,可以林语堂为代表,舒芜亦挺高的健者。双方论点鲜明对峙,如扩而大之,读者群中因黛玉之死而下泪者,如越剧《红楼梦》、新面世以忠于百二十回原著的电影的部分观众者皆是。双方鼎峙,难分高下,而他们都是承认后四十回著者为高鹗,则是一致的。……总而言之,在古典名作小说的作者问题上,一般说,应取'宜粗不宜细'态度,不至徒费精力,在这种深邃的死胡同里开拓、前进。虽然,在高鹗说来,他的被解脱,能脱身于众口交责的尴尬境地,确是巴不得的'好事'。"❷ 黄裳建议两派应持一种平和的"宜粗不宜细"的态度,所谓不至于"徒费精力",正是一种"阙疑"的态度。至于"三种态度":一种认为高鹗续作;一种认为出自曹雪芹之手;一种认为根据原稿而补订整理。林语堂主要是坚持第二种态度,认为出自曹雪芹之手。台湾学者刘广定曾在《谈程高本的价值》一文说:"林语堂之《平心论高鹗》是笔者所知最早论证全书为曹雪芹所作之论文。"❸ 林语堂之所以要做出"最早论证全书为曹雪芹所作"的一番论证,一方面是对胡适高鹗续书说的反对,一方面则是对"废灭续书"倡议的不满。林语堂为此借用《红楼梦》第五回咏薛宝钗和林黛玉曲文本韵吟了一首【终身误】:"都道是文字因缘,俺只念十载辛勤。空对着奇冤久悬难昭雪,终惹得曲解歪缠乱士林。叹人间是非难辨今方信。纵然糊涂了案,到底意难平。"❹ "到底意难平"啊!林语堂要站出来打抱不平了,揭穿这"学者

---

❶ 周资平:《光焰不熄:胡适思想与现代中国》,九州出版社2012年版,第75—76页。
❷ 黄裳:《门外谈红》,上海书店出版社2011年版,第106—108页。
❸ 刘广定:《谈程高本的价值》,载《红楼梦研究辑刊》2013年第6辑。
❹ 林语堂:《平心论高鹗》,陕西师范大学出版社2004年版,第6页。

虚话"。(笔者按:林语堂另有一首戏拟【枉凝眉】:"叹一枝仙笔生化,偏生得美玉有瑕。若说没续完,万千读者迷着他。若说有续完,如何学者说虚话?这猜谜儿啊,教人枉自嗟呀,令人空劳牵挂。一个是泮宫客,一个是傲霜花。想此人能有几枝笔杆儿,怎经得秋挥到冬,春挥到夏!"❶)在林语堂看来,这"惹得曲解歪缠乱士林"的魁首非胡适之莫属,这一发难也就引来胡适的"正谊的火气"。至于对"废灭续书"倡议的不满,林语堂更是溢于言表。他在《平心论高鹗》中不客气地指出:"周是不配谈高鹗的人,因为他是裕瑞一系统来的,只是恶骂,不讲理由,而所恶骂,又完全根据平伯,不加讨论的。"❷ 周汝昌对高鹗的谩骂可谓有目共睹,他尤为赏识张爱玲对《红楼梦》八十回以下"天日无光,百般无味"的评价,并且说:"'天日无光,百般无味',八个字给高氏伪续'后四十回'断了案,定了谳。"❸ 当然,反对这"断了案,定了谳"说法者,林语堂之外更是不乏其人。譬如夏志清曾说:"既然没有后四十回我们便无法估价这本小说的伟大,那么,对后四十回进行批评攻击并且仅仅根据前八十回来褒奖作者,我认为这是文学批评中一种不诚实的做法。如果曹雪芹生前的确没有完成他的小说,或者我们不满于大体上仍出于作者之手的后四十回,那么我们对他的天才及成就的评价也应做相应的改变。但是任何一个公正的读者,只要在读这部小说时没有对其作者问题抱有先入为主之见,那他就不会有任何理由贬低后四十回,因为它们提供了令人折服的证据证明了这部作品的悲剧深度和哲学深度,而这一深度是其他任何一部中国小说都不曾达到的。"❹ 在夏志清看来,对后四十回进行批评攻击是"一种不诚实的做法",他的依据则是《红楼梦》后四十回的"悲剧深度和哲学深度",而非版本学或文献学依据。"挺高的健者"舒芜则认为:"我这个普通平凡的《红楼梦》读者,像千千万万普通读者一样,是先读了一百二十回的《红楼梦》,喜欢它,特别喜欢它那黛死钗嫁的大悲剧结局,然后,才慢慢听说有《石头记》,有脂砚斋评语,有前八十回与后四十回的问题,有高鹗所补后四十回的优劣真伪问题,等等。不管专家对于后四十回如何评价,我们总还是要读一百二十回的《红楼梦》,不想用未完本的

---

❶ 林语堂:《平心论高鹗》,陕西师范大学出版社2004年版,第12页。
❷ 林语堂:《平心论高鹗》,陕西师范大学出版社2004年版,第60页。
❸ 周汝昌:《张爱玲与红楼梦》,团结出版社2005年版,第8页。
❹ 夏志清:《中国古典小说史论》,江西人民出版社2001年版,第268页。

《石头记》代替它。也听说有人抛开原来四十回而重续四十回的,至今为止,还没有看到成功的,并且不相信其为可能,这是普通平凡之见,然而也是牢固难破之见。我坚信,对于任何小说,特别是成为传世经典的小说的评价,千千万万普通平凡读者,永远是最高最后的裁决人。当然,《石头记》也大大应该研究,但是只能包括在《红楼梦》研究之内,而不是用《石头记》否定《红楼梦》。我不知道这个见解上不上得了学术殿堂,我也无意求上,但是我不想改变。"❶ 舒芜的态度同样具有普遍性,即区分"两种《红楼梦》",一种是"阅读的《红楼梦》,一种是研究的《红楼梦》";舒芜的做法显然不同于周汝昌,周汝昌是将"曹雪芹的《石头记》"与"高鹗的《红楼梦》"截然分开,阅读、研究都不容混淆。这两种态度至今都无法达成共识,根源在于舒芜在于"求善",周汝昌在于"求真",其实,在周汝昌看来,他所"求真"者亦便是"善者"。或者说,舒芜的态度是"读者的态度",周汝昌的态度是"研究者的态度",当然,周汝昌的确试图兼顾这两种态度。舒芜也担心自己的态度"上不得学术殿堂",却"我不想改变",他的这种态度无疑在《红楼梦》读者中具有广泛的代表性。

　　林语堂对《红楼梦》作者问题的兴趣是受了胡适的直接启发,他说:"适之首发后四十回高氏伪作之论,而始终能保持存疑客观态度。在《考证〈红楼梦〉的新材料》(1928年)一文中,他发疑问:'如果甲戌以前雪芹已成八十回书,那么,从甲戌到壬午这九年之中雪芹做的是什么书?难道他没有继续此书吗?如果他续作的书是八十回以后之书,那些文稿又在何处?'这一疑问,读者不甚注意,于我却有极大影响。这一动疑,是我论据的出发点,始终不相信,八九年中雪芹不能或不曾续完四十回书之说。"❷ 胡适的"这一动疑",引起林语堂的"疑问":"适之的考证,最要是张问陶说后四十回高鹗所'补'一句话。我想这'补'字,是说'补订''修补'之补,与高序所言相符,却不能拿定说是'增补'。这不能说是什么新证据。"❸ 林语堂对"高序"的理解来自他对小说创作经验的体验以及脂批的文字,他说:"这样的巨幅,经过十年苦心经营,易稿再四,作者到了收场,应当与初稿拟定略有不同,或有删削。作者应有此权力。这不足为后四十回为高鹗'作

---

❶ 舒芜:《舒芜晚年随想录》,人民文学出版社2013年版,第300页。
❷ 林语堂:《平心论高鹗》,陕西师范大学出版社2004年版,第39页。
❸ 林语堂:《平心论高鹗》,陕西师范大学出版社2004年版,第5页。

伪'之证。脂砚斋本'畸笏'已经明明说有几回，因人家借阅而散佚，当时的情形可见。残稿一定有散佚，经过高鹗的整理补订才有个眉目连贯。这真是文学史上一件大事，我们不应作求全之毁，因为有些小出入而断定后四十回是'伪'。"❶ 后四十回与前八十回情节的不相符不过是一些"小出入"，这些地方"读八十回者，谁也不会注意"❷。因是之故，林语堂认为"说高鹗做曹雪芹的应声虫，作伪才补成一百二十回，证据是不充分的。这与科学的所谓'证明'显然不同"❸。林语堂认为，"胡适之指程伟元所叙在鼓摊上购得十几回说这是高鹗作伪之'铁证'，这是倒因为果。必须先证明当时并无残稿、佚稿缮本在外流传，才能说是作伪"❹。至于曹氏残稿散稿问题，林语堂的推定即"曹氏死后，家散人亡，大概稿也散佚，家中人若畸笏者，可以慢慢发现传抄。胡适之于曹雪芹逝世后一百六十四年后（一九二七年）能发现脂砚斋抄本，为什么程伟元在曹氏过去后三十年间便一定不能发现其他抄本？胡发现敦诚赠雪芹诗写本，也是在一百六十年后（一九二二年）。程伟元地近时近，更是可能"❺。林语堂的最后推定是：这样统观全局，胡适的所谓客观证据都不能成立了，高鹗作伪之证据不能成立，我不能不判定高鹗有功而无罪。林语堂在《平心论高鹗》中有破有立，"破"高鹗续书说、高鹗原罪说之不能成立；"立"《红楼梦》全书作者曹雪芹说、《红楼梦》艺术价值崇高说。尤其《红楼梦》全书作者曹雪芹说，林语堂甚至很有把握地给出了详细的推定："我倾向于相信1754年，雪芹已成书四十回，已有初评；1756年，已成八十回；1760年大约已成书约一百二十回；1762年，确定已写完全书（详见本节年表各年下事）。"❻ 为了呈现考辨过程，林语堂为此编了一个写书评书过程年表，可见其用心之细密。

如何评价林语堂关于高鹗续书的见解呢？且看郭豫适如何说："应当说，林语堂否定高鹗续书之说，并非他个人凭空立论，也是有所依据、有所参考的，不过他进一步作了深入的论证。他在《论大闹红楼》一文中，有一段文字就罗列了先后有一些人曾经怀疑或否定高鹗作伪之说，或跟他的看法相一

---

❶ 林语堂：《平心论高鹗》，陕西师范大学出版社2004年版，第5页。
❷ 林语堂：《平心论高鹗》，陕西师范大学出版社2004年版，第5页。
❸ 林语堂：《平心论高鹗》，陕西师范大学出版社2004年版，第5页。
❹ 林语堂：《平心论高鹗》，陕西师范大学出版社2004年版，第8页。
❺ 林语堂：《平心论高鹗》，陕西师范大学出版社2004年版，第9—10页。
❻ 林语堂：《平心论高鹗》，陕西师范大学出版社2004年版，第45页。

致。这些人是：俞平伯、容庚、范宁、吴世昌、赵聪、潘重规、赵冈、曹允中等。从正面论述高本后四十回之文学技俩及经营匠心，这在林语堂以前还没有人如此具体、深入地论证过。不论是高鹗是否续书的问题，还是高鹗续书如何评价的问题，历来说法不一，至今也难以说完全一致。不过林语堂在20世纪五六十年代，就如此认真地研究这两个问题，进行了反复细致的研究和论证，并旗帜鲜明地提出了自己的见解，这是很难得的。事实说明，林语堂《平心论高鹗》一书对后来学术界有关这些问题的论争，直接间接地产生了不小的影响。"❶ 在郭预适看来，林语堂是"有所依据、有所参考的"，"作了深入的论证"的，而这种对于续作的"文学技俩及经营匠心"的"正面论述"，此前无人"如此具体、深入地论证过"。也就是说他的"正面论述"是具有拓新意义的，不能因为其中的具体观点的颇多商榷之处而无视其学术启示意义。譬如，胡文彬曾在《历史的光影——程伟元与〈红楼梦〉》一书中说："二十余年前，林语堂写了一本《红楼梦》研究的专书，书名叫《平心论高鹗》，为高鹗和一百二十回本《红楼梦》鸣不平。那书中某些观点，如说后四十回比前八十回写的还好，我不敢苟同。但我始终认为林先生在那个时代就为一百二十回本《红楼梦》、为高鹗做翻案文章，其眼光和勇气着实令人敬佩。其实，只是'平心论高鹗'这有点不公平，还应该'平心论程伟元'，因为将一百二十回本《红楼梦》的搜求、整理、摆印、流传的功劳归于高鹗一人名下，仍然把程伟元视为一介书商，那是违反历史事实的，可以说是'喧宾夺主'。"❷ 可见，不仅林语堂的"眼光和勇气"值得敬佩，这种"平心"而论的态度由此引发"平心论程伟元"的倡导，时隔五十年之后的学术影响至今犹在。当然，值得一提的是，"平心"而论的"态度"毕竟还没有上升到方法论层面，所以，仅有"态度"并不一定意味着实际问题的圆满解决。

唐德刚说："'红学界'里有丰富创作经验的唯鲁迅与林语堂二人。可惜他二人都不愿意用情哥哥寻根究底憨劲，但是他二人却代表'红学'里的作家派，他们的话是有其独到之处的。林语堂先生认为'后四十回'不是高鹗的'续作'，而是高氏对曹雪芹原有残稿的'补写'。这一论断，是十分正确的！至于周汝昌对高鹗的谩骂，林氏就说'周是不配谈高鹗的人'（见《平

---

❶ 郭豫适：《林语堂对〈红楼梦〉后四十回的研究》，载《社会科学家》1999年第6期。
❷ 胡文彬：《历史的光影——程伟元与〈红楼梦〉》，时代作家出版社2011年版，第150页。

心论高鹗》一书)。这句话虽说重了点,也倒不失为作家派的红学家的持平之论。总之,对'红学'的考证和批判,自胡老师开其先河之后,到今天还是个无底洞,下一切结论都为时尚早。但愿海禁大开之后,将来会有更多的杰作出现!"❶ 既然"下一切结论都为时尚早",那么,林语堂认为后四十回不是高鹗续作"这一论断是十分正确的"这一结论同样"为时尚早"。并且,从唐德刚的评述中可见他对所谓"作家派"的"红学家"的欣赏,对"非作家派"的"红学家"之"憨劲"的不以为然。唐德刚将红学划分所谓"作家派"和"非作家派"的做法必然引来质疑。譬如李泽厚说:"我不大同意说作家最有批评资格,作家艺术家的特点之一是他们说不清道不明自己和别人的创作,这恰恰是优点、特点。"❷ 唐德刚虽然没有谈及林语堂"最有批评资格",却说林语堂"有丰富创作经验",所以他的论断才能十分正确,这显然是有几分"血统论"成分的"红学身份论"。且看杨启樵如何说:"据说王蒙先生倡导'作家学者化',刘心武先生是实践者。媒体对他极度称誉,说是为《红楼梦》读者启蒙指迷,成为'社会瞩目之红学闻人','洵为文苑、儒林、传媒三界之一大盛事'。王先生的倡议值得赞赏,因为以作家生花妙笔,撰写学术文章,锦上添花,定能写出趣味盎然引人入胜的佳作。但笔者以为并无必要区别作家、学者。因为没有一条规则,说作家不能撰写学术著作;相反地也没有任何限制,说学者不能写小说,主要是本人的兴趣和能力。当然行有行规,学术文章自有规范。这规范并非高不可攀、深奥莫测,而是简单之至,即:凡有主张,须提证据。"❸ 即便所谓"作家身份"与"学者身份"的研红者在眼光和学术表达上有所不同,也必须遵守"凡有主张,须提证据"的"行规"。否则,就如梁归智所说:"王蒙和刘心武是作家,其实都是红学'票友',而非专业的红学学者。故而,在所谓主流红学界眼里,他们的谈红论红只是对《红楼梦》的'文艺评论',不够严格意义上的'红学'。名头影响再大,也非'学术'之正宗。"❹ 林语堂作为一位作家兼学者,是否"票友"且不论,不过若对《平心论高鹗》中的一些看法做"十分正确"的判定,尚有待进一步地证实。可见,唐德刚的"私见"因"严谨"不

---

❶ 唐德刚:《史学与红学》,广西师范大学出版社2008年版,第210页。
❷ 李泽厚:《世纪新梦》,安徽文艺出版社1998年版,第371页。
❸ 杨启樵:《周汝昌红楼梦考证失误》,上海书店出版社2010年版,第200页。
❹ 梁归智:《问题域中的〈红楼梦〉"大问题"——以刘再复、王蒙、刘心武、周汝昌之"红学"为中心》,载《晋阳学刊》2010第3期。

够，他对林语堂的评价也要大打折扣的。

二、高鹗续书如何评价

高鹗续书如何评价的问题，至今仍具有话题价值。既然高鹗没有续书，《红楼梦》一百二十回是曹雪芹所著，那么，如何评价后四十回呢？林语堂说："这里我们可以进一层，说说后四十回的问题。人性是复杂的，真中有伪，伪中有真，不是那么简单。曹雪芹懂得这人性之复杂。像袭人写来，也有好处，也有伪处。在这真伪糅杂之中，黛玉之尖利敏感，宝钗之浑厚宽柔，宝玉之聪明颖悟及好说呆话，都能写出各人活现逼真复杂的个性来。所以曹雪芹可以称为世界第一流大小说家。这性格的完整性，在文学创作中最难，而《红楼梦》后四十回，各人的性格之符合及统一，不但能保持一贯，并且常常真能出色发挥出来。这一点，适之及俞平伯都没有看到。"[1] 林语堂举例称后四十回的"五儿闹夜"这一回写得"细腻可爱"，是"化工之笔"，并且声称"这是我最佩服的一回"[2]。林语堂竟十分地欣赏续书对妙玉结局的描写，并且幸灾乐祸地说道："妙玉那个好洁神经变态的色情狂家伙，到底落了粗汉之手。"[3] 总之，林语堂把所列举的包括以上情节的描写文字皆称之为"妙文"，并且很是欣赏如此"妙文"。可见，这位作家兼学者型的红学者的审美眼光的确具有不同于人之处，至于是否"所言是真知灼见的话，所见是高人一等之理"，那却不一定。不过正如郭豫适所说："林语堂对后四十回的评价，当然有人赞成，有人反对。他的某些具体说法或推论，还可进一步讨论、商榷，但他坚决反对完全否定后四十回，这个基本观点我认为是实事求是，站得住脚的。他对后四十回的研究，值得让更多的人了解和重视。"[4] 如此说来，林语堂对后四十回的大加欣赏，至少足以引起更多的人对后四十回文字的重视，这无疑对试图全盘否定甚至割掉后四十回的主张具有纠正作用。

---

[1] 林语堂：《平心论高鹗》，陕西师范大学出版社2004年版，第3页。
[2] 林语堂：《平心论高鹗》，陕西师范大学出版社2004年版，第4页。
[3] 林语堂：《平心论高鹗》，陕西师范大学出版社2004年版，第4页。
[4] 郭豫适：《林语堂对〈红楼梦〉后四十回的研究》，载《社会科学家》1999年第6期。

其实何止这一方面的作用，还有另一方面，即激发人们对后四十回的持续研究和客观评价的热情。

林语堂还认为："《红楼梦》是四大奇书，妙处不在于文笔措词上的优美，而在描写个性及入微体会个中的情节。"❶ 林语堂的这个说法是受了评点家王希廉的启发，他说："王希廉也有这样的眼光：'有谓此书只八十回，其余四十回，乃出另手。是何言欤？但观其通体结构，如常山蛇首尾相应，安根伏线，有牵一发而动全身之妙……觉其难有甚于作书万倍者，虽重以父兄命，万金赏，使谁增半回不能也。何以随声附和之多耶？'❷ 在林语堂看来，后四十回无论在伏线的接应、人物性格的一贯、体贴入微的描绘方面，还是作者才学经验、见识文章方面，"似与前八十回同处出于一人之手笔"❸。林语堂的这个说法事实上正是将前八十回与后四十回视为一个"艺术整体"，不容分割。这种把《红楼梦》全书视为一个"艺术整体"的做法最为常见，不仅新红学之前的评点家这样做了，王国维的《红楼梦评论》同样如此。刘再复曾在《关于〈红楼梦〉的最新对话：〈红楼〉真俗二谛的互补结构》一文中说："我的确把一百二十回的《红楼梦》作为一个艺术整体来'体认'，觉得严格分清前八十回与后四十回以及相关探佚之事是传统红学家的使命，我对此无能为力。我只能对已完成的艺术整体进行审美并从中得到审美的'至乐'，一百多年来的现代《红楼梦》研究，许多著名学者也都这样做。王国维的《红楼梦评论》把一百二十回本作为一个整体，鲁迅的《中国小说史略》也是如此。虽然作为一个艺术整体审视，但我还是留心续书和原书的差别，注意续书的得失。我在六百则红楼悟语中，陆续触及到高鹗的得失……我既看到高鹗续书的缺陷，也看到高鹗续书的成就。这种没有偏激的评价，正好与'中道'态度相符。"❹ 刘再复道出了《红楼梦》接受历史上的一个事实：一百多年来的现代《红楼梦》研究，许多著名学者也都这样做。其实何止著名学者，许多普通读者同样如此。由此而观之，林语堂认为高鹗的贡献在于保存流传《红楼梦》之功的说法是可取的。他说："这样讲起来，程伟元及高鹗才是曹雪芹的功臣，天下万世爱《红楼梦》的读者，应该感激他

---

❶ 林语堂：《平心论高鹗》，陕西师范大学出版社2004年版，第29页。
❷ 林语堂：《平心论高鹗》，陕西师范大学出版社2004年版，第30页。
❸ 林语堂：《平心论高鹗》，陕西师范大学出版社2004年版，第30页。
❹ 周汝昌、杨先让：《五洲红楼——曹雪芹逝世250周年海内外学者纪念文集》，东方出版社2013年版，第61－62页。

们保存这名著残稿及补订编勘刊印流传之功。"❶ 刘再复所说的这种"没有偏激的评价"和"中道态度"可与"平心"的态度齐观,不过这样的"中道态度"往往会引来质疑。譬如有的评论者并不买账,当朱传誉谈及赵冈时说:"赵先生这样重视高鹗,很可能是受了林语堂的'平心论高鹗'所影响。我一向批评林语堂把后四十回与前八十回看齐,等于将《水浒传》与《荡寇志》看齐一样。"❷"将《水浒传》与《荡寇志》看齐"的说法,就是对于这类把《红楼梦》全书视为一个"艺术整体"做法的不满,言语之中流露出对于林语堂审美眼光的看不起,当然也包括那些"把后四十回与前八十回看齐"的研究者和读者。这样的一种批评是自从新红学以来逐渐深入人心的,这种批评的一个动机在于"续书严重误导读者"。历来对后四十回的态度最为鲜明的大抵有两种,一种持肯定的态度,一种持否定的态度,这些态度均各自有立论的理由。无论肯定或否定,主要围绕两方面展开评论:一则前八十回后与四十回的故事情节、人物性格、主题思想、艺术表现等是否就是一个有机整体;二则前八十回与后四十回在思想艺术方面的优劣高下。相比较而言,持肯定态度的立论理由往往不如持否定态度的更充分、更具说服力,所以,把《红楼梦》全书视为一个"艺术整体"做法并不被普遍看好。不过,林语堂从细读文本过程中获取文本"内证"材料以证明《红楼梦》全书为一个"艺术整体"做法的路径并没有错,这是俞平伯"文学考证"的路径。尽管林语堂在《平心论高鹗》中不断地对俞平伯的考辨成果展开批评,那是因为俞平伯的"文学考证"同样可以从文本"内证"材料方面证明《红楼梦》全书并非一个"艺术整体"。如果林语堂有缘读过胡菊人著《小说红楼》一书,他的立场态度是否会动摇?深谙美国新批评派路数的胡菊人认为:"高鹗笔下的后四十回,毛病之多不可尽数。……我们只能总论式地,尝试把这些缺点归为十五个字,就是'欠词藻、缺形象、乏颜色、少动态、无机理'。"❸ 胡菊人所归纳的"十五个字"缺点每一处皆难以辩驳,尤其关于"无肌理"的分析足以令人点赞。胡菊人说:"你问:《红楼梦》最了不起的地方又是什么?我会说:是肌理。……曹雪芹在这点上超越了一切前人。你问,与西洋小说比较又如何?我说,在曹雪芹那个时代,西方小说还在起

---

❶ 林语堂:《平心论高鹗》,陕西师范大学出版社2004年版,第4—5页。
❷ 朱传誉:《红学论战:以赵冈为中心》,台北天一出版社1981年版,第41页。
❸ 胡菊人:《小说红楼》,江西教育出版社2017年版,第10页。

步的阶段,在各方面来说,自是无一能比。我们实在不懂这位曹雪芹,为什么走得这样快。……肌理,是现代小说的进步关键,是'现代'与'传统'最大的分界之处。因为小说技巧最重要的一次革命,其实根本就是'肌理'问题。"❶ 相比之下,林语堂对于后四十回优点的分析正少见这类批评文字。

可以说,林语堂倡导"平心论高鹗"以解决对后四十回评价问题的愿望是一回事,但实际效果又是一回事。张国风说:"在中国的古典小说中,从未看到一部作品,有《红楼梦》这么多的谜……围绕着《红楼梦》个曹雪芹的无数的谜,往往上下勾连,左右纠缠,牵一发而动全身,很难分割开来进行堵路的研究。曹雪芹的生平之谜,勾连着《红楼梦》的文本之谜,作者的谜牵扯着版本之谜,前八十回牵制着后四十回,后四十回纠缠着前八十回,大谜中套着小谜,情况极为复杂。对于《红楼梦》和曹雪芹研究中的无数的谜,红学家们不畏艰难,已经做了大量的工作,并取得了辉煌的成果。可是,这儿所谓的'辉煌',并不是说,其中大多数已经有了令人满意的答案。所谓的'辉煌',指的是,我们已经弄明白,围绕《红楼梦》和曹雪芹,究竟有多少大大小小的谜。至于谜底是什么,那就有待于新材料的发掘和研究的进一步深入,至今为止,有关曹雪芹的研究,还是一片假设之林,没有一份答案不引起争鸣,没有一种解释不需要商榷。有些谜好像解开了,但一有风吹草动,便又动摇,于是,又开始新一轮的努力。"❷ 如此说来,林语堂晚年的"觉悟"倒是不乏"自警警人"的告诫意义:"一个人在世上,对学问的看法是这样的:幼时认为什么都不懂,大学时自认为什么都懂,毕业时才知道什么都不懂,中年又以为什么都懂,到晚年才觉悟一切都不懂。"❸ 尤其对于那些"自认为什么都懂"的红学研究者,至少在红学研究这一领域,那种"我占有真理"式的傲慢和偏执是毫无用武之地的。龚鹏程说:"其实,一门学科能否进步拓展,端赖实际问题的解决,而实际问题之解决又常带来'方法'的改革或创新。"❹ "平心论高鹗"之"平心",终究是个态度问题,尚未"带来'方法'的改革或创新",所以,其对实际问题的解决尚有很大距离。

---

❶ 胡菊人:《小说红楼》,江西教育出版社2017年版,第62-64页。
❷ 张国风:《红楼闲谭》,中国文史出版社2009年版,第2页。
❸ 林太乙:《林语堂传》,中国戏剧出版社1994年版,第254页。
❹ 龚鹏程:《红楼丛谈》,山东画报出版社2012年版,第289页。

林语堂曾满含深情地说："雪芹此书，'字字看来皆是血，十年辛苦不寻常'。其灵魂深处，无限的抱恨，无限的啼痕，无限的血瘢所寄托，皆在八十回后黛玉已死与未死者无可奈何的哀痛。我们对于雪芹这种还泪之债，应当慎重鉴别，才不负他十年辛苦之用心。"❶ 林语堂的这番话值得关注，尽管关于八十回后的"慎重鉴别"的确不易，这番珍惜爱慕之情却不该被无视。那么，怎样才能不负曹雪芹十年辛苦之用心呢？唯一的做法就该像林语堂那样将《红楼梦》全书归于曹雪芹名下？笔者以为，始终保持阅读《红楼梦》的热情，并在阅读中获取思想的启悟和审美的提升，这就是不负苦心了。

如何对待续书？且看黄裳在《门外谈红》中如何说："在这个问题上，我认为俞平伯先生写定'八十回校本'，将高鹗四十回作为附录放在后面的办法是合适的，也是通情达理的。尽管许多人为高鹗提出过许多辩护的理由，但到底改变不了事物的本质。研究者不首先分清真伪的界限，终将无法得出符合实际的科学结论。"❷ 黄裳的看法与周汝昌是一致的，这种看法是这样一种态度的代表即区分续书便是明辨真伪。其实，黄裳的看法并非仅仅是少数人的看法，譬如香港办报名家胡菊人曾说："近日偶有小恙，偷闲重读《红楼梦》，略有所得，倒是要有大闲心，在静敛心情下，才能读出味道来的。记得第一次读《红楼梦》是少年时代，只会追情节；第二次读，是着心去找书中意旨；第三次读，才领略到笔意用字。欣赏《红楼梦》最便捷的方法，是将后四十回与前八十回，互相比照一下，后四十回与前八十四回相差极大，大部分非曹雪芹原作。有些人认为，后四十回根本不能读。"❸ 胡菊人的看法具有普遍性，他的《红楼梦》阅读步骤和进境乃读者接受和文本细读方面的现身说法。即便林语堂同样经历了"三次读"的经验，却在对后四十回的旨趣艺境等方面的领悟上与胡菊人、黄裳等人明显不同。在胡菊人看来："高鹗笔下的后四十回，毛病之多不可尽数。有些读者可能考出来，却心存忠厚，不予指出，现在笔者似乎有意揭人之短，但是我们的目的，不在于与高鹗（？）为难，而是借此显示曹雪芹的长处。"❹ 如此说来，林语堂的"平心论高鹗"应是"心存忠厚"，不过，他这一"忠厚"之心竟"着意显示高鹗的长

---

❶ 林语堂：《平心论高鹗》，陕西师范大学出版社2004年版，第39页。
❷ 黄裳：《门外谈红》，上海书店出版社2011年版，第37-38页。
❸ 胡菊人：《小说红楼》，江西教育出版社2017年版，第2页。
❹ 胡菊人：《小说红楼》，江西教育出版社2017年版，第10页。

处",的确令人费解了。

三、论证策略与持论态度

　　林语堂《平心论高鹗》的论证策略与持论态度显而易见,即以脂批与文本为依据,平心而存意地进行考辨性思考。林语堂认为:"考证《红楼梦》历史,必明其评阅转抄情形,因为考证真伪的材料,一大部分是出于所谓'脂批',即'脂砚斋','畸笏叟'的夹批眉批。这些批书人所见的是真本,所以他们材料极为重要。这种材料,前人考证甚详(胡适《跋庚辰本一文及其他》,周汝昌《红楼梦新证》等)。我们按迹循踪,比较方便。"❶ 林语堂通过所借得胡适处甲戌本和钱阶平处北平影印庚辰本对照阅读,发觉俞平伯编《脂砚斋红楼梦辑评》"不足为学问工具",他说:"我们不得不认凡脂批所言所见后部文字皆系真本。其中零零碎碎关于作者的材料非常重要。"❷ 林语堂坚信"脂批"是真实的,这一坚持仍是胡适的思路,可见,他虽然并不同意胡适的"高鹗续书"说,但实际上仍然是走在胡适所开辟的新红学的路上。其实,尽管林语堂毫不客气地批评胡适,但他的确说了一番胡适的好话,诸如"胡适之出,而红学所叙为雪芹曹家身世之事乃大明","适之考证文章,一是一,二是二,极少废话。但是适之是相信雪芹家中有百廿回的残稿,而且动起发问,雪芹在去世以前十年间不将全书写完在干吗呢?适之是第一发疑问的人"❸。当然,林语堂说好话的用心是鲜明的,即服务于他自己的观点:"总而言之,由新材料的发现,高鹗作伪之说,已经被打破了。"❹

　　林语堂说:"程伟元以二十年苦心,求《红楼》全书,果然求得。时去曹未远,由鼓担上或由私藏求得后四十回散稿,乃合情合理可信之事。故欲知高鹗是否作伪,抑系仅负厘剔补辑修改之任,当完全由后四十回之内容去求解答。"❺ 由这番话可知,《平心论高鹗》所考辨的主要对象是《红楼梦》

---

❶ 林语堂:《平心论高鹗》,陕西师范大学出版社2004年版,第40页。
❷ 林语堂:《平心论高鹗》,陕西师范大学出版社2004年版,第41页。
❸ 林语堂:《平心论高鹗》,陕西师范大学出版社2004年版,第27页。
❹ 林语堂:《平心论高鹗》,陕西师范大学出版社2004年版,第27页。
❺ 林语堂:《平心论高鹗》,陕西师范大学出版社2004年版,第57页。

文本，林语堂的自信主要来自《红楼梦》文本。他说："以文字考证内容而言，主要问题为后四十回与前八十回，文字是否匀称，故事是否吻合，人物性格是否一贯，写情写景是否有雪芹游龙莫测之笔。"❶ 不过，同样是重视文本考辨，俞平伯的看法与林语堂显然不同。于是，林语堂就把俞平伯视为批评的主要对手，林语堂在比较俞平伯对后四十回文字描写的分析时甚至这样说道："这是平伯个人的歪见，不必以平伯见识，测雪芹之高深，更不必强雪芹与平伯一般见识，尤断断不能以为雪芹必强平伯一般见识，其书才叫做'真'，不然便是'伪'……可惜平伯之批评都是这类的，攻高鹗的批评，也都是这类的。"❷ 由这番话可见，林语堂的胸怀显然比不得俞平伯，至少在俞平伯的《红楼梦辨》乃至他后期研红文字中很难见到"歪见"这类字眼。"不应作为标准的是，作者所写故事之下场，是否合于所谓批评家之脾胃。"❸ 林语堂的这种意见并非不可取，但是要说"可惜攻高鹗者，除适之外，都犯这毛病"，❹ 以致形成所谓"歪见"，这就不可取了。林语堂说"攻高鹗主观派之批评"乃"以个人之好恶，定书中真伪"，而他自己同样落入这"主观派"里了。白盾在《平心静气说程、高——论〈红楼梦〉后四十回》一文中说："情绪化乃科学之大敌。一叶障目，不见泰山——一股子情绪梗阻在胸中，又怎能平心静气、实事求是讨论问题呢！林语堂先生曾写《平心论高鹗》长文，检读仍是极力替高鹗说话的，也有情绪，难说'平心'。"❺ 林语堂不仅"极力替高鹗说话的，也有情绪"，甚至极力说俞平伯的坏话，更有情绪。譬如，他将俞平伯对前八十回与后四十回之间甚多矛盾纰缪的揭示说成"一味歪缠"，并且说"我说这些话，是指出我们考伪的方法，太随便了，太不够标准，大家不可长此风气，也不必受那类考证方法的欺骗"❻。这番话说得振振有词，却实在不够严谨厚道。在他看来，俞平伯不该批评黛玉之死"肉麻无味"，巧姐岁数的忽大忽小是"故意曲解"。他甚至用那一向幽默的腔调说："作者并未尝说巧姐不说话，是时凤姐大病，向谁说呢？哇不哇，是看拧的重不重。若是'狠命'地拧一下，平伯也先哇而后说话也。这是捣

---

❶ 林语堂：《平心论高鹗》，陕西师范大学出版社2004年版，第57页。
❷ 林语堂：《平心论高鹗》，陕西师范大学出版社2004年版，第58页。
❸ 林语堂：《平心论高鹗》，陕西师范大学出版社2004年版，第57页。
❹ 林语堂：《平心论高鹗》，陕西师范大学出版社2004年版，第57页。
❺ 白盾：《悟红论稿——白盾论红楼梦》，文化艺术出版社2005年版，第244页。
❻ 林语堂：《平心论高鹗》，陕西师范大学出版社2004年版，第24页。

鬼，不是考证。"❶ 林语堂将考辨的文字如此写法，存心是在"捣鬼"，却不是"考证"。值得一提的是，《平心论高鹗》一书中多处对俞平伯《红楼梦辨》中的文字极尽批评之能事，所谓"平心"也大打折扣。

一旦"主观"情绪化，就可能不再"平心"。譬如，林语堂说："至如俞平伯怪最后收场，宝玉要做和尚，大雪途中遇见父亲，作揖一下，以为辞别，认为肉麻，令人作恶。俞平伯意思，这宝玉决不应赴考得功名，以报父母养育之恩，又在雪途中，在出家以前，最后一次看父亲，与他诀别，应当不拜，应当是掉头不顾而去，连睬都不一睬，这样写法，才是打倒孔家店《新青年》的同志，才是曹雪芹手笔。何以见得 18 世纪的曹雪芹，必定是《新青年》打倒孔家店的同志？假定与老父诀别一拜是肉麻，何以见得高鹗可以肉麻，曹雪芹便决不会肉麻？我读一本小说，可以不满意故事的收场，但是不能因为我个人不满意，便'订'为小说末部是'伪'。这样还算科学的订伪工作吗？"❷ 林语堂说这番话的口吻已经不再是学术的，而是杂文的，所谓红学"作家派"惯常的文章做派，与所谓"科学订伪"毫无关系。林语堂指斥"高鹗作伪"说与疑古者的"门户之见"密切相关："清朝汉学家，最好订伪，至康有为以孔子为集作伪托古改制之大成。这是今文家无聊的门户之见。但是风气已成，一听某书疑伪，读书人便喜欢取其伪，而不取其真。"❸ 林语堂说："但是西方学者，态度谨慎。在不能客观证明培根就是莎士比亚以前，还是认为莎士比亚是莎士比亚。我不能不判定高鹗有功而无罪。"❹ 以上两段话中可从两方面看：一方面，既说一味"取其伪"是"门户之见"，那么，一味"取其真"就不是"门户之见"吗？另一方面，林语堂的"平心"之论是建立在中西方学术风气比较之后的自觉选择，并非一味地标新立异。尤其他关于"莎士比亚是莎士比亚"的评论，无疑对近年来仍然存在的疑古风气具有告诫作用，譬如所谓《红楼梦》作者"洪昇"说（或"非曹雪芹"说）、"脂批作伪说"，等等。

在林语堂看来，"平心"就需要排除"先入之见"，就高鹗续书作伪说而言，实在是大家"囿于成见"所致："大家排除先入之见，当认为后四十回

---

❶ 林语堂：《平心论高鹗》，陕西师范大学出版社 2004 年版，第 25 页。
❷ 林语堂：《平心论高鹗》，陕西师范大学出版社 2004 年版，第 5 页。
❸ 林语堂：《平心论高鹗》，陕西师范大学出版社 2004 年版，第 10 页。
❹ 林语堂：《平心论高鹗》，陕西师范大学出版社 2004 年版，第 11 页。

不但不坏，而且异常精密，异常合理，不失本书大旨……我们今日有文字比较清顺可念的《红楼梦》本可读，应该感谢高进士这样细心校勘的功夫。"❶ 林语堂的这番看法可谓真理与谬误互见，"先入之见"固然必须抛弃，"异常精密，异常合理"之说则又是"囿于成见"，即"取其真"之"门户之见"。林语堂于"平心"之中常见"不平心"之论，一个原因乃出于他对高鹗的感激之情，再一个原因就不能不归之于他对后四十回的审美鉴别能力的问题了。此话怎说呢？因为，这"异常精密，异常合理"之说有违大众审美常识，属于林语堂自己"个人趣味"的"独抒性灵"般阅读经验。谈及"独抒性灵"的方面，夏志清曾对林语堂 20 世纪 30 年代的创作作过这样的评价："如果我们翻阅林语堂这个时期的中文作品就会发现，他的锐利的、怪论式的警句，虽然很精彩，但他所写的英国式的小品文，除了故意雕琢的妙论之外，从来没有达到'性灵'的高度境界。"❷

"平心"一旦失去本真，"存意"必不免固执。譬如，林语堂坚持说："我相信高本四十回系据曹雪芹原作的遗稿而补订的，而非高鹗所能为。综括一句话，雪芹既有十年时间可以补完此本小说之重要下部，使其完璧，岂有不补完之理？"❸ 林语堂的"固执"往往与"臆测"相伴生。譬如，"前八十回何以传抄，因为大家传抄，有人肯出重金购买。程序谓'好事者每传抄一部，置庙市中，昂其值得数十金，可谓不胫而走矣。'故同样情形，后四十回亦必如此传抄流传，必有抄本。说不定嗜酒如狂酒常赊之曹雪芹，自己抄一本易数十金还酒债亦难说。雪芹朋友中，有敦诚弟兄，亲戚中有脂砚（史湘云），雪芹弟棠村（疑即梅溪），松斋（敦诚朋友），（由庚辰本第十三回二人所署眉批，可知为亲阅'三春去后诸芳尽'而感慨的亲人）。这些人便是借抄传阅人之一部分。适之谓可惜此残稿，虽已流传，现已遗失，只是臆断语"❹。"必如此""必有""说不定""亦难说"等，"只是臆断语"，"臆"即"臆测"，"断"即"固执"。林语堂此刻完全忘记自己曾说过的话："治《红楼梦》也是攻人易，立说难。"❺ 不过，"他从作者成书、文本考据、

---

❶ 林语堂：《平心论高鹗》，陕西师范大学出版社 2004 年版，第 17 页。
❷ 夏志清：《中国现代小说史》，复旦大学出版社 2005 年版，第 94 页。
❸ 林语堂：《平心论高鹗》，陕西师范大学出版社 2004 年版，第 109 页。
❹ 林语堂：《平心论高鹗》，陕西师范大学出版社 2004 年版，第 54 页。
❺ 林语堂：《平心论高鹗》，陕西师范大学出版社 2004 年版，第 62 页。

艺术评价等负面多方论证，为《红楼梦》后四十回'洗冤'翻案"❶，其"翻案"的策略自有可取之处，然而，其"翻案"态度上的"平心"的确又会令人质疑。

且看周汝昌如何"质疑"："我之批判高鹗，从旧本就开始的，不过那时见识很浅，触及了一些皮毛，还没有批中要害（也是刚刚出版之后，就从广西一位青年读者获得了强烈支持的意见）。不料那么一点肤浅的批判，却触怒了一位洋式老爷——我指的就是林语堂。说也奇怪，不知怎么搞的，我这里批高，那里林老爷却怒火十丈，暴跳如雷。到1958年，他炮制刊出了一篇大文，题目就叫《平心论高鹗》。这篇大作长达五六万言，共分六大部分，六十四个细目。他的论点，恕我无有那么多的笔墨闲空为之'介绍'，只说分题，就有什么'立论大纲''攻高鹗主观派的批评''客观疑高本的批评'和什么'后四十回之文学伎俩及经营匠心'，等等，他竟说什么'前八十回之矛盾错谬多于后四十回'。林老爷特别欣赏高鹗的'文学本领''学识笔力''文藻才思''精心结撰'。他的'结论'是：'所以我相信，高木作者是曹雪芹'。这些，我都不想在此评论，单讲一点，只因我批了高鹗，使他极大不舒服，在文中对我破口大骂，并且辱及先人。这可以证明，在林老爷的感觉上，我批高某，却比批了林某的祖宗还可恶。这是什么道理呢？思之不得其解。后来经人点破，我才有点明白，使他如此之难以忍受与我大有势不两立的架势的缘故，就是本书是我们新中国开国不久最先出版的一部研究《红楼梦》的论著，而这本书，在某一部分已经开始学习着用无产阶级的立场和阶级斗争的观点来分析论证。尽管那是一种小学生的初级习作，就已经足够使林老爷寝食不安起来了，非对我极口辱骂，难解他的心头之恨。我可以告诉林语堂，对高鹗的评价，我们同志之间也有不同意见，但那是另一问题，我们自当商量讨论，用不着他操心。至于他教训人对高鹗要'平心'，既然如此，他想必是个平心者无疑了，破口谩骂当然也是他的平心的定义之一。林老爷一文谩骂可以吓倒人吗？现在本书批高的论点又摆在这里，绝不掩饰。有哪一点怎么不平心，我愿意拿这个再来衡量衡量林语堂的'平心'标准尺，到底是个什么公司的产品。"❷ 周汝昌的"质疑"是否在理姑且不评，其"不平之气"显然溢于言表，以一种"平心"质疑另一种"平心"，

---

❶ 王人恩：《红学史谫论》，高等教育出版社2017年版，第191页。
❷ 周汝昌：《红楼梦新证》增订本，人民文学出版社1976年版，第1171 – 1172页。

似有"五十步笑百步"的意味。红学中的学术论争往往不免意气之争,其在"取同""存异""阙疑"三者皆有可议之处,正因如此,林语堂"平心论高鹗"的学术倡议才显得弥足可贵。

周汝昌愤愤不平的"质疑"主要源自他与林语堂在《红楼梦》研究立场、态度、方法方面的根本分歧,是否还有其他方面的原因呢?且看萧凤娴如何看待林语堂对待俞平伯的态度:林语堂的红学研究,正如他的文学、文化生涯,也是自己的西洋脑袋与中国生活的战争,和左派文人间,中国文化与西方文化论述中心权的交锋。借着替《红楼》后四十回作者翻案,林语堂再一次传达,他所想象的传统中国文化中心价值,与如何建构世界性的中国文化论述。因此,《平心论高鹗》一书中,林语堂用了极大的篇幅批判俞平伯及其影响者,以个人之好恶,定书之真伪,成心之言、曲解原文、无知妄作、掩灭证据、故事铺张、造谣生事、含血喷人、无理取闹、道学尖酸、没有什么了不得的证据、只见其人的谬与俗。这是他继《人间世》《吾国吾民》《枕戈待旦》、南洋大学事件后,又一次与左派文人、共产党人、马克思主义信徒交锋。双方在不同的文化、政治主张下,都用《红楼梦》为文本,用西方文化,批判或肯定传统中国文化,来建立现代新中国文化系统,建构自己中国文化图像的合理性。[1] "在林语堂眼中,一部十三万七千言的《红楼梦辨》一书,只见俞平伯这些万分刺眼,没有水准的主观、歪缠,反对后四十回谬与俗之旧文化歪见(认为俗比谬还糟糕),与不解、滥用西方文化,批评中国文化歪见。却不见俞平伯认为续书不可能、用文学眼光鉴赏《红楼梦》,以文学批评方法来论述《红楼梦》,自述应重文学的趣味,文学批评有主观性的言论。而这些言论,除了文学批评有主观性的看法外,都是林语堂所赞同的论点。由此可证,这不是文学研究态度、方法之争,林语堂争的是中西文化论述、解释权。林语堂与俞平伯及其影响者,是在不同的政治、文化立场下,以《红楼梦》为文本,用西方文化、文学观为标准,进行传统旧中国文化想象,用移植西方文化,批判或肯定传统中国文化,来建立现代新中国文化系统,所得到不一样的文化想象答案。那已经不是个人,或是某些学派中国文化论述中心争夺"。[2] 林语堂用考据、文学、文化研究,研究后四

---

[1] 萧凤娴:《渡海新传统——来台红学四家论》,台北秀威资讯科技2008年版,第61页。
[2] 萧凤娴:《渡海新传统——来台红学四家论》,台北秀威资讯科技2008年版,第80-81页。

十回《红楼梦》，建构起文化红学的中心地位，与其中国文化论述价值的中心地位。对用考据研究《红楼梦》的胡适，用考据、文学研究《红楼梦》俞平伯的学术研究典范，有所批评。[1]

萧凤娴认为，俞平伯是用文学考据研究《红楼梦》并建立起自己的学术研究典范，林语堂试图用考据、文学、文化研究视野和方法相结合并建立起自己的学术研究典范，林语堂对俞平伯的批评可谓两种"典范"之间的抵牾。果真如此的话，林语堂与周汝昌之间的批评与反批评是否也就是这两种"典范"之间的抵牾呢？如果从周汝昌所谓《红楼梦新证》这本书是"开始学习着用无产阶级的立场和阶级斗争的观点来分析论证"的标榜方面考量，萧凤娴的诠释并非全无道理。不过，无论俞平伯此后（1950年后）对旧作《红楼梦辨》中的错误如何"修正"，也无论周汝昌此后（1953年后）对旧作《红楼梦新证》如何"标榜"，由于缺少充分的确证，似乎难以得出所谓"两套不同的中国文化中心论述观"之间"抵牾"的大判断。如果从《平心论高鹗》《红楼梦辨》（再版的《红楼梦研究》）与《红楼梦新证》均不失为典型"中国气派"的学术"一家言"方面考量，他们之间的学术批评很难得出所谓"海峡两岸中国文化中心价值论述争夺战"的大判断。当然，作为一家之言，萧凤娴这种鲜明的意识形态诠释显然提供了一种评价林语堂《红楼梦》研究的独特视角。

结　　语

林语堂《平心论高鹗》因不乏考辨与鉴赏方面的识见，姑可称作"一家之言"。正如胡文彬所说："《平心论高鹗》中的观点，有些是有道理的，但对后四十回的评价亦有许多值得商榷的地方。我个人读过林著之后，觉得以往的研究有过于偏爱前八十回、过贬后四十回（特别是在艺术成就方面）的倾向。而对曹雪芹和高鹗二人的评价也有失之偏颇之处。对林语堂的观点，我虽不尽赞同，但作为学术上的'一家之言'，还是值得介绍给广大读者的。

---

[1] 萧凤娴：《渡海新传统——来台红学四家论》，台北秀威资讯科技2008年版，第92页。

不过，我要特别声明一句，敝人拥护'百家争鸣'，同时主张学术研究要有'一家言'。《平心论高鹗》是'一家言'的代表作，我以为应该受到尊重和欢迎！"❶ 这"一家之言"尽管值得尊重，却同样值得质疑。因为，续书作者"这个人是谁，迄今还是个谜"❷。

若就方法论自觉意识而言，林语堂在《平心论高鹗》一书中表现得已经充分了，尽管这方面还比不得同样具有深厚的西学背景的余英时。笔者曾在《倡导新典范，启示后来者：余英时的红学研究述论》一文中说："龚鹏程在《靖本脂评〈石头记〉辨伪录》一文注释中说：'红学专家中，对资料及方法最有自觉思考的，当推余英时，请参考《红楼梦的两个世界》（1978 年，联经）。页十六、二二一。'也就是说，余英时在接续俞平伯的红学路径时具有高度的方法论自觉意识，这自然也与他的西学涵咏息息相关。"❸ 就普遍意义上说，西学涵咏深厚的红学研究学人的方法论自觉意识更强些。

王三庆在《红楼梦版本研究》一书中说："陈毓罴及刘世德、邓绍基三位先生的著作《红楼梦论丛》，不遗余力，专为曹家文物作辨伪的工作，有时未免犯了矫枉过正的毛病。而张爱玲女士的《红楼梦魇》，则与林语堂先生的《平心论高鹗》，并有异曲同工之妙，尤其以作家的立场，自版本的异文，推论红楼梦增删的旅程，时有新说。"❹ 王三庆的看法很有启发意义，即专为曹家文物作辨伪的工作终究没有以作家的立场、自版本的异文推论红楼梦增删更具学术价值。

值得一提的是，尽管胡适看不上林语堂的《平心论高鹗》，林语堂则始终把胡适视为"畏友"。如周资平所说："胡适逝世那年，……林语堂的悼文却毫不含糊的称胡适是当代中国第一人。两人的交谊真可以说是君子之交的典范，在学术上从白话文到《红楼梦》考证，两人各行其是，各说各话，各有各的风格，各有各的路径。……两人在学界文坛都享有大名，却能始终保持互敬互爱，这是极其难能可贵的。"❺

---

❶ 胡文彬：《红楼梦与台湾——跨越海峡的记忆》，白山出版社 2009 年版，第 183－184 页。
❷ 林冠夫：《红楼梦纵横谈》，文化艺术出版社 2004 年版，第 372 页。
❸ 高淮生：《倡导新典范，启示后来者：余英时的红学研究述论》，载《中国矿业大学学报》（社科版）2014 年第 1 期。
❹ 王三庆：《红楼梦版本研究》，台北石门图书公司 1981 年版，第 25 页。
❺ 周资平：《光焰不熄：胡适思想与现代中国》，九州出版社 2012 年版，第 80 页。

2019年1月出版的《林语堂传：中国文化重生之道》一书作者则认为："林语堂晚年有关《红楼梦》作者真伪问题的文章则说明他对你中国文化走向现代的另一层面的关注，即对新文化运动所提倡的'疑古'之风的反思。"❶ 实际上，"他对《红楼梦》作者问题的探究也不是纯学术性的，也有具体实践相伴随——几十年来他一直都在做《红楼梦》英译。"❷ 这也是一种评价林语堂《平心论高鹗》的一种视角，其实，某一种视角的评价往往过于偏狭，博观易于圆照。

纵观林语堂的红学志业，可谓：平心而论意难平，才性灵通笔纵横。高鹗有知当感佩，语堂立意最真诚。

附录：林语堂学术简历

林语堂（1895—1976），台湾学者，20世纪20年代留学美国哈佛大学、德国莱比锡大学，获莱比锡大学语言学博士。曾任北京大学教授、北京女子师范大学教务长和英文系主任、厦门大学文学院长，1954年赴新加坡筹建南洋大学，曾被聘任为首任校长，1967年受聘为香港中文大学研究教授。

熊文华著《美国汉学史》（学苑出版社2015年）称述：林语堂的研究领域为文学和语言学，毕生从事著书立说，中英文并用，古今中外无不涉及。1975年被推举为国际笔会副会长，1972年和1973年曾被国际笔会推荐为诺贝尔文学奖候选人。林语堂在美国生活了三十年，为中美文化交流做出了杰出贡献。他的著述在学术界、翻译界和教育界广为人知。

冯其庸、李希凡主编《红楼梦大辞典》（文化艺术出版社1990年）引录林语堂红学著作《平心论高鹗》，这一部红学著作影响颇为广泛。近年发现林语堂英译《红楼梦》手稿，一直未能出版。

胡文彬、周雷编《台湾红学论文选》（百花文艺出版社1981年）"台湾省红学研究论文索引"著录林语堂论文诸如：《说高鹗手定〈红楼梦稿〉》

---

❶ 钱锁桥：《林语堂传：中国文化重生之道》，广西师范大学出版社2019年版，第385页。
❷ 钱锁桥：《林语堂传：中国文化重生之道》，广西师范大学出版社2019年版，第387页。

《跋曹允中〈红楼梦〉后四十回作者问题的研究》《〈红楼梦〉人物年龄的考证》《论大闹红楼》《俞平伯否认高鹗作伪原文》《〈红楼梦〉出自曹雪芹手笔》《再论〈红楼梦〉百二十回本——答赵、诸葛先生》等。

张爱玲的红学研究：

十年一觉迷考据，赢得红楼梦魇名

引　言

　　"十年一觉迷考据，赢得红楼梦魇名。"这两句话出自张爱玲所著《红楼梦魇》"自序"："我这人乏善足述，着重在'乏'字上，但是只要是真喜欢什么，确实什么都不管——也幸而我的兴趣范围不广。在已经'去日苦多'的时候，十年的功夫就这样溷了下去，不能不说是豪举。正是：十年一觉迷考据，赢得红楼梦魇名。"[1]张爱玲真是太欣赏《红楼梦》了，不惜用"十年"的心力做一番独具个性的"张氏考据"，即"张看"《红楼梦》。可以说，她对《红楼梦》的"痴情"不仅渗透于她的小说创作之中，而且渗透到了她的生命灵魂之中。她曾说："这两部书（笔者按：《金瓶梅》和《红楼梦》）在我是一切的泉源，尤其《红楼梦》。《红楼梦》遗稿有'五六稿'被借阅者遗失，我一直恨不得坐时间机器飞了去，到那家人家去找出来抢回来。"[2]"一切的泉源"该如何理解呢？郭玉雯在《红楼梦学：从脂砚斋到张爱玲》一书中说："张爱玲在《红楼梦魇》自序中说：'这两部书在我是一切的泉源，尤其《红楼梦》。'基于张氏小说在中国现代文学史上所获致的极高评价，这句话大概是红学以来给予是书最崇伟的礼赞了。所谓'一切的泉源'指的应该不只是写作技巧笔法方面的影响而言，可能更是人生观，也就

---

[1] 张爱玲：《红楼梦魇》，上海古籍出版社1995年版，第6页。
[2] 张爱玲：《红楼梦魇》，上海古籍出版社1995年版，第5页。

是对人生感悟与思考方式的启发。换言之，如果没有《红楼梦》，张爱玲的生命感受与见解将大大不同，她也无法成为真正的张爱玲了。本来依照张氏所具才气，绝不可能去从事烦琐的考据工作，但《红楼梦》对她而言意义非比寻常而成为唯一例外，这本古典名著伴随着她成长，她汲取其中精华而化为自己的骨血，除非像《封神榜》中的哪吒，可以剔肉剔骨，还与父母，否则张爱玲与《红楼梦》可谓血肉交织而浑同不分了。"❶ "骨血"说十分地贴切，足以说明"一切的泉源"的真义。

张爱玲说："我们下一代，同我们比较起来，损失的比获得的多。例如他们不能欣赏《红楼梦》。"❷ 张爱玲能够欣赏《红楼梦》，这是她舍得"掼了"十年的功夫考证《红楼梦》的前提条件之一。另一个前提条件则要从她的家世说起：张爱玲的祖父是晚清名臣张佩纶，祖母是李鸿章的女儿；她祖父去世以后家道中落，父亲又是典型的公子哥儿。这"旧事凄凉"是促成张爱玲拼去"十年的功夫"做一场《红楼梦》"梦魇"的内在心理动机，这一心理动机显得更为重要。据庄信正说："她从来没有见过祖父母，却始终对他们充满了眷念的感情。《对照记》说：'他们只静静地躺在我的血液里，等我死的时候再死一次，我爱他们。'《小团圆》第三章有同样的话。"❸

庄信正在《旧事凄凉不可听——张爱玲与〈红楼梦〉》一文中谈起《红楼梦魇》时说："这是她惟一的纯学术性著作，花了十年才脱稿，因宋淇的戏语而定了这样的书名，并自嘲是'一种疯狂'。然而我相信细读此书者绝不会有走火入魔的感觉，爱好《红楼梦》的人倒会乐于随时打开来重看，而一打开就可能难以释手……更重要的是她不去东抄西凑，而是注重于在小说本身求内证。"❹ 庄信正所谈到的"宋淇的戏语"可从《红楼梦魇》"自序"第一段得知其详。张爱玲说："这是八九年前的事了。我寄了些考据《红楼梦》的大纲给宋淇看，有些内容看上去很奇特。宋淇戏称为 Nightmare in the Red Chamber（红楼梦魇），有时候隔些时就在信上问起'你的红楼梦魇做得怎样了？'我觉得这题目非常好，而且也确是这情形——一种疯狂。"❺ "魇"即"一种疯狂"，这实在地表明张爱玲已然进入了"人书合一"的境界，这

---

❶ 郭玉雯：《红楼梦学：从脂砚斋到张爱玲》，台北里仁书局2004年版，第369页。
❷ 张爱玲、宋淇、宋邝文美：《张爱玲私语录》，北京十月文艺出版社2011年版，第61页。
❸ 庄信正：《张爱玲与庄信正通信集》，新星出版社2012年版，第291－292页。
❹ 庄信正：《张爱玲与庄信正通信集》，新星出版社2012年版，第334－335页。
❺ 张爱玲：《红楼梦魇》，北京十月文艺出版社2009年版，第2页。

迥异于一般红学研究者或"红学家"。（笔者按："梦魇"一词最早出现在俞平伯《红楼梦研究》自序中："我尝谓这书在中国文坛上是个'梦魇'，你越研究便越糊涂。"[1]）郭玉雯认为："张爱玲的青年时代，已经在自己的作品中实践了红楼的小说美学，中年后又为红楼写了《梦魇》一书，她以小说家贴近小说家的心理与情感，使这本考据之书就像是曹雪芹与张自己同时道出自己创作小说的心路历程与原理方法，它非但不枯燥而且有一种与知己对晤交谈的温润情味。"[2] "与知己对晤交谈"般地"贴近"《红楼梦》，这就是"张看"《红楼梦》的可道之处。而"张看"《红楼梦》独具自家面目之处则在于"她并不完全依循考据的规矩，有板有眼地来写这本书，她那别具一格的文学洞见与品味，仍然在这本原来应该沉闷的书中到处闪炫"[3]。

陈子善称："在中国古典小说名著中，张爱玲最为心仪的大概就是《红楼梦》和《海上花列传》了。对后者，她留下来国语和英文译本；对前者，她所作出的贡献就是这部别开生面的学术专著《红楼梦魇》了。……尽管张爱玲在本书《自序》中自称研究《红楼梦》是'一种疯狂'，尽管张爱玲特也确实不是专门的红学家，但《红楼梦魇》证明她是真正懂得《红楼梦》的。"[4]

周汝昌曾感慨道："我现今对她非常敬佩，认为她是'红学史'上一大怪杰，常流难以企及。写写她，十分必要，有利于学术发展迈进。……几回掩卷叹张君，红学着堪树一军。"[5]

一、是创作不是自传

《红楼梦魇》由《红楼梦未完》《红楼梦插曲之一——高鹗、袭人与婉君》《初详红楼梦——论全抄本》《二详红楼梦——甲戌本与庚辰本的年份》《三详红楼梦——是创作不是自传》《四详红楼梦——改写与遗稿》《五详红

---

[1] 俞平伯：《红楼梦研究》，复旦大学出版社2004年版，第2页。
[2] 郭玉雯：《红楼梦学：从脂砚斋到张爱玲》，台北里仁书局2004年版，第409页。
[3] 郭玉雯：《红楼梦学：从脂砚斋到张爱玲》，台北里仁书局2004年版，第341页。
[4] 陈子善：《张爱玲丛考》，海豚出版社2015年版，第369页。
[5] 周汝昌：《定是红楼梦里人》，团结出版社2005年版，第3—4页。

楼梦——旧时真本》七篇构成，其中《三详红楼梦——是创作不是自传》这一篇的"结论"道："《红楼梦》是创作，不是自传性小说。"❶"是创作，不是自传"，这是张爱玲《红楼梦》版本研究的出发点和归宿点。换句话说，张爱玲的《红楼梦》版本考辨正是对新红学"自传说"的辨正。郭玉雯说："《红楼梦魇》是张爱玲唯一一本学术性的著作，但她并不完全依据考据的规矩，有板有眼地来写这本书，她那别具一格的文学洞见与品味，仍然在这本原来应该沉闷的书中到处闪烁。"❷这一说法基本符合事实，即张爱玲"并不完全依据考据的规矩"做《红楼梦》的考据。这一点竟使周汝昌大为感慨："她这个考据是什么考据呢？哎呀，复杂万分，说也说不清。"❸其实周汝昌还是说清楚了："说得不太好听点，就是烦琐哲学。太烦琐了，你看不了，一方面是精细无比，另一方面呢，那个怪，她这个独具一格的考证派，是大量的想象和发挥。哎呀，这就麻烦了，考证多少年来是难听的被批判的一个词；实际考证是一种科学的研究，首要的要求你要严谨。这么一个严谨的考证，一个治学方法，中国的优良传统，你怎么还能够加上想象和发挥，那还了得？那就是假设了，大胆假设、小心求证。"❹笔者曾在《勤于家世版本梳理，试图建设性之贡献：赵冈的红学研究——港台及海外学人的红学研究综论之五》一文中指出："周汝昌习惯于这种评文申说的方式，即表达自己是内核，批评他人是外壳。"❺

张爱玲考辨《红楼梦》的亮点正在于其中"闪烁"的"文学洞见与品味"，即对于《红楼梦》不同本子中"牵涉到情节的呼应或矛盾、人物的对照或相似、结局的不同暗示、作者创作态度前后的不同差异等等，都设法提出解释来，或许有些地方评断的过于大胆，但委实不得不佩服她的巧思与眼力"❻。她的巧思与眼力的确来自她对《红楼梦》的熟读和体悟，《红楼梦魇》"自序"道："那几年我刚巧有机会在哈佛燕京图书馆与柏克莱的加大图书馆借书，看到脂本《红楼梦》。近人的考据都是站着看——来不及坐下。

---

❶ 张爱玲：《红楼梦魇》，上海古籍出版社1995年版，第180页。
❷ 郭玉雯：《红楼梦学：从脂砚斋到张爱玲》，台北里仁书局2004年版，第241页。
❸ 周汝昌：《定是红楼梦里人》，团结出版社2005年版，第232页。
❹ 周汝昌：《定是红楼梦里人》，团结出版社2005年版，第233页。
❺ 高淮生：《勤于家世版本梳理，试图建设性之贡献：赵冈的红学研究——港台及海外学人的红学研究综论之五》，载《河南教育学院学报》2014第2期。
❻ 郭玉雯：《红楼梦学：从脂砚斋到张爱玲》，台北里仁书局2004年版，第241页。

至于自己做，我唯一的资格是实在熟读《红楼梦》，不同的本子不用留神看，稍微眼生点的字自会蹦出来。但是没写过理论文字，当然笑话一五一十。"❶ 的确如此，她八岁就开始读《红楼梦》，这在其《论写作》一文中谈及过，中学时曾仿鸳鸯蝴蝶派写过章回小说《摩登红楼梦》。"蹦出来的字"的说法可说明她的"实在熟读"，当然，张爱玲也并不讳言"理论文字"训练的缺失。

尽管《红楼梦魇》"闪烁"着"文学洞见与品味"，但是，张爱玲对于胡适以来新红学考据并不反感。她说："《红楼梦》的研究日新月异，是否高鹗续书，已经有两派不同的见解。也有主张后四十回是曹雪芹自己的作品，写到后来撇开脂批中的线索，放手写去。也有人认为后四十回包括曹雪芹的残稿在内。自五四时代研究起，四十年来整整转了个圈子。单凭作风与优劣，判断后四十回不可能是原著或含有原著成分，难免主观之讥。文艺批评在这里本来用不上。事实是除了考据，都是空口说白话。"❷ 基于这一认识，她要通过"考据"来辨别高鹗续书，四十回是否包括曹雪芹的残稿在内。张爱玲是经受了新红学影响的《红楼梦》读者，她严格区别"脂本"与"程本"、"原稿"与"改稿"、"前八十回"与"后四十回"，这是她在考辨《红楼梦》不断改写过程的基本立场。《红楼梦魇》中并未表现出张爱玲对胡适《红楼梦》考证的不敬之意，值得一提的是，她早已心存感激胡适的想法。据胡适《致张爱玲》信中说："我读了你十月的信上说的'很久以前我读你写的《醒世姻缘》与《海上花》的考证，印象非常深，后来我找了这两部小说来看，这些年来，前后不知看了多少遍，自己以为得到不少益处。'——我读了这几句话，又读了你的小说，我真很感觉高兴！如果我提倡这两部小说的效果，单止产生了你这一本《秧歌》，我也应该十分满意了。"❸ 又据庄信正说："张爱玲备受胡适赏识，她也在散文和书信里多次提到他；专文《忆胡适之》（收入《张看》）是她 1940 年代以后最好的散文之一。胡适 1955 年的日记有两次着重写她。其一追记两个月前收到她寄赠的《秧歌》和附带的信，而且把原信收入日记；另外说他回过信（该信全文见《忆胡适之》），盛赞这部小说。其二记她祖父张幼樵当年曾写信给清廷派往东北与沙俄谈判边境问题的

---

❶ 张爱玲：《红楼梦魇》，北京十月文艺出版社 2009 年版，第 2 页。
❷ 张爱玲：《红楼梦魇》，上海古籍出版社 1995 年版，第 2 页。
❸ 耿云志、欧阳哲生：《胡适书信集》（下），北京大学出版社 1996 年版，第 1242 页。

钦差大臣吴大澄推介他父亲胡传，带着感激之情直承'此是先父后来事业的开始'。"❶ 胡适与张爱玲彼此之间毫无保留各自的感念与欣赏，这很难得。尤其张爱玲对胡适的"《醒世姻缘》与《海上花》的考证""印象非常深"这一点，无疑可以理解为胡适的考证直接影响了她此后的《红楼梦魇》。（笔者按：张爱玲执意翻译《海上花》这部冷僻的小说，宋淇对此有过评论：张爱玲与胡适"二人对《海上花》有同嗜，这可能是促使她翻译的主要原因之一"❷。由此也可见胡适对张爱玲的影响的确深刻。）《红楼梦魇》是一部"考据之书"，正是这部书给了张爱玲红学上的学术地位。试举例以说明。张爱玲1980年9月27日《致庄信正》信中说："夏天威斯康辛大学开红楼梦研究会，旅费都是自费，愿意替我代出，赵冈还特为道香港去找宋淇跟我说。我因为没论文可读，没去。能用的材料太长，如果能缩短，我早译成英文去投稿了。这次冯其庸也出席，看来他的学说非常靠不住，《论庚辰本》我看不进去也罢。但是有在这里到底放心点。"❸ 可见，张爱玲所获"学术荣誉"非同一般。当然，她并无"蹭会"的闲趣，只是"因为没论文可读"竟决然地缺席如此盛会。张爱玲又谈到了冯其庸的《论庚辰本》，可见她对版本研究新成果很关注。不过，她是坚决反对冯其庸"从头至尾是据己卯本过录的"这一观点，亦可见她对《红楼梦》版本有自己的标准。沈治钧在《红楼梦成书研究》一书中说："1978年冯其庸出版《论庚辰本》，这是红学史上第一部集中研究版本问题的专著。他重点探讨了己卯本与庚辰本的关系，认为前者是后者的底本，'庚辰本是曹雪芹生前最后的一个本子'，应当予以充分评价。"❹ 所谓"充分评价"其实并不容易，除了作为"第一部集中研究版本问题的专著"没有异议，可疑义处在在皆是。

《三详红楼梦——是创作不是自传》的结语有这样一段话："宝玉大致是脂砚的画像，但是个性中也有作者的成分在内。他们共同的家庭背景与一些纪实的细节都用了进去，也间或有作者亲身的经验，如出园与袭人别嫁，但是绝大部分的故事内容都是虚构的。延迟元妃之死，获罪的主犯自贾珍改为贾赦贾政，加抄家，都纯粹由于艺术上的要求。金钏儿从晴雯脱化出来的经

---

❶ 庄信正：《张爱玲与庄信正通信集》，新星出版社2012年版，第15－16页。
❷ 张爱玲、宋淇、宋邝文美：《张爱玲私语》，北京十月文艺出版社2011年版，第33页。
❸ 庄信正：《张爱玲与庄信正通信集》，新星出版社2012年版，第108页。
❹ 沈治钧：《红楼梦成书研究》，中国书店2004年版，第19页。

过，也就是创造的过程。黛玉的个性轮廓根据脂砚早年的恋人，较重要的宝黛文字却都是虚构的。正如麝月实有其人，麝月正传却是虚构的。"❶ 在张爱玲看来，《红楼梦》中的"纪实的细节"并不能改变其"虚构"的根本特性，这些虚构的内容和文字"都纯粹由于艺术上的要求"。郭玉雯这样评价："张爱玲认为曹雪芹的几次改写，愈来愈进步，艺术成熟度也愈来愈高，这就是文学而非历史的考证。总括来说，红学走到《红楼梦魇》才真正还给《红楼梦》以小说的本来面目；对于曹雪芹的创作意图，以及他如何逐步建筑成这个艺术伟构，包括故事情节如何设计，人物个性如何雕塑，这本书提出了深具文学性的见解。"❷ 那么，"红学走到《红楼梦魇》才真正还给《红楼梦》以小说的本来面目"的大判断是否准确呢？若从王国维以来小说批评史的视角反观这一结论，显然是"过誉"了，即"真正还给《红楼梦》以小说的本来面目"其实并不始于张爱玲。郭玉雯的这个结论显然是出于过于仰视张氏之学术的结果，正如夏志清对于张爱玲的现代文学史地位的过誉一样。夏志清是最早做出"张爱玲该是今日中国最优秀最重要的作家"判断的一位批评家，这一判断"原见英文本《中国现代小说史》，1961年才出版"❸。有趣的是，三十年以后，夏志清在《超人才华，绝世凄凉——悼张爱玲》一文中则说："到了今天，我们公认她为名列前三四名的现代中国小说家就够了，不必坚持她为'最优秀最重要的作家'。"❹ 其实，对于张爱玲研究而言，究竟名列多少名并非最紧要的，最紧要的则在于张爱玲是否受到读者的喜爱，这种喜爱能够持续多久。《红楼梦魇》同样可作如是观，可喜的是，《红楼梦魇》已经引起了批评家和学者的关注和重视。

那么，《红楼梦》"虚构"的格局是如何造成的呢？即由不断"改写"所造成。也就是说，"纪实的细节"的删除与添加，主要出于文学上的考量，尽管不乏文字狱方面的原因。譬如，"为什么要延迟元妃之死"？张爱玲认为："因为如果元妃先死了，然后贾家犯了事，依例治罪，显然皇帝不念旧情。元妃尚在，就是大公无私。书中写到皇上总是小心翼翼歌功颂德的，为了文字狱的威胁。元妃不死，等到母家获罪，受刺激而死，那才深刻动

---

❶ 张爱玲：《红楼梦魇》，上海古籍出版社1995年版，第180页。
❷ 郭玉雯：《红楼梦学：从脂砚斋到张爱玲》，台北里仁书局2004年版，第343页。
❸ 夏志清：《岁除的哀伤》，江苏文艺出版社2006年版，第185页。
❹ 夏志清：《岁除的哀伤》，江苏文艺出版社2006年版，第187页。

人。"❶ 显然，这种"体贴式"的考量富于情理。庄信正曾说："在我读过的所有中外小说里，《红楼梦》——主要指前八十回——是最能洞察彻悟人生和人性的一部，是最自然圆融的天才之作。"❷ 众所周知，张爱玲的小说创作受《红楼梦》影响至深之处也正在"人生和人性"的"洞察彻悟"方面，之所以如此，则取决于她"有惊人的观察力和悟性"。张爱玲的生前好友邝文美在《我所认识的张爱玲》一文中说："张爱玲的人生经验不能算丰富，可是她有惊人的观察力和悟性，并且懂得怎样直接或间接地在日常生活中抓取敢写作的材料，因此她的作品永远多姿多彩，一寸一寸都是活的。"❸ 可以说，张爱玲对《红楼梦》的贴近要比一般作家深入得多，这种"贴近"也就使她的《红楼梦魇》同样"多姿多彩"，也是"活的"。当然，这种"贴近"究竟多大程度上能够印证曹雪芹创作时的真实想法，的确难以证实。也就是说，《红楼梦魇》考察《红楼梦》"虚构"格局形成过程究竟多大程度上"贴近"曹雪芹的创作本旨，的确难以准确地定论。

  谈起"贴近"的特征，郭玉雯在《红楼梦学：从脂砚斋到张爱玲》一书中做过这样的评述："她将《红楼梦》的考证文章呼为《红楼梦魇》，纵然是噩梦一场，'它到底是我（们）的，于我（们）亲。'岂止是'亲'如己出，她对曹雪芹创作与删改的心路历程比他自己还要清楚洞彻。近年法国学院派提倡'发生学的批评'，透过对抄本刻本各式版本的比较，寻找作者如何删动更替的情形，并且进一步探讨何以改动的原因。张爱玲在70年代却早已走在时代前端而从事类似的批评，难道天才都是先知？……如果法国学派'发生学的批评'较侧重的是通过不同版本来研究作者的心理变化，张爱玲的注意力反而是曹雪芹的艺术修养如何逐渐提升，换言之，前者的重点仍然是在作者，而后者的重心却是作品如何完美化的过程，比较之下，《红楼梦魇》真是以作品艺术为本位的。"❹ 如此说来，尽管张爱玲声称自己"没有写过理论文字"，但她对曹雪芹的艺术修养如何提升的关注，以及《红楼梦》文本的"如何完美化的过程"的关注，显然胜过了法国学派"发生学的批评"的理论。

---

❶ 张爱玲：《红楼梦魇》，上海古籍出版社1995年版，第134页。
❷ 庄信正：《张爱玲与庄信正通信集》，新星出版社2012年版，第279页。
❸ 张爱玲、宋淇、宋邝文美：《张爱玲私语》，北京十月文艺出版社2011年版，第7页。
❹ 郭玉雯：《红楼梦学：从脂砚斋到张爱玲》，台北里仁书局2004年版，第369–370页。

总之,《红楼梦魇》一书因其文学考证特性,可谓俞平伯《红楼梦辨》的发扬光大。当然,张爱玲出奇细密的考证更显示其不与人同的个性。庄信正说:"张爱玲对《红楼梦》巨细毕究,丝毫不爽。现在我还记得初读这一页(笔者按:指第 316 页)和追加的几句时,顿觉她如数家珍般列举出来的细节排山倒海而来,使我几乎喘不过气。我给她的道谢信里有一句话'您对红楼梦太熟,而我太不熟',是肺腑之言,聊表我心悦诚服之意而言。我告诉过她我的博士论文写的是《红楼梦》,读了她这部书不免汗颜。"❶《红楼梦魇》以其细密考辨之"排山倒海"之势,竟然可以使得庄信正"几乎喘不过气",这样的读者感受经验的确并不多见。另一番读者感受经验可从浦安迪著《红楼梦批语偏全》一书"前言"中得见:"此处也不能不提到张爱玲的《红楼梦魇》,那是一部博览旧评、入木三分的释文大作。"❷"入木三分"既可以看作"深入",也可以看作"细密"。

高全之说:"版本研究的效益之一,即认证善本。缺乏踏实仔细的比读工作,所有的文学批评皆属投机或猜谜。运气好,猜得对的人当然有,运气不好猜错了,事后需要订正的也不在少数。虽然遗珠之憾仍有,本书就版本研究的规模与深度而言,确已为人所不能为。如《金锁记》《十八春》《小艾》《秧歌》《赤地之恋》《半生缘》《怨女》的版本并阅,都是开创新河的尝试。作者在版本演进里留下创作过程的脚印。根据版本演进揣测记述作者心理历程,好像讲故事,作者编撰故事的那个故事。这个第二层的故事,或作者无意言传的文思机密,可真不容易说明白。《红楼梦魇》作者写得头昏,读者看得头疼,原因即在于此。写《大我与小我——〈十八春〉〈半生缘〉的比对与定位》的时候,我恍然大悟《红楼梦魇》的挑战与难处。"❸ 高全之的以上表述可以看作是对张爱玲"细密"考证功夫的另一种诠释,"读者看得头疼"的确不假,"作者写得头昏"则未必是真。"读者看得头疼"显然不仅与如此"细密"考证有关,也应与她的《红楼梦》版本考辨过程渗透着切身的小说创作体验有关。且看黄裳如何说:"自来鉴赏家有望气之说,无论古玩、书画,都可凭一眼确定真赝,看来玄虚而不科学,但也不可贸然否定。望气者凭借的是经验,见得多自然积累的经验就多,因为到底是实践所得,

---

❶ 庄信正:《张爱玲与庄信正通信集》,新星出版社 2012 年版,第 336 页。
❷ 浦安迪:《红楼梦批语偏全》,北京大学出版社 2003 年版,第 7 页。
❸ 高全之:《张爱玲学》,漓江出版社 2015 年版,第 22-23 页。

自有其存在的价值。可惜经验并不曾用科学方法总结，留下的只是陷于神秘的传说而已。在文学鉴赏上是不是也有望气一说呢？小说家张爱玲是熟读《红楼梦》的，她的经验是，'不同的本子不用留神看，稍微眼生点的字会蹦出来'。这就是说，因为熟读文本，对作者的文字风格、用词遣字、常用字汇，以至谋篇、布局……都摸得熟而且透，一旦发现不合规范的字句，就会产生异感，觉得绝非曹雪芹的笔墨，这是合理的判断，说不上奇怪或神秘。……张爱玲还说，她从小读红楼，读到八十一回，神秘'四美钓游鱼'之类，忽觉'天日无光，百样无味'，那竟是'另一个世界'了。她这种感觉，就是完全不同于雪芹原笔的一种异感，也可以说是'望气'说在文学欣赏上的体现。这里还谈不上高鹗对雪芹思想上的背离、篡改，只凭数节文字就可以论定，而这论定又是铁定不可移的。可惜这种文学欣赏上的敏感，竟不能要求于粗心的读者以至作家，为高鹗唱赞歌者有之，研红专著将前八十回与后四十回一锅煮者有之。这样的论著，我是不看的，首先作者的文学欣赏趣味就可疑。"❶ 由黄裳的感慨可知，"读者看得头疼"不能不说《红楼梦魇》一书与读者（不仅指普通读者）之间的距离比较地远，即在文学欣赏之感觉力抑或领悟性方面难以与之交接融汇。可以说，相比较于俞平伯《红楼梦辨》的"文学考证"文字，《红楼梦魇》的确"晦涩"得比较难懂。不过，知音会赏者也是不乏其人的，譬如郭玉雯则激赏《红楼梦魇》的文字："俞平伯刚好能够取长补短，一方面调整自传说，另一方面也发展文学考证与批判的工作，逐渐还《红楼梦》以小说原来面目，故不妨称俞为'批判的继承'；至于文学的考证与批评一直要到爱玲的《红楼梦魇》才又露出万丈的曙光。"❷ 郭玉雯不仅看出了俞平伯对于胡适的"取长补短"即"批判的继承"，也看出了张爱玲"文学考证"的"万丈的曙光"，却因为偏爱《红楼梦魇》的"文学考证"而未能洞见俞平伯（《红楼梦辨》）的开拓性贡献即张爱玲应是俞平伯"文学考证"的继承弘扬者。至于所谓"万丈的曙光"云云，不过是郭玉雯的"一己之私"的评价。其实，无论是香港的宋淇，还是张爱玲，都不过是俞平伯"文学考证"的继承者而已，不仅宋淇没有在这方面远超过俞平伯，张爱玲同样也没有远超过俞平伯。郭玉雯又认为"余英时指出的《红楼梦》'虚构性'的研究方向是相当正确的，张爱玲的《红楼梦魇》刊行于

---

❶ 黄裳：《门外谈红》，上海书店2011年版，第21-23页。
❷ 郭玉雯：《红楼梦学：从脂砚斋到张爱玲》，台北里仁书局2004年版，第279页。

1976年，其中文章都是在此之前十年内完成的，比余英时的文章略早，但后者没有注意到前者已将红学转向文学考证与批判的大道了……总而言之，她的主要目标就是证明《红楼梦》是创作而非自传，是小说而不是曹家族谱或历史"[1]。如果以上说法属实，应可见张爱玲在转变红学研究方向上的先觉。其实，无论张爱玲或余英时，称之为"先觉"并不见得准确，因为，此前的李希凡、蓝翎在转变红学研究方向上已经自觉了。

二、成书研究：一稿多改

沈治钧在《红楼梦成书研究》一书中说："70年代成书问题引起了更多学者的关注。1977年，正当国内学人噩梦初醒之际，台北皇冠杂志社出版了旅美女作家张爱玲的论文集《红楼梦魇》。这是红学史上第一部集中探讨成书过程的专书。作者以女性作家所特有的细心与明锐，饶有兴致地作了大量的文本考据，提出了许多关于曹雪芹的创作过程的新鲜见解……大体属于'一稿多改'说。但其学术语言具有强烈的感性色彩，不太顾及逻辑性，显得有些晦涩。"[2]张爱玲的论文集《红楼梦魇》是红学史上第一部集中探讨成书过程的专书，这是对胡适、俞平伯等先行者的接续，其学术史开拓意义值得称道。《红楼梦》成书研究中有两种影响最大的说法，即"一稿多改"说和"二书合成"说，"事实上，'一稿多改'说在红学界仍然占据主流的地位"[3]。当然，由于《红楼梦》大量存在的文本矛盾以及对于这些矛盾理解上的歧见，这就使得"一稿多改"说和"二书合成"说的交锋成为常态，尽管"一稿多改"说成为接受的习惯。

张爱玲说："这部书自称写了十年，其实还不止，我们眼看着他进步……但是我们要记得曹雪芹在那时代多么孤独，除了他自己本能的判断外，实在毫无标准。走的路子是他渐渐暗中摸索出来的。"[4]张爱玲以作家的创作经验

---

[1] 郭玉雯：《红楼梦学：从脂砚斋到张爱玲》，台北里仁书局2004年版，第403-404页。
[2] 沈治钧：《红楼梦成书研究》，中国书店2004年版，第16-17页。
[3] 沈治钧：《红楼梦成书研究》，中国书店2004年版，第27页。
[4] 张爱玲：《红楼梦魇》，上海古籍出版社1995年版，第5页。

体贴地理解曹雪芹的"十年辛苦"经历,"眼看着他进步"这番话表明:一稿多改,越改越好!由于张爱玲的这一"改写进步"说是建立在"虚构"观念的基础之上的,因而,也就导致周汝昌从根本上并不赞同张爱玲的这一看法。周汝昌坚持认为:"她要百般努力地追踪那个'旧时真本'。其实,这才是她'十年一觉迷考据'的唯一心愿与终极目标。既知此义,便明白为何一部'五详'的《梦魇》,其末章'五详'就是标题'旧时真本',就是画龙点睛的真实心理轨迹。这一点,是张爱玲的'红学灵魂'。"❶ 这"旧时真本"的"红学灵魂"何在?周汝昌说:"据一位十分高明的专家为我们分析总括说明:张爱玲考证的结果是认为雪芹当时为八十回后的书文曾写了两个不同体系的结局:一个是宝、湘重会,白首双星,如'旧时真本'所传。另一个则是'悬崖撒手',即一般被解释为是指宝玉弃宝钗、麝月妻妾而出家的结局故事——而专家指出,张爱玲对这一矛盾到底以哪一个为是?委决不下,未有结论;但她心理上即是倾向于'旧时真本'的白首双星、宝湘重会的收尾大格局。这就极其耐人寻味了。"❷ 如果当真如周汝昌所言,那么,《红楼梦魇》不过是温习周汝昌"旧时真本"说的习作,也就谈不上独特的价值了。《红楼梦魇》独特的价值正如郭玉雯所揭示:"总而言之,她的主要目标就是证明《红楼梦》是创作而非自传,是小说而不是曹家族谱或历史。张爱玲虽不赞成新红学的'自传说',但她常常参酌他们的考证意见而作更进一步的发挥。"❸

张爱玲关于成书研究所依据的版本主要有三种:甲戌本、庚辰本、梦稿本。庄信正说:"《红楼梦魇》第四篇《二详红楼梦》谈'甲戌本与庚辰本的年份'。张盛赞庚辰本,认为'庚辰本不但是唯一的另一个可靠的脂本,又不像甲戌本是个残本,材料丰富得多。'百廿回《红楼梦稿》:即《乾隆抄本百二十回红楼梦稿》,一般简称'全抄本','梦稿本'或'杨藏本'(杨指杨继振)。1959 年在北京发现。张爱玲在《红楼梦魇》第一篇《红楼梦未完》提到她 1968 年至 1969 年间在哈佛大学图书馆见过一影印本。1977 年台北广文书局也出过影印本。大陆中华书局 1963 年按原大小影印过,该即张所用者。她极看重这个本子,尝云:'我无论讨论什么,都常常要引《乾隆抄

---

❶ 周汝昌:《定是红楼梦里人》,团结出版社 2005 年版,第 181 页。
❷ 周汝昌:《定是红楼梦里人》,团结出版社 2005 年版,第 182 页。
❸ 庄信正:《张爱玲与庄信正通信集》,新星出版社 2012 年版,第 404 页。

本百廿回红楼梦稿本》（以下简称全抄本），认为全抄本比他本早．'（其他红学家大都相信最早的手抄本依次为甲戌、己卯和庚辰．）《国语本〈海上花〉译后记》甚至说'百廿回《红楼梦》对小说的影响大到无法估计'。《红楼梦魇》第三篇《初详红楼梦》详细讨论的就是此本。但是她只管前八十回，后四十回她跟绝大多数研究者一样贬低得很。《红楼梦魇》首篇开端引俗语所谓人生三大恨事，说她自己的第三恨事是'红楼梦未完'。《忆胡适之》一文提到她初读时到了第八十一回'四美钓鱼'一节，'忽然天日无光，百样无味起来'。《谈跳舞》具体指出高鹗写的收场'不能说他不合理，可是理到情不到，里面的情感仅仅是 sentiments，不像真的'。❶ 张爱玲的版本使用显然很不充分，她极看重《乾隆抄本百廿回红楼梦稿本》自然限制了她的研究视角和研究结论。胡文彬认为："成书研究不仅需要研究者熟读文本，而且还需要进行版本校勘、脂评研究、著者家世经历研究、相关史料搜集与研究等工作，此外还需要对以往这一课题的研究历史有全面的了解和认识。"❷ 如果以胡文彬以上所说来衡量，张爱玲在成书研究方面的缺项和不足是显而易见的。其实，并不是张爱玲对《红楼梦》版本搜罗不勤，而是条件所限，如庄信正所说："她到处搜求各抄本，花了很多精力，但《红楼梦魇》没有引用过'蒙府本'和列宁格勒所藏手抄本（简称'列藏本'），她写《红楼梦魇》时期二书还没有影印本，必须特别申请去看原件。后来'列藏本'由中华书局影印（1986 年），'蒙府本'由书目文献出版社影印（1987），价格不菲，此时我也买不起。2010 年人民文学出版社平装本问世，就很便宜了。"❸ 张爱玲并无讳饰自己在版本搜求方面的不足，她说过"我唯一的资格"是实在熟读《红楼梦》，即"熟读文本"。于是，《红楼梦魇》中大量的"情理"性推测，也就不免招来批评。譬如袁良俊在《张爱玲论》一书中说："所有这些真知灼见，均见出张爱玲的品《红》、评《红》功夫之深。而这些精辟见解，散见全书，举不胜举。这些地方，是不能视之为'魇'的。所谓'魇'者，主要指那些望文生义的揣测和一些无关大体的烦琐考证。在这些方面，张爱玲颇继承了红学'索隐派'的衣钵。有时在一个字、两个字上穿凿附会，显得十分好笑。有些情节，考证来考证去，也并不说明什么问题。

---

❶ 庄信正：《张爱玲与庄信正通信集》，新星出版社 2012 年版，第 54 – 55 页。
❷ 沈治钧：《红楼梦成书研究》，中国书店 2004 年版，第 2 页。
❸ 庄信正：《张爱玲与庄信正通信集》，新星出版社 2012 年版，第 102 页。

这样的例子也可以说举不胜举。有时前面'详'了一番，后面却发现'详'错了。"❶无论"望文生义的揣测"，还是"无关大体的烦琐考证"，皆与偏重"情理"性推测有关，即缺少实证材料做依据。至于是否"颇继承了红学'索隐派'的衣钵"，笔者以为这一判断同样有"情理"性推测之嫌。当然，尽管张爱玲"是""非"熟悉各种脂本，其"细密"的考证过程不乏作家般发挥之处。

再譬如梁归智说："《红楼梦魇》又是一部复杂的书，它既有上述烛隐洞幽的卓见（笔者按：即对待后四十回的态度和主张），也有不少'令人惋惜的错误'。最突出的是张爱玲对曹雪芹创作《红楼梦》'成书过程'的'考据'推测，所谓'拆改论'和'分身法'。张爱玲的这些'考证'如果成立，那么《红楼梦》就不再是一本天才创作的伟大作品，而成为疵病多多的粗糙毛坯了。换句话说，张爱玲的研究有点焚琴煮鹤，大煞风景。这就是周汝昌为什么要写《定是红楼梦里人》这本书的根本原因。"❷梁归智的批评是对周汝昌的批评的回应，尽管没有新意，也可见张爱玲的"情理"性推测因其有失严谨之弊而招致诟病。至于说起周汝昌写作《定是红楼梦里人》这本书的根本原因，梁归智的说辞却并不准确。因为，如果是学术看法上的不同，大可不必做非学术的"酷评"，这样的"酷评"在《定是红楼梦里人》一书中俯拾皆是。如周汝昌在《定是红楼梦里人》一书中说："我这小书似乎是为了不赞同张爱玲的这种样式、如此方法的考证，实则也不是全不谓然，我只是看到她的若干理据的大前提是错采他人之臆说的，这样的理据引申出来那么多的层层次次的烦琐推衍假想，表面是头头是道、粲若列眉，而一按其实，多属子虚乌有，以此为得，以此为《红楼》之庐山真面，以此为写作的借鉴宝镜——是否明智？会不会导人步入误区？……有人说'红学'是近世的一项'显学'。只因这一'显'，趋之若鹜者日益加多。真像张爱玲女士这么下真功夫的却很少。因此，尽管我不完全赞同她的论点，却对她的诚挚的严肃的精神表示赞佩。如果能说成提倡学习一点张爱玲的学风，必将大有益于今后的红学事业。"❸周汝昌同样不满意张爱玲的"推衍假想"，并认为"多属子虚乌有"，并且上升到"学风"的高度来看到这一问题。然而周汝昌

---

❶ 袁良俊：《张爱玲论》，华龄出版社2010年版，第188页。
❷ 梁归智：《红学泰斗周汝昌传：红楼风雨梦中人》，漓江出版社2006年版，第459-460页。
❸ 周汝昌：《定是红楼梦里人》，团结出版社2005年版，第63页。

同时又"赞佩"张爱玲的"学风",这"学风"特指张爱玲的"诚挚的严肃的精神"。这番话的确缭绕得令人疑惑,不过,若就其《定是红楼梦里人》全书立意而观之,实则主旨鲜明,即张爱玲这种样式、如此方法的考证,实则"学风"大亏。且看周汝昌对《红楼梦魇》书名的嫌恶之词:"可惜,她终于采用了这个不严肃、不虔诚的语意。这是一大遗憾。假使曹雪芹当日十年辛苦、血泪著书是为了让世人都陪他作一场'梦魇',那么《红楼梦》岂不就是这'古今不肖无双'者的满纸梦呓了?"❶"从根本上失去了做学问撰著作的严肃和虔诚——这一点灵魂没有了,还讲什么意义价值?"❷ 看吧!一面说"诚挚的严肃的精神",一面则说"这一点灵魂没有了","捧"耶?"棒"耶?不言自明。不过,说起"张爱玲女士这么下真功夫"倒是实情。张爱玲1969年1月23日《致庄信正》信中道:"我趁这时候借书方便,写几篇红楼梦考证,加上译书,快来不及了,所以这一向忙得昏天黑地……"❸ 张爱玲不止一次说起"考证"与"译书""忙得昏天黑地",可见她的用功。客观地说,《红楼梦》成书研究中的"推测之辞"从根本上说难以规避,因为,"关于曹雪芹的创作过程,旁证材料罕见,书中内证每多歧义,这给研究者带来了很大的困难"❹。所以,张爱玲的"五详"样式的考证方法即便不从别出文心的角度上理解,也是情非得已。与其从根本上否定其做学问撰著作的资格,不如期待"以后能有更多的学者对成书问题进行更为深入和全面的研究,以更为丰富的细节和更为准确的论断纠正我们的疏忽和错误"❺。这样的学术态度和倡导庶几可谓值得称道的"学风",并真正大有益于今后的红学事业。总之,尽管张爱玲的《红楼梦》成书研究过程存在着不同程度的"情不得已"的疏忽和错误,但这一研究的终极目标是值得肯定的,即"洗出《红楼梦》的本来面目"❻,彰显《红楼梦》真实的艺术魅力。因为,在张爱玲看来,"《红楼梦》被庸俗化了,而家喻户晓,与《圣经》在西方一样普及,因此影响了小说的主流与阅读趣味"❼。也就是说,"洗出《红楼梦》

---

❶ 周汝昌:《定是红楼梦里人》,团结出版社2005年版,第27-28页。
❷ 周汝昌:《定是红楼梦里人》,团结出版社2005年版,第27页。
❸ 庄信正:《张爱玲与庄信正通信集》,新星出版社2012年版,第27页。
❹ 沈治钧:《红楼梦成书研究》,中国书店2004年版,第522页。
❺ 沈治钧:《红楼梦成书研究》,中国书店2004年版,第522页。
❻ 张爱玲:《红楼梦魇》,上海古籍出版社1995年版,第4页。
❼ 张爱玲:《红楼梦魇》,上海古籍出版社1995年版,第4页。

的本来面目"的目的是改善或提升"小说的主流与阅读趣味"。

《红楼梦》成书研究主要内容即版本源流研究,陈维昭著《红学通史》专门设置一节讨论张爱玲版本源流研究的"意义",显然,在陈维昭看来,张爱玲的研究十分重要。陈维昭认为:"张爱玲的这一观点(笔者按:即《红楼梦》的版本研究不能以'本'为单位,而应该以回、段、句为单位)在下一个时期真正产生它的影响,逐步成为《红楼梦》版本研究者的一种信念。那种以'本'为单位、整齐划一的版本源流图将被发现是不符合事实的。"❶ 如果陈维昭的判断是正确的,那将意味着《红楼梦》版本研究的学术史必将因张爱玲《红楼梦魇》的立说而改写。陈维昭说:"随着识小辨微的深入,张爱玲终于感悟到《红楼梦》版本流变的复杂性,并提出了相应的研究方法。她的提示与研究为下一时期的《红楼梦》版本研究开启了一个新的视点。"❷ "识小辨微"的确是张爱玲《红楼梦魇》的鲜明特征,这种"在细微处揭示版本关系"的版本研究价值又为什么如陈维昭所说"一直未为学界所认识"呢?在陈维昭看来,主要是因为张爱玲那种作家型的行文方式令人不适,使人"读不懂"。其实,应该还有其他的原因,譬如对于各种版本的熟读程度即"不同的本子不用留神看,稍微眼生点的字自会蹦出来",抑或敏锐的体悟能力,或者版本研究的兴趣与侧重不同。尽管《红楼梦魇》的版本研究颇具启示意义,"可惜张爱玲并未由此引申为对《红楼梦》版本演变的整体认识"❸。陈维昭在《黄霖老师的金瓶梅研究》一文中再次重申张爱玲版本研究的价值和启示意义,他说:"张爱玲等学者的研究显示,今天所见的所有《红楼梦》本子都是'拼抄本',甚至是'拼抄本'的拼抄本,所谓'甲戌本''己卯本''庚辰本'……并不能真正标示这些本子的时间特征。在这种情况下,所谓'红楼梦版本研究'其结果只能止步于假说,止步于理想化的描述。而且每一种描述自身都是无法自圆其说的,因为这些拼抄本的底本至今尚在我们的视线之外。"❹ 在陈维昭看来,张爱玲的版本研究从研究的方法和研究的结论均具有启示意义。黄霖为《红学通史》所作"序言"肯定了陈维昭对张爱玲版本研究的评价:"再如有关《红楼梦》的版本问题,

---

❶ 陈维昭:《红学通史》,上海人民出版社2005年版,第439页。
❷ 陈维昭:《红学通史》,上海人民出版社2005年版,第439页。
❸ 陈维昭:《红学通史》,上海人民出版社2005年版,第439页。
❹ 陈维昭、罗书华、周兴陆:《黄霖先生七秩华诞师门同庆集》,凤凰出版社2011年版,第148页。

也是错综复杂,红学家们的考辨层出不穷,维昭在梳理、绍介之时,虽难以一一指陈得失,但他对这些研究还是有自己的看法的。其第三编第六章专论1949—1978年的'版本研究'时,于第四节中专门安排了一小节'版本源流研究与张爱玲的意义',从'识小辨微'之处,也可见其独立的眼光。张爱玲本不是一个正宗的版本学家,也没有对《红楼梦》版本的演变有一个整体的认识,但维昭恰恰在这个小说家的杂乱无章的谈论中窥见了重要的版本意义,认为'张爱玲终于感悟到《红楼梦》版本流变的复杂性,并提出相应的研究方法'。这主要是指张爱玲在《红楼梦魇》中提出《红楼梦》的版本研究不能以'本'为单位,而应该以回、段、句为单位,各版本的时间先后在不同的回、段、句上,其顺序是不一样的。张爱玲的这一认识,在很长一段时间内并未引起普遍的注意,尽管到八九十年代,中国大陆的一些研究者已经注意到这一意见,但往往采取回避的态度。面对着这样的情况,维昭则坚信'她的提示与研究为下一时期的《红楼梦》版本研究开启了一个新视点',作出了自己独立的解释,给予很高的评价。"❶ 笔者以为,张爱玲的这一认识在很长一段时间内并未引起普遍的注意这一问题,至今仍具有学术反思价值。

三、"不近人情"的批评:周汝昌评张爱玲

张爱玲1978年12月2日《致庄信正》说:"我最不会笔战,一向投稿都是托宋淇转寄,好帮我看看有没有碍语。"❷ 张爱玲的确没有直接与对手打过"笔战"的经验,不过,的确直率地谈了她的一些批评意见,而且语气也显得很不客气。姑可略分疏如下。

(1) 张爱玲曾对吴世昌解读高鹗《重订小说既竣题》一诗(即"老去风情减昔年,万花丛里日高眠。昨宵偶抱嫦娥月,悟得光明自在禅")作过批评。她说:"吴世昌自首句推知高氏昔年续作后四十回,现在老了,'只能做些重订的工夫';否则光是修辑《红楼梦》,怎么需要这些年,'昔年'也

---

❶ 陈维昭:《红学通史》,上海人民出版社2005年版,第5页。
❷ 庄信正:《张爱玲与庄信正通信集》,新星出版社2012年版,第101页。

在做？这样解释，近似穿凿。"❶ 由此可见，张爱玲反对"穿凿"的解释，她自己的解释则是："上两句都是说老了，没有兴致。下两句写昨夜校订完毕的心情，反映书中人最后的解脱。'抱嫦娥月'是蟾宫折桂，由宝玉中举出家，联想到自己三四年前中举后，迄未中进士，年纪已大，自分此生已矣，但是中了举，毕竟内心获得一种平静的满足，也是一种解脱。看高氏传记材料，大都会觉得这是他在这一阶段必有的感想。"❷

（2）张爱玲1982年10月14日《致庄信正》说："吴恩裕以前讲曹雪芹的'佚著'的都不可靠，这本新著请不要寄来。"❸ 由此可见，张爱玲并不相信所谓曹雪芹"佚著"的说法。

（3）张爱玲最反对现代人续写《红楼梦》。她曾说："据说端木蕻良正在续《红楼梦》，金恒炜建议余纪忠（他老板）在《时报》上转载，余怕事，不答应。我觉得端木未免自视太高，《红楼梦》并不是随便就可以续的。"❹ 对此，庄信正作了说明："端木蕻良没有发表过续《红楼梦》的作品，这里可能是误传，或指他的长篇小说《曹雪芹》，其上卷和中卷分别于1979年和1985年出版。"❺ 由此可见，张爱玲对待端木蕻良欲续《红楼梦》的态度是与她对曹雪芹的景仰以及对高鹗续书"之恨"分不开的，尤其这"之恨"最令人印象深刻。她说："有人说过'三大恨事'是'一恨鲥鱼多刺，二恨海棠无香'，第三件不记得了，也许因为我下意识的觉得应当是'三恨红楼梦未完'。"❻ 她还说："人生恨事：（一）海棠无香。（二）鲥鱼多骨。（三）曹雪芹《红楼梦》残缺不全。（四）高鹗妄改——死有余辜。"❼ 宋淇曾给"死有余辜"一条作过按语："前三句用在《红楼梦未完》文中，重抄时差一点删掉，后来我说'如果你不用，我用'。爱玲用了。"❽ 张爱玲与宋淇夫妇通信道："中国人的小说观，我觉得都坏在百廿回《红楼梦》太普及，以致于经过五四迄今，中国人最理想的小说是传奇化（续书的）的情节加上有真实

---

❶ 张爱玲：《红楼梦魇》，上海古籍出版社1995年版，第35页。
❷ 张爱玲：《红楼梦魇》，上海古籍出版社1995年版，第35页。
❸ 庄信正：《张爱玲与庄信正通信集》，新星出版社2012年版，第125页。
❹ 庄信正：《张爱玲与庄信正通信集》，新星出版社2012年版，第146页。
❺ 庄信正：《张爱玲与庄信正通信集》，新星出版社2012年版，第147页。
❻ 张爱玲：《红楼梦魇》，上海古籍出版社1995年版，第2页。
❼ 张爱玲、宋淇、宋邝文美：《张爱玲私语》，北京十月文艺出版社2011年版，第97页。
❽ 张爱玲、宋淇、宋邝文美：《张爱玲私语》，北京十月文艺出版社2011年版，第97页。

感（原著的）的细节，大陆内外一致（官方的干扰不算）。"❶ 由此可见，张爱玲之所以最反对现代人续写《红楼梦》，不仅出于艺术性的考量，同时出于"中国人的小说观"的考量，其心胸视野可谓恢弘矣！

（4）据庄信正说："1978 年冯其庸出版了专书《论庚辰本》，我订购了一本寄给她。那年 12 月她来信说该书对她极其重要，1980 年 9 月来信却表示大失所望。"❷ 张爱玲的"大失所望"是有过程的，她收到庄信正寄来的《论庚辰本》时很重视，并在 1978 年 12 月 2 日《致庄信正》中说："我前一向又一直忙，赶得昏天黑地，所以收到你前一封信之后还没回信，倒已经收到《论庚辰本》与《红楼梦原来是多少回》，还是大陆买来，外间没有的，实在歉仄到极点。这两本书对于我太重要了——前者更甚——留着仔细看。"❸ "太重要了"的说法可在《红楼梦魇》第四篇《二详红楼梦》中见证，她说："庚本不但是唯一的另一个最可靠的脂本，又不像甲戌本是个残本，材料丰富得多。"❹ 张爱玲 1979 年 12 月 16 日《致庄信正》信中道："我在赶译《海上花》，这次无论如何要译完它。你喜欢《半生缘》，大概是因为喜欢张恨水。说来可笑，红楼梦考据我一搁下就看不懂了，所以你那本《论庚辰本》看着费力，至今还没看，留着空着的时候细看。"❺ 庄信正注解张爱玲 1980 年 9 月 27 日《致庄信正》时说："《红楼梦》研究千头万绪，除复杂晦涩的内容和精微巧妙的笔法以外，单是版本——尤其十多种手抄本——之间的文字异同和承袭关系就已单独成为一门学问。冯其庸便是这方面的一个专家。他的《论庚辰本》坚决反对另一红学家吴世昌所持该本是由四个不同底本'拼凑起来的合抄本'的说法，而再三断言这'举世无双的最珍贵最重要的'抄本'确凿无疑——从头至尾是据己卯本过录的'。此言一出却惹起争论，有的学者同张爱玲一样表示坚决反对。"❻ 不曾想，张爱玲所说"看不懂""看着费力"的表态竟然引起周汝昌的关注并赞同。周汝昌在《定是红楼梦里人——张爱玲与红楼梦》一书中引用了庄信正《旧事凄凉不可听——张爱玲与〈红楼梦〉》文中一段话，即张爱玲 1980 年 9 月 27 日《致庄信正》

---

❶ 张爱玲、宋淇、宋邝文美：《张爱玲私语》，北京十月文艺出版社 2011 年版，第 223 页。
❷ 庄信正：《张爱玲与庄信正通信集》，新星出版社 2012 年版，第 337 页。
❸ 庄信正：《张爱玲与庄信正通信集》，新星出版社 2012 年版，第 101 页。
❹ 张爱玲：《红楼梦魇》，上海古籍出版社 1995 年版，第 66 – 67 页。
❺ 庄信正：《张爱玲与庄信正通信集》，新星出版社 2012 年版，第 106 页。
❻ 庄信正：《张爱玲与庄信正通信集》，新星出版社 2012 年版，第 110 页。

中谈冯其庸的说法"非常靠不住",《论庚辰本》"我看不进去"这段话。周汝昌则作出了这样的评论:"这就是她的精识真知,非庸流可以相提并论。"❶庄信正看罢大为生气,他说:在周汝昌的笔下,"冯其庸也出席"这句话中"冯其庸"三字擅自改为"×××",已经违反了学术规则,而又妄加评语说:"这就是她的精识真知,非庸流可以相提并论","庸"字当然是隐刺冯先生——另一位对周很不恭维的红学家,乍读时我想到周此前对张爱玲的冷嘲热讽,顿起"借刀杀人"之感。❷ 从中可见,张爱玲从不愿意打笔仗是明智的。因为,红学论争中的"笔仗"往往免不了刀光剑影,庄信正的所谓顿起"借刀杀人"之感,自然也就不足为怪了。

(5) 张爱玲曾说:"潘重规不好,只会沽名钓誉。"❸ 这是张爱玲为数不多的因其文而批评其人的例子。这一评价从何说起呢?庄信正曾解释道:"其前潘重规从狭义的意识形态角度出发说《红楼梦》是'民族血泪铸成'云云,并同胡适打过笔仗。我寄给张先生的《明报月刊》是这年第九期,其中有潘《冷月葬花魂与西青散记》一文。《红楼梦魇》引用过潘的《〈红楼梦〉脂批中的注释》一书,见《二详红楼梦》章及注六。"❹ 如果仅仅理解为因潘重规曾与胡适打过笔仗而引起张爱玲的不快,那就不免狭隘了。

(6) 据庄信正说:她对周汝昌在"文化大革命"期间的新版《红楼梦新证》似乎特别厌恶,屡屡加以针砭。1978年冯其庸出了专书《论庚辰本》,他订购了一本寄给她。那年12月她来信说该书对她极其重要,1980年9月来信却表示大失所望。❺ 张爱玲对周汝昌的《红楼梦新证》"特别厌恶"并非没有缘故,因为周汝昌善于"强词夺理"。张爱玲《红楼梦魇》中谈及"金麒麟"时说:第三十一回的金麒麟使黛玉起疑。回前总批说:"金玉姻缘已定,又写一金麒麟,是间色法也,何颦儿为其所惑?"周汝昌自认为此回回目"因麒麟伏白首双星"指宝玉最后与湘云偕老。他这样解释这条总批:"论者遂谓此足证麒麟与宝玉无关。殊不思此批在此只说的是对于'木石'来讲,'金玉'已定。若麒麟的公案,那远在'金玉'一局之后,与'木石'并不构成任何矛盾。当中隔着一大层次,所以批者语意是说黛玉只当关

---

❶ 周汝昌:《定是红楼梦里人》,团结出版社2005年版,第207页。
❷ 庄信正:《张爱玲与庄信正通信集》,新星出版社2012年版,第202页。
❸ 庄信正:《张爱玲与庄信正通信集》,新星出版社2012年版,第44页。
❹ 庄信正:《张爱玲与庄信正通信集》,新星出版社2012年版,第45页。
❺ 庄信正:《张爱玲与庄信正通信集》,新星出版社2012年版,第337页。

切金玉，无庸再管麒麟的事。"❶ 这当然是强词夺理。黛玉怎么会不关心宝玉将来的终身伴侣是谁？何况也是熟识的，与自己一时瑜亮的才女，即使他们的结合要经过一番周折。❷ 不过，《红楼梦新证》的确是张爱玲很重视的一部书，尽管她并不盲信盲从，毕竟对她的《红楼梦魇》具有参考价值。"张爱玲在《红楼梦魇》中多次引用周的论点——主要是《红楼梦新证》。她在《五详红楼梦》一章谈的就是根据《新证》增订本而整理归纳出的十种'旧时真本'。但她对周的看法都不能同意。如周认为第十三回（笔者按：应为第三十一回）回目'因麒麟伏白虎双星'（笔者按：应为"白首双星"）是在预示贾宝玉与史湘云终成眷属，他引了该回脂评的回前总批，断定'是说黛玉只当关切金玉，无庸再管麒麟的事'。张爱玲直言'这当然是强词夺理。黛玉怎么会不关心宝玉将来的终身伴侣是谁。'她相信这个回目预示的是卫若兰而非贾宝玉。"❸ 重视《新证》却并不盲目相信周汝昌的看法，可见张爱玲的审慎态度。

的确，张爱玲对他人的批评若从某些人的眼光看显得有些"不近人情"，甚至张爱玲自己也说过类似的话，据庄信正说："她在谈话和书信里不止一次说自己偶尔不近人情，我倒常常觉得她富有人情味。"❹ 其实，这"不近人情"的情理曲直毕竟因人而异，只要是"求真"，"不近人情"又何妨？

再看周汝昌对张爱玲的批评，略分疏如下。

（1）周汝昌说："她的'红学'也是从'版本学'开始的——因为她似不曾深入考究作者雪芹的事情，知识限于一般性范围。"❺ 周汝昌认为张爱玲对曹雪芹的家世限于"一般性"的了解，这是否也说明张爱玲的"红学"兴趣原本不在曹雪芹的家世上。

（2）周汝昌说："在这种'考证'方法与兴趣上，她分明是受俞平伯、吴世昌先生的影响，尤其后者。推断、假设是可以而常见的，但力戒自作聪明，以为处处自己的'想当然'就会成为真正的'创作过程'——移前补后，东拆西借，挖窟窿，打补钉——《红楼梦》原来是个千疮百孔的'破烂儿'！天下无事，庸人自扰，确有此感。她评别人看法'太简单'了，自己

---

❶ 周汝昌：《红楼梦新证》，人民文学出版社 1976 年版，第 924 页。
❷ 张爱玲：《红楼梦魇》，上海古籍出版社年 1995 版，第 253 页。
❸ 庄信正：《张爱玲与庄信正通信集》，新星出版社 2012 年版，第 50 - 51 页。
❹ 庄信正：《张爱玲与庄信正通信集》，新星出版社 2012 年版，第 52 页。
❺ 周汝昌：《定是红楼梦里人》，团结出版社 2005 年版，第 24 页。

也时蹈覆辙。"❶ 张爱玲受俞平伯的影响显而易见，推断、假设在《红楼梦魇》中的确常见，某种意义上说，这与周汝昌以"悟性"治红学、"直觉"治红学的一贯倡导并不抵触，《红楼梦新证》中的推断、假设同样在在有之。周汝昌不无得意地说："张爱玲从'直觉'始，却以'治学'终——我是说她的'红学观'却是晚期的学术性很强的著述，即《红楼梦魇》。"❷ 其实，红学考证中的"悟性"是有边界的，否则，必然陷入"自作聪明"的"想当然"。

（3）周汝昌说："张爱玲说的'是创作，不是自传'原来与我料想的考论内容完全不同。原因是她的'自传'的概念没有弄清白，于是将它与创作'割裂'而且'对敌'起来。这是其一。其二，她又用了自己独特的'推断'的'结论'来证明来论证雪芹书'不是自传'。她绝顶聪明，也过于自信自是。"❸ "自信自是"旨在批评张爱玲的"是创作，不是自传"说，这一说法显然与周汝昌的"曹贾互证"相抵触。

（4）周汝昌说："张爱玲说，人们看《红楼梦》总当自传、他传或合传，就是不当小说看。这话，在我看来，问题和毛病就够多了……一般人总把'小说'当'传'，这本身一点儿也没有错，也且勿讥嘲，弄错了，是轻薄自己——自己祖上的文化，民族智慧。《红楼梦》就是这个意义的'传'，没问题。犯不了'理论错误'。自从胡适之提出了'自叙传'之说，一直闹腾了几十年之久，张女士尽知，因她尊重胡先生（她书中只称胡适先生，别人不加敬称词），似乎没有'批判'胡先生的'自传说'而加以回避了。其实，还是一个自己没弄清的并不复杂的问题，认为地把它复杂起来。张爱玲也'未能免俗'——我再说一遍。"❹ 按照周汝昌的说法，张爱玲果能"免俗"，就必须把《红楼梦》当作"自传"，最好当作"实录"。

（5）周汝昌说："张爱玲的红学思路，大致是从研究版本（抄本）拼配情况、年代早晚这一层出发，做出了若干她自己认定的结论，然后以此'结论'为基石，进而构建的一整套'大拆迁'、'大修改'、'大增添'（人物后加的，故事后加的……）、'大搬家'的写作方式。她的这种理解认识——一

---

❶ 周汝昌：《定是红楼梦里人》，团结出版社2005年版，第40页。
❷ 周汝昌：《定是红楼梦里人》，团结出版社2005年版，第1页。
❸ 周汝昌：《定是红楼梦里人》，团结出版社2005年版，第61页。
❹ 周汝昌：《定是红楼梦里人》，团结出版社2005年版，第82-84页。

部《红楼》是如此如彼地'拆改、膨胀、搬家'的写作理论,不仅仅是个'方法''过程'的问题,实际上更是一个文艺审美原则的大问题。只看见了(或假设了)前一层,却忘掉了后一审美层次,也就成了'一知半解'(借用,双关语)。"❶ 在周汝昌看来,张爱玲的"一知半解"主要不在于她不懂考据,更在于她不懂"文艺审美原则的大问题",这显然是批评人的大判断,这样的大判断是否"大而无当",批评者却并不顾及。

（6）周汝昌说:"纵览张爱玲的'红学'功力有欹有重。盖依拙见,在我创立'红学'四大分支体系建构中,她的版本学、探佚学为精,脂学、曹学为差。在脂学上她未识透脂、畸本是一人,恐亦受了可疑的'靖本'的影响。在曹学上,似无所建树。她的探佚能力应属上乘。"❷ 这一"探佚能力应属上乘"的评价并非没有道理,是"探佚"就难免"穿凿附会",若就这一方面而言,张爱玲的"五详"之法的确尚存此蔽。至于周汝昌所归之于"探佚学"是否确当,尚有可议。其实,这"五详"若归之于"文本细读"之法则更为确当。细读文本既是考辨的基础,也是文本评论的基础。张爱玲的"五详"之所以如此细密,是与她小说家的眼光有关的,"她这本书另外一大贡献是以小说家的眼光深刻地探究了《红楼梦》的情节和人物"❸。"五详"做法的特别之处在于,"这样的比较分析,让我们感到这些版本不在沉寂,而是活了起来,似乎都在开口和读者对话。读者也因此对版本有了更深刻的了解"❹。尽管"同是作家的刘心武先生'红楼揭秘系列'与张氏有相同之处,即各种推测探究都是建立在想象和联想上,但是,刘心武先生的揭秘文章初看博人眼球再看味同嚼蜡,而张爱玲的《红楼梦魇》则给人一种细品慢读情趣盎然的感觉,这与张氏的家学渊源和'心细如发、精细无比'的考证是分不开的,所以张刘二人的研究有着本质的不同,高低立现。在当今快节奏的生活中,张爱玲的红学思路适合慢品,每看一次,就会有不同感受和收获。"❺

周汝昌在《定是红楼梦里人——张爱玲与红楼梦》一书中批评张爱玲之处难以枚举,当然,这并未完全遮蔽他对于张爱玲"卓见"的欣赏。譬如周

---

❶ 周汝昌:《定是红楼梦里人》,团结出版社2005年版,第85-86页。
❷ 周汝昌:《定是红楼梦里人》,团结出版社2005年版,第76-77页。
❸ 庄信正:《张爱玲与庄信正通信集》,新星出版社2012年版,第337页。
❹ 萧凤芝、陈维昭等:《谈谈张爱玲的红学》,载《红楼梦研究辑刊》2012年第4辑。
❺ 萧凤芝、陈维昭等:《谈谈张爱玲的红学》,载《红楼梦研究辑刊》2012年第4辑。

汝昌说："我对张爱玲的论红见解，最感兴趣的还是她论宝玉的三个感情最重的闺友：黛、湘、袭，而宝钗不在此列。她对黛、湘的微妙关系做出了自己的解说，极富创见、独特价值。"❶ 之所以"极富创见、独特价值"，是因为张爱玲引用了周汝昌《红楼梦新证》提供的所谓"真本"资料，并倾向于"认为这是作者的经历……更要者，她于此节又不斥'自传'说了，反而承认是'亲历'了。"❷ 当然，周汝昌激赏为"卓见"之处，大抵都是"不可用一般小说的眼光来衡量评议"❸ 之处。其中最能引起周汝昌共鸣还是张爱玲说了几句对高鹗续书憎恶的话，诸如"狗尾续貂""附骨之疽""高鹗死有余辜"等。"她对高鹗下的评语，益发令我'如雷震耳'。"❹ 周汝昌并且认为："张爱玲的重要贡献是她在实际上承认了'自传说'，也承认了脂砚是女性，是湘云的'原型'。"❺ 由于张爱玲的"卓见""护法有功"，所以，获得周汝昌的酷评："因为张爱玲真是一位罕见的护法女神——护曹斥高的女圣者。她是永远值得《红楼梦》读者香华供养的菩萨。"❻ 周汝昌的"捧杀"常常无关乎学术，正如他的"棒杀"一样，意气用事的成分十分鲜明。不过，无论"捧杀"或"棒杀"，周汝昌的自律总是很严的："我也有不同的见解，说了几句切磋的话，没有别的意思，千万不要对这么样的人，并且已经作古的人，有什么轻薄、不然的意思。那就不道德，做人要厚，要与人为善，不要学那种糟糕的风气，那能成大学者吗？"❼ 令人遗憾的是，周汝昌"棒杀"张爱玲之时正是斯人已逝之后。更有意味的是，他的"告诫"同样应验在其身后了：2014 年 1 月新疆青少年出版社出版的《拨开迷雾——对周汝昌〈红楼梦〉研究的再认识》一书，全面地大批判了这位"已经作古的人"。这毕竟与胡适在 20 世纪 50 年代遭遇的全面大批判不同，那时，胡适仍然活着，并在美国的寓所饶有兴致地阅读这些大批判文字。

笔者曾在《辨明红学方向、探究红楼艺境：宋淇的红学研究——港台及海外学人的红学研究综论之一》一文中说："一位海内外著名的红学家为一

---

❶ 周汝昌：《定是红楼梦里人》，团结出版社 2005 年版，第 127 页。
❷ 周汝昌：《定是红楼梦里人》，团结出版社 2005 年版，第 127 页。
❸ 周汝昌：《定是红楼梦里人》，团结出版社 2005 年版，第 146 页。
❹ 周汝昌：《定是红楼梦里人》，团结出版社 2005 年版，第 147 页。
❺ 周汝昌：《定是红楼梦里人》，团结出版社 2005 年版，第 188 页。
❻ 周汝昌：《定是红楼梦里人》，团结出版社 2005 年版，第 211 页。
❼ 周汝昌：《定是红楼梦里人》，团结出版社 2005 年版，第 132 页。

位作家的红学著述作专题研讨,并出版了撰著,这是并不多见的学术事件。"❶ 这篇文章中并未对这一学术事件的真相略做揭示,真相的揭示是在笔者撰述的《勤于家世版本梳理,试图建设性之贡献:赵冈的红学研究——港台及海外学人的红学研究综论之五》一文中。该文谈及周汝昌批评《红楼梦魇》的深层心理原因,即绝不容许张爱玲这位"张作家"批评他这位新红学的"泰斗"。明显的例证即周汝昌的证言:"又加上我翻到一页上,忽见她对拙著《红楼梦新证》加以'大杂烩'的评语,觉得这个人可有点儿狂气太甚,拙著是第一个提出脂砚斋三真本这一命题并做出初步研论的拓荒者,'大杂烩'应如何成为'小纯碟'?"❷ 张爱玲竟然将《红楼梦新证》视为"大杂烩",这就难怪引来周汝昌对她的一番冷嘲热讽,这情形竟又引起张爱玲的朋友庄信正的不满。庄信正说:"他在'红学'方面的贡献不容置疑,但后来往往率尔操觚,写的太多,予人以浮滥之感……张爱玲死后十年,周又写了一本《定是红楼梦中人——张爱玲与红楼梦》,笔调仍是阴阳怪气,不够严肃。一方面反驳张对他的批贬,一方面当她批贬别人时则又欣然同意。"❸ 总之,周汝昌对张爱玲和她的《红楼梦魇》的"酷评"同样存在"不近人情"之处。

结　　语

据庄信正说,张爱玲"俨然把二书(笔者按:"二书"指《红楼梦》与《海上花》)视为自己平生在学术上的两大成就。"❹ 张爱玲曾说:"喜欢看张恨水的书,因为不高不低。高如《红楼梦》《海上花》,看了我不敢写。"❺ 可见她对《红楼梦》《海上花》这两部小说的赏识。她从 1967 年开始英文翻译《海上花》这部小说,经历了"十年辛苦不寻常",然而反响不大,所以

---

❶ 高淮生:《辨明红学方向、探究红楼艺境:宋淇的红学研究——港台及海外学人的红学研究综论之一》,载《河南教育学院学报》2013 第 1 期。
❷ 周汝昌:《定是红楼梦里人》,团结出版社 2005 年版,第 127 页。
❸ 庄信正:《张爱玲与庄信正通信集》,新星出版社 2012 年版,第 261 页。
❹ 庄信正:《张爱玲与庄信正通信集》,新星出版社 2012 年版,第 109 页。
❺ 张爱玲、宋淇、宋邝文美:《张爱玲私语》,北京十月文艺出版社 2011 年版,第 60 页。

她很为遗憾。胡适竟然很关心《海上花》的反响，他在《致张爱玲》信中说："'平淡而近自然的境界'是很难得一般读者的赏识的。《海上花》就是一个久被埋没的好例子。你这本小说出版后，得到什么评论？我很想知道一二。"❶ 胡适不仅未能获取关于《海上花》翻译出版的更多反响，也无缘亲自得闻《红楼梦魇》这部"考据之书"出版之后反响。不过，即便这部书的反响至今仍不尽如人意，却难以遮蔽这部"考据之书"在《红楼梦》成书研究上的学术价值，即由于方法上的文本细读与考据上的别有会心所显示的学术示范意义。黄裳曾不无遗憾地说："有意思的是，新出现的《红楼梦》研究者多是小说家。其中值得一说的是小说家张爱玲。这是一位没有功利目的，以'一掷十年'的豪情投入的《红楼梦》研究者。她自有一种考证研究方法，以女性独有的细心追寻小说创作的奥秘。她的书名为《红楼梦魇》，我见过上海古籍出版社出版的本子，惭愧得很，没有耐心跟踪她的考证道路，未能终卷，因而对她的考证成果弄不清楚，也无法评论。张爱玲著作的'全集''选集'国内出了若干种，却少有收入《梦魇》者，可见此书并无任何经济价值，'张学'已成显学，研究著作车载斗量，却无一人论及《梦魇》，可见在研究者心目中，此书并无位置。除了她的老友宋淇，连'张学'开山人物夏志清在内，都无一人顾及此书。她慷慨地一掷十年做研究，无名无利，不论成果如何，其爱重原书，全身心投入的实际行动是感人的，值得尊重。尤其是她的欣赏趣味，能极敏感地发现高鹗伪续的恶劣品格，真是罕见难得。而这正是深研曹书文本的必要前提、条件。"❷ 在黄裳看来，《红楼梦魇》一书对于深研曹书文本具有不可替代的参考价值，这一见识堪称论及《梦魇》的知音之论。其实，并非果真如黄裳所说"都无一人顾及此书"，只是黄裳并未看到罢了。譬如王三庆在《红楼梦版本研究》一书中就曾说："陈毓罴及刘世德、邓绍基三位先生的著作《红楼梦论丛》，不遗余力，专为曹家文物作辨伪的工作，有时未免犯了矫枉过正的毛病。而张爱玲女士的《红楼梦魇》，则与林语堂先生的《平心论高鹗》，并有异曲同工之妙，尤其以作家的立场，自版本的异文，推论红楼梦增删的旅程，时有新说。"❸ 王三庆的看法很有启发意义，即专为曹家文物作辨伪的工作终究没有以作家的立场、自版

---

❶ 耿云志、欧阳哲生：《胡适书信集（下）》，北京大学出版社1996年，第1241页。
❷ 黄裳：《门外谈红》，上海书店2011年版，第61页。
❸ 王三庆：《红楼梦版本研究》，台北石门图书公司1981年版，第25页。

本的异文推论红楼梦增删更具学术价值。

庄信正说:"《红楼梦魇》于 1977 年 8 月结集出版,次年 1 月 28 日我收到她签赠的一册,里面照例作了许多修改。如页三一六第三行'旧批'二字之后增补了三行文字,页二九九末尾删去一句(十九字)。封面由她自己设计,是她最后一次为自己的著作设计封面。"❶ 可见,张爱玲是很珍惜自己的这部"考证之书"的。这种珍惜之情引起庄信正的关注,他因此劝一位友人为《红楼梦魇》作注解。庄信正 1990 年 12 月 15 日《致张爱玲信》说:"今年上半年我大发的那次'红'热,使我等于恶补了一场,把多年来这方面的资料大体了解了。觉得大陆上在版本方面确实有成就,但一涉及内容的分析便味同嚼蜡。《红楼梦魇》有一友人谈起时说该为之作注,因内容丰富而浓缩。我劝她作,因她对红学远比我有研究,而且多年来始终'跟踪'。如果您愿意首肯并指教她,我可以再鼓励一番,这是个有意义的工作;只是她在做事,人也较萧洒,未必很快完成工作。"❷ 庄信正 1990 年《致张爱玲年卡》再有一段说明文字道:"认为《红楼梦魇》应该有人作注的是赵乐德。她和丈夫傅运筹都熟读张爱玲和《红楼梦》,有意为《红楼梦魇》作注。但二人都很忙,未能成稿。说来可惜,因为该书行文属'跳跃'式,乍看未必能一目了然,他们的解释对于读者一定很有帮助。"❸ 尽管《红楼梦魇》注本终究没有做出来,庄信正的关心则的确令张爱玲慰藉。由此"作注"的提议可见,《红楼梦魇》的确是不易阅读且值得阅读的红学著作。

庄信正对张爱玲"敬如师长",他在《张爱玲庄信正通信集》"前言"中说:"张爱玲出身清末官宦世家,却从初中开始就全程接受西方教育,1956 年至 1995 年定居美国近四十年。众所周知,她同生人乍见面时'望之俨然',似乎很不容易接近;但来往不久我便注意到她如中国传统那样彬彬有礼,渐渐地竟感到亲切乃至殷勤了。她知道我对她敬如师长,因此只有第一封来信上款是'信正先生',下款写'张爱玲';第二封用风景明信片,没有上款,下款已改为'爱玲';第三封上款是'信正',下款写她的英文名字'Eileen';第四封上款是'先正'(笔误),下款也是'Eileen'。其后来信上下款大都是'信正'和'爱玲';但空间太逼仄时则往往没有上款,下款也

---

❶ 庄信正:《张爱玲与庄信正通信集》,新星出版社 2012 年版,第 96 页。
❷ 庄信正:《张爱玲与庄信正通信集》,新星出版社 2012 年版,第 208 页。
❸ 庄信正:《张爱玲与庄信正通信集》,新星出版社 2012 年版,第 270 页。

会只写'爱玲'。"❶ 庄信正是美国印第安纳大学比较文学博士，曾任职联合国，他说："我在印第安纳大学的博士论文题材就是谈这部伟大的经典的。"❷（笔者按："这部伟大的经典"即《红楼梦》）他与张爱玲通信近三十年，也是张爱玲晚年很重要的朋友之一。

张爱玲晚年很重要的朋友中尚有宋淇和邝文美夫妇以及夏志清，宋淇直接影响了《红楼梦魇》一书的命名甚至研究进程，夏志清则对"张学"的形成有贡献。所谓"张学"即张爱玲研究，主要是对张爱玲小说的研究包括学术研究（张爱玲的学术成果主要是《海上花》翻译和《红楼梦魇》撰著两种）。舒芜不无感慨地说："崇拜她的人越来越多，以至形成'张迷'圈子，研究范围日益扩大加深，'张学'之为显学几乎可以与'鲁学'比美。何至于此呢？我心中不能无疑。"❸ 舒芜的"疑惑"源自他的视野局限，据宋以朗说："夏志清在一九六二年出版的英文著作《中国现代小说史》（1917—1957）担当了很重要的角色。这部书把张爱玲和钱锺书的地位抬得很高，可从介绍作家的篇幅看出来：鲁迅有二十六页，茅盾十五页，巴金二十页，张爱玲四十三页，钱锺书五十九页……夏志清在台湾文坛颇有地位，大家看了他的书，都想方设法要找张爱玲的小说来'朝拜'一下。夏志清的哥哥夏济安在台湾有很多学生，如白先勇、陈若曦等，也承认受到张爱玲影响，甚至很推崇她。……张爱玲有三点优势：她有一批隐藏的粉丝；受到学术界的推崇；有大批旧作只需排版就可出书。"❹ 其实何止台湾呢？夏志清所著《中国现代小说史》曾经引起大陆学者对于"重写文学史"的深度思考，一般读者同样为重新发现张爱玲、钱锺书而兴奋不已，更不必说他们的"粉丝"了。不过，夏志清则比较清醒，他在《张爱玲与鲁迅及其他——"张爱玲与现当代中文文学"国际研讨会发言》中说："你们说因为我夏志清是大批评家，才有了'张学'。这方面我可能有一点功劳，可是并不是很大的功劳，主要因为张爱玲她自己的魅力。我的工作是引起大家注意张爱玲，之后便是她自己的成功与胜利。"❺ 无论如何说，张爱玲毕竟取得了属于她自己的成功。其实，对于夏志清极力抬举张爱玲的做法也是各言己见而已，譬如葛浩文说：

---

❶ 庄信正：《张爱玲与庄信正通信集》，新星出版社 2012 年版，第 6 页。
❷ 庄信正：《张爱玲与庄信正通信集》，新星出版社 2012 年版，第 45 页。
❸ 舒芜：《舒芜晚年随想录》，人民文学出版社 2013 年版，第 212 页。
❹ 宋以朗：《宋淇传奇：从宋春舫到张爱玲》，香港牛津大学出版社 2014 年版，第 312-313 页。
❺ 夏志清：《岁除的哀伤》，江苏文艺出版社 2006 年版，第 207-208 页。

"夏志清在耶鲁大学读的都是维多利亚时代的英国文学。所以他的趣味也都在于此。他本人是一个右翼分子，所以萧军之类的左翼作家，都被他一笔抹杀。他觉得他们写不出来什么好东西。萧红也是，看了我的翻译后他才说自己错了。当然写《中国现代小说史》的时候，他有了一些转变，但是他所推崇的左翼作家，也必定是亚于张爱玲的，居于张爱玲之下的，这主要是夏志清本身的问题。"❶ 夏志清对"本身的问题"同样是逐渐清醒的，不过是经历了一个过程而已。

张爱玲在红学研究上的"功过"并不仅仅因为《红楼梦魇》一书的令人"读不懂"而难以确论，更因学界名家之"微言"而难以定评。据宋以朗《宋家客厅：从钱锺书到张爱玲》一书记述宋淇与钱锺书通信谈学术的情景道："我父亲和张爱玲都研究《红楼梦》，杨绛也曾写过有关《红楼梦》的论文，所以他们之间的通信也很自然地聊起'红学'。钱锺书在 1980 年 2 月 2 日给父亲写了一封信：'兄治红学之造诣，我亦稍有管窥，兄之精思妙悟，touch nothing that don't adorn（触手生辉）……弟尝曰：近日考据者治《红楼梦》乃"红楼"梦呓，理论家言 Red Chamber Dream（红楼梦）乃 Red Square Nightmare（红场梦魇）。此可为智者道，难与俗人言。'何谓'红场梦魇'呢？这应该是嘲笑某些人将西方文艺理论硬套在《红楼梦》之上。钱锺书在后来一封信上曾说：'国内讲文艺理论者，既乏直接欣赏，又无理论知识，死啃第四五手之苏联教条，搬弄似懂非懂之概念名词，不足与辩，亦不可理喻也。'之后父亲便回信说：'锺书先生所言红楼梦魇和呓，足以令人深省，手抄本各本一字一句，此异彼同，争来争去，必无结果，所以有人研究版本，我就建议用红楼梦魇为书名，可见所见略同，不过先生是英雄，下走则为狗熊耳。'父亲说的'有人'，自然是张爱玲了。父亲为什么不指名道姓，而只隐晦地说'有人'呢？他大概是猜到钱锺书看不起这类琐屑的考据，便无谓提及自己另一个好友的名字了。这亦看到父亲的世故。果然不出所料，钱锺书下一封信便对这类考证者冷嘲热讽：《管锥篇》第三册 1097—1098 页即隐为曹雪芹诗而发（拙著中此类'微言'不少）；illiterate knaves conspiring with learned foods，又不仅曹诗而已。此间红学家有为'红学梦呓'者，有为'红楼梦魇'者，更有为'红楼梦遗'（nocturnal emission）者，有

---

❶ 葛浩文：《葛浩文随笔》，中华书局 2016 年版，第 214 页。

识者所以'better dead than Red'。一笑。"❶ 由上述可见，"红楼梦魇"并不单单是周汝昌看了不悦，钱锺书同样也"看不起"，梅节则把"红楼梦魇"解读成"被宋淇先生讥为'红楼梦魇'"。❷ 不过，周汝昌毕竟还是感慨"张看"《红楼梦》可谓"红学着堪树一军"，这一评价当然是确有见识的。《红楼梦魇》岂止"堪树一军"，庄信正如是评价："《红楼梦魇》精密而详赡，是个宝库。她参考过许多红学家的成果，同时发现了他们的某些错失。"❸ 又据宋以朗记述："时隔一年，父亲在1981年5月22日致函钱锺书时，终于直接提到张爱玲：'读《红楼梦》者必须是解人，余英时其一，张爱玲其一，杨绛其一，俞平伯有时不免困于俗见，可算半个，其余都是杂学，外学。'"❹ 如此说来，《红楼梦魇》乃"解人"之作，当然不可小觑了，只是宋淇的"杂学""外学"之酷评是否又要开罪不少自许读《红楼梦》之"解人"？宋以朗在《宋淇传奇：从宋春舫到张爱玲》一书中说："1992年父亲曾告诉我，他想写一部《张爱玲传》，因为他是张爱玲的挚友，会得到她的支持和合作，而他又最了解她的作品。所以他应当是最理想的张爱玲传记作家。可惜的是，父亲接着说他已经没有心力去做。这是他的遗憾，我觉得也是中国文学的损失。"❺ 的确，迄今出版的《张爱玲传》毕竟缺少了一部"解人"之作。

值得一提的是，张爱玲最不服林语堂的英文作品竟然成为畅销书，在她看来，林语堂的中文比英文好。张爱玲从小立志当双语作家，但是，她的英文作品却总不畅销。刘绍铭说："在近日出版的《张爱玲私语录》看到，原来张小姐'从小妒忌林语堂，因为觉得他不配，他中文比英文好'。我们还可以在《私语》中看到她'妒忌'林语堂的理由：'我要比林语堂还要出风头，我要穿最别致的衣服，周游世界，在上海有自己的房子。'……《私语》发表于1944年，爱玲二十四岁。林语堂的成名作 *My Country and My People*（《吾国吾民》）1935年在美国出版，极受好评。第二年出了英文版，也成为畅销书。林语堂名利成就，羡煞了爱玲小姐。如果她是拿林语堂在《论语》或《人世间》发表的文字来衡量他的中文，再以此为根据论证他的中文比英文好，那真不知从何说起。林语堂的英文畅顺如流水行云，起承转合随心所

---

❶ 宋以朗：《宋家客厅：从钱锺书到张爱玲》，花城出版社2015年版，第121－122页。
❷ 梅节、马力：《红学耦耕录》，文化艺术出版社2000年版，第18页。
❸ 庄信正：《张爱玲与庄信正通信集》，新星出版社2012年版，第336页。
❹ 刘绍铭：《爱玲说》，广东人民出版社2016年版，第155页。
❺ 宋以朗：《宋淇传奇：从宋春舫到张爱玲》，香港牛津大学出版社2014年版，第92页。

欲，到家极了。"❶ 张爱玲"妒忌"林语堂的心理，"或可视为酸葡萄心理的反射"❷。

纵观张爱玲的红学志业，可谓：张看红楼最不同，云烟满纸兴葱茏。几人能懂伊心曲，梦魇奇思却透通。

附录：张爱玲学术简历

张爱玲（1920—1995），现代著名作家，20 世纪 30 年代末曾入香港大学就读，1942 年香港沦陷，未毕业即回上海，开始从事写作。20 世纪 60 年代后期定居美国。张爱玲主要从事小说创作，影响广泛而深远，夏志清著《中国现代小说史》给予张爱玲以最高的评价：张爱玲该是今日中国最优秀最重要的作家。

冯其庸、李希凡主编《红楼梦大辞典》（文化艺术出版社 1990 年）称述张爱玲：现代作家，其代表作品为短篇小说集《传奇》和散文集《流言》。她的作品深受《红楼梦》的影响。红学著作有《红楼梦魇》。

《红楼梦魇》堪称红学史上第一部《红楼梦》成书研究的力作，学术影响深远。周汝昌著《定是红楼梦里人》（团结出版社 2005 年）一书专题评论了张爱玲的《红楼梦》研究，并称她是"红学史"上的一大怪杰。

---

❶ 宋以朗：《宋家客厅：从钱锺书到张爱玲》，花城出版社 2015 年版，第 123 页。
❷ 刘绍铭：《爱玲说》，广东人民出版社 2016 年版，第 156 页。

皮述民的红学研究：
走出"自传说"拘囿，开拓"李学"新境

引　言

皮述民的红学代表著作即《红楼梦考论集》（台北经联出版事业公司1984年版），《苏州李家与红楼梦》（台北新文丰出版股份有限公司1996年版），以及《李鼎与石头记》（台北文津出版社有限公司2002年版）等。由以上研究成果可见，皮述民乃新加坡与中国台湾地区红学卓有成绩之学人，或者说港台及海外红学独树一帜之学人，这与皮述民曾长期任教于国立新加坡大学、台湾中国文化大学等高校有直接关系。胡文彬在1984年出版的《红学世界面面观（代前言）》一文中说："新加坡的红学研究者主要有皮述民、黄葆芳、南翔等人。他们以《南洋大学学报》《南洋商报》《星洲日报》为阵地，发表研究《红楼梦》论文。皮述民先生对曹雪芹家世生平颇多研究，如《脂砚斋与红楼梦的关系》《补论畸笏叟即曹頫说》等文章，都是有独到见解的。"❶ 不过，新加坡红学虽有成绩，却很少受到关注。（笔者按：《红楼梦大辞典》对皮述民的介绍仅仅两句："新加坡国立大学中文系高级讲师。红学著作有《红楼梦考论集》及论文《脂砚斋与红楼梦的关系》《补论畸笏叟即曹頫说》等。"❷《红楼梦大辞典》2010年出版修订本仍旧沿用这两句旧述。）胡文彬在2009年出版的《红楼梦与台湾——跨越海峡的记忆》一书中

---

❶ 胡文彬、周雷：《红学世界》，北京出版社1984年版，第12页。
❷ 冯其庸、李希凡：《红楼梦大辞典》，文化艺术出版社1990年版，第1223页。

对皮述民红学著作《苏州李家与红楼梦》作了简要介绍:"无须多说,读者从上列论文的篇目中即可窥知作者的主要观点了。苏州李家,对红学研究者来说,确是个耳熟能详的家族。过去虽然有人对苏州李家与《红楼梦》的故事有所联系,但如皮述民先生这样深入的探考较少……对皮述民先生的诸多著述、观点,大陆学人了解尚少,也未曾加以讨论过。希望本文的介绍能引起一些红学家的重视,并能就此问题进行深入研究和讨论。"❶

如果将"红学"譬喻为一条百川汇集的江河,那么,皮述民则堪称这条江河之"支流"中的一股"清流"(笔者按:所谓"清流"即健康的水源,而非污染了的水源)。笔者曾说:"红学的'主流'在中国大陆,中国港台地区及海外的不同'支流'只有汇聚到'主流'中来才真正具有活力。'主流'和'支流'是一个整体,就'红学'事业而言,没有必要'厚此薄彼'或'厚彼薄此'。就'红学史'而言,缺少'支流'是不完整的,是偏狭的。'支流'因自由流动的优势而较少顾忌,往往可能提供独具启示性的视角和范式;而'主流'则具有'海纳百川'的气度,尽管鱼龙混杂,但气象宏大。'支流'不能独立于'主流'而生存,'主流'吸纳'支流'而气势更大。"❷ 皮述民的红学代表著作能够提供独具启示性的视角,他由"曹学"推演出"李学"的学术勇气足以说明其"自由流动的优势而较少顾忌"的学术个性。

皮述民曾把红学研究喻为"曹雪芹和他的批书助手设下了擂台,百余年来打擂台的人不计其数……我这本小书(笔者按:指《红楼梦考论集》)的结集出版,也可以算是上台问阵吧。纵然落败,若能化解掉擂主或其助手的三招两式,也就心满意足了。我这个比喻虽然只是笑谈,但却也能表示出我探讨红学的心情,以及对整个红学研究前景的信念"❸。皮述民在"擂台"上究竟使用了何种"拳法"以破解"曹家拳法"之一招一式呢?姑可称之为"翻案"之法。皮述民在《李鼎与石头记》一书自序中说:"六年前,我结集十余年间以新角度考证《红楼梦》的十四篇论文,出版了《苏州李家与红楼梦》一书。所谓新角度,实是对红学重大的翻案,因为所论重点为:否定

---

❶ 胡文彬:《红楼梦与台湾——跨越海峡的记忆》,白山出版社2009年版,第215页。
❷ 高淮生、董明伟:《红学学术史研究的新路径——〈红学学案〉著者高淮生教授学术访谈录》,载《燕山大学学报》2013第2期。
❸ 皮述民:《红楼梦考论集》,台北经联出版事业公司1984年版,第3-4页。

'自传说'，修正'唯曹说'。要点为：贾府乃以苏州李家架构为原型、宝玉为苏州织造李煦长子李鼎……这六年来，我并没有停止对'李鼎、脂砚、宝玉三位一体'的加强论证，事实是欲罢不能。因为掌握了正确的观点，便有如拿对了钥匙，以往红学的重重谜关，哪怕是关闭了二百多年的那些石头门，也都毫无困难地一一开解了。打开了《石头记》的那些谜样的大门，其实门内并没有任何珍宝，我们只是更加确认了李鼎与《石头记》的关系，和更清楚了一些'真实'。"❶ 皮述民一改过去将曹雪芹、脂砚斋、宝玉密切联系的思路修改成了"李鼎、脂砚、宝玉三位一体"的新认识，这是"翻案"所结出的果实。当然，皮述民最具新意的"翻案"还在于提出了这样的命题："李学"即打破红学谜关之学！

一、"苏州李府半红楼"："李学"之奠基

《苏州李家与红楼梦》一书中有一篇题为《苏州李府半红楼》的论文，该文标目即：（一）曹家之外有李家；（二）康熙时代的权贵——苏州李家；（三）曹、李两家何相似；（四）曹作李时李亦曹；（五）谁是末代浊公子；（六）公子欲写忏悔录；（七）石头记有二作者；（八）苏州李府半红楼。其基本观点：一，脂砚斋就是李煦之子李鼎；二，苏州李府半红楼。这些提法是否一味地标新立异呢？这就要看支持这些立论的史料之间的逻辑关系是否可以得出这样的结论，即是否具有逻辑必然性。且看皮述民对第一个基本观点的陈述："说实在的，由于资料极少，李鼎的生平、形象，我们所能掌握的只是某些重点与特征；同样的，脂砚斋在红学世界中，一向就是既实在又神秘的人物，我们所能探考他的，也只是根据他自己'不小心''若有意、似无意'时透露的某些生平、形象特征。就在我以二人的生平、形象相比较时，我发觉这两个残缺的影像，异常吻合，可以说产生了重叠的现象。为此，我在1989年撰写了《脂砚斋应是李鼎考》，说明红学考证上的两大问题，其一，早年的贾宝玉，到底是以何人为模特儿？其二，批书的脂砚斋，到底是

---

❶ 皮述民：《李鼎与石头记》，台北文津出版社有限公司2002年版，第1-2页。

什么人？其实只是一个问题。由于脂砚斋批书以宝玉自居，且他的话公然批在稿本上，自然是雪芹及家人所认可。而这个人，并不是曹家人，他应该就是李鼎。"❶ 在皮述民看来，把脂砚斋这个"既实在又神秘的人物"落实给了苏州李家，"苏州李家的家世背景，在红学研究上，就要大大提高它的地位"❷。那么，为什么要提高苏州李家的地位呢？是为了修正"唯曹说"，是为了破解《红楼梦》"假作真时真亦假"之谜，是为了理解"一荣俱荣，一损俱损"的真相。如果始终围绕曹家的家世背景和家史人物，"我们仍有一些问题无法索解，或者应该说，我们无法从金陵曹家的家史和人物中去索解"❸。于是，索解这些无法索解的问题就必须到别家去寻找。既然李鼎就是脂砚斋，又是书中早年宝玉的原型，更是《石头记》小说的发起人及初稿若干回作者，也即"李鼎、脂砚、宝玉三位一体"，那么，"苏州李府半红楼"的结论也就顺理成章了。皮述民在《脂砚斋应是李鼎考》一文中说："由于发现李鼎可能是宝玉原型之一，因而联想到他可能就是脂砚斋。这一年来，我从许多角度来衡量李鼎，也从许多批语来验证李鼎，几乎感到无有不合；有些角度和批语甚至感到非李鼎无以当之。我因为感到李鼎的形象和脂砚斋逐渐重叠而草拟此文，我的目的在寻求真相，向新的角度投石问路。"❹ 这所谓的"新的角度"正是相对于胡适以来"唯曹说"旧观念而言的，皮述民说："自从胡适在民国十年发表了《红楼梦考证》改定稿以来，虽然由于新资料的不断发现以及更专业的投入研究，在许多枝节方面红学研究者对胡氏之说多方加以指瑕及补正，但七十多年来'自传说'和'唯曹说'始终是被认为'铁案如山，万不可移'（高阳语），近年来在'红学'的花朵旁边，又绽放出并蒂的'曹学'之花，即其明证。"❺ "红学"也好，"曹学"也罢，大抵是以"旧的角度"做"解谜"的尝试，自然不能够把一些真相讲清楚。所以，从《脂砚斋应是李鼎考》一文开始，皮述民即告别了以往"唯曹说"的观念。《苏州李家与红楼梦》一书"自序"道："《脂砚斋应是李鼎考》，可视为本书的中心论点，因为只有考定了李鼎是书中宝玉的原型，苏州李家的人和事，才会相应的显得重要，同时苏州李家的家世背景，在红学研究上，

---

❶ 皮述民：《苏州李家与红楼梦》，台北新文丰出版股份有限公司1996年版，第117－118页。
❷ 皮述民：《苏州李家与红楼梦》，台北新文丰出版股份有限公司1996年版，第121页。
❸ 皮述民：《苏州李家与红楼梦》，台北新文丰出版股份有限公司1996年版，第63页。
❹ 皮述民：《苏州李家与红楼梦》，台北新文丰出版股份有限公司1996年版，第107页。
❺ 皮述民：《苏州李家与红楼梦》，台北新文丰出版股份有限公司1996年版，第5页。

才会大大提高它的地位。笔者也因为此文，告别了以往'唯曹说'的观念。我虽然告别了'唯曹说'，但并不盲目提倡'唯李说'，因为我的确明白，曹、李两家实在是非常相似的两个'老亲'家族，'一荣俱荣，一损俱损'，而书中既安设了两个极为相似的甄、贾两府，脂批又说明是'写假则知真'，所以我才会说：'假作真时真亦假，可意会为曹作李时李亦曹'。我的次一篇文章虽旨在提高苏州李家在红学研究上的地位，虽了解批书人宝玉原型姓李，但亦绝对不敢忘记作者是曹家后代，参与批书的畸笏、棠村，经已大致考定即雪芹之父曹頫和弟弟，故就事言事，取持平之论，而为该文定名《苏州李府半红楼》。"❶ 可见，皮述民是"告别"了"唯曹说"，才提倡其"唯李说"，尽管这种"告别"是否彻底尚有可议，毕竟经历了一个由"信"而"疑"、由"疑"而"考"、由"考"而"辨"以及由"辨"而"立"的过程，这一过程是审慎的，思路是清晰的。

　　梅节在《曹雪芹、脂砚斋关系发微》一文中同样表达了自己由"信"而"疑"的过程，应有借鉴意义。他说："我70年代踏足红坛，面对的就是这样的景况。明清科举，考四书用朱批；现在研究《红楼梦》，要用脂批；论红不称脂砚斋，'此公缺典真糊涂'。我花很大力气去掌握脂评，把俞平伯1963年版的'辑评'几乎翻破了，作了好几本笔记。不过，'信'之与'疑'本是一体两面，信至极致，疑亦从生。虽说自己被胡适、周汝昌牵着鼻子走，上了所谓'新红学'的道儿，总还是愿意跟事实走。譬如说，脂评所以重要，是由于脂砚斋的特殊身份。但我左看右看，脂砚斋怎么也并不像个女的。既然是男身，如何是史湘云？如何做曹雪芹的老婆？而且从脂砚斋的评语看，他对曹雪芹颇为隔膜，对《红楼梦》也不甚了了，误解、误评的地方很多。对曹雪芹更不尊重，恣意篡改《红楼梦》，剔除曹雪芹的名字，到后来两人互不瞅睬，有如反目。从信而疑，我起意替脂砚落妆，汇集资料弄清他的面目，将他逐出大观园，不让他在怡红院、潇湘馆、蘅芜院内帏厮混；更不让他溜入曹雪芹家门，冒称'红颜知己'，登子反之床。"❷ 梅节发愿把脂砚斋"逐出大观园"、逐出"曹雪芹家门"，这与皮述民的"告别"有相同处，尽管梅节并没有"领着"脂砚斋认祖归宗到"李家"来。在"认祖归宗"这个问题上，梅节的态度更为谨慎，他说："在没有确切材料证明

---

❶ 皮述民：《苏州李家与红楼梦》，台北新文丰出版股份有限公司1996年版，第3-4页。
❷ 梅节：《海角红楼——梅节红学文存》，国家图书馆出版社2013年版，第297-298页。

其曹家的身份前，我们主张把脂砚区隔。"❶ 梅节认为："《红楼梦》的著作权和所有权是分开的，著作权属于曹雪芹，而所有权属于脂砚斋等人。《红楼梦》著作权的混乱，脂砚斋负有直接责任。"❷ 至于畸笏叟所提出《红楼梦》成书过程的"一芹一脂"之说，这也"证明存在有人出钱、有人出力的合作关系。曹雪芹是作者，这毫无疑问，但脂砚角色是什么呢？我相信他是那个读者圈子的发起人，他负责同曹雪芹联系。雪芹的书稿写好一部分，就交给他供小圈子传阅，收集意见，反映给作者。他还按期收集银两，供雪芹作生活费。我不相信《红楼梦》是写'曹寅家事'，写平郡王府或'傅恒家事'，小说某些内容是他们过去在宗学闲扯过的轶闻"❸。梅节对"一芹一脂"说的解读，有与皮述民的解读相合通之处，皮述民认为曹雪芹正是李鼎所找到的"最佳的捉刀人"❹。《红楼梦》创作过程中作者曹雪芹与脂砚斋的"合作关系"被皮述民改造成曹雪芹与李鼎的关系，尽管这一改造未必能够得到梅节的赞同。皮述民对曹雪芹与李鼎的"合作关系"是这般描述的："在雪芹接手写作以后的十年漫长岁月中，脂砚始终参与其事，雪芹每写成一回，（有时甚至没有定稿），便交由脂砚整理、誊抄、加批语，更要紧的是，我们看得出，小说怎样写，情节怎样发展，脂砚始终参与讨论，因为'草蛇灰线，伏脉千里'他都知道，可见小说的结构，是两人充分沟通后才定案的。在雪芹身边，至少还有两个人，密切注意着小说的进展，他们就是曹頫和曹棠村……虽然曹家父子三人，一个主写，两个密切关注小说的进行，但李鼎对此书的影响力仍在，一直到庚辰年（1760）脂砚四度评阅本书时，书名仍是《脂砚斋重评石头记》，故我们始终相信，终脂砚之世，曹家人都不得不同意，此书的经理权是属于脂砚的。"❺ 皮述民的这种有关"合作关系"的生动描述显然是建立在"曹李家史"基础上的，这与梅节有本质区别，他并不相信《红楼梦》是写"曹寅家事"或者"傅恒家事"，当然也不会同意"曹李家史"说，在他看来，"轶闻"说更靠谱些。

贾穗在《红学研究的重要成果和启示——读皮述民先生的〈苏州李家与红楼梦〉有感》一文中说：胡适、俞平伯开创出"新红学"一派后，在很多

---

❶ 梅节：《海角红楼——梅节红学文存》，国家图书馆出版社2013年版，第320页。
❷ 梅节：《海角红楼——梅节红学文存》，国家图书馆出版社2013年版，第307页。
❸ 梅节：《海角红楼——梅节红学文存》，国家图书馆出版社2013年版，第319页。
❹ 皮述民：《苏州李家与红楼梦》，台北新文丰出版股份有限公司1996年版，第122页。
❺ 皮述民：《苏州李家与红楼梦》，台北新文丰出版股份有限公司1996年版，第122页。

方面都把今人对《红楼梦》及其创作背景的认识大大地推进了许多,这一成绩是谁也不能否认的。但尽管如此,我们却不得不承认,目前的红学领域内有一些重大的基本问题没有得到真正意义上的解决。例如和《红楼梦》有着密切关系的脂砚斋这人物究竟是谁,以及《红楼梦》后四十回的作者是否真的是高鹗,并包括究竟该如何评价后四十回的价值,各个研究者之间的看法存在着很大的差异,似乎找不到基本的统一点;而另有一些基本问题,例如像《红楼梦》前八十回的创作过程究竟是如何具体发生的,换言之,曹雪芹是否真是从一张白纸开始就创作出了《红楼梦》,还是确实曾借助过他人的某种"旧稿"以及《红楼梦》除了曾吸取江宁织造曹家的一部分史事作为创作小说的素材外,在多大程度上还吸取了包括苏州织造李家在内的当年江宁曹家的其他几门亲戚故旧的史事,诸如此类,由于受传统主导观点的牢固影响,就多少显得有点像是被红学界忽视去作认真的探讨,甚至可说是被有意无意地回避了。而这些问题的客观存在,又迫使我们迟早将不得不去正视它们,给予它们一个合理的解答。况且事实是一段时期以来,已有一些敏感的研究者针对这些问题分别作了不同程度的尝试探索,也各自取得了或多或少的进展,只是未被更多的研究者引发充分的注意罢了。因此,今后红学研究要想有突破性的发展,可以说,在很大程度上将和红学对这些基本问题的真正引起重视,并去努力探讨解决密切相关。而皮述民先生的这本《苏州李家与红楼梦》,正是就前述基本问题中的某几个,提出他充满了新意的独特见解的一部专著。❶ 在贾穗看来,《苏州李家与红楼梦》是红学领域第一部系统研究李煦家族与《红楼梦》之间关系的著作。其基本论点"脂砚斋就是李煦之子李鼎"是对胡适曾提出的"脂砚斋即曹雪芹"说,以及周汝昌所坚持的"脂砚斋即史湘云"说的颠覆。由于皮述民揭开了长期遮盖在脂砚斋身上的那层幕布,这就解决了红学研究中的一大难题。在此基础上提出的"苏州李府半红楼"说则是具有很大新意的观点,是一个有理有据的观点,值得认真对待。"笔者认为,皮述民先生的这一观点不仅成立,而且其重要意义超过了单单揭示脂砚斋的起初身份即李鼎这一点,它在今后的红学研究上将会产生重大影响……笔者认为今后的作者身世研究,除了可继续保持对江宁曹家的研究势头外,另一个研究重点已很明显,那就是苏州李家。而正像皮述民

---

❶ 贾穗:《红学研究的重要成果和启示——读皮述民先生的〈苏州李家与红楼梦〉有感》,载《海南师院学报》1998 第 2 期。

先生在其书中所表明的那样,相信随着红学界对苏州李家的真正引起重视和开展深入研究,那就一定会有更多的材料被挖掘出来,使我们对问题看得更为清晰……我认为皮述民先生的'脂砚即李鼎'说、'苏州李府半红楼'说,以及提出曹雪芹是在李鼎提供的初稿(石头记)的基础上再行创作《红楼梦》等这几个主要观点,可称是近年来红学研究中真正具有重要价值的新成果,且毫无疑问会对今后的红学进展产生有益的启示和影响。"❶ 贾穗的《红学研究的重要成果和启示——读皮述民先生的〈苏州李家与红楼梦〉有感》一文应当说是最早的一篇系统评论皮述民的红学研究成果并给予很高评价的文章,这一番评论几成绝响。

那么,贾穗为什么会作出如此高的评价呢?据贾穗说:"早在80年代后期,笔者曾从中国社会科学院文学研究所编辑的《红楼梦研究集刊》第14辑上,拜读到他在大陆发表的第一篇红学论文《释"造衅开端实在宁"——兼论曹雪芹处理苏州李家素材的原则》,就感到颇有新意和启发,产生了很大兴趣,并于90年代前期所写的两篇短文中,在谈及相关的问题时,先后列举了他的看法。"❷ 1997年8月北京国际《红楼梦》研讨会上结识了皮述民,此后,"笔者收到皮先生寄赠的此本专著自是欣喜莫名,认真拜读一过后,更是所感获益甚大,故而按捺不住地要草写此篇文字,想简要介绍一下皮述民先生此书的几个重要观点,同时附带谈一点由此而起的感想"❸。可见,贾穗是有感而发,毕竟皮述民的新见打动了他。据皮述民说:"1997年北京国际红楼梦研讨会期间,彼此讨论过'脂砚斋',所见略同。因此我出版《苏州李家与红楼梦》以后,即寄赠一册请他指正。没想到一年后在《海南师院学报》上便看到了他这篇大作。此文是在纯学术探讨观念下,对我的'三位一体说'不仅支援,且有所补充,我感到既欣慰又敬佩。"❹ 既然是惺惺相惜,不免伸出援手,一朝"李学"大厦筑成,贾穗与有功焉!当然,贾穗的评价是否有"捧杀"之嫌,尚待时日以验证。

---

❶ 贾穗:《红学研究的重要成果和启示——读皮述民先生的〈苏州李家与红楼梦〉有感》,载《海南师院学报》1998第2期。

❷ 贾穗:《红学研究的重要成果和启示——读皮述民先生的〈苏州李家与红楼梦〉有感》,载《海南师院学报》1998第2期。

❸ 贾穗:《红学研究的重要成果和启示——读皮述民先生的〈苏州李家与红楼梦〉有感》,载《海南师院学报》1998第2期。

❹ 皮述民:《李鼎与石头记》,台北文津出版社有限公司2002年版,第4页。

二、"李学"：打破红学谜关之学

如果说以"自传说"和"唯曹说"为养料培育出了"红学"和"曹学"这两朵奇花，那么，若以"曹李家史说"和"唯李说"为养料应能培育出"李学"之花，后者正是皮述民平生研究"红学"和"曹学"的期待。当然，由于"李学"的述学策略和方法与"红学"和"曹学"并无显著不同，且"曹学"至今尚存非议，"李学"之说难免节外生枝之嫌。不过，皮述民则信心饱满，且期许很高，在他看来，"李学"兴则"红学"有望。加之少数褒扬"李学"的读者如贾穗们的推波助澜，竟更加鼓舞起皮述民倡导"李学"之勇力。其实，就所谓"学问"而言，任何对象经过索解真相的系统研究之后，若述学策略和方法得当，都可能称之为"学"。且"学"之成"学"，须有开风气者即"倡学"者之倡导，须有"述学"者或"承学"者之承继，否则，其"学"终究难成。由此观之，"李学"之成，因"承学"者寥寥，尚待时日以观其成长。

有学者认为：但究其实，"曹学""红学"原本是一家子。所有的研究都是因一部《红楼梦》而生，无论"曹学""红学"，《红楼梦》都是（或者说应该是）研究的中心。如果学者们（不论"曹""红"哪一家）真把《红楼梦》当作研究的中心，那么"曹学"与"红学"的目标应该都是一致的，只是路径和取向不完全相同。"曹学"主要是在书外做功夫，方向却是朝着书里去的。与"曹学"相对的"红学"（如果不是在相对的意义上，则"红学"应该就包括了"曹学"），则主要是在书里做功夫，眼睛却是既看着书里，也看着书外。显然这里的总体路径，是从书里做到书外。路径不同，却是殊途同归，归到阐发《红楼梦》的思想与艺术上。照此说来，所谓的"曹学"，原本也姓"红"。❶（笔者按：见周先慎撰述《书里书外——关于曹学与红学的断想》一文。）若果如斯言，那么，似可谓："李学""曹学""红学"原本是一家子，都是因一部《红楼梦》而生，目标应该都是一致的，只

---

❶ 北京曹学会编：《曹雪芹研究》（第1辑），中华书局2013年版，第213－214页。

是路径和取向不完全相同。"李学""曹学"乃于书外做功夫,"红学"则兼做书里与书外功夫。若"李学""曹学"携手并行,按理说应能更加有助于阐发《红楼梦》的思想与艺术。"曹学"乃基于知人论世而成"学","李学"同样基于知人论世而成"学",其处理大量的史料功夫难分伯仲。何炳棣曾说:"我一向深信,一部真有意义的历史著作的完成,不但需要以理智缜密地处理大量多样的史料,往往背后还要靠感情的驱力。"❶ 笔者以为,这一番话若移之于某种"学"之完成似可比类。若就皮述民以二十年之功用力于苏州李家与李鼎研究的学术志业而言,皮述民应大体能够在"理智缜密地处理大量多样的史料"与"感情的驱力"两方面具备首倡"李学"之条件。且看皮述民如何陈述:"直到注意力转向了苏州李家,才有了柳暗花明的突破:首先是否决了'自传说'的神话……了解过以上的对胡适以来七十年间建筑在'自传说''唯曹说'基础上的似是而非的红学,任何人只要睁开眼睛,看一下金陵曹家和苏州李家的主子一辈人口结构,而稍作比较,便完全能够了解,《石头记》所写的主要是那个家族中的故事了!既然《石头记》的原始发起人且写过几回的李鼎,都心悦诚服地承认了雪芹的'作者'地位,我们有什么理由反对呢?我们只是理性地推翻了原本绝非事实的'自传说'而已。再者,既然此书在雪芹逝世前两年仍称为《脂砚斋重评石头记》,则权威的评书人李鼎亦明告了读者'写假则知真',我们又有什么理由反对书中重要情事,如'借省亲写南巡'、如'抄家败亡',乃是'写曹则知李'呢?我们只是理性的论证以'唯曹说'来了解此书,便只有停止在'半解'的阶段,因为我们已充分证明曹雪芹接手撰写此书以后,确实是多方面的杂写曹李两家之事。"❷ 皮述民坚定地说:"我对苏州李家与李鼎的研究,前后算来,已整整二十年了,现在我敢于断言,新世纪的红学,在考证方面,'李学'必然将成为重镇,且必将因为后继者的努力,使真相愈明,谜底尽解;此外,在文学方面,也势将因为'自传说'的否定、'唯曹说'的修正,另有一番缤纷与绽放,这是可以预见的,也是我所期待的。"❸ 上述所谓"理性的推翻"及"理性的论证"似可说明皮述民在"理智缜密"方面的用力之勤,当然,其"推翻"旧说以及"论证"新说之过程究竟在"缜密"方面

---

❶ 何炳棣:《读史阅世六十年》,中华书局2012年版,第366页。
❷ 皮述民:《李鼎与石头记》,台北文津出版社有限公司2002年版,第217–218页。
❸ 皮述民:《李鼎与石头记》,台北文津出版社有限公司2002年版,第4页。

做到几分成色,则并不能只看皮述民自己的期许,还要看他在论证过程中使用材料与得出结论之间相互联系的密合程度。不过,皮述民的"感情的驱力"则足够顽强了,这顽强不仅表现在持久的韧性方面,更体现在坚定的信念上。

  皮述民由对自传说的相信到怀疑,再到提出"李学"之说,显然是有一个过程的,即三阶段逐步分疏过程:第一阶段体现在《红楼梦考论集》之中,诸如《略论红楼梦的家史成份》及《脂砚斋与红楼梦的关系》等文意在说明《红楼梦》中"家史的成份极不纯粹"❶,并且,"贾宝玉这个人物,也是一个家史成份并不纯粹的人物"❷。皮述民大胆假设"脂砚是写作《红楼梦》小说的发起人,同时是初稿若干回的作者……但脂砚斋心有余而力不足,知道自己不能胜任,因为服膺雪芹的才华文笔,所以要求雪芹根据他的《石头记》初稿来续作……雪芹当初没有想到替脂砚构想中的《石头记》作润色、增删、续写的工作,会陷入其中而欲罢不能。他从怀疑这样的故事会不会有人看,慢慢发展到把自己的全心全力寄托其上的一种创作境界"❸。第二阶段体现在《苏州李家与红楼梦》之中,诸如《脂砚斋应是李鼎考》《苏州李府半红楼》《苏州李家与〈红楼梦〉的关系》等文章,正是按照《红楼梦》反映了曹、李两家的家史背景的思路展开考辨。第三阶段体现在《李鼎与石头记》之中,首篇《略论李学的开展及其意义》一文即旗帜鲜明地标举起"李学"来。可见,"李学"的提出并非出于皮述民的一时冲动。况且,此前"曹学"方面的相关研究成果的借鉴成为"李学"的重要学术基础。皮述民说:"以笔者所知,赵冈是第一个对李鼎加以探索,怀疑他可能是批书人的。不过,他由于已认定曹天佑是脂砚斋,所以便只能考虑是不是畸笏叟。虽然晚近较多红学家者,倾向于曹頫才可能是畸笏叟,但赵冈的标出李鼎,在大家进一步讨论曹天佑不可能是脂砚斋时,便显得很有意义,因为他提出了一个曹家以外的关键人物。高阳可能是最早说出'脂砚应该是李鼎'的人。"❹ 赵冈与高阳之外,能为研究李家提供可贵资料,并且有助于"李学"建构的文献资料还包括李玄伯的《曹雪芹家世新考》、周汝昌的《红楼梦新

---

❶ 皮述民:《红楼梦考论集》,台北经联出版事业公司1984年版,第14页。
❷ 皮述民:《红楼梦考论集》,台北经联出版事业公司1984年版,第36页。
❸ 皮述民:《红楼梦考论集》,台北经联出版事业公司1984年版,第37-39页。
❹ 皮述民:《红楼梦考论集》,台北经联出版事业公司1984年版,第6页。

证》等。徐恭时的《那无一个思解君——李煦史料初探》、王利器的《李士祯李煦父子年谱》、吴新雷的《苏州织造府与曹寅李煦》、北京故宫博物院明清档案部编辑出版的《李煦奏折》，等等。

"李学"的首倡即基于"红学"或"曹学"均无法解决的难题而发，主要是两大难题：一是"自传说"能否成立？二是"唯曹说"是否正确？"这两说互相关连，自胡适以来，自传说、唯曹说已成为'红学'及'曹学'的二大支柱。"❶ 皮述民设想："研究红楼梦的人，如果能抛弃成见，以探讨'曹学'的热忱来对待'李学'，甚至重视其突破性，尊之为'李学'，集思广益，是否可以解决前述两大难题，并进而开红学的谜底呢？"❷ 在皮述民看来，解决第一大难题在于将贾宝玉的原型人物还给李鼎，解决第二大个难题则在于将视线由曹家转向李家。这样一来，诸如《红楼梦》中的吴语问题、十二钗问题、宝玉与王夫人年龄差距问题，等等，若"从曹家，这些问题都不能得到解答，但是从李家，从李鼎的角度，问题一一可解。因为李鼎若是'脂砚斋'，则这个苏州人在雪芹十年撰书期间，经常协助，提供家史资料，影响所及，自有吴语词汇出现；李家人口众多，在苏州长住，故脂砚斋在'姑苏'字旁批说：'十二钗正出之地'。再按我们的估计，李鼎母亲韩氏，在四十三岁左右，才生下这个'孽根祸胎'，母子年龄差距，比较罕见"❸。可见，只有另辟蹊径，突破"曹学"所营设的"成见"的重围，不再把苏州"李家"之家史种种仅仅作为《红楼梦》撰写的素材穿插其中，即"以李鼎为脂砚斋，并是宝玉原型的角度，对以往'自传说''唯曹说'所不能解释的难题，均可得到合理的解释"❹。以上所述结论的可信性尽管有待进一步考量，但皮述民则抱有最清醒的认识，他说："但旧说根深蒂固，积重难返，'李鼎说'很可能被多数人认为论证不够充分的情形下，难以接受。笔者一再强调，李鼎的生平，有如一张白纸，论证的确非常困难。但种种迹象都指向了他，若不克服困难，追踪探索，岂不真成了知难而退了吗？如果真有那铁一般的论据摆在那里，岂不老早就解决了那若许悬案吗？"❺尽管没有"那铁一般的论据"，不过，这也并不影响皮述民对"李学"远景的信心，他呼

---

❶ 皮述民：《红楼梦考论集》，台北经联出版事业公司1984年版，第3页。
❷ 皮述民：《红楼梦考论集》，台北经联出版事业公司1984年版，第5页。
❸ 皮述民：《红楼梦考论集》，台北经联出版事业公司1984年版，第4页。
❹ 皮述民：《红楼梦考论集》，台北经联出版事业公司1984年版，第14页。
❺ 皮述民：《红楼梦考论集》，台北经联出版事业公司1984年版，第14页。

吁:"我期盼学界也能不存成见,为探求真相真理,对以李鼎为中心的探讨,予以突击,视同'李学'加以关注,相信必能收集思广益之效,使真相大白于世,而解开红学之谜。"❶ 显而易见,皮述民坚信"李学"是"红学"的正确方向,并为此而"焚膏油以继晷,恒兀兀以穷年"。即便说皮述民所坚信的"李学"方向实乃"一偏之见",但毕竟也是推进红学取得突破性进展的一种尝试。如果说"红学"→"曹学"→"李学"这一演进过程具有一种逻辑必然性的话,"李学"无疑将对"曹学"以及"红学"具有积极推进作用。从另一层面上说,"红学"这一名称早期略带玩笑性质,"'曹学'最初是个带有讽刺意味的名目"❷ 但不久也都流传开了。"李学"能否像周汝昌所谈论的"曹学"那样,"它本身并不是'玩笑'或'消遣',这名目日益受人重视,调侃的语味自然很快退出了这个严肃的工程称呼,不再具有什么影响了"❸。笔者以为,"李学"的确是"严肃的工程称呼",但这一点对于它的广泛流传仍显不足,这不足可由蔡义江的建议来弥补。蔡义江曾在1981年发表的《红学的由来》一文中说:"我想,'曹学'将来能否也像'红学'那样得到公认,这一方面得看研究者主观努力的成绩如何,另一方面也决定于客观上能否发现与《红楼梦》关系较重大的新材料。"❹ 蔡义江的建议姑可作为"李学"的"座右铭",即"李学"能否得到公认,当取决于这两个方面:一方面是研究者主观努力的成绩,另一方面是能否发现与《红楼梦》关系较重大的新材料。当然,即便"李学"取得了一定的认同,仍将面对另一种成见对"李学"的质疑,这质疑涉及"李学"是否必要的大是大非问题。譬如余国藩说:《红楼梦》的主角是贾宝玉,而他的原型是谁?批评家们上下索求答案,表现得如醉如痴,似乎永难餍足。对许多读者来说,胡适对《红楼梦》基本性格的评价不但力可服人,他所论小说的读法对后人的研究取径也有深刻影响。如果《红楼梦》纷繁的世界里众多角色只是史上某家某人的影子或符指,那么我们必然会得到如下结论:我们对"曹氏一族"的了解越多,也就表示我们对小说里的故事认识越深。家史和传记性的研究,必然会照亮通往文本世界的通幽小径。其实,现代读者如果跳不出考证的热忱,

---

❶ 皮述民:《红楼梦考论集》,台北经联出版事业公司1984年版,第16页。
❷ 周汝昌:《红楼家世——曹雪芹氏族文化史观》,黑龙江出版社2007年版,第414页。
❸ 皮述民:《红楼梦考论集》,台北经联出版事业公司1984年版,第144页。
❹ 蔡义江:《追踪石头——蔡义江论红楼梦》,文化艺术出版社2006年版,第511页。

就会发现自己竭力所为，到头来依然是一场空。之所以会是一场空，是因为如此所求于文本者，根本不是文本原先拟要我们知道的事情或讯息。因此之故，"虚构"每每和"历史"混为一谈。❶ 余国藩基于余英时所倡导的让《红楼梦》"真正取得小说的地位"的考量而表达他对家史和传记性研究的不满，"我希望响应余英时的呼吁，让《红楼梦》'真正取得小说的地位'，也就是用小说希望我们阅读的方式来阅读"❷。可见，"考证的热忱"与"用小说希望我们阅读的方式来阅读"的"热忱"显然不同，这两种泾渭分明的态度和立场，往往因"唱腔"迥异而难以谐调。

三、"曹李互证"之研究方法

胡适以来的考证派新红学理路，最终走向了"曹贾互证"之途，周汝昌撰著的《红楼梦新证》以及由此衍生的周氏文章终结了考证派新红学的理路。有趣的是，同样是走在考证派新红学之途，皮述民并不相信"曹贾互证"，于是别开生面，试图建构起"甄李互证"的考证理路来。皮述民曾说："我自从研读《红楼梦》以来，心中的疑团甚多，其中困惑我最久，也最感动费解的一个疑团是：作者既以假代真的写了那么一个赫赫洋洋的贾氏家族，为什么又蜻蜓点水似的带上甄府那么几笔？既然花了全付笔墨描写了贾宝玉其人为主角，为什么又隐隐约约写那么个身外化身似的甄宝玉？当然，八十回后文字如在，这疑团也许自动消失，或者也较容易明了。现在只好就八十回内已有的蛛丝马迹，特别是脂批提到的一些暗示，结合了近人的红学考证的论点，提出个人综合的看法。"❸ 这"个人综合的看法"就是皮述民所谓"新角度"，这一"新角度"集中体现在对曹李两家的家史考辨方面，尤其对李家的家史考辨。在皮述民看来："曹李两家确是'一荣俱荣，一损俱损'

---

❶ 余国藩著，李奭学译：《重读石头：〈红楼梦〉里的情欲与虚构》，台北城邦文化事业股份有限公司麦田出版事业部2004年版，第40—42页。
❷ 余国藩著，李奭学译：《重读石头：〈红楼梦〉里的情欲与虚构》，台北城邦文化事业股份有限公司麦田出版事业部2004年版，第43页。
❸ 皮述民：《红楼梦考论集》，台北经联出版事业公司1984年版，第136页。

的情形。"❶ 这从曹寅、李煦均做织造,均兼过盐差,均曾办过接驾差事,两人之母均为康熙保姆,以后同在江南作为康熙的耳目等等事实可以推知,曹雪芹是以"家史变形"的描写即"用'曲笔'展现了家史事件的特征及精神"❷。皮述民认为:"原来不是甄家像贾家,是贾家像甄家,所以才'写假则知真'。"❸ 这里的甄家究竟是哪一家?答案不言而喻:李家,即"写李则知曹"。❹ 何以知之?从脂批的"启示"推知,从曹李两家的家史事实推知,从《红楼梦》"假作真时真亦假"以及"一荣俱荣,一损俱损"的"暗示"中推知。皮述民所谓的"新角度",目的就在于对新红学做重大的"翻案":书中宝玉绝非其自传,贾宝玉非李鼎莫属,现在知道《石头记》兼写曹、李二家。❺ 在皮述民看来,这一"翻案"是成功的,因为拿对了"钥匙",所以才真正开解了关闭了二百多年的那些"石头门"。尤其皮述民在"脂砚即李鼎"之说的"翻案"上,的确赢得了部分学者的认可。有学者认为:"此说极有见地,也极为'合理',遂接受了他的这一观点……顺着这一思路,进一步'阐述'李鼎在《红楼梦》的创作方面所做出的'特殊贡献'。"❻ (笔者按:见吴营洲撰述《浅谈李鼎对〈红楼梦〉创作的特殊贡献》一文。)李鼎的"特殊贡献"在于"不仅为《红楼梦》的创作提供了大量的、第一手的、详尽可靠的'史料',而且从一些'蛛丝马迹'中,可以感知到他还'参与'了《红楼梦》的创作,甚至《红楼梦》中贾宝玉这一人物'人物形象'的某些方面很可能就是取材于他"❼。由此可见,皮述民的"翻案"并非盲目的"疑古",他到底对一些关键性的问题给出了明确的答案,尽管这答案仍是进一步待证的大胆假设,但其启人思考的意义不可忽视。

皮述民在新加坡"汉学研究之回顾与前瞻国际会议"上提交了一篇题为《苏州李家与〈红楼梦〉的关系》的论文,文中说:"由于红学、曹学的长足发展,学术界才给予苏州李家一些注意,例如,故宫博物院明清档案部曾编印过《李煦奏折》,王利器曾编写过《李士桢李煦父子年谱》,不过,李家向

---

❶ 皮述民:《红楼梦考论集》,台北经联出版事业公司1984年版,第158页。
❷ 皮述民:《红楼梦考论集》,台北经联出版事业公司1984年版,第152页。
❸ 皮述民:《红楼梦考论集》,台北经联出版事业公司1984年版,第139页。
❹ 皮述民:《李鼎与石头记》,台北文津出版社有限公司2002年版,第2页。
❺ 皮述民:《李鼎与石头记》,台北文津出版社有限公司2002年版,第2-3页。
❻ 北京曹学会编:《曹寅、李煦、〈红楼梦〉与苏州学术研讨会论文集》,第111页。
❼ 北京曹学会编:《曹寅、李煦、〈红楼梦〉与苏州学术研讨会论文集》,第118页。

来只被认为与《红楼梦》有点附带的关系而已。"❶ 至于方豪、周汝昌、赵冈、魏绍昌、吴新雷等讨论苏州李家的文字,"虽然注重李家的程度有所不同,但怎么说都是以曹家为主,李家为从;李家只是因为同曹家有了直接的关系,故而同《红楼梦》有了间接的关系,才受到注意的。可是,近年来我继续对李家进行探讨,逐步地对李家的人和事增加了了解,才发现苏州李家和《红楼梦》的关系密切无比……笔者对苏州李家与《红楼梦》的关系能有新的认识,关键所在是考出脂砚斋应是李鼎。脂砚斋,周汝昌在《红楼梦新证》中曾说:'此人之重要,较之雪芹本人几乎要画等号了。'而这样重要的人物,却是一位神秘客。甚多红学研究者探考此人,始终未能结案……多年来,研究者在曹家分开来找宝玉,找脂砚斋,找遍两代男女人物,都不能符合,现在合二为一,难道在曹家以外还能有这样一个人吗?其实脂批已经有所暗示了。《红楼梦》第五回贾宝玉神游太虚,对警幻仙姑说:'常听人说金陵极大'。此处有脂批:常听二字神理极妙……这样平凡的话里面,却含有玄机,只有局中之人的脂砚,批书至此,方才心领神会,作了点到为止的批语,关子仍卖在那里。一芹一脂当年或者也曾这样暗竿吧:后世读者若能懂得,算他造化。"❷ 十分难得的是,脂批如此平凡的话语里所含的玄机竟然被皮述民窥破了:这个早年不住在金陵的宝玉,以后成为主要批书人的脂砚斋正是在苏州长大的李鼎。皮述民欣喜过望,撰述《脂砚斋应是李鼎考》一文,主要在于说明:一甄贾两府隐射曹李两家,甄贾两宝玉隐射李鼎、曹颙;二早年的贾宝玉应是李鼎写照;三脂砚斋应是李鼎。于是乎,"现在推断李鼎可能是脂砚斋,则他写《石头记》要从苏州开始,那就一点也不奇怪了。同时,雪芹接手改写《石头记》,以后,李鼎,这位苏州叔辈,在雪芹十年撰书时间内,不断提供意见与资料,如上节批语中所说:'复至情悟梨香院一回,(民案,指三十六回"识分定情悟梨香院"),更将和盘托出,与余之十年前目睹身亲之人,现形于纸上。'想来雪芹满耳朵听到的都是苏州话,那么笔下出现不少吴语词汇,岂不是很自然的事情吗?"❸ 由以上陈述可见,皮述民建构"李学"过程中的方法和理路可归纳为四个方面:一是以脂批为

---

❶ 皮述民:《苏州李家与〈红楼梦〉的关系》,载《红楼梦学刊》1991第4辑。
❷ 皮述民:《苏州李家与〈红楼梦〉的关系》,载《红楼梦学刊》1991第4辑。
❸ 皮述民:《苏州李家与〈红楼梦〉的关系》,载《红楼梦学刊》1991第4辑。

信史资料的"了悟";❶ 二是结合文本细节的大胆推断;三是结合曹李家史的大胆推断;四凭借文学性想象("想来")的大胆假设。如果从以上四个方面而言,皮述民实在是承袭了周汝昌新索隐的理路,只不过大胆地突破了只将李家视作与《红楼梦》具有附带关系的说法,而把李家视作与《红楼梦》具有密切关系而已。值得一提的是,皮述民不仅善于承袭周汝昌新索隐的理路,且在考证派新红学主干之侧建构旁枝之"学"的意识或愿望同样强烈,并为此殚精竭虑。(笔者按:"李学"对应了"曹学",周汝昌曾说:"我的红学实际是'曹学',此点海外有人讥评过。"❷)

冯其庸在《曹学叙论(续)》一文中曾说:"我为'曹学'概括了两句话:'生根在红楼,溯源到脂批。'"❸ 这两句话同样适用于"李学",即并不脱离《红楼梦》文本,出处不忘"有脂为证"。皮述民十分在意脂本《石头记》以及脂砚斋评语汇编的出版,他说:"自从《脂砚斋重评石头记》的庚辰本和甲戌本先后出版,又加上俞平伯的《脂砚斋红楼梦辑评》和陈庆浩的《新编红楼梦脂砚斋评语辑校》陆续问世之后,研究《红楼梦》的人对脂批总算能很方便的作全盘浏览了。"❹ 也可以说,对脂批的全盘浏览为"李学"的建构带来了极大的方便和可能。皮述民在《脂砚斋与红楼梦的关系》一文中则说:"关于'自传说'方面,首先是吴世昌发难,继之是赵冈、陈毓罴等人,都怀疑书中的贾宝玉就是作者曹雪芹本人。大家都是从脂批得到启示。"❺ 皮述民正是从脂批得到了启示,大胆地将脂砚斋之名还给了李鼎,周汝昌的"脂砚即湘云说"遇到了切实的挑战,无论"脂砚即宝玉说"也好,或者"脂砚即曹𫖯说"也罢,均不如皮述民的"脂砚即李鼎说"考辨得周详备至,其"李鼎、脂砚斋、宝玉三位一体说",无疑可为《红楼梦》研究提供一种新思路。

众所周知,对于脂评的态度至少有两种值得商榷的倾向:一种倾向即全盘接受;一种倾向即全盘否定。前者以周汝昌为代表,坚持相信脂评就应该相信其可靠性;后者以欧阳健为代表,坚持"还原"脂砚斋,坚持脂本乃"伪本"、脂砚斋乃出于后人"伪托"的观点。为什么是这两种倾向值得商榷

---

❶ 皮述民:《李鼎与石头记》,文津出版社有限公司2002年版,第3页。
❷ 周汝昌:《天地人我》,江苏文艺出版社2011年版,第119页。
❸ 冯其庸:《曹学叙论(续)》,载《红楼梦学刊》1992年第1辑。
❹ 皮述民:《红楼梦考论集》,经联出版事业公司1984年版,第31页。
❺ 皮述民:《红楼梦考论集》,经联出版事业公司1984年版,第35页。

呢？其实，道理很简单：一则脂砚斋并非《红楼梦》的作者，脂砚斋的评语未必全部可信；二则脂砚斋其人尚存争议，否定脂砚斋同样需要"辨伪"。所以，像皮述民这样以脂批为信史资料的做法不免会遭到欧阳健的质疑与否定，所谓"李学"至少在欧阳健们看来不过是海市蜃楼。且看欧阳健如何批评张爱玲："梦魇源于执着，也源于轻信。执着，源于对《红楼梦》的强烈爱好，源于对真理的积极探索，无疑是值得称道的美德；至于轻信，虽被马克思说成'最可原谅的缺点'，但在商品经济的大海里，很可能酿成悲剧。惟此之故，'红楼梦魇'又不应该受到表彰。'红楼梦魇'的主要特征有二：一是对抄本的极端膜拜，一是对脂批的极端信赖。膜拜抄本的表现是：只要见到《红楼梦》抄本，就一律看出'脂本'，看出作者的'稿本'，诚惶诚恐，恭谦无比；信赖脂批的表现是：只要见到'抄本'的批语，就一律看出'脂批'，句句是真理，一句顶一万句。"❶ 欧阳健的批评也应是皮述民需要思考的：脂批是否句句是真理？皮述民一定会不以为然，他认为："脂批对家史事件方面的反映，是绝对正确的，同时对雪芹撰写此书的计划与意图，也是绝对权威的，从此书在创作中即定名为《脂砚斋重评石头记》这一事实来看，小说文字和评语正是相辅相成，两相配合。"❷ 可见，若脂批不可信，也就无法从脂批的"启示"中获取"甄李互证"的"核心材料"，那么，"李学"也就只能是沙上垒塔了。所以，皮述民当然会毫不犹豫地根据脂批立论。

那么，这种将曹李家史与文本细节结合的做法就是可取的吗？当然也是值得商榷的，《红楼梦》毕竟不是编年史，更不是信史。所以，如果这种结合的限度把握不好，必然落入新索隐的迷途而不知返。譬如皮述民在讨论《石头记》"无材补天"的影射意义时说："既明了'补天'是指到皇帝身边做事，或是为皇上效力。那么我们从这一意义来看《石头记》来索隐《石头记》，便完全能了解它的含义。"❸ 且不说这种把"补天"蕴含意义如此落实的做法是否可取，仅从"索隐"一词可见，其中并不能排除虽结合史实而大胆推测的成分，也即"新索隐"大胆联想的做法。譬如皮述民在考辨了李鼎"补天"条件时也说："李鼎何以未能'补天'之谜，我此地只能提供此一曾

---

❶ 欧阳健：《还原脂砚斋——二十世纪红学最大公案的全面清点》，黑龙江出版社2007年版，第460页。

❷ 皮述民：《红楼梦考论集》，台北经联出版事业公司1984年版，第142页。

❸ 皮述民：《李鼎与石头记》，台北文津出版社有限公司2002年版，第31页。

经干过逆伦丑闻的可能谜底,这是推断,不是证据确凿。"❶ 推断的结果言之凿凿:"因此,《石头记》的'无材补天',应是影射着李鼎未能到皇上跟前当差效力的遗憾。一失足成千古恨,再回头已百年身,此所以李鼎深感愧对'天恩祖德'也。深谙拟书底里,并谦居'批阅增删'者的曹雪芹,曾对《石头记》的缘起,极为感慨的题下一绝:'满纸荒唐言,一把辛酸泪。都云"作者"痴,谁解其中味!'这也是:天长地久有时尽,此恨绵绵无绝期!"❷ 新索隐不同于旧索隐之处就在于大胆联想过程中的文学想象十分丰富而自然,善于采取"影像重叠"的做法建构一幅幅清晰完整的画面。(笔者按:"影像重叠"见皮述民著《苏州李家与红楼梦》中的《脂砚斋应是李鼎考》一章,"影像重叠"指脂砚斋与李鼎这两个残缺的影像异常吻合的现象。)在皮述民关于李鼎"补天"的形象生动的描述中,曹雪芹成了替李鼎抒发绵绵之恨的忠实而心心相通的代言人。皮述民在《脂砚斋应是李鼎考》一章中说:"事实上每个难题,都须有更精细的考察,方能结案。"❸ 尽管皮述民在考辨"脂砚斋与李鼎的关系""苏州李家与《红楼梦》的关系""李鼎、脂砚斋、贾宝玉三位一体"等问题上已经做得足够审慎精细了,但是,由于铁板钉钉的核心文献资料的不充分,要想结案则并非易事。

有学者如是说:由于《红楼梦》一开始即从苏州阊门写起,"许多学者投入对苏州织造李煦的考证和研究。最早是周汝昌《红楼梦新证》中记载和梳理了李煦的行迹。近三十年来出现一些代表著作和论文,如专著:王利器《李士桢李煦父子年谱》(北京出版社 1983 年版),皮述民《苏州李家与红楼梦》(台湾新文丰出版公司 1996 年版)。以及论文:叶征洛《由李士桢、李煦父子年谱看红楼梦》,程宗骏《苏州织造李煦行略考》,徐恭时《那无一个解思君——李煦史料新探》,吴新雷《苏州织造府与曹寅李煦》,冯其庸《关于李煦》,孟庆先、李一鹗《关于"丁府新庄"——李煦在房山县家产调查及浅析》、《李煦获罪缘由》,张书才《李煦获罪档案史料补遗》,雷广平《曹寅、李煦与宋荦》等。研究李煦的论著虽不多,但分量较重,从不同的角度、不同的层面揭示了苏州织造李煦与《红楼梦》创作素材的关系。但有的论著在研究方法上存在误导和理论的苍白,只有辨清这些历史素材与《红

---

❶ 皮述民:《李鼎与石头记》,文津出版社有限公司 2002 年版,第 41 页。
❷ 皮述民:《李鼎与石头记》,文津出版社有限公司 2002 年版,第 44 页。
❸ 皮述民:《红楼梦考论集》,台北经联出版事业公司 1984 年版,第 142 页。

楼梦》创作之间的形态,才能更好地研究李煦与《红楼梦》。"❶(笔者按:见郑铁生撰述《苏州织造李煦与曹雪芹童年的人生体验》一文。)上述所说的"研究方法上存在误导"应指"曹贾互证"和"甄李互证",而"理论的苍白"即所谓"人生积淀""童年体验""心理结构""主体建构"之类观念的缺失,自然难以深入开掘曹、李、孙三家的历史素材。因为,"《红楼梦》四大家族审美建构与曹雪芹以苏州、江宁、杭州织造'三位一体'的人文积淀是分不开的,曹雪芹少年时代经历了江宁织造、苏州织造、杭州织造的兴衰,以后在《红楼梦》整个创作过程中,都是以写江宁织造曹家和苏州织造李家的本事为基础,深入曹、李、孙三家的历史素材,是可信的,也是不可置疑的"❷。不过,历史素材并不就等同于《红楼梦》故事中的人物和事件,"周汝昌《红楼梦新证》所采取的曹贾互证的方法、皮述民《苏州李家与红楼梦》所采取的曹李互证的方法,都存在着研究方法上的错误导向。只看到了历史素材的一面,没有看到曹雪芹的天才就在于突破了心理定式,和超越了自我,达到了审美超越最高境界"❸。如果以上引述所言不虚,即皮述民的《苏州李家与红楼梦》乃至"李学"存在"研究方法误导"以及"理论的苍白",如何克服这"误导"和"苍白"呢?出路似乎只有一条:即考证过程始终以某种理论为指导,至于哪一种理论,则应视考证的对象适当地选取。换句话说,即将"考据"与"义理"有机地结合起来。为什么要将"考据"与"义理"二者结合呢?正如皮述民所认识到的朴素道理:"红楼梦中的人物,都是经过作者艺术化了的形象。"❹

结　　语

皮述民曾说:"从事红学考证,如入迷宫,没有人不碰过壁,没有人不须另找出路,我曾慨喻之为'柳暗花明又一村,山重水复疑无路!'但考证

---

❶ 皮述民:《苏州李家与红楼梦》,台北新文丰出版股份有限公司1996年版,第122页。
❷ 北京曹学会编:《曹寅、李煦、〈红楼梦〉与苏州学术研讨会论文集》,第130页。
❸ 北京曹学会编:《曹寅、李煦、〈红楼梦〉与苏州学术研讨会论文集》,第133页。
❹ 皮述民:《苏州李家与红楼梦》,台北新文丰出版股份有限公司1996年版,第79页。

皮述民的红学研究：走出"自传说"拘囿，开拓"李学"新境

的目的在求其真相，我们不应该因为碰壁过多的'尝试错误'而放弃，相反的，眼前虽然无路，但通向真理是必然有一条路的，何妨让想回头的人回头，不想回头的人继续贾勇前进，愿与具此志趣者相共勉。"❶ 皮述民坚持红学考证的信念是如此坚定，正在于他充分地相信：眼前虽然无路，但通向真理是必然有一条路的！当然仅有坚定的信念是远远不够的，何炳棣曾说："研究成果的水准取决于研究者的工具、识见、分析、整合、判断、诠释的能力。"❷ 笔者综合考察皮述民的红学著作得出的印象：皮述民具备了诸如工具、识见、分析、整合、判断、诠释的能力。因此，其研究成果的水准是比较高的，即给予人的启示性十分鲜明。

皮述民在《红楼梦考论集》"自序"中说："我觉得红学考证和小说析论无疑地各有其价值，但对这部问题重重的未完成杰作来讲，结合了考证来谈文学，也许更具有独特的意义和挑战性。"❸ 皮述民把考证看作第一位，文学是第二位，这是他的学术旨趣，本不必非议，但并不尽善尽美。且看俞平伯如何说："《红楼梦》之为小说，虽大家都不怀疑，事实上并不尽然。总想把它当作一种史料来研究，敲敲打打，好像不如是便不过瘾，就要贬损《红楼梦》的声价，其实出于根本的误会，所谓钻牛角尖，求深反惑也。自不能否认此书有很复杂的情况，多元的性质，可从各个角度而有差别，但它毕竟是小说，这一点并不因之而变更、动摇。夫小说非他，虚构是也。虚构原不必排斥实在，如所谓'亲睹亲闻'者是。但这些素材已被统一于作者意图之下而化实为虚。故以虚为主，而实从之；以实为宾，而虚运之。此种分寸，必须掌握，若颠倒虚实，喧宾夺主，化灵活为板滞，变微婉以质直，又不几成墨漆断纹琴耶。前者所以有意会之说也。以意会之，各种说法皆得观其会通而解颜一笑，否则动成窒碍，引起争论盖两失之，而《红楼梦》之为红楼故自若也。"❹ 俞平伯又如是说："以前的红学实是索隐派的天下，其他不过茶酒闲评。若王静安之以哲理谈'红'，盖不多见。胡氏开山，事实如此不可掩也。按其特点（不说是成绩）有二：一自叙说。曹家故事。二发现脂批（十六回本）。倾阅戴不凡《揭开〈红楼梦〉作者之谜》一文似为新解，然

---

❶ 皮述民：《红楼梦考论集》，台北经联出版事业公司1984年版，第116页。
❷ 何炳棣：《读史阅世六十年》，中华书局2012年版，第368页。
❸ 皮述民：《红楼梦考论集》，台北经联出版事业公司1984年版，第1页。
❹ 俞平伯：《红楼心解——读〈红楼梦〉随笔》，陕西师范大学出版社2005年版，第284页。

亦不过变雪芹自叙为石兄自叙耳。石兄何人？岂即贾宝玉？谜仍未解，且更混乱，他虽斥胡适之说为'胡说'，其根据则为脂批。此当年胡适的宝贝书。既始终不离乎曹氏一家与脂砚斋，又安能跳出他的掌心乎。"❶ 由俞平伯的阐述可见：皮述民的红学研究坚持的是"以实为主，以虚为宾"，其"李学"考辨毕竟跳出了曹氏一家，尽管未曾脱离开脂砚斋。当然，不论是否跳出了曹氏一家，其旨趣应与钱穆所说"始终无一纯文学观念之存在"有直接关系。钱穆说："在中国传统文学中，必于作品中推寻其作者。若其作品中无作者可寻，则其书必是一闲书，以其无关世道人心，游戏消遣，无当于立德立功立言之三不朽而谓之闲。是则在中国传统观念下，可谓始终无一纯文学观念之存在。岂仅无纯文学，亦复无纯哲学，纯艺术，乃至无纯政治。并无其他一切之专门性可确立。"❷

纵观皮述民的红学志业，可谓：红楼本事雾隔花，脂砚原来在李家。打破谜关如梦魇，"胡说"不再有人夸。

附录：皮述民学术简历

皮述民（1935— ），台湾学者，台湾师范大学硕士毕业，曾任台湾政治大学教授、新加坡南洋大学中文系主任、新加坡国立大学高级讲师、台湾中国文化大学教授、香港大学客座教授。皮述民著有《二十世纪中国新文学史》（第一作者），颇具影响。

冯其庸、李希凡主编《红楼梦大辞典》（文化艺术出版社1990年版）称述皮述民：新加坡国立大学高级讲师。红学著作有《红楼梦考论集》及论文《脂砚斋与红楼梦的关系》《补论畸笏叟即曹𬣞说》等。

《红楼梦大辞典》未收录其红学著作诸如《苏州李家与红楼梦》《李鼎与石头记》等，这两部著作具有较为广泛的影响。

---

❶ 俞平伯：《红楼心解——读〈红楼梦〉随笔》，陕西师范大学出版社2005年版，第264页。
❷ 钱穆：《中国文学论丛》，生活·读书·新知三联书店2002年版，第64页。

浦安迪的红学研究：
观照《红楼梦》原型寓意，另辟《红楼梦》评点蹊径

引　言

浦安迪（Andrew H. Plaks）是一位美国的汉学家，通晓十几种语言，尤其精通汉语、日语、俄语、法语、希伯来语。他的研究领域较为广泛，如中国古典文学、叙事学、中国传统思想文化、中西文化比较等，主要著作如 *Archetype and Allegory in the Dream of the Red Chamber*（Princeton University Press，1976）、*The Four Masterworks of the Ming Novel：Ssu ta ch'i-shu*（Princeton University Press，1987；该书中文译本《明代小说四大奇书》1993 年由中国和平出版社出版）、《中国叙事学》（北京大学出版社 1994 年版）、*The Highest Order of Cultivation and On the Practice of the Mean*，Penguin Classics，2003）、《红楼梦批语偏全》（北京大学出版社 2003 年版）等。其中，《〈红楼梦〉的原型与寓意》（夏薇译本，生活·读书·新知三联书店 2018 年版）、《红楼梦批语偏全》是浦安迪红学研究的主要成果，具有较为广泛的学术影响。此外，《浦安迪自选集》（生活·读书·新知三联书店 2011 年版）则选录了 6 篇评论《红楼梦》的文章，这些文章则是浦安迪自己精选的佳作。

浦安迪在《浦安迪自选集》"作者小序"中说："尽管我一生从事于汉学研究：自 60 年代留学台湾以至今日，专攻中国古代文学的岁月已成半百。但历经这长期学问的积聚，收获竟不超乎一个外国人管窥华夏大文明的天地，蠡测中国古代诗文的大海而已。正如二十多年前拙作《明代小说四大传奇》

'作者弁言'里所供承：'对中国文化的基本知识恐仍有颇多不如初学小儿之处'，而此时比彼时羞愧百倍，因为本书所收的杂文冒昧涉入种种学门，妄治样样不同的课题。为了自我辩护，只能辩解说本人的研究角度是以外国学术界的眼光来治中国文学遗产，或许会略补国内学者和读者的看法。这一方面，是因为我从小受美国学术的训练，时常应用欧美文学，尤其是比较文学的理论观点与研究方法，在修辞与结构分析中特别着重于反讽、寓言等多层话语。此外另有一个原因，是我身为犹太人，多年琢磨古典文本，以传统评注为主要资料，却发现这类读法恰恰合乎研读中国古书的学问。只因这些自身履历之故，才敢盼望本书对中国读者会稍有启发。"❶浦安迪声称自己是"以外国学术界的眼光来治中国文学遗产"，这一说法是诚恳的，他的《红楼梦》研究成果的确实现了"略补国内学者和读者的看法"的学术期许。

胡文彬在《〈红楼梦〉在海外》一书中说："1972年，美国布卢明顿印第安纳大学出版社出版了珍妮·诺勒著《红楼梦评价》一书，1976年普林斯顿大学出版社出版了《〈红楼梦〉的原型与寓意》一书。这两本红学专著是美国70年代的代表性著作。"❷可以认为，《〈红楼梦〉的原型与寓意》一书奠定了浦安迪美国红学家的学术地位。周汝昌对这部书给予了首肯，他认为："浦先生的第一部红学专著 Archetype and Allegory in the Dream of the Red Chamber（《〈红楼梦〉的原型与寓意》）是第一个运用'五行'来阐释芹书的若干表现手法（如颜色方位的配置）的人。这就已然是进入文化性质的研究先声了。这种观照在'海内'尚少关注者。"❸周汝昌最看重浦安迪在《红楼梦》研究方面的"文化"立意，这一立意在其《〈红楼梦〉的原型与寓意》一书中如此表述："It is on the basis of this role as an encyclopedic vessel of culture that we will justify speaking of the 'archetypes' of the entire Chinese literary tradition within the scope of this one work."❹周汝昌欣慰道："最近，普林斯顿大学东亚系浦安迪教授简捷了当地说：'《红楼梦》是我教授、研究、理解中国文化的一个窗口，一条主脉。'浦先生是比较文学专家，他对雪芹之书却不是只看见'文学'的什么'形象塑造''性格刻画'……那一套，却是从中

---

❶ 浦安迪：《浦安迪自选集》，生活·读书·新知三联书店2011年版，第1页。
❷ 胡文彬：《〈红楼梦〉在海外》，中华书局1993年版，第161页。
❸ 浦安迪：《红楼梦批语偏全》，北京大学出版社2003年版，第2页。
❹ Andrew H. Plaks. Archetype and Allegory in the Dream of the Red Chamber. Princeton University Press, 1976：11.

领会的首先是中国文化。"❶ 周汝昌最赞赏从文化意义上认识《红楼梦》,他曾在《红楼梦与中华文化》一书"自诩"中说道:"《红楼梦》的学问,离开了中华文化史这盏巨灯的照明,就什么也看不清,认不彻,就成了一桩庸人自扰式的纷纭胶葛。"❷ 由此说来,浦安迪的《红楼梦》研究毕竟因抓住了中国文化的一条主脉而免去了"庸人自扰"之虞。

一、《红楼梦》原型寓意研究

姜其煌在《欧美红学》一书中概述了《〈红楼梦〉的原型与寓意》的简要内容:1976 年美国普林斯顿大学出版社出版了 A. H. 普拉克斯(A. H. Plaks)的《〈红楼梦〉的原型与寓意》(Archetype and Allegory in the Dream of the Red Chamber)一书,这也是 70 年代一部比较重要的评论《红楼梦》的专著。全书除前言和导言以外,还有九个章节,前四章谈原型,后四章谈寓意,第九章是结论。该书导言认为,中国的文化原型是阴阳五行的宇宙学说,《红楼梦》的原型也属于这个学说。曹雪芹、高鹗都很了解这种阴阳五行的学说,所以,在《红楼梦》中到处都存在着这种原型。《红楼梦的原型与寓意》第五章到第八章专谈寓意,实际上是专谈各种花园的寓意,如"西方有寓意的花园""中国文学中的花园""大观园中的寓意"等。作者得出的结论是,中国文学中的花园是一种多元素的综合体,它是整个世界的缩影。姜其煌对于这部由九章构成的著作如此评价:"看了作者的通篇叙述,我们对作者的观点大概可以得出这样一个结论:《红楼梦》通过'梦''幻'等情节显然寄有深刻的寓意,而主要的寓意就是要说明真假色空观念:这两种互相对立的观念,决不是绝对的对立,而是辩证的统一,也就是所谓相辅相成的关系。这个看法,如果说是曹雪芹书中表露的某一个观点,当然也是可以的。假使把这种看法当作《红楼梦》的主要寓意,那就夸大了书中论述真假色空的分量,忽视了小说针砭社会的现实主义主题。生活现实如此生动,人物言行如此活泼的一部《红楼梦》,难道主要是在讨论真和假、色和空的

---

❶ 周汝昌:《红楼家世——曹雪芹氏族文化史观》,黑龙江出版社 2007 年版,第 414 页。
❷ 周汝昌:《红楼梦与中华文化》,华艺出版社 1998 年版,第 4 页。

抽象理论问题吗？这是不符合事实的。"❶ 可见，姜其煌的评价并不高，之所以不高，根源即在于对于《红楼梦》创作题旨的理解不同。其实，人们也可以这样质问：如此活泼的一部《红楼梦》，难道主要是在讨论针砭社会的现实主义主题吗？当然，任何批评都既不能脱离文本，同时也不能脱离批评者的固有视野。尹慧珉则如此评价："读了这部评论《红楼梦》的著作，我们真有下笔千言，离题万里的感觉。它与文艺批评和美学研究的真正目的相去似乎十分遥远。但西方有人指出，它的价值是把读者的思想指向研究中国美学的基本方向。它使我们了解西方当代美学观点的一个侧面。"❷

尹慧珉对于《红楼梦的原型与寓意》一书学术价值的评价不仅早于姜其煌的评论，而且他并未仅仅局限于浦安迪的观点在多大程度上契合了《红楼梦》题旨，而是进一步地看到了《红楼梦的原型与寓意》一书的启示意义，所以，也就更加中肯了。尹慧珉认为："由于它旁征博引，搜集了许多中国资料，单是书末所列的参考书目就有十三页之多，看起来确实花了很多功夫。但书的内容，却大多和《红楼梦》的内容无关，或是中国较早的研究者已经说过了的。虽然如此，正如国外一位评论者所指出，这部书仍然有它的价值。因为它们'把读者的思想指向研究中国美学的基本方向，并使读者从文化的近视中解放出来。这种文化近视往往因相信艺术的世界性而被认为是正确的，它也是西方一部分研究中国文学工作中的特点'。（见《东方和西方文学》1978年第18卷2－4期）从我们在国内了解西方研究中国文学的情况这一角度看，我认为这部书也给了我们一定的启示。特别是把《原型与寓意》和前面第一部分介绍的《红楼梦评介》一书对照来看，更有意义。《评介》一书，意在运用西方文学理论来研究一部中国文学巨著，而《原型与寓意》则意图结合一部中国文学巨著，来研究中国文学理论，探索出它的根本之点。两位学者所取的不同研究方法，在西方研究中国文学的工作中，可以说是有代表性的。反过来，我们通过研究他们的论著，也就了解了这种研究的具体内容。"❸ 尹慧珉明确指出了《原型与寓意》一书的学术用心，这一用心的立意毕竟是可取的，即"意图结合一部中国文学巨著，来研究中国文学理论，探

---

❶ 姜其煌：《欧美红学》，大象出版社2005年版，第87－88页。
❷ 尹慧珉：《近年英美〈红楼梦〉论著评介》，载《红楼梦研究集刊》1980年第3辑，第477－478页。
❸ 尹慧珉：《近年英美〈红楼梦〉论著评介》，载《红楼梦研究集刊》1980年第3辑，第477－478页。

浦安迪的红学研究：观照《红楼梦》原型寓意，另辟《红楼梦》评点蹊径

索出它的根本之点"。也就是说，相比较运用西方文学理论来研究一部中国文学巨著的立意和方法，浦安迪的立意和方法显然更接地气。前者好比"因文生事"，后者则如"因文运事"。因文生事者，往往顺着笔性游走，不免蹈空之言；因文运事者，毕竟事已在先，发掘微言大义也就有所依傍。可以认为，以"旁征博引，离题万里"来臧否浦安迪的研红旨趣，难免有些苛求。

浦安迪的研红旨趣可由以下陈述显见："基于各种理由，二百年来《红楼梦》一直作为中国文明史上的一个里程碑而受到珍视。有人对其人物造作心理刻画的细腻真是感到惊奇，有人被它的深情打动而为之落泪，还有人哀叹它对一个已逝时代的光辉岁月的完整描写。红学家们不停地考证作者身份与背景的各种线索，并且希望在小说的字里行间搜查出谴责满族统治的隐掩曲笔。这部小说有许多写实的细节颇似以作家的自传回忆为基础，不过其中的场景与典故仍多取自文人的戏剧。但无论文化与现实方面的多样素材如何对这部浩繁巨著贡献良多，我们还是想要在下文阐明，如同《西游记》一样，作者对这些素材进行了精心细致的构思，以求在表面叙事之下影射某种言外之意；也就是说，这部作品是中国寓言创作的一个典范。"❶ 由此可见，浦安迪立意探究《红楼梦》的主要寓意并非处心积虑地"夸大"什么，或者基本上与《红楼梦》的内容无关，而是出于对以往的红学研究反思之后的认真考量。浦安迪在《〈西游记〉与〈红楼梦〉中的寓意》一文中说："我希望，本文已经证明寓言写法实乃《西游记》《红楼梦》叙事艺术的一个基本方面，尽管该手法只是这两部作品跻身为伟大名著之列的诸多因素之一。毋庸讳言，寓言创作并非中国传统文学的主流，成功之作也不多见——但西方寓言文学的情况亦复如此。不过，既然中西传统中这些寥寥无几的寓言作品都产生了几部关键名著，本文的探讨或许就不是多余的了。"❷ 可见，浦安迪并非故意忽视《红楼梦》针砭社会的现实主义主题，却是有意对"中西传统中这些寥寥无几的寓言作品"作一番并非"多余"的探讨。由此而论，浦安迪的研究视角已然新奇于那种喋喋不休地重复陈述"现实主义主题"的视角，如此通贯中西的求新视角只有那些具备了中西文化打通素养的学者才可以葆有。当然，求新的效果同时取决于他们所葆有的对于中西文化传统由衷敬意和体贴理解之程度和纯度。李欧梵如此评价浦安迪："在中国古今小说

---

❶ 浦安迪：《浦安迪自选集》，生活·读书·新知三联书店2011年版，第207页。
❷ 浦安迪：《浦安迪自选集》，生活·读书·新知三联书店2011年版，第220页。

中兼具'刺猬'和'狐狸'的优点的,我认为只有一部——《红楼梦》。关于这部空前绝后的小说,我国批评家——包括版本学家在内——往往采取一种'狐狸型'的看法,除了版本及作者家世外,只注重人物、居室及小说中的诗词和意境,却没有在整个小说的架构上作深入的研究。在这一方面,我认为美国年轻学者浦安迪(Andrew H. Plaks)的近著《〈红楼梦〉的寓意和架构》(Archetype and Allegory in the Dream of the Red Chamber)是值得重视的,浦氏在本书中虽然未能深入研究《红楼梦》本身,但却大胆地以'刺猬型'的手法把中国文化以阴阳五行属性为主的时空观念描写得相当透彻,使我对于《红楼梦》的艺术价值有了更进一步的了解。"❶ 李欧梵所谈及的所谓'刺猬型'和'狐狸型'的譬喻说法,据李欧梵介绍,出自英国历史学家柏林爵士(Sir Lsaiah Berlin)《刺猬与狐狸》(The Hedgehog and the Fox)一书,即"全书的结论是:西方自柏拉图以来有两种思想模式,一是'刺猬型'的,一是'狐狸型'的,前者往往有一套大的理论架构,或从一个关键问题推究到极致,可以柏拉图和马克思作为代表;后者往往观察入微,从不建大的理论架构,思想微妙,却没有'从一而终'的思路,可以托尔斯泰作为代表。"❷ 在李欧梵看来,浦安迪应属于"刺猬型"学人,他推究《红楼梦》这部兼具了"刺猬"和"狐狸"优点的小说的理论架构,不仅与《红楼梦》研究密切相关,而且有助于读者对《红楼梦》的艺术价值的更进一步了解。笔者认为,浦安迪的理论架构并非"随人说短长",李欧梵的这番评价也并非"矮人看戏"。

关于《红楼梦》的"寓意",浦安迪在《〈西游记〉与〈红楼梦〉中的寓意》一文中作了尤为详细的辨析,他说:"中国有几部小说,似乎用'寓言'(allegory)这一文献概念来研究颇为适宜,其中就包括我们下面将要详论的《西游记》与《红楼梦》。但是,近年来的批评文章却对此一笔带过,很少进一步阐明其中相当多读者体会到的语言层面的特殊性质与功能。个中缘由,无疑是将一种文学传统中提取出来的观念类别套用于另一传统作品之上的尝试,令人质疑。"❸ 之所以"令人质疑",总是由于这种"观念套用"的做法最容易导致"随人说短长"的弊端,这一弊端与强作解说的过度阐释

---

❶ 李欧梵:《西潮的彼岸》,人民文学出版社 2010 年版,第 77 页。
❷ 李欧梵:《西潮的彼岸》,人民文学出版社 2010 年版,第 75 页。
❸ 浦安迪:《浦安迪自选集》,生活·读书·新知三联书店 2011 年版,第 184 页。

浦安迪的红学研究：观照《红楼梦》原型寓意，另辟《红楼梦》评点蹊径

之弊异曲同工。

　　为了对《红楼梦》和《西游记》"这两部难解的小说作品建立起一个严肃的批评体系"❶，浦安迪对中国传统"寓言式"评点，主要包括序言、眉批、题跋、笔记条目等这些在他看来"确实具有一种类似西方叙事文学的寓言读法的批评倾向"❷尤为关注。他借鉴伊西多尔名言即"言此意彼"这一简化了的定义作为对《红楼梦》进行寓意批评的依据，并为寓意批评作出了限定："通过立意谋篇的'寓言'，使一部叙事文大体的结构形制，指向一层未曾直接明言的复杂的理性模式。"❸浦安迪进一步解释说："论寓意之'意'，基于先假设作者心中的原意，而不仅仅指作品潜在的或者易于释发出来的本义。由此看来，尽管从任何一部视野庞大或内容脉络错综的叙事小说（如《莫比·狄克》）都可以寻绎出贯穿全文的隐义，不过，只有作者明确引导读者脱离虚构情节的描述而去辨认某种预先构想的情理模型的那类作品，才有可能被认为是寓意之作。如果这种哲理似非作者锐意为之，我们就只能从心理原型或文学原型的观念来说明，还称不上地道的寓意文学。更确切地说，对于这样的作品，应用寓意文学的读法无可无不可，但要证明其为寓言创作的地道典范，就行不通了。无论如何，下文我们就将论定，《西游记》与《红楼梦》的作者明确显示他们在何种程度上是以寓言的方式来进行创作的。"❹在浦安迪看来，《红楼梦》正是曹雪芹有意创作的一部典范的寓言作品，曹雪芹预先构想的情理模型正是浦安迪所立意揭示的主要方面。由此可见，浦安迪的兴趣主要集中在叙事脉络中投射或影射的超写实意义，这是"基于先假设作者心中的原意"的"大胆假设"。于是，他遭到偏爱现实主义批评的研究者批评也就不足为奇了。当然，浦安迪还是葆有了一定的清醒意识，他说："西方寓意作品的核心理论——二元对立，不能直接套用到中国文学系统之上，这或许是对《西游记》与《红楼梦》等小说作寓意解释的主要困难。更确切地说，中国文学自有一种解决二元问题的观念，简言之即：宇宙无始无终，无所谓末日审判，也无所谓目的的终极，一切感觉与理智经验的对立物，无不蕴涵其间，又两两互补共济、相依共存。尤为重要的是，

---

❶　浦安迪：《浦安迪自选集》，生活·读书·新知三联书店2011年版，第185页。
❷　浦安迪：《浦安迪自选集》，生活·读书·新知三联书店2011年版，第185页。
❸　浦安迪：《浦安迪自选集》，生活·读书·新知三联书店2011年版，第186页。
❹　浦安迪：《浦安迪自选集》，生活·读书·新知三联书店2011年版，第187页。

尘世与超世、完美与不完美之间的辨证差别，也因此变得毫无意义，或者不过是互为补充的统一体。"❶ 浦安迪的这一清醒认识表明：西方理论概念或范畴在解读或阐释中国文学作品时是有限度的，最可取的途径仍然是用中国文学或文化自有的观念解读或阐释其中的隐义或情理模型。正是基于这样的认识，浦安迪才选取他所感兴趣的中国文化原型即阴阳五行的宇宙学说作为解读或阐释《红楼梦》的隐义或情理模型的理论武器。在浦安迪看来："《西游记》与《红楼梦》这两部小说，它们穿织于人生万象流变的寓意，在很大程度上借用所谓的'阴阳五行'的宇宙观来加以表现……具体而言，阴阳五行的逻辑关联，我曾在别处将之简称为'二元互补'与'多项周旋'（multiple periodicity, complementary）。前者指的是中国人倾向于两两相关的思维方式，人生经验借此可以理解为成双成对的概念，从纯粹的感受（冷热、明暗、干湿），到抽象的认知，如真假、生死、甚至有无，等等。事实上，每对概念都被看作是连续的统一体，各种人生经验的特性时时刻刻地相互交替，总是此消彼长，是无中有、有中无假设的二元图式……然而，像我们这里所讨论的《西游记》与《红楼梦》这两类内容深广的作品，二元的交替与错综尚不足以穷尽其容纳多种现实具体变化的广阔生活画面。因此，寓言作家在构建较为复杂的叙事格局时，总是寻求各种循环公式，特别是与五行理论相联系的时序与方位的轮转。一如阴阳范式，作者的寓意总是通过暗含于五行循环中的相互关系，而不是事物特定的相位而表述出来。换句话说，中国寓言文学中五行结构的重要性，不在于分派好这一人物或那一人物在五行中所处的位置，而是要使这些人物之间形成循环交替、彼此取代与交迭周旋的逻辑关联。所以，寓言文学中的一个个人物即使单独没有什么特殊意义，但他们进入'二元补衬'与'多项周旋'的方式，却构成了一个透视多面世界与深邃哲理的统一视野，而这才是寓言作品的意义之所在。"❷ 显而易见，尹慧珉此前的确看明白了浦安迪的学术用心：《原型与寓意》意图结合一部中国文学巨著来研究中国文学理论，探索出其根本之点。当然，如果借用"阴阳五行"的宇宙观进行《红楼梦》新索隐则另当别论，这与浦安迪的用心迥异。浦安迪的学术兴趣主要通过《红楼梦》做理论的阐释和建构，并不在意历史的阅读或探秘。

---

❶ 浦安迪：《浦安迪自选集》，生活·读书·新知三联书店 2011 年版，第 189 页。
❷ 浦安迪：《浦安迪自选集》，生活·读书·新知三联书店 2011 年版，第 190 – 191 页。

当然,"浦安迪的这一解读方式并没有得到同行的普遍认同。首先,他的研究方法由于理论先行的倾向而受到非议。浦安迪宣称,《红楼梦》既然是'百科全书式的容器(encyclopedic vessel)',那么在这部作品中可以找到包括原型和寓意在内的整个中国文学的传统,白保罗(Frederick P. Brandauer)认为这样的立论继承整个值得怀疑。其次,王靖宇(John C. Y. Wang)认为,寓意是一种定义明确的西方文学形式,《红楼梦》与典型的西方寓言式作品很不相同,浦安迪使用这一术语并不合理。尤其是在他使用'寓意'一词分析大观园的意义时,这一术语显得过于松散而宽泛,很难与象征和暗喻区分开来。此外,夏志清认为,浦安迪在这一研究中的理论野心过大,想要阐明整个中国叙事传统,因此过于关注小说的抽象模式,却架空了小说中的具体人类情感和体验。"❶ 显然,这种"理论先行"的批评自有其一语中的的道理,不过,这种"倾向"已经成为英美学者《红楼梦》研究的主流之一,面对这种局面,最紧要的首先是评估这种"倾向"的合理性以及启示性。就以浦安迪的"寓言说"为例,"事实上,以'寓言'这一批评概念对《红楼梦》进行解读的意义在于以下两个方面:首先,'寓言式写作'可以解释'现实主义小说'这一论断所不能解释的一些文本现象,发现《红楼梦》以'纯粹的文学叙述形式'传达'超验性真理'的某种尝试;其次,评论者引入《红楼梦》与西方寓言式作品的不同写作模式,也丰富了'寓言'这一批评概念,给这一概念添注了新的内涵和活力。"❷ 浦安迪的"寓言批评"应作如是观。

浦安迪在中文版《〈红楼梦〉的原型与寓意》"致中文读者"中说:"拙作《〈红楼梦〉的原型与寓意》的英语原版,早在1976年问世。当时本人刚及而立,未至不惑,而这书是出自博士论文的处女作,即使包含一些研究收获,可一个年轻外国学者对中华文学独到杰作深奥含义的领会能至几何?此后四十多年来,每逢偶尔提书翻页过目,无不处处发现细节上之错、诠释上之误。因此历年不少人曾说读此文而得到启发,不由得使我心里不安。"❸ 由浦安迪对《〈红楼梦〉的原型与寓意》一书"启发"意义的自许,似可见此

---

❶ 江帆:《他乡的石头记——〈红楼梦〉百年英译史研究》,南开大学出版社2014年版,第180页。
❷ 浦安迪:《〈红楼梦〉的原型与寓意》,生活·读书·新知三联书店2018年版,第1页。
❸ 江帆:《他乡的石头记——〈红楼梦〉百年英译史研究》,南开大学出版社2014年版,第182页。

前尹慧珉的相关评价较为中肯。

值得一提的是，尽管周汝昌赞赏浦安迪从文化意义上认识《红楼梦》，但他显然不会认同浦安迪将《红楼梦》的原型结构建立在一百二十回版本之上的做法。浦安迪说："我们这里正在考虑的是小说《红楼梦》作为一个完整系统而不是一个真空中的文学现象与中国文学的关系问题，所以我们始终所指的就是曹雪芹和高鹗的完整的一百二十回版本。"❶ 如果说研究《红楼梦》的结构就是为了阐释它的义旨，那么《〈红楼梦〉的原型与寓意》一书的"诠释上之误"至少在周汝昌看来必然是不可原谅的。

二、《红楼梦》批语研究

浦安迪曾在 1980 年于台湾召开的《红楼梦》研究座谈会上说："这几年来，《红楼梦》对我影响很大，这本书对我来说非常宝贵、心爱，而且又接受了邀请坐在这里，不讲几句话那真是太不客气了。关于红学的未来方向，我不知道，但以我个人的经验，我曾经写过一篇论文是关于《红楼梦》的解释，在我写作的过程中，对我最有意义的材料，不一定是近代写的批评论述，而是更早的一些浅一点的材料。不是说王国维以降的红学研究不好，而是清朝中、末叶的传统批评材料，对我所了解的《红楼梦》特别有影响。这些材料许多人都看过，但大都被忽略了。我讲的是清代《红楼梦》版本上印出来的眉批、总评，以及单独印行的笔记文章。我觉得这些 19 世纪的批评材料至少对我个人来说，其影响要比 20 世纪以来的批评材料更大。"❷ 可以看出，浦安迪说这番话时是诚恳的，透过这番诚恳的表述可以看出一种醒世恒言般的警示意义来：最有意义的材料何在？皮述民曾说："自从《脂砚斋重评石头记》的庚辰本和甲戌本先后出版，又加上俞平伯的《脂砚斋红楼梦辑评》和陈庆浩的《新编红楼梦脂砚斋评语辑校》陆续问世之后，研究《红楼梦》的人对脂批总算能很方便地作全盘浏览了。详阅脂批，没有人不承认这些批语的权威性的，也因而没有人不承认脂砚斋（或称脂砚、脂研、脂斋）其人

---

❶ 浦安迪：《〈红楼梦〉的原型与寓意》，生活·读书·新知三联书店 2018 年版，第 7 页。
❷ 胡文彬：《红学世界》，北京出版社 1984 年版，第 42—43 页。

浦安迪的红学研究：观照《红楼梦》原型寓意，另辟《红楼梦》评点蹊径

对《红楼梦》一书的重要性的。"❶ 浦安迪直接受用这些眉批、总评"很方便"性，他在方便地使用它们的过程中，诚恳地认同其权威性。并且，充分肯定了这些眉批、总评的突出价值和特别影响，首先应是"对我最有意义"，以及"对我所了解的《红楼梦》特别有影响"。当然，读者可以不认同他的看法，却不能不敬佩他阅读和研究《红楼梦》的眼光，即作为"外邦人"通过这些"很方便"的文献材料阅读或研究《红楼梦》的眼光。对于"外邦人"研究《红楼梦》而言，这是一条可取的路径，当然也是一条捷径。同时，浦安迪并不仅仅满足于"很方便"地使用文献材料，他对这些批语进行了一番另辟蹊径的研究尝试，这一尝试的成果即《红楼梦批语偏全》，成为《红楼梦》批语研究方面的拓新成果。

浦安迪在《红楼梦批语偏全》"选编者自序"中称该书历经将近二十年的搜集、细读、选定、编排、校勘过程，所下功夫非同一般。浦安迪在《凡例》中这样交代："本书以辑录《红楼梦》诸早期钞本及旧刻本上最尖锐深刻的评点资料为重要目的；周览从各现存脂砚斋评本到清末诸刻本几乎所有旧批评本（共十六种），以求全备（参见下面详述）。五四以降的批评专著均不收录。本集与晚近相继问世的众多批语汇编之不同，在于凭偏向主观的取舍去选拔最有益于读者解释小说本义的批语，在《红楼梦》评林的总量中约达十分之一的精华……本书最有实益的用法是当阅读（或再读）小说原文某一回之前或之后参照有关该回的结构布局与思想内容最中肯的选评。"❷ 由浦安迪"自序"可见，《红楼梦批语偏全》编著目的主要是为了"最有益于读者解释小说本义"，这样的重新编排有别于流行于世的俞平伯《脂砚斋红楼梦辑评》、一粟《红楼梦资料汇编》、陈庆浩《红楼梦脂砚斋评语辑校》、冯其庸《脂砚斋重评石头记汇校》等。浦安迪又在《红楼梦批语偏全》"前言"中称："鉴于如此大量通行的红楼梦批语材料，或许有人会问：这时再来随声附和，又编一册红楼梦批语集，究竟有何必要？回答是：我之所以不问中外、不惭欠学无智，置身于诸位红学前辈之列，只是因为本书所针对的目标与所有先行的红楼梦批评辑录有所分歧。就如拙作颇怪的书名：《红楼梦批语偏全》所表明的那样，本书原意是又偏又全。以倒序论之，可以说这本集子之'全'，全在我这二十年之久，周游世界各地的汉籍书库，涉猎各

---

❶ 皮述民：《红楼梦考论集》，台北经联出版事业公司1984年版，第31页。
❷ 浦安迪：《红楼梦批语偏全》，北京大学出版社2003年版，第1页。

种已知红楼梦批评本的资料：包括钞本、原刻本、胶卷、复印本等书形——归而仔细研读各条，用来加深自己对红楼梦本文分析与阐释的理解，以便教学与撰文工作之需。如上所述，这些资料的重印发行日以普遍，可以说已不算罕见了。不过，几乎所有这类辑评不分轻重，只是一条条照钞或复印原文，并未从任何价值判断的基础上去挑选那些对读者较有实用的资料。所以我说本集子之必'偏'，偏在我凭个人多年来读红楼、搞红学的主观取舍，斟酌选出自己觉得较为贴切、深入小说本义的笔墨，逐条缀辑成册。我希望这书能有助于读者寻思小说的含意，至少可以使之不必自己费事搜集批评材料，也不必破财购买各部新刊的重印本。我原想编一部'会评本'式的书，尽把批语铺排在正文行间的原处。只因各条批语来源不一，长短不齐，所评述的小说正文错综不清，因此终于认定采用会评本的格式不太合适，只好把精选批语收纳于章回的顺序，每回配列在原评者之名下，请读者在看小说正文某一章回之前之后，审阅这些批评资料，以便提前预思本回的动静，或者事后追念那一段的深意。这样读来可以把各位评者有关小说本旨的不同见解作一对照，得以鸟瞰《红楼梦》一书历来的解释角度。"❶ 所谓"偏全"，"全"即所见之全，"偏"即主观取舍，如他所说："可以说红楼批语最大价值正在于评者不拘定论，总有触文成意的倾向。所以在逐回选录名家批语之余，我觉得无妨再偶加几条'对批语的批语'，标之为'偏全'，以表示我自己管窥《红楼梦》评点学的微见。"❷ "微见"之目的也只为对读者较有实用性，由此可见浦氏读者意识之强。为什么浦安迪有如此强烈的读者意识呢？据他在《红楼梦批语偏全》"前言"中说："遗憾的是，近来大多数治明清小说史的学者摒除这些批语于严肃研究范围之外，从未充分挖掘这座矿山的瑰宝。不错，最近不少学人注意各部脂砚斋钞本上的资料，但他们的主要目的在于揭开有关作者身世、创作过程、版本年代诸问题的新知识而已，很少认真着眼于脂评内容本身对阐明小说原意的见解，何况那些后期批评本，更是置之不理。这种疏忽红楼梦评本的研究态度并不是毫无道理，因为这一大批研究资料毕竟远非最可靠的参考工具……归根结底，现代学者除了脂评以外，多年倾向于轻视红楼梦传统批评资料，视为板式细节之小奇观而置之不理，这事

---

❶ 浦安迪：《红楼梦批语偏全》，北京大学出版社 2003 年版，第 7－8 页。
❷ 浦安迪：《红楼梦批语偏全》，北京大学出版社 2003 年版，第 34 页。

总要归咎批语自身的优劣,尤其是它们思想内容的深浅。"❶ 浦安迪为何如此珍视这种类小说批评资料呢？在他看来,"这些批评资料可以提供莫大的启示"❷。尽管浦安迪对《红楼梦》评批资料整体研究状况的评估或许存在所察不周之处,但他重视传统批评美学研究尤其旧时代评书家批语研究的学术用心值得褒扬。浦安迪的学术兴趣驱使他集中探究其中的小说美学尤其是叙述结构问题,他说:"本集子选录的批语一大部分是涉及小说美学,尤其是叙述结构问题的评论。如本前言已说过,近来研究明清小说史的学者日益注重这种批评资料,一来由于红楼梦评者显然借用从'四大奇书'各评本继承的文学分析和解释观念,二来因为这种说法符合现代比较文学的小说理论。"❸

以下选取《红楼梦批语偏全》中之数则以呈现"偏全"之"微见":

第一回偏按:

> 在上引一条批语里,评者最后点定"道人为谁,作者自谓也",这是十分普遍的说法,可以引【黄】本(4):"……情僧即宝玉,亦即作者自号"、【张】本(1b),等处为例。【桐】本评者(43)进一步断定曹雪芹本人即贾宝玉,这点从现代读者的角度观之不足为奇,因为五四以来我们都惯于视《红楼梦》为自传小说,但值得认清的是这一想法非胡适等人的创见；旧评点家早已读首页混入正文的"凡例",并第一回内述及曹雪芹披阅石头故事一段,就不难得出同样的结论。……又按:批者评释首回自然想及全部小说首尾照应之处。脂砚斋(甲19b)泛说:"'走吧'二字真悬崖撒手",所指存有暧昧。后有黄小田(12)点睛说明:"'走吧'二字真应后文宝玉……道:'走了,走了'四字",他一针见血地联想到小说续书的末尾处。如此类多条批语或许足以证明黄氏等清末评点家阅读过脂砚斋钞本,不必等待五四以降新红学的收获才能窥及原稿的全豹。❹

(笔者按:能够指出视《红楼梦》为自传小说这一想法非胡适等人的创见,可见浦安迪对于批语的辨识力,这对红学史重新评价胡适的红学研究应当具有借鉴意义。)

---

❶ 浦安迪:《红楼梦批语偏全》,北京大学出版社2003年版,第9—10页。
❷ 浦安迪:《红楼梦批语偏全》,北京大学出版社2003年版,第11页。
❸ 浦安迪:《红楼梦批语偏全》,北京大学出版社2003年版,第13页。
❹ 浦安迪:《红楼梦批语偏全》,北京大学出版社2003年版,第567—568页。

第二回偏按：

　　到此处讲完了神话楔子，以冷子兴介绍贾府一段导人冷热兴亡的人情故事，评者理当谈及小说整体的结构问题。如黄小田（17）概括全书布局如下："此书由盛而衰，不比寻常小说由衰而盛……"。黄氏此说写于1862年，显然脱胎于一二篇先行的评论文章，包括二知道人（冯其庸定为蔡家琬，号陶门）《红楼梦说梦》一文（1812）与明斋主人（诸联）《红楼评梦》一文（1821），都有几乎全同的意思（见一粟，《红楼梦卷》，86，121，与冯其庸，《八家评批红楼梦》，23，43）；同时，由盛而衰的说法也预先影射到王国维《红楼梦评论》一书中以《红楼》与《桃花扇》《梧桐雨》二大古典悲剧为中国文学史上"优美"的最佳范例。关于这种盛衰程式，张新之（9b）借用取自《易经》的道理"渐"来表出，他用这种观念超乎八卦循环或四时炎凉的说法，特指无可挽回的因缘关系（参见第五回20a一批）。❶

（笔者按：浦安迪对《红楼梦》整体结构方面如"由盛而衰"盛衰程式的认识，显示了他对中国传统哲学和美学的理解力。）

第四回偏按：

　　在此回张新之特提有关戏剧的美学技巧值得着眼……也许可说此回具备与戏剧艺术相同的写法在于明清传奇惯用穿插错综的布局，以冷热动静的场面轮流对峙。由此观之，《红楼梦》第四回在前回黛玉入府与下回宝玉梦游之间特意夹写葫芦案一段，恰恰符于雅俗交替的格式。❷

（笔者按：提出"雅俗交替的格式"表明浦安迪对《红楼梦》布局与意趣的深刻理解。）

第五回偏按：

　　评者以第五回为全书的大主脑处，这点只观其内容演述预言式的词曲不无道理。这大主脑围绕着秦可卿这个人物，从脂砚斋到清末诸评论家没有不标明这人的姓名实为"情"的变音……又按：此回出现一句十分难解的话，是宝玉进入秦可卿的卧房时，秦氏教丫鬟们"在檐下看着

---

❶ 浦安迪：《红楼梦批语偏全》，北京大学出版社2003年版，第568-569页。
❷ 浦安迪：《红楼梦批语偏全》，北京大学出版社2003年版，第570页。

猫儿狗儿打架"（有的通行本删去狗儿，只留猫儿）。这一笔是中国文学史上不常见的意象，未免引评者的注意。如脂砚斋（甲65b）暧昧地点出此处为"寓言"，但不去阐明其意，只存之待解。【王姚】本评者（14）则提出一暗示说："宝玉梦中不是猫儿狗儿打架，难道是妖精打架不成？"他显然映射到第七十一回傻大姐拾春画绣囊处，使我们想及《金瓶梅》一书常用猫狗的形象来影射西门府内的狗彘行为。《红楼梦》的作者也许学此笔法，以隐指园中男女效禽兽之处，也未可知。❶

（笔者按：浦安迪提出《红楼梦》学《金瓶梅》猫狗影射之常用笔法略具意味。当然，即便曹雪芹有意为之，其审美趣味因对事件情节所作的雅化处理而迥异于《金瓶梅》的笔法了。浦氏尽管未及点明此种差异，由他对雅俗的理解而论，当能意会到这种差异。）

第十六回偏按：

脂评（【甲】本161b）说此回"借省亲事写南巡……"似属"索隐派"式的诠释。如果最深得作者原意的脂砚斋已取此读法，足以证明不待蔡元培一流近代评论家提出这批法，早在小说未成书之前已有读者在其字里行间追寻真人真事的隐笔。……又按：张新之此处（31b）穿插一批表明省亲一大段（由此回夏太监上门奉诏开始）与第一百零三回"锦衣查抄"一场"文势对峙"，似乎无意提及通部小说一大章法，即作者（或说续者亦可）把紧要的关目放置于数字全书两端的相应位置，以造出前后照应的对称感。这是红楼梦一书回目布局的主要结构原则，学自前代四大奇书的惯用手段（请参照拙作《明代小说四大奇书》详解这点）。❷

（笔者按：浦安迪溯源《红楼梦》"索隐派"式诠释的看法是否已经是常识呢？这一看法是否有进一步研讨的必要？浦安迪提出了脂砚斋当是"索隐派"式诠释第一人的设说，其问题意识可取。浦安迪对明代小说四大奇书结构的研究有助于认识《红楼梦》的结构，从《红楼梦批语偏全》可见，重视小说结构的揭示的确是浦安迪的学术兴趣所在。这一学术兴趣也是一种时尚，正如高友工所说："20世纪忽然对结构美大有兴趣，正是因为它本身的客观

---

❶ 浦安迪：《红楼梦批语偏全》，北京大学出版社2003年版，第570-571页。
❷ 浦安迪：《红楼梦批语偏全》，北京大学出版社2003年版，第576-577页。

性往往可以非常客观的标准用以证明一件艺术品的完美无瑕。"❶)

周汝昌曾对浦安迪的"偏全"如此评价:"何谓'偏全'?这本身就也是一种'伟词自铸'。'偏全'之义,他的自释不必复述;在我看来,此中还有一个含义,即以'偏'概'全'。'全'者,意指客观的'掌握'批语的全貌;偏者,盖谓主观的遴选与赏契。'全',是治学的功夫本领,但只是个'条件',意味上无多,不大。'偏',好比艺术家的'个性''特点''绝活'——人们欣赏的不是千篇一律的模式化而正是他的'绝活'处。所以,本编的精义存在于两处:前言,偏按。'偏按'一词,风趣盎然,意蕴可掬——这好极了。当然,既然曰'偏',就是'一家'之言,个人之见,不是寻求'一致'赞扬叫好。所以我制拙序,并不是评论他的'偏'对,还是'正'好,那不是序者的职责,序者绝不能以'断谳'的'法官'自居,那就太狂妄了。我只着重说明:浦先生的治学研《红》的精神意度,功力的深厚辛劳,在在堪为某些'红学家'们的学习对象。偏而又全者,全又在他对诸家批语分为'通''奇''深'三品,而并非只限一种见地。这才反映出批者们的时代、地域、性情、学识的很大差异。也只有这么办,才摆脱开只用空话来解释《红》书之奇是在于它的'横看成岭侧成峰','仁者见仁,智者见智'等等老生之常谈。"❷ 周汝昌的以上评价是中肯的,是具有某种启发性的。无疑,"偏全"正是浦安迪对于《红楼梦》评批资料研究的独特贡献。

三、《红楼梦》研究的比较视野和融通中西的双向借径方法

周汝昌说:"我老老实实供认,我原有一种不太客气的偏见:西方人根本无法真懂得《红楼梦》是什么,是怎么一回事。"❸ 所以,西方人研究《红楼梦》,"我的拙见是:欧美的(不包括侨胞华裔等)'红迷'们,最好是从比较文学、结构主义以及各种文学评论上多为我们贡献新意;至于历史考证,

---

❶ 高友工:《美典:中国文学研究论集》,生活·读书·新知三联书店2008年版,第350页
❷ 浦安迪:《红楼梦批语偏全》,北京大学出版社2003年版,第2-3页。
❸ 姜其煌:《欧美红学》,大象出版社2005年版,第5页。

还是以'藏拙'为上策。"❶ 浦安迪的确是从比较文学视角和叙事结构方面对明清章回小说作出了新推定,他确定"文人小说"与"奇书文体"这两个概念作为自己从事研究明清小说研究的基点。浦安迪说:"我治此研究对象基于两个核心概念:其一可名之曰'文人小说'论,其二则不妨称之为'奇书文体'说。所谓'文人小说'这一名称是针对20世纪学术界流行的'通俗文学'观念,提出一个反论;也是尝试对明、清读书人视小说为'文人'之作的见解进行一番由现代比较文学角度的反思。明清章回小说之'通俗文学'说的缘起,早始于'五四'运动前后,而尤得力于胡、鲁、郑三巨头的提倡。胡适对《水浒传》《西游记》等书一系列考证文章的基础,就是建于它们是通俗文学的信念。鲁迅又说:'元明之演义,自来盛行民间,其书故甚夥,而史志皆不录。唯明王圻作《续文献通考》,高儒作《百川书志》,皆收《三国演义》及《水浒传》,清初钱曾作《也是园书目》,亦有通俗小说《三国志》等三种。'鲁迅的说法,今人奉为定论。但细品其原意,其实不过是一种推测之词而已,代表了'五四'时代尊白话贬文言和重小说轻诗文的一种共同的眼光。"❷ 由"文人小说"的观念出发,浦安迪对明清古典小说的文化性质的看法迥异于郑振铎在《中国俗文学史》中提出的民间俗文学设想。浦安迪指出:"胡、鲁、郑三氏的观点延续了大半个世纪,深刻地影响了'五四'以后的几代学人,直到今天还是余音未解。其后的当代治中国小说史的学者,大都把明清长篇小说的出现,远托源于六朝志怪,而近归流于对宋元话本的模仿,进而把它纳入'俗文学'的框架之中。上述的小说史家们既然认定明清长篇章回小说是'俗文学',便自然而然地把其中的'说书人'惯用的全套修辞手法——诸如开场的'楔子',结尾的'欲知后事如何,且听下回分解'等等——简单化地归结为说书'话本'的形式残余。"❸ 浦安迪的反论并非一味地标新立异,这一反论是建立在对明清小说批评文献的仔细辨析和审美观照之上的。浦安迪说:"根据我的研究,明清长篇章回小说的六大名著(此外,《三言二拍》、李渔的《十二楼》等短篇小说大集也该视为属此类),与其说是在口传文学基础上的平民集体创作,不如说是当时的一种特殊的文人笔艺,其中的巅峰之作更是出自某些高才文人(所谓'才

---

❶ 姜其煌:《欧美红学》,大象出版社2005年版,第8页。
❷ 浦安迪:《浦安迪自选集》,生活·读书·新知三联书店2011年版,第116页。
❸ 浦安迪:《浦安迪自选集》,生活·读书·新知三联书店2011年版,第117页。

子')的手笔。我们不应忘记,'平民集体创作'的设说仅流行于最近几辈的中国小说史研究界,而较古的明清学者却大部分都认为这些奇书都是文人的创作……明清长篇章回小说的'文人创作'说绝不是事出无因之论,但是由于前人没有提出十分系统的理论和确凿的证据,在今天的小说研究界支持这假设的学者仍不占优势。虽然如此,无论由阅读的直感或从多年研究的收获出发,我总是认同明清读书人的看法,相信明清章回小说必为一种新兴的长篇虚构文体,即所称'文人小说'。然而,正因为明清小说批评的文献语焉不详,所以我们现在拟把自己的阅读信念理论化的时候,就难以证明为何这一看法不属一个推测性的设说而已。我在拙作《明代小说四大奇书》(1987年版)中辩论'文人小说'理论这个研究难题时,所用的核心论调集中于所谓'奇书文体'的文类观。"❶ 众所周知,明清小说批评中关于作者问题可分为两派,即"艺人说"和"文人说"两派,每一派的阅读信念不同,其对明清小说批评的审美评价以及价值判断自然不同。浦安迪属于坚信"文人说"一派,他认为:"古人专称《三国演义》《水浒传》《西游记》《金瓶梅》为四大奇书,是别有意焉。首先,这一名称本身含蓄指定了一条文类上的界限,从而把当时这四部经典的顶尖之作,与同时代的其他二三流的长篇章回小说区别开来。偏偏高举这四部经典作品不仅是由于它们的故事动情、人物可爱而已,而是因为它们孕育了一种在中国叙事文学史上独一无二的美学典范。这种迟至明末才告成熟的美学形式,又凝聚为一种特殊的虚构文体。这一特殊文体的定义在中国文学批评史上向来颇难把握,甚至缺少一个固定的名称。如果沿袭近来惯用的研究术语,只是泛泛地称之为'古典小说'或者'章回小说',范围便不够明确,无法作为一种文学史研究的分析工具。所以我们终于无别法,只能退而使用'奇书'一语来界定这几部拥有共同美学原则的叙事文类,名之曰'奇书文体'。'奇书文体'有一整套固定的体裁惯例,无论是就这套惯用的美学手法,还是就它的思想内容而言,都反映了明清读书人的文学修养和美学趣向……至于清代之《儒林外史》和《红楼梦》的创作与问世,显而易见,这两部杰作与说书传统一无关联,而是出自文人之手。这些'奇书'与同时代的吴门文人画派、江南文人传奇剧,其实同出一辙,因此我认为,我们不妨袭用'文人画''文人剧'的命名方法,用'文人小

---

❶ 浦安迪:《浦安迪自选集》,生活·读书·新知三联书店 2011 年版,第 118—119 页。

浦安迪的红学研究：观照《红楼梦》原型寓意，另辟《红楼梦》评点蹊径

说'来标榜'奇书文体'的特殊文化背景，庶几不辜负这些才子文人作家的艺术成就和苦心雅意。这一崭新的虚构文体在本质上完全不同于宋元的通俗'话本'，而是当时文人精致文化的巅峰境界，从这方面观之，完全可以与西方 novel 的虚构文体作跨时空的横向比较。"❶ 浦安迪这种把读者包括自己阅读信念理论化的自觉期待，显然有别于推测性的"大胆假设"，这是两种不同的研究取向，尽管这两种研究取向都重视文献的运用。一种更具有概念化的理论品质，另一种则倾向于悟性思考。显而易见，浦安迪的学术用心是值得表彰的，尽管他的理论设说不免存在可议之处，譬如以西方叙事传统观照中国明清小说。但从另一方面说，没有比较就没有鉴别，比较有助于更充分地认识中国明清小说的审美价值和文化价值。

浦安迪的叙事结构视角尤其体现在他对"奇书文体的定型结构"认知方面。他认为："明清古典小说的典型长度是一百回（或者一百二十回）的整数。这并不是一个偶然的巧合，在四大奇书成文的时代，它已成为文人小说形式的标准特征。'百'的数位是内涵着某种对称图形的潜在意义，正好符合中国艺术美学通常追求二元平衡的倾向……更为重要的是，文人小说家们如何又把惯例'一百回'的总轮廓划分为十个由十回而成的叙事单元，形成特殊的节奏律动……我们一旦看破了奇书文体由'十乘十'的叙述节奏组成，那全书的整体结构模型就了然在目了。"❷ 浦安迪在研究了"奇书结构"的具体分布与作用之后认为："奇书文体的作者所描绘的核心虚构境界，在叙事'高潮'退后的后半截里，或者一步步逐渐消失，或者移动故事焦点。所以，清代《儒林外史》的后半部、《红楼梦》的后四十回都常受现代学者的贬抑。然而，我们必须注意到，奇书文体结构章法的一种匠心妙用，正在把情节高潮置于全书三分之二或四分之三之处，如此明代四大奇书里的核心叙述境界往往到七十、八十回之处而告结局。"❸ 在浦安迪看来，"奇书结构"的情节"高潮"分布，显然与西方文学里往往将情节"高潮"置于故事的前头或并未转入了局之处截然不同了。如果读者能够接受浦安迪的观点，有关《红楼梦》后四十回相关问题的争议也就显得没有那么必要了。

周汝昌对浦安迪的"奇书结构"说很感兴趣，原因在于两点：一则就

---

❶ 浦安迪：《浦安迪自选集》，生活·读书·新知三联书店 2011 年版，第 119 – 120 页。
❷ 浦安迪：《浦安迪自选集》，生活·读书·新知三联书店 2011 年版，第 121 – 122 页。
❸ 浦安迪：《浦安迪自选集》，生活·读书·新知三联书店 2011 年版，第 123 – 124 页。

"结构"而言，浦安迪受启发于周汝昌，并将《红楼梦》的叙事结构表述得有条有理；二则就"奇书"而言，这是浦安迪创立的新名词，即"奇书文体"，这是一个很新的文学概念。且看周汝昌如何说："1993 年 8 月 25 日，接到美国普林斯顿大学浦安迪（Andrew H. Plaks）教授的来函并论文打印本，他是比较文学系小说叙事美学的专家，兼通汉学，尤其对中国明清章回小说有独到的研究，是我佩服的学友。他的新论文的命题是：《红楼梦与"奇书"文体》（此论文是用中文撰写的）。他写于 10 月 10 日的来札中说：'祝颂您和阖府近来迪吉。上月在北京出席中国小说会议时，未能前往拜访致敬，心有歉怀。（引者按：他前此不久到京曾来晤谈。这二次来时，也曾电话询问，欲谋一面。但因我外出，未能如愿。）现将与会的小论文一份寄奉，如您有片刻之暇而一寓目，则您会看出我对本主题的思路是受了您那部对《红楼梦》的重要阐释的著作的启迪。——引者译自原英文信件，浦教授指的是拙著《红楼梦与中华文化》一书。此书虽于 1989 年出版（北京、台北分出），但我于 1987 年 4 月 1 日曾到普林斯顿大学，在校中的'壮思堂'作了《红楼梦结构学》的演讲，引起了听众的注意。那次浦教授是邀请人和主持者，虽然他早就研究小说结构学，但我的结构论可能增添了他的思考意兴；而我那本书，也就是彼时在海外动笔撰写的。"❶（笔者按：周汝昌在《红楼梦艺术的魅力》一书第二章"'奇书文体'与《红楼》'三要'"中专门谈及浦安迪所受其《红楼梦》"结构说"的"启发"。）周汝昌对浦安迪的评价很高，根本原因正在于浦安迪对《红楼梦》艺术结构法则的探究引入了周汝昌的方法这一做法的赞赏。周汝昌说："在小说领域中，西方兴起了结构主义的叙事学。结构主义叙事学影响很大。我从加拿大高辛勇教授所著《形名学与叙述理论》略明一二。但我们讲《红楼梦》艺术结构学，却不是模仿西方的模式，因为这追本讨源仍然是个不同历史文化背景产物的问题。但从小说叙事学专家浦安迪教授的论文来看（卷前所引），他已将我对《红楼梦》艺术结构的法则引入了他的研究方法。这点是具有里程碑意义的……在浦安迪教授的论文中，他开始提出，依照我们的方法，可以看出《金瓶梅》也有对称章法：首尾各二十回，是为兴起与败落，中间六十回为腹，写西门庆家族的盛景。他这研析结果是有贡献的，因为这很有典范代表性。但是，如果拿出它

---

❶ 周汝昌：《红楼梦艺术的魅力》，作家出版社 2006 年版，第 8—9 页。

来与《红楼梦》一比,那岂止是小巫见大巫之别,简直是太简单浅直的结构样式了。我以为正由这个良例,更可证明雪芹的灵心慧性,他所开拓的艺术丽景奇观,实为天地间万灵所有之最大精神结晶,无与伦比!——我如此说,自信不同于阿谀俗习。"❶ 在周汝昌看来,这一研究方法具有里程碑意义,这一意义正在于理解了曹雪芹所开拓的艺术丽景奇观。

周汝昌同时对浦安迪提出的"奇书文体"很感兴趣,他说:"浦教授寄来的论文,非常重要,本章文字即拟就此略作介述,并参以讨论。因为要讲《红楼》艺术,这实在是一个关键的环节,也是研究界的一项崭新的课题,在我们之前,是无人从这个角度做过讨论的。浦教授首先致憾于一点:中国的小说名著'四大奇书'(《三国》《水浒》《西游》《金瓶》)的体裁与文格,至今还没有一个特定的名称,——光是叫它'古典小说''章回小说'是太宽泛、太不足以标示其特点了。因此,他创立了一个新名词:'奇书文体',这是一个很新的文学概念,它似乎可以与'唐传奇''元杂剧'等成为'平起平坐'的具有极大特色的文体分类。它是否百分之百的完美而无语病?当然可以讨论,但我觉得这至少有一定的合理性与方便性。"❷ 周汝昌的肯定不仅因为"奇书文体"是一个很新的文学概念,主要在于这一概念至少有一定的合理性与方便性,周汝昌的评价无疑是中肯的。因为,浦安迪的这种学术态度一方面可以看作受中国古代"必也正名"信念的感召,一方面也是西方概念化思维习惯使然。周汝昌很赞同这一做法,他说:"他一向对此特定文体还没有一个必要的专称而抱憾。他曾在专著《明代四大传奇》中称之为'文人小说',用意是来区别于真正的'通俗小说'……我早就表示过,浦教授作为一位西方汉学小说专家,对中国文学有如此透辟中肯的论述,实为仅见,而他的论点,我是十分同意的。"❸ 浦安迪的"抱憾"可见《〈红楼梦〉与"奇书"文体》一文中的表述:"张氏这句话(笔者按:清末评点家张新之的一条总批,即'脱胎在《西游记》,借径在《金瓶梅》,摄神在《水浒传》'❹)是为了强调《红楼梦》作者之'脱、借、摄'四大奇书的基本精神,显然不是由于故事内容多有共同点,而必是因为它取法于一些前四部具

---

❶ 周汝昌:《红楼梦艺术的魅力》,作家出版社2006年版,第203-204页。
❷ 周汝昌:《红楼梦艺术的魅力》,作家出版社2006年版,第9页。
❸ 周汝昌:《红楼梦艺术的魅力》,作家出版社2006年版,第9页。
❹ 朱一玄:《红楼梦资料汇编》,南开大学出版社2001年版,第701页。

有的叙事美学特征……换句话说，我认为《红楼梦》从《水浒》《西游》和《金瓶》继承的美学模范可以归纳为一种特定的文体。不幸的是这一文体的定义在中国文学史上难以把握，甚至于缺少一个固定的名称。"❶

当然，周汝昌也曾对浦安迪作过直接批评。周汝昌说："他对'四大奇书'这样认为是符合实际的，但他因此对《红楼梦》也认为一如四大奇书，还是以'十'为节奏（他在论文中提到了"九回"的拙见，认为我的看法只是大同中之小异）。这也许是由于他没有充分注意考虑'十二'这个'《红楼》基数'的重要因素在四大奇书中是不存在的，因此他也没有设计解答雪芹原著的全回数到底是多少，第五十四回、五十五回之间的大分水岭问题的含义（$6 \times 9 = 54$，108 之半）等等问题的原故吧。"❷ 在周汝昌看来，《红楼梦》结构"是指在《石头记》中客观存在的一书法则，而不是任何先入为主、已然存在的某种理论模式来硬'套'所成……我一向不赞成对自己民族传统文化的一切特点还不懂得即生搬硬套外来的模式、主张等等。只应是先把自己的文化传统弄得略为清楚时，再来借助、借鉴人家的好的方法来一起说明问题……粗略说来，结构主义要点有五，注意：①整体性，②深层关系，③二元对立，④'共时'序与'历时'序的区分，⑤变化律 Law of transformation（重变化过程的一般规律而不究其因果先后）。到了结构主义叙事学中，要点条目更是繁复，但主要精神不离其宗。这样，我对《红楼》结构的分析，其结果与西方的结构观念概念是否相似？有何异同？能否结合而析论之？这自然可以由专家考虑，但与我本旨已有层次的分际了。一句话，本书的结构学，只可供结构主义叙事学学者的参考，而不是为了'牵合'。此刻来初步检验：'整体性'是首要的，首要我们特重'探佚学'（研求原著八十回后的大致概貌），否则这些艺术手法都将'消灭'（程、高伪续正是彻底消灭这个整体性的东西），我所强调的'大对称'结构法则的规律及变化（详见《红楼梦与中华文化》下编），与西方的要点似乎也不无相通之处。"❸ 周汝昌最反对以西方的结构观念"牵合"《红楼》结构，由于这种深层心理原因，他对浦安迪的做法同样抱有戒心，这一戒心体现了他对所有以西方的结构观念观照《红楼》结构的不信任，这种不信任当然包括浦安迪。周汝昌在

---

❶ 浦安迪：《浦安迪自选集》，生活·读书·新知三联书店2011年版，第221-222页。
❷ 周汝昌：《红楼梦艺术的魅力》，作家出版社2006年版，第208页。
❸ 周汝昌：《红楼梦艺术的魅力》，作家出版社2006年版，第209-210页。

浦安迪的红学研究：观照《红楼梦》原型寓意，另辟《红楼梦》评点蹊径

《红楼梦与中华文化》下编中提出了《红楼梦》整部书采用的是"大对称"之结构学的命题，其中"'盛衰'这个大对称，是最本质的'对称'；'真假'的大对称，是手法的对称"❶。在周汝昌看来，"大对称是雪芹原书中的章法规律，理解了它，又可以反过来推考八十回以后的情节轮廓，甚至大事件的发生和重要人物结局的关系和安排。由这里，才开始获得一个崭新的雪芹原书的整体哲学和美学观念，而这大约才是红学的诸多层次工作的一个高山仰止、景行行止的主峰"❷。周汝昌的直接批评显在原因主要是浦安迪在具体观点方面与周汝昌存在歧见，这一歧见表明：浦安迪虽然受启发于周汝昌，却并未亦步亦趋地鹦鹉学舌。浦安迪的研究路径自有与周汝昌不同处，如张惠所说："浦安迪的红学研究走的是双向借径并且熔铸新论的路子，一方面用西方原型批评来解释《红楼梦》的艺术，另一方面吸收清代评点家的理论与观点，同时试图融合中西两种相似理论指导自己的研究。"❸ 总而言之，周汝昌的研究路径抑或浦安迪的研究路径，都同时指向对于《红楼梦》内在题旨和艺术魅力的开掘上，路径的差异并不影响他们各自开掘过程中的相互欣赏和借鉴。

　　当然，对于这类比较视角或双向借径保持应有的理性和清醒同样是必需的。钱锺书在谈及"比较"时说："在某种意义上，一切事物都是可以引合而相与比较的；在另一意义上，每一事物都是个别而无可比较的。按照前者，希腊的马其顿（Macedon），可比英国的蒙墨斯（Monmouth），因为两地都有一条河流（Shakespeare, *Henry V*. IV. iii）。但是，按照后者，同一条河流里的每一个水波都自别于其他水波（La Boétie: "*Vers à Marguerite de Carle*"）。"❹ 钱锺书曾在《美国学者对于中国文学的研究简况》一文中谈及浦安迪：老辈的美国"汉学"家与年轻一辈的美国"汉学"家"研究的方法和态度也和过去不同；纯粹考据当然还有人从事，但主要是文艺批评——把西方文评里流行的方法应用在中国古典文学研究上。例如 Plaks 有名的《红楼梦》研究是用法国文评里'结构主义'（structuralism）（Levi - Strauss, R. Barthersdeng 等的理论和实践）来解释《红楼梦》的艺术。Owen 有名的韩愈研究是用俄

---

❶ 周汝昌：《红楼梦与中华文化》，华艺出版社1998年版，第182页。
❷ 周汝昌：《红楼梦与中华文化》，华艺出版社1998年版，第188-189页。
❸ 张惠：《红楼梦研究在美国》，中国社会科学出版社2013年版，第130页。
❹ 钱锺书：《写在人生边上，人生边上的边上，石语》，生活·读书·新知三联书店2002年版，第200页。

国文评里'形式主义'（formalism）（Victor Shklovsky 派的著作 60 年代开始译成法文和英文，也听说在苏联复活）来分析风格。这种努力不论成功或失败，都值得注意；它表示中国文学研究已不复是闭关自守的'汉学'，而是和美国对世界文学的普遍研究通了气，发生了联系，中国文学作品也不仅是专家的研究对象，而逐渐可以和荷马、但丁、莎士比亚、歌德、巴尔扎克、托尔斯泰等作品成为一般人的而文化修养了。一位德国学者（Manon Marien - Grisebach）曾把当代文学研究的方法分为六派：实证主义或考据派、思想史派、现象学派、存在主义派、形态学派、马克思主义或社会学派；两位意大利学者（Maria Corti，Cesare Segre）曾把它分为七派：社会学派、象征主义派、心理分析学派、风格学派、形式主义派、解构主义派、表意学派。看来这些流行的西方文评方法还没有完全应用在中国古典文学研究里，但也可能都已应用，只是我闻见有限，不知其详。"❶ 由以上评述可见，钱锺书对浦安迪的《红楼梦》研究视角和方法有所保留的同时有所理解。他肯定了这种研究能使中国文学研究和美国对世界文学的普遍研究发生了联系的可贵之处。尤其他的理解更值得一提，因为这种理解表达了钱锺书对美国研究者的应有尊重。钱锺书说："假如我们把艾略特的说话当真，那末中美文学之间有不同一般的亲切关系。艾略特差不多发给庞特一张专利证，说他'为我们的时代发明了中国诗歌'。中国文学一经'发明'之后，美国学者用他们特有的慧心和干劲，认真地、稳步地进行了'发现'中国文学的工作。我们这里的情况相仿佛。早期的中国翻译家和作家各出心裁，'发明'了欧美文学，多年来我们的专业学制辛勤地从事于'发现'欧美文学。看起来，'发现'比'发明'艰苦、繁重得多。我这种说法也许流露出中国人的鄙塞，还保持古老看法，认为'发明'和'发现'两者可以截然区分。索绪尔的那句话：'观点创造事物'，已在西方被广泛接受，在阅读和阐释作品时，凭主观直觉来创造已是文学研究者的职责；'发明'和'发现'也就无甚差异而只能算多余的区别了。"❷ 可以认为，浦安迪的《红楼梦》研究无论归之于"发现"或归之于"发明"，其"慧心"和"干劲"都值得给予应有的肯定。

---

❶ 钱锺书：《写在人生边上，人生边上的边上，石语》，生活·读书·新知三联书店 2002 年版，第 183－184 页。

❷ 钱锺书：《写在人生边上，人生边上的边上，石语》，生活·读书·新知三联书店 2002 年版，第 198－199 页。

浦安迪的红学研究：观照《红楼梦》原型寓意，另辟《红楼梦》评点蹊径

周策纵在《文史杂谈》中说："西洋 19 世纪以来的汉学兴趣范围更广一些。在研究方法上，西方汉学家常常是追根究底。乾嘉学者在书本文字上，在考订年代作者版本上做得非常周到、精致；而西方汉学家们力求深入，富于联想。……我是想说西洋汉学家的传统和作风是从一个很小的题目，穷根究底，其结论并不小。虽然会有些错误，像语言的隔膜和数据的不完备，但他们是尽量从各个角度把一个具体问题弄得很周到、很透彻。"❶ 由此反观浦安迪的红学研究，浦氏不仅善于从各个角度把一个具体问题弄得很周到、很透彻，而且选题的范围和格局并不算"很小"，甚至是"很大"。

反观浦安迪的红学研究同样留下遗憾，正如夏志清曾在一篇《〈红楼梦〉的原型与寓意》书评中所说："浦安迪教授的《红楼梦》资料详尽，论点也鞭辟入里，可惜他终于未能构建出一套可行的比较美学系统，对《红楼梦》的解读也没有考虑到寓言模式与写实模式之间的辩证冲突，难免让人生出'鞭不及腹'的兴叹"❷。为什么会生发这一"鞭不及腹"的感叹呢？夏志清如是说："现在风行的批评方法侧重诠释学，而不是价值的认证，因此批评的重心也从作品的内在价值转移到文学体裁、类型乃至整个文学系统中的例证意义。这一批评的趋向更加助长了西方文化偏狭论的趋势。浦安迪虽在西方文学批评和比较文学造诣不凡，但他也同样追随着这一趋势，对《红楼梦》的研究在本质上也还是更偏向传统。"❸ 夏志清对于浦安迪在研究方法上的批评同样值得认真考量，这将不仅有助于认识和评价浦安迪在《红楼梦》研究上的得失，同样有助于认识和评价海外红学研究上的得失。

结　　语

周汝昌曾在《海外红学三友——浦安迪、夏志清、唐德刚》一文中，记述了他 1986 年第二次游学美国去做 Luce Scholar（鲁斯学者）的经历，其中谈及浦安迪："忽有学友浦安迪教授函邀，要我到普林斯顿大学去讲《红》。

---

❶　周策纵：《文史杂谈》，世界图书出版公司北京公司 2014 年版，第 66 页。
❷　夏志清：《中国文学纵横谈》，上海人民出版社 2019 年版，第 177 页。
❸　夏志清：《中国文学纵横谈》，上海人民出版社 2019 年版，第 175 页。

这是美国数一数二、几乎压倒哈佛的名校,我却愿去看看。于是商量讲什么题目,浦先生喜欢听我讲《红楼》结构学,约定后于 3 月 31 日飞抵纽约,一位美国学生到站迎接,并开车直奔普城。"❶ 周汝昌为此把与"三友"的交谊题诗以铭记:"夏唐名士亦鸿儒,浦氏华文能著书。天下奇才何可记,为《红》不碍笔殊途。"❷ 显然,这次游学加深了周汝昌对浦安迪的好感,因为,浦安迪堪称周汝昌的海外知音,即他"喜欢听我讲《红楼》结构学"。"浦氏华文能著书"可参见浦安迪的以下陈述:(一)中文版《〈红楼梦〉的原型与寓意》"致中文读者":"我开始着力于阅读《红楼梦》,早在 20 世纪 60 年代,在台湾学习汉语期间。那时听台湾大学中文系课程的外国学生,凡是立志深入中国传统文化的同学,均视《红楼梦》为非登不可的珠峰,不顾语言能力、人生经验不足之处,而急于投身到这一险峻的挑战。"❸（二）《红楼梦批语偏全》"选编者自序":"我身为外邦人,以我粗陋的华语撰写《前言》等附加拙文,难免有笔法不雅、想法不正的地方,只能请各位爱红的中国朋友笑纳惠正。"❹ 浦安迪始终保持着"外邦人"的自省意识,这种自省意识应是葆有学术"清明意识"的西方学人所不可或缺的。所谓"笔法不雅、想法不正"的说法,既可以看作浦安迪的一种自谦自责,又可以看作浦安迪的一种自我期许。一则身为"外邦人"投身于《红楼梦》研究这一"险峻的挑战"的确不易;二则毕竟"笔法之雅""想法之正"已然成为追求的终极目标。其实,"笔法不雅、想法不正"者,又岂止"外邦人"所独有呢?可贵的是,始终保持着"外邦人"的自省意识至少可以或多或少地避免陷入荒谬可笑的境地。高友工曾这样评价黑格尔:"黑格尔虽不懂中国艺术,但不免为他的结论是可以'施之四海而皆准',也要涉足于东方艺术,其结论往往荒谬可笑。"❺ 当然,这种"荒谬可笑"岂止仅见于"外邦人"呢?"邦内人"的荒谬可笑往往登峰造极矣。

胡适曾说:"西人之治汉学者,名 Sinologists or Sinologues. 其用功甚苦,而成效殊微。然其人多不为吾国古代成见陋说所拘束,故其所著书往往有启发吾人思想之处,不可一笔抹煞也。今日吾国人能以中文著书立说尚不多见,

---

❶ 周汝昌:《天地人我》,江苏文艺出版社 2011 年版,第 387 页。
❷ 周汝昌:《天地人我》,江苏文艺出版社 2011 年版,第 392 页。
❸ 浦安迪:《〈红楼梦〉的原型与寓意》,生活·读书·新知三联书店 2018 年版,第 1 页。
❹ 浦安迪:《红楼梦批语偏全》,北京大学出版社 2003 年版,第 1 页。
❺ 高友工:《美典:中国文学研究论集》,生活·读书·新知三联书店 2008 年版,第 306 页。

浦安迪的红学研究：观照《红楼梦》原型寓意，另辟《红楼梦》评点蹊径

即有之，亦无余力及于国外。然此学（Sinology）终须吾国人为之，以其事半功倍，非如西方汉学家之有种种艰阻不易催陷，不易入手也。"在胡适看来，西方汉学家之研究汉学，往往具有"易于出新"和"启发吾人思想"之长处。西方汉学家这方面的长处周策纵也曾作过分析："西方学者即使华文讲得很好，汉字看得很多，因到底不是母语，很难像中国人那样花那么多时间来看这么多的数据，看得那么广，这一点固然是他们的缺陷，但也不尽然如此。即使有很多人如此，这却也成就了他们的好处。他们如果研究一个问题很小，那部分资料尽量收到以后，就可以进行分析。他们的分析能力、逻辑训练往往比较好。再有，他们从旁观的角度看问题，有时候中国人不识庐山真面目，倒是西方学者会有一些新的想法。像高罗佩研究猿那样，题目看起来很小，资料也还不够完备，但他研究的角度、态度和方法都很新，既能看出他所具备的西方学术传统的训练，也能看出他自然科学方面的训练。我觉得在做学问上，有两个基本的问题。一个是材料的充分掌握，还有一个是材料的充分理解。"[1] 以上所说的这些长处在浦安迪的《红楼梦》研究成果中鲜明可见，其实，最难得之处还在于浦安迪对于红学的真诚和执着。

周汝昌在《红楼梦批语偏全》序言中说："而今世界上的汉学家有多少位，各有何等贡献？只因耳目之限，我已无多了解；惟在'汉学红学家'这一范围中我却得知获交于浦先生。在我心目中，他是一位罕逢的博通中华文化的学者，尤其他能以汉语文撰写高层次的学术论著，窃以为这是一个奇迹。说句不怕有人见怪的话，浦先生的中文水平风格是有些中国教授学者所'甘拜下风'的。对此，我怀有钦重的心意。这是但就语文能力和造诣而言。至于说到《红楼梦》，那就使我更加惊奇不已了。浦先生谦虚地自称为'外邦人'只这三个字的组词，就看出他对汉字华文的精通——因为，这'外邦人'比'外国人'一词的立足点、口吻意趣，都不相同了，带上了耐人寻味的文化因子，融化于词字之间。我非常欣赏他的选字铸词的脱俗而入雅。这位外邦人，以无比勤奋忘倦的精神，却对《红楼梦》特加青睐，选中了它，并且几乎是以'平生'的心力来投注到对它的研究中，锲而不舍，与时俱进。记得1987年他来华，有记者采访他说：《红楼梦》是他学习、研究、讲授中华文化的一个'窗口'，一条'主脉'。这话让我十分感动而深思难

---

[1] 周策纵：《文史杂谈》，世界图书出版公司北京公司2014年版，第67页。

忘。"❶ 周汝昌这番赞许可为一往情深，他的溢美之词无疑可以看作是对"外邦人"潜心于中华文化的一种尊重。这种"邦内人"的尊重对于"外邦人"树立研读中华文化尤其中华学术的信心大有益处，试以杨联陞《书评经验谈》一文所举为例："在英国伦敦见西门华德（Walter Simon）、卫理（Waley），都是前辈。已退休的艺术史教授叶慈（Yetts）陪我到老人休养院去看剑桥退休的 Moule 教授。出乎意外，Moule 突然问我：'你想我们西洋人真能读懂中文吗？'我说：'焉有不能之理，只有深浅之别而已。'"❷

姜其煌《欧美红学》一书自序说："广泛地考察了欧美红学之后，我得出的一个最令我们中国人伤心的结论是，《红楼梦》在欧美文化界遇到了很不公正的待遇。直到今天（笔者按：作者自序撰于 2004 年 6 月），在欧美知识分子中，除少数汉学家之外，知道《红楼梦》的没有几人。相比之下，《战争与和平》《巴黎圣母院》《悲惨世界》这样的作品，不仅欧美家喻户晓，对中国人也不陌生，谁不知道它们，就会被看作没有文化。20 世纪 80 年代，一位在华工作的欧美专家，看了杨宪益翻译的英文本《红楼梦》后惊叹道：'没有想到，中国竟有如此精彩的古典小说！'真可为《红楼梦》一哭。"❸ 姜其煌的感慨表明了这样一个事实：中西文化包括文学接受方面存在严重的不对称或不对等的状态。姜其煌愿意"为《红楼梦》一哭"，并非一时的冲动，这是他的愤懑；姜其煌感慨："《红楼梦》还真是福气不小啊！"又可见其对欧美红学的赞赏，这是他的喜悦。姜其煌同时认为："欧美学者对《红楼梦》由不知到知，由知之甚少到知之较多，由知之较多到有了一定理解这一个漫长的历史过程。"❹ 在这样一个漫长的历史过程中，如果《红楼梦》研究有朝一日如"莎学"般地成为世界性显学，像浦安迪这样的"外邦人"将会更加令人敬重。值得一提的是，"20 世纪 70 年代中，浦安迪不仅自己出版了红学著作《〈红楼梦〉中的原型与寓意》，他所带的学生中，也多有选《红楼梦》作为博士论文选题，或者日后出版的学术著作中涉及《红楼梦》，隐然形成了一个'普林斯顿学派'。他的博士目前分布在美国各大顶尖高校的东亚系，大部分已经成为教授并开始培养学生，这种衣钵传承必将推

---

❶ 浦安迪：《红楼梦批语偏全》，北京大学出版社 2003 年版，序言第 1 页。
❷ 胡适：《胡适留学日记》（下），安徽教育出版社 2006 年版，第 198 页。
❸ 高友工：《美典：中国文学研究论集》，生活·读书·新知三联书店 2008 年版，第 306 页。
❹ 高友工：《美典：中国文学研究论集》，生活·读书·新知三联书店 2008 年版，第 17 页。

动美国红学的发展并影响美国红学的格局。"❶

徐复观认为："近三百年来，中国人对于自己文化的精神面貌，真正能了解的不多。西方人士治汉学的，更没有一个人曾接触到中国文化的核心问题。但从 20 世纪以来，在西方思想家的反省中，常常流渗出一种为他们自己所不了解，而实际却是向着中国文化这一条路的迫切的祈向。把文化的中国'原型'，向世界人类贡献出来，这不仅是出于中国人的自敬心，同时也是出自世界文化的真切需要，并且在今日风气之下，只有先在世界文化确定了中国文化的地位，才能恢复中国人的信心，因而可以真正开始中西文化大融合的努力，以产生一新的文化。"❷ 由此而言，浦安迪的"外邦人"文化作为，无疑对于"恢复中国人的信心"以及"产生一新的文化"具有"邦内人"无法替代的作用。李欧梵如是说："美国学者对于中国文化的研究已经相当可观，我们再不能坐井观天了。"❸

值得一提的是，夏薇翻译的《〈红楼梦〉的原型与寓意》中文版由生活·读书·新知三联书店于 2018 年 10 月出版，这无疑有助于浦安迪红学研究成果的广泛传播和深入研究。夏薇又在《〈红楼梦〉的原型与寓意》"译后记"中认为："这本著作从多个层面对《红楼梦》的艺术特性进行了细致入微的考察和研究，其研究思路、手段和方法是前所未有的。浦安迪先生开创性地将蕴含于中国古代神话、中国古代庭院建筑、西方中世纪诗歌中的一般规律运用到《红楼梦》文本考察中，使《红楼梦》叙事、人物、情节、主题等多方面的研究视野得到更深一步的拓展。尤其可贵的是，他把现存《红楼梦》文本看成是一部完整的文学作品，在研究过程中，不仅未将其一分为二，甚至还有意强调后四十回的结局部分，将其与西方中世纪诗歌的结局相比较，认为这种结局符合小说情节发展规律，是'以终结为导向'的叙事理论的又一很好例证。浦安迪的这种研究方法为探讨像《红楼梦》这样百科全书式文学作品提供了全新的模式和理念，值得我们在今后的工作中学习和借鉴。"❹ 夏薇作为《红楼梦的原型与寓意》英文版的译者，她对这部颇具影响的红学著作的评价自有其可观之处，当然，也难免"爱屋及乌"之嫌，即将

---

❶ 张惠：《美国红学研究述评》，载《红楼梦学刊》2010 第 1 辑。
❷ 徐复观：《无惭尺布裹头归·交往集》，九州出版社 2014 年版，第 79 页。
❸ 李欧梵：《西潮的彼岸》，人民文学出版社 2010 年版，第 107 页。
❹ 浦安迪：《〈红楼梦〉的原型与寓意》，生活·读书·新知三联书店 2018 年版，第 332 页。

"诠释的启发"与"诠释的正误"视为一回事。至于她所谓浦安迪的"尤其可贵"是否中肯之评应该不难理解,譬如宋淇早在《未识其小,焉能说大?——为〈红楼梦识小〉答唐德刚先生》一文中说:"唐先生和严肃《红楼梦》学者的基本差异,显然是在对版本处理的态度上。自从胡适考证后四十回是高鹗所续写之后,一般读者对后四十回都存有戒心。近年来,学者们对究竟谁是后四十回的作者虽没有定论,但大都认为程高本后四十回不属于《红楼梦》本身,只能算是续书,外加程高本倒过头窜改前八十回,所以大家避之则吉。唐先生则认为研究《红楼梦》只要用通行的一百二十回程高本就可以了。其实时至今日,珍本秘籍的手抄本已大量影印流传,严肃的《红楼梦》研究者大多数读到八十回为止,而且只读手抄本和脂评辑校。1958年俞平伯编印了八十回校本,用有正作底本,共四册,前两册为正文,第三册为校字记,第四册则将后四十回作为附录,就是最好的说明。关于这一点,读者不妨细读余英时、赵冈、张爱玲、俞平伯、周汝昌、吴世昌等红学家的著作,看看他们还用不用一百二十回程高本来研究《红楼梦》。"[1] 宋淇以上所说无疑是《红楼梦》研究的一个事实,其实,自王国维《红楼梦评论》以来一直都有不用一百二十回程高本来研究《红楼梦》的另一种事实。尽管宋淇的立场十分鲜明:"我的文章至少澄清了一个基本问题:不应该采取一百二十回程高本作研究《红楼梦》的依据,因为它歪曲了曹雪芹原来的构想和意旨。"[2] 不过,宋淇的立场至今都没有可能影响绝大多数的《红楼梦》研究者。当然,把现存《红楼梦》文本看成是一部完整的文学作品加以研究的做法同样谈不上"尤其可贵"。

纵观浦安迪的红学志业,可谓:槛外观梅长借镜,若谭雅正最难说。西东叙事融通罢,解味石头自不颇。

附录:浦安迪学术简历

浦安迪(1945—),美国籍犹太人,1973年获普林斯顿大学博士学位,

---

[1] 宋淇:《红楼梦识要》,中国书店2000年版,第366页。
[2] 宋淇:《红楼梦识要》,中国书店2000年版,第369页。

任普林斯顿大学教授,兼任以色列希伯来大学教授。通晓十几种语言,研究领域颇为广泛,擅长于中国古典文学、中国思想史、中西文化比较和叙事学研究。顾钧在《美国汉学纵横谈》中称:"在陈大端之后,又有几位高手被引进普大。1961年高友工的加盟填补了中国文学研究方面的空白。名师出高徒,日后以研究明清小说特别是'奇书文体'著名的浦安迪(Andrew H. Plaks)就出自高门。浦氏于1973年博士毕业后就留在了老师身边。"❶

其红学著作有《〈红楼梦〉的原型与寓意》《红楼梦批语偏全》等。红学论文《〈西游记〉与〈红楼梦〉中的寓意》《〈红楼梦〉与奇书文体》《〈红楼梦〉评点学的分类解释》等颇受学界关注。

熊文华著《美国汉学史》称述浦安迪:他尝试用结构主义理论研究《红楼梦》,引起了学术界的关注。20世纪80年代浦安迪应邀来中国社会科学院文学研究所做访问学者,1989年应邀担任北京大学比较文学与比较文化研究所客座教授,为研究生和青年教师开设了"中国古代文学与叙事文学理论课程"。他的学术演讲《中国叙事学》经过修订后于1994年由北京大学出版社出版。❷

---

❶ 顾钧:《美国汉学纵横谈》,华东师范大学出版社2016年版,第105页。
❷ 熊文华:《美国汉学史》,学苑出版社2015年版,第372-373页。

伊藤漱平的红学研究：

从来考辨见功力，研红何惧费精神

引　言

伊藤漱平在冯其庸、李希凡主编的《红楼梦大辞典》（1990版）中被称作"知名红学家"。该大辞典"红学人物"同时收录了大高岩、立间祥介、志村良治、饭冢郎、武部利男、松枝茂夫、绪方一男等日本汉学家，他们或是"《红楼梦》翻译者"，或是"《红楼梦》研究者"。伊藤漱平之所以"知名"，既取决于他在《红楼梦》研究方面的成果，同时取决于他在《红楼梦》翻译上的业绩。《国际汉学研究通讯》第一期《伊藤漱平教授论著目录》中收录了自1954年至2005年发表的五十余篇有关《红楼梦》研究的论文札记，以及红学著作集三卷：《伊藤漱平著作集 红楼梦编（上）》（汲古书院2005年版）、《伊藤漱平著作集 红楼梦编（中）》（汲古书院2008年版）、《伊藤漱平著作集 红楼梦编（下）》（汲古书院2008年版）。❶ 同时收录了平凡社出版的日文翻译本，即1958—1960年版的《红楼梦》（上）、《红楼梦》（中）、《红楼梦》（下），1969—1970年版的《红楼梦（上）》《红楼梦（中）》《红楼梦》（下），以及1996—1997年版的《红楼梦》（全12卷）译本。

伊藤漱平六十岁荣退东京大学时，创作了一首《华甲有感》诗，曾收录哈尔滨国际《红楼梦》研讨会论文选，论文选编者改诗题为《题〈红楼

---

❶ 《国际汉学研究通讯》编辑委员会：《国际汉学研究通讯》（第一期），中华书局2010年版，第243页。

梦〉》:"求红索绿费精神,梦幻恍迎华甲春。未解曹公虚实意,有基楼阁假欤真?"❶ 胡文彬曾在《〈红楼梦〉在海外》一书中如此评点:"诗中嵌入'红楼梦'三字,可见先生对曹雪芹所怀有的深厚情感!这首诗既表达了伊藤先生四十年间的'治红'感慨,也表达了现当代日本红学研究者的共同心声!"❷

日本东京大学大木康在《悼念伊藤漱平老师》一文中说:"1945年,先生进入东京帝国大学文学部就读,正式开始钻研中国学。当时研究室的主任为仓石武四郎教授,仓石先生是以论文《段懋堂的音学》取得博士学位的汉学专家。伊藤先生从学于仓石教授,学得一番甚为严密的读书法。日后,伊藤先生也以字字斟酌,句句考虑的谨严为学态度来指导学生。此种治学态度与方法也是先生从仓石教授身上继承而来的学统。先生研治'红学'的方法,与借由校勘各种版本而来治学的清朝考据之间,有其密切之关联。此外,先生还曾受教于翻译《红楼梦》的松枝茂夫副教授,也曾受到师事鲁迅先生并译有《中国小说史略》的增田涉讲师的指导。相较于具有学者风范的仓石先生,此两位先生则富有文学家的风采。伊藤先生因而学到了身为学者应有的严慎为学态度,同时还具有文学家柔软感性的感受力。特别是伊藤先生别具一格、高雅而深富意涵的文风,可说是一直以来,深受松枝、增田涉两先生整日耳濡目染、不断熏陶的结果。值得一提的是,尔后,伊藤先生又修习了以版本目录学家闻名于世的长泽规矩也讲师的课。当时先生跟从长泽规矩也所学得的书志学知识,日后有效地运用于《红楼梦》和李渔小说等方面的研究上。诚如上述,若论伊藤先生之师承关系,则仓石、松枝、增田、长泽等四位教授,堪称先生一路走来,学术生命中的重要恩师。"❸ 以上陈述清晰地交代了伊藤漱平的学术成长背景,这一背景也是伊藤漱平所以赢得日本"知名红学家"美誉的学术基础。

黄华珍在《日本红学泰斗伊藤漱平》一文中说:"伊藤先生对红学研究的贡献,除翻译出版了日文版《红楼梦》之外,还可简略归纳如下:一、参与了对《红楼梦》的作者、成书和变迁等重大问题的讨论,并提出了可能有

---

❶ 张锦池,邹进先编:《中外学者论红楼:哈尔滨国际红楼梦研讨会论文选》,北方文艺出版社1989年版,第4页。

❷ 胡文彬:《红楼梦在海外》,中华书局1993年版,第22页。

❸ 《国际汉学研究通讯》编辑委员会:《国际汉学研究通讯》(第一期),中华书局2010年版,第234页。

七十回本的假设。二、考证了《红楼梦》传入日本的历史及其影响。先生依据可靠的史料确认，早在宽政六年（乾隆五十八年，1793年））11月23日一艘山乍浦港启航的南京船载了九部十八套《红楼梦》，12月9日运抵长崎港。三、培育了一批红学研究人才。日本的红学研究人员不算多，但细细数来，他们大都和伊藤先生有直接或间接的关系。"❶ 由以上陈述可见，伊藤漱平在日本红学史上的学术地位应主要取决于以下两方面：一则翻译出版了日文版《红楼梦》，这一译本多次重印，影响颇为广泛；二则直接或间接地培养和影响了日本的红学研究者，这对于扩大日本红学的国际影响意义颇大。

一、《红楼梦》研究的范围和志趣

冯其庸、李希凡主编《红楼梦大辞典》收录了伊藤漱平的几篇代表论著：《程伟元刊〈新镌全部绣像红楼梦〉小考》《试论曹霑与高鹗》《关于脂砚斋和脂砚斋评本的札记》《红楼梦研究日本语文文献资料目录》《红楼梦在日本的流传》。胡文彬则在《〈红楼梦〉在海外》一书中胪列了如下几篇文章：《程伟元刊〈新镌全部绣像红楼梦〉小考》（收入《鸟居久靖先生华甲纪念集》）、《关于晚年曹霑的"佚著"——漫议〈废艺斋集稿〉的真与假》（收入《加贺博士退官纪念·中国文史哲学论集》）、《关于〈红楼梦〉的甄（真）贾（假）问题》（载《中国文学会报》）、《〈红楼梦〉在日本的流传——江户幕府末年至现代》（载《红楼梦研究集刊》第十四辑）、《有关〈红楼梦〉的题名问题》（收入胡文彬编著《红学世界》）。如果从《大辞典》所收录的代表作和《〈红楼梦〉在海外》所收录的文章来看，伊藤漱平的《红楼梦》研究范围和志趣大体可辨。

又据胡文彬记述："1980年6月，伊藤教授参加了在美国威斯康辛大学举行的国际《红楼梦》研讨会，作了《漫谈日本〈红楼梦〉研究小史》的报告；1986年6月，他参加了在中国哈尔滨市举行的国际《红楼梦》研讨会，发表了《关于七十回本〈红楼梦〉的假设》的演说，受到了与会者的高

---

❶ 黄华珍：《日本红学泰斗伊藤漱平》，载《满族文学》2010年第5期。

度评价。"❶ 这一"高度评价"应如何理解呢？且看伊藤漱平在《〈红楼梦〉成书史臆说——关于七十回稿本存在的可能性》一文中如何说："本文所要讨论的问题，对笔者来说实在是思考了很久的难题……'思考很久'是一种好听的说法，总之是因为考虑不成熟。即便如此，在哈尔滨研讨会（workshop）上受到了内外红学家的批评（多是好意）与激励，于是想撰写一文向世人请教。"❷ 由此可见伊藤漱平的学术用心以及执着精神，如胡文彬所说："自从50年代以来，伊藤教授对《红楼梦》进行了不懈的研究，许多论文在国内外都很有影响。"❸

伊藤漱平的"知名"之誉同样离不开1980年、1981年、1985年先后三次访问中国的影响，他应中国艺术研究院红楼梦研究所、北京大学、南京大学、复旦大学等学术研究单位和高等学校邀请进行学术交流。由于"他学识渊博，待人平和，给中国红学界留下了深刻的印象"。❹ 当然，伊藤漱平对于"知名"之誉也有自己的说法："冠于'国际'二字的《红楼梦》讨论会和会议，就我所知至今为止已经召开过三次，荣幸的是我每次都有机会参加。假如把这次1997年8月上旬以北京饭店为会场召开的'国际红楼梦学术研讨会'，也看作是与上述几次会议相同的话，便是第四次了。首先，第一次会议是于1980年6月在美国威斯康辛大学举行的，这是由该大学的周策纵教授主办的。当我在会议的前一年年底接到邀请的时候，由于恩师松枝茂夫教授说他不能参加，因而我心想自己应该去，哪怕从日本去的就我一个人也好……在日本，除我之外也不是没有其他红学研究人员，却选中了我。这个原因恐怕是和我附松枝教授之骥尾出版了《红楼梦》全译本，以及和已故吴世昌教授围绕着其'小序说'的论战，特别是和当时的威斯康辛大学赵冈教授围绕着程伟元本插图的不同版本的论争有关吧。"❺ 刘梦溪在其红学史著作《红楼梦与百年中国》中将百年红学颇具影响的论争归纳列举了十七次，伊藤漱平与吴世昌辩论"棠村序文"乃其中之一，被列为"第八次论争"。吴

---

❶ 胡文彬：《红楼梦在海外》，中华书局1993年版，第21页。
❷ 刘柏林，胡令远编：《中日学者中国学论文集——中岛敏夫教授汉学研究五十年志念文集》，上海复旦大学出版社版2006年版，第624－625页。
❸ 胡文彬：《红楼梦在海外》，中华书局1993年版，第18页。
❹ 胡文彬：《红楼梦在海外》，中华书局1993年版，第21页。
❺ 伊藤漱平：《二十一世纪红学展望——一个外国学者论述《红楼梦》的翻译问题》，载《红楼梦学刊》1997年增刊。

世昌坚称那些通常被看作回前总评的文字是脂砚斋保存下来的"棠村序文",这一解释不仅支持者寥寥,且遭到伊藤漱平的质疑。伊藤漱平采取逐回考察总评的方法,认定每回正文前的那些附加文字是脂砚斋所写的回总评,不赞成"棠村序文"说。"两位不同国度的红学家辩难析疑,争论得不可开交,中外学术界都为之瞩目。"❶ 应当说,这次论争过程中的失态者乃吴世昌,他不仅动了"正谊的火气",而且粗声粗气指斥伊藤漱平的说法是"最无理的论点",伊藤漱平是与自己"过不去"。且看吴世昌如何陈说:"最近看到《东京支那学报》一九六二年第八号伊藤漱平助教授一篇《论"红楼梦"首回冒头作者》之文,他认为那些回前短文都是脂砚斋的'总评'。这本来是以前中国'红学家'的旧说(例如胡适在其有关各文中即屡次这样说),并非伊藤氏的创见。伊藤此文似专为胡适辩护而驳斥拙著者,故即以《红楼梦探源》的英文本为攻击对象。但奇怪的是:他一方面并没有承认此为胡适旧说,另一方面他所用以攻击我的方法是完全不讲理乃至不诚实的。甚至于我在拙著中说得明明白白的话,他竟装作没有看见;我没有说过的话他硬说是我说的,以便造成攻击我的借口……这种行为,在国际学术界是罕有的骇人听闻之事,实已超出学术讨论的范围,而成为出版界的一个法律问题。"❷ 吴世昌毫不客气地说:"在伊藤氏的全文中,表面上似乎很正当,而其实最无理的论点,要算他所采用的以逐回考察'总评'的方法,来驳我的说法。伊藤氏举这些例子,其主要目的在于给读者这样一种印象:'吴世昌氏'把这些'庚辰'本的眉批(或'总评')都当作棠村序文,全是错的,现在由他来一一纠正……我必须坦白地指出,伊藤氏这种深文周纳、颠倒是非的手法,用在学术讨论上是很不应该的。"❸ 吴世昌忍不住地痛陈:"尤其严重的是:他竟凭空造出我所没有说过的话,作为攻击我的借口……于是他大放厥词。"❹ 由以上陈说可见,吴世昌咄咄逼人的声势显然有失学者风范了,不过,他的失态却衬托出伊藤漱平的严谨、审慎、儒雅。

孙玉明所著《日本红学史》第四章第三节《伊藤漱平在该时段的〈红楼梦〉研究》集中评论了伊藤漱平的《红楼梦》研究。他认为:"在日本汉学

---

❶ 刘梦溪:《红楼梦与百年中国》,河北教育出版社1999年版,第354-355页。
❷ 吴世昌:《红楼梦探源外编》,上海古籍出版社1980年版,第201-202页。
❸ 吴世昌:《红楼梦探源外编》,上海古籍出版社1980年版,第205页。
❹ 吴世昌:《红楼梦探源外编》,上海古籍出版社1980年版,第208页。

界，截至目前为止，在红学领域投入精力最多成果也最大的一个人，便是'红楼梦主'伊藤漱平。他自 1954 年 10 月发表第一篇红学论文《曹霑与高鹗试论》之后，五十年来几乎从未间断过对《红楼梦》的研究和翻译工作。据笔者统计，伊藤漱平迄今已发表红学文章近五十篇，范围所及，几乎涉及到有关红学的方方面面，但就总体成绩来看，他所最为关注的，则主要是曹雪芹的家世生平、脂砚斋评语、《红楼梦》的版本源流及成书过程、后四十回续书等方面。这些论文，不仅仅在数量上超过了其他日本的红学家，即在质量上也大都具有较高的学术水平。"❶ 可见，伊藤漱平的"知名"之誉并非某种客套的虚誉，他在《红楼梦》的研究和翻译工作方面的用心之勤有目共睹。

　　日本东京大学名誉教授田仲一成如此评述伊藤漱平的红学志业："先生之为学，与其为人分不开，一言以蔽之，'周到细心'，正与《红楼梦》风格相称。先生酷爱《红楼梦》，深研《红楼梦》，以探讨《红楼梦》为毕生之事业，当是从内心到为人的全心投入。近年来，日本学界年轻研究者的成果中，不乏离开考证工作、从新的观点考察《红楼梦》的作品。但伊藤先生的考证学研究，作为《红楼梦》研究无法绕行的基石与丰碑，其研究价值将历久弥新。"❷ 谈起"周到细心"，又可从袁行霈的回忆中得到更感性的认识："我和伊藤先生的诗歌唱和，是难忘的经历。伊藤先生不是那种感情外露热情洋溢的人，相反地有点拘谨，但他的心肠是很热的，他的心里充满了诗意……只要我有诗相赠，他必有诗回赠。他说自己的诗带有'和臭'，意谓带有日本诗歌的气味，但在我看来却是颇有造诣的汉诗。我开玩笑地说：'您的诗这么好，是因为有一位名师，曹雪芹。'他笑了。的确，他深入地研究并翻译了《红楼梦》，自号'泥卿'，意取贾宝玉所谓男人是泥做的。他除了翻译《红楼梦》，还翻译过《娇红记》，所以斋名'两红轩'……在访问的过程中我深感伊藤漱平先生很受学术界尊重，他的朋友遍及日本，跟着他可以四通八达，处处受到款待。这不仅跟他的学术地位有关，也跟他的谦逊诚恳、乐于助人有关。他很自尊，这是一种学术上的自尊，有时显得有点严

---

❶ 孙玉明：《日本红学史稿》，北京图书馆出版社 2006 年版，第 177 页。
❷ 《国际汉学研究通讯》编辑委员会：《国际汉学研究通讯》（第一期），中华书局 2010 年版，第 223 页。

肃；但又总是彬彬有礼，尊重别人，体谅别人。"❶ 袁行霈的回忆如此深情，不免令人想起钱锺书关于人与文的评论来。钱锺书说："然不论'文'之为操行抑为著作，无不与'德'契合贯穿；'大人'、'小人'，具见何德，毕露于文，发为何文，即征其德，'文''德'虽区别而相表里者也。"❷ 钱锺书进一步说："一切义理，考据，发为'文'章，莫不判有'德'无'德'。"❸ 由此观之，伊藤漱平于红学研究和传播过程中的人与文之间已经相当程度地达到了这种"合一"境界。笔者曾在《现代学案述要》一文中说："学案应考察所立案者至少两个方面的'兼美'：一、考据、义理、辞章之兼美；二、人与书之兼美或合一。这既是现代学案所应确立的一种学术史理想，又是评价学案人物的一种标杆或学术境界。"❹ 这一现代学案的学术史理想显然过于严苛，也就是说，如果按照这一学术史理想来评价伊藤漱平，可以认为，尽管伊藤漱平在两个"兼美"方面并非尽善尽美，他已然能够在百年红学史上投射独具一格的学术面影。尤其作为一位颇具影响的海外红学家，他对《红楼梦》的海外传播以及红学研究的贡献，值得给予表彰。

伊藤漱平以"周到细心"的学风为学界所称道，且看他在研讨"七十回本《红楼梦》假说"以及考辨"《红楼梦》在日本的流传"方面的实际表现吧！伊藤漱平在1986年哈尔滨国际《红楼梦》研讨会上提出七十回本《红楼梦》假说：曹雪芹由《风月宝鉴》初稿到《石头记》百回（？）本，可能是在乾隆十九年甲戌以前数年间写成的。《石头记》成为定本前，曹雪芹曾听取脂砚斋的意见，效仿金圣叹腰斩《水浒传》，把作品改写为七十回本《红楼梦》。由于曹雪芹和脂砚斋都对这个本子的故事结局不满意，于是，脂砚斋于甲戌年恢复了原书名《石头记》，并着手写作加续后三十回的"定本"。但是，由于曹雪芹和脂砚斋相继逝去，原定写成一百〇八回乃至一百二十回的"定本"竟以八十回而告终。"以上是我的'大胆'的假说。"❺ 应当说，伊藤漱平的七十回本《红楼梦》假说是紧跟中国学者的学术热点的，

---

❶ 《国际汉学研究通讯》编辑委员会：《国际汉学研究通讯》（第一期），中华书局2010年版，第212－214页。
❷ 钱锺书：《管锥编》，中华书局1986年版，第1504页。
❸ 钱锺书：《管锥编》，中华书局1986年版，第1506页。
❹ 高淮生：《现代学案述要》，载《中国矿业大学学报》2016第3期。
❺ 张锦池、邹进先编：《中外学者论红楼：哈尔滨国际红楼梦研讨会论文选》，北方文艺出版社1989年版，第523页。

即20世纪70年代末期至80年代,成书问题的讨论成为热点,"二书合并"说以及"一稿多改"说成为两大主要意见,尽管"一稿多改"说占据了主流地位。中国国内《红楼梦》成书问题的争议因戴不凡的系列论文引起,戴不凡倾向于"二书合并"说,"他对于成书研究的主要贡献在于发现问题,而不在于解决问题"。❶ 伊藤漱平的假说试图解决颇具争议的红学问题,当然这就需要另辟蹊径,拓展新思路,因为,《红楼梦》成书的假说已经各呈定见。遗憾的是,伊藤漱平的七十回本《红楼梦》假说在中国学者那里呼应者寥寥,尽管在日本学者中受到一定程度的关注。根本原因便在于"假说"尚有待于加强充分论证。沈治钧在谈及《红楼梦》成书研究时认为:"不管是'一稿多改'说还是'二书合并'说,其各自内部的分歧总体上看都没缩小或减少,反而还有扩大与增加的趋势,都有待于加强论证;而'二书合并'说的一时风行,更说明'一稿多改'说也亟待充实完善。双方的共同欠缺是,宏观的阐述与表态多,但客观、系统、详实、深入的微观论证还嫌不足,有些文章还有牵强附会的毛病。"❷ 伊藤漱平在提出"假说"时是"思考很久"了的,为了弥补"考虑不成熟"的缺憾,他继续深入谨慎地思考,并以《〈红楼梦〉成书史臆说——关于七十回稿本存在的可能性》一文做了更加充实的论证:"笔者提出的'第一次假说'到'第二次假说'最大的变化,在于乾隆十九年甲戌岁以前完成的《金陵十二钗》稿实际上就是七十回《红楼梦》稿。姑且假定完成此七十回本如首回缘起所记费了约十年时间,甲戌岁以后,从以一百回乃至一百二十回全书完成为目标再次使用《石头记》原名,到推定为雪芹去世之年的甲申春季前后,大约十二年。因此雪芹对于这部结果并未完成的作品的执着和写作活动,持续时间达二十年以上。如果棠村就是脂砚这一看法是对的,脂砚也作为评者可以说几乎参与了始终。在这一过程中假定曾有七十回本,那么毕竟长期以来对未完成的《红楼梦》所持的疑问,即费了这样长的时间为何没有完成的疑问就算有了一个大致的解决,往年胡适提出'大胆假设',同时也指出必须有'小心求证'。拙文在论证上究竟有多少说服力,这一点自不待言,只有等待读者的判断。"❸ 可以说,伊

---

❶ 沈治钧:《红楼梦成书研究》,北京中国书店,2004年版,第18页。
❷ 沈治钧:《红楼梦成书研究》,北京中国书店,2004年版,第29页。
❸ 刘柏林,胡令远编:《中日学者中国学论文集——中岛敏夫教授汉学研究五十年志念文集》,复旦大学出版社2006年版,第642页。

藤漱平不仅对自己的"大胆假设"有信心，即依据两件事的启发：一则富察明义所目睹的题为《红楼梦》的写本的来历；二则金圣叹的《水浒传》《西厢记》为范例，以"惊梦"为终结的做法。同时，他对"假说"的"小心求证"同样葆有信心，即他的论证是"周到细心"且"思考很久"的。无独有偶，1986年哈尔滨国际《红楼梦》研讨会上，梅节也提交了一篇《〈红楼梦〉成书过程》的论文，他提出了《红楼梦》成书过程"三阶段"说法即上三十回、中五十回、后三十回。❶ 笔者以为，梅节这篇文章的学理性要比《七十回本〈红楼梦〉的假说》更充分，这一提法的反响相对更大些。那么，出现这种影响差异的问题究竟在哪儿呢？显然，并不是伊藤漱平不善于"大胆假设，小心求证"，主要在于作为"外邦人"的伊藤漱平对于已有旧文献材料包括《红楼梦》文本的理解力和论证方法上的局限，再加上"上穷碧落下黄泉"地掌握文献材料上的局限。（笔者按："外邦人"一词出现于浦安迪著《红楼梦批语偏全》"选编者自序"中："我身为外邦人，以我粗陋的华语撰写《前言》等附加拙文，难免有笔法不雅、想法不正的地方，只能请各位爱红的中国朋友笑纳惠正。"❷ 笔者以为，浦安迪自许"外邦人"时具有一种明显的自省意识，这种意识又可视为学术上的"清明意识"。这里需要说明的是，笔者借用"外邦人"一词以称中国本土外的红学学人，并无任何贬抑的意思。）

其实，伊藤漱平在掌握文献材料方面是有足堪称道之处的，即他对日本本土《红楼梦》研究资料的搜集和重视，使他做出了为人称道的可取成果。孙玉明说："1980年6月，伊藤漱平在美国威斯康辛大学主办的第一届国际《红楼梦》学术研讨会上宣读了题为《漫谈日本〈红楼梦〉研究小史》的文章。该文后来收录在香港中文大学出版社于1983年出版的《首届国际红楼梦研讨会论文集》中。该文虽称'小史'，其实只是一个发言提纲。不过，后来他发表的《〈红楼梦〉在日本的流传——江户幕府末年至现代的书志式素描》一文，就是在这篇提要和1965年在《大安》杂志上发表的《〈红楼梦〉在日本的流传——为举办〈红楼梦〉展而作》的基础上写成的。《〈红楼梦〉在日本的流传——江户幕府末年至现代的书志式素描》一文，洋洋四万言左

---

❶ 张锦池、邹进先编：《中外学者论红楼：哈尔滨国际红楼梦研讨会论文选》，北方文艺出版社1989年版，第542页。

❷ 浦安迪：《红楼梦批语偏全》，北京大学出版社2003年版，第1页。

右,原文刊载于汲古书院1986年出版的《中国文学的比较文学研究》。该文由于史料性强,在世界红坛上都曾产生过很大的影响。"❶ 这篇洋洋四万言的长文,由克成摘译为汉文,以《〈红楼梦〉在日本》为题发表在《辽宁大学学报》(哲社版)1988年第2期上。该译文有译者附记:"原文概述日本二百年来的'红学史',连同注解约三万字。今限于篇幅,摘要译出,已可概见东瀛的《红楼梦》热之一斑。"❷ 该篇长文基本上全面介绍了《红楼梦》在日本的流传、翻译和研究情况,时间跨度上乃始于《红楼梦》传入日本之时(1793年冬),至于20世纪60年代中期。正文之外,附录了一百〇八个注释,这篇文章的史料价值比较高。并由此可见伊藤漱平梳理史料的能力,这一能力是与他的考辨史料的基本功夫兼善的。

二、《红楼梦》翻译的周到细心与精益求精

伊藤漱平自1955年任职根岛大学便着手翻译《红楼梦》,至1996年先后四次重译《红楼梦》。大木康说:"退休之后,伊藤先生首先完成《红楼梦》第四次的改译工作。"❸ 胡文彬介绍说:《红楼梦》一百二十回外文译本,以日本著名红学家松枝茂夫教授的译本为最早。松枝本前八十回系据戚序本译出,后四十回是从程乙本译出,这是日文第一部一百二十回《红楼梦》,在日本读者中颇有影响。六十年代末,伊藤漱平译出一百二十回《红楼梦》,据俞平伯《红楼梦八十回校本》及附册后四十回译出。这个译本吸收了松枝本的长处,并因底本选择较好,所以是目前日文译本中较好的译本。❹ 伊藤漱平回忆道:"正当我着手翻译,幸好庚辰本的影印本出版,把它和有正书局本边核对边进行翻译之时,有一天,松枝老师寄来了一个快件小包,其中有写有这是北京周作人寄来的转送给你的意思的信函,包里装的是俞平伯《八十回校本》全四册。因此我很快把刚到手的《校本》作为底本,用了三

---

❶ 孙玉明:《日本红学史稿》,北京图书馆出版社2006年版,第226页。
❷ 伊藤漱平著,克成摘译:《〈红楼梦〉在日本》,载《辽宁大学学报(哲社版)》1988第2期。
❸ 《国际汉学研究通讯》编辑委员会:《国际汉学研究通讯》(第一期),中华书局2010年版,第237页。
❹ 胡文彬:《红楼梦在海外》,中华书局1993年版,第5-6页。

年多的时间集中进行翻译,以年轻之身勉强完成了一百二十回的翻译任务。这是从起用替角开始的,所有一切靠的是老师令人感激的照顾。"❶ 1952年10月,人民文学出版社开始有计划地进行古典文学名著的校勘和重印出版工作,俞平伯承担了《红楼梦》八十回本的整理校勘工作。这部经过了俞平伯整理校勘的《红楼梦八十回校本》由人民文学出版社于1958年2月出版,俞平伯的工作助手王佩璋参校了该校本。《红楼梦八十回校本》是海内外第一种《红楼梦》"汇校本",文献价值颇为可观。胡适曾说:"我觉得俞平伯的《红楼梦八十回校本》(四册,其一二册是八十回校本,第三册全是校字记,第四册是后四十回,作为附录)在今日还是第一善本。"❷ 今天看来,伊藤漱平日译本《红楼梦》的底本选择也是值得肯定的。值得一提的是,伊藤漱平对松枝老师的举荐和支持念念在心,并表示以松枝老师辛苦殷勤地翻译《红楼梦》之精神为楷模:"朝着21世纪,注意长生,像松枝老师那样,我不再进行一次周到的改译也是死不瞑目的。这就是执着吧。"❸ 胡文彬曾评价道:"由此我们可以看出伊藤先生对《红楼梦》所抱有的不同寻常热情和对待治学的一丝不苟的精神。"❹ 大木康在《悼念伊藤漱平老师》一文中如是说:"先生在首次完成《红楼梦》的日语翻译工作之后,便不断寻找机会,希望对之进行改译,终于在1963年、1969年分别出版了改译本。先生荣退后的1996年,又有改译本重新问世。足见伊藤先生对《红楼梦》的日语译介工作,有着非比寻常的热情。"❺ 有学者曾如此评价:"事实上,倘若回到20世纪六七十年代,回到中日关系从交战到冷冻到恢复友好的特殊时期,我们就可以清晰地发现:以伊藤漱平、松枝茂夫为代表的日本汉学家所从事的《红楼梦》翻译及研究工作,其意义已经超出了学术范畴,而上升到中日文化交流的层面。"❻ 这一中日文化交流的层面的最大意义在于为《红楼梦》在日本

---

❶ 伊藤漱平:《二十一世纪红学展望——一个外国学者论述〈红楼梦〉的翻译问题》,载《红楼梦学刊》1997年增刊。

❷ 宋广波:《胡适红楼梦研究资料全编》,北京图书馆出版社2005年版,第480页。

❸ 伊藤漱平:《二十一世纪红学展望——一个外国学者论述〈红楼梦〉的翻译问题》,载《红楼梦学刊》1997年增刊。

❹ 胡文彬:《红楼梦在海外》,中华书局1993年版,第18页。

❺ 《国际汉学研究通讯》编辑委员会:《国际汉学研究通讯》(第一期),中华书局2010年版,第235页。

❻ 《国际汉学研究通讯》编辑委员会:《国际汉学研究通讯》(第一期),中华书局2010年版,第241页。

的广泛传播做出了特殊的贡献。张胜利说:"在《红楼梦》的外语翻译方面,俞校本很早即受到海外汉学家的关注并选用为翻译底本。茅盾1963年在《关于曹雪芹》一文中指出:'伊藤译本的前八十回以俞平伯校八十回为底本,有未从俞校本者都做了注释。后四十回以俞校本附刊的后四十回为底本……在《红楼梦》外文译本中,当以日文译本最为认真与正确';并特别提到《脂砚斋红楼梦辑评》与《红楼梦八十回校本》是当时校勘、研究《红楼梦》各种旧抄本及其脂批的主要成就。胡文彬评价伊藤译本为:'这个译本吸收了松枝校本的长处,并因底本选择较多,所以是目前日文全译本中较好的一种。'1972—1985年,松枝译本进行了大规模的改译,前八十回底本改用俞校本。"❶ 伊藤译本无疑扩大了《红楼梦八十回校本》在海外的影响,红学传播之功值得称道。

伊藤漱平的《红楼梦》译本之所以影响颇大,还与译者同时是一位成果颇丰的《红楼梦》研究者密不可分。潘建国在《求红索绿费精神——日本汉学家伊藤漱平与中国小说〈红楼梦〉》一文中说:"在伊藤先生身上,《红楼梦》翻译与《红楼梦》研究是完美融合、相辅相成的:正是一次又一次的精心翻译,使他对《红楼梦》小说文本烂熟于心,进而对于曹雪芹的艺术匠心,产生心领神会般的深刻理解,撰写出诸如《〈红楼梦〉中的配角——关于王熙凤的女儿及其他物之备忘录》(1969)、《〈红楼梦〉中之甄(真)、贾(假)问题——以两个宝玉之设定为中心》(1979)、《〈红楼梦〉中之甄(真)、贾(假)问题——以林黛玉与薛宝钗之设定为中心》(1981)、《〈红楼梦〉中的女性形象及女性观(序说)——以金陵十二钗为中心》(1982)、《〈红楼梦〉中作为象征之芙蓉与莲——以林黛玉、晴雯及香菱为例》(1998)等胜义纷披的精彩论文;反之,数十年持续不断的学术研究,又令他对《红楼梦》小说各方面内容的认识越来越精准到位,由此屡屡萌生对旧译本进行修订的强烈愿望,从而创造了一生四译《红楼梦》的伟大壮举。可以毫不夸张地说,伊藤先生为国际学术界提供了一个如何从事文学翻译及文学研究的成功典范。"❷ 这一"成功典范"的最实际的好处在于很好地解决了经典外译时必然遭遇的"谁来译"的问题。有研究者认为:"实际上可以说世界上绝

---

❶ 张胜利:《魂系红楼——女性研红的先行者王佩璋》,万卷出版公司2017年版,第47-48页。
❷ 《国际汉学研究通讯》编辑委员会:《国际汉学研究通讯》(第一期),中华书局2010年版,第240页。

大多数的国家和民族，主要都是通过他们自己国家和民族的翻译家的翻译来接受外国文学和外国文化的，这是文学、文化跨语言、跨国界译介的一条基本规律。"❶ 这样一条基本规律尤其在《红楼梦》英文译本方面表现突出，最著名的事例即中国国内翻译界极力推崇的杨宪益、戴乃迭夫妇合作翻译的《红楼梦》在英语世界远不如英国汉学家霍克思的《红楼梦》英译本备受关注。譬如"芝加哥大学著名汉学家余国藩撰写了有关《红楼梦》的介绍文章。在论述过程中，余国藩所用的《红楼梦》片段全部来自霍克思和闵福德的译本，可见，身为华裔学者和《西游记》全译本译者的余国藩，对霍译本是相当认同的"❷。更令人感慨的是，"美国本土出版的世界文学选集收入《红楼梦》，是对其世界文学经典地位的初步确认，而选集完全采用霍克思和闵福德的译本，说明霍译本的权威地位已经得到公认。除了文学史、文学选集以及文学概论之外，英语世界中有关《红楼梦》的期刊论文、专著和论文集一般也会选择霍译本作为引文的来源。"❸ 更有甚者，"到1986年霍译本出齐之后，该译本在英语世界相关学术圈中的权威地位早已得到了确立。在此之后，英语世界几乎所有对《红楼梦》进行学术性解读的期刊论文都将霍译本作为引文来源，所有涉及《红楼梦》内容的专著与论文集也将霍译本列入参考书目（涉及原著不同版本的考证研究除外，因为研究者需要自行对不同版本的相应片段进行翻译，以发现其中的差别）。就笔者目前所掌握的近百种研究论著来看，除一种专著援引了麦克休译本的片段，少数论著出于特殊目的自行对原著片段进行翻译，绝大多数论著的引文来源均为霍译本。"❹ 以上翔实的考察出自江帆所著红学史《他乡的石头记——〈红楼梦〉百年英译史研究》，著者提示读者包括研究者重视本土翻译者在《红楼梦》翻译上的特殊地位和突出贡献。

伊藤漱平在谈及自己翻译《红楼梦》的体验时说："那是约四十年前，我有机会把《红楼梦》一百二十回全部译成日文。多亏三十岁那种年轻人特

---

❶ 江帆：《他乡的石头记——《红楼梦》百年英译史研究》，南开大学出版社2014年版，第5页。
❷ 江帆：《他乡的石头记——《红楼梦》百年英译史研究》，南开大学出版社2014年版，第119页。
❸ 江帆：《他乡的石头记——《红楼梦》百年英译史研究》，南开大学出版社2014年版，第120页。
❹ 江帆：《他乡的石头记——《红楼梦》百年英译史研究》，南开大学出版社2014年版，第121页。

有的冒失劲头儿，同时得益于先行的翻译，我用了三年半左右的时间就把这样一部长篇翻译出来了。这真是一个非常幸运的亲身体验。在翻译过程中，我遇到过各种各样的困难。现在无暇一一道来，在此仅介绍一个例子。那就是如何把《红楼梦》中屡屡出现的多姿多彩的诗词移植到日文中来的问题。在日本有一种叫做'训读'的具有悠久历史的方便的翻译方法。如果以这种'按日文顺序读汉文'的形式翻译，原诗中的主要汉字可以留下，而且由于是一种固定的形式，做起来也比较容易，但是考虑再三，我还是选择了以文言诗形式这一困难的方法进行翻译。译诗必须成为诗，其结果是使我领悟到拉丁语古谚所云'Tradattore traditore'，翻译者成了反译者乃至理名言。具体情况恕不详述。《红楼梦》第五十回有以雪为题的联句，第七十六回也有几位女主人公以月为题的联句。提起'雪''月'自然联想到'花'，在原作者未完成的部分中似有以'花'为题作联句的意象，到了这里应该可以看到如同白居易名句'雪月花时最忆君'所表现的三联句的完成。对此可暂且不论，如何来翻译这些联句对译者来说可是个大问题。经过不断摸索，为了发挥在中国联句的影响下产生于近世（江户时代）的日本连歌、连句的传统，我决定把这些《红楼梦》联句翻译成日本连句的形式。结果便不得不舍弃了原诗中按并列性韵律形成的对句形式，而满足于表现日本连句中由参加者造出的被称为'座'的那种气氛。那些译成日文的《红楼梦》联句便处在五言排律的隔句押韵对仗形式的联句和五七调的连锁无押韵的杂言体的联句之间了。翻译，特别是翻译诗实在是极难的事情。以上是为了既说出个人的感想又不陷于抽象，所以列举了一些具体事例。主要是想借此说明，为了理解异文化——包括文学、宗教——就必须跨越存在于异文化之间的巨大鸿沟，哪怕是一些细小方面的情况也要深入掌握。"[1]伊藤漱平在《红楼梦》翻译过程中，不仅善于把握以"翻译效果"为基本原则的异文化移植策略，同时表现了知难而进的勇力以及文学审美的悟性，如果将以上方面看作伊藤漱平坚持不懈地研究异文化的文学经典《红楼梦》的情智基础当然是可以的，但仍然不充分，最难得的却是他对《红楼梦》的那一份痴情和执着。伊藤漱平说："为了《红楼梦》在世界文学史占有一席之地，给作为代表中国的长篇小说予正确的评价和欣赏，我认为前提是要有传达原作神韵带有正确的解题、解

---

[1] 黄华珍，张仕英：《文学·历史传统与人文精神：在日中国学者的思考》，中国社会科学出版社2003年版，第9—10页。

说的各国语的翻译。根据这一个人见解,我把霍克思教授倾注了全部精力的、前八十回曹雪芹原作部分的英译本的出版作为绝好的例子提了出来。实际上,在这个译本的封三,刊登有收录这本书的企鹅古典丛书的新刊、近刊书目,当我看到异国的曹雪芹与法国近代大作家巴尔扎克、福楼拜、左拉等人排列在一起,像是以他出色的独自性主张自己的存在之时,我感到不胜欣慰,也自然而然地想到了霍克思教授的功劳。"❶ 伊藤漱平是把霍克思教授作为一个楷模,他期待自己的译本也同样能够为巩固《红楼梦》在世界文学史上的地位而成为译文经典。

伊藤漱平的《红楼梦》译本收获了各种好评,其中,台湾铭传大学的一篇专题研究伊藤漱平译本的硕士论文《红楼梦伊藤漱平日译本研究》做了如下好评:"日译《红楼梦》的演变逐渐成熟自成一套系统,且有自己的特色。伊藤漱平前后四次出版的全译本,可说已达日本全译本的巅峰。他的翻译特色如:忠实翻译、版本考究、注释清楚……风格严密的译文、详尽注释和解说中丰富的研究成果,也开启了未来译者的视野。他本身是红学家,又是版本考据家,因此他对自己的作品极为严格。这种研究性格,使伊藤漱平的译本华丽、精致考究。译本的语言表现方法,严谨又不过于拘泥。又经过了数次改译,使其作品经过更多锻炼与精研。他对原作的热爱与诚意、花费长时间来译著、对中国文学与文化有极深的了解等方面基础要件,使其译本成为令人惊叹与佩服的作品,也令后来的译者难以望其项背。"❷

当然,也有研究者对伊藤漱平的《红楼梦》译本提出了不同的意见:"不可否认,伊藤漱平在对文学名著《红楼梦》的翻译中倾注了大量心力,基本做到了信息的准确传递,其中不乏妙笔生花的佳译。但从总体来讲,伊藤译本比较强化译者的身份意识与翻译主体性,在文学翻译中明显倾向于归化策略。这种整体性的翻译导向使其在翻译中显得变通性不足,某些具体的文本翻译有硬译之嫌……伊藤漱平在对《好了歌》与《好了歌注》的翻译中力图使译本中的诗歌语言本土化,旨在减少译本对于日本读者的陌生化程度,拉近原作与译入语读者之间的审美距离,但同时导致了相当程度上的文化信

---

❶ 伊藤漱平:《二十一世纪红学展望——一个外国学者论述〈红楼梦〉的翻译问题》,载《红楼梦学刊》1997 年增刊。
❷ 丁瑞滢:《〈红楼梦〉伊藤漱平日译本研究》,台湾铭传大学应用中国文学研究所,第 146 页。

息缺失，削弱了原作品语言所负载的丰富文化内涵。"❶ 这样的研究同样有不可忽视的价值，它始终在提醒译者：《红楼梦》的翻译没有完成时（时态），只有进行时（时态）。

伊藤漱平的《红楼梦》译本的影响已经超出了他的前辈，这是公认的事实，已然成了常识。最为难得的是，"伊藤漱平全译本的问世，又将《红楼梦》的翻译，推上了一个新的高峰"❷。这一"新的高峰"是在松枝茂夫"具有划时代的意义"❸ 的《红楼梦》全译本基础上取得的，松枝茂夫实乃"新的高峰"的有力"助推者"。又据伊藤漱平回忆：霍克思"说他曾于世界大战后不久在北京大学留学，还到京都游玩过，那时还学了一点儿日文。他还告诉我，这次翻译还参考了我的日译本。这是我感到意外的。过了些日子，出版单位根据教授的吩附给我寄来了第三册。在其序的末尾，他谈到由于参考了1970的拙译（第二次改译本）的注释，大大地省去了搜寻所需要的令人厌烦的时间"❹。霍克思带给伊藤漱平的不仅是意外的惊喜，同时也是潜在的激励。每当伊藤漱平面对这样的惊喜和激励时，他最念念不忘的就是恩师松枝茂夫的引领和提携，他认为自己有责任把恩师的"接力棒"传承下去。

三、注重考据，文风朴实

胡文彬归纳总结了日本红学家在《红楼梦》研究方面值得注意的几个特点，即：（1）起步早，研究面宽；（2）重视资料搜集和研究；（3）注重考据，文风朴实。这后两个特点在伊藤漱平的《红楼梦》研究上均有鲜明体现。譬如重视资料搜集和研究方面，"伊藤漱平所编的《近十五年中国刊行的〈红楼梦〉研究著作略解》，全面报告了中国红学研究的信息。1976 年 10

---

❶ 赵秀娟：《试析伊藤漱平〈红楼梦〉日译本中"好了歌"及"好了歌注"的翻译》，载《红楼梦学刊》2011 第 6 辑。
❷ 孙玉明：《日本红学史稿》，北京图书馆出版社 2006 年版，第 168 页。
❸ 孙玉明：《日本红学史稿》，北京图书馆出版社 2006 年版，第 86 页。
❹ 伊藤漱平：《二十一世纪红学展望——一个外国学者论述《红楼梦》的翻译问题》，载《红楼梦学刊》1997 年增刊。

月,《文物》月刊发表了文雷的《程伟元与红楼梦》,首次公布了有关程伟元的生平资料,伊藤先生在1978年3月发表的《程伟元刊〈新镌全部绣像红楼梦〉小考余说——关于高鹗和程伟元札记》一文中加以全面的介绍和评述。"❶ 孙玉明对胡文彬的归纳总结发表了这样的看法:"这一番总结,无疑是很有见地的,基本上概括了日本老一代红学家的治学特点,若用来评价伊藤漱平,似乎更为恰切。倘若我们硬要将伊藤漱平划归某一个红学流派,那么,他应该属于'新红学考证派'。不仅风格与胡适、俞平伯、周汝昌等中国的红学考证派大师近似,就连失误之处也几乎是如出一辙。"❷ 孙玉明又说:"最令人不能理解的,便是伊藤漱平与中国'新红学考证派'中的某些人一样,在一些考据性的文章中,往往充溢着浓厚的索隐倾向。每当看到这样的地方,笔者就禁不住会想他的诗句:'求红索绿费精神'。不过,在此应该将'求'字换为'猜'字,改成'猜红索绿费精神'。尤其是在1978年以后,伊藤漱平的这种倾向愈发明显。"❸ 其实,指出伊藤漱平"索隐倾向"的"失误之处"是否属实是一回事,如何评价又是一回事。即便属实,这种"索隐"的"失误"不仅说明《红楼梦》考证之难度(其实《红楼梦》批评亦然),而且说明红学研究之学术风气有待改善。

孙玉明的所谓"不能理解"却被洪涛点破,他说:"曹家被抄家和所谓的'家恨',成为大部分新索隐的枢纽,这枢纽方便他们在诠释上通向朝廷政争。换言之,曹雪芹的历史性(historicity)成了新兴索隐派的'种子'(诠释的基本因子)。"❹ "日本红学家伊藤漱平也走上了这道路。"❺ 如果从阐释方面上说,这涉及文本与作者观念之间的关系问题,"所谓'作者观念'指各种涉及作者的信念,人心中的'作者形象',这两项都足以影响研究者的诠释方向和价值判断"。❻《红楼梦》的文本和文本结构未必主宰诠释的结果,相反,有时倒是诠释者主宰了文本的文字、意义和'结构'。表面上论者追索的是'作者原本''作者原意',实际上,往往是以论者一己的诠释和

---

❶ 胡文彬:《红楼梦在海外》,中华书局1993年版,第21页。
❷ 孙玉明:《日本红学史稿》,北京图书馆出版社2006年版,第178页。
❸ 孙玉明:《日本红学史稿》,北京图书馆出版社2006年版,第235页。
❹ 洪涛:《红楼梦与诠释方法论》,北京图书馆出版社2008年版,第108页。
❺ 洪涛:《红楼梦与诠释方法论》,北京图书馆出版社2008年版,第235页。
❻ 洪涛:《红楼梦与诠释方法论》,北京图书馆出版社2008年版,第126页。

价值判断来代替'原本、原貌、原意'。"❶ 也就是说，伊藤漱平《红楼梦》研究的考据过程的索隐倾向源自一己的诠释和价值判断，这从他的《关于七十回本〈红楼梦〉假说》和《〈红楼梦〉成书史臆说——关于七十回稿本存在的可能性》的立意即可看出，其实，"假说"也好，"臆说"也罢，说到底毕竟不过是"笔者认为"而已。伊藤漱平说："这个问题是，在《红楼梦》的成书过程中，大概曾经有过一个七十回的全书，至少在开始的一段时期。但是证明此事的根据很缺乏，像样的痕迹几乎都消失了，等于空中楼阁。这只能说是假设、假说，不，只能是臆说。"❷ "像样的痕迹几乎都消失了，等于空中楼阁"才是"臆说"形成的背景。徐复观在《我希望不要造出无意味的考证问题——敬答赵冈先生》一文中说："推论必须建立在相关的条件之下，即必须在同类的材料之下去推，必须在已知材料的涵蕴中去推。同时要考校到与条件相反的其他材料因素。并且推得一定要有限制，发展不是推论而只是捏造。"❸ "臆说"不仅缺乏对于"同类的材料""已知材料的涵蕴"的充分把握，同时缺乏对于"与条件相反的其他材料"的充分把握。

当然，伊藤漱平的"臆说"并非完全没有依据，只是这些依据没有可能从"待证"推进到"确证"的层面而已。这种情形同样出现在"外邦人"浦安迪的《红楼梦》研究中，他在《〈红楼梦〉原稿为百回本的设说》一文中提出了《红楼梦》乃一百回的"臆说"。浦安迪说："在下面所拟探讨的研究专题，溯其源，是1993年在北京京西域外参加'中国古代小说国际研讨会'的时候曾经提出过的一道设论。那次宣读的报告后来改写成文，最近发表于该会后出版的论文集。其主要内容是论证《红楼梦》一书如何取法于明代四大奇书所呈现的一书模范，包括结构、修辞法、思想内容各方面。拙文所简称为'奇书文体'、这个典范章法的特征之一是以一百回为定型的篇幅。鉴于《红楼梦》紧循那四部先行小说大作——尤其是《金瓶梅》——的蓝图，我就得出一个推测性的结论，说曹雪芹的原稿设计很可能不外乎长达一百回的总回数。"❹ 浦安迪提出《红楼梦》乃一百回的"臆说"明显地晚于伊藤漱平的七十回假说，他是否受到伊藤漱平"假说"的直接启发和影响尚

---

❶ 洪涛：《红楼梦与诠释方法论》，北京图书馆出版社2008年版，第174页。
❷ 刘柏林，胡令远编：《中日学者中国学论文集——中岛敏夫教授汉学研究五十年志念文集》，复旦大学出版社版2006年版，第624页。
❸ 徐复观：《中国文学论集》，九州出版社2014年版，第454页。
❹ 浦安迪：《浦安迪自选集》，生活·读书·新知三联出版社2011年版，第235页。

不能确证，但他此前肯定耳闻目睹了伊藤漱平的"假说"，这是没有问题的。张锦池和邹进先编订出版的《中外学者论红楼——哈尔滨国际〈红楼梦〉研讨会论文选》（北方出版社1989年出版）就同时选编了伊藤漱平的《关于七十回本〈红楼梦〉的假说》与浦安迪的《晚清儒教与张新之批本〈红楼梦〉》两篇文章。浦安迪是根据自己的"奇书文体"说来诠释和判断《红楼梦》的原本原貌的，这与伊藤漱平依据富察明义所目睹的题为《红楼梦》写本的来历，以及金圣叹的《水浒传》《西厢记》以"惊梦"为终结的范例所做的"设论"并无二致。

通观伊藤漱平的考辨文章，所谓"新红学考证派"的"新"字姑且不予特别标明也罢，其"失误"倒是"如出一辙"，即"红学考证派"往往犯了与"红学索隐派"同样的毛病："钻牛角尖""求深反惑"。俞平伯说："索隐、自传殊途，其视本书为历史资料则正相同，只蔡视同政治的野史，胡看作一姓家乘耳。既关乎史迹，探之索之考辨之也宜，即称之为'学'亦无忝焉。所谓中含实义者也。两派门庭迥别，论证抵牾，而出发之点初无二致，且有同一之误会焉。《红楼梦》之为小说，虽大家都不怀疑，事实上并不尽然。虽想把它当作一种史料来研究，敲敲打打，好像不如是便不过瘾，就要贬低《红楼梦》的声价，其实出于根本的误会，所谓钻牛角尖，求深反惑也。自不能否认此书有很复杂的情况，多元的性质，可从各个角度而有差别，但它毕竟是小说，这一点并不因之而变更、动摇。夫小说非他，虚构是也。虚构原不必排斥实在，如所谓'亲睹亲闻'者是。但这些素材已被统一于作者意图之下而化实为虚。故以虚为主，而实从之；以实为宾，而虚运之。此种分寸，必须掌握，若颠倒虚实，喧宾夺主，化灵活为板滞，变委婉以质直，又不几成黑漆断纹琴耶。前者所以有意会之说也。以意会之，各种说法皆得观其会通而解颜一笑，否则动成罣碍，引起争论盖两失之，而《红楼梦》之为红楼故自若也。"❶ 俞平伯这番对于红学考证派与红学索隐派的检讨的确可谓中肯之谈，他把考证派的"失误之处"已经讲清楚了。若将俞平伯的说法与洪涛的点破合观，伊藤漱平的"索隐倾向"便不难理解了。

潘建国认为：伊藤漱平的学术风格乃以实证为主，彰显了日本汉学界的朴学传统，其论题相对集中于三个方面：其一，关于《红楼梦》的作者及批

---

❶ 俞平伯：《红楼梦心解：读〈红楼梦〉随笔》，陕西师范大学出版社2005年版，第283-284页。

者，代表论文有《试论曹霑与高鹗》（1954）、《关于脂砚斋与脂砚斋评本之备忘录》（1—4）（1961—1964）、《曹雪芹肖像画之真赝品——关于所谓"王冈笔小像"》（1969）、《关于晚年曹霑之"佚著"——围绕〈废艺斋集稿〉等真赝问题之备忘》（1979）、《"梦中相见"的启示——尚未窥见的〈红楼梦〉原作者之音信》（1982）等，其中"脂砚斋"即"棠村""畸笏叟"则为曹雪芹叔父曹𫖯之说，备受红学界关注；其二，关于《红楼梦》的成书及版本，代表论文有《〈红楼梦〉成书臆说——围绕"七十回稿本"存在之可能性》（1992）、《近年发现的〈红楼梦〉研究资料——关于南京靖氏所藏旧钞本及其他》（1966）、《程伟元刊〈新镌全部绣像红楼梦〉小考》（1973）、《程伟元刊〈新镌全部绣像红楼梦〉小考补说》（1977）、《程伟元刊〈新镌全部绣像红楼梦〉小考余说》（1978）等，其中以"七十回稿本"之说以及对于程伟元刊本的精细考辨，最为世人瞩目；其三，关于《红楼梦》在日本的传播，代表论文有《〈红楼梦〉在日本的流行》（上）、（中）、（下）（1965），《漫谈日本〈红楼梦〉研究小史》（1980），《〈红楼梦〉在日本的流传——幕府末期至现代的书志式样、素描》（1986），《曲亭马琴与曹雪芹——对比日中两大小说家而论》（1994）等。迄今为止，伊藤漱平的上述论文，仍然是关于《红楼梦》在日本传播研究所无法绕过的最具权威的学术成果。❶ 以上综述基本上呈现了伊藤漱平"注重考据，文风朴实"的红学研究面貌，这一面貌并非伊藤漱平所独有，乃日本汉学家的常见现象。如胡文彬所说："日本汉学家受中国乾嘉学派的影响较深，他们在《红楼梦》研究中发挥了考据方面的功力。这一点在伊藤教授的文章中尤显得突出，他的绝大部分文章是以考据的方法写成的，文章具有翔实、沉稳的特色。这些研究文章与西方研究者的文章相比，风格殊异。"❷

徐复观在1953年撰写的《日本真正的汉学家安冈笃先生》一文中说：日本现时的汉学家，大体说可分三派：一派是基于日本"国学派"反汉学的传统，但进一步以治汉学的外表来达到反汉学的目的；另一派是受清代学术的影响，致力于中国学术专题的考证。他们是采取为学术而学术的态度，在考证方面用力甚勤，成就也甚多。现时在各大学的汉学讲座中，以此一派最

---

❶ 《国际汉学研究通讯》编辑委员会：《国际汉学研究通讯》（第一期），中华书局2010年版，第239 - 241页。

❷ 胡文彬：《红楼梦在海外》，中华书局1993年版，第21 - 22页。

为有力。这一派之不同于前一派，是他们没有混杂着政治的动机，保持客观的态度，所以他们考证出的某一部分的事实，各有其学术上的贡献。他们对于自己所治的一门，都有浓厚的兴趣与深厚的感情。再有一派，是受中国朱学（朱熹）和王学（王阳明）的影响，从思想上，从人生上，来了解中国文化，接受中国文化。这是日本汉学的正统，也是凝铸日本民族文化的一支最大的动力。❶伊藤漱平应该属于受清代学术影响而致力于中国学术专题考证的"另一派"，其在红学上的贡献与他对《红楼梦》的浓厚兴趣与深厚感情密不可分。当然，由于徐复观强调"中国文化的价值，必须在人生实践中去领取"❷，所以，他只是承认受中国朱学（朱熹）和王学（王阳明）的影响的一派为"真正的汉学家"❸。这一看法姑且看作徐复观的一家之言，不过，其鲜明的启示意义则值得格外关注。

结　　语

伊藤漱平的红学业绩是与他的清明意识密切相关的，他曾在《二十一世纪红学展望——一个外国学者论述〈红楼梦〉的翻译问题》一文中说："在我看来，进行〈红楼梦〉研究本不应有本国人（native）和外国人（foreigner）的差别。尽管如此，要充分理解汉人在二百几十年前用汉语写成的这部长篇小说，拿在文学研究上起巨大作用的感受性为例来看，恐怕还是本国人有力。不过，外国人有时候也有有利之处，可以找出本国人不易看到的地方，看到本国人难以看清的地方。在我所见到的周围，日本人专家对以日本文学为研究对象的外国学者，虽有过根深蒂固的轻视倾向，但近几年来以多纳鲁多·金（Donald Keene）教授的《日本文学史》为开端，外国人正在用自己的手完成改变了这种认识的真正的研究。中国文学的研究也可以说是与此相同——《红楼梦》研究也是包含其中的一种。而且，作为外国学者也要有努力为与本人为伍并有过之无不及的水平的研究成果问世，做出贡献的决心。话

---

❶　徐复观：《无惭尺布裹头归·交往集》，九州出版社2014年版，第8—9页。
❷　徐复观：《无惭尺布裹头归·交往集》，九州出版社2014年版，第10页。
❸　徐复观：《无惭尺布裹头归·交往集》，九州出版社2014年版，第10页。

虽如此说，对外国人来说有比较容易入门的题目。如同上面我谈到自己的例子那样，调查、记述《红楼梦》在自己国家的吸收历史和研究史等等，即使没有，由于占了地利，有比较容易搞到文献史料的条件，那是自然的。另外，对外国人来说，把《红楼梦》移植为自己国家的语言也是比本国人来得容易的工作之一。"[1] 伊藤漱平的这一番陈述不仅袒露了他从事《红楼梦》研究的心理感受和学术志趣，同时也指出了作为外国研究者可以并且应该努力的学术方向，这足以见出他学术意识的自觉。王三庆在《红楼梦版本研究》一书中说："《红楼梦》在海外译本方面，相当的多，或节译，或全译，甚至译而再译，因此研究者也逐渐的普及，然而由于史料的涉猎不深，仅能从事文学评论一系，此已略见陈炳良先生的《近年的红楼梦述评》。只有东邻的日本，在文字渊源及文化背景的特殊关系下，不但课程的开设早于我国，即研究者也不乏其人，如神田喜一郎、桥川时雄、伊藤漱平、金子二郎、太田辰夫、塚本照和、宫田一郎诸先生，或从语言、作者、批语、旨义、版本、续书、结构等方面加以分析。创意虽少，然如塚本教授研究红楼梦的骂词、死的描写以及年俗事，亦显独出心裁；而伊藤漱平穷毕生之力钻研于版本、脂批及曹氏有关的文物，并做红楼梦的全译，非但有功于红学，也是整个日本学界的巨擘。"[2] 王三庆的评价是中肯的，这一评价有助于理解伊藤漱平红学志业的学术影响和学术地位。

值得一提的是，同样是对21世纪红学进行展望，笔者近年来在与乔福锦教授的交流过程中形成共识，即至少应从以下三个方面做起：一方面是红学史研究和相对精善的红学史著述的撰著，一方面是红楼文献整理和红楼文献学的建构，一方面则是红学学科的建设。为此，笔者与乔福锦教授于当下的红学转型期策划三次红学研讨会即高端论坛以作更具有实践意义的展望。这三次红学研讨会包括"历史反思与未来展望——纪念曹雪芹诞辰300周年学术研讨会"（2015年）、"历史回顾与未来展望——《红楼梦》文献学研究高端论坛"（2016年）、"历史回顾与未来展望——红学学科建设高端论坛"（2019年）等，前两次的高端论坛已经成功举办，并取得了相当可观的学术成果，引起学界的广泛关注。尤其在第二次"《红楼梦》文献学研究高端论

---

[1] 伊藤漱平：《二十一世纪红学展望——一个外国学者论述〈红楼梦〉的翻译问题》，载《红楼梦学刊》1997年增刊.

[2] 王三庆：《红楼梦版本研究》，台北石门图书公司印行1981年版，第25页。

坛"上，韩国高丽大学教授崔溶澈宣读了《韩国红学文献的整理与研究》一文的提纲，这是该次会议的一个学术亮点，"它启示红学学人尤其是年轻学人：海外红学文献整理和研究这一学术领域将大有可为"❶。崔溶澈的红学研究经历与伊藤漱平很相似，他不仅勤于《红楼梦》研究和文献整理，同时又是《红楼梦》韩文全译本的译者。并且，他们的红学研究同样都是服务于他们《红楼梦》翻译的学术活动。按照崔溶澈的说法："在我们的全译本出版之前，译者都不是专门研究《红楼梦》的学者，我认为还是有区别的，至少红学家翻译的全译本可以做到更准确地把握原本。"❷

有学者说："伊藤先生的译本曾多次重版，印行数量可观，极大地促进了《红楼梦》在日本的流传，堪称是曹雪芹之知音、《红楼梦》之功臣。"❸可以肯定地说，伊藤漱平是《红楼梦》外译的出色学者，不过并非唯一出色的学者。德国的库恩、英国的霍克思、韩国的崔溶澈等，他们同样堪称"曹雪芹之知音、《红楼梦》之功臣"。

据称伊藤漱平旧藏程印本《红楼梦》附有笺批语文字，蔡芷瑜在《日本伊藤漱平旧藏程本〈红楼梦〉考》一文中认为：整体而言，伊藤本附笺文字多抒发个人感慨，尚不及脂评之深透，亦无系统性的评点体例，但其评论眼光颇有见地，且多细心阅读指出书中不接榫之处，因此其附笺内容仍有相当水平，虽伊藤本附笺仅止于六十回，但是透过这一百三十余条附笺，能提供研究者另一种当时批阅者对《红楼梦》的解读与接受程度。附笺文字亦是伊藤本特色之一。伊藤本的批语非直接在书叶上面加批，而是另纸书写，整体而言，此附笺文字不单抒发身为读者的感慨，更从情节结构上点出文中错误不顺之处，同时又再三标明程本中的"南人口吻"与附上生难字的"声韵读音"皆为伊藤本附笺独特之处。最重要的是，在这些附笺中，伊藤本批阅者提及其所见抄本或翻刻本与程本文字差异，一方面提供研究者检验其所言之抄本为何本，另一方面亦提及目前未见之抄本内容，由此或可以推断当时虽

---

❶ 高淮生：《"历史回顾与未来展望——〈红楼梦〉》文献学研究高端论坛"学术综述》，载《河南教育学院学报》2016 第 3 期。
❷ 高淮生，崔溶澈：《中、韩学者红学对话录——以〈红楼梦〉翻译为例》，载《中国矿业大学学报（社会科学版）》2016 第 4 期。
❸ 《国际汉学研究通讯》编辑委员会：《国际汉学研究通讯》（第一期），中华书局 2010 年版，第 239 页。

有程印本红楼梦发行，批阅当时仍可见到抄本及程甲本之翻刻本。❶ 伊藤漱平的批语之所以在"深透"与"系统性"方面尚不及脂砚斋，这与日本学者的学术志趣不无关系。如周策纵所说："日本方面稍有不同，日本当然也受到过欧洲汉学的影响，但它本身又有自己的传统。日本汉学家用功很勤，人数也多，历来特别注重资料的整理和工具书的出版，似乎不太发展理论性的解释，近些年自然也有了好些改变。"❷ 周策纵所说的不同，即在伊藤漱平的《红楼梦》研究成果中得到了体现，即在注重资料整理的同时关注理论性的解释。

纵观伊藤漱平的红学志业，可谓：求红索绿费精神，考据辞章两用心，译本石头传四海，东国称庆憾学林。

附录：伊藤漱平学术简历

伊藤漱平（1925—2009），日本知名学者，翻译家。冯其庸、李希凡主编《红楼梦大辞典》（文化艺术出版社 1990 年）称述伊藤漱平：日本知名学家。1949 年由东京大学文学部毕业，任职于岛根大学。1953 年任光根大学文理学部讲师，从事李渔戏剧研究。1960 年任大阪市立大学文学部副教授，1959—1961 年参加《中国古典文学全集》编译工作，主编第 24～26 卷《红楼梦》。1970—1972 年参加《增订中国古典文学全集》编译工作，主编第 38 卷《娇红记》和第 44～46 卷《红楼梦》。1970—1972 年参加《中国的语言与文学·文学篇》的编写，撰写《程伟元〈新镌全部绣像红楼梦〉》一章。1977 年转入东京大学文学部任中国文学教授。红学著作有《试论曹霑与高鹗》《关于脂砚斋和脂砚斋评本的札记》《红楼梦研究日本语文文献资料目录》《红楼梦在日本的流传》等。

伊藤漱平全译本《红楼梦》（3 卷）影响较大，该译本在日本《红楼梦》翻译史上堪称杰作，并具有国际影响。

1980 年 6 月，伊藤教授参加了在美国威斯康辛大学举行的国际《红楼

---

❶ 蔡芷瑜：《日本伊藤漱平旧藏程本〈红楼梦〉考》，载《红楼梦学刊》2017 年第 2 辑。
❷ 周策纵：《文史杂谈》，世界图书出版社 2014 年版，第 64－65 页。

梦》研讨会，作了《漫谈日本〈红楼梦〉研究小史》的报告；1986年6月，参加了在中国哈尔滨市举行的国际《红楼梦》研讨会，发表了《关于七十回本〈红楼梦〉的假设》的演说，受到了与会者的高度评价。

余国藩的红学研究：
重读《石头记》知史传虚话，细按《红楼梦》乃大旨谈情

引　言

1982 年，宋淇与钱锺书通信讨论学界接班人的问题，竟如此月旦学界人物："中国年轻学者中尚一时无人可以接夏志清和英时两兄之成就。所谓接班人不是不用功，不是没有才能，但时代不同，背景不同，所受训练不同，欲发扬光大前贤之业绩则为另一回事。余国藩有神学与比较文学之根柢，通希腊、拉丁古典文艺，且具旧学渊源，所译《西游记》有时仍需刘殿爵教授审阅。李欧梵最近为芝加哥大学挖去，原随费正清读中国现代史，近改修现代文学；人天分极高，文字亦潇洒，尚有待进一步苦修方可成大器。其余诸子或有一技之长，或徒有虚名，自郐以下，更无论矣。柳存仁兄曾云：寅恪先生之后有谁？默存先生之学现又有谁可获心传？我们都已愧对前辈，谁知我们以勤补拙得来的一点粗知浅学都难以觅到接棒人。目前流行电脑、传播，文学则唯结构派马首是瞻，趋之若鹜，令人浩叹！"❶ 宋淇这段话提到了四位学人：夏志清、余英时、余国藩与李欧梵，他对余国藩的期许很高。在宋淇看来，当时学界英才以夏志清和余英时最为突出，此外就数余国藩和李欧梵了。

且看夏志清对余国藩的印象："月前芝加哥大学出版所刚出版《西游记》

---

❶ 宋以朗：《宋家客厅：从钱锺书到张爱玲》，花城出版社 2015 年版，第 125 页。

(*The Journey West*) 第一册,译了小说首二十五章,加上一篇六十二页的'导论',全书凡五百三十页。译者余国藩(Anthony C. Yu)教授《中国时报》记者曾访问过他,也有人译过他一两篇《西游记》论文,名字在国内报章上出现次数比陈荔荔多。余国藩也是书香门第,祖父、父亲都到剑桥大学去留过学。他自己是神童,六岁即把《西游记》《三国演义》两部书读过了。在芝大做研究生时期,虽然论文题目同唐诗宋词无涉,他花了一两年时间,竟把《全唐诗》《全宋词》都读了。我心目中只有钱锺书、郑骞这样的前辈学人,才会有毅力把《全唐诗》读过,想不到年青一代(余国藩才三十四五岁)学人也有这样的能耐。余国藩当年在芝大研究院专攻宗教学和文学,两方面造诣都极深。他精通希腊文,目今不仅在芝大东亚语文系讲授中国文学,也在同校神学院讲授希腊名著,是在难能可贵。三四十岁的旅美学人间,若论博学,当推余国藩为第一人。这几年来,余国藩专译《西游记》,对有关释道二门的专门学问,也花了不少时间去研究它。普通国人读《西游记》,看到道教的专门名词,不求甚解,跳过就算了,余国藩真正研讨其宗教上的涵义,对全书的了解有更大的发明。……我想余国藩明春获尤理安奖,希望极大。"❶ 夏志清这段话中谈及前辈学人钱锺书、郑骞等,并把余国藩与"前辈学人"联系起来了,足见余国藩的聪慧博学。从夏志清的陈述中可见,余国藩从事小说研究的学问基础和善于"发明"的说理能力相当可观。

　　李欧梵谈起余国藩时更加感慨:"我在芝加哥大学任教有八年之久,可以说芝大是我哈佛之外任教最久的学校,也是我学到东西最多的学校。我已经在数篇文章中详细说过,芝大像一所中古的修道院,而我在此修行的'武功',则与文学理论有关,我教的是中国现代文学,但读的却是西方理论。所幸我有一个好老师——芝大的同事兼好友余国藩,他不但是中国古典文学领域的知名学者,也是《西游记》的英译者,更是理论根底深厚的比较文学和宗教文学的名家,我有此好友相助,加上另一位好友——远在加州圣地亚哥的郑树森——的电话指点,终于在文学理论方面得以入门。"❷ 李欧梵把余国藩称作"好老师",看作同事兼好友,可见李欧梵对余国藩的信赖。李欧梵在谈及与余国藩愉快合作讲授《红楼梦》课程时说:"然而,阅读的过程仍然是艰难的。记得前年重读《红楼梦》,看得心神荡漾,在课堂上激动得

---

❶ 夏志清:《新文学的传统》,新星出版社 2010 年版,第 250-251 页。
❷ 李欧梵:《我的哈佛岁月》,浙江大学出版社 2016 年版,第 77 页。

不能开口讲课。这几天又想开始再看一遍,但拿起书来却发现自己的手在发抖,又怕自己太过激动,而且,像我这种庸俗的人,哪有资格看这部伟大超凡的经典著作?后来想想'红学'界几十年来也不乏庸俗者,才逐渐安下心来。这次读完后,预备和好友余国藩合开一门课,也可以借此向这位文学批评界的武林高手请教。"❶ 李欧梵与余国藩合开一门《红楼梦》课程,这段经历堪称学坛佳话,并且收获甚大。正如余国藩所说:"拙著实为课堂上的产品,李欧梵和我一直都希望能够合开一门课。1984 年到 1985 年间,我们果然梦想成真,以《红楼梦》为题授课。共襄盛举的同学有研究生,也有大学部来的。在两个学季近半年的时间里,我们不断思考,琢磨复琢磨,经验令人难忘。《红楼梦》乃巨著,不过我们足本全读,一字不漏,讨论起来常常忘记时空,超越教室的畛界。开课前我虽已发表过一篇红学专论,但教书后我才感到自己对《红楼梦》确实兴趣盎然,非得提笔再遣胸怀不可。"❷ 他们合作的最大成果是催生了《重读石头记:〈红楼梦〉里的情欲与虚构》一书的闻世,足可载入红学史册了。

　　余国藩最为学界所称道的是两部中国古代小说的翻译和研究成果,其一是《西游记》的英文全译,其二是《红楼梦》研究的代表作《重读石头记:〈红楼梦〉里的情欲与虚构》。《重读石头记》于 1997 年出版之后,在学界引起了很大反响,且由此奠定了余国藩在美国红学研究领域的学术地位。张惠在《红楼梦研究在美国》这部红学国别史中称述《重读石头记》是"20 世纪 90 年代美国红学的扛鼎之作"❸。至今为止,余国藩的著作被译为中文的有三部,分别是《重读石头记》《余国藩西游记论集》及《〈红楼梦〉〈西游记〉与其他》,均由他的学生李奭学编译。余国藩的红学思想主要集中于《重读石头记》一书中。据称:"余国藩撰写了有关《红楼梦》的介绍文章。在论述当中,余国藩所引用的《红楼梦》片段全部来自霍克思和闵福德的译本。可见,身为华裔学者和《西游记》全译本译者的余国藩,对霍译本是相当认同的。"❹ 霍克思《红楼梦》译本在英语世界的影响可谓有目共睹,堪称"经典"无疑。

---

❶ 李欧梵:《西潮的彼岸》,人民文学出版社 2010 年版,第 99-100 页。
❷ 余国藩著,李奭学译:《重读石头记:〈红楼梦〉里的情欲与虚构》,台北麦田出版事业部 2004 年版,第 18 页。
❸ 张惠:《红楼梦研究在美国》,中国社会科学出版社 2013 年版,第 189 页。
❹ 江帆:《他乡的石头——〈红楼梦〉百年英译史研究》,南开大学出版社 2014 年版,第 119 页。

一、《红楼梦》的虚构诠释

《重读石头记：〈红楼梦〉里的情欲与虚构》一书总计五章并一个"余论"：第一章，阅读；第二章，情欲；第三章，石头；第四章，文学；第五章，悲剧；余论，重探虚构。从目录的"余论"部分"重探虚构"来看，"虚构"是余国藩《红楼梦》阐释最基本的出发点和归宿点。无论是《重读石头记》一书的英文版"序言"或是"中文版序"，均强调"虚构"乃解读《红楼梦》的关键。现分列如下。

英文版"序言"："《红楼梦》一称《石头记》，乃清代说部中的伟构。由于此书包罗万象，历来学者都以是时社会的缩影视之，不论就文化或就典章制度而言，无不生动反映，巨细靡遗。不过本书不想在这方面多费笔墨。我想谈的，反而是学者迄今甚少一顾的一个问题，亦即《红楼梦》如果称得上是语言艺术的杰作，那么优点若非因其自省性的叙述特色而来，就是因为机杼另出，对传统说部要来一番变革所致。小说中的场景形形色色，技巧洋洋大观，上述'自省性'或所谓'机杼另出'，在在指出《红楼梦》乃'虚构'而成。这一点，小说本身也相当坚持。《红楼梦》谈自己'虚构性'的地方，因此并不比其表现人情世故者少。简言之——或干脆就摊开来讲——拙著主旨可能落人口实，以为迎合西方学界目前流行的批评观念之作。不幸如此，我倒有两点想澄清，也请循此稍作辩解。首先，《红楼梦》固然是中国文学的传统之作，我用当代文论论之却不表示我也首肯时下某些理论家惯用的一些说法，例如所有的文学文本理论上若非具有自我反思的性格，就是都会自我指涉，等等。或谓文学的动力在其修辞性的发展，这点我同样不能完全同意。"[1]

"中文版序"："《红楼梦》乃中国古代声名最著的小说，我孜孜研究却发现自己结果有限。……论证起来，我或许失之于偏，夸张过甚；或许一时不察，资料使用不足。我只希望本书中文版的读者能和英文版一样，能纵容或

---

[1] 余国藩著，李奭学译：《重读石头记：〈红楼梦〉里的情欲与虚构》，台北麦田出版事业部2004年版，第15页。

余国藩的红学研究：重读《石头记》知史传虚话，细按《红楼梦》乃大旨谈情

宽容我的局限。……我不偏废传统红学的考证功夫，也不轻视其价值，但我取以致力的却是《红楼梦》的主题，尤涉小说的虚构性和情欲的分析。我的批评论述所用的语汇和概念是中西夹杂，比较的成分居多，大家也应可一见。我这样做，原因不仅如第一章我所坦承的教育背景和个人难免的偏好，也在我所讨论的课题不管大家有多熟悉，我总讶然发现现代学者所论若非缺乏系统，就是系统并不多见。如今捧读这本中译本，我庆幸自己的选择正确。我的感觉甚至比以前更强，相信《红楼梦》这本伟构的清代作者就像举世文化中任何时期的作家或思想家一样，对小说或其虚构性一定了解甚深，也用来熟练。这类课题，曹雪芹想告诉我们的确实很多，恐非现代学者拿个批评理论就可穷尽一切。我仍然希望我有限的探究能够引人兴趣，激发更多的学者加入讨论。"❶

从以上序言可见：余国藩并不把"虚构"仅仅看作西方小说创作的专属，他赞叹曹雪芹创作过程中对于"虚构"的熟练运用，金圣叹称之谓"因文生事"。并且，以"虚构"来认识和评价《红楼梦》并非西方文论引入后才有的批评习惯，这可从《红楼梦》中的脂评中得到相应的证实。余国藩一"虚构说""重读"《红楼梦》，首先需要认真对待的就是胡适"自传说"以及考证方法的影响。在余国藩看来："对许多读者来讲，胡适对《红楼梦》基本性格的评价不但力可服人，就算他所论小说的读法而言，对后人的研究取径也有深刻的影响。《红楼梦》中的细节，索隐派视之为历史事件，但胡适抨之散乱无序，故而呼吁论者应把重点放在小说的作者、时代与版本的研究上。就这一点而言，胡适所展现者乃他身为批评家和文学史家惯见的睿智，因为《〈红楼梦〉考证》发表后的几十年中，上述三个领域的研究都有长足的进展。话虽如此，胡适对《红楼梦》的传记性强调也产生了一些讽刺性的后果。盖全神索求小说的外缘的现象，也不过换汤不换药，把清宫秘辛或恢复汉家天下的说法都附会成'曹氏一族'的故事罢了。"❷胡适的影响是深远的，即便此后的"有些红学家会避开自传或传记的强调，但即使是他们所写，我们也看得出对历史的兴趣，故而会把《红楼梦》当作史实的脚注。打

---

❶ 余国藩著，李奭学译：《重读石头记：〈红楼梦〉里的情欲与虚构》，台北麦田出版事业部2004年版，第11—12页。

❷ 余国藩著，李奭学译：《重读石头记：〈红楼梦〉里的情欲与虚构》，台北麦田出版事业部2004年版，第40页。

· 285 ·

开一部《红楼梦》的研究史,多的是对故事背景的经济、社会、思想与文化的重建,而且事无巨细,还在与日俱增之中。学者的课题五花八门,无不耗蚀心力……我们最想一问的是:如此孜孜从事,对《红楼梦》文字艺术的认识到底有何帮助,能够加深多少?"❶ 由此可见,余国藩对《红楼梦》的研讨旨趣在于文本本身,《重读石头记》试图帮助"现代读者跳出文本的考据热忱"❷。

余英时在《近代红学的发展与红学革命》一文中感慨《红楼梦》在普通读者心目中虽然被看作是一部小说,而在百余年的红学研究主流却从来没有取得小说的地位。他预言:"随着对待材料的态度之由外驰转为内敛,红学研究的重点也必然将逐渐从边缘问题回向中心问题,这正是新典范的一个基本立足点。"❸ 余英时又曾说:"这种单纯从传记观点研究小说的办法,在西方已引起严厉的批评。而'自传说'的红学,如我们在上文的分析所显示的,也早到了途穷将变的时候了。"❹ 余英时倡导的新典范影响甚广,余国藩在《重读石头记》中声称自己是积极地响应余英时的号召的,他希望接着余英时往下讲,将文学的旨趣以及文化的旨趣带入红学研究的纵深领域。"我希望响应余英时的呼吁,让《红楼梦》'真正取得小说的地位',也就是用小说希望我们阅读的方式来阅读。"❺《重读石头记》第一章的"阅读"正在于阐述(《红楼梦》)这部"小说希望我们阅读的方式"。余国藩声称:"本书写作的初衷,故而不是要驳斥多数红学的历史倾向……本书的目的,因此是要另辟蹊径,对《红楼梦》再做诠解。"❻ 在做新的"诠解"之前,余国藩尖锐地指出将"虚构"与"历史"混为一谈是一个不折不扣的误区。那些从《红楼梦》里阅读"历史"者,"他们所断不论是18世纪这种大世界或是曹氏一族这种小世界,都会发现自己竭力之所为,到头来依然是一场空。之所

---

❶ 余国藩著,李奭学译:《重读石头记:〈红楼梦〉里的情欲与虚构》,台北麦田出版事业部2004年版,第41页。

❷ 余国藩著,李奭学译:《重读石头记:〈红楼梦〉里的情欲与虚构》,台北麦田出版事业部2004年版,第41页。

❸ 余英时:《红楼梦的两个世界》,上海社会科学院出版社2002年版,第20页。

❹ 余英时:《红楼梦的两个世界》,上海社会科学院出版社2002年版,第32页。

❺ 余国藩著,李奭学译:《重读石头记:〈红楼梦〉里的情欲与虚构》,台北麦田出版事业部2004年版,第43页。

❻ 余国藩著,李奭学译:《重读石头记:〈红楼梦〉里的情欲与虚构》,台北麦田出版事业部2004年版,第43-44页。

余国藩的红学研究：重读《石头记》知史传虚话，细按《红楼梦》乃大旨谈情

以会是'一场空'，是因为如此所求于文本者，根本不是文本原先所拟要让我们知道的事情或讯息。因此之故，'虚构'每每和'历史'混为一谈，有关《红楼梦》的评论或研究诚然不少，对书中的艺术特质大家也顶礼有加，但即使是对这些著述而言，《红楼梦》基本上仍然是各种历史文献里的一种。余英时说得好：'这里确有一个奇异的矛盾现象：即《红楼梦》在普通读者的心目中诚然不折不扣地是一部小说，然而在百余年来红学研究的主流里却从来没有真正取得小说的地位。'余英时这几句话言简意赅，归纳得却是价值不菲，因为诚如拉卡伯拉（Dominick LaCapra）的耳提面命：'文学讲的如果是从文献资料搜集而来的东西，那么文学就有点重复其事了。准此而言，文学所提供者倘属最"有用"或最"受人尊敬"的讯息，那么文学吊诡得似乎反变成是最肤浅的东西。因为如此一来，文学就得复制或确认那只能在刑案一般较比字面的文献中所能找到的讯息。'因此，在历史或自传性的强调占得上风之处，文学文本的文字与独立经验便会遭到斫害，盖此刻外证的寻觅必然会变成批评上的主宰。这种'寻觅'诱惑力量，会迫使读者转向，即使历史与文化资料有助于文本诠释，他们也会忽视或坐视不管。"❶ 当然，余国藩并不完全无视历史与文化资料对文本诠释的助益，他最不能理解的是这种对于历史与文化资料的考证兴趣主宰了《红楼梦》研究，使得文学文本的文字与独立经验遭到斫害。余国藩说："《红楼梦》是'虚构'，但是要了解上述一点，我们反需特殊的历史知识来帮衬，我们反而有赖作家似的特权来促成，说来也吊诡……20世纪初，脂砚斋稿本陆续'出土'，批起小说来吊足了大家的胃口。从此以还，红学家广受影响，许多当代论者争的反而不是《红楼梦》的内文，而是脂评自相矛盾的地方。这是评点家自己的问题。"❷ 余国藩反对的是把"实证"和"实录"当作唯一一种阐释方式的胡适"自传说"，并不反对"实证"的方法。其实，余国藩的疑惑并不新鲜，他也并非完全弄明白了"红学"的性质，所以才发生如此困惑。因为"红学"既然作为一门学科存在，它的研究范围显然并不仅仅在于对《红楼梦》文学艺术的体认得深刻与否这一个方面，即便它是《红楼梦》研究的一个十分重要的方

---

❶ 余国藩著，李奭学译：《重读石头记：〈红楼梦〉里的情欲与虚构》，台北麦田出版事业部2004年版，第42—43页。

❷ 余国藩著，李奭学译：《重读石头记：〈红楼梦〉里的情欲与虚构》，台北麦田出版事业部2004年版，第36页。

面。但凡围绕《红楼梦》的话题都可以进行研讨，前提是这种研讨必须遵循学术规范，符合红学学科的研究规范。况且，"红学"之所以为"红学"，并非是在西方小说传统下成就的，这是显而易见的。余国藩对"什么是红学"所能达成的理解水平显然是受着余英时的影响的（笔者按：余英时对于"红学"的理解，今天看来显然是不够全面且不够深刻了，当然他的红学"新典范说"学术史意义至今犹在），当然还包括他本人所受西方文化包括文学阅读经验的影响，尽管他的理解水平甚至会超出西方汉学家的一般理解水平。余国藩的用心显而易见，他是把《红楼梦》置于西方小说传统下解读《红楼梦》的"其中味"，他坚信"回顾小说"才是文本原来要传达的事理情或者信息，尽管他同时也了解传统中国的文化和文学常识并具有深切体认传统中国的文化和文学的经验。

难道周汝昌不是一直在"用小说希望我们阅读的方式来阅读"吗？周汝昌对于所谓的"红内学"与"红外学"的人为划界一向是不以为然的，并且坚持认为其"红外学"之"学"的内在属性，而对于"红内学"（所谓"小说学"）之"学"的属性心存顾忌，甚至很不以为然。其实，这里涉及的问题关键正在于：（一）如何看待中国古代"小说"？（二）如何看待《红楼梦》这部"小说"？（三）如何研究《红楼梦》这部"小说"？余国藩坦言："批评上的选择，实则深受我自己的主体性的控制，也就是受到我的偏好的影响。此外，影响的因素还要包括我的学院身份，甚至是我因文化及教育经验所形成的伽达玛（Hans-Georg Gadamer）式的'偏见'。后两者的力量，居然还无分轩轾。"❶ 如此说来，周汝昌与余国藩既然都是因为自己的"偏见"而倡导或坚持《红楼梦》的"阅读"方式，那么，"用小说希望我们阅读的方式来阅读"必然只是各自的一厢情愿，难以达成真正的和解或认同。这也就是"何为红学""红学何为"至今众说纷纭的主要原因，在胡适的"旧说"共识被打破之后，"新说"的共识何时达成也就成了当今所处的红学转型期的必解之题。

且看余国藩关于《红楼梦》"阅读"的"一偏之见"，略列几则如下。

"依我浅见，阅读《红楼梦》就像所有的文学阅读一样，乃是在回应文学文本的修辞（rhetoric）。因为认识若此，我才同意沙特（Jean-Paul Satre）

---

❶ 余国藩著，李奭学译：《重读石头记：〈红楼梦〉里的情欲与虚构》，台北麦田出版事业部2004年版，第5页。

如下的观察:'阅读似乎……是感受和创造的综合体。'上文所谓'修辞',乃就其最广泛义而言,故而可指各种语言结构(verbal structures),亦即设'兴发我们的感情'的'文字陷阱',或者说来'让我们朝之走去'的机关。此外,'修辞'一词,我另指文本语言里沟通技巧的整体而言,举凡文类成规、典故、叙述观点的操作和传统文类的挪用都在研究之列。上引沙特的话倘合而观之,实则可为中国传统诗学及文评的许多层面作解,而且解来也会十分有趣,因为'感受和创造的综合体'这种'阅读'根本就是文论中所谓'评点'的缩影。"❶

"如果回到本节开头提出的问题,我的回答因此是:即使我自己对《红楼梦》的阅读,必然也仅具'补充性',而且只能显示'部分'具有'选择性'的意义。《红楼梦》的研究多如牛毛,不过大家习焉不察的课题也有一些。本书虽然旨在探讨、分析这些课题,我要声明我无意提供批评定论或是整体性的解决良方。本章继之会谈有关历史和虚构的一些阅读上的问题,其后各章所谈论者,则包括'情欲''梦''反思性''文学'与'悲剧'等等。这些课题诚然是我兴趣之所在,不要竭尽其旨要,却也不是容易的事。这些课题各有不同,也是我脉络化《红楼梦》文本的不同方法——虽然这些课题的研究本身就需要进一步的脉络化。因为'我们没有办法在原则或实务上透彻了解语境的整体',也因为'意义是因语境而产生,而语境偏偏又漫无疆界',所以研究文本或课题的每一步,我们都要精挑细选,也要知所选择。"❷

"过去《红楼梦》的'重读者',其实也不是不知道小说早已自暴其虚构性。不过对我来讲,他们罕能跳出此一认识,遑论会和下一个问题奋斗:《红楼梦》如何自暴其虚构性,又缘何如此做?这个问题前半部的答案,我们得细究《红楼梦》的修辞特色才能知道,得一窥其中迄未详察或认识有限的含义才能洞悉。《红楼梦》中有一个强调十分独特、十分坚持,亦即就传统上的说部及其评点看来,《红楼梦》时常着墨于自身虚构的本质。而我们欲得上述问题第二部分之详,还得仔细琢磨这一点才成。传统中国读者对文

---

❶ 余国藩著,李奭学译:《重读石头记:〈红楼梦〉里的情欲与虚构》,台北麦田出版事业部2004年版,第44页。

❷ 余国藩著,李奭学译:《重读石头记:〈红楼梦〉里的情欲与虚构》,台北麦田出版事业部2004年版,第49页。

学艺术有一些基本看法，而就说部所处时代的研究而言，近年来西方学界强调的多半是这些看法之间的歧异。"[1]

"曹雪芹笔法高超，这点我想才是他创新的寄意。这也就是说，曹氏的《石头记》非得恒以'预辩法阅读（proleptic reading）不可，否则存在不了。任何人捧读这部小说的时间，都不会比空空道人早，读得也不会比他好。'"[2]

从以上所列可见，余国藩阅读《红楼梦》的目的、过程、方法、路径等均有自己的心解。当然，由于他着力于从"文本细读""文本批评"过程中阐发《红楼梦》的审美和文化意义，所以，自觉地保持了与作者家世考证、版本考证、社会意义辨析等外部研究的距离，这使他的《红楼梦》研究始终跟进英美《红楼梦》的主流而受到研究者的厚爱。

江帆在《他乡的石头记——〈红楼梦〉百年英译史研究》一书中认为，余国藩的《重读石头记》"其研究贯穿两条主线：首先是论争《红楼梦》区别于自传和历史记录的虚构性，其次就是论证《红楼梦》的整个小说结构事实上是'欲望的叙事'（narrative of desire）"[3]。余国藩所倡导或坚持的《红楼梦》"阅读"方式可以用两个字概括即"虚构"，这也是《重读石头记》的一条最基本的主线。这种"阅读"方式基于余国藩阅读《红楼梦》的明确态度：回到曹雪芹，回到《红楼梦》。所谓将"真事隐去"，用"假语村言敷衍"，已经明确地提示读者作者所叙述故事的虚构性，这种手法与此前小说家尽可能借用历史中的人物以求史传式的真实感叙述大相径庭。"曹雪芹立意要与某种不仅相异而且对立的写作方式抗衡，亦即要和史学撰述别一苗头。"[4] 可见，究竟是"阅读历史"抑或"阅读虚构"？余国藩坚持认为自己是从《红楼梦》这部小说的本质方面体认的，即"红楼梦时常着墨于自身虚构的本质"[5]，余国藩对由此所得"阅读虚构"的结论深信不疑。那么，对于余国藩的这个"阅读虚构"的解读，究竟该如何认识呢？且看周庆华如何

---

[1] 余国藩著，李奭学译：《重读石头记：〈红楼梦〉里的情欲与虚构》，台北麦田出版事业部2004年版，第51页。

[2] 余国藩著，李奭学译：《重读石头记：〈红楼梦〉里的情欲与虚构》，台北麦田出版事业部2004年版，第179页。

[3] 江帆：《他乡的石头记——〈红楼梦〉百年英译史研究》，南开大学出版社2014年版，第8页。

[4] 余国藩著，李奭学译：《重读石头记：〈红楼梦〉里的情欲与虚构》，台北麦田出版事业部2004年版，第59页。

[5] 余国藩著，李奭学译：《重读石头记：〈红楼梦〉里的情欲与虚构》，台北麦田出版事业部2004年版，第30页。

余国藩的红学研究：重读《石头记》知史传虚话，细按《红楼梦》乃大旨谈情

说：由《重读石头记》的章节分布可见："余氏的大肆发挥他自己的见解所不自觉的'虚构'《红楼梦》的虚构性，也从此暴露无遗了。"❶ 在周庆华看来，余国藩的"虚构"说相当程度上也是他自己的"虚构"。他说："我们知道，当代有关虚构（虚拟）《红楼梦》的论述……连所谓的'真实'的声称也无从不是虚构的；因为判断真实所以为真实的前提都得无穷后退，以至所有'成真'的对象都是虚构的。在这种情况下，余氏所研判《红楼梦》的虚构性这种'真实'，岂不也是一种虚构？既然都是虚构，那么还有什么可以据为'印证''演绎'（一如余书的猛于考索旁牵）？'石头'一出场就该喑哑了，《红楼梦》的接受者毕竟是要'各取所需'以为'臆度残梦'，此外大概无法再自我标榜是最好或最得当的解读。先前索隐派红学家和考证派红学家已经穷尽心力在为他们的'批评信念'奋斗，现在的评论派红学家的哓哓宏论又能为啥事儿奔忙？余氏所极力呼吁我们的必须把《红楼梦》当'小说'看待……这自有它的新意；但我们可能更关心阅读《红楼梦》后'又将如何'的问题：是仿制《红楼梦》还是新裁《红楼梦》或是超越《红楼梦》？余氏的滔滔雄辩似乎还'惠不及此'。"❷ 周庆华看到了余国藩研判《红楼梦》虚构性本身的"虚构"，这是他的见识中不乏洞见的一面，至于以"惠不及此"来苛求余国藩，显然所求过当了。

二、《红楼梦》的双向阐释

宋淇在《新红学的发展方向》一文中如是说："最后，也可以说是最重要的，就是用文学批评和比较文学的观点来研究和分析《红楼梦》。"❸ 宋淇所指出的新红学发展方向正是王国维所开辟的批评之路，宋淇尤其感慨王国维所建立的红学批评的"桥头堡"后继乏人，这种担心"接班人"的焦虑毕竟可在余国藩这里得到或多或少的疏解。如果不是仅限于从"中国年轻学者中"考量的话，其"自郐以下，更无论矣"的感慨真的有点杞人忧天之虞。

---

❶ 周庆华：《红楼摇梦》，台北里仁书局2007年版，第239页。
❷ 周庆华：《红楼摇梦》，台北里仁书局2007年版，第239－241页。
❸ 宋淇：《红楼梦识要》，中国书店2000年版，第7页。

· 291 ·

葛锐在《英语红学研究纵览》一文中的陈述：当代西方英文红学研究大致可分成九个门类。诸如《红楼梦》的哲学思想研究，传统评点研究，女性主义文学、性别、性和女性研究，叙事结构和技巧研究，虚构型作品《红楼梦》研究，情的研究，人物研究和比较研究，《红楼梦》的清代续书研究，特殊话题研究，等等。这些研究一时难以备述，在此仅为读者总体介绍西方学者的研究领域及成果。第一类是研究《红楼梦》反映出的哲学思想。最近十五年里，此话题受到众多学者的关注。在很多西方学者看来，《红楼梦》多处援引中国传统哲学观点的做法一定程度上可以看作曹雪芹所受教育和所处时代的反映。另有许多西方评论者认为，这部小说是曹雪芹在阐发一种独特的哲学立场，进行严肃的哲学思辨并有意通过内涵复杂的小说来传达抽象的哲学真理（abstract philosophical truth）。浦安迪于1976年发表的《〈红楼梦〉的原型与寓意》一书指出："(《红楼梦》)包含了中国博大精深的传统思想中一部分具有阐发力的内容（如老子、庄子、孔子、孟子、大乘派佛教等思想）。"余国藩在《重读石头记》中指出，虽然自唐传奇以来的说部里已出现了僧人角色，但《红楼梦》描写的僧人"与该小说主人公（贾宝玉）超脱苦海获得自由的意愿及其后来弃世出家的结局联系起来，使该小说更具感染力，且此写作手法未有先例"。另一些西方学者还注意到该小说对梦的本体论地位（ontological status）、本性、命运、情等的深切关注以及对"真""假"的强调和玄思。佛教思想在《红楼梦》中的反映是西方红学界最为关注的话题。一些西方学者发现，虽然儒家思想是中国封建时代文人生活的核心，然而小说作为儒家传统中非主流、边缘的文学样式，却开始吸纳佛教思想。由此，常有评论认为，佛教思想是《红楼梦》的主题并关系着整个故事的结构框架。余国藩最近又指出，从该小说中宝玉和其他几个人物的经历，诸多有关佛教思想的主题和引喻，以及该小说的四个名称之中的三个（《情僧录》《风月宝鉴》和《红楼梦》）来看，应该将这部小说理解为一个悟佛的伟大寓言。余国藩1997年出版的《重读石头记：〈红楼梦〉里的情欲与虚构》（*Rereading the Stone: Desire and the Making of Fictionin Dream of the Red Chamber*）一书即论述了这一话题。该书备受学界推崇，虽然余氏的几个主要观点也曾被之前的西方红学者论及，但他在很大程度上澄清了一些重要的问题，还引入跨学科的知识来支持其论述。余氏开篇即猛烈批评中国的红学研究，认为中国红学主要是以"错置的历史主义美学"（aesthetics of misplaced historicism）的视角进行解读。其所谓"错置的历史主义美学"指"仅从（《红楼梦》）这部小说忠实地反映和再现了历史的和社会的真实这一点就将其看成是一件艺术极品"的看法。余氏的观点很明了：即过去和现在的历史主义者都误读了这本小说，因为他们：（一）"从文本中寻找一种事实上不存在的信息"；（二）把小说与历史混为一谈；（三）仅看到《红楼梦》伟大艺术的一部分。❶ 可以认为，当代西方英文红学研究者尤其余国藩、浦安迪等成果突出的学者沿着王国维开辟的批评之路不断地开疆拓土，已然达到了尽情挥洒、淋漓尽致的地步了。

葛锐进一步分析道：至于英语红学界使用的一些文学理论，值得注意的是许多学者在研究某个红学问题时，常同时应用两种或两种以上的方法，或是中西方法并用，也偶有用到解构主义理论（解构主义曾很少被用来阐释中国文学）。由于20世纪70年代和80年代初的结构主义（Structuralism）和原型批评（Archetypal criticism）等理论的影响，西方学界开始用新视角研究中国的叙事作品和《红楼梦》。学者们不再热衷于研究曹雪芹、历史和《红楼梦》三者间的联系，转而集中思考该小说作为一个自足的文学系统如何运转。这种文学系统可以理解为一组不断复现的主题和深层结构。在1999年亚洲研究协会（Association of AsianStudies）举办的一次年会的西方红学专题分会上，几位杰出的美国红学学者余国藩、顾明栋、多尔·利维和葛良彦发表声明说："我们从当今文学理论中汲取灵感，呼唤开放的、多样化的、包容万象的阅读新范式。之所以倡导此新范式，是因为我们认为，该小说是一部元小说（metafiction，即关于小说创作的小说）和具有发散思维的、开放的小说，是其作者在清楚地认识到小说创作实践与小说艺术之间相互影响、相互促进的关系后构思创作而成。"西方红学界普遍认为《红楼梦》具有开放的文本特征，即该小说包罗万象且富于阐释性。可引用露易丝·爱德华兹之语佐证此共识："《红楼梦》是一部复调小说，它避开了单一的权威阅读模式，转而采用多角度的理解模式。我认为，上述这一特点正是红学之强势所在、而非其弱点。"❷ 余国藩的《重读石头记》显然正是上述学术背景尤其西方共识下的产物，"余氏除了使用后现代主义方法外，也用到许多传统的研究

---

❶ 葛锐：《英语红学研究纵览》，载《红楼梦学刊》2007第3辑。
❷ 葛锐：《英语红学研究纵览》，载《红楼梦学刊》2007第3辑。

方法"❶。

余国藩在运用西方理论对《红楼梦》作文学阐释乃至文化阐释过程中，并非刻板地采用"以西释中"的阐释策略或方法，这种策略或方法最为常见。余国藩则为求《红楼梦》研究的理论化而搬运理论，大胆而谨慎地将西方文艺理论运用于《红楼梦》阐释，并随时注意合理解决这一运用过程所必须考虑到的适用性和契合度的问题。这样一来，余国藩的《红楼梦》比较研究过程无疑增强了其文本研究的学理性而使其《红楼梦》文本研究超越纯粹的文学鉴赏或文本评点的层面，当然也就很大程度上避免了《红楼梦》文本研究常见的夸饰性或随意性，即所谓的"明心见性"般的小说诠释或批评。笔者在谈及如何处理文献和文本关系问题时认为：有学者担心红学研究若偏重文献可能导致脱离文本，偏离受众接受，从而使红学隔膜大众。这种对于"文献"与"文本"矛盾的困惑涉及一个更深层的话题：什么是红学？可以肯定地说，红学不能与《红楼梦》文本鉴赏画等号。所谓的"明心见性"般的小说诠释或批评，正是这种大众化的"文本鉴赏"，其中"学"的成分显然是不足的。❷ 余国藩娴熟地运用西方的阐释学、符号学、叙事学等理论具体而微地分析"历史与小说""情"等在中国传统文化进程的发展脉络时，善于将西方文学理论同中国传统话语体系并置且交融，展开彼此之间的对话，以达成两方面的辩证补充、双向阐释。余国藩的这种双向阐释并不是简单地移植西方文论，而是体现了中西合璧的特点。这种中西方结合的双向吸收的研究策略或方法若从比较文学的视角来看，尤其需要研究者始终保持一种冷静的态度，并葆有一种博观圆照的视野和胸襟。既要以西方理论展开切割式文本细读分析，同时又要返回到中国传统文化的情境之中。换句话说，"绝不是仅仅用西方的理论来阐发中国的文学，或者仅仅用中国的模式去解释西方的文学，而应该是两种或多种民族的文学互相阐发、互相发明"❸。从红学的文学批评方面来看，可以认为，余国藩是行进在王国维铺设的桥梁之上并做出了突出贡献的后继者。

通观《重读石头记》一书，余国藩在材料和理论处理方面的可道之处似

---

❶ 葛锐：《英语红学研究纵览》，载《红楼梦学刊》2007 第 3 辑。

❷ 高淮生：《"回顾与展望——〈红楼梦〉文献学研究高端论坛"学术综述》，载《河南教育学院学报》2016 第 3 期。

❸ 陈惇、刘向愚：《比较文学概论》，北京师范大学出版社 2002 年版，第 56 页。

可从李欧梵的一番表述中理解:"我从一开始就我行我素,不服膺任何理论大师,却尽量遍览群籍,揣摩各家'武功',逐渐领悟出一个浅显的道理:理论和武功一样,愈练愈深,但千万不可随意出招——随便套用理论——而坏了自己的功力。最好的办法就是积累:积少成多以后,放在脑中冰冻不用,待到重读文学文本——初读文本不宜用理论——每遇困难时,理论自会从脑中解冻溢出,为我'照明'了文本中的内在枝节或文本背后的文化脉络。而枝节和脉络之间错综关系更非乱套理论就可以解决的,后者更是如此。我往往得益于当年在哈佛做学生时旁听过的欧洲思想史课程,往往把西方理论本身放在思想史的范畴中来审视——特别是各家学说的谱系和来龙去脉——而能豁然贯通,即使不能贯通,也会有所深知(insight)。……我当时(也是现在)的观点是:所谓'跨学科'研究,不只是说几句大话而已,必须自己勤加修炼,至少可以除了本专业或本行之外,再加上一门学问的理论知识,才有资格跨学科。……芝大的经验令我尊重理论,但我教书时却不用理论,反而更注重文本背后的历史资料——资料愈多,愈有助于对文本的解读。……由此看来,理论和资料好像是有矛盾的,其实不然,它们之间的'悖论'恰是解读文本时必备的张力,有了足够的资料准备,再以理论照明,得益更大更深。换一种方式亦然,在解读文本时往往发现内中不少枝节是与历史的资料有关,矛盾的作品更是如此。但文学却并非直接反映历史,所以必须步步为营,仔细推敲,因此这两方面(史料和理论)的知识愈多,对文本的理解也愈'入港',而不会走入旁门左道,仅在卖弄理论,而随意拣一两个文本塞责。妙的是我的这一套功夫恰好适用于哈佛,因为哈佛的中国研究较为保守,一向不喜欢理论,我因此可以深藏不露,必要时发功就够了。但我对学生中有理论功底的人却另眼相看,仍要他们盯紧史料;而对于受过传统史料训练的学生,我却屡屡以理论问题刺激其思路,务期这两方面的张力得以充分发挥。这也勉可算是我教研究生的一个'秘籍'。然而,在研究的顺序上,我仍然坚持史料在先,理论在后,而非目前在美流行的理论先行法。"❶ 与李欧梵一样,余国藩同样在材料与理论关系上保持着应有的谨慎态度,尽管这种谨慎的态度不免也会被他对于理论的充沛热情和娴熟运用所支配。当然,这种出于所受学术训练而养成的自然习惯显然与生硬地搬弄理论的做法不可

---

❶ 李欧梵:《我的哈佛岁月》,浙江大学出版社2016年版,第77-79页。

同日而语。通观《重读石头记》，最令人由衷钦佩的显然是余国藩在材料与理论两方面同时兼备的博观视野，这就为他在"阅读"《红楼梦》的过程中打下了"圆照"文本的深厚而坚实的基础。

夏志清在《追念钱锺书先生——兼谈中国古典文学研究之新趋向》一文中说："《谈艺录》难读得多，一时还不可能受到同样普遍的注意，但十年二十年后，中国诗学研究水准提高，这本书当随着而变成研究生入手必备的批评宝典，我想是不容置疑的。近年来，在中国台湾地区，在美国，用新观点批评中国古典文学之风大开，一派新气象，看样子好像研究水准已超过了钱锺书写《谈艺录》的时代。但这种外表的蓬勃，在我看来，藏着两大隐忧。第一，文学批评愈来愈科学化了，系统化了，差不多脱离文学而独立了。在我看来，'文学'是主，'批评'是宾，现在的趋向是喧宾夺主，造成本末倒置的现象。对弗莱（Northrop Frye）这类的理论家来说，文学作品不论优劣，皆可归纳成几种类型，文学不再是研究的主题（Subject of study），而是研究的物件（Object of study）。批评家剖析一部作品，正像生物学家在实验室解剖一只青蛙一样，把它的五脏六腑拿出来看一看。年轻学人受了这类理论家的影响，特别注重'方法学'（Methodology），好像学会一套方法，文学上一切问题皆可迎刃而解；作家不论大小，其作品的文学结构逃不出几种类型，皆可一视同仁，剖析一番。……当然文艺批评算是美学的一部门，而美学隶属于哲学，美学上的大问题自应有人不断去从事研讨。但借用一些新奇的批评方法来检讨一部中国古典作品至少对洋人来说，其动机往往不是对这本书的了解，缺少自信，即是对这本书所代表的文学传统，缺少研究，非得出此下策，借用一套方法，否则论文一个字也写不出来。……不少这类批评，因为评者没有深厚的阅读基础，情愿信任'方法'而不信任自己的感受和洞察力，往往是不诚实的。第二个隐忧是机械式'比较文学'的倡导，好像中西名著、名家，若非择其相似的来作一番比较，自己没有尽了批评家的责任。我十年前对'比较文学'也很感兴趣，现在读书较多，反而胆子变小，觉得自己实在没有资格充任'比较文学'家，同时觉得大半有'比较文学'味道的中国文学论文，不免多少带些卖野人头的性质。"[1] 夏志清由此感慨道："一个人文学作品读得极少，'感受力'和'洞察力'极弱，不管他借用任何

---

[1] 夏志清：《人的文学》，福建教育出版社2010年版，第175–179页。

最时髦、最科学的文学理论和批判方法,也无法变成一位批评家,他只是'人云亦云',向某一派、某一位权威俯首称臣的可怜虫而已。"❶ 夏志清的上述批评和感慨显然是有感而发的,这一番批评和感慨同样可以用来审视《重读石头记》,即果真"这本书当随着而变成研究生入手必备的批评宝典"吗?夏志清的"两大隐忧"不仅道出了西方文学批评的时弊,同时也回答了多年以来所大量涌现出的《红楼梦》研究著作之所以难以成为传世的"批评宝典"的症结所在。由此观之,余国藩试图重建一种别具视角的中国古代小说的阅读模式包括《红楼梦》的阅读模式,即既不同于中国传统的阅读模式且不同于西方人的阅读模式,这样的尝试显然令人耳目一新,至于是否果真可以解得其中"真味"或者"圆照"文本,尚需读者接受方面的检验。即便《重读石头记》不能成为今后"研究生入手必备的批评宝典"也无妨,若从红学批评史的方面考量,其所具有的学术史意义已经足以使它成为典范之作了。

三、《重读石头记》的影响

葛锐认为:"在过去的二十年内最具影响力的英文红学著作当数1997年美国芝加哥大学余国藩教授发表的《重读石头记:〈红楼梦〉里的情欲与虚构》(*Rereading the Stone: Desire and the Making of Fiction in Dream of the Red-Chamber*)。余氏在此书中坚信,对《红楼梦》的总体认识应跳出以往认为该小说的出色之处在于其采用高度的现实主义手法反映晚清文化、历史和社会机构的看法,而应更关注它作为一部杰出的极具想象力的小说这个主要特点。余氏的这本书赢得了学界的盛赞,至今仍常被许多红学论文援引。"❷ 在《重读石头记》所赢得的盛赞中尤其以英国汉学家、著名翻译家(曾与导师霍克斯一起翻译《红楼梦》)闵福德的评价最为引人关注,他说:《重读石头记》以其精致、黠慧、热情,间或坦率大胆的语言风格创下了红学研究的新高点。《重读石头记》是红学研究的高峰,中西绵延两百多年的两大批评传统在此

---

❶ 夏志清:《人的文学》,福建教育出版社2010年版,第184页。
❷ 葛锐:《英语红学研究纵览》,载《红楼梦学刊》2007第3辑。

合流，中西两种思维最细腻的经纬在此绵密织就，形成井然有序的论述网络。身为芝加哥学派的嫡传，余国藩教授不仅运用了他在西方哲学、修辞学与文学批评的丰厚学养，与此同时，他在本书里展现了他对中国经史子集惊人的娴熟程度，对《石头记》文本本身的细致幽微处更是了如指掌。……《重读石头记》一书触及了许多重要的课题，枝延叶蔓，读来颇费功夫。……余国藩教授这部作品不仅议题广泛，其抱负之远之大，几乎令人有难以企及的感觉。话虽如此，作者既具独特的识见，又辅以小说细节之详引和评点家意见之铺陈，使得本书得以汇百川而合流，融合成一体。作者学富五车，映入读者眼帘的每一页都博学多识；尽管如此，读者时时都可见到《石头记》的身影，不至于陷身概论泛说的汪洋。《石头记》历来的评论家无数，但是，能这样同时从宏观与微观的角度看此一文本，并给出两者之间取得平衡的平论者却少之又少。历来评点家立论，一入手就搬来各种各样的"主义"以充门面，但是余国藩教授总是以小说为主角，并不断以自身的卓识洞见增添小说的光彩。其结果是，余国藩教授见解几乎就像《石头记》本身，同样具有复杂、多义、丰富、迷幻的本质或令人陶醉痴迷的吸引力。……我们觉得余国藩教授和《石头记》作者群之间似乎具有一种水乳交融的感应，以至于他们说起话来时常气息相同。❶ 由于闵福德不仅翻译了《红楼梦》后四十回，而且一直在教授《红楼梦》的课程，他的经历与余国藩非常相似，所以他对《重读石头记》一书的评论投注了极大的热情，以至于将这部作品看作"几乎令人有难以企及"的评价。尽管这一评价不免令人将信将疑，却从中可见这部著作在英语世界所产生的"惊世骇俗"般的影响，这一影响不仅体现在诠释《红楼梦》文本过程中纷呈的"卓识洞见"，同时体现在引证材料和理论过程中与《红楼梦》文本之间的"水乳交融"状态。

江帆在《他乡的石头记——〈红楼梦〉百年英译史研究》一书中曾作过如下评述："一百余年来，英语世界出现了多种中国文学史、文学选集和文学概论，这些论著不约而同地给予了《红楼梦》最高评价，使其成为无可争议的区域性文学经典，《红楼梦》由此也最终进入主要英语国家的世界文学

---

❶ 闵福德著，余淑慧译：《阅读与重读的阅读——总评〈石头记〉》，载《中国文哲研究通讯》第15卷，2005年第4期。

余国藩的红学研究：重读《石头记》知史传虚话，细按《红楼梦》乃大旨谈情

选集，成为其中代表中国和亚洲文学的极少数作品之一。"❶ 于是，对于《红楼梦》的研究成果易于受到学界的关注。不过，《红楼梦》在英语世界的影响仍是有条件和范围的。江帆同时认为："在中国大陆和港台地区红学研究中占有主导地位的作者考证和版本考中研究在英语世界的《红楼梦》学术解读中并未占有主要地位，但也产生了非常重要的几种专著……这些历史研究和版本考证研究的专业性极强，所针对的读者是非常狭窄的'红学'领域的专业读者。一般意义上的汉学家和比较文学学者，如果不是专门从事红学的研究，也很难对这一类的研究提供反馈意见。相反，这类著作更为中国国内的红学研究者所重视，因此一般都有汉语译本出版。这些学术著作虽然以英文写就，由英美本土的出版社出版，体现了英语世界学术体制对《红楼梦》研究的支持，但并不是《红楼梦》英文评介的主流，对英语世界《红楼梦》作品形象的塑造也会产生大的影响。"❷ 上述评论如果可信，那么，对于余国藩《重读石头记》一书影响的夸大其词就显得一厢情愿了。有学者认为"自从王国维《〈红楼梦〉评论》、余英时《〈红楼梦〉的两个世界》之后，余国藩先生的《重读石头记》是红学文学评论派最高的成就"❸。这种饱含激情的评价似与闵福德的评价有异曲同工之处，不过，是否令人置信，尚待三思而后论定。

李奭学是余国藩红学著作的主要译者，他如何评价《重读石头记》呢？他说："《重读石头记》问世之后，其扎实的内容与全新的见解马上令举世汉学与红学界大开眼界，体认到余教授在汉学方面的功力绝对不输他早年致力的《西游记》英译和研究成绩。众所周知，在《红楼梦》的世界里，贾宝玉幻形转世之前乃赤瑕宫内的神瑛侍者。对余教授来讲，青埂峰上的这颗顽石正是《红楼梦》象征结构的枢纽总纲。《红楼梦》里的情欲葛藤由此缠绕，全书的后设性格也由此开展。'情'为何物？在中国古文学和文化传统中，这个问题老掉了牙，却因《红楼梦》的叙述者自谓是书'大旨谈情'而令古今中外的评者又疲于奔命。余教授不能免俗，但《重读石头记》旁征博引，

---

❶ 江帆：《他乡的石头记——〈红楼梦〉百年英译史研究》，南开大学出版社2014年版，第210页。

❷ 江帆：《他乡的石头记——〈红楼梦〉百年英译史研究》，南开大学出版社2014年版，第203－204页。

❸ 王岗：《余国藩（1938—2015）先生的学术成就与学术理念》，载《世界宗教研究》2015年第4期。

探微显幽，提出来的答案却是历来对这个问题最完整的研究。……他由中国文字的细微处下手，严峻舌尖，西方学界的人文考掘影响至巨。《重读石头记》的另一贡献正是由此以开显《红楼梦》对'阅读'与'虚构'的自我反省。余教授经常在文字边缘推敲，探索文本的中心现呈。《红楼梦》自称所演不过'大荒'而已，实则在提示某种阅读视角，《重读石头记》故而打破近世红学的烦琐学风而紧紧问道：《红楼梦》这话岂非在'言其书原是空虚幻设'，后世读者又何必'刻舟求剑'，何必对号索隐，硬要在中国的史传系统中自我作茧？"❶李奭学的评价同样是对余国藩基于深厚的汉学功力而能博观的能力以及开放而别具一格的《红楼梦》阅读视角的高度认同。这种高度认同是基于李奭学对于余国藩的以下认识和体察："自从三十余年前夏志清先生在台湾正式介绍余国藩教授以来，华人学术界及文化界对余教授的成就多已不感陌生。我从1986年初入师门，在芝加哥大学比较文学系从余教授问学，亲炙其人，对余教授的学术专长与学者风范了解更多。余教授治学大致可以分为两个领域，首先是他求学时代用力最勤的西洋文学与基督宗教的神学，其次是他在芝加哥大学教授西洋古典之余培养出来的汉学兴趣。就前者而言，希腊史诗、悲剧及但丁、莎士比亚、弥尔顿、加缪系其看家本领。就后者而言，他垂十三年英译的《西游记》四巨册及用功时间近似的《红楼梦》研究早也已饮誉国际，旁及唐诗宋词与中国宗教的历史及哲学性诠释。"❷

综上所述，余国藩的红学研究的突出贡献集中表现在小说批评方面，他一方面从学理上系统地阐述了《红楼梦》的虚构性特质，一方面充分地体现了欧美文学研究的方法论特征。最难得的是无论在话题的拓展、理论的明澈甚或研究视角的别具一格等方面，都十分鲜明地显示了余国藩迥然不同于时人的学术个性。《重读石头记》的影响不仅限于欧美学界，并且不仅限于红学研究领域，这就凸显了余国藩红学研究成果的范式意义。

---

❶ 余国藩著，李奭学译：《〈红楼梦〉〈西游记〉与其他》，生活·读书·新知三联书店2006年版，第2-3页。

❷ 余国藩著，李奭学译：《〈红楼梦〉〈西游记〉与其他》，生活·读书·新知三联书店2006年版，第1页。

余国藩的红学研究：重读《石头记》知史传虚话，细按《红楼梦》乃大旨谈情

结　　语

　　李奭学在《〈红楼梦〉〈西游记〉与其他》一书的"编译者前言"中说："悼红轩内，曹雪芹批阅《红楼梦》十载，而为了厘清上述《红楼梦》的公案，余教授可也花了十年工夫在芝加哥大学撰写《重读石头记》。这段时间内，他诚惶诚恐，态度之严肃早已不让《西游记》的英译专美于前。"❶ 余国藩的这种态度不仅基于他作为一位训练有素的学者特有的严谨之习惯，同时出于他对作为世界文学经典的《红楼梦》的那份深厚感情。余国藩不无感慨地说："《红楼梦》乃中国声名最著的小说，我孜孜研究却发现自己结果有限。"❷ 尽管余国藩遗憾"结果有限"，他仍能"孜孜研究"，这又是为什么呢？我们可以从余国藩的深情回忆中寻到答案："芝大有位院长的名言是：'兴趣之所在，也就是安身立命处。'"❸

　　余国藩在《重读石头记》中文版序中曾谈起自己孜孜研究的过程："我不偏废传统红学的考据功夫，也不轻视其价值，但我取以致力的却是《红楼梦》的主题，尤涉小说的虚构性情欲的分析。我的批评论述所用的语汇和观念是中西夹杂，比较的成分居多，大家也应可一见。我这样做，原因不仅如第一章我所坦承的教育背景和个人难免的偏好，也在我所讨论的课题不管大家有多熟悉，我总讶然发现现代学者所论若非缺乏系统，就是系统并不多见。如今捧读这本中译本，我庆幸自己的选择正确。我的感觉甚至比以前更强，相信《红楼梦》这部伟构的清代作者与举世文化中任何时期的作家或思想家一样，对小说或其虚构性一定了解甚深，也用来熟练。这类课题，曹雪芹想告诉我们的确实很多，恐非现代学者拿个批评理论就可穷尽一切。我仍然希

---

　　❶ 余国藩著，李奭学译：《〈红楼梦〉〈西游记〉与其他》，生活·读书·新知三联书店2006年版，第4页。
　　❷ 余国藩著，李奭学译：《〈红楼梦〉〈西游记〉与其他》，生活·读书·新知三联书店2006年版，第11页。
　　❸ 余国藩著，李奭学译：《〈红楼梦〉〈西游记〉与其他》，生活·读书·新知三联书店2006年版，第2页。

望我有限的探究能够引人兴趣,激发更多的学者加以讨论。"❶ 由上述可见,余国藩的《重读石头记》是有感而发,并且是有所为而为之。

试问:《重读石头记》果真能够引人兴趣吗?《重读石头记》果真能够激发更多的学者加以讨论吗?笔者的回答是肯定的。周庆华如是说:"乾隆甲戌本《红楼梦》(脂砚斋重评《石头记》)里的一段凡例,惹得考证派红学家和索隐派红学家争相在取得对《红楼梦》作者的发言权,彼此交火攻讦已经将近一个世纪。其间所'穿插'的评论派红学家的言论,则也有另一番声势;只是他们大都要先回应前者的'影射史事'或'自传小说'而后才来破题出稿,依然'备尝辛苦'!余国藩近年汇集生平研究成果而成的《重读石头记:〈红楼梦〉里的情欲与虚构》,就是这样一本典型的著作(余国藩,2004)。余书所给人感觉'尾大不掉'的作者情结,一直都环绕在'作者如何的自出机杼''作者如何的玩假弄真'等一类虚构作品的主导权上。这是后现代社会形成的惯习,不能单独'责怪'余氏;但在听腻了时人解除作者声音的空档,乍见这般的言说,还真以为后现代之后'复古'的预言成真了。从叙事学的角度看,《红楼梦》作者采用全知观点来写作,本就是在虚构故事,又何劳论者一再地辩解?敢情余氏想别为杜撰《红楼梦》的美感特征,才不厌其烦的托词作者以为掩饰。书名以'重读'标榜,说得挺客气的,似乎要人别再鸡蛋里挑骨头(因为他只不过是重读空空道人所读过的文本);但一旦将《红楼梦》文本化,所谓的重读也都是初读,而跟要不要'回应文学文本的修辞'(余国藩,2004:44)并无关系。换句话说,《红楼梦》作者自道作书旨意是一回事,《红楼梦》读者复诵或另辟蹊径又是另一回事;彼此如果有重叠也只是'英雄所见略同',不能因此而分出谁先谁后。倒是余氏论述喜欢旁征博引,注脚又复夥椠备,俨然是一种堆垛式的读法,叫人'不佩服也难'!"❷ 周庆华一方面佩服余国藩的博学和另辟蹊径,一方面又不满余国藩的"大肆发挥"和"臆度残梦",他最关心的则是"阅读《红楼梦》后又将如何?"的话题。平心而论,周庆华的评价不免苛刻,不过,的确代表了《重读石头记》一书读者接受的一种态度和意见,这种态度和意见又不能视而不见,因为周庆华的审慎且颇多期待乃出于一种学术批评

---

❶ 余国藩、李奭学译:《重读石头记:〈红楼梦〉里的情欲与虚构》,台北麦田出版事业部2004年版,第12页。

❷ 周庆华:《红楼摇梦》,台北里仁书局2007年版,第238-239页。

的态度。

　　纵观余国藩平的红学志业，可谓：石头所记耐重读，细按方知史传虚。大旨谈情尤解味，回归文本话无余。

附录：余国藩学术简历

　　余国藩（1938—2015），美国芝加哥大学宗教与文学博士，1969年获得博士学位并留校任教。曾任教于芝加哥大学神学院、比较文学系、英文系、东亚系及任社会思想委员近四十年，是该校巴克人文学讲座荣退教授。

　　余国藩曾以英译《西游记》饮誉学界，著有《余国藩西游记论集》。红学著作《重读石头记：〈红楼梦〉里的情欲与虚构》《〈红楼梦〉〈西游记〉与其他》颇受学界关注。

后　　记

　　《港台及海外红学学案》撰著历时四年半的时间,自第一篇论文即《辨明红学方向、探究红楼艺境:宋淇的红学研究——当代港、台及海外学人的红学研究综论之一》一文刊发于《河南教育学院学报》2013年第1期,至《重读〈石头记〉知史传虚话,细按〈红楼梦〉乃大旨谈情——余国藩的红学研究述论》一文刊发于《中国矿业大学学报》(社会科学版)2017年第4期。原计划于2017年年底前出版《港台及海外红学学案》这部书稿,其间,因获得2016年教育部哲学社会科学研究后期项目立项资助,于是,推迟了出版时间。立项资助的好处不仅使笔者可以从容地购置该课题所需要的相关文献资料及参加相关的学术活动,更主要的是可以从容地对该书稿进行修订完善。《港台及海外红学学案》的修订历时一年有余,笔者真切地体会到了"慢工出细活"的乐趣。香港的梅节先生曾一再跟笔者说:"半世纪或一世纪后,人们欲了解二十世纪红学研究成果,再不会去翻那些汗牛充栋的专辑专书,而是看先生的学案或几本红学史。所以先生撰此学案,责任就非常重大。传世之作,不要急于求成,慢工出细活。"[1] 笔者在撰著和修订《港台及海外红学学案》的过程中倾注了大量的热情和精力,记得何炳棣曾在《读史阅世六十年》一书中说:"我一向深信,一部有意义的历史著作的完成,不但需要以理智缜密地处理大量多样的史料,往往背后还要靠感情的驱力。"[2] 善哉,斯言!

---

[1] 高淮生、董明伟:《红学学术史研究的一种新路径——〈红学学案〉著者高淮生教授学术访谈录》,载《燕山大学学报》2013年第2期。
[2] 何炳棣:《读史阅世六十年》,中华书局2012年版,第366页。

后 记

红学学案原拟撰著五编（部），系多卷本红学史著述，《港台及海外红学学案》是继《红学学案》之后的第二编（部）。不过，最初的这一总体构思随着文献资料阅读和理解的拓展以及撰著"相对精善"的红学史信念的日益明确，重新拟定为撰著三编（部），并以《现代红学学案》命名这种多卷本红学史著。同时，笔者感到很有必要将海外红学学案再做拓展，以便更为全面地呈现海外学人的红学面貌。这是笔者的构想，实现这一构思尚需要下一番功夫。

《港台及海外红学学案》应比此前出版的《红学学案》日趋完善了，无论在文献材料的采集、整理和征引方面，以及对文献材料的价值分析和评价即"史中求史识"方面，抑或对现代学案写作体例的熟练运用方面。笔者认为，《港台及海外红学学案》将成为拟定撰述的《民国红学学案》的范本，当然，也是重新修订《红学学案》的范本。

笔者有幸于2014年起主持《中国矿业大学学报》（社科版）《现代学案》栏目，这期间，始终在思考现代学案的写作体例问题，并在深思熟虑的基础上撰写了《现代学案述要》一文，刊发于《中国矿业大学学报》（社科版）2016年第3期。该文从立案原则、立案人选、立案写作（包括选材、结体、笔法）、立案意义等方面对现代学案作了简明扼要的述评，从而使现代学案（包括红学学案）的写作有章可循。钱玄同曾说："要之，太史公书之好处全在其作意，最大者如所谓'述往事，思来者'。盖史公深明历史为记载人群遥代之迹，使人得鉴既往，以明现在，以测将来，决非帝王家谱、相斫书也。"[1] 笔者同样认为，现代学案（包括红学学案）若果能"传世"，当于"述往事，思来者"之"作意"求之可矣。《港台及海外红学学案》试图在"述往事，思来者"这一"作意"方面做得更加地"精善"，从而成为红学史著的传世之作，虽不能至，心则向往之。

红学学案著述堪称红学的学科重建与学术转型时代的"建档归宗"之作，这一评价最早出自乔福锦教授曾为《红学学案》撰写的一篇题为《学科重建与学术转型时代的"建档归宗"之作——高淮生教授〈红学学案〉读后感》的书评，这篇书评开宗明义地揭明《红学学案》为红学学科"建档归宗"的学术价值和意义。这一评价无疑提升了笔者的学术信心，于是，追求

---

[1] 杨天石整理：《钱玄同日记》，北京大学出版社2014出版，第314页。

"精善"日渐成为一种可以期待的目标。

值得一提的是,《港台及海外红学学案》撰述的学术背景和学术环境最有利于笔者精益求精地完成这项课题。笔者自2015年春季至2017年春夏之交,先后组织策划了多场红学高端论坛和座谈会,即2015年春在徐州召开的红学学术史反思高端论坛、2016年春在郑州召开的红楼文献学高端论坛、2017年春夏之交在北京召开的红学学科建设高端论坛,以及2016年10月和2017年1月分别在北京召开的两次座谈会,尤其"周汝昌与现代红学"座谈会影响很大。参会学者集中研讨了红学学术史的回顾与建构、红楼文献整理与文献学建构、红学学科反思与建构三个方面的议题,以及周汝昌红学研究的经验与教训,并达成了基本共识:红学史建构、红楼文献学建构、红学学科建设可谓"三位一体",乃转型期红学的三大主要关注点。此外,2018年1月举办了由知识产权出版社主办的《周汝昌红学论稿》出版座谈会,该论稿由知识产权出版社于2017年12月出版。以上诸多学术活动均对《港台及海外红学学案》的撰述具有积极的影响,的确令笔者欣慰。

学术批评与学术建构两者不可或缺,但批评要审时度势,适可而止,适时而变;当今转型期红学最需要做学术及学科建构方面的工作,《港台及海外红学学案》则重在建构。

2019年3月19日